Chère Laurette

Michel David

Chère Laurette

Tome 1

Des rêves plein la tête

www.quebecloisirs.com

UNE ÉDITION DU CLUB QUÉBEC LOISIRS INC.
© Avec l'autorisation des Éditions Hurtubise HMH
© 2008, Éditions Hurtubise HMH ltée
Dépôt légal — Bibliothèque et Archives nationales du Québec, 2008
ISBN Q.L. 978-2-89430-890-5
Publié précédemment sous ISBN 978-2-89647-098-3

Imprimé au Canada

Je t'ai raconté une vieille histoire
C'est pour t'endormir aussi t'éveiller
C'est pour attacher par fil de mémoire
Mon cœur à ton âme afin d'oublier

Gilles Vigneault
Au temps de dire

Les principaux personnages

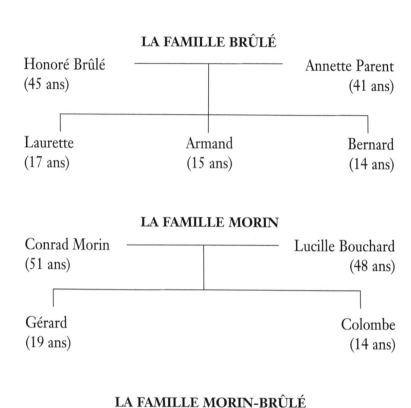

LA FAMILLE BRÛLÉ

| Honoré Brûlé | | Annette Parent |
| (45 ans) | | (41 ans) |

| Laurette | Armand | Bernard |
| (17 ans) | (15 ans) | (14 ans) |

LA FAMILLE MORIN

| Conrad Morin | | Lucille Bouchard |
| (51 ans) | | (48 ans) |

| Gérard | | Colombe |
| (19 ans) | | (14 ans) |

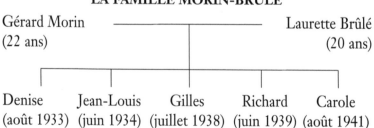

LA FAMILLE MORIN-BRÛLÉ

| Gérard Morin | | Laurette Brûlé |
| (22 ans) | | (20 ans) |

| Denise | Jean-Louis | Gilles | Richard | Carole |
| (août 1933) | (juin 1934) | (juillet 1938) | (juin 1939) | (août 1941) |

Chapitre 1

La Fête-Dieu

En cette fin d'après-midi de juin, quatre fillettes s'amusaient en sautant à la corde sur le trottoir de la petite rue Champagne. Un peu plus loin, deux jeunes filles, les bras chargés de lilas, se dirigeaient vers la rue Dufresne.

Soudain, la porte du 2429 s'ouvrit et une femme assez corpulente apparut dans l'encadrement.

— Laurette! cria-t-elle.

Le dos de l'une des jeunes filles se raidit imperceptiblement, mais elle fit la sourde oreille.

— Laurette Brûlé! appela la femme, d'une voix beaucoup plus forte.

Cette fois, la jeune fille ne put feindre de n'avoir pas entendu et se tourna vers celle qui l'interpellait, avec un air exaspéré.

— Quoi? Qu'est-ce qu'il y a encore, m'man?

— Viens ici une minute.

La mine boudeuse, Laurette laissa sa compagne sur place et revint vers sa mère.

— Qu'est-ce qu'il y a? demanda encore une fois la brunette de dix-sept ans au visage rond et aux traits mobiles.

— Je veux pas te voir revenir dans la voiture de ton père, dit sa mère sur un ton sans réplique. Tu m'entends? Essaye de te rappeler ton âge, vinyenne! T'es plus une petite fille pour monter là-dedans. De quoi t'as l'air quand le monde te voit juchée sur une voiture malpropre qui sert à livrer de la glace ? Conduis-toi comme une demoiselle.

— Ben oui, m'man, répondit l'adolescente, agacée.

— Dis-moi pas « ben oui » pour faire à ta tête après. T'as compris ?

— C'est correct.

Sur ce, l'aînée des trois enfants d'Honoré et Annette Brûlé alla rejoindre son amie, Suzanne Tremblay, qui s'était immobilisée au coin de la rue.

— Qu'est-ce que ta mère te voulait ? demanda-t-elle à Laurette lorsque cette dernière l'eut rejointe.

— Toujours la même chose. Elle veut pas me voir revenir avec mon père.

— Et comme je te connais, tu vas le faire pareil, dit Suzanne en riant.

— Pourquoi tu dis ça ?

— Parce que t'as toujours eu une tête de cochon, répliqua son amie en riant de plus belle.

— J'ai pas une tête de cochon, tu sauras, s'insurgea l'adolescente. Verrat, on est en 1930 ! Il faut être moderne. Pourquoi nous autres, les filles, on n'aurait pas le droit de faire ce qui nous tente de temps en temps ?

— C'est drôle que tu dises ça, reprit sa compagne après avoir salué de la main une vieille dame qui s'apprêtait à entrer dans l'hospice Gamelin, que les deux jeunes filles longeaient. On dirait que t'as déjà oublié ce que les sœurs nous répétaient sans cesse à la petite école.

— « Soyez une jeune fille correcte, ma fille ! » « Tenez-vous mieux ! » « Pas de grossièreté ici, mademoiselle ! » singea Laurette en prenant l'air pincé des dames de la Congrégation Notre-Dame qui l'avaient eue comme élève. Elles, on peut dire qu'elles étaient contentes de me voir partir à la fin de ma septième année.

Les deux jeunes filles s'arrêtèrent au coin de la rue Sainte-Catherine, le temps de laisser passer un tramway jaune bringuebalant. Une Ford T s'immobilisa tout près d'elles et le conducteur leur fit signe de poursuivre leur chemin. Elles remercièrent d'un signe de tête et traversèrent la rue.

— Il y a des fois où ma mère me rappelle mère Sainte-Marie, affirma Laurette. Elle a pas voulu venir à l'inauguration du pont du Havre, le mois passé, mais t'aurais dû voir la crise qu'elle a faite à mon père quand il m'a emmenée.

— Pourquoi ?

— Parce qu'au lieu de rester à l'entrée du pont comme ben du monde, mon père m'a emmenée à pied jusqu'à l'île Sainte-Hélène.

— Moi, j'aurais ben aimé aller là avec mon père, se plaignit Suzanne. Ça faisait tellement longtemps qu'il nous parlait de la chicane entre le propriétaire de la compagnie de savon Barsalou et le gouvernement qui voulait jeter à terre l'usine sur la rue De Lorimier que j'aurais aimé le voir, ce pont-là. Il arrêtait pas de répéter que le vieux Barsalou allait finir par obliger le gouvernement à faire ajouter une courbe au nouveau pont pour qu'il aboutisse ailleurs. Il paraît qu'il a gagné.

— C'est vrai. Je pensais plus à ça, reconnut Laurette. Mon père aussi nous en a souvent parlé à la maison.

— En tout cas, pas de saint danger que j'aie la chance d'aller à la bénédiction du pont, reprit Suzanne. Ma mère était pas intéressée à y aller et, surtout, mon père a ben trop peur des foules.

— Mon père a pas peur de ça pantoute, déclara Laurette avec un certain orgueil. On était au moins quatre mille personnes dans l'île pour l'inauguration. C'était pas rien. Pour calmer ma mère, mon père lui a dit qu'il m'avait emmenée jusqu'à l'île pour voir monseigneur Gauthier dévoiler la plaque... Bon. Est-ce qu'on entre par l'école Sainte-Catherine ou par le couvent? demanda la jeune fille en s'arrêtant brusquement au milieu du trottoir.

Au coin des rues Dufresne et Sainte-Catherine, le portail en treillis métallique de la cour de l'école était ouvert.

— On va entrer par le couvent, décida sa compagne en l'entraînant un peu plus loin. En plein samedi après-midi, il doit pas y avoir un chat dans l'école.

— Grouille d'abord, ordonna Laurette. La senteur de ces maudites fleurs-là commence à me donner mal au cœur. Tu parles d'une idée de fou de faire le reposoir de la procession de la Fête-Dieu en haut de l'escalier du couvent! On est à côté de l'église. Il y a juste à finir la procession là. Ce serait ben moins de trouble que de monter et de décorer un autel dehors.

— C'est ce que j'ai dit à mère Saint-Sauveur, dit Suzanne en affichant un petit air frondeur. Il paraît que monsieur le curé tient au reposoir dehors pour que la foule puisse tout voir à la fin de la procession. Il trouve ça beau, lui, des anges debout sur chaque marche de l'escalier...

— En tout cas, il doit plus rester grand lilas dans les arbres de votre cour, lui fit remarquer Laurette.

— Oublie pas que ma mère est présidente des Dames de Sainte-Anne. Elle tient à faire sa part pour aider les sœurs à décorer. C'est pour ça qu'elle m'a demandé d'en apporter le plus possible.

— Tu restes pour aider? demanda son amie au moment où toutes deux commençaient à gravir l'escalier au sommet duquel deux religieuses et une dame de la paroisse tra-vaillaient à donner des plis élégants à des tentures jaunes et blanches tendues derrière un autel temporaire déjà recouvert d'une belle nappe brodée.

— Ben oui. J'ai pas le choix. Regarde. Ma mère est déjà
là. Je dois aller finir de préparer les ailes en carton que les
petites filles vont porter demain matin. Je sais pas si tu te
rappelles, mais l'année passée, Isabelle et Réjeanne étaient
venues travailler avec nous autres au reposoir de l'école
Champlain.

Laurette sourit à ce souvenir agréable. Les deux sœurs
Cholette avaient été leurs amies inséparables jusqu'au mois
précédent. Malheureusement, leur père avait perdu son
emploi durant l'hiver et n'avait pu en trouver un autre dans
cette période de crise économique. Incapables de survivre
en ville avec les prestations du secours direct, les huit
membres de la famille Cholette avaient dû abandonner
leur petit appartement de la rue Champagne pour retourner vivre sur la ferme des parents de madame Cholette, à
Saint-Alexis.

À cette évocation, le visage de Laurette s'assombrit. Ses
deux amies lui manquaient énormément.

— Bon. Je m'en retourne, dit-elle d'une voix décidée
en mettant sa brassée de lilas dans les bras de Suzanne. J'ai
pas envie que mère Saint-Sauveur m'oblige à travailler à
son reposoir. Il y a déjà ben assez que je vais être poignée
pour marcher dans la procession demain.

Sur ce, l'adolescente dévala les marches et se retrouva
rapidement sur le trottoir. Après un dernier signe de la
main à son amie, elle reprit la direction de la rue Dufresne
qu'elle descendit jusqu'à la rue Joachim dans l'espoir de
croiser son père qui finissait habituellement sa tournée du
samedi vers quatre heures. Comme elle ne le vit pas, elle
en déduisit qu'il était encore dans la glacière et décida
d'aller le rejoindre.

La rue Joachim était une petite rue étroite et non pavée
d'à peine plus de mille pieds bordée de vieilles maisons à
deux étages. À son extrémité nord, on avait construit, à la

fin du siècle précédent, un grand bâtiment dans lequel on entreposait des centaines de blocs de glace sous une épaisse couche de bran de scie. Chaque matin, quelques dizaines de livreurs venaient s'y approvisionner et n'y retournaient qu'à la fin de la journée pour rapporter les blocs invendus. Aucune lumière extérieure ne pénétrait dans l'édifice dépourvu de fenêtres. Il y régnait une profonde obscurité malgré ses deux larges portes ouvertes.

Laurette arriva devant la glacière au moment où Honoré Brûlé en sortait en houspillant son vieux cheval harassé par la longue journée de travail qu'il venait d'accomplir.

— Whow! Prince, dit le gros homme à la tête ronde coiffée d'une vieille casquette grise.

Le livreur de glace venait d'apercevoir sa fille debout sur le trottoir en train de l'attendre. Son épaisse moustache poivre et sel dissimula mal un sourire de contentement.

— Monte, Laurette, l'invita-t-il en repoussant un chiffon qui traînait sur la banquette en bois sur laquelle il était assis. Fais attention de pas te salir. J'ai pas envie d'entendre ta mère me crier un paquet de bêtises quand on va arriver à la maison.

L'adolescente ne se fit pas répéter l'invitation et vint rejoindre son père à l'avant de la voiture où étaient entassées les toiles goudronnées servant à protéger la glace des ardeurs du soleil. Le véhicule en bois monté sur des pneus laissait derrière lui une longue coulée d'eau provenant des éclats de glace abandonnés à l'arrière et se liquéfiant au milieu du bran de scie mouillé. Le tout dégageait une forte odeur qui se mêlait à celle du cheval.

Honoré Brûlé mit son attelage au pas, fier de voir sa fille à ses côtés. L'un et l'autre n'échangèrent pas un mot durant le court trajet qui les conduisit à la rue Champagne. Quelques pieds avant d'arriver à destination, le livreur arrêta sa voiture pour permettre à sa passagère de descendre. Ce scénario se produisait une ou deux fois par semaine durant la belle saison, malgré les interdictions répétées d'Annette Brûlé. Pour éviter les remontrances inutiles de sa femme, le père de famille avait pris l'habitude de déposer sa fille au coin de la rue, loin de ses regards.

Le livreur de glace poursuivit ensuite son chemin jusqu'à la porte cochère voisine de son appartement. Son fils Armand guettait son arrivée. L'adolescent de quinze ans ouvrit les deux battants de la large porte grise et l'attelage pénétra lentement dans la cour avant de s'immobiliser devant la vieille écurie construite tout au fond. Annette Brûlé, debout sur le balcon, attendit que son mari ait tendu les guides à son fils pour l'interroger :

— As-tu vu Laurette ?

— Oui. Elle s'en vient, se contenta de répondre ce dernier. Où est passé Bernard ?

— Je l'ai envoyé me chercher un pain.

— Dételle Prince, étrille-le et donne-lui un peu d'avoine, dit le père de famille à son fils Armand. Quand Bernard va revenir, il va nettoyer la voiture et plier les toiles, se sentit-il obligé de préciser avant de se diriger vers le balcon sur lequel sa femme venait de poser un bol à main rempli d'eau chaude et une serviette propre pour qu'il puisse se laver un peu avant d'entrer dans l'appartement.

Au même instant, Laurette se rendait sans se presser au domicile familial. Soudain, elle aperçut un jeune homme, nonchalamment appuyé contre le garde-fou du balcon, au second étage de la maison voisine. L'inconnu regardait avec insistance dans sa direction. L'attention de l'homme l'incita à se déhancher légèrement en marchant.

— Laurette ! Veux-tu te grouiller ! lui ordonna sèchement sa mère apparue brusquement sur le pas de la porte. Qu'est-ce que t'as à traîner ? La table se mettra pas toute seule.

L'adolescente apostrophée rougit violemment. Elle accéléra le pas et s'empressa de s'engouffrer dans l'appartement.

— Verrat, m'man ! Faites-vous exprès pour me faire honte en me criant des bêtises devant tout le monde ? demanda-t-elle, rageuse.

— Je te parlerai sur le ton que je voudrai, ma fille, répliqua la mère, sévère. Arrête de traîner et dépêche-toi de mettre la table.

Bernard, le cadet de la famille, entra alors dans la cuisine et déposa un pain sur le comptoir. L'adolescent de quatorze ans avait le visage rond et les yeux bruns des Brûlé.

— Aïe ! la grande, qu'est-ce que t'avais à marcher en te tortillant comme ça ? demanda-t-il en imitant outrageusement sa sœur aînée. Avais-tu une roche dans un de tes souliers ?

— Toi, achale-moi pas, répliqua sèchement Laurette avec humeur. Mêle-toi de tes affaires.

— Au lieu de t'amuser à faire le drôle, lui lança son père à travers la porte moustiquaire, va donc donner un coup de main à ton frère dans l'écurie.

L'adolescent quitta la cuisine sans rouspéter pendant que son père entrait après avoir vidé l'eau de son bol à main dans la cour.

Les Brûlé occupaient le 2429 de la rue Champagne depuis leur mariage en 1909. Ils avaient choisi ce rez-de-chaussée parce qu'il donnait droit à une écurie et à un hangar protégés par une solide porte cochère en bois. De plus, la petite artère reliant la rue Dufresne à la rue Poupart était particulièrement tranquille et venait, à l'époque, d'être pavée et dotée de trottoirs.

L'appartement était composé d'une chambre et d'un salon dont la fenêtre ouvrait directement sur le trottoir tandis que la fenêtre d'une seconde chambre donnait sur le passage entre les deux maisons clos par la porte cochère. C'était la chambre de Laurette. À l'arrière, la cuisine et une troisième chambre, plus grande celle-là, avaient vue sur la cour arrière à laquelle un étroit balcon permettait d'accéder. Les toilettes n'étaient qu'un cagibi de quatre pieds par huit pourvu uniquement d'une cuvette.

Honoré Brûlé entra dans la cuisine et suspendit sa casquette à l'un des six crochets fixés au mur, derrière la porte. Sa femme déposa une tasse de thé sur le rebord de la fenêtre, près de sa chaise berçante, sans rien dire.

— Maudite misère noire! fit le gros homme en s'assoyant. Toute une journée d'ouvrage pour une piastre et quart! Ça a plus d'allure pantoute.

Annette lui jeta un coup d'œil avant de se mettre à touiller les fèves au lard qui cuisaient dans un chaudron déposé sur le poêle.

— J'ai commencé à cinq heures et demie à matin, mais même là, j'ai pas été capable de faire deux piastres. C'est rendu que le monde trouve ça trop cher cinq cennes pour un bloc de glace. Je sais pas ce qu'ils mettent dans leur glacière pour empêcher leur manger de pourrir…

— Ils achètent peut-être moins de glace parce qu'ils ont plus rien à mettre dans leur glacière, suggéra sa femme avec bon sens. Je suis allée acheter des œufs chez Grégoire à matin, j'ai jamais vu autant de chômeurs traîner partout. Ce pauvre monde! Il y en a qui crèvent de faim.

— Le bonhomme Longpré, à la glacière, m'a dit qu'il y avait trois autres compagnies de la rue Notre-Dame qui ont *slaqué* du monde hier après-midi, reprit Honoré en se passant une main sur le visage. Il y a plus d'ouvrage nulle part. En tout cas, je peux te dire qu'il y a plus de monde qui marche qu'il y en a dans les p'tits chars.

La porte moustiquaire s'ouvrit sur les deux frères Brûlé.

— Ôtez vos souliers sales avant de marcher sur mon plancher propre, leur ordonna leur mère sans même se donner la peine de tourner la tête dans leur direction.

Les deux adolescents enlevèrent leurs chaussures qu'ils déposèrent sur le balcon avant d'entrer dans la cuisine.

— Après le souper, vous allez vous décrotter à fond, leur ordonna leur mère. J'ai mis tout votre linge dans une boîte pour demain, ajouta-t-elle, la voix changée.

Les deux frères se regardèrent sans rien dire, peu heureux à la pensée de ce qui les attendait.

Leurs parents avaient décidé à contrecœur de les laisser partir le lendemain après-midi. Adrien Parent, le frère d'Annette, avait accepté de les héberger à sa ferme de Saint-Guillaume pour la durée de l'été. Rose et Adrien n'avaient pas d'enfant et manquaient de bras pour exploiter leur bien. Quand Annette avait écrit à son frère que ses deux fils n'avaient aucune chance de se trouver un emploi à Montréal à cause de la crise, le fermier avait proposé de les embaucher jusqu'à l'automne en précisant toutefois qu'il n'avait pas les moyens de les payer. Par contre, il pouvait leur offrir le vivre et le couvert. En outre, il serait en mesure de donner à Honoré une bonne quantité d'avoine pour son cheval si le travail des deux adolescents était satisfaisant.

Annette avait longuement hésité avant d'accepter. Dans la famille, son frère et sa belle-sœur avaient la réputation d'être pingres et durs à l'ouvrage. Et depuis qu'elle avait perdu Joseph, son aîné, pendant l'épidémie de grippe espagnole en 1918, elle avait un peu surprotégé ses enfants. Elle ne voulait pas les voir connaître la misère. Malheureusement, la crise économique qui sévissait depuis quelques mois l'avait obligée à accepter l'offre de son frère. Malgré toute son ardeur au travail, son mari ne parvenait plus à rapporter suffisamment d'argent à la maison pour faire vivre les siens. Deux bouches de moins

à nourrir durant deux ou trois mois représentait une économie importante. Qui savait? Peut-être la situation serait-
elle meilleure au début de l'automne?

Finalement, il avait été entendu qu'un voisin d'Adrien,
de passage à Montréal le lendemain après-midi, ferait
monter les deux jeunes dans sa voiture pour les amener à
Saint-Guillaume.

Le repas des Brûlé fut frugal. Après avoir mangé des
fèves au lard, on se contenta d'un morceau de pain et d'un
peu de mélasse comme dessert. Depuis le début du souper,
Laurette s'interrogeait sur l'identité du jeune homme
aperçu chez les Charpentier quelques minutes plus tôt. La
chance lui sourit car sa mère aborda le sujet.

— Savais-tu que les Charpentier ont pris un chambreur
depuis hier? demanda-t-elle à son mari.

— Non.

— Angèle Charpentier m'a dit tout à l'heure que c'est
un chômeur de Saint-Hyacinthe. Il est venu se chercher
une *job* en ville parce qu'il trouvait rien chez eux. Pour
moi, il ferait ben mieux de s'en retourner tout de suite
parce qu'il trouvera rien non plus à Montréal.

— C'est sûr que le pauvre gars a pas grand chance de
trouver quelque chose, renchérit Honoré.

Armand et Bernard hochèrent la tête en signe d'assentiment. Le premier avait perdu son travail d'apprenti
menuisier six mois auparavant et le second, qui n'avait rien
trouvé de mieux qu'un emploi de garçon à tout faire au
marché Saint-Jacques, avait été renvoyé au début du mois.
Depuis, les deux adolescents avaient désespérément
cherché un emploi sans pouvoir en dénicher un.

— Il paraît, en tout cas, que c'est ce que Médéric
Charpentier lui a dit au petit jeune, poursuivit la mère de
famille en commençant à desservir la table. Sa femme m'a
dit que ça avait servi à rien. Le jeune veut chercher pareil.

Après avoir lavé la vaisselle, Laurette alla se camper devant le petit miroir installé au-dessus de la table de toilette, dans sa chambre. Elle se mit en devoir de se coiffer comme si elle s'apprêtait à sortir. Sa mère apparut presque aussitôt à la porte de la pièce.

— J'espère que tu penses pas aller traîner dehors à soir, lui fit-elle remarquer.

— Ben, m'man, il fait beau.

— Il va faire beau comme ça tout l'été.

— Je pensais aller donner un coup de main à Suzanne pour finir de préparer le reposoir.

Annette Brûlé ne fut pas dupe.

— Si Suzanne et sa mère étaient déjà là cet après-midi, le reposoir doit être fini à l'heure qu'il est. À soir, c'est ici qu'il y a de l'ouvrage à faire. Arrive! On a des fleurs à finir.

— Maudit que c'est plate! protesta l'adolescente avec humeur. On est toujours poignées pour travailler du matin au soir.

— Surveille ta langue, ma fille! l'avertit sa mère en élevant la voix, sinon je vais finir par te la laver avec du savon. Apprends donc à te conduire comme une fille et à contrôler ton petit caractère. Il y aura jamais un garçon qui va s'intéresser à toi si tu changes pas. Tu vas lui faire peur.

— On pourrait ben se reposer au moins une heure, suggéra Laurette, comme si elle n'avait rien entendu.

— Il en est pas question. Grouille-toi! Le Juif passe lundi matin et on a une pleine poche de fleurs à faire.

Annette Brûlé était de plus en plus excédée par le comportement et le langage «garçonnier» de sa fille. Elle tourna les talons et alla chercher le matériel nécessaire dans sa chambre.

Quelques minutes plus tard, la mère et la fille se retrouvèrent assises à la table de cuisine en train de confectionner des fleurs en tissu destinées à l'ornement des chapeaux féminins. Un manufacturier juif de l'ouest de la ville leur donnait un *cent* par fleur. La mère et la fille avaient hérité de cet emploi de la mère des sœurs Cholette qui les avait recommandées à son employeur avant de quitter la ville, le mois précédent.

Vers sept heures, Armand fit bouillir de l'eau sur le poêle et fut le premier à aller se laver «à la travée» dans les toilettes, comme disait sa mère. Son frère et son père le suivirent. Un peu plus tard, ce fut au tour de Laurette et de sa mère de procéder à leurs ablutions.

Vers dix heures, toute la famille se prépara à se mettre au lit.

— Buvez et mangez quelque chose avant de vous coucher, recommanda Annette aux siens. Oubliez pas que vous dînerez pas avant une heure de l'après-midi demain à cause de la procession.

— Vous trouvez pas, m'man, qu'on pourrait ben laisser faire la communion pour une fois, suggéra sa fille. Ça va être long sans bon sens sans manger. En plus, on va marcher au moins pendant une heure et demie avant que la procession soit finie.

— Il en est pas question, Laurette Brûlé! s'insurgea sa mère. De quoi on aurait l'air de rester dans notre banc, demain, à l'église, quand va arriver le temps de la communion? As-tu envie de te faire regarder de travers par tout le monde?

— Ta mère a raison, intervint son père. Se passer de manger pendant douze heures, c'est pas la fin du monde. Dis-toi qu'il y a ben du monde qui mangent même pas un repas par jour...

Laurette haussa les épaules et alla se préparer deux tartines beurrées qu'elle saupoudra de sucre brun. Elle dévora son goûter avec un bel appétit avant de se mettre au lit.

Cette nuit-là, elle rêva du beau jeune homme qui l'avait lorgnée avec intérêt plus tôt dans la journée.

⁓

Le dimanche matin, Laurette fut la première à être prête à partir pour l'église Saint-Vincent-de-Paul. Il faisait déjà chaud et un magnifique soleil brillait en ce matin de la Fête-Dieu. La jeune fille prévint son père qu'elle attendrait la famille dehors.

Moins de cinq minutes plus tard, ses deux frères la rejoignirent sur le trottoir.

— Tu vas finir par poigner le torticolis, lui dit Bernard.

— Pourquoi tu dis ça?

— T'arrêtes pas de regarder chez les Charpentier, lui répondit le cadet de la famille avec un sourire narquois.

— T'es ben niaiseux, toi, répliqua l'adolescente en lui tournant carrément le dos.

Au même instant, le pensionnaire des Charpentier sortit de la maison voisine. En apercevant Laurette, le jeune homme souleva légèrement son chapeau en esquissant un sourire timide pour la saluer au passage et prit la direction de la rue Dufresne. L'adolescente avait eu le temps de remarquer que le nouveau venu était de taille moyenne et que ses cheveux châtain clair étaient rejetés en arrière, découvrant ainsi un large front. Son visage aux traits réguliers était sympathique.

Quand ses parents sortirent de la maison à la suite d'Armand, elle se mit immédiatement en marche, précédant sa famille de quelques pas. Par chance, Suzanne Tremblay sortit à cet instant précis de chez elle et s'empressa de venir lui tenir compagnie.

— Aïe! As-tu vu qu'il y a un nouveau gars qui reste dans notre rue?

— Quel nouveau gars? demanda Laurette en feignant la surprise.

— Il reste chez les Charpentier.

— Ah! Lui? Oui, je l'ai vu.

— Est-ce qu'il est assez *cute* à ton goût?

— Je l'ai juste aperçu.

— Ben, moi, je lui ai parlé hier soir, dit Suzanne, toute fière.

— Comment ça? demanda son amie, la voix teintée de jalousie.

— Je suis allée acheter du tabac pour mon père chez Grégoire et il marchait sur le trottoir. Je lui ai parlé. Je te dis que ce gars-là est pas mal gêné avec les filles.

— Qu'est-ce qu'il t'a dit? ne put s'empêcher de lui demander Laurette, piquée par la curiosité.

— Il m'a dit qu'il s'appelle Gérard Morin. Il vient de Saint-Hyacinthe. Il est pensionnaire chez les Charpentier depuis trois jours. Il se cherche de l'ouvrage. Je te dis que j'haïrais pas ça qu'un beau gars comme lui m'emmène faire un tour, conclut Suzanne, l'air rêveur.

— Si ma mère t'entendait, elle te traiterait de dévergondée.

— La mienne dirait la même chose, rétorqua son amie dans un éclat de rire.

Les deux jeunes filles se turent, le temps de traverser la rue Sainte-Catherine.

— En tout cas, je suis certaine que le beau Gérard va s'intéresser à moi. Je pense qu'il m'a trouvée pas mal à son goût, reprit Suzanne, obsédée par sa rencontre de la veille.

— Whow! Prends pas le mors aux dents, Suzanne Tremblay! s'insurgea Laurette. C'est pas parce qu'il t'a dit deux mots que ce gars-là va sortir avec toi.

— Aïe, Laurette Brûlé, j'espère que t'es pas pour essayer de me le voler, hein? s'inquiéta soudain l'adolescente. Oublie pas que j'ai été la première à le voir.

— Ben non, nounoune! Tu sais ben que je te ferais jamais ça, la rassura son amie, un peu à contrecœur.

Elles passèrent devant le reposoir installé au haut de l'escalier du couvent et poursuivirent leur route jusqu'à l'église voisine.

— Bon. Je te lâche ici, dit Suzanne, au pied de la douzaine de marches conduisant au parvis. Ma mère et mon père m'ont demandé de les attendre avant d'entrer dans l'église.

— OK. On se verra durant la procession, lui chuchota Laurette au moment où ses parents et ses frères la rejoignaient.

Les cloches de l'église sonnèrent. Des fidèles en grand nombre longeaient la petite clôture en fer forgé noir qui protégeait le maigre parterre gazonné du presbytère, un édifice carré d'un étage en pierre grise.

— On dirait qu'il y a de plus en plus de monde qui viennent à l'église, fit remarquer Annette à son mari en posant le pied sur la première marche.

— Ouais. Il y a rien comme la misère pour pousser le monde à prier, rétorqua ce dernier.

Avant d'entrer, Annette et sa fille vérifièrent de la main si leur chapeau était bien en place pendant qu'Honoré retirait le sien.

L'église Saint-Vincent-de-Paul était imposante avec ses murs et ses parquets en marbre veiné. Sa voûte illustrée de scènes bibliques était soutenue par d'énormes piliers du même matériau. L'édifice était largement éclairé par de longs vitraux colorés. Une odeur d'encens flottait dans l'air. De chaque côté, il y avait trois confessionnaux en bois foncé où plusieurs générations de paroissiens étaient venues s'agenouiller pour demander le pardon de leurs fautes. À l'avant, le chœur était protégé par une sainte table en marbre. L'autel principal, flanqué de part et d'autre d'autels dédiés à la Vierge et à Saint-Vincent-de-Paul, était installé en haut d'une demi-douzaine de larges marches. Il se dégageait de l'endroit une majesté qui incitait au recueillement.

Annette Brûlé se dirigea d'un pas conquérant vers l'allée centrale, suivie de près par son mari et ses enfants.

— Pourquoi on va toujours se mettre dans les premiers bancs ? demanda Bernard à voix basse à son frère.

Malheureusement, il ne parla pas assez bas pour n'être pas entendu de sa mère.

— Quand on va à la messe, c'est pour voir quelque chose, répliqua-t-elle sèchement en le poussant dans l'un des premiers bancs de la travée centrale. À cette heure, ferme ta boîte et dis ton chapelet en attendant la messe.

Laurette s'agenouilla comme les autres et regarda vers l'avant où le bedeau était occupé à remplir les burettes déposées sur la crédence, à droite de l'autel. Bientôt, une vingtaine d'enfants de chœur vinrent prendre place dans les stalles de chaque côté du chœur. Après s'être assise, la jeune fille tenta de localiser son amie Suzanne du regard. Elle aperçut alors, sur sa gauche, un peu à l'arrière, Gérard Morin à qui elle adressa un léger sourire. Le jeune homme sembla rougir.

— Arrête de tourner la tête comme une girouette et prie, lui ordonna sèchement sa mère en lui pinçant légèrement le bras.

Furieuse, la jeune fille allait répliquer quand le curé Monette fit son entrée dans le chœur, encadré de deux servants de messe. Les fidèles se levèrent instantanément et la chorale entonna le chant d'entrée.

Albert Monette était un sexagénaire plein de dignité qui administrait sa paroisse avec l'aide de trois vicaires depuis une douzaine d'années. On ne pouvait rien reprocher à ce grand homme maigre à la chevelure argentée sinon sa voix de crécelle qui chantait abominablement faux. Alexandra Deslauriers, la directrice de la chorale, avait beau tenter de lui faire comprendre avec délicatesse qu'il aurait intérêt à ne pas chercher à chanter plus fort que les membres de la chorale, le curé faisait la sourde oreille et s'entêtait à chanter avec un bel enthousiasme lors des offices.

Dès qu'il entonna le premier chant, Annette eut une grimace significative, et sa fille, assise à ses côtés, ne put s'empêcher de l'imiter. Bernard se pencha alors vers son frère pour lui chuchoter quelque chose à l'oreille, mais une taloche bien appliquée de sa mère le ramena à plus de tenue. Après l'évangile, le pasteur de la paroisse monta en chaire tant pour parler de l'importance de la Fête-Dieu que pour inciter ses ouailles à participer nombreux à la procession qui allait suivre le service divin. La température était élevée dans l'église et la plupart des fidèles apprécièrent qu'il abrège son sermon dominical.

À dix heures trente, après le *Ite missa est*, les paroissiens sortirent de l'église Saint-Vincent-de-Paul et se massèrent sur le parvis et le trottoir. Le soleil brillait et il faisait déjà chaud. Un peu à l'écart, les Chevaliers de Colomb, les Enfants de Marie et les Dames de Sainte-Anne déployaient leurs bannières agitées mollement par une faible brise. Les scouts, les guides, les croisés et les croisillons des écoles paroissiales se regroupaient derrière les responsables. Les marguilliers, l'air important, allaient d'un groupe à l'autre pour indiquer à chacun sa place dans la procession.

Le président de la fabrique, campé au milieu de la rue Sainte-Catherine, obligea les rares automobilistes à rouler sur le côté gauche de la rue pour permettre aux membres de chaque organisme paroissial de prendre place sur le côté droit de l'artère.

— Attention aux p'tits chars! criaient les responsables en patrouillant le long des rangs. Restez près du trottoir!

Massés sur le trottoir et dans la rue, plusieurs centaines de paroissiens attendaient avec impatience la sortie du curé de l'église.

— Qu'est-ce que tu cherches? demanda Annette à sa fille qui fouillait à nouveau la foule du regard.

— Suzanne. Je lui ai dit que je suivrais la procession avec elle.

— Il en est pas question! trancha sa mère sur un ton sans appel. Tu passeras pas le temps de la procession à jacasser plutôt qu'à prier. Tiens-toi comme du monde. T'as l'air d'une vraie folle à te démancher le cou comme ça.

— Je lui avais promis, fit Laurette avec humeur en se mettant à bouder.

— T'auras juste à lui dire que tu l'as pas vue.

La jeune fille était surtout inquiète de la possibilité que son amie ait retrouvé Gérard Morin à la sortie de l'église et que tous les deux aient décidé de suivre la procession ensemble.

Quelques minutes plus tard, on ouvrit les grandes portes du temple pour laisser passer le curé Monette. Ce dernier avait revêtu une lourde chape dorée et brandissait bien haut l'ostensoir. Ses vicaires le suivaient en retenant les pans de sa chape. Derrière venait une cohorte d'enfants de chœur en soutane rouge et surplis blanc. Le pasteur descendit enfin les marches du parvis et vint prendre place sous le dais porté par quatre marguilliers. Quand il entonna le premier cantique de sa petite voix nasillarde, l'un des vicaires, porteur de la croix, prit la tête du défilé. Derrière le dais qui protégeait le curé et ses deux autres vicaires, les différentes confréries paroissiales se mirent aussitôt en branle, et les fidèles les suivirent lentement.

La procession s'étira peu à peu et la foule souleva un léger nuage de poussière sur son passage. Elle se déplaça lentement dans les rues du quartier sous l'œil de rares passants qui n'y participaient pas. Cependant, ces derniers prenaient la peine de s'arrêter et de se découvrir au passage de l'ostensoir. Tout en avançant, les fidèles récitaient des prières et chantaient des cantiques.

Après s'être rendu à la rue d'Iberville, on monta jusqu'à la rue Logan qu'on parcourut en priant et en chantant, avant de descendre la rue Fullum. Il fallut plus d'une heure aux fidèles pour venir s'immobiliser devant le large escalier du couvent, voisin de l'église, rue Sainte-Catherine. Le palier et les fenêtres de la façade de l'institution avaient été décorés de drapeaux jaune et blanc et l'on avait fleuri abondamment l'autel improvisé dressé contre la porte principale du couvent. Des fillettes, toutes de blanc vêtues et portant des ailes d'anges, avaient pris place à l'extrémité de chacune des marches de l'escalier. L'officiant gravit lentement les marches pour aller déposer l'ostensoir sur l'autel. Les fidèles se massèrent au pied de l'escalier pour écouter sa courte homélie et participer à une dernière prière. Après la bénédiction finale, la foule se dispersa rapidement sous le chaud soleil.

~~~

Ce midi-là, les Brûlé venaient à peine de terminer leur repas quand la sonnerie de la porte les fit sursauter.

— Pas déjà! s'exclama Annette.

Armand alla ouvrir et fit entrer dans le couloir un inconnu qu'Honoré s'empressa d'aller accueillir.

— Mais c'est Alexis Paradis! s'exclama-t-il en reconnaissant l'individu. Entre. Viens boire une tasse de thé.

Le père de famille poussa devant lui un petit homme bedonnant à l'air jovial.

— Annette, reconnais-tu Alexis, le voisin de ton frère ?

— Ben oui. Bonjour. Comme ça, c'est vous qui devez amener mes gars à Saint-Guillaume ? demanda la mère de famille en déposant une tasse de thé devant l'homme.

— En plein ça. Adrien savait que je venais aux noces de mon neveu à Montréal hier et que je couchais chez une de mes sœurs avant de revenir. Il m'a demandé de passer les prendre. Est-ce qu'ils sont prêts ?

— Oui, monsieur, répondirent les deux frères à l'unisson.

Le visiteur les regarda un instant avant d'ajouter :

— Ça m'a l'air de deux gars solides. Il y a pas à dire. Le voisin va avoir de l'aide en masse cet été.

Quelques minutes plus tard, il se leva dans l'intention de prendre congé.

— Bon. On a un bon bout de chemin à faire. On va y aller.

Armand et Bernard embrassèrent leur mère et saluèrent leur père. L'un d'eux s'empara ensuite de la boîte de vêtements préparée la veille et alla la déposer dans le coffre de la vieille Ford poussiéreuse stationnée devant la porte. Le conducteur monta à bord de son véhicule. Pendant qu'Honoré lui parlait, Annette attira ses fils à l'écart.

— Si votre oncle ambitionne trop sur vous autres, leur dit-elle à voix basse, écrivez-moi.

— Ça va changer quoi, m'man ? demanda Armand.

— Ton père et moi, on va lui parler.

— Il a même pas le téléphone, lui fit remarquer Bernard.

— Occupe-toi pas de ça. Faites ce que je vous dis.

Les adolescents montèrent à bord de la Ford et la voiture démarra. Le cœur étreint par la tristesse, Annette vit ses fils se retourner vers elle et son mari pour les saluer de la main une dernière fois.

Pendant que Laurette se dirigeait vers la porte, Honoré chercha à consoler sa femme.

— Un été au bon air peut pas leur faire de tort. C'est sûr que ton frère les nourrira pas à rien faire, mais ils sont solides et ils se laisseront pas manger la laine sur le dos.

— Ça fait rien, protesta Annette en entrant dans l'appartement. Si tout allait pas de travers, ils auraient une *job* en ville et ils seraient pas obligés d'aller rester là.

Chapitre 2

La rencontre

Le mois de juillet 1930 fut particulièrement chaud. Cette canicule eut au moins l'avantage de permettre à Honoré de livrer plus de glace aux ménagères et de rapporter quotidiennement près de deux dollars à la maison.

Chez les Brûlé, la routine n'avait guère changé malgré la chaleur. Après avoir vaqué aux diverses tâches ménagères, Annette et sa fille s'installaient à la table de cuisine et passaient de longues heures à confectionner des fleurs en tissu.

Certains après-midi, la jeune fille, n'obéissant qu'à son désir de remplacer ses deux jeunes frères absents, quittait la maison pour accomplir des travaux qu'ils auraient normalement effectués. Elle nettoyait l'écurie ou cordait, dans le hangar attenant, le bois que l'oncle Arthur, un frère de son père, avait livré au début du mois.

Elle avait croisé le pensionnaire des Charpentier à plusieurs reprises, mais ils s'étaient toujours contentés de se saluer. Le garçon semblait être retenu par sa timidité alors que Laurette était contrainte de rester discrète autant à cause de la surveillance de sa mère que de sa promesse à son amie Suzanne.

Par ailleurs, cette dernière avait été bien peu disponible depuis le début de l'été. Laurette ne l'avait pratiquement pas vue durant tout le mois. Chaque fois qu'elle l'avait aperçue, la jeune fille s'en allait travailler au couvent des dames de la Congrégation et n'avait pu lui parler que quelques instants.

Un jeudi matin, Laurette était occupée à balayer le passage voûté qui conduisait à la cour arrière quand elle entendit la voix de son père. Elle ouvrit la petite porte découpée dans la porte cochère juste à temps pour l'apercevoir en train de manier son pic à glace, debout à l'arrière de sa voiture. Deux enfants s'étaient approchés et venaient de quêter des éclats de glace détachés d'un bloc pour les sucer, comme s'il s'agissait de friandises.

— Ouvre-moi la porte de la maison, ordonna Honoré à sa fille en l'apercevant.

Sur ce, l'homme jeta une poche de jute sur son épaule sur laquelle il plaça sans effort le bloc de glace. Il le maintint en place avec ses pinces et se mit en marche vers la glacière installée dans la cuisine. Dès qu'il fut entré à l'intérieur, Laurette s'empressa d'aller recouvrir les autres blocs de glace avec la toile goudronnée que son père avait déplacée avant de retourner à son travail.

Quelques minutes plus tard, des pleurs provenant de l'avant de la maison attirèrent l'attention de la jeune fille qui rangeait son balai sur le balcon. Sans rien dire à sa mère occupée à laver des vêtements, elle se précipita vers la porte cochère et l'ouvrit. Le spectacle qu'elle découvrit alors la mit hors d'elle.

Aline Leclerc, une frêle adolescente que le voisinage savait être un peu lente, tentait de repousser en pleurant Antoine Bessette et Marcel Dupré, deux voyous demeurant dans la rue Champagne. Les jeunes, âgés d'une quinzaine d'années, l'avaient assaillie au moment où elle revenait de son travail à l'hospice Gamelin. Ils s'amusaient à la bousculer. Ils avaient d'autant plus de plaisir à le faire qu'ils savaient que la mère de leur victime était encore à l'hôpital.

Laurette n'avait rien de la faible jeune fille. Elle avait appris depuis longtemps à tenir tête à ses frères et n'avait jamais hésité à faire usage de l'étonnante force physique héritée de son père pour se faire respecter.

— Vous allez la lâcher, oui! hurla-t-elle en s'avançant vers les deux voyous.

L'un et l'autre tournèrent à peine la tête dans sa direction.

— Toi, la Brûlé, mêle-toi de tes maudites affaires! lui ordonna Dupré avant de se remettre à bousculer Aline en ricanant.

Avant même qu'il s'en rende compte, Laurette avait traversé la rue, l'avait saisi par une oreille et lui avait envoyé une gifle propre à lui arracher la tête. Le vaurien se retrouva par terre, les quatre fers en l'air, tout étourdi.

Devant l'impétuosité de l'attaque, Bessette avait lâché sa victime pour faire face à la jeune fille, un sourire mauvais aux lèvres. S'il pensait intimider la fille d'Honoré Brûlé, il en fut pour ses frais. Elle fonça sur lui, l'attrapa par les cheveux et, avant même qu'il puisse esquisser le moindre geste de défense, lui écrasa le nez d'un solide coup de poing. Stupéfait, le voyou retrouva son complice par terre en tenant à deux mains son nez ensanglanté.

Aline s'était recroquevillée contre la porte de l'appartement de ses parents, incapable de se décider à la déverrouiller.

— Entre chez vous, Aline, lui commanda Laurette. Ils t'achaleront plus.

Puis, elle se campa devant les deux vauriens qui se relevaient. Elle s'avança vers le premier qui s'était remis sur pied, apparemment prête à poursuivre l'affrontement.

— Vous autres, mes deux écœurants, si vous en voulez encore, je vous attends, les apostropha-t-elle, menaçante. Si jamais je vous revois l'achaler, je vous arrache la tête, vous m'entendez?

Ni l'un ni l'autre ne manifesta la moindre envie de riposter. Ils s'éloignèrent prudemment de quelques pas avant de lui crier:

— T'es juste une maudite folle! Va te faire soigner!

Le pas qu'elle fit dans leur direction les incita à déguerpir. Laurette, fière d'elle, se dirigea vers la maison au moment où sa mère ouvrait la porte.

— Veux-tu ben me dire ce qui se passe? demanda-t-elle à sa fille. Qui est-ce qui criait comme ça?

— Deux *bums* qui avaient sauté sur la petite Leclerc pour la faire brailler.

— Qu'est-ce qui est arrivé?

— Je leur ai sacré une claque.

— Ben voyons donc! s'exclama Annette, horrifiée.

— J'étais tout de même pas pour les laisser la maganer sans rien faire, protesta la jeune fille, outrée.

— Je veux ben croire, mais tu vas finir par passer pour un garçon manqué, lui fit remarquer sa mère sur un ton résigné en refermant la porte derrière sa fille. Qu'est-ce que t'aurais fait si tous les deux avaient sauté sur toi? Y as-tu pensé?

— J'aurais bien voulu voir ça, par exemple! s'exclama la jeune fille, l'air mauvais. Leur mère les aurait pas reconnus quand je les aurais lâchés.

Ce soir-là, lorsque la mère de famille raconta à son mari ce qui était arrivé, Honoré se contenta de dire en hochant la tête:

— Qu'est-ce que tu veux que je te dise? Notre fille est capable de se défendre. On peut tout de même pas lui reprocher ça, ajouta-t-il en cachant mal sa fierté.

36

— Mais là, elle se défendait pas, lui fit observer sa femme. Elle se battait en pleine rue contre deux garçons! Elle aurait pu se contenter d'appeler à l'aide pour leur faire peur. Ben non! Je te le dis, Honoré, j'arriverai jamais à en faire une fille qui se tient comme du monde.

L'été se poursuivait dans une sorte de torpeur. Deux courtes lettres d'Armand et de Bernard furent les seules nouveautés chez les Brulé. Pour sa part, Laurette se plaignait de voir très peu son amie Suzanne qui passait maintenant le plus clair de son temps à prendre soin d'une vieille tante demeurant rue Parthenais. À aucun moment, elle ne la vit en compagnie du pensionnaire des Charpentier. Cela l'intriguait passablement. Elle apercevait bien le jeune homme de temps à autre, mais il était toujours seul et se contentait de la saluer poliment.

Le premier dimanche du mois d'août, Suzanne vint finalement la voir chez elle au début de l'après-midi et l'invita à l'accompagner au parc Lafontaine avec ses parents. Annette accorda la permission à sa fille sans trop de peine.

Quand les deux adolescentes se retrouvèrent seules en train de déambuler lentement dans les allées ombragées du parc, Laurette, curieuse, ne put s'empêcher de l'interroger:

— Puis? Est-ce que tu t'entends ben avec Gérard Morin?

— C'est pas cette année que tu vas venir à mes noces, déclara Suzanne, tout net.

— Comment ça?

— Ce gars-là est ben trop gêné. Il parle presque pas. En plus, chaque fois que je lui ai parlé, il m'a juste posé des questions sur toi. Ça fait que je te le laisse. J'ai pas l'air de l'intéresser pantoute.

En entendant ces paroles, le cœur de Laurette se gonfla de joie.

— Et c'est juste aujourd'hui que tu me dis ça? lui demanda-t-elle en dissimulant mal son plaisir.

— Je te l'aurais dit avant, avoir su qu'il t'intéressait tant que ça, admit Suzanne, un peu dépitée par son échec de séduction. Surtout qu'il a l'air de vouloir s'en retourner chez eux, à Saint-Hyacinthe.

— Comment ça?

— Parce qu'il a pas encore trouvé de *job*. C'est en tout cas ce qu'il m'a dit la semaine passée.

Il y eut un bref silence entre les deux jeunes filles. Elles venaient de se rapprocher du canal sur lequel des couples se déplaçaient dans des canots loués.

— En tout cas, moi, j'ai pas le goût de rester vieille fille, déclara Suzanne. Je pense que je vais demander à mon père de laisser Gustave Allard venir veiller à la maison.

— Gustave Allard de la rue De Montigny? demanda Laurette, surprise.

— En plein ça. Ça fait deux fois qu'il me demande de venir veiller.

Ce soir-là, au moment de se mettre au lit, Laurette se promit d'utiliser tous les moyens pour séduire le pensionnaire de Médéric Charpentier. Elle devait agir sans plus attendre. Elle fit une courte prière pour que ce dernier trouve un emploi le plus rapidement possible. S'il devait retourner chez lui, à Saint-Hyacinthe, tous ses projets tomberaient aussitôt à l'eau.

Le lendemain, à la fin de l'après-midi, feignant d'avoir la migraine, elle sortit de la maison sous prétexte de respirer un peu d'air pour se remettre.

— J'espère que c'est pas pour aller rejoindre ton père et monter dans la voiture, dit sa mère, soupçonneuse.

— Ben non, m'man. Je vais rester devant la maison.

Depuis longtemps, Laurette avait remarqué que le jeune voisin revenait presque toujours chez les Charpentier dès la fin de l'après-midi. Ensuite, il ne bougeait pratiquement plus du balcon où il s'installait dès le souper terminé. Si elle voulait lui parler, il fallait qu'elle l'intercepte à son arrivée.

Avant de sortir de l'appartement, elle prit son sac à main, qu'elle avait bien rempli tout en prenant soin de le laisser ouvert. Quand elle se retrouva sur le trottoir, devant la porte, elle n'eut qu'une crainte, celle de voir son père arriver en même temps que le jeune homme.

À peine venait-elle de sortir qu'elle put soupirer d'aise. Elle aperçut Gérard Morin venant dans sa direction. Lorsque le jeune chômeur fut assez près, elle renversa son sac, comme par mégarde, sur le trottoir, en poussant un petit cri de surprise feinte. Gérard Morin ne put faire autrement que de s'arrêter pile à ses côtés et de l'aider à ramasser ses effets personnels répandus sur le sol.

— Merci, dit-elle en faisant un effort pour rougir. T'es ben fin de m'aider.

— Il y a pas de quoi, répondit Gérard, aussi rouge qu'elle.

— Je m'appelle Laurette Brûlé, se présenta-t-elle avec un sourire enjôleur.

— Gérard Morin. Je reste chez les Charpentier, à côté.

— Je sais. Tu restes là depuis le mois de juin, non ?

— Oui, mademoiselle. Vous, vous êtes la fille du livreur de glace, non ?

— Dis-moi pas « vous » comme si j'étais ta mère, le corrigea Laurette en riant. Appelle-moi Laurette, comme tout le monde.

L'atmosphère entre les deux jeunes gens sembla immédiatement se détendre et, tout à coup, Gérard parut moins pressé de s'esquiver.

— Où est-ce que tu travailles ? lui demanda Laurette avec son sans-gêne habituel.

— C'est drôle que tu me demandes ça, répondit le garçon. Je viens de finir ma première journée d'ouvrage à la Dominion Rubber.

— Tu fais quoi ?

— Je suis magasinier. Je fais le même ouvrage que je faisais avant à Saint-Hyacinthe.

— Comment ça se fait que t'as trouvé cette *job*-là ? Il y a pas d'ouvrage nulle part.

— Ça, c'est un coup de chance, reconnut Gérard. Le cousin de monsieur Charpentier est un des *boss* à la Dominion Rubber. Quand j'ai dit à monsieur Charpentier que c'était la dernière semaine que je restais chez eux parce que je trouvais pas d'ouvrage, il a pensé à parler à son cousin qui m'a dit de venir le voir à la compagnie à matin. En arrivant, il m'a dit que j'étais ben chanceux parce que le magasinier prend sa retraite à la fin de la semaine. J'ai été engagé tout de suite et le magasinier va passer la semaine à me montrer ce qu'il y a à faire.

— On peut dire que t'as de la chance, reconnut Laurette.

— C'était même pas mal gênant, avoua le jeune homme en allumant une cigarette. Il y avait une trentaine de chômeurs arrivés avant moi qui attendaient. Le cousin de monsieur Charpentier m'a fait passer devant tout le monde et m'a fait engager.

— Je suis ben contente pour toi, l'encouragea Laurette, heureuse de savoir que sa prière avait été entendue.

— Merci.

— Je t'ai pas vu souvent sortir le soir, fit-elle, mine de rien. Tu trouves pas ça étouffant de passer tes soirées dans ta chambre ou sur le balcon ?

— Ça arrive, admit-il.

— Moi, en tout cas, je passe mes journées à faire des fleurs avec ma mère dans la cuisine et le soir, j'irais ben marcher un peu sur la rue Sainte-Catherine si quelqu'un m'invitait, osa-t-elle dire avec une effronterie qui aurait fait frémir sa mère.

L'appel ne pouvait être plus direct et Gérard le comprit sans mal. Après une courte hésitation, il se décida à demander à la jeune fille :

— Si je t'invitais à faire une promenade, penses-tu que tes parents accepteraient ?

— Je pense qu'ils diraient oui.

— Dans ce cas-là, je vais venir leur demander la permission à soir, dit Gérard avant de la saluer et de se diriger vers la porte de la maison voisine.

Laurette rentra à son tour chez elle et, les joues rougies par l'émotion, vint reprendre sa place à table.

— Est-ce que c'est toi que j'entendais parler devant la maison ? demanda Annette à sa fille en tournant la tête vers elle.

— Oui, m'man.

— À qui tu parlais ?

— Au pensionnaire des Charpentier.

— Qu'est-ce que t'avais tant à lui dire ?

— On parlait un peu de n'importe quoi. Il vient de se trouver une bonne *job* à la Dominion Rubber. C'est arrivé juste au moment où il voulait s'en retourner à Saint-Hyacinthe.

— Bon. Ça va faire l'affaire des Charpentier.

— On s'entend ben tous les deux, dit Laurette en surveillant la réaction de sa mère.

— Tu lui as parlé juste cinq minutes, Laurette. Pars pas à l'épouvante.

— Ben, m'man, c'est assez pour voir qu'il est ben élevé. Il m'a même invitée à faire une marche avec lui après le souper.

— Il a du front, lui! s'exclama Annette Brûlé. On le connaît même pas, ce garçon-là.

— Inquiétez-vous pas, m'man. Il va venir se présenter et demander votre permission, la rassura sa fille en affichant un petit air suffisant.

À l'arrivée de son père, quelques minutes plus tard, la jeune fille se précipita au-devant de lui pendant qu'il dételait Prince pour lui apprendre que le pensionnaire des voisins allait venir lui demander la permission de l'amener en promenade le soir même.

— C'est ben beau, ça, dit Honoré, surpris de la voir si excitée par cette perspective, mais on le connaît pas ce gars-là.

— Mais p'pa, il reste juste à côté depuis le commencement de l'été.

— Je le sais, mais on lui a jamais parlé, précisa le livreur de glace en entraînant sa bête vers l'écurie. On verra ça tout à l'heure quand il viendra.

Après le repas, Laurette s'était mise à contempler son visage et sa coiffure dans le petit miroir suspendu au-dessus de l'évier de la cuisine.

— Est-ce que vous me prêteriez votre rouge à lèvres, m'man?

— Il en est pas question! trancha sa mère, sévère. T'as pas besoin de ça à ton âge. Contente-toi de te mettre un peu de poudre sur le nez, ça suffira… Je te fais remarquer que ton père et moi, on n'a pas encore accepté que tu sortes avec ce garçon-là.

— Ah, m'man! supplia la jeune fille. Je suis pâle à faire peur.

— Tu peux aussi mettre un peu de rose à joues, mais pas trop, sinon tu vas avoir l'air d'un clown.

Sur le coup de sept heures, Gérard Morin, endimanché, vint sonner chez les Brûlé.

— Va lui ouvrir, lui ordonna son père en train de fumer paisiblement sa pipe sur le balcon, à l'arrière de la maison.

Le jeune homme retira son chapeau en entrant. Il semblait si intimidé que Laurette se crut obligée de le rassurer.

— Inquiète-toi pas pour rien, lui chuchota-t-elle pendant qu'elle l'entraînait à travers la maison. Ils sont ben fins tous les deux. Ils ont jamais mangé personne.

Elle poussa la porte moustiquaire et sortit à l'extérieur. Gérard, un peu pâle, se présenta d'une voix chevrotante au couple, qui ne se gêna pas pour le scruter. Il accepta avec reconnaissance la chaise offerte par Laurette avant d'expliquer le but de sa visite aux parents de la jeune fille.

— Elle a juste dix-sept ans, tint à préciser Annette.

— Mais je vais avoir dix-huit ans cet automne, m'man, protesta sa fille.

— C'est vrai qu'il fait ben beau à soir, dit Honoré en se levant. On serait ben bêtes de pas en profiter. Qu'est-ce que vous diriez si on allait tous les quatre passer un bout de soirée au carré Bellerive? On regardera passer les bateaux sur le fleuve.

Le sourire de reconnaissance des deux jeunes gens lui apprit à quel point ils étaient heureux d'obtenir sa permission. Moins de cinq minutes plus tard, Gérard donnait le bras à Laurette et le jeune couple marchait quelques pas devant les parents de la jeune fille, en route vers le parc Bellerive situé rue Notre-Dame, entre les rues Fullum et Poupart.

Le petit parc sillonné d'allées en terre battue donnait sur le port de Montréal. Quelques années plus tôt, l'administration municipale avait vu à le doter de nombreux bancs et même d'un édicule où on trouvait des toilettes publiques et une fontaine. De nombreux érables matures assuraient à l'endroit une ombre bienfaisante durant le jour.

Pendant qu'Annette et Honoré se reposaient sur un banc, les jeunes gens marchèrent durant de longues minutes dans le parc, apparemment heureux de se raconter. À leur retour à la maison un peu après neuf heures, Gérard Morin remercia les Brûlé et les salua avant de prendre poliment congé.

— Ça m'a l'air d'un garçon ben élevé, se contenta de déclarer Honoré à sa femme au moment de se mettre au lit.

— Je sais pas s'il va réinviter notre fille, fit remarquer Annette, mais ça lui apprend au moins à se conduire comme une femme, pas comme un garçon manqué. T'as vu comment elle se surveillait quand elle lui parlait ? J'avais de la misère à la reconnaître.

— On s'énervera pas tout de suite, conclut Honoré. Après tout, elle a juste dix-sept ans et c'est la première fois qu'un gars l'invite.

～～

C'était peut-être la première fois, mais ce ne fut pas la dernière. Les Brûlé découvrirent vite que leur fille semblait plaire de plus en plus au jeune voisin, qui l'invita régulièrement à des promenades durant tout le reste de l'été. Le couple allait flâner au parc Bellerive ou alors près de l'énorme réservoir de gaz en construction, rue Harbour, à la hauteur de la rue Logan. Selon certains, cet immense réservoir couronné d'une sorte de damier rouge et blanc allait être vu de très loin tant il était imposant.

Fort sagement, Laurette se garda bien de parler de fréquentations tant à ses parents qu'à Gérard, car elle craignait que ses parents mettent fin abruptement à ses promenades en prétextant qu'elle était trop jeune. Par ailleurs, rien ne lui disait que le jeune homme ne prendrait pas peur si elle insistait pour qu'il se déclare son amoureux. Jusqu'à la fin du mois de septembre, il se contenta d'être un ami qui semblait prendre plaisir à parler avec elle.

Cependant, la situation était loin de satisfaire Laurette. Elle enviait ouvertement son amie Suzanne, fréquentée de façon assidue par son Gustave Allard. À l'entendre, ses parents n'avaient soulevé aucune objection à ce que son amoureux vienne veiller au salon le samedi soir dès leur première rencontre.

À bout de patience, Laurette finit par en discuter avec sa mère.

— M'man, le beau temps achève, lui fit-elle remarquer. En marchant hier avec Gérard, j'ai vu que les feuilles des arbres du carré Bellerive ont commencé à changer de couleur. En plus, il fait noir de plus en plus de bonne heure.

— Pour moi, tes frères sont à la veille de nous revenir, dit Annette.

— C'est pas pour ça que je vous dis ça, m'man, reprit la jeune fille avec une nuance d'impatience dans la voix. Qu'est-ce qu'on va faire, Gérard et moi, quand on va commencer à geler dehors ou quand il va faire noir de bonne heure ? On pourra plus aller faire des marches.

— Ben. Il me semble que c'est assez clair, répondit sa mère d'une voix tranchante. Vous allez arrêter d'aller faire vos marches après le souper.

— Mais quand est-ce qu'on va pouvoir se parler ?

— T'as juste à lui dire tout ce que t'as à lui dire avant les premières neiges, se moqua sa mère.

— Voyons, m'man !

— Qu'est-ce que tu veux au juste ? lui demanda Annette, sentant que sa fille avait une idée derrière la tête.

Laurette eut un instant d'hésitation avant d'avouer :

— Est-ce qu'il pourrait pas venir veiller au salon une fois par semaine ?

— À ton âge ? Tu y penses pas !

— Mais m'man, j'ai presque dix-huit ans. Vous, à cet âge-là, vous étiez presque mariée.

— C'est pas ce que j'ai fait de plus intelligent, tu sauras, ma fille. Se marier avant vingt ans, ça a pas grand bon sens. Puis, à part ça, aujourd'hui, c'est pas comme dans mon temps.

— Mais m'man, il parle pas pantoute de me marier. Il veut juste venir veiller avec moi.

— C'est lui qui t'a demandé ça ? demanda Annette, l'air soupçonneux.

— Il en a pas encore parlé, admit sa fille, mais je sens qu'il y pense.

— En tout cas, t'es mieux d'en parler d'abord à ton père. Je suis pas sûre qu'il va vouloir.

Annette avait sous-estimé le pouvoir de persuasion de sa fille. Cette dernière n'eut aucun mal à arracher la permission souhaitée à Honoré. Quand la mère de famille reprocha à son mari de se laisser manipuler trop facilement par leur fille, il se contenta de dire :

— Elle a presque dix-huit ans. T'es tout de même pas pour la garder encore sous tes jupes pendant des années. J'aime mieux avoir son Gérard qu'un autre dans mon salon. Il est ben élevé. Il est sérieux et il a une *job*. Elle pourrait nous arriver un jour avec un sans-cœur qu'on connaît pas.

Pour sa part, Laurette avait mal évalué à quel point elle était parvenue à séduire Gérard durant les semaines précédentes. Elle n'eut pas à ruser pour le pousser à demander à son père la permission de la fréquenter. À sa grande surprise, le magasinier de la Dominion Rubber prit les devants.

À la fin de la première semaine d'octobre, il aborda lui-même le sujet avec la jeune fille lors de leur promenade du dimanche après-midi.

— Il commence à faire pas mal froid pour marcher tout l'après-midi, lui fit-il remarquer alors que la rue Sainte-Catherine était balayée par un désagréable petit vent d'ouest.

— C'est vrai, reconnut Laurette, saisie d'un frisson incœrcible. En plus, on dirait qu'il va mouiller.

— Je pense qu'on est mieux de s'en retourner, suggéra son compagnon qu'une première goutte de pluie venait d'atteindre.

Ils revinrent sur leurs pas, déçus de ne pouvoir prolonger cette promenade qu'ils venaient à peine d'entamer. Au moment où ils traversaient la rue Dufresne, près de la rue Champagne, Gérard se décida.

— Est-ce que tu voudrais que j'aille veiller avec toi, chez vous, de temps en temps? lui demanda-t-il d'une voix un peu hésitante.

— Certain, répondit Laurette.

— Penses-tu que ton père et ta mère vont vouloir?

— Je vais leur en parler, mentit-elle, mais je suis pas mal sûre qu'ils vont accepter que tu viennes veiller le samedi soir.

Lorsqu'ils se quittèrent à la porte, Laurette était persuadée que leur relation venait de franchir un pas important. Par sa demande, Gérard avait délaissé son rôle d'ami pour devenir officiellement son amoureux. Dorénavant, elle n'avait plus rien à envier à Suzanne Tremblay.

Environ une heure plus tard, la porte d'entrée de l'appartement des Brûlé s'ouvrit avec fracas pour laisser passer Armand et Bernard de retour de Saint-Guillaume après une absence de plus de trois mois.

— Bonjour, tout le monde! crièrent-ils à l'unisson en pénétrant dans la maison.

— Sainte bénite! s'écria Annette en se précipitant vers eux, au comble de la joie. Vous v'là enfin revenus! Je pensais que votre oncle et votre tante étaient pour vous garder tout l'hiver.

— Ben non, m'man, dit Bernard après avoir embrassé sa mère sur une joue. Vous les connaissez. On est allés chercher les poches de sarrasin hier au moulin. Il reste juste à labourer. Ça fait qu'on n'était plus utiles. Mon oncle s'est dépêché de demander à Roméo Gingras, un de ses voisins, s'il nous ramènerait pas aujourd'hui en ville.

— Est-ce que votre oncle vous a parlé de l'avoine qu'il est supposé me donner pour Prince? s'inquiéta Honoré en secouant sa pipe au-dessus du cendrier posé sur le rebord de la fenêtre.

— C'est pour ça qu'il a demandé à Gingras de nous ramener, intervint Armand. Il a un vieux *truck*. Il a apporté les poches d'avoine. Elles attendent dans le *truck*.

— Pourquoi il entre pas, lui? intervint sa mère.

— Il est gêné, m'man. Il a pas dit un mot du voyage. En plus, il a l'air pressé de revenir chez eux. Je pense qu'on est mieux d'aller décharger parce qu'il est ben capable de s'en retourner avec notre stock.

— Ce serait enrageant en maudit, déclara Bernard. C'est tout ce qu'on a eu pour avoir travaillé douze heures par jour depuis le commencement de l'été.

— Ça et une poche de farine de sarrasin, le corrigea son frère aîné. Ma tante vous en envoie vingt-cinq livres.

Là-dessus, les deux frères sortirent de la maison en compagnie de leur père. Une petite pluie fine s'était mise à tomber, mais elle ne pouvait endommager l'avoine parce qu'on avait recouvert les poches d'une épaisse toile. Après avoir ouvert la porte cochère, on invita le conducteur du camion à reculer dans le passage couvert entre les deux maisons et on déchargea rapidement les poches d'avoine destinées au cheval. Debout sur le balcon en compagnie de sa fille, Annette ne pouvait s'empêcher d'admirer ses deux fils qui lui étaient rendus, grandis de quelques pouces et le visage tanné par le soleil.

Roméo Gingras n'aida pas au déchargement. L'homme de taille moyenne au ventre avantageux se contenta de s'appuyer contre la portière de la cabine de son camion et de regarder avec un air impatient les va-et-vient des Brûlé chargés de poches d'avoine. Quand le camion fut déchargé, le cultivateur refusa d'entrer boire une tasse de thé. Il salua les dames en soulevant légèrement sa casquette et s'empressa de remonter à bord de son véhicule. Il reprit la route sans répondre aux salutations de la famille.

— Drôle de bonhomme! ne put s'empêcher de faire remarquer Honoré. J'espère qu'il s'attendait pas à ce qu'on le paye pour le voyage.

— Il manquerait plus que ça, protesta sa femme. Ça nous regarde pas pantoute. C'est à Adrien de régler ça avec lui.

Soudain, la mère de famille aperçut Laurette sur le balcon qui gesticulait en direction de la maison voisine. Elle ouvrit la porte de la cuisine.

— Veux-tu ben entrer dans la maison, espèce d'énervée! Attends-tu d'attraper ton coup de mort? On gèle dehors et ton manteau est même pas boutonné. À qui tu faisais des signes?

— À Gérard, avoua Laurette sans aucune gêne.

— Qu'est-ce qu'il voulait? Tu l'as vu au commencement de l'après-midi.

— Il voulait savoir s'il pouvait venir veiller à soir, dit la jeune fille en se tournant vers son père.

— On s'était pas entendus pour que ce soit le samedi soir? demanda celui-ci.

— Oui, p'pa, mais hier, il a pas pu.

— OK pour à soir, mais à partir de la semaine prochaine, ce sera le samedi soir ou pas pantoute, précisa le père de famille en prenant un air sévère. Le dimanche soir, j'aime ça me coucher de bonne heure. Je me lève à cinq heures pour aller travailler le lundi matin. En tout cas, il est pas question qu'il reste plus tard que dix heures et demie.

— Merci, p'pa.

Laurette boutonna son manteau pour faire plaisir à sa mère et sortit sur le balcon. De toute évidence, Gérard attendait sa réponse dehors puisqu'elle lui cria que c'était d'accord. Lorsqu'elle rentra, ses frères étaient attablés, en train de manger une grosse portion de pudding au pain.

— Sacrifice! Je comprends que votre oncle ait pas eu les moyens de vous nourrir et de vous payer en même temps, plaisanta leur père en fixant leur assiette.

— C'est juste un commencement, p'pa, dit Bernard en riant.

— Annette, fais-moi penser de poser un cadenas sur la glacière avant qu'on aille se coucher à soir, reprit Honoré en se tournant vers sa femme. Si on les laisse faire, on va se retrouver dans la rue avant le commencement de l'hiver.

Il y eut un éclat de rire général dans la cuisine. Puis le cadet de la famille se tourna vers son frère Armand pendant que sa sœur retirait son manteau.

— C'est pas vrai! s'exclama-t-il, en feignant la stupeur. J'ai dû mal entendre. Dis-moi pas qu'il y a un gars assez brave pour venir veiller avec notre sœur.

— On dirait ben, répliqua son frère en entrant dans le jeu. Pour moi, ce doit être un gars ben mal pris.

— Pour moi, il durera pas ben longtemps.

— Je te gage cinq cennes qu'il reviendra pas une autre fois.

— Me prends-tu pour un fou ? s'indigna son frère. C'est sûr que je vais perdre.

— Aie ! vous deux, vous êtes mieux d'arrêter vos niaiseries, sinon vous allez avoir affaire à moi, les prévint Laurette en s'approchant, une main levée.

— C'est ça que je disais, dit Bernard, l'air faussement attristé. Tout ce qu'elle sait faire, c'est de fesser sur le monde. J'ai ben peur que le pauvre gars parte de la maison, à soir, plein de bleus.

— C'est assez ! ordonna leur mère. Vous avez fini de manger, les garçons. À cette heure, allez me placer votre linge dans vos tiroirs. Toi, Laurette, viens m'aider à éplucher les patates. Après, tu iras épousseter le salon.

Chez les Brûlé, on avait encore la vieille mentalité de la campagne en ce qui concernait l'usage du salon. C'était une pièce qui ne servait que dans les grandes occasions. On n'y mettait les pieds que lors des grandes fêtes ou quand il se présentait des visiteurs de qualité. En d'autres temps, on recevait les gens dans la cuisine. C'est pourquoi le divan et le fauteuil recouverts de velours vert bouteille avaient encore la rigidité de meubles neufs, même s'ils avaient été achetés vingt ans plus tôt. Le linoléum aux arabesques rouge vin qui couvrait le parquet semblait aussi neuf.

Après le souper, lorsque Gérard vint sonner à la porte des Brûlé, Annette retint l'empressement de sa fille d'un geste impérieux.

— Whow ! Casse-toi pas une jambe pour aller lui répondre plus vite, lui ordonna-t-elle. Fais-lui ben essuyer ses pieds avant d'entrer dans le salon et fais attention à notre divan. Puis surtout, tiens-toi comme du monde.

— Ayez pas peur, m'man, intervint Bernard, on va la surveiller.

— Toi, le drôle, mêle-toi de tes affaires, lui commanda son père d'une voix sévère.

Sans rien dire, Laurette alla ouvrir au jeune homme. Elle revint avec lui dans la cuisine pour lui permettre de saluer ses parents et de faire la connaissance de ses deux jeunes frères. Ensuite, elle l'entraîna dans le salon et s'assit à ses côtés sur le divan.

Après quelques instants d'embarras, Gérard et elle retrouvèrent leur complicité habituelle. Si Laurette lui parla longuement de ses frères et de sa famille, Gérard l'entretint de son emploi à la Dominion Rubber et de ses compagnons de travail. De temps à autre, Honoré ou Annette venait voir ce qui se passait dans la pièce avant de retourner se bercer dans la cuisine. À dix heures trente, le soupirant revint saluer les parents de son amie avant de prendre congé.

Dès le départ de Gérard, Honoré se leva pour signifier à chacun qu'il était l'heure de se mettre au lit. Bernard et Armand rangèrent le damier sur lequel ils avaient disputé quelques parties pour occuper cette soirée maussade d'octobre.

— Il y a pas de presse d'aller vous chercher de l'ouvrage demain matin, leur dit leur père en commençant à déboutonner sa grosse chemise en flanelle. Prenez une couple de jours pour souffler un peu.

— Oui, approuva leur mère en remontant, comme chaque soir, l'horloge installée sur une tablette, près de la glacière. Demain, pendant qu'on va faire le lavage, vous pourriez commencer à ôter les jalousies et à installer les châssis doubles. Ça commence à être pas mal frais, le matin.

— Vous êtes chanceux, leur fit remarquer Laurette, qui venait d'éteindre les deux lampes du salon. J'ai cordé le bois dans le hangar. Vous aurez pas à le faire.

Sur ces mots, chacun regagna sa chambre et le silence tomba sur l'appartement, à peine troublé par les pas des Bourdages, un couple de personnes âgées qui vivait à l'étage.

~⌇

Le lendemain matin, il faisait encore noir quand Honoré et Annette se levèrent dans l'appartement froid et humide.

— Je vais faire une attisée, annonça le père de famille en soulevant un rond du poêle l'Islet à deux ponts qui trônait dans la cuisine.

L'homme froissa une feuille de journal qu'il jeta dans le poêle en même temps que des copeaux de bois avant de frotter une allumette. Aussitôt, des flammes claires s'élevèrent. Il s'empressa ensuite d'ajouter deux rondins qui, une fois enflammés, firent ronfler l'appareil. Sa femme déposa une bouilloire d'eau sur le poêle pendant que son mari endossait un manteau pour aller nourrir et abreuver Prince dans l'écurie, comme il le faisait tous les jours avant le déjeuner.

À son retour, l'eau était chaude. Il en prit un peu pour se raser. Après sa toilette, il s'assit à table pour manger les crêpes que sa femme venait de faire cuire dans sa poêle de fonte.

— Entre-moi donc le *boiler* et la cuvette, demanda-t-elle à son mari au moment où il s'apprêtait à quitter la pièce. Il mouille pas. On va faire le lavage à matin.

Après avoir déposé sur le balcon les deux cuves, le livreur de glace attela son cheval et sortit sous le passage voûté conduisant à la porte cochère. Le bruit réveilla Laurette qui vint rejoindre sa mère dans la cuisine.

— On va laisser dormir un peu les garçons, lui dit Annette. Mange pendant que je vais aller m'habiller et faire mon lit.

Le jour s'était levé. De lourds nuages couraient dans le ciel et il faisait froid. La mère et la fille avaient tiré dans la cuisine la lourde machine à laver entreposée durant la belle saison à l'extrémité du balcon. L'appareil, constitué d'une cuve en bois et d'un agitateur actionné manuellement par un bras extérieur, contenait tous les vêtements sales de la semaine. Pendant que la cuve remplie d'eau chauffait sur le poêle, les deux femmes séparèrent les tissus blancs des autres et déposèrent dans la cuvette un carré de bleu à laver.

Lorsque l'eau fut chaude, elles unirent leurs forces pour soulever la cuve et la vider en partie dans la laveuse, conservant le reste pour le rinçage.

— Pendant que vous lavez le blanc, m'man, dit Laurette, je vais frotter le linge trop sale.

Ce disant, la jeune fille alla chercher la planche à laver qu'elle installa dans la cuve posée sur un banc et, avec un pain de savon Barsalou, se mit à frotter énergiquement les vêtements tachés après les avoir mouillés et enduits de savon.

Armand et Bernard émergèrent de leur chambre à coucher au moment où leur mère s'apprêtait à aller étendre sa première cordée de vêtements fraîchement lavés. Ils firent griller sur le poêle des rôties qu'ils dévorèrent après les avoir tartinées de confiture de fraise.

— Bon. Ça va faire, les paresseux, leur dit leur mère en rentrant dans la cuisine pour poursuivre son travail. Vous allez enlever les jalousies du salon et de ma chambre pour commencer, et installer les châssis doubles. Sortez d'abord les châssis doubles. Laurette va laver les vitres avant que vous les installiez. Je vais finir le lavage toute seule.

— On est capables de les laver, si vous voulez, offrit Bernard en quittant la table.

— Laisse faire, intervint sa sœur. J'ai pas l'intention d'être poignée avec des vitres beurrassées pendant tout l'hiver.

— Laurette va vous donner les guenilles qu'on a taillées la semaine passée. Vous vous en servirez pour calfeutrer. Quand vous mettrez les jalousies dans le hangar, placez-les comme du monde pour qu'on les ait pas dans les jambes jusqu'au printemps prochain.

Les deux frères se mirent au travail. Laurette s'était installée dans la cour avec un seau d'eau et nettoyait avec soin chaque contre-fenêtre avant que l'un de ses frères vienne la prendre pour l'installer après avoir déposé les vieilles persiennes vertes au fond du hangar.

Après avoir lavé les deux premières fenêtres, la jeune fille traversa la maison et alla se planter, debout sur le trottoir, devant chacune, pour voir si le travail avait été bien exécuté. Lorsqu'elle aperçut de nombreuses empreintes de doigts dans la fenêtre du salon, elle chercha à les effacer avec son chiffon. Il lui fut impossible de les enlever. Elle appela Armand et Bernard occupés à retirer les persiennes de la fenêtre de sa chambre, dans le passage voûté.

— Regardez ce que vous avez fait à mes vitres propres! s'écria-t-elle, mécontente.

— T'as juste à les essuyer, suggéra Bernard, frondeur.

— C'est en-dedans que c'est sale, innocent! s'emporta Laurette. Tu vas aller me nettoyer ça tout de suite, tu m'entends? J'ai pas lavé ces vitres-là pour rien.

— Tout à l'heure, si j'ai le temps, répliqua le cadet à qui la moutarde commençait à monter au nez. Viens pas faire le *boss* avec moi, Laurette Brûlé! Tu me fais pas peur.

— Mon petit maudit baveux ! Attends que…

Annette apparut dans l'encadrement de la porte d'entrée au moment où le frère et la sœur allaient s'empoigner.

— Laurette ! Ça va faire ! ordonna-t-elle sèchement à sa fille. Veux-tu que toute la rue connaisse ton caractère ? Arrête de crier ! Vous autres, ajouta la mère de famille en se tournant vers ses fils, vous allez faire plus attention aux vitres qui viennent d'être lavées. Vous êtes pas aveugles. Si vous voyez des marques, essuyez-les avant d'installer les fenêtres.

Laurette arracha son chiffon des mains de Bernard et rentra dans la maison derrière sa mère en faisant claquer rageusement la porte.

— Ça vaut ben la peine de se désâmer à faire des vitres propres avec ces gnochons-là ! dit-elle avec mauvaise humeur.

— Fais donc pas une montagne avec rien, lui conseilla sa mère. Arrête de chialer pour des niaiseries et contrôle ton petit caractère.

À son retour du travail, cet après-midi là, Honoré se rendit compte que l'appartement avait déjà revêtu l'aspect coutumier qu'il prenait chaque hiver. Il remarqua aussi bien la disparition de la porte moustiquaire que l'installation des contre-fenêtres qui avaient été calfeutrées.

— Je pense qu'il reste plus qu'à faire entrer une dizaine de poches de charbon de chez Bégin pour qu'on soit prêts à hiverner, dit-il à sa femme en allumant sa pipe.

— J'enverrai Armand s'en occuper la semaine prochaine. Quand est-ce que t'as l'intention de faire ferrer Prince ?

Faire ferrer le cheval à neuf était une dépense à laquelle le couple devait se résigner chaque automne.

— J'ai regardé ses fers. Je pense que cette année ils vont durer jusqu'au printemps.

Annette se mordit la lèvre et s'abstint de répliquer. Elle s'attendait déjà à cette décision de son mari, tant l'argent se faisait de plus en plus rare en cette période de crise.

Chapitre 3

Les fréquentations

L'hiver 1931 laissa le souvenir d'un cauchemar sans fin à beaucoup de Montréalais. La misère générée par la crise économique fut rendue encore plus pénible par les vagues de froid polaire succédant aux nombreuses tempêtes de neige qui paralysèrent souvent la vie de la métropole. Durant tout l'hiver, les journaux ne parlèrent que de fermetures d'usine et de faillites à répétition. Les chansons entraînantes de la Bolduc ne parvinrent pas à faire oublier la faim qui sévissait dans la population.

Chez les Brûlé, on se serra encore plus la ceinture qu'à l'ordinaire. Honoré ne rapportait plus à la maison que cinquante ou soixante cents chaque jour, tant sa clientèle avait diminué durant les grands froids. Ses fils ne parvenaient à se trouver qu'une ou deux journées de travail par semaine, le plus souvent comme livreurs de charbon chez Bégin, rue D'Iberville. Lorsque Laurette proposa de se chercher elle aussi un travail pour venir en aide à la famille, la réaction de son père fut sans appel.

— Il en est pas question ! Tu vas rester à la maison avec ta mère. L'ouvrage manque pas. T'as juste à continuer à faire des fleurs avec elle.

Pour Laurette, la veillée du samedi soir passée en compagnie de Gérard était devenue son unique rayon de soleil de la semaine.

— Si encore on avait un radio à galènes comme chez Suzanne, on pourrait écouter de la musique ou les nouvelles, se plaignait-elle parfois à sa mère, en travaillant à ses côtés.

— Arrête de toujours réclamer, ma fille, la réprimandait Annette. Tu devrais t'estimer heureuse d'être au chaud, en dedans, et de manger tes trois repas par jour. Pense à ton père qui passe sa journée au gros froid à monter des escaliers avec ses blocs de glace.

⁓

Quand les premiers signes du printemps 1931 arrivèrent, beaucoup de gens poussèrent un soupir de soulagement en espérant que le retour des jours chauds rendrait leur misère moins pénible.

Au début de l'été, Bernard et Armand retournèrent travailler à contrecœur chez leur oncle Adrien. Cette fois, ils savaient à quoi s'attendre et partaient avec la ferme intention de n'y rester que si on leur offrait un meilleur traitement que l'année précédente.

— Il va au moins me fournir mon tabac, déclara Armand à ses parents au moment de partir.

L'adolescent de seize ans avait découvert le plaisir de fumer durant l'hiver. Honoré ne s'était pas opposé à ce que son fils fume, mais avait interdit à Bernard d'imiter son frère aîné.

— T'attendras d'avoir seize ans, toi aussi, pour fumer, lui avait-il dit sur un ton qui ne souffrait aucune discussion.

L'adolescent n'avait pas osé protester. Comme il fumait déjà, il fut donc condamné à continuer de satisfaire son vice en cachette.

Pour sa part, Laurette était heureuse de l'arrivée de la belle saison. Elle put enfin reprendre ses promenades avec son amoureux. Elle était fière de s'exhiber dans les rues du quartier, pendue à son bras.

— Il est pas question d'aller te promener durant la semaine, trancha sa mère quand elle laissa entendre vouloir profiter d'une belle soirée pour aller jusqu'au parc Bellerive avec Gérard.

— Pourquoi?

— Parce que c'est comme ça. Tu le reçois au salon le samedi soir et tu pourras aller faire une marche avec lui le dimanche après-midi, si ça vous tente, mais ça va s'arrêter là. Vous êtes pas fiancés que je sache!

La jeune fille eut beau tempêter et bouder, sa mère demeura inflexible. Contrairement à son habitude, elle dut se soumettre.

— C'est une vraie prison, ici-dedans! se plaignit-elle, en désespoir de cause.

— C'est ça, se moqua sa mère, et t'es au pain et à l'eau. Pourtant, à te voir, on croirait pas que t'as maigri.

Il y eut un silence dans la cuisine. Puis Laurette se leva et disparut un long moment dans sa chambre. Lorsqu'elle revint, elle avait un air soucieux.

— Est-ce que vous trouvez que j'ai engraissé, m'man? demanda-t-elle.

— Un peu. Il y a juste à voir comment tu forces les coutures de ta robe, déclara cette dernière. Mais c'est pas grave. Une femme grasse, ça fait riche.

— Ah non! protesta sa fille. Je veux pas être grosse, moi.

— Qu'est-ce que t'as contre les grosses? demanda sa mère en haussant la voix.

Annette était bien en chair depuis plusieurs années et s'en trouvait bien.

— J'ai rien contre ça, m'man, mais je veux pas grossir trop vite.

Dès lors, la jeune fille surveilla étroitement ses portions de nourriture lors des repas, ce qui la rendit parfois particulièrement irritable. Cependant, à la fin de l'été, elle avait perdu suffisamment de poids pour que son amoureux s'inquiète de son état de santé.

— Je suis pas malade. J'ai simplement moins faim quand il fait chaud, c'est tout, lui mentit-elle avec un sourire rassurant.

Laurette ne mentait qu'à moitié. Depuis le début de la troisième semaine du mois de juin une chaleur lourde et humide écrasait Montréal et rendait pénible tout effort physique. Honoré rentrait fourbu chaque soir. Le livreur devait effectuer ses livraisons de plus en plus rapidement pour éviter que sa glace fonde. Par ailleurs, Annette avait dû consentir sans trop d'enthousiasme à ce que sa fille aille se promener un soir ou deux durant la semaine avec son amoureux parce qu'il était ridicule que les deux jeunes se parlent d'un balcon à l'autre devant tous les voisins.

Un soir du mois de juillet, la jeune fille rentra à la maison tout excitée après une promenade au bras de Gérard. Elle retrouva son père et sa mère assis sur le balcon à l'arrière de l'appartement, à la recherche du moindre souffle d'air frais.

— Bon. Qu'est-ce qui t'arrive encore ? lui demanda sa mère.

— Savez-vous ce qui va se construire au coin de Dufresne et de De Montigny, m'man ?

— Il va se construire quelque chose là ?

— Oui. On vient de parler à un homme qui travaillait là. Ils sont en train de creuser.

— Puis ? demanda son père en retirant sa pipe de sa bouche.

— Ça va être un bain, p'pa! Un bain comme le bain Laviolette, au coin de De Lorimier. Il paraît que ça va s'appeler le bain Quintal et qu'il va être prêt l'année prochaine.

— En v'là une affaire, fit sa mère, peu impressionnée. Une place où des hommes et des femmes vont se laver en même temps que des purs étrangers. Ouach!

— Mais m'man, les hommes et les femmes y vont pas le même jour.

— Puis après, c'est pas tellement mieux, rétorqua sa mère. À part ça, se baigner dans la même eau que du monde que tu connais même pas, ça donne mal au cœur rien que d'y penser.

En fait, Laurette n'avait eu ce soir-là que la confirmation de ce que son amie Suzanne lui avait appris la veille avec un enthousiasme qu'elle n'avait pas compris.

— Ça t'énerve pas parce que t'es jamais allée te baigner au bain Laviolette, avait dit son amie, piquée par son indifférence. T'essaierais ça une fois et tu voudrais y retourner tous les jours, avait-elle assuré. J'y suis allée avec ma cousine la semaine passée. Je te dis que c'est le *fun*.

— Quand bien même que ma mère accepterait que j'y aille, j'ai pas de costume de bain, avait rétorqué Laurette.

— J'en ai deux. Je pourrais t'en passer un. J'ai aussi un autre casque de bain. Envoye! Demande la permission à ta mère. Jeudi, c'est le jour des femmes. On pourrait y aller de deux heures à trois heures. On a juste à apporter notre costume de bain et une serviette. Il y a des cabines pour se changer.

Laurette laissa passer un long moment avant de se décider à demander la permission à sa mère.

— M'man, Suzanne va souvent au bain Laviolette, au coin de De Montigny et de De Lorimier. Elle dit que l'eau est ben propre et qu'il y a pas de danger.

— C'est elle qui le dit, fit sa mère en s'essuyant le front avec son mouchoir.

Même si le soleil était en train de se coucher, la chaleur était encore désagréable.

— J'aimerais ça y aller au moins une fois, finit par dire la jeune fille sur un ton légèrement suppliant. Je sors jamais de la maison. Il me semble que ça me ferait du bien d'aller me baigner là une fois. On passe nos journées à cuire dans notre jus.

— Cette patente-là est une affaire de fou, fit remarquer Annette, mécontente. C'est pas parce que Suzanne Tremblay a la permission de sa mère d'y aller que tu dois faire la même chose.

— Envoyez donc, m'man! insista la jeune fille.

— À part ça, t'as même pas de costume de bain.

— Suzanne en a deux. Elle est prête à m'en passer un.

— Tiens! On dirait ben que vous avez déjà tout organisé comme si t'étais sûre d'avoir la permission, rétorqua sa mère d'une voix acide. Tu sais ben que t'entreras jamais dans son costume de bain.

— Je suis pas si grosse que ça, vous saurez, répliqua sa fille, piquée au vif par la remarque. J'arrête pas de maigrir depuis le commencement de l'été.

Annette jeta un coup d'œil vers Honoré, comme pour lui demander son aide. Son mari, imperturbable, se contenta de continuer à fumer sa pipe sans se mêler de la discussion.

— Toi, qu'est-ce que t'en penses? finit-elle par lui demander, ulcérée de constater qu'il lui laissait, encore une fois, le mauvais rôle.

— D'après moi, elle risque pas grand-chose d'essayer ça, laissa-t-il tomber. Elle en mourra pas d'y aller une fois.

— C'est ben ça, dit Annette. La petite fille à son père a encore eu ce qu'elle voulait. En tout cas, toi, si t'attrapes une maladie en allant te tremper dans cette eau sale là, viens pas te plaindre, conclut la mère.

Laurette rentra dans la maison, heureuse de sa victoire.

Durant la nuit, le ciel se couvrit de lourds nuages, mais la chaleur demeura insupportable. À son réveil, la jeune fille s'inquiéta.

— On dirait qu'il va mouiller, dit-elle à sa mère.

— Ce serait tant mieux. Ça va peut-être rendre l'air plus respirable.

— J'espère que ça nous empêchera pas d'aller au bain.

— C'est sûr que t'iras pas courir sur la rue De Lorimier s'il fait mauvais, affirma sa mère sur un ton sans appel.

Au milieu de l'avant-midi, le temps n'avait pas changé et Laurette s'empressa d'aller emprunter le costume de bain de son amie. Quelques minutes plus tard, enfermée dans sa chambre, elle éprouva un réel soulagement en constatant qu'elle pouvait l'enfiler sans aucun problème.

— Viens me montrer ça, lui ordonna sa mère en train de raccommoder des vêtements dans la cuisine.

Quand elle vit sa fille s'avancer dans la pièce vêtue d'un pantalon bouffant noir s'arrêtant aux genoux et d'une espèce de robe aux manches courtes de la même couleur et boutonnée jusqu'au cou, elle eut une grimace de désapprobation.

— Je trouve que c'est pas mal indécent, dit-elle.

— Mais m'man, je montre rien, protesta Laurette. C'est la mode. En plus, Suzanne m'a dit qu'il y a juste des filles.

— Il manquerait plus qu'il y ait des hommes! s'exclama sa mère.

Après le dîner, la jeune fille prit la direction du bain Laviolette en compagnie de son amie. À leur arrivée devant l'immeuble en brique rouge situé presque sous le nouveau pont, elles virent une quinzaine de jeunes filles et de femmes attendant patiemment devant la porte. Lorsqu'elle s'ouvrit enfin, toutes se précipitèrent à l'intérieur. En quelques minutes, elles revêtirent leur costume de bain et se coiffèrent d'un casque, mais à la surprise de Laurette, chacune dut passer sous la douche avant de pénétrer dans la vaste salle où se trouvait la piscine. Elle fut alors moins étonnée par la taille de cette dernière que par la forte odeur de chlore qui s'en dégageait.

— Mais ça sent ben l'eau de Javel, dit-elle à Suzanne en s'avançant vers l'extrémité de la piscine où trônaient deux tremplins.

— Viens à l'autre bout, lui conseilla son amie en l'entraînant. Là, c'est trop creux pour toi si tu sais pas nager.

Laurette la suivit et se laissa glisser dans trois pieds d'eau. Elle éprouva une telle impression de rafraîchissement qu'elle fut incapable de retenir un cri de joie.

— Que ça fait du bien ! s'écria-t-elle en s'avançant dans l'eau de manière à en être recouverte jusqu'aux épaules.

Elle demeura appuyée contre le bord de la piscine durant un long moment à savourer l'agréable sensation de l'eau fraîche sur son corps. Suzanne, debout à ses côtés, finit par plonger sous l'eau et ne reparut à la surface que quelques instants plus tard, à une bonne distance de son amie.

— Montre-moi comment on fait ça, lui demanda Laurette, enthousiaste.

Suzanne lui expliqua la manœuvre et Laurette réussit à l'imiter assez bien.

— Je suis pas capable d'ouvrir les yeux dans l'eau, ça chauffe trop, se plaignit-elle.

— C'est à cause du chlore qu'ils mettent dans l'eau, lui expliqua Suzanne.

Les deux jeunes filles s'amusèrent un long moment. Puis, Suzanne sortit de la piscine en disant:

— Regarde-moi ben faire.

Son amie prit la direction du plus petit tremplin sur lequel elle monta. Elle s'avança au bout de la planche et sauta pieds joints dans l'eau.

— T'as vu ça? cria-t-elle fièrement à Laurette après être revenue à la surface. Il y a juste à retenir sa respiration en sautant.

— Moi aussi, je suis capable de faire ça, fit Laurette en sortant de la piscine à son tour. Attends.

— Aïe! Fais attention, la mit en garde Suzanne. Il y a huit pieds d'eau à cette place-là.

Mais Laurette ne l'entendit pas. Elle marcha rapidement à l'autre extrémité de la piscine, monta sur le tremplin, prit un élan et s'élança dans le vide, les pieds en avant, les yeux fermés et la respiration bloquée. Elle s'enfonça profondément dans l'eau. Elle eut alors l'impression qu'elle se noyait tant la descente durait longtemps. Elle eut beau se débattre, elle n'en atteignit pas moins le fond. Paniquée, elle se débattit pour se retrouver à l'air libre. Elle manquait d'air et crut qu'elle allait mourir. Elle fit des mouvements désordonnés pour remonter à la surface. À l'instant où elle allait réussir, sa tête heurta celle d'une nageuse qui exécutait des longueurs de piscine.

Sous le choc, Laurette poussa un cri de douleur, avala de l'eau et s'étouffa. Heureusement, le maître-nageur, debout au bord de la piscine se rendit compte de ce qu'il se passait. Il se jeta à l'eau pour aller la récupérer au moment où elle allait disparaître à nouveau sous la surface. Alarmée, Suzanne sortit de la piscine et se précipita vers eux à l'instant où des baigneuses aidaient l'homme à tirer Laurette hors de l'eau pour la déposer sur le carrelage.

— Es-tu correcte, Laurette ? lui demanda son amie en s'agenouillant à ses côtés après avoir écarté quelques femmes qui entouraient la jeune fille.

Cette dernière se leva en récupérant tant bien que mal ce qui lui restait de dignité.

— Ben oui ! Ben oui ! répondit-elle avec humeur. Où est-ce qu'elle est la maudite niaiseuse qui a essayé de me noyer ? s'exclama-t-elle en jetant autour d'elle des regards furieux.

— C'était juste un accident, dit Suzanne pour l'apaiser. Vous vous êtes cognées sans faire exprès.

— Laisse faire, toi ! Je suis sûre qu'elle a fait exprès.

Le surveillant de la piscine s'approcha et conseilla à Suzanne d'emmener son amie à l'extérieur, tant pour lui permettre de reprendre ses esprits que pour éviter un esclandre. Encore secouée, Laurette accepta de suivre son amie dans le vestiaire. Les deux jeunes filles s'habillèrent et quittèrent le bain public.

Elles venaient à peine de quitter l'endroit que la nature se déchaîna. Des éclairs zébrèrent le ciel et le tonnerre se mit à rouler de façon terrifiante.

— Grouille, Suzanne, on va poigner la pluie ! s'écria Laurette en accélérant le pas.

Malheureusement, elles ne furent pas assez rapides. À peine venaient-elles de traverser la rue Parthenais que le ciel ouvrit ses vannes. Poussée par le vent, une pluie torrentielle se mit à tomber. Cette dernière était si forte qu'elle les cinglait sans ménagement. Elles se mirent à courir, mais ce fut peine perdue. À leur arrivée rue Champagne, elles étaient à bout de souffle et complètement trempées.

— On a l'air fines en maudit, là ! s'exclama Laurette, à bout de souffle, au moment où son amie s'apprêtait à rentrer chez elle. On a l'air de deux chiens mouillés.

— On pouvait pas savoir, répliqua Suzanne en grimpant les deux marches menant à la porte d'entrée de chez elle.

— Je te rapporte ton costume et ton casque demain, fit Laurette en traversant la rue pour rentrer chez elle à son tour.

Quand Annette vit l'état dans lequel sa fille rentrait à la maison, elle laissa éclater sa mauvaise humeur.

— As-tu vu de quoi t'as l'air ? lui demanda-t-elle en s'approchant.

— Ben, m'man, je pouvais pas savoir qu'il était pour nous tomber un orage sur la tête juste au moment où on revenait.

— Ben non, se moqua sa mère. Je suppose que t'es pas encore assez vieille pour comprendre qu'on apporte un parapluie quand de la pluie s'annonce.

— J'y ai pas pensé, se défendit sa fille.

— T'aurais pas pu au moins attendre à l'abri que ça se calme un peu ?

— Ben non. Où est-ce que vous vouliez que j'aille ?

— En tout cas, j'espère que personne t'a vue arrangée comme ça, fit Annette. La robe collée sur le dos. Des plans pour ruiner cette robe-là et tes souliers. Là, va te changer et étends ton linge sur la galerie pour le faire sécher.

La mère de famille ne songea pas à demander à sa fille si elle avait apprécié son expérience d'un bain public. Cependant, elle devina rapidement que cela ne l'avait guère enchantée puisqu'elle ne demanda pas à renouveler l'expérience durant l'été.

~⌐◡

À la fin du mois d'août, Laurette et Gérard firent le bilan de leur première année de fréquentation. Le jeune homme était allé rendre visite à ses parents une demi-douzaine de fois durant cette période, mais ceux-ci n'étaient jamais venus le voir. Comme le jeune homme le reconnaissait volontiers, il n'aurait pu recevoir dignement les siens dans la petite chambre que les Charpentier lui souslouaient.

Laurette n'avait donc jamais rencontré la famille de son amoureux parce qu'il n'était pas question que ses parents la laissent aller à Saint-Hyacinthe. Il en avait été vaguement question à Pâques, mais Annette Brûlé s'y était vivement opposée.

— T'iras pas là toute seule, avait-elle décrété quand sa fille avait abordé le sujet. On connaît pas ce monde-là.

— Mais m'man, je vais être avec Gérard, avait vainement protesté Laurette.

— Non. Si ça devient plus sérieux entre vous deux, on en reparlera plus tard.

Cependant, la jeune fille avait beaucoup entendu parler de Lucille et de Conrad Morin par leur fils. Le magasinier de la Dominion Rubber adorait sa mère qu'il lui avait décrite comme une pianiste très douée que la musique classique et la lecture enchantaient. Son père, accordeur chez Casavant, à Saint-Hyacinthe, partageait les goûts de sa femme.

Laurette avait rapidement compris que la famille Morin, sans être riche, appartenait à une autre classe sociale que la sienne. Même s'ils n'étaient que locataires, comme les Brûlé, ils possédaient un gramophone, une radio et, surtout, un piano. Gérard parlait parfois de Colombe, sa jeune sœur de quatorze ans, à qui sa mère donnait des cours de piano.

Quelques jours plus tard, après la fête du Travail, Gérard s'arrêta exceptionnellement un jeudi soir chez les Brûlé.

— J'ai reçu une lettre de ma mère aujourd'hui, dit-il aux parents de Laurette. Ma mère et mon père vont venir dimanche prochain à l'oratoire Saint-Joseph pour voir le frère André. Je me demandais si je pourrais pas amener Laurette pour y aller avec eux. En même temps, ça lui permettrait de faire leur connaissance.

Honoré avait jeté un coup d'œil à sa femme avant d'accorder sa permission.

Le samedi suivant, Laurette s'était mise au lit dès le départ de Gérard, à la fin de la soirée, mais avait très mal dormi. Elle s'était réveillée de nombreuses fois, en proie à des cauchemars. Elle n'avait cessé de rêver aux parents de son amoureux et à ce qui se produirait si elle ne leur plaisait pas. Lorsqu'elle se leva pour se préparer à assister à la messe dominicale, elle était nerveuse et irritable. Elle mangea peu au dîner et s'empressa de se préparer avec soin.

— Veux-tu ben arrêter de t'énerver pour rien! lui ordonna sa mère pour la seconde fois en une demi-heure. C'est pas le pape que tu vas voir. C'est du monde comme nous autres. Puis, oublie pas de mettre ton chapeau. Si vous arrêtez prier quelque part, tu vas en avoir besoin pour entrer dans l'église.

— Je les connais pas pantoute, moi, ce monde-là, dit Laurette en se levant encore une fois pour aller se poster à la fenêtre.

— Inquiète-toi pas, tu vas les connaître, lui dit son père en levant le nez du journal qu'il lisait, assis dans sa chaise berçante.

— Et ils te mangeront pas, compléta sa mère. Après tout, t'as juste à te dire que c'est pas eux autres que tu fréquentes, mais leur garçon.

Cette dernière phrase sembla calmer un peu la jeune fille. Quelques minutes plus tard, Gérard vint sonner à la porte pour lui dire que ses parents étaient arrivés. Lorsque Laurette sortit sur le palier, elle vit une rutilante Dodge bleu marine 1930 stationnée devant la maison voisine.

— C'est le char de mon oncle Paul, lui expliqua Gérard. C'est le frère de ma mère. Mon père et ma mère sont dans le char. Ils nous attendent.

Lorsque le jeune couple arriva près de la voiture, le passager assis à côté du chauffeur descendit. L'homme de taille moyenne au visage glabre et passablement ridé semblait âgé d'une cinquantaine d'années. Quand il souleva son chapeau pour saluer Laurette, il révéla une chevelure clairsemée.

— Je te présente mon père, dit Gérard.

Conrad Morin lui sourit et lui serra la main. Pendant ce temps, Gérard ouvrit la portière arrière de la Dodge. La femme qui y était assise se contenta d'un mince sourire avant de se glisser à l'autre extrémité de la banquette pour laisser une place aux nouveaux arrivants.

— M'man, je vous présente Laurette, dit Gérard en faisant monter la jeune fille.

— Mademoiselle, se contenta de dire Lucille Morin sans aucune chaleur.

— Notre chauffeur, c'est mon oncle Paul, conclut Gérard en prenant place à côté de son amie, près de la portière.

— Bonjour, dit l'homme en tournant vers Laurette un visage rond et souriant. C'est moi qui emmène les clients du frère André aujourd'hui.

Paul Bouchard démarra doucement et la voiture se dirigea vers la rue Dufresne. Gérard cherchait quelque chose à dire pour faire diminuer l'impression de gêne qui semblait vouloir s'installer dans la voiture. Le conducteur reprit la parole le premier.

— Il reste juste à prier en chemin pour que le pauvre frère soit à l'Oratoire, poursuivit-il. Il rajeunit pas, le petit frère. Je pense qu'il a pas loin de quatre-vingt-cinq ans et il paraît qu'il est assez souvent malade. L'hiver passé, on a essayé d'aller le voir. Il était ni à l'Oratoire ni au collège Notre-Dame. Il paraît qu'il était encore malade.

— C'est vrai, assura le père de Gérard. Pour moi, il doit être épuisé. Presque toutes les semaines, on raconte dans les journaux qu'il y a des centaines de malades qui viennent le voir chaque jour.

— *Cry* de *cry*! s'exclama le chauffeur sur un ton moqueur. Si c'est rendu dans les journaux de campagne, ça doit être pas mal vrai.

— Paul! Tu devrais savoir que Saint-Hyacinthe, c'est une ville, pas la campagne, le reprit sa sœur d'une voix gourmée.

— Je disais ça juste pour voir si t'étais encore vivante en arrière, plaisanta Paul Bouchard. On t'a presque pas entendue depuis qu'on est partis de chez vous. Je le sais ben que Saint-Hyacinthe est une ville. C'est moins gros que Montréal, mais ben aussi gros que Joliette.

— Pourquoi tu parles de Joliette? lui demanda son beau-frère Conrad.

— *Cry* de *cry*, parce qu'il y a des maudites bonnes chances que je sois obligé de déménager là l'été prochain. La compagnie veut m'envoyer à Joliette. Je pense que j'aurai pas le choix d'aller rester là avec Françoise.

— Je trouve ça triste qu'on ait arrêté la construction de la basilique cette année après s'être donné tant de mal pour ramasser l'argent, fit remarquer Lucille en se tournant vers l'amie de son fils.

— Moi aussi, balbutia Laurette, qui n'était même pas au courant que les travaux avaient été interrompus.

— Bah! Il reste quand même la crypte en attendant, dit Paul. C'est tout de même pas mal mieux que du temps de la petite chapelle sur la montagne.

— C'est normal que la construction soit arrêtée, laissa tomber son beau-frère, la mine sombre. Après tout, on est en pleine crise.

— Il paraît que cette crise-là est pas si grave que ça, reprit le conducteur. Taschereau a déclaré cette semaine qu'elle est ben moins pire que ce qu'on dit parce qu'il y a encore des centaines de salles de cinéma qui marchent à Montréal.

La voiture roulait en direction ouest, vers le mont Royal, dans des rues où la circulation n'était entravée que par les rares tramways du dimanche après-midi. Finalement, parvenus sur la montagne, les Morin descendirent de voiture et se joignirent à la petite foule qui était entrée prier dans la crypte dédiée à saint Joseph. Chacun eut beau regarder partout, personne n'aperçut le frère André.

— C'est ben plate qu'on l'ait pas vu, dit Paul en sortant.

— Surtout que ça t'a fait dépenser du gaz pour rien, lui signala son beau-frère en replaçant son chapeau sur sa tête.

— *Cry* de *cry*, ça, ça me dérange pas, rétorqua l'oncle de Gérard. Oublie pas que c'est toi qui payes les dépenses du voyage.

— Crains rien, j'oublie pas, le rassura Conrad.

— Mademoiselle Brûlé et moi, on va faire quelques pas pour se dégourdir les jambes, annonça soudain Lucille au moment où les hommes s'allumaient une cigarette près de la voiture.

Laurette eut beau lancer du regard un appel au secours à son amoureux, ce dernier ne broncha pas et fit semblant de ne pas l'avoir remarqué. Bon gré mal gré, elle dut emboîter le pas à la grande femme strictement corsetée dont la robe gris perle ne portait aucun autre ornement qu'une toute petite croix. La femme de près de cinquante ans au chignon sévère avait un visage étroit et ses petits yeux noirs, retranchés derrière ses lunettes à fine monture en acier, avaient eu le temps d'examiner sans indulgence la jeune fille fréquentée par son fils.

Lorsque Laurette se mit à marcher à ses côtés en s'efforçant de garder le sourire, l'autre ne sembla pas sensible à sa timidité.

— C'est la première fois qu'on peut se parler, laissa tomber la mère de Gérard. Je sais que mon garçon vous fréquente déjà depuis plusieurs mois et il a l'air de vous apprécier.

— Vous pouvez me dire « tu », madame Morin, offrit poliment Laurette d'une voix peu assurée.

— Quel âge avez-vous, ma fille ? demanda Lucille sans tenir compte de l'offre.

— Je vais avoir dix-neuf ans dans deux mois.

— Vous êtes encore pas mal jeune, dit la mère de Gérard en se tournant vers elle pour la regarder. Je veux pas être indiscrète, mais est-ce qu'il est dans vos habitudes de sortir sans porter de corset ?

La jeune fille sursauta légèrement en entendant cette critique ouverte et se retint avec difficulté de répondre que cela ne la regardait pas.

— Rarement, se contenta-t-elle de dire sèchement, en rougissant.

— À quoi occupez-vous vos temps libres ?

— J'ai pas de temps libres, madame, répondit Laurette. Je travaille tout le temps.

— Il me semble que Gérard nous a dit que vous ne jouez d'aucun instrument de musique.

— Non. J'ai jamais appris.

— J'espère que vous lisez au moins ? reprit Lucille Morin en affichant un air un peu scandalisé.

— Pas souvent, madame, avoua Laurette, de plus en plus mal à l'aise.

Les deux femmes étaient parvenues au bout de la petite esplanade qui servait de stationnement. Elles firent demi-tour et revinrent lentement sur leurs pas.

— Aujourd'hui, une jeune fille peut pas se contenter de faire uniquement des tâches ménagères, dit la mère de Gérard sur un ton doctoral. Elle doit se cultiver un peu si elle veut devenir une compagne agréable. Il faut pas vous laisser étouffer par le milieu de petites gens où vous vivez.

Laurette blêmit sous l'insulte et fit un effort surhumain pour ne pas répliquer. Elle avait du mal à contenir la rage qui bouillonnait en elle. Son interlocutrice dut se rendre compte de son état d'esprit parce qu'elle changea brusquement de sujet.

— Vous aimez mon Gérard, mademoiselle Brûlé ?

— On s'entend ben, madame, se contenta de dire la jeune fille sur un ton froid.

— Je suppose que vous devez commencer à faire des projets d'avenir ensemble.

— Je pense que si vous voulez le savoir, il va falloir que vous en parliez à votre garçon, madame Morin. Moi, il m'a encore parlé de rien, répondit abruptement Laurette.

Sur ce, elle se dirigea sans se retourner vers la Dodge contre laquelle les trois hommes étaient appuyés. Tous les passagers montèrent à bord et l'oncle Paul reprit le volant.

«Des petites gens, des petites gens, se répétait la jeune fille. Tu parles d'une maudite fraîche! Pour qui elle se prend, elle?»

Durant une bonne partie du trajet de retour, Laurette fixa la nuque raide du père de Gérard, assis sur la banquette avant. À aucun moment, le quinquagénaire ne fit un mouvement pour se tourner vers les autres passagers de la voiture. Pour sa part, Lucille Morin s'entretint presque exclusivement avec son fils. Pendant les quarante minutes qu'il fallut pour revenir sur la rue Champagne, la mère de son amoureux se conduisit comme si la jeune fille n'avait pas été là.

Lorsque l'automobile vint s'immobiliser devant la porte des Brûlé, Laurette salua Lucille sans aucune chaleur. Elle remercia le conducteur et descendit en compagnie de Gérard. Debout sur le trottoir, Conrad lui tendit la main et se contenta de dire cérémonieusement qu'il était content de l'avoir rencontrée.

Laurette éprouva un réel soulagement de voir disparaître le véhicule au bout de la petite artère.

— Il reste une heure avant le souper, lui fit remarquer Gérard en consultant sa montre. Est-ce que ça te tente de marcher un peu?

— Viens me chercher dans dix minutes, accepta son amie d'une voix blanche, avant de pousser la porte de l'appartement familial.

Laurette retrouva ses parents assis dans la cuisine.

— Ça s'est ben passé? lui demanda sa mère, curieuse.

— Pas trop mal, répondit sa fille, le visage fermé.

— Du drôle de monde pareil, fit remarquer son père en train de hacher sa provision de tabac à pipe pour la semaine. Il me semble qu'ils auraient pu débarquer pour venir nous saluer.

— Pour moi, ils étaient gênés, mentit Laurette sans grande conviction.

La mère remarqua l'air buté de sa fille et devina immédiatement que la rencontre avec les parents de Gérard ne s'était pas très bien déroulée.

— Comment est sa mère? demanda-t-elle.

— Pas mal fraîche, se contenta de répondre Laurette en se versant un verre d'eau.

— Son père ?

— Je le sais pas. Il a presque pas parlé. Si ça vous fait rien, Gérard a envie de marcher un peu avant le souper. Je vais être revenue à cinq heures.

— C'est correct, accepta Annette qui la regarda se diriger vers la porte d'entrée.

Après avoir entendu la porte se refermer, Annette ne put s'empêcher de faire remarquer à son mari :

— Pour moi, ça a pas marché pantoute entre les Morin et Laurette.

— Pourquoi tu dis ça ?

— Il y a juste à lui regarder le visage pour s'en apercevoir.

À l'extérieur, Laurette retrouva son amoureux l'attendant debout sur le trottoir, devant la porte. Le couple se mit en route lentement en direction de la rue Poupart.

— Je pense que t'as plu à ma mère, déclara le jeune homme.

— Tu penses ? explosa Laurette. Si c'est vrai, ça a pas paru pantoute ! Ta mère m'a pas souri une fois de l'après-midi et s'est organisée pour me parler le moins possible.

— Exagère pas, Laurette, voulut temporiser son amoureux, apparemment surpris par sa mauvaise humeur.

— J'exagère pas, bonyeu ! À part ça, elle aurait dû travailler dans la police, ta mère ! Pendant que vous fumiez à côté du char, elle a pas arrêté de me poser des questions en m'appelant « mademoiselle » gros comme le bras. J'ai jamais été aussi mal de ma vie ! Je pense qu'elle m'haït.

— Je suis certain que tu te fais des idées. Ma mère peut pas t'haïr, elle te connaît pas, tenta de la raisonner Gérard.

Il y eut un long silence entre eux avant que le jeune homme reprenne la parole.

— Qu'est-ce que tu penses de mon père ?

— Rien. Il m'a parlé juste pour me dire « bonjour ».

— C'est vrai qu'il avait l'air pas mal gêné, reconnut Gérard, mais tu peux pas dire que mon oncle Paul, lui, est pas fin, ajouta-t-il, passablement dépité de voir que ses parents n'avaient pas beaucoup plu à la jeune fille.

— En tout cas, il est parlable, lui, laissa-t-elle tomber.

— Écoute, Laurette. Il faut pas que tu te fasses des idées. Mon père et ma mère ont rien contre toi. Ils sont pas comme ça d'habitude. Ils sont juste jamais à l'aise avec les gens qu'ils connaissent pas. Tu vas voir. La prochaine fois que tu vas les rencontrer, tu vas les trouver ben corrects.

— En tout cas, j'aime autant te dire tout de suite que je suis pas pressée pantoute de les revoir, déclara son amie sur un ton vindicatif.

— T'as trouvé mon oncle Paul parlable, mais quand tu vas le connaître un peu mieux, tu vas peut-être le trouver pas mal plus fatigant, dit Gérard en faisant un effort pour changer l'humeur de la jeune fille.

— Pourquoi ?

— D'abord, quand il commence à venir chez quelqu'un, il arrête plus. Quand il restait à Saint-Hyacinthe, on voyait rarement ma tante Françoise, mais lui, il venait dîner ou souper trois ou quatre fois par semaine.

— C'était peut-être parce qu'il se sentait ben reçu.

— Non. C'était pour sauver de l'argent. Il y a pas plus gratteux que lui. Comme on n'a pas de parenté à Montréal, je me demande où il va manger… En tout cas, essaye jamais de lui faire sortir une cenne de ses poches. Tu l'as entendu dans le char, c'est mon père qui payait le gaz aujourd'hui.

— J'espère au moins que t'es pas comme lui, dit Laurette, en esquissant enfin un sourire.

— Pas de danger, j'ai pas de char, plaisanta son ami.

— Ta mère m'a demandé si je t'aimais, lui apprit Laurette.

— Qu'est-ce que tu lui as répondu ? demanda le jeune homme, curieux.

— Rien, parce que je trouve que ça la regarde pas. Elle m'a même demandé si on avait des projets d'avenir.

— Et ?

— Je lui ai dit de te le demander.

— T'as ben fait, l'approuva Gérard en serrant son bras sous le sien.

— Ça me dit pas si t'en as, par exemple, murmura Laurette, soudainement mutine.

— J'en ai peut-être. On en parlera dans le temps des fêtes, si tu m'as pas mis dehors avant ça.

— Je vais essayer de t'endurer au moins jusque là, juste pour savoir ce que t'as en tête, répliqua Laurette qui avait enfin retrouvé sa bonne humeur.

Chapitre 4

La grande demande

Un mois plus tard, les frères Brûlé revinrent de la ferme de leur oncle, heureux de rentrer à la maison après avoir travaillé aux champs durant tout l'été. Ils avaient encore grandi et se conduisaient maintenant en adoptant ce qu'ils croyaient être un comportement d'homme.

Deux jours après leur retour, leur sœur perdit patience quand elle se rendit compte que leur lit n'avait pas été fait et que des vêtements traînaient par terre au moment où elle s'apprêtait à balayer le parquet de la pièce.

— Dites donc, vous deux, est-ce que vous vous pensez à l'hôtel ? les apostropha-t-elle avec humeur. Votre lit est pas fait et vos guenilles traînent partout.

— Si ça te dérange, t'as juste à faire le ménage, répliqua Armand en allumant sa pipe après avoir déposé sa tasse de thé.

— Nous autres, on doit aller se chercher de l'ouvrage, intervint Bernard, comme si c'était une raison suffisante pour ne rien ranger.

— Ma foi du bon Dieu, ils se prennent pour des hommes ! s'exclama Laurette en prenant sa mère à témoin.

— On est des hommes, tu sauras, répliqua Armand en prenant un air supérieur.

— Aïe, mon petit pitt ! C'est pas parce que tu commences à avoir un peu de moustache que t'es devenu un homme.

Tes cochonneries, tu vas les ramasser toi-même, ajouta-t-elle sur un ton menaçant.

— Calme-toi, Laurette, lui ordonna sa mère. Et vous deux, vous allez aller me mettre un peu d'ordre dans votre chambre avant de partir, vous m'entendez? On n'est pas vos servantes.

— Mais m'man, voulut protester Armand.

— Faites ce que je vous dis.

Cette semaine-là, les deux adolescents eurent la chance de décrocher un emploi temporaire consistant à nettoyer des hangars dans le port de Montréal. On leur avait promis du travail au moins jusqu'à la mi-décembre.

~~~

Le Noël de cette année-là fut cependant assombri par un événement qui attrista toute la famille.

Depuis la mi-novembre, Montréal avait connu de si importantes chutes de neige que les trottoirs étaient devenus impraticables. Quelques jours avant la Nativité, les remblais atteignaient jusqu'à quatre pieds de hauteur dans certaines rues.

Trois jours avant Noël, au milieu de l'avant-midi, Annette était occupée à enseigner à sa fille la préparation des tartes et des pâtés à la viande. Soudain, elle perçut un mouvement dans la cour. Par la fenêtre givrée de la cuisine, elle vit son mari qui tirait Prince par la bride.

— Veux-tu ben me dire ce qui se passe? dit-elle à sa fille. Ton père qui revient déjà de sa *run*. Il y a quelque chose qui va pas, c'est certain.

Postée à la fenêtre, la mère de famille regarda son mari dételer la bête et la faire entrer dans l'écurie. Quelques minutes plus tard, Honoré secoua bruyamment ses pieds contre les marches de l'escalier qui conduisait au balcon avant de pousser la porte de la cuisine.

— Qu'est-ce qu'il y a? lui demanda sa femme, inquiète. T'as ben fini de bonne heure.

— C'est Prince, se contenta de dire Honoré en retirant ses bottes puis son manteau qu'il suspendit au crochet fixé au mur, à gauche de la porte.

— Qu'est-ce qu'il a?

— Il a l'air de filer un mauvais coton aujourd'hui. Il reste pas en place. J'ai passé mon temps à crier après lui depuis que je l'ai attelé à matin.

Laurette servit une tasse de thé bouillant à son père. Il s'assit dans sa chaise berçante et souffla sur le liquide âcre avant de porter la tasse à ses lèvres. Devant les regards graves de sa femme et de sa fille, il poursuivit:

— On aurait dit qu'il avait plus de force pour tirer après une heure d'ouvrage, même si j'avais juste une vingtaine de blocs de glace dans la voiture. Ça fait que je me suis décidé à rapporter les blocs qui me restaient à la glacière et je suis revenu à la maison. Ça servait à rien d'essayer de faire ma *run* arrangé comme ça.

— Qu'est-ce que vous allez faire, p'pa? demanda Laurette.

— On va le soigner s'il est en train de nous faire une maladie. Tu vas me préparer un gros bol de soufre mélangé avec de la mélasse et je vais aller lui faire prendre ça. Normalement, ça devrait le remettre sur le piton pour demain matin. Là, je lui ai mis deux bonnes couvertes sur le dos et je lui ai donné de l'avoine. Peut-être qu'il a juste besoin de se reposer un peu. Il est pas jeune, après tout.

La jeune fille repoussa le sel, le beurre et le rouleau à pâte, sortit la mélasse et le soufre et prépara rapidement le mélange jaunâtre. Elle se proposa même pour aller le donner à la bête, mais sa mère intervint.

— Laisse ton père s'occuper de ça. Toi, il faut que t'apprennes à faire une pâte à tarte qui a du bon sens. Ça a pas d'allure de pas être capable de faire de la pâte rendue à ton âge.

— Mais m'man, on en fait juste une fois par année. D'une année à l'autre, je m'en souviens jamais, prétexta la jeune fille.

— Laisse faire. C'est pourtant pas la mer à boire que de faire une pâte mangeable. Regarde ce que t'as fait. Ta pâte est toute grise et elle va être dure comme du bois. Jette-moi ça dans la poubelle et recommence. Et essaye de pas gaspiller la farine, sainte bénite !

— Maudit que j'haïs ça faire de la cuisine *fancy*, se plaignit Laurette au moment où son père quittait la maison pour retourner soigner sa bête à l'écurie.

Pendant de longues minutes, la mère et la fille s'activèrent, debout devant la table de cuisine, les mains dans la farine. Soudain, la mère de famille leva la tête et jeta un coup d'œil à l'horloge.

— Qu'est-ce que ton père a à bretter comme ça dans l'écurie ? Il me semble que ça fait ben longtemps qu'il est là.

Au même moment, Laurette vit son père se diriger vers la maison.

— Il s'en vient, m'man.

Honoré entra dans l'appartement, la mine défaite. Sa fille se rendit compte immédiatement que quelque chose n'allait pas.

— Est-ce qu'il va mieux ? demanda-t-elle à son père.

— Non, répondit-il, la voix éteinte. Il vient de mourir.

— Ben, voyons donc ! s'exclama Annette en abandonnant sa tâche pour se rapprocher de son mari.

— Quand je suis revenu dans l'écurie, il était déjà couché sur le côté. J'ai essayé de lui faire avaler le mélange, j'ai pas été capable. Il faut croire qu'il était rendu au bout du rouleau.

— Pauvre bête, ne put s'empêcher de dire sa femme.

Des larmes embuèrent les yeux de la jeune fille. Prince faisait pratiquement partie de la famille Brûlé depuis quinze ans. C'était une bête douce et obéissante qu'elle avait étrillée des centaines de fois.

— Qu'est-ce que tu vas faire? demanda Annette à son mari.

— Je vais aller téléphoner à Corriveau pour qu'il vienne le chercher aujourd'hui. Après, j'ai pas le choix. Il va falloir que je me trouve un autre cheval. Baptême que ça tombe mal! Trouver un bon cheval pas trop cher en plein hiver, ce sera pas facile. Tout l'argent qu'on était arrivé à mettre de côté va y passer, à part ça.

La mère et la fille ne dirent rien. Un cheval était nécessaire pour le travail d'Honoré. La dépense était importante et inévitable. Le livreur allait bien finir par en trouver un à sa convenance, mais les conséquences se feraient longtemps sentir.

L'équarrisseur Corriveau se présenta chez les Brûlé au moment où Armand et Bernard revenaient de leur journée de travail. Aussi peinés que les autres membres de la famille, ils aidèrent à charger Prince dans le camion et à le couvrir d'une vieille toile avant de rentrer à l'intérieur de la maison.

— Ça va faire drôle de plus le voir dans l'écurie, dit tristement Bernard.

Ce soir-là, au souper, Honoré déclara aux siens qu'il allait se mettre à la recherche d'un autre cheval dès que Noël serait passé.

~∽

Le 24 décembre, Gérard se présenta chez les Brûlé au début de la soirée. Laurette avait reçu la permission de l'inviter au réveillon puisque le jeune homme devait

85

prendre le train le lendemain avant-midi pour aller passer deux jours chez ses parents.

— C'est pas mal plus gai chez vous que chez les Charpentier, fit-il remarquer en s'assoyant près d'elle, dans le salon.

— On décore tous les ans, affirma Laurette. Avant la crise, mon père achetait même un arbre de Noël dans le temps des fêtes. Mais cette année, il l'a pas fait. Il faut dire qu'il a pas ben le goût de fêter depuis que Prince est mort.

Elle s'interrompit brusquement en voyant arriver son frère Bernard venu saluer Gérard. Elle se doutait bien qu'il était envoyé par sa mère pour vérifier que tout se passait correctement dans le salon, il ne s'attarda pas.

— Je t'ai dit cet automne que je te parlerais de mes projets aux fêtes, lui chuchota son amoureux quelques instants plus tard.

— Oui, je m'en souviens.

— On est rendus là.

Le cœur de Laurette bondit dans sa poitrine. Elle sentait instinctivement qu'elle allait vivre un moment important de sa vie dans les secondes suivantes.

— Bon. Qu'est-ce que tu veux me dire? demanda Laurette, la gorge sèche, en rosissant légèrement.

Elle se doutait bien un peu de ce que Gérard allait lui dire. Ils se fréquentaient depuis plus d'un an. Il devait sûrement avoir le mariage en tête.

— Qu'est-ce que tu dirais si je te demandais en mariage à ton père?

Même si elle s'était un peu attendue à cette proposition, elle en fut bouleversée. Depuis plusieurs mois, elle n'avait cessé de rêver à ce moment et elle avait imaginé toutes sortes de scénarios dans lesquels Gérard demandait sa main à son père.

Folle de joie, la jeune fille se jeta dans les bras de son amoureux et l'embrassa ardemment. Son baiser contenait sa réponse et scellait en quelque sorte un engagement ferme entre eux.

— Je veux ben, finit-elle par répondre après avoir repris son souffle. Quand est-ce qu'on se marierait?

— Qu'est-ce que tu dirais de l'automne prochain? chuchota Gérard.

— Pourquoi aussi tard? Pourquoi pas ce printemps ou même cet été? demanda Laurette, un peu dépitée d'avoir à attendre encore presque un an avant de devenir madame Morin.

— Écoute, Laurette. On s'aime, c'est sûr, mais il faut de l'argent pour s'installer. Je gagne juste neuf piastres par semaine. C'est pas gros. Je donne cinq piastres tous les vendredis aux Charpentier pour ma pension. J'ai commencé à économiser, mais ça va pas vite. Si on se dépêche trop, on va être obligés de vivre en chambre quelque part, et ça, ça me tente pas. Je veux qu'on parte sur le bon pied, chez nous, dans notre appartement à nous autres.

Laurette reconnut la justesse du raisonnement de son amoureux, même si elle trouvait passablement frustrant d'avoir à attendre si longtemps.

— Quand est-ce qu'on va se fiancer? demanda-t-elle.

— Ça dépendra de tes parents tout à l'heure. S'ils veulent qu'on fasse ça à Pâques, ça me dérange pas. Qu'est-ce que t'en penses?

— C'est correct. En as-tu parlé chez vous que tu voulais me marier l'automne prochain?

— Non. J'ai pas voulu mettre la charrue devant les bœufs. Je voulais d'abord t'en parler et demander ta main à ton père.

— D'après toi, qu'est-ce qu'ils vont dire quand tu vas leur apprendre la nouvelle?

— Ils vont être ben contents que je me case. Aie pas peur ! Est-ce que tu pourrais demander à ton père de venir au salon pour que je lui fasse la grande demande ?

— Tout de suite ?

— Pourquoi pas...

Quand Honoré entra dans la pièce, précédé par sa fille, Gérard Morin se leva précipitamment. La voix un peu tremblante, il demanda au père de famille de lui accorder la main de Laurette. Ce dernier accepta sans aucune hésitation et appela sa femme demeurée dans la cuisine en compagnie de ses deux fils.

— Annette, lui dit-il, un peu ému, lorsqu'elle pénétra dans le salon, Gérard vient de me demander notre fille en mariage. Je lui ai dit oui. Qu'est-ce que t'en penses ?

— Je pense qu'il va lui faire un bon mari, répondit sa femme avec un large sourire.

Lorsque les parents de Laurette interrogèrent le prétendant sur les dates envisagées pour les fiançailles et le grand événement, ils acceptèrent sans discuter ses explications, trouvant chez le jeune homme de vingt et un ans une maturité plutôt rassurante.

Vers onze heures, tous quittèrent l'appartement pour se rendre à la messe de minuit qui avait lieu à l'église Saint-Vincent-de-Paul, rue Sainte-Catherine. Ils trouvèrent difficilement une place dans le temple déjà envahi par plusieurs centaines de fidèles. Durant la messe, Laurette s'empara discrètement de la main de son futur époux. Un coup de coude de sa mère attira son attention.

— Tiens-toi comme du monde, lui ordonna-t-elle, les dents serrées. C'est pas la place !

Laurette eut un geste d'agacement, mais ne lâcha pas moins la main de son compagnon. De retour à la maison, tout le monde conserva son manteau, le temps que le poêle à bois, rallumé, apporte un peu de chaleur dans l'appartement. On se rassembla dans la cuisine. Pendant que les pâtés à la viande cuisaient dans le fourneau, Laurette et sa mère dressèrent une véritable table de fête sous le regard affamé des hommes de la maison.

— Vous pourriez vous rendre utiles en approchant au moins les chaises de la table, finit par leur dire Annette avec une pointe d'impatience.

— On devrait peut-être donner les cadeaux avant de manger, lui suggéra Honoré.

— On peut ben faire ça. Les tourtières seront pas prêtes avant dix minutes et les patates ont pas encore fini de cuire.

Laurette, Armand et Bernard reçurent chacun une pomme, une orange, un petit sac de friandises et une écharpe tricotée par leur mère. En retour, Honoré se vit offrir une pipe neuve et Annette, de la poudre de riz et un ensemble de brosses et de peignes. Avant de passer à table, Laurette tendit un paquet à Gérard. Il contenait une paire de moufles en grosse laine grise qu'elle avait tricotées pour lui. Ce dernier tira alors de l'une de ses poches une petite boîte bleue qu'il déposa dans ses mains. Elle contenait un petit cœur en argent au bout d'une simple chaîne du même métal.

— C'est mon premier bijou! s'exclama la jeune fille, le visage illuminé de joie en le montrant à ses parents.

Le réveillon qu'on servit cette année-là n'avait rien à voir avec les repas plantureux préparés par Annette avant la crise. Il manquait le ragoût et la dinde que les Brûlé n'avaient pu acheter, faute d'argent. La mère et la fille déposèrent sur la table deux pâtés à la viande, des pommes de terre, deux tartes aux raisins et un plat de sucre à la crème. Cependant, tout le monde mangea avec un bel appétit. On avait le cœur à la fête.

— Rends-toi pas malade, le beau-frère, conseilla Bernard à Gérard qui venait d'accepter une seconde portion de tarte. Il manquerait plus que tu meures d'une indigestion avant de nous débarrasser de notre sœur.

— Toi, si t'as l'intention de continuer à veiller avec le grand monde, lui dit sa mère, la mine sévère, je te conseille de manger et de fermer ta boîte.

Un peu avant trois heures, l'amoureux de Laurette rentra chez les Charpentier après avoir remercié toute la famille. On se mit rapidement au lit. Honoré éteignit les lumières avant d'aller rejoindre sa femme dans leur chambre.

— As-tu pensé que l'année prochaine, à Noël, notre plus vieille va déjà être mariée ? demanda-t-il, nostalgique. Il me semble que c'est encore une enfant.

— Les enfants vieillissent, mon vieux, comme nous autres, soupira Annette avant de lui souhaiter une bonne nuit.

Gérard quitta Montréal quelques heures plus tard pour ne revenir que le surlendemain. Quand il revit Laurette, cette dernière s'empressa de lui demander comment sa famille avait accueilli la nouvelle de leur union prochaine.

— Ils étaient ben contents, se limita-t-il à répondre.

Au ton de son amoureux, la jeune fille devina que la nouvelle n'avait pas soulevé un grand enthousiasme chez les Morin. S'étaient-ils objectés à ce que Gérard l'épouse ? Elle finirait bien par le savoir.

— Que le diable les emporte ! dit-elle à mi-voix quand Gérard fut rentré chez les Charpentier. Après tout, c'est pas eux autres que je vais marier !

Chapitre 5

Le mariage

L'année 1932 réserva à la famille Brûlé deux coups de chance inouïs. Tout d'abord, Bernard, le cadet de la famille, obtint un emploi régulier à la Dominion Textile. À la fin de la seconde semaine de décembre, Armand et Bernard avaient été remerciés, comme prévu, par la société qui les avait engagés en octobre pour nettoyer les hangars du port de Montréal. Dès le lendemain, les deux frères s'étaient mis à la recherche d'un nouvel emploi. Un lundi matin, le cadet de la famille s'était présenté dès six heures du matin à l'usine de la rue Notre-Dame pour être le premier postulant. Son arrivée coïncida avec la fin du premier quart de travail et le début du second. Un employé s'étant absenté, le contremaître, un gros homme bourru, en fit un remplaçant pour la journée. Il fut tellement content du zèle de l'adolescent qu'il demanda au bureau du personnel de le garder dans son équipe. Sa demande fut acceptée. Tout fier de lui, Bernard rentra rapidement ce soir-là pour apprendre aux siens la bonne nouvelle.

Qu'un adolescent de seize ans ait été engagé alors que des milliers de chômeurs battaient la semelle dans les rues enneigées de la métropole tenait purement du miracle. À cette époque de l'année, les soupes populaires ne parvenaient même pas à offrir le minimum de nourriture aux affamés, malgré toute la bonne volonté de Camilien

Houde, le maire de la ville. Les mises à pied continuaient dans tous les secteurs de l'économie et la misère se généralisait.

Le second coup de chance fut pour Honoré. Comme promis, le livreur de glace se mit résolument à la recherche d'un nouveau cheval entre Noël et le jour de l'An. Bien que le mercure fût descendu à – 20 °F, il visita tous les endroits où il croyait avoir une chance de dénicher une bête de qualité à un prix raisonnable. Le hasard voulut qu'il s'arrête à la glacière de la rue Joachim à la fin d'une journée pour souhaiter une bonne année aux employés qu'il connaissait depuis de nombreuses années. L'un d'eux lui parla d'un nommé Limoges qui, la veille, avait mentionné son intention d'abandonner son travail pour aller vivre chez son fils.

— Tu pourrais peut-être t'arranger avec lui pour prendre sa *run* en même temps que son cheval, lui suggéra l'homme en lui serrant la main au moment de le quitter.

Honoré Brûlé ne perdit pas de temps. Il prit un tramway pour se rendre rue Montcalm, lieu de résidence de Léon Limoges. En voyant l'homme, âgé d'une soixantaine d'années, Honoré se rappela lui avoir parlé à quelques occasions pendant qu'ils attendaient que des employés de la glacière chargent leur voiture.

— C'est vrai, je lâche, lui confirma l'homme sur un ton sans appel. Mon garçon a une terre proche de Saint-Jérôme et il a une place pour moi. Je vais aller lui donner un coup de main à cultiver.

Quelques minutes suffirent aux deux hommes pour s'entendre. Impatient d'aller rejoindre son fils, Limoges céda à Honoré son cheval et sa clientèle pour un prix plus que raisonnable. Il aurait bien aimé pouvoir aussi lui vendre sa voiture, mais elle était en moins bon état que celle d'Honoré. L'affaire fut conclue par une poignée de main.

Le soir même, le livreur de glace, accompagné par Armand, revint payer le vendeur et rentra à la maison à pied en tenant par le mors Coco, un étalon de cinq ans au pelage d'un noir d'ébène. La bête semblait obéissante et en excellente santé. Avertis par Armand de l'arrivée du nouveau venu, tous les Brûlé endossèrent leur manteau pour venir l'admirer dans l'écurie.

— Ça a l'air d'un bon cheval, déclara Annette qui se flattait de connaître les chevaux parce que son père avait été maquignon.

— C'est certain, assura Honoré. Le bonhomme Limoges m'a dit qu'il a jamais été malade depuis qu'il l'a.

— Coco! Tu parles d'un drôle de nom à donner à un cheval, lui fit-elle remarquer.

— C'est un nom comme un autre.

Rassuré, Honoré put reprendre son travail dès le lendemain matin et apprit à apprécier son nouveau cheval qui se révéla rapidement aussi calme et courageux que son Prince.

⁓

Pour sa part, Laurette se souviendrait longtemps de cet hiver-là pour avoir eu à se défendre souvent des ardeurs de son futur fiancé. Ce dernier était soudainement devenu particulièrement entreprenant durant les premières semaines de la nouvelle année. Le jeune homme semblait ne plus pouvoir se contenter des chastes baisers échangés sur le divan du salon. Constamment à l'affût, il cherchait à laisser courir ses mains sur sa fiancée à la moindre occasion.

— Arrête! lui ordonnait la jeune fille. Ma mère s'en vient.

— Ben non, je l'entends parler dans la cuisine, répliquait-il, un peu essoufflé.

— Mes frères...

— Laisse faire tes frères, disait Gérard en cherchant à pousser plus loin son avantage.

Il fallait alors que Laurette se fâche et le remette à sa place après l'avoir sèchement repoussé.

— Ça va faire! s'exclamait-elle à mi-voix. Je suis une fille honnête, Gérard Morin. Tu vas me respecter! On n'est pas encore mariés.

Il s'ensuivait à chaque fois une courte bouderie que l'amoureux transi avait beaucoup de mal à vaincre. Alors, pendant une semaine ou deux, il se tenait tranquille, comme dompté par la volonté inflexible de la jeune fille. Puis il suffisait d'un baiser un peu trop prolongé pour faire courir du feu dans son sang et la même scène se reproduisait.

Enfin, le printemps se décida à faire une apparition tardive après un hiver qui ne semblait plus vouloir relâcher son étreinte. Le soleil se fit plus ardent et la neige commença à fondre. Le long des trottoirs, des ruisseaux se mirent à charrier l'eau de fonte vers les caniveaux. Des déchets de toutes sortes flottaient au gré des rigoles. Les journées allongèrent et l'air se fit plus doux. Pâques approchait. On en était déjà au dimanche des Rameaux.

La veille, Annette avait intercepté Gérard au moment où il s'apprêtait à rentrer chez les Charpentier après avoir passé la soirée au salon en compagnie de Laurette.

— T'as pensé à vos fiançailles? demanda-t-elle au jeune homme.

— C'est sûr, madame Brûlé.

— On fait toujours ça dimanche prochain?

— Si ça vous dérange pas trop, accepta Gérard, toujours poli.

— Ben, il faudrait peut-être que t'écrives à tes parents ou que tu leur téléphones, s'ils ont le téléphone, pour leur dire qu'on les invite à souper à Pâques pour les fiançailles.

— Vous êtes ben fine, madame Brûlé. Je vais trouver un
téléphone pour les appeler. Une voisine de mes parents en
a un.

— C'est parfait! Essaye d'avoir une réponse au commencement de la semaine pour qu'on puisse avoir le temps de
se préparer.

Le lendemain, à la fin de l'après-midi, Gérard vint
confirmer que ses parents avaient accepté de venir souper
chez les Brûlé pour participer aux célébrations. Annette et
sa fille se mirent au travail sans attendre. Elles consacrèrent
tant de temps à la préparation du souper des fiançailles
qu'Honoré finit par s'en inquiéter.

— Baptême, Annette! Deviens pas folle avec ce repas-
là. C'est tout de même pas des noces!

— On connaît pas les Morin, se contenta de dire sa
femme. Ils m'ont l'air du monde en moyens. On n'est pas
pour passer pour des quêteux, tu sauras.

— Si tu continues à dépenser comme ça, protesta
Honoré, on va finir par l'être, par exemple.

— On n'a pas fait de folies, se défendit Annette. On a
juste fait cuire un jambon et préparé un ragoût. C'est pas
la fin du monde. Pour dessert, Laurette a fait un gâteau aux
épices. On a fait aussi deux recettes de *fudge* qu'on va passer
pendant la soirée. C'est pas si exagéré que ça.

Laurette n'était pas intervenue dans la conversation.
Elle participait activement aux préparatifs tout en appréhendant la soirée avec ses futurs beaux-parents. Elle se
souvenait encore trop bien de son unique rencontre avec
eux. Elle avait beau se répéter que les Morin ne resteraient
chez ses parents que quelques heures, elle craignait que
son père et sa mère soient humiliés, surtout par les propos
de la mère de Gérard.

— Si jamais elle essaye de nous cracher dessus, elle, je te dis qu'elle va prendre son trou, se dit-elle à mi-voix. Je vais lui montrer comment je m'appelle, moi.

La journée de Pâques 1932 fut magnifique. Le soleil était au rendez-vous, incitant les femmes du quartier à étrenner de nouveaux chapeaux qui, souvent, n'étaient qu'une vieille coiffure décorée de nouvelles plumes, de fleurs ou de petits fruits.

Chez les Brûlé, on était fin prêt. La veille, Annette et sa fille avaient astiqué la maison, accordant un soin particulier au lavage et au cirage du linoléum de chacune des pièces. Au début de l'après-midi, elles avaient dressé le couvert avant de se retirer dans leur chambre pour revêtir leur plus belle toilette.

— Les hommes, mettez votre cravate et attachez vos manches de chemise, ordonna la mère de famille en apercevant les manches de chemise relevées de son mari et de ses deux fils. Toi, Honoré, ce serait plus convenable que tu mettes ton *coat* d'habit.

— T'es pas malade, toi! se rebiffa-t-il. Je vais crever dans le salon avec ça sur le dos.

— Mets-le pareil, lui dit sèchement sa femme. S'il fait trop chaud, tu l'enlèveras.

Quand Gérard arriva avec sa sœur et ses parents, tous les Brûlé se levèrent pour les accueillir. Annette fit passer ses invités au salon et les garçons s'empressèrent d'aller chercher des chaises dans la cuisine pour que chacun puisse profiter d'un siège.

Rapidement, les tourments entretenus par Laurette durant la semaine précédente l'abandonnèrent. Les Morin se montrèrent absolument charmants avec leurs hôtes. La jeune fille eut même droit à un regard appréciateur de sa future belle-mère quand elle s'était rendu compte que la fiancée portait un corset. Pendant que Lucille Morin échangeait avec sa mère, Laurette eut tout le temps de détailler Colombe, la sœur de Gérard, qu'elle voyait pour la première fois.

L'adolescente de seize ans était presque aussi grande que sa mère. Elle était maigre et le sourire ne lui venait pas facilement, malgré les blagues racontées par un Bernard en verve, qui avait pris tout de suite place à ses côtés.

Par ailleurs, Conrad Morin sembla s'entendre à merveille avec Honoré. Les deux hommes s'étaient découvert une admiration commune pour le premier ministre Taschereau, qui dirigeait les destinées de la province depuis plus de dix ans.

Durant le repas, madame Morin s'extasia sur la nourriture servie et demanda même la recette du gâteau aux épices, qu'elle dégusta avec un plaisir évident. Elle félicita Laurette quand elle apprit que c'était elle qui l'avait préparé.

— On dirait bien que mon Gérard a trouvé une excellente cuisinière, dit-elle en adressant un sourire sincère à sa future bru.

Laurette rosit du compliment et soupira d'aise.

Après le dessert, Gérard offrit officiellement à sa fiancée une alliance en signe de son engagement. Tout simple, le jonc d'or jaune s'ajusta parfaitement au doigt de la jeune fille.

Vers huit heures, la famille Morin remercia leurs hôtes avec effusion en regrettant que l'heure du train qui devait les ramener à Saint-Hyacinthe soit si tôt dans la soirée. On s'embrassa et Gérard quitta les Brûlé en même temps que ses parents. Il devait les accompagner à la gare.

— Je sais vraiment pas ce que t'avais à leur reprocher, dit Annette à sa fille pendant qu'elles lavaient la vaisselle du repas. C'est du monde ben comme il faut.

— Ils étaient pas pantoute comme ça la dernière fois, expliqua Laurette, encore surprise de la gentillesse manifestée par sa future belle-famille.

— En tout cas, madame Morin a l'air de ben t'aimer, lui fit remarquer sa mère. Elle m'a répété deux fois que son garçon pouvait pas tomber sur une meilleure fille.

— Elle a dit ça ? demanda Laurette, ébahie.

— Mot pour mot.

— Et le père de Gérard a l'air de ben t'aimer, lui aussi, intervint Honoré en aidant ses fils à replacer les chaises dans la cuisine.

Lorsque Laurette revit son fiancé quelques jours plus tard, ce dernier répéta à plusieurs reprises que ses parents avaient été enchantés par la rencontre et qu'elle les avait définitivement conquis.

La succession des événements heureux se poursuivit sans trop attendre. Un mois plus tard, Armand, l'aîné des fils Brûlé, trouva enfin un travail régulier. Après avoir passé un hiver à transporter des sacs de charbon deux jours par semaine pour Bégin, le jeune homme avait désespérément cherché à dénicher un travail aussi stable que celui de son jeune frère Bernard. Grâce au père d'un ami, il avait obtenu un emploi à la brasserie Dow, rue Notre-Dame Ouest.

— C'est plus loin que la Dominion Textile. Je vais être obligé de prendre les p'tits chars, reconnut l'adolescent de dix-sept ans, mais je vais gagner un meilleur salaire que Bernard.

— L'important, c'est que t'aies enfin une bonne *job*, trancha son père avec sagesse.

À la même époque, Gérard et Laurette se mirent fébrilement à la recherche d'un appartement. La tâche

était d'autant plus difficile qu'ils ne seraient prêts à emmé-
nager qu'en novembre. Or, la majorité des baux étaient
signés pour le 1ᵉʳ mai. Évidemment, le fiancé n'avait ni
l'intention ni les moyens financiers de payer cinq mois de
location sans habiter l'espace loué. Rapidement, les futurs
époux réalisèrent qu'il allait leur être impossible de trouver
un logement qui ne serait libéré qu'à la fin de l'automne
suivant.

— Si on en trouve un à notre goût, déclara Gérard, un
samedi soir, je pense que je vais aller rester là tout de suite,
même si on n'a pas encore de meubles. Je me débrouillerai
pour me faire à manger.

— Il est pas question que tu fasses ça ! s'emporta
Laurette. Notre appartement, on va l'étrenner ensemble.
En plus, tu sais pas faire à manger.

— Si on fait pas ça, on va être poignés pour aller rester
en chambre jusqu'au mois de mai prochain.

— J'aime encore mieux ça que de te laisser rester tout
seul dans notre appartement avant qu'on se marie.

Sur ce sujet, Laurette demeura intraitable et la chasse à
l'appartement continua de plus belle. Les fiancés s'entendaient cependant sur un point : le logement devait se situer
dans le quartier et ne pas être trop éloigné de celui des
Brûlé, si possible. Par conséquent, leurs balades du samedi
soir et du dimanche après-midi les amenèrent à sillonner
toutes les voies de l'important quadrilatère bordé par les
rues Ontario, Notre-Dame, Frontenac et Parthenais. À
la fin du mois de mai, ils n'avaient trouvé nulle part un
endroit leur convenant ou dont le loyer respectait leur
maigre budget. Quand les premières chaleurs arrivèrent,
ils se résignèrent à abandonner leurs recherches d'un
commun accord.

— Demande aux Charpentier s'ils veulent nous louer
ta chambre jusqu'au mois de mai de l'année prochaine, dit

Laurette, la mort dans l'âme. On n'a pas le choix, on va rester en chambre. Je pourrais toujours demander à mon père de nous louer ma chambre, mais ce serait gênant et on serait tassés avec mes deux frères qui vivent encore chez nous.

Les Charpentier acceptèrent sans trop d'enthousiasme la demande de Gérard, mais ils ne pouvaient probablement pas se permettre de perdre si facilement leur locataire salarié en cette période morose de crise économique.

— Tu pourras toujours venir passer tes journées avec moi si tu t'ennuies, offrit Annette à sa fille quand elle fut mise au courant de la décision du jeune couple. Ce sera moins pire que de passer toutes tes journées enfermée dans une chambre.

L'été commença par de nombreuses journées de pluie, mais Laurette ne songea pas à s'en plaindre, occupée qu'elle était à constituer son trousseau. Le mariage de Suzanne représenta son unique sortie spéciale de la saison estivale. Cette dernière épousa Gustave Allard le 31 juillet, en pleine canicule, et tint à ce qu'elle assiste, en compagnie de Gérard, à la cérémonie et au repas de noces offert par ses parents. Malheureusement, Laurette n'avait pas entiè-rement le cœur à la fête. Elle allait perdre de vue son unique amie puisqu'elle et son mari, un conducteur de tramway, allaient s'établir à Longueuil, autant dire à l'autre bout du monde.

Quelques semaines plus tard, le hasard voulut que Gérard revienne de son travail en compagnie de Georges-Étienne Phaneuf, un veuf assez taciturne âgé d'une quaran-taine d'années, employé, lui aussi, à la Dominion Rubber.

Pour meubler la conversation, le jeune homme men-tionna à son compagnon de route qu'il se mariait durant l'automne et qu'il avait renoncé à se trouver un appartement dans le quartier parce qu'il avait été incapable d'en dénicher un convenable. Il se plaignit d'avoir à vivre prochainement dans une petite chambre avec sa femme pendant près de six mois.

— C'est drôle que tu me dises ça, dit Phaneuf. Moi, c'est ce que j'aimerais faire. Mes deux sœurs restent ensemble sur De Montigny et elles arrêtent pas de m'offrir d'aller rester avec elles. Elles ont une chambre pour moi. C'est vrai que la vie serait moins plate avec elles si j'allais vivre là. Mais j'ai encore tous les meubles que j'avais du temps que ma femme vivait. Ce serait tout un aria de commencer à vendre ça.

— Où est-ce que vous restez? demanda Gérard.

— Sur une petite rue, proche de Fullum. Sur la rue Emmett. J'ai un cinq et demi avec un hangar et une petite cour qui donne sur une grande. C'est pas neuf, mais c'est tranquille. Presque toutes les maisons de la rue appartiennent à la Dominion Oilcloth. À part ça, le loyer est pas mal raisonnable. Neuf piastres par mois.

Soudain, une vague d'espoir souleva le jeune homme. Serait-il possible que la chance lui sourie enfin? Si l'appartement était convenable...

— Qu'est-ce qui vous empêche de partir? s'empressa-t-il de demander en se forçant à contenir son empressement.

— Pour commencer, mon bail. Je viens de le signer jusqu'à l'année prochaine.

— Si quelqu'un le reprenait?

— C'est sûr que c'est faisable. Mais il y a aussi mes meubles. Je peux pas tous les apporter chez mes sœurs. Leur appartement est plein comme un œuf.

Un long silence ponctua la marche des deux hommes qui venaient d'arriver coin Fullum et Notre-Dame. Au lieu de poursuivre jusqu'à la rue Dufresne, Gérard décida brusquement de remonter la rue Fullum avec son collègue de travail. Il n'eut à parcourir que quelques centaines de pieds avant d'arriver à la petite rue Emmett. Il n'avait jamais remarqué cette artère étroite, parallèle à la rue Notre-Dame.

— Bon. Je te lâche ici, lui dit Phaneuf. Moi, je suis rendu.

Constatant que c'était sans doute là son unique occasion d'éviter de vivre dans une chambre, Gérard se résolut à se jeter à l'eau.

— Écoutez, monsieur Phaneuf. Est-ce que ça vous dérangerait ben gros de me montrer votre appartement? En même temps, je pourrais peut-être jeter un coup d'œil sur les meubles que vous voulez vendre. Si ça m'intéresse, je pourrais revenir vous voir avec ma fiancée et on essayera de s'arranger. Qu'est-ce que vous en pensez? demanda-t-il, nerveux.

L'homme n'hésita qu'un court instant.

— Ça me fait rien, mais je t'avertis tout de suite, ça fait cinq ans que je suis tout seul et je suis pas fort sur le ménage. La maison est pas mal à l'envers.

Tout en marchant aux côtés du veuf, le jeune homme scrutait la petite rue Emmett reliant les rues Fullum et Archambault, au sud de la rue Sainte-Catherine. Elle était calme, comme assommée par la chaleur dégagée par l'asphalte surchauffé. En levant la tête vers l'ouest, il put voir une section de la structure métallique du pont du Havre. Il n'y avait pas un brin d'herbe nulle part. Cinq maisons à un étage, toutes passablement délabrées, occupaient le côté sud de la rue. Ces résidences profitaient un peu de l'ombre projetée par les maisons à deux étages en brique rouge qui leur faisaient face. Au coin, l'unique escalier extérieur s'arrêtait à deux pas d'une minuscule épicerie qui occupait le rez-de-chaussée du dernier immeuble.

Georges-Étienne Phaneuf s'arrêta devant l'avant-dernière maison du côté sud de la rue, fouilla dans sa poche et sortit une clé. Il ouvrit une porte à demi vitrée couverte d'une peinture vert bouteille écaillée.

— Entre, dit-il à Gérard en le précédant.

Le jeune homme fut immédiatement pris d'assaut par une puissante odeur de renfermé en posant le pied dans le couloir sombre.

— Il fait chaud en dedans, lui dit Phaneuf. Je vais ouvrir la porte de la cuisine.

Gérard ne fit aucun commentaire, regardant tout autour de lui. Aucun détail ne devait lui échapper. La cuisine dans laquelle son hôte venait de l'entraîner était pourvue d'une fenêtre et d'une porte moustiquaire qui s'ouvrait sur un balcon encombré de déchets de toutes sortes. À l'extérieur, devant le balcon, un escalier de bois conduisait chez les locataires vivant à l'étage.

La cour, très étroite, était en terre battue. Elle était encombrée par un antique hangar au toit de tôle passablement rouillé.

— Comme tu peux voir, reprit l'homme après l'avoir laissé regarder un bon moment à l'extérieur, la cuisine est assez grande. Mon poêle à l'huile marche ben et la glacière est correcte. Il va falloir que je les vende tous les deux, comme mon set de cuisine, prit-il le soin d'ajouter en désignant de la main une table en bois blanc autour de laquelle étaient rangées quatre chaises.

La pièce était franchement malpropre et le petit comptoir au milieu duquel se trouvait l'évier était encombré de vaisselle sale. Le linoléum aux dessins à demi effacés qui couvrait le parquet disparaissait sous une bonne épaisseur de crasse.

— Ça, c'est une chambre, fit Phaneuf en entrouvrant une porte donnant sur la cuisine. À côté, c'est la salle de bain. Elle est pas ben grande, mais il y a un bain, un lavabo et une toilette.

— C'est parfait, dit Gérard en jetant un coup d'œil attentif à la petite pièce d'à peu près huit pieds par cinq.

— Comme tu peux voir, j'ai aussi une fournaise qui marche au bois et au charbon dans le corridor. Elle est à vendre, elle aussi. On en a besoin l'hiver pour réchauffer les chambres d'en avant.

— Il y a combien de chambres en avant ?

— Deux. Ça, c'est ma chambre. Elle donne sur la rue, précisa Phaneuf en ouvrant une nouvelle porte à droite. En face, ces deux portes-là ouvrent sur une chambre double.

L'hôte poussa une porte du côté gauche du couloir pour montrer à Gérard un salon de taille moyenne où trônait un vieux divan brun un peu avachi. Une ouverture en arc révélait une autre pièce où étaient entassées en désordre des boîtes de tailles diverses et une pile imposante de bûches.

— T'es capable de comprendre que c'est pas mal grand pour un homme tout seul. Moi, dans cette chambre-là, je corde mon bois pour l'hiver. Ça me fait pas loin pour chauffer ma fournaise.

— C'est vrai que c'est pas mal grand à entretenir pour une personne, reconnut Gérard, passablement secoué par la saleté de l'appartement.

— Ça, tu peux le dire.

— Moi, votre appartement m'intéresserait ben gros, admit le jeune homme en faisant un nouvel effort pour cacher son enthousiasme. Si ça vous dérangeait pas trop, j'aimerais venir le montrer à ma fiancée, à soir. Si ça fait son affaire, on pourrait discuter du prix des meubles que vous pourriez nous vendre. Qu'est-ce que vous en pensez ?

Georges-Étienne Phaneuf réfléchit un court moment avant d'accepter.

— Mais j'aime autant te le dire tout de suite, prit-il la précaution d'ajouter, j'ai pas l'intention de déménager avant au moins un bon mois. Je veux pas avoir à me presser pour faire mes boîtes.

— Inquiétez-vous pas, monsieur Phaneuf, le rassura Gérard. Si votre appartement fait l'affaire de ma fiancée, on vous poussera pas dans le dos. Nous autres, on se marie seulement le 14 novembre.

Sur ce, le visiteur quitta les lieux en promettant de revenir vers sept heures, ce soir-là. Quand il apprit à Laurette qu'il avait peut-être découvert le genre d'appartement qu'ils avaient cherché le printemps précédent, la jeune fille fut folle de joie. Après le souper, avec la permission d'Annette et d'Honoré, il vint la chercher pour l'amener voir le 2318, rue Emmett.

Laurette ne connaissait pas la rue Emmett, même si elle avait toujours vécu dans le quartier. Tout en descendant la rue Fullum en direction de la rue Notre-Dame, Gérard décrivit l'état des lieux à sa fiancée. Il ne voulait pas qu'elle manifeste ouvertement son dégoût devant le locataire en constatant la malpropreté qui y régnait.

— Je t'avertis tout de suite que ça va avoir besoin de tout un ménage. C'est pas mal sale parce que Phaneuf vit tout seul et a pas l'air trop porté sur le nettoyage. En plus, j'ai l'impression que le seul moyen de le décider à partir, ça va être de lui acheter une couple de meubles parce qu'il veut s'en aller en chambre chez ses sœurs.

Laurette se déclara prête à beaucoup de sacrifices pour avoir la chance de commencer leur vie de couple dans leur appartement plutôt que dans la petite chambre que les Charpentier étaient prêts à leur louer.

Gérard sonna à la porte et Phaneuf vint ouvrir. D'emblée, le quadragénaire à la mise peu soignée sembla apprécier l'énergie qui émanait de la jeune fille qui accompagnait son confrère de travail. Il fit visiter l'appartement en s'adressant presque exclusivement à Laurette. Cette dernière sut se montrer polie et discrète, laissant filtrer suffisamment d'enthousiasme pour plaire à son hôte.

— J'aime ben votre appartement, monsieur Phaneuf, déclara-t-elle. C'est en plein ce qu'il nous faudrait.

— Ben, venez vous asseoir dans la cuisine. On va parler un peu, proposa le veuf en désignant aux visiteurs la pièce voisine.

En moins d'une heure, Gérard s'entendit avec l'homme pour lui acheter à un prix fort convenable son poêle à huile, sa fournaise, son mobilier de cuisine et son divan. De plus, Georges-Étienne Phaneuf se déclara d'accord pour leur laisser les lieux à compter du 1er octobre, ce qui allait laisser aux deux tourtereaux largement le temps de nettoyer l'endroit.

Ce soir-là, Gérard et Laurette revinrent lentement vers la rue Champagne en s'extasiant sur leur chance d'avoir découvert un logement à un prix raisonnable si près du travail de Gérard. Une fois parvenu chez les Brûlé, le couple passa une heure à le décrire à Honoré et Annette. Cette dernière, heureuse pour sa fille, lui promit de confectionner les rideaux de son futur appartement.

— J'ai pas vu ce que t'as acheté, dit Honoré, mais j'ai l'impression que t'as fait un bon marché au prix qu'il t'a laissé toutes ses affaires. Est-ce que tu vas avoir un gros ménage à faire ?

— C'est ben sale, reconnut Gérard en réprimant difficilement une grimace de dégoût. Mais on va avoir presque un mois et demi pour nettoyer avant notre mariage.

— On va aller te donner un coup de main pour peinturer, proposèrent en même temps Armand et Bernard qui, assis à la table de cuisine, s'étaient contentés d'écouter les fiancés depuis leur arrivée.

— Vous êtes ben fins, les remercia leur futur beau-frère.

～～⁓

Cinq semaines plus tard, un mardi après-midi, Phaneuf remit les clés de l'appartement à Gérard, à la fin de son quart de travail. L'homme avait déménagé ses derniers effets chez ses sœurs, la veille.

Après le souper, même s'il pleuvait et que l'obscurité était tombée, toute la famille Brûlé accompagna Laurette et son fiancé pour une première visite du 2318, rue Emmett. Gérard déverrouilla la porte d'entrée avec fierté et laissa passer tout le monde devant lui.

Honoré chercha à tâtons le commutateur et alluma le plafonnier du couloir.

— Sainte bénite! s'exclama Annette devant le spectacle qui s'offrit à sa vue.

— Ayoye! fit Bernard en se bouchant le nez.

— Attendez. Je vais aller ouvrir une fenêtre ou deux pour changer l'air, s'empressa d'offrir Gérard en se précipitant vers la cuisine où il alluma le plafonnier.

— Mais il se lavait pas, ce gars-là, critiqua Armand en ne parvenant pas à réprimer une mine dégoûtée.

— C'est pas ben grave, déclara Honoré, diplomate. Ça va prendre juste un peu plus de temps pour nettoyer.

Laurette n'avait rien dit depuis son entrée, mais il était évident qu'elle n'était pas loin d'éprouver du découragement à la vue de tout ce qu'il y aurait à faire pour rendre l'appartement habitable.

— Vous avez raison, monsieur Brûlé, dit Gérard. Avec de l'eau de Javel et une bonne couche de peinture, on reconnaîtra plus la place. On a le temps de tout remettre d'aplomb.

— Je vais faire ma part, affirma Laurette, rassurée par le ton de son fiancé.

— On va venir vous donner un coup de main, reprit Annette. Puis, est-ce que vous allez nous faire voir le reste? ajouta-t-elle en feignant l'enthousiasme. Il y a pas juste un corridor et une cuisine dans cette maison-là, je suppose.

Laurette entraîna ses parents et ses frères dans une tournée de toutes les pièces. Certaines étaient peut-être moins sales que la cuisine, mais elles avaient tout de même besoin d'un sérieux récurage. Pendant que la mère et la fille mesuraient chaque fenêtre en prévision de la confection des rideaux, Gérard accompagnait son futur beau-père, Armand et Bernard sur le balcon arrière.

— La cour est à nous autres, dit-il. Et de l'autre côté de la clôture, c'est une grande cour qui aboutit à un bout sur Fullum et à l'autre, sur Archambault. En avant de nous autres, à l'autre bout de la grande cour, c'est l'arrière des maisons de la rue Notre-Dame. Je vous montrerais ben le hangar, mais Phaneuf m'a dit qu'il y avait pas l'électricité. Il est supposé m'avoir laissé un baril à moitié plein d'huile de chauffage.

— T'as une cave, je suppose? demanda Armand.

— Oui, mais je suis pas encore descendu voir de quoi elle a l'air.

— Elle peut pas être ben ben plus sale que le logement, laissa tomber Bernard, sarcastique.

❧

Ce soir-là, Annette ne put se retenir de dire à son mari en se mettant au lit:

— J'ai jamais vu une pareille soue à cochons. C'est à se demander comment du monde pouvait vivre là-dedans.

— Ouais ! Les jeunes vont avoir affaire à se faire aller pour rendre ça habitable, déclara Honoré en retirant son pantalon.

— T'oublies que nous autres aussi, on va être obligés d'aller nettoyer.

— Pas tous les soirs quand même.

— Aïe, Honoré Brûlé ! Tu penses tout de même pas qu'on va laisser notre fille aller passer ses soirées toute seule avec un garçon dans un appartement vide. Ils sont pas encore mariés. Il est pas question de les laisser tout seuls.

Il fallut près de trois semaines de travail intense à Gérard et Laurette pour récurer l'appartement. Les tourtereaux eurent la chance de pouvoir compter sur l'aide de tous les Brûlé. Soir après soir, il y avait toujours l'un des frères ou les parents pour venir travailler quelques heures. Tout se passa si bien que le ménage de l'appartement fut achevé huit jours avant le mariage, ce qui permit à Laurette de participer à la préparation du dîner qu'allaient offrir ses parents pour couronner l'heureux événement.

— Ça va ressembler à un vrai repas des fêtes, avait fièrement annoncé Annette à sa fille. On regardera pas à la dépense. On va faire cuire un gros morceau du quartier de bœuf que ton oncle Adrien nous a envoyé et on va préparer une bonne soupe. Pour dessert, on va faire deux gros gâteaux.

— Mais c'est la viande que vous avez achetée pour hiverner, s'inquiéta Laurette.

— Il va nous en rester en masse, la rassura sa mère.

— J'ai déjà acheté toute la bière, le fort et la liqueur qu'il va nous falloir, plastronna Honoré. On manquera pas de rien.

— On va te faire des belles noces, inquiète-toi pas, reprit sa mère.

Malgré son grand désir de devenir madame Morin, Laurette vivait pleinement les derniers jours de sa vie de jeune fille. Avec un pincement au cœur, elle voyait s'écouler ses derniers moments sous le toit paternel. Elle avait beau savoir qu'elle allait s'installer tout près, elle sentait que rien ne serait plus jamais pareil. Lorsqu'elle viendrait chez ses parents, ce ne serait plus qu'à titre d'invitée. La chambre à coucher où elle se réfugiait depuis son enfance ne serait plus la sienne. Déjà, Bernard piaffait d'impatience de s'y installer.

Lors des deux derniers dimanches, elle avait légèrement sursauté lorsque le curé Monette avait annoncé, du haut de la chaire, l'intention de Gérard Morin, fils de Lucille et Conrad Morin de Saint-Hyacinthe, d'épouser Laurette Brûlé, fille d'Annette et d'Honoré Brûlé, résidants de la paroisse. Était-elle prête à se marier ? Le voulait-elle vraiment ? Aimait-elle suffisamment Gérard pour vivre tout le reste de sa vie à ses côtés ? Toutes ces questions se bousculaient dans sa tête et la rendaient affreusement nerveuse.

Novembre arriva et tout sembla brusquement aller beaucoup trop vite. L'appartement de la rue Emmett l'attendait. La plus grande partie de ses affaires était déjà rangée dans les tiroirs des meubles de son futur logis. Tous ses cadeaux de noces y avaient également été transportés, occupant beaucoup trop d'espace chez les Brûlé qui s'apprêtaient à recevoir les invités.

Ses parents s'étaient saignés aux quatre veines pour lui offrir un mobilier de chambre à coucher. Lucille et Conrad Morin n'avaient pas voulu faire moins en donnant au jeune couple une radio Marconi, le rêve de Laurette et de Gérard. Des oncles, des tantes et des cousins des deux familles leur avaient envoyé pour l'occasion des couvertures, une coutellerie, de la vaisselle, des ustensiles de cuisine et toutes sortes de petites choses plus ou moins utiles.

Par ailleurs, chez les Brûlé, tout le monde avait mis la main à la pâte pour préparer la fête. Honoré et ses fils avaient débarrassé le salon du divan pour le remplacer par une longue table confectionnée avec des madriers et des chevalets. Ils avaient réquisitionné toutes les chaises de la maison et en avaient emprunté aux voisins pour permettre à tous les invités de s'asseoir. L'oncle Adrien avait promis d'apporter son accordéon et Paul Bouchard, le frère de Lucille Morin, son violon. Tout s'était terminé, l'avant-veille, par un ménage en profondeur de l'appartement et, surtout, par le lavage de toute la vaisselle contenue dans les armoires d'Annette.

— Pourquoi on lave tout ça? se plaignit Laurette à sa mère. Il me semble, m'man, qu'on avait ben assez de faire un grand ménage partout.

— J'ai pas envie de passer pour une cochonne, ma fille, répondit sa mère. La maison va être pleine de monde. Il y en a qui vont aller se servir dans mes armoires. J'ai pas le goût pantoute qu'ils tombent sur un morceau de vaisselle gras. De quoi on aurait l'air?

La veille du mariage, tout était prêt. La table était déjà dressée dans le salon et les chaises alignées le long des murs de la pièce. Honoré avait déniché deux vieux bancs au fond du hangar qu'il avait déposés dans la cuisine en déclarant qu'ils finiraient bien par servir à quelque chose le lendemain.

Au début de la soirée, la neige se mit à tomber doucement pendant qu'Annette coiffait sa fille, fixant sur sa tête une multitude de rouleaux de toutes les grosseurs.

— Mais m'man, je pourrai jamais dormir avec ça sur la tête, protesta Laurette en se regardant dans le miroir suspendu au-dessus de l'évier de la cuisine.

— T'as pas le choix, ma fille, décréta sa mère en examinant chaque pièce de vêtement que la future mariée avait suspendue à un cintre. Tu vas voir comment tu vas être belle, demain matin, avec ta robe gris perle neuve et ton voile.

— C'est correct, se résigna la jeune fille en pénétrant dans sa chambre.

— On se couchera pas trop tard, dit Annette aux siens. Demain matin, il va falloir se lever de bonne heure si on veut que tout soit prêt pour dix heures.

Son mari secoua sa pipe au-dessus du poêle dont il venait de retirer un rond et ajouta une bonne quantité de charbon avant de prendre la direction de sa chambre. Avant de se mettre au lit, le père de famille écarta les rideaux qui masquaient l'unique fenêtre de la pièce et regarda longuement la petite rue Champagne.

— Ç'a pas l'air de vouloir se calmer dehors, dit-il à sa femme. Il neige de plus en plus fort.

— Il manquerait plus qu'il fasse tempête, dit Annette, soudain inquiète. Une affaire pour empêcher le monde de venir aux noces. Ce serait ben de valeur pour Laurette.

— C'est ça le problème des noces l'hiver. On peut jamais savoir quelle température il va faire, lui fit remarquer son mari en s'étendant dans le lit. En tout cas, on verra ben demain matin…

Annette dormit mal cette nuit-là. À plusieurs reprises, elle se leva et alla regarder par la fenêtre. Vers quatre heures, elle se rendormit après avoir constaté qu'il ne neigeait plus. Lorsqu'elle s'éveilla deux heures plus tard, Honoré était déjà debout et rentrait dans l'appartement.

— Quel temps il fait dehors? lui demanda-t-elle en refermant plus étroitement sa robe de chambre contre elle.

— On gèle tout rond, mais au moins, il neige plus.

— Est-ce qu'il est tombé pas mal de neige?

— Juste une dizaine de pouces, d'après moi, répondit Honoré en retirant ses bottes. J'ai pelleté en avant et en arrière après avoir nourri Coco. J'espère juste que mes clients vont se souvenir que je leur ai dit que je passerais pas aujourd'hui à cause des noces.

— De toute façon, on est en hiver. Il fait assez froid pour se débrouiller sans glace jusqu'à lundi matin, répliqua Annette.

— On n'est pas les seuls à être debout de bonne heure comme ça, poursuivit Honoré. Gérard est passé pendant que je pelletais en avant. Il s'en allait chauffer l'appartement. Rappelle-moi d'envoyer Bernard ou Armand chez eux au commencement de l'après-midi pour ajouter du charbon dans sa fournaise. Comme ça, les nouveaux mariés gèleront pas en rentrant à soir.

Dans les minutes suivantes, Laurette et ses frères firent leur apparition dans la cuisine.

— On déjeune pas? demanda Bernard.

— On mange pas et on boit pas si on veut aller communier.

— On peut pas faire une exception? Après tout, m'man, on n'est pas dimanche.

— Non, mon garçon. Il manquerait plus que t'ailles pas communier le matin des noces de ta sœur, s'insurgea sa mère.

Sans attendre de réplique, la mère de famille s'empara d'une brosse à cheveux et fit signe à sa fille de venir s'asseoir sur la chaise devant elle. Elle lui retira méticuleusement chacun des rouleaux, en prenant soin de ne pas emmêler les mèches torsadées. Une heure plus tard, Laurette alla se maquiller légèrement et enfila la robe gris perle confectionnée par sa mère pour l'occasion. Lorsqu'elle parut dans la cuisine, le visage de ses parents s'illumina de fierté. Leur fille ne leur avait jamais semblé si belle.

À vingt ans, l'adolescente un peu rondelette avait cédé la place à une jeune femme attirante au visage agréablement arrondi rehaussé de pétillants yeux bruns. Ses cheveux brun foncé plus longs que ne l'exigeait la mode étaient soigneusement bouclés.

Quelques minutes avant neuf heures trente, Honoré donna aux siens le signal du départ.

— On va y aller avant que Gérard pense que Laurette a changé d'idée, plaisanta-t-il en tentant de cacher sa nervosité. Il doit déjà nous attendre à l'église.

Les Brûlé quittèrent leur appartement et durent marcher dans la rue à cause de l'accumulation de neige tombée la veille. Laurette donnait le bras à sa mère tandis qu'Honoré marchait devant en compagnie de ses deux fils. Ils longèrent la rue Dufresne jusqu'à la rue Sainte-Catherine. Ils empruntèrent alors le trottoir de la grande artère commerciale, fort encombré, mais plus sécuritaire.

Ils arrivèrent à l'église au moment où les cloches se mettaient à sonner joyeusement pour annoncer le mariage à toute la paroisse. Quelques passants s'arrêtèrent sur le trottoir pour admirer la future mariée reconnaissable à son voile. Quelques parents, demeurés sur le parvis pour fumer une dernière cigarette avant la cérémonie, s'empressèrent d'entrer dans le temple en apercevant la mariée.

En ce samedi matin hivernal, il n'y avait qu'une cinquantaine de personnes présentes dans l'église Saint-Vincent-de-Paul. Une bonne moitié d'entre elles n'étaient que des curieux. Pendant qu'Armand et Bernard allaient prendre place dans l'un des premiers bancs, Annette aida sa fille à

retirer son manteau. Honoré tendit ensuite le bras à
Laurette pour la conduire à l'un des deux fauteuils placés
devant la sainte table, près de celui que Gérard occupait
déjà. Au passage du père et de sa fille, les têtes se tournèrent
dans leur direction et les invités leur adressèrent des sou-
rires. Laurette aperçut avec plaisir Suzanne et son mari.
Elle leur fit un petit signe de la main.

Le cœur battant à tout rompre, la jeune fille vint
s'asseoir à côté de Gérard, figé dans son costume noir. Son
col en celluloïd semblait l'étrangler légèrement et ses
mains ne cessaient de bouger. Tournant légèrement la tête,
la future mariée aperçut le père et la mère de Gérard en
train de chuchoter avec des inconnus assis derrière eux.

Le curé Monette entra alors dans le chœur en compagnie de ses deux servants de messe. Il célébra le mariage,
bénit l'union et adressa quelques mots aux nouveaux époux
en insistant sur l'importance du sacrement qu'ils venaient
de recevoir. Il leur rappela qu'ils venaient de s'unir pour la
vie et qu'ils s'étaient juré amour et assistance jusqu'à la fin
de leurs jours. Il mentionna à plusieurs reprises que la
femme devait obéissance à son mari, ce qui eut le don
d'agacer un peu la mariée. Dès la bénédiction finale, l'orga-
niste plaqua les premiers accords de la marche nuptiale de
Mendelssohn pendant que Gérard et Laurette descendaient
l'allée centrale, suivis par les invités de la noce.

À la sortie de l'église, l'assemblée dut se plier aux
exigences du professionnel rétribué pour photographier le
groupe. On s'entassa, debout, sur les marches de l'église.
Tout le monde prit ensuite la direction de l'appartement
de la rue Champagne.

— T'as ben entendu monsieur le curé? chuchota
Gérard à l'oreille de sa femme. Tu dois m'obéir.

— Aïe, exagère pas! répliqua Laurette, sérieuse. Je me
suis pas mariée avec toi pour être ton esclave.

— Je faisais juste une farce...

— J'espère, dit-elle en lui adressant un sourire un peu contraint.

À leur arrivée chez les Brûlé, les nouveaux mariés furent félicités et embrassés avec effusion dès que chacun eut retiré son manteau et ses bottes. Pour leur part, Honoré et Annette ne perdirent pas de temps et se mirent à distribuer des verres d'alcool et de la bière «pour ouvrir l'appétit et, surtout, pour réchauffer», disaient-ils. Même si elle était fort occupée à remercier chaque invité, Laurette remarqua que les Morin s'étaient regroupés dans un coin du salon et ne se mêlaient pas à sa famille. Sa belle-mère se tenait au centre du groupe et arborait l'air si déplaisant qu'elle avait lors de leur première rencontre, deux ans plus tôt.

Quand vint l'heure du repas, la plupart des Morin se regroupèrent à une même extrémité de la table dressée dans le salon malgré les incitations à se disperser d'Annette et d'Honoré. Il fallut que les hôtes fassent des efforts considérables durant tout le dîner pour que les deux familles échangent un peu. Deux cousines et une tante de Laurette aidèrent à faire le service. À plusieurs reprises, les nouveaux époux durent se lever pour s'embrasser devant les convives qui frappaient bruyamment la table de leurs ustensiles. Bien peu de Morin participèrent à ce genre d'encouragements. L'air pincé que la plupart d'entre eux affichaient laissait croire qu'ils jugeaient cette coutume déplacée et de fort mauvais goût. Au dessert, Gérard et Laurette coupèrent le gâteau sous les applaudissements des invités.

La table fut finalement enlevée du salon et les chaises retrouvèrent leur place le long des murs. Il faisait tellement chaud dans l'appartement que les hommes décidèrent de retirer leur veston. Honoré dut même entrouvrir quelques fenêtres pour laisser sortir un peu de fumée et rafraîchir l'atmosphère. Pendant que Paul Bouchard et Adrien

Parent sortaient violon et accordéon, Armand et Bernard distribuaient des consommations. Les danses pouvaient commencer.

Quelques minutes plus tard, les Charpentier ainsi que deux autres couples de voisins, invités par Annette et Honoré la semaine précédente, se joignirent à la fête. Ils n'hésitèrent pas à participer aux danses, ce qui aida beaucoup à améliorer l'ambiance parce que les membres de la famille de Gérard ne dansaient pratiquement pas.

— Baptême! jura Honoré dans la cuisine. Ce monde-là, ça sait juste boire et jacasser.

Sa remarque visait surtout deux frères de Conrad Morin qui semblaient boire comme s'ils s'apprêtaient à traverser le désert. L'un d'eux, un petit homme chauve, poussait même le manque de savoir-vivre jusqu'à aller se servir lui-même dans la cuisine, ce qu'avait remarqué Bernard avec un certain déplaisir.

— Dis donc, Jos, t'aurais pu penser à m'en rapporter une! s'était exclamé son frère Rolland en le voyant revenir pour la troisième fois avec une bouteille de bière qu'il était allé chercher dans la cuisine.

— Dérangez-vous pas, avait dit Armand. On va vous servir, si vous en voulez une.

Sur ce, l'adolescent quitta le salon et alla chercher une bouteille de bière pour l'invité assoiffé.

— Il y en a qui boivent comme des trous, p'pa, avait-il fait remarquer à son père.

— Je le vois ben, s'était contenté de répondre Honoré avec humeur.

Un peu après trois heures, alors que la fête battait son plein, le nommé Jos réapparut dans la cuisine d'un pas un peu chancelant en demandant où étaient les toilettes.

— C'est cette porte-là, dit Bernard en lui indiquant celle qui conduisait au balcon enneigé.

L'invité en bras de chemise ouvrit la porte et la referma derrière lui, trop ivre pour se rendre compte qu'il était à l'extérieur. Pris d'un fou rire, le jeune homme fit signe à son frère de venir voir par la fenêtre.

Ce dernier revenait de l'appartement de la rue Emmett où il était allé alimenter la fournaise en charbon.

Les deux adolescents virent alors le petit homme chauve de dos en train d'ouvrir sa braguette pour se soulager. Puis tout à coup, l'homme disparut.

— Où est-ce qu'il est passé? demanda Bernard en s'étirant le cou.

— Maudit innocent! Il est tombé en bas du balcon, cette affaire! lui répondit son frère en éclatant de rire.

Malgré leur fou rire, les deux adolescents se précipitèrent vers la porte, sortirent sur le balcon et, se penchant, purent apercevoir l'invité étendu à plat ventre dans la neige, au pied de l'escalier.

— Ayoye! Une chance qu'il y a de la neige sinon il se serait fait une méchante bosse, fit Armand en contenant avec peine son hilarité. Qu'est-ce qu'on fait? On va le chercher?

— Que le diable l'emporte, dit Bernard en lui faisant signe de retourner à l'intérieur. Il a voulu boire comme un maudit cochon, qu'il endure! Il va finir par se réveiller. Ça va le dessoûler.

— On viendra le chercher dans cinq minutes. On est pas pour le laisser crever là, déclara son frère aîné en reprenant son sérieux. Il a rien sur le dos.

Quelques minutes plus tard, Armand endossa son manteau et sortit dans l'intention de retrouver l'invité ivre et de le faire rentrer dans la maison. Arrivé sur le balcon, il s'arrêta net. L'adolescent vit des empreintes de pas dans la neige jusqu'à la porte cochère, mais l'homme s'était volatilisé. Perplexe, il rentra.

Au son de l'accordéon et du violon, les invités s'en donnaient à cœur joie et chantaient à tue-tête. Armand alla jusqu'à la porte du salon et fit signe à son jeune frère de venir le rejoindre.

— Le bonhomme est plus dans la cour, chuchota-t-il à l'oreille de Bernard. As-tu une idée où il est passé, ce maudit ivrogne-là ?

Au même moment, de violents coups furent frappés à la fenêtre du salon. Conrad Morin, assis dos à la fenêtre, sursauta en découvrant son frère, dehors, sans manteau et tête nue.

— Mais qu'est-ce que Jos fait dehors pas habillé ? demanda le père du marié en se levant précipitamment pour aller lui ouvrir la porte.

Les musiciens arrêtèrent de jouer et les danseurs, surpris, se tournèrent tous vers la porte où ils virent apparaître le petit homme complètement frigorifié.

— Sacrement, vous êtes sourds, vous autres ! jura Jos Morin en se frictionnant vigoureusement les bras. J'étais en train d'attraper mon coup de mort dehors.

— Veux-tu bien me dire ce que tu faisais là ? lui demanda sa femme, une grosse matrone à l'air peu commode.

— J'avais envie, sa…

— Surveille tes paroles, lui ordonna sèchement sa femme.

— Laisse-moi parler si tu veux savoir, reprit le frère de Conrad Morin avec humeur.

L'homme semblait beaucoup moins ivre que quelques minutes auparavant.

— J'ai demandé à un des jeunes où étaient les toilettes. Je sais plus si c'est lui qui s'est trompé ou moi, mais en tout cas, je me suis retrouvé dehors, poursuivit le petit homme en réprimant un frisson.

— Pourquoi t'es pas rentré tout de suite ? lui demanda son frère.

— Bâtard ! J'ai ben essayé, mais les pieds me sont partis et je me suis retrouvé en bas de l'escalier, en pleine face dans la neige. Le temps que je reprenne mes esprits, je savais plus pantoute où j'étais. Ça fait que je suis sorti de la cour. Quand j'ai entendu la musique, je me suis souvenu que j'étais aux noces et j'ai frappé, mais personne me répondait.

Il y eut quelques ricanements parmi les convives, ce qui attira sur eux un regard furieux de la femme du malheureux.

— Tu t'es pas aperçu de rien, toi, Bernard ? lui demanda son père qui savait fort bien que son cadet se trouvait la plupart du temps dans la cuisine, en train de servir des consommations.

— Pantoute, p'pa, mentit l'adolescent.

— Bon, tout est correct, renchérit Honoré. Un bon verre de gin va vous réchauffer, ajouta-t-il à l'endroit de Jos Morin, qui venait de se laisser tomber sur une chaise.

Vers quatre heures, Annette se pencha à l'oreille de sa fille pour lui dire que le moment était venu pour elle et son mari de saluer les invités avant de prendre congé. Les nouveaux mariés quittèrent ensuite l'appartement de la rue Champagne, heureux d'échapper aux plaisanteries à double sens dont ils faisaient les frais depuis le début de l'après-midi. Avant de partir, ils avaient remercié avec beaucoup d'émotion Annette et Honoré pour la fête donnée en leur honneur. Les larmes aux yeux, Laurette embrassa ses parents.

— T'es pas pour te mettre à brailler comme un veau, lui dit sa mère, aussi émue qu'elle. Tu t'en vas pas au bout du monde. Tu vas rester à cinq minutes d'ici.

— Je le sais ben, m'man, dit la jeune femme en s'essuyant les yeux et en tentant de sourire bravement.

— Si vous vous ennuyez, vous avez juste à venir faire un tour demain après-midi, ajouta Honoré avant de refermer la porte sur le jeune couple.

Gérard et Laurette se dirigèrent lentement, à pied, vers leur nouveau chez-soi au moment où le soleil commençait à se coucher. Après être passés devant l'église où ils s'étaient unis le matin même, ils tournèrent au coin de la rue Fullum et poursuivirent leur chemin jusqu'à la rue Emmett. Pour la première fois, aucun membre de la famille Brûlé ne les accompagnait.

Lorsque la jeune madame Morin franchit le pas de la porte du 2318, elle savait qu'elle laissait derrière elle toute son enfance. Pour elle, une nouvelle vie commençait ce soir-là avec l'homme qui venait de refermer la porte. Avait-elle peur ? Elle n'aurait su le dire.

Après le tumulte de la journée, l'endroit parut singulièrement calme aux nouveaux époux. L'appartement sentait encore la peinture fraîche et la fournaise installée dans un renfoncement du couloir maintenait une chaleur confortable.

— On est enfin chez nous, déclara Gérard en enlevant son manteau et ses caoutchoucs. On va pouvoir se reposer.

— On va surtout manger quelque chose, déclara sa femme en l'imitant. J'ai presque rien mangé de la journée.

Pendant que Gérard allait remplir une chaudière de charbon dans la cave, elle se dirigea vers la cuisine pour allumer le poêle à huile. Elle jeta ensuite un regard fier sur son nouveau foyer. Il avait fallu déployer beaucoup d'efforts pour tout nettoyer, mais le résultat en valait la peine.

Quand son mari vint la rejoindre dans la pièce, elle avait déjà noué un tablier sur sa robe. Elle proposa de lui cuisiner une omelette et des rôties.

— Allume donc le radio que ton père et ta mère nous ont donné, lui demanda-t-elle. Ça fait assez longtemps que j'attends de pouvoir en écouter un à mon goût. Après, tu serais fin d'aller acheter un pain et une pinte de lait chez Comtois, au coin.

Aussitôt, la voix chaude de Lucienne Boyer interprétant *Si petite* remplit la pièce. Gérard s'approcha de sa femme et l'embrassa dans le cou avant de s'exécuter. Laurette vit partir son mari avec un certain soulagement. La soirée et la nuit à venir l'inquiétaient. Mille fois durant le dernier mois, elle s'était promis de demander des éclaircissements à sa mère sur ce qu'une femme mariée devait faire, mais n'avait finalement pas eu le courage d'aborder le sujet. Si Suzanne était demeurée près de chez elle, elle aurait pu lui poser des questions, mais elle avait déménagé à Longueuil. Elle n'allait tout de même pas l'interroger le jour de son mariage.

— J'aurais eu l'air d'une vraie niaiseuse, se dit-elle à mi-voix en battant quatre œufs dans un bol en grès.

À la pensée de ce qui l'attendait, elle devenait nerveuse. Les très vagues renseignements qu'elle possédait sur le sujet provenaient d'allusions plus ou moins claires saisies au détour d'une conversation entre les femmes mariées de la famille. Ce n'était évidemment pas assez pour se sentir en confiance. La nouvelle épouse se sentait désarmée face à tout ce qui concernait l'amour physique et elle aurait donné une fortune pour savoir comment se comporter. Au fond d'elle-même, elle espérait que Gérard se soit mieux renseigné qu'elle.

Lorsque ce dernier rentra, il trouva le couvert mis. Laurette servit le souper sans attendre. Tout au long du repas, la jeune femme perçut l'impatience de son mari dans chacun de ses gestes. Cela la rendit encore plus craintive.

— Est-ce qu'on va se coucher ? finit par suggérer le jeune homme dès que sa femme eut terminé le lavage de la vaisselle.

— Il est même pas sept heures, protesta Laurette. Tu y penses pas. Moi, je m'endors pas pantoute.

— Mais je pensais pas à dormir non plus, dit Gérard en la prenant par la taille.

Laurette se rendit compte qu'il ne servait à rien de se débattre contre l'inévitable et se résigna à remplir ce que le curé Monette avait appelé le matin même « son devoir d'épouse ».

— Bon. Si t'es plus capable d'attendre, fit-elle, fataliste. Laisse-moi au moins un peu de temps pour me préparer. Tu viendras me rejoindre tout à l'heure dans la chambre.

Sur ces mots, elle quitta la cuisine et se dirigea vers la chambre située face au salon. Elle retira le couvre-lit en chenille rose, enleva sa robe, la rangea avec soin et s'empressa de revêtir sa robe de nuit. Elle éteignit la lumière avant de se glisser sous la courtepointe. Étendue dans le noir, elle attendit, épiant le moindre bruit fait par son mari demeuré dans la cuisine.

Elle l'entendit soudain jeter du charbon dans la fournaise du couloir et la porte de la chambre s'ouvrit lentement un instant plus tard.

— Dors-tu ? demanda-t-il.

— Non. Mais allume pas la lumière, si ça te dérange pas, répondit Laurette avec une petite voix qu'elle eut du mal à reconnaître.

Devant le consentement de son mari à protéger cette intimité, la jeune madame Morin comprit que son Gérard n'avait pas plus d'assurance qu'elle.

Chapitre 6

Les beaux-parents

Durant les semaines qui suivirent son mariage, Laurette s'occupa à tout ranger dans son appartement et s'attacha à prouver à Gérard qu'elle était une femme d'intérieur accomplie. Chaque soir, à son retour du travail, le magasinier trouvait son repas prêt et la maison d'une propreté irréprochable. Après le souper, le jeune couple écoutait la radio ou allait veiller quelques heures chez Annette et Honoré Brûlé.

Au début du mois de février, la jeune femme se réveilla un matin le cœur au bord des lèvres. Elle ouvrit les yeux dans le noir sans se décider à se lever dans l'appartement glacial. Pendant un bon moment, elle demeura sans bouger, attendant que cette nausée inexplicable disparaisse d'elle-même. Un coup d'œil aux chiffres phosphorescents du gros réveille-matin Westclock lui apprit qu'il n'était que cinq heures quinze. Elle pouvait encore jouir de la tiédeur du lit durant quinze minutes avant d'avoir à se lever pour préparer le déjeuner de son mari endormi à ses côtés.

Mais la nausée, loin de disparaître, se fit plus insistante, au point de la pousser à rejeter les couvertures et à se précipiter vers les toilettes.

— Veux-tu ben me dire ce que j'ai ? se demanda-t-elle à mi-voix quelques instants plus tard, toute grelottante après avoir été malade. J'ai pourtant rien mangé d'indigeste.

Elle s'empressa d'allumer le poêle à huile de la cuisine avant d'aller vider la moitié d'un seau de charbon dans la fournaise du couloir qui ne contenait plus que des braises. Pendant un bref moment, elle balança entre commencer à préparer le déjeuner ou retourner se coucher durant encore une dizaine de minutes. Elle s'avança vers la porte d'entrée pour scruter la petite rue Emmett après avoir soulevé le rideau masquant la fenêtre de la porte. Il n'avait pas neigé durant la nuit, mais le froid intense avait déposé une épaisse couche de givre sur la vitre.

Lorsque Gérard s'approcha pour déjeuner après avoir fait sa toilette, elle constata qu'elle avait faim, comme d'habitude à cette heure de la journée, et elle mangea sans éprouver le moindre malaise.

Les jours suivants, le même scénario se reproduisit chaque matin et la jeune madame Morin commença à s'inquiéter sérieusement sur son état de santé. Avant la fin de la semaine, elle prit la décision d'en parler à son mari, même si la perspective d'aller consulter un médecin n'avait rien d'attirant. Elle gérait les finances familiales et savait fort bien qu'ils pouvaient difficilement se payer ce luxe.

Le hasard voulut que ce jour-là sa mère s'arrête pour la saluer en passant. On était le jeudi avant-midi et le jeune couple n'était pas allé rendre visite aux Brûlé depuis le samedi précédent.

— Mon Dieu ! je te croyais morte, plaisanta Annette en retirant ses bottes sur le paillasson. Ça fait presque une semaine qu'on vous a pas vus à la maison.

— Ben non, m'man, on n'est pas morts, la rassura sa fille en l'entraînant vers la cuisine où elle lui servit une tasse de thé bouillant. Gérard rentre ben fatigué de ses journées d'ouvrage et il a pas ben le goût de sortir après le souper.

— Je comprends ça, fit sa mère, mais toi ?

Il y eut un moment de silence dans la pièce pendant que Laurette prenait place à table, en face de sa mère.

— Moi, je sais pas pantoute ce que j'ai, finit-elle par dire en masquant mal son inquiétude. Depuis lundi matin, je me lève tous les jours avec le mal de cœur.

— T'as mal au cœur ? Tous les matins ? demanda Annette en l'examinant.

— Oui.

Laurette vit le visage de sa mère s'illuminer brusquement d'un large sourire.

— Es-tu bien sûre que t'es pas en famille ? lui demanda-t-elle en réprimant difficilement sa joie.

— Hein ! En famille ? demanda sa fille, stupéfaite. Mais...

— Voyons, Laurette ! s'exclama sa mère. T'es une femme mariée. Tu dois bien te douter que tu vas finir par avoir un petit un jour ou l'autre.

— Je le sais ben, m'man, protesta sa fille. Je suis pas niaiseuse à ce point-là. Mais je pensais pas que ça pourrait arriver aussi vite. On vient juste de se marier.

— Ça, ma fille, c'est le bon Dieu qui décide, pas nous autres. Regarde ta tante Rose. Elle est mariée depuis presque seize ans et elle a jamais pu avoir un petit, même si elle en a toujours voulu un.

— De toute façon, c'est pas sûr pantoute, reprit Laurette qui ne savait pas si elle devait se réjouir ou non d'une telle nouvelle.

— Pour moi, t'es mieux d'aller voir le docteur Lemaire pour le savoir, lui conseilla Annette.

— Je vais y penser, m'man.

— Fais plus qu'y penser, lui recommanda sa mère. Perds pas trop de temps.

Après le départ de sa mère, la jeune femme décida d'en avoir le cœur net le jour même. Elle ne le lui avait pas dit, mais elle ne voulait pas aller voir le docteur Lemaire, le vieux médecin de famille qui l'avait mise au monde.

Elle s'habilla chaudement et traversa à l'épicerie Comtois, au coin de la rue, pour téléphoner à son amie Suzanne qui lui avait parlé d'un médecin plus moderne lorsqu'elle était venue la visiter à la mi-décembre. Quelques minutes plus tard, elle rentra satisfaite à la maison. Suzanne lui avait communiqué le numéro de téléphone du docteur Miron et elle avait obtenu un rendez-vous à une heure, l'après-midi même.

Étrangement, la jeune femme était de plus en plus excitée à l'idée d'avoir son premier enfant, excitée au point de s'abstenir de dîner pour se préparer à aller au bureau du praticien situé rue Papineau.

Laurette se présenta à son rendez-vous près de trois quarts d'heure avant l'heure fixée. À son arrivée, la petite salle d'attente, meublée d'une douzaine de chaises et d'une table basse, était vide. La secrétaire préposée à l'accueil des patients lui fit remarquer qu'elle était très en avance et que le docteur était parti dîner.

— Je vais l'attendre, déclara Laurette en déboutonnant son lourd manteau d'hiver sans toutefois l'enlever.

Elle attendit avec une impatience croissante d'être appelée, tout en surveillant du coin de l'œil la progression trop lente des aiguilles de l'horloge murale. Quand celle-ci marqua une heure cinq, Laurette, énervée, se leva. Entretemps, trois dames avaient envahi la salle d'attente et patientaient elles aussi.

— J'ai rendez-vous à une heure, dit-elle à la secrétaire. Comment ça se fait que le docteur soit pas là ?

— Il peut avoir été retenu par un malade ou avoir été appelé pour une urgence, madame, répondit-elle sèchement. Si vous voulez revenir une autre fois, je peux annuler votre consultation.

— Non. Je vais l'attendre, dit Laurette avant de retourner s'asseoir.

À peine venait-elle de reprendre sa place que la porte du bureau s'entrouvrit pour livrer passage à un homme âgé d'une trentaine d'années.

— Madame Morin, s'il vous plaît, appela-t-il en s'effaçant pour que sa patiente puisse entrer dans la pièce.

Les jambes un peu tremblantes, Laurette se leva et pénétra dans le bureau du médecin, en se demandant par où il était arrivé. Alors qu'il remplissait son dossier, elle remarqua qu'il y avait une autre porte au fond de la pièce qui donnait sur l'extérieur. Après avoir procédé à son examen, Albert Miron déclara :

— Ma petite madame, il y a pas d'erreur, vous êtes enceinte, lui déclara-t-il. Toutes mes félicitations.

Même si elle s'était attendue à cette confirmation, le cœur de Laurette eut un raté.

— Je pense que vous avez un peu moins de trois mois de faits. Vous devriez avoir votre bébé à la fin du mois d'août. Vous m'avez l'air en bonne santé, il devrait pas y avoir de problème, ajouta-t-il avec un large sourire. Inquiétez-vous pas. Tout va bien se passer. Vous allez revenir me voir à la fin du printemps pour voir si tout se passe bien.

Quand la jeune femme quitta le bureau du praticien, elle avait l'impression de marcher sur un nuage tant elle était heureuse. Elle allait avoir son premier enfant. Elle imaginait déjà la joie qu'elle allait faire à Gérard, puis à ses parents en leur apprenant la grande nouvelle.

De retour à la maison, son appétit était revenu et elle s'empressa de manger quelque chose avant de préparer le souper.

Quand Gérard rentra de son travail, elle acheva de dresser le couvert pendant qu'il prenait place dans sa chaise berçante et ouvrait *La Presse*.

— Ma mère est venue faire un tour, lui dit-elle.

— Est-ce qu'il y avait quelque chose de neuf? lui demanda-t-il par politesse.

— Non. Elle était juste inquiète parce qu'on n'était pas allés la voir de la semaine.

Gérard ne dit rien, se contentant de tourner une page de son journal.

— Je lui ai dit que dans mon état, on pourrait peut-être pas y aller aussi souvent, ajouta-t-elle, sans avoir l'air d'y toucher.

— C'est sûr, dit-il, n'ayant prêté, de toute évidence, aucune attention à ce qu'elle venait de dire.

— Aïe, Gérard Morin! As-tu entendu ce que je viens de te dire? lui demanda-t-elle en haussant la voix tout en se plantant devant lui.

— Quoi? Quoi? Qu'est-ce qu'il y a?

— Qu'est-ce que je viens de te dire?

— Ben, que ta mère est venue aujourd'hui, répondit-il, agacé par cet éclat dont il ne comprenait pas la raison.

— C'est pas ça pantoute que je viens de te dire, fit sa femme. Je viens de te parler de mon état.

— De quel état tu parles, cybole? explosa-t-il.

— Je suis en famille! Comprends-tu ça?

Les yeux de Gérard s'arrondirent brusquement et il se leva de sa chaise après avoir laissé tomber son journal sur le linoléum.

— C'est pas vrai! s'exclama-t-il, comme s'il avait de la peine à croire une telle nouvelle.

— Je suis allée chez le docteur cet après-midi, c'est pour l'été prochain, annonça triomphalement sa femme. Es-tu content?

— Rien pouvait me faire plus plaisir, admit Gérard en la prenant dans ses bras pour l'embrasser. Ça, c'est toute une nouvelle. Mon père et ma mère vont être ben contents, eux autres aussi. Après le souper, je vais leur écrire un mot pour leur apprendre ça.

— C'est correct, accepta sa femme. Après, on ira chez mon père pour leur apprendre la bonne nouvelle.

Le repas se prit dans une atmosphère euphorique. Laurette et son mari discutèrent de la pièce où ils allaient installer l'enfant, des choses de première nécessité qu'ils allaient devoir acheter, pour finir par s'entendre sur le prénom que leur fille ou leur garçon porterait. Gérard ne pouvait s'empêcher de regarder sa femme avec une fierté non déguisée.

Cette soirée de février allait demeurer longtemps parmi les meilleurs souvenirs de Laurette.

~~~

— Ils doivent être à la veille d'arriver, dit Gérard en écartant le rideau masquant la fenêtre de la porte d'entrée pour mieux scruter la rue Emmett.

Le soleil encore timide du mois de mars avait entrepris de faire fondre les amas de neige laissés par l'hiver. L'eau de fonte formait dans la rue de larges mares que les passants devaient contourner précautionneusement. Des jeunes du quartier, armés de pelles et de pics, s'amusaient à briser les îlots de glace résistant encore sur la chaussée pour favoriser l'écoulement de l'eau dans les caniveaux. Plus loin, au coin de la rue, des adolescents goguenards, cigarette au bec, les encourageaient.

— Viens donc t'asseoir dans la cuisine, suggéra Laurette à son mari en apparaissant à l'entrée du couloir. C'est pas en restant planté devant la porte que tu vas les faire arriver plus vite. Il est même pas dix heures et demie.

— Je me demande si je leur ai ben expliqué le chemin, dit Gérard en revenant dans la cuisine.

— Je pense que c'était clair. C'est sûr qu'ils auraient moins de misère à nous trouver aujourd'hui s'ils avaient accepté de venir voir le logement quand on les a invités cet hiver.

Quatre mois après son mariage, Laurette Morin avait pris de l'assurance et un peu de poids. Le visage plus rond et la taille légèrement épaissie, la jeune femme attendait sans grand plaisir la visite de ses beaux-parents, prévue depuis un peu plus d'une semaine. Depuis la célébration des noces, elle ne les avait revus qu'au jour de l'An, et cela lui avait amplement suffi.

Lucille et Conrad Morin avaient tellement insisté pour que le jeune couple vienne célébrer l'arrivée de 1933 en leur compagnie, à Saint-Hyacinthe, qu'elle avait incité son mari à accepter l'invitation. Elle n'avait jamais tant regretté une décision. Sa belle-mère s'était montrée particulièrement déplaisante et, pire, sa fille Colombe n'avait guère été plus aimable. L'une et l'autre n'avaient pas cessé de lui faire des remarques sur ses manières, allant même jusqu'à faire allusion à son possible manque de goût dans sa façon de se vêtir. Sentant que sa femme était sur le point d'exploser, Gérard avait fini par donner le signal du départ à la fin de l'après-midi, refusant obstinément de rester souper.

Or, au début du mois de février, le jeune homme n'avait pu s'empêcher d'annoncer fièrement dans une lettre adressée à ses parents que Laurette et lui attendaient leur premier enfant pour la fin de l'été. S'il se fiait à la réponse de sa mère, son père était transporté à l'idée qu'il y aurait bientôt une nouvelle génération de Morin. Évidemment, la suite était prévisible. L'un et l'autre désiraient venir féliciter les futurs parents.

— En tout cas, j'aime autant t'avertir tout de suite, dit Laurette à son mari en retirant son tablier. Si ta mère ou ta sœur m'envoie un fion, je vais leur répondre assez bête qu'elles vont comprendre. Elles viendront pas m'insulter chez nous. Je me souviens encore du jour de l'An, moi.

— Commence pas à t'énerver avant que le monde arrive, cybole! Laisse-leur au moins une chance d'ôter leur manteau avant de leur sauter dessus.

Au même moment, on sonna à la porte. Gérard se précipita pour aller ouvrir. Avant même que Laurette ne l'ait rejoint, Lucille, Colombe et Conrad avaient pénétré dans le couloir et Gérard refermait la porte derrière eux.

— Sacrifice! On a eu de la misère à vous trouver, déclara Conrad après avoir déposé un léger baiser sur la joue de sa bru.

— C'est une petite rue ben tranquille, fit remarquer Gérard en prenant possession des manteaux des visiteurs pour aller les déposer sur le lit de la chambre à coucher.

— Et c'est surtout proche de la Dominion Rubber, ajouta Laurette après avoir embrassé du bout des lèvres sa belle-mère et sa belle-sœur. Venez vous asseoir dans la cuisine. On va pouvoir parler pendant que je finis de préparer le dîner.

— La Dominion Rubber! Est-ce que c'est cette compagnie-là qui sent si mauvais? demanda Lucille en la suivant dans le couloir.

— Pas juste elle, m'man, répondit Gérard à la place de sa femme. Il y a aussi la Dominion Oilcloth. Et on sent même la brasserie Molson quand le vent vient de l'ouest.

— Ça vous tombe pas sur le cœur, toutes ces odeurs-là? intervint Colombe.

La mince adolescente de dix-sept ans avait froncé le nez en adoptant une mine dégoûtée.

— T'es encore pas mal jeune, rétorqua sèchement l'hôtesse. Tu vas t'apercevoir en vieillissant qu'il y a des senteurs ben pires que ça. Pas vrai, madame Morin?

— Vous avez probablement raison, Laurette, concéda la quinquagénaire en s'assoyant sur la chaise que lui présentait son fils.

L'entêtement de sa belle-mère à la vouvoyer avait le don de faire rager sa bru. Lors de leur précédente rencontre, elle lui avait encore demandé de la tutoyer puisqu'elle faisait dorénavant partie de sa famille, mais la mère de son mari avait fait la sourde oreille, comme si elle tenait absolument à dresser une barrière infranchissable entre elles.

— Est-ce que ça a beaucoup changé à Montréal depuis que Houde a été battu par Rinfret? demanda Conrad à son fils.

— Si ça a changé, ça paraît pas, p'pa. D'après les nouvelles, il se fait pas grand-chose pour faire disparaître la misère. Là, on parle d'ouvrir cette année un camp de chômeurs à Valcartier, mais j'ai pas l'impression que ça va aider ben du monde.

— Au fond, ce qu'il nous faudrait, c'est un gars comme Hitler, en Allemagne, reprit l'accordeur de chez Casavant.

— T'es pas sérieux, Conrad, intervint sa femme. Il fait peur, cet homme-là.

— Comment vont ton père et ta mère? demanda le père de Gérard à Laurette, changeant subitement de sujet de conversation.

— Ils vont ben, monsieur Morin. On les a vus il y a deux jours. Ma mère parle juste de monseigneur Villeneuve, qui vient d'être nommé cardinal. Ce qu'elle aimerait le plus, ce serait d'être à Québec quand il va arriver là la semaine prochaine, répondit cette dernière en se levant pour aller vérifier la cuisson du jambon dans le four.

Pour la première visite de sa belle-famille, elle tenait à faire montre de ses talents culinaires. La purée de pommes de terre était déjà prête et le jambon presque à point. Le gâteau au chocolat, confectionné la veille, avait été glacé une heure auparavant. Pourtant, aucun invité ne fit la moindre remarque sur les bonnes odeurs qui flottaient dans l'appartement.

— Bon. Il est encore un peu de bonne heure pour manger, déclara Laurette après avoir sorti le jambon du four. On pourrait ben vous faire visiter la maison, offrit-elle en s'efforçant de sourire.

La jeune femme avait passé les deux dernières journées à astiquer chaque pièce avec soin. Elle avait lavé les linoléums et étalé une épaisse couche de pâte à cirer sur chacun avant de les frotter avec un lainage pour les faire reluire. Elle était fière de son intérieur et désirait le faire admirer.

— C'est pas nécessaire, ma fille, laissa tomber Lucille, l'air dédaigneux, en demeurant assise.

— On voit que c'est ben tenu, ajouta Conrad qui avait remarqué le déplaisir de sa bru.

— Si c'est comme ça, on est aussi ben de dîner tout de suite, fit Laurette avec brusquerie. Approchez-vous. Je vais vous servir.

Le visage fermé, elle remit son tablier, s'empara d'un long couteau et coupa énergiquement des tranches de jambon. Elle porta rapidement les assiettes remplies sur la table sans dire un mot avant de déposer à sa place la sienne, généreusement garnie. Durant le repas, Gérard fit des efforts méritoires pour entretenir la conversation, qui resta tout de même languissante. Au moment où Laurette finissait de distribuer une portion de gâteau à chacun, Gérard ne put s'empêcher de dire :

— Vous savez que c'est pas mal rare que ma femme soit à la maison le samedi.

— Comment ça ? demanda Conrad, intrigué.

— Elle aime aller magasiner le samedi.

— Toute seule! s'exclama sa mère, un peu scandalisée.

— Ben oui, madame Morin, toute seule, comme une grande fille, déclara sèchement Laurette, l'air mauvais.

— Pourquoi faites-vous ça? Je pensais pas que mon garçon faisait un si bon salaire que ça.

— Inquiétez-vous pas, répliqua Laurette avec un demi-sourire. Je sors pas le samedi pour dépenser sa paye. Je sors juste pour prouver que je suis pas une servante dans la maison et que j'ai droit, moi aussi, à une journée de congé de temps en temps.

— Mon Dieu! s'exclama Lucille. C'est bien la première fois que j'entends une femme mariée parler de cette manière. Mais vous avez pas peur de vous promener comme ça, sans votre mari?

— Pantoute. Vous oubliez que moi, j'ai été élevée en ville, ajouta Laurette d'une voix cassante. Je connais ça, la ville.

Lucille Morin tiqua en entendant la remarque signifiant qu'elle n'était qu'une campagnarde. Les yeux de sa bru pétillèrent de satisfaction.

— Quand même, ma fille, poursuivit la mère de Gérard en reprenant vite son aplomb, il me semble qu'une femme mariée devrait pas sortir sans son mari.

— Ce que votre garçon vous dit pas, madame Morin, reprit Laurette, presque à bout de patience, c'est que je veux qu'il vienne avec moi pour se changer les idées après sa semaine d'ouvrage. Mais il veut pas.

— Pourquoi, Gérard? lui demanda son père.

— Parce que c'est plate en maudit de suivre une femme tout une journée de temps dans les magasins de la rue Sainte-Catherine. Je l'ai fait une fois, j'en ai eu assez.

— Je suppose que dans votre état, vous allez renoncer à continuer, fit Lucille, la mine sévère.

— Pantoute, s'entêta Laurette. J'ai juste quatre mois de faits et...

— Colombe, la coupa Lucille en s'adressant brusquement à l'adolescente, va donc t'asseoir un peu dans le salon.

— Pourquoi, m'man?

— J'ai des choses à dire à Laurette qui te regardent pas. Vas-y.

— On va y aller avec toi, déclara son père en faisant signe à Gérard de le suivre au salon.

Après quelques raclements de chaises, Laurette se retrouva seule avec sa belle-mère. Refusant de s'en laisser imposer par sa belle-mère, la jeune femme se leva et entreprit d'amasser la vaisselle sale et de la déposer dans l'évier. Lucille se leva à son tour et se mit à l'aider à tout ranger.

— Comment ça se passe pour le petit, ma fille? demanda-t-elle en faisant montre d'un peu de gentillesse, pour la première fois depuis son arrivée.

— Pas trop mal, lui répondit sa bru, surprise par le changement de ton soudain de son interlocutrice.

— Vous avez pas mal au cœur le matin?

— Jamais.

— C'est vrai que vous êtes loin d'avoir maigri, lui fit remarquer sa belle-mère d'une voix acide. Surveillez votre poids, Laurette, parce que vous allez vous apercevoir qu'après votre accouchement, ce sera difficile de perdre tout ce que vous aurez pris. C'est pas quand on est en famille à pleine ceinture qu'il faut commencer à faire attention.

— J'ai presque pas engraissé, madame Morin, se défendit Laurette.

— C'est vous qui le savez, ma fille, rétorqua Lucille avec l'air de douter de la chose. Vous savez, les hommes

aiment pas les grosses femmes. Une femme qui se surveille pas perd bien souvent son mari. Laissez-vous pas
aller.

— Ça risque pas de m'arriver, rétorqua sa bru qui
sentait, encore une fois, la moutarde lui monter au nez.

Au même moment, Colombe revint dans la cuisine.

— Tiens, la belle-sœur. Prends ce linge à vaisselle-là et
aide-nous. Des doigts, c'est pas juste bon pour apprendre
le piano.

La jeune fille sursauta en entendant cette remarque un
peu méchante. Sa mère lui jeta un regard pour l'avertir de
ne pas répliquer.

Un long silence régna ensuite dans la pièce, uniquement troublé par la vaisselle heurtée et les bribes de conversation entre le père et le fils, toujours assis au salon.
Une fois la cuisine nettoyée, les femmes rejoignirent les
hommes et on parla surtout du nouveau bébé qui allait
voir le jour au mois d'août.

— Avez-vous pensé au prénom? demanda Lucille sans
s'adresser spécifiquement au père ou à la mère.

— Si c'est une fille, on va l'appeler Denise, déclara
Laurette. Si c'est un garçon, on va l'appeler Jean-Louis.

— Vous lui donnerez pas le prénom de l'un de ses
grands-parents? dit sa belle-mère, étonnée.

— Non, répondit Gérard. Cette tradition-là se fait pas
dans la famille de Laurette. Par contre, si c'est une fille,
ses parents vont être parrain et marraine et si c'est un
garçon, ce sera vous autres.

Le soulagement évident de Lucille n'échappa pas à la
maîtresse de maison, qui souhaita alors que son premier
né soit une fille.

Durant l'heure suivante, on échangea des nouvelles au
sujet de membres de la famille, d'amis et de voisins que
Laurette ne connaissait pas. Elle ne participa pas à la

conversation, qui se tint strictement entre les Morin. Un peu après trois heures, Conrad se leva.

— C'est ben beau tout ça, déclara-t-il en consultant la montre qu'il venait de tirer de la poche de son gilet, mais le temps file et si on continue à traîner, on va finir par manquer notre train.

Quand ils eurent endossé leurs manteaux et chaussé leurs bottes, Lucille, Conrad et Colombe embrassèrent leurs hôtes. Gérard prit son manteau en déclarant à ses invités :

— Je vais aller vous reconduire jusqu'à la rue Notre-Dame.

— On va sûrement se revoir avant l'été, dit Lucille. Prenez bien soin de vous, Laurette, et ménagez-vous.

— Vous pouvez compter sur moi, madame Morin.

Les invités quittèrent la maison et Laurette referma la porte derrière eux en poussant un soupir de soulagement.

— Maudit verrat que je l'haïs, elle ! s'écria-t-elle, enfin seule dans son appartement.

Avec des gestes brusques, elle ramassa les verres sales laissés dans le salon, les lava et les rangea dans l'armoire. Avant de vider les cendriers, elle alla changer de robe pour ne pas risquer de tacher l'unique vêtement qu'elle possédait qui était digne d'être porté lors de sorties. Elle venait à peine de revenir dans la cuisine quand Gérard rentra.

— Ça a pas été long, lui fit-elle sèchement remarquer en s'emparant du tricot qu'elle avait commencé la semaine précédente.

— Le p'tit char est arrivé presque tout de suite. Je pense qu'ils ont ben aimé leur visite, ajouta-t-il en s'assoyant dans l'une des deux chaises berçantes.

— Je sais pas s'ils ont aimé ça, mais on peut pas dire qu'ils se sont fait mourir à me féliciter pour le repas, répliqua sa femme d'une voix acide. Pas un compliment. Rien !

— S'ils ont vidé leurs assiettes, c'est qu'ils ont aimé ça, dit Gérard avec logique.

— Bonyeu, Gérard ! Il me semble que c'est pas trop demander que de dire que c'est bon quand on vient de manger quelque part, non ?

— Mes parents sont du monde comme ça, Laurette. Tu les changeras pas à l'âge qu'ils ont, la raisonna son mari.

— Et ta mère ! Ta sainte mère ! Elle, elle me tape sur les nerfs en maudit ! Tu peux pas savoir comment ! Si elle s'imagine qu'elle m'en impose avec ses « vous » gros comme le bras, elle se trompe. Toujours à critiquer ! Il y a rien que je fais qui est correct, d'après elle.

— T'exagères.

— J'exagère pas pantoute, bonyeu ! Dis-moi une seule chose de fin qu'elle m'a dit pendant tout le temps qu'elle a été ici-dedans. Rien ! « Vous devriez pas faire ça, ma fille », « Laissez-vous pas aller, ma fille », singea Laurette en prenant une pose. Verrat qu'elle me rend folle !

— Bon, ça va faire, fit Gérard, excédé, en élevant la voix.

— Ça valait ben la peine que je me désâme à faire un grand ménage, ils ont même pas voulu rien regarder, poursuivit Laurette, au bord des larmes.

— T'es fatiguée. Je pense que tu ferais mieux d'aller faire un somme avant le souper, lui suggéra Gérard, un peu remué par le chagrin évident de sa femme.

— Tout ce qu'ils ont remarqué, ce sont les mauvaises odeurs dehors. C'est tout de même pas notre faute s'il y a des usines autour qui puent.

— Ben oui. T'as raison.

— Et ta sœur ! Jamais un mot plus haut que l'autre, mais l'air de juger tout ce qu'elle voit.

— Elle est gênée, Laurette. Tu devrais le savoir qu'elle s'intéresse juste à ses cours de piano.

— Je pense que t'as raison, reconnut-elle en se levant brusquement après avoir déposé son tricot sur le coin de la table. Je vais aller dormir une heure. Avec tout ça, j'ai poigné un bon mal de tête.

— C'est ça. Va te coucher. Je te réveillerai vers cinq heures.

Chapitre 7

L'arrivée de Denise

Le printemps prometteur de 1933 fut malheureusement suivi par un été pluvieux et frais. Laurette fut probablement l'une des rares femmes du quartier à ne pas s'en plaindre. Elle avait ainsi mieux supporté son état, surtout que la future mère avait pris passablement de poids durant les derniers mois et se déplaçait malaisément.

Un lundi matin du début du mois d'août, un cri en provenance de l'étage supérieur incita Laurette à sortir à l'arrière de son appartement. Sa voisine, Cécile Lozeau, se pencha au-dessus du garde-fou de son balcon dès qu'elle entendit claquer la porte moustiquaire derrière la jeune femme.

— Vous l'avez pas vu, madame Morin ? s'écria la femme d'une voix stridente.

— De qui vous parlez, madame Lozeau ?

— Ben, du petit calvaire de voleur qui vient de partir avec le drap qui était étendu sur votre corde.

— Hein ! Ah ben, maudit verrat ! jura Laurette en constatant la disparition du drap qu'elle avait lavé et mis à sécher quelques minutes plus tôt sur sa corde à linge.

— Avez-vous déjà vu plus effronté que ça ? demanda la petite femme, aussi outrée que si elle avait été la victime du larcin.

— Bonyeu! Si jamais je le poigne, celui-là, madame chose, je l'étripe! s'emporta Laurette, qui se rendait compte peu à peu de l'importance du vol.

Au même moment, Annette Brûlé passa la tête au-dessus de la clôture en bois gris qui ceinturait la cour de sa fille. Alertée par la voix en colère de Laurette, elle poussa le portillon.

— Veux-tu ben me dire ce qui se passe? lui demanda-t-elle sans s'occuper le moins du monde de la voisine, toujours penchée au-dessus du garde-fou.

— Vous me croirez pas, m'man, mais je viens de me faire voler un drap en plein jour! Est-ce que c'est assez écœurant pour vous, une affaire comme ça?

— C'est sûr que c'est pas mal fâchant, répondit sa mère sur un ton raisonnable en montant les trois marches qui conduisaient au balcon. Mais c'est pas une raison pour qu'on t'entende jusqu'à la rue Notre-Dame. Qu'est-ce que tu dirais si on rentrait?

Après avoir salué la voisine, la jeune femme suivit sa mère à l'intérieur. À la vue du parquet fraîchement lavé, Annette retira ses chaussures avant de s'asseoir.

— Il est presque sec. Vous auriez pu garder vos souliers.

— Pourquoi t'as fait ton lavage toute seule? Je t'ai dit hier après-midi que je viendrais t'aider à le faire aujourd'hui, la réprimanda sa mère sans tenir compte de ce qu'elle venait de dire. T'es sur tes derniers milles, il faut pas que tu te fatigues.

— Je suis encore capable de faire mon ordinaire, m'man, répliqua sa fille en allumant une cigarette.

Annette lui jeta un regard lourd de reproche. Depuis quelques semaines, sa fille s'était mise à fumer. Quand elle lui avait fait remarquer qu'elle était la seule femme qui fumait la cigarette parmi celles qu'elle connaissait, Laurette s'était contentée de dire :

— Aimeriez-vous mieux que je fume la pipe ou que je chique, m'man ?

— Non, j'aimerais mieux que tu fumes pas pantoute, avait rétorqué sa mère du tac au tac. C'est mal vu une femme qui fume, et tu le sais.

— Je fais ça juste dans la maison et il y a personne qui me voit, m'man, s'était défendue la jeune femme. Ça me calme les nerfs, maudit verrat ! Quand le petit sera au monde, je vais arrêter.

Il n'en restait pas moins qu'Annette avait sévèrement blâmé son gendre pour sa mollesse, et pas seulement en ce qui concernait cette nouvelle mauvaise habitude de sa fille. À ses yeux, il n'était pas normal que cette dernière parvienne à toujours imposer ses quatre volontés dans son jeune ménage. Si elle n'avait pas craint de se faire bouder par Laurette, elle aurait conseillé à Gérard de « porter les pantalons » chez lui, et ce, le plus rapidement possible.

— De grâce, Laurette, surveille ton langage, reprit Annette sur un ton sévère.

— Qu'est-ce qu'il a mon langage ?

— Il y a que tu parles comme un charretier ! C'est pas comme ça que je t'ai élevée. Le monde qui t'entend doit ben se demander d'où tu sors. Si ça a de l'allure pour une femme qui se respecte de lâcher des « maudit verrat » et des « bonyeu » à tue-tête ! J'ai l'impression que la femme d'en haut a une mauvaise influence sur toi. T'es en train de devenir aussi vulgaire qu'elle. Depuis que tu la fréquentes, tu lui ressembles de plus en plus. Et c'est pas un compliment que je te fais là...

— Mais dire ça, c'est pas sacrer, protesta Laurette. Je dis pas des « Christ » et des « tabarnac » comme ben des femmes autour.

— Il manquerait plus que ça! s'exclama sa mère, horrifiée.

Annette laissa flotter un silence qui traduisait bien son impuissance. Constatant que sa fille restait impassible devant ses mises en garde, elle décida de changer de sujet. Il n'était pas question qu'elle se brouille avec elle à quelques jours de la naissance de son premier petit-enfant.

— Je suppose que le docteur Miron est pas encore passé? demanda-t-elle en faisant un effort pour adoucir sa voix.

— Pas encore, mais il devrait être à la veille d'arriver, répondit Laurette en levant la tête pour consulter l'horloge murale.

— J'ai hâte d'entendre ce qu'il a à dire, ton petit docteur.

Annette n'avait qu'une confiance très limitée dans les capacités du jeune médecin choisi par sa fille qui, encore une fois, était allée à l'encontre de ses conseils. Elle aurait préféré qu'elle consulte le vieux docteur Lemaire, le médecin de la famille Brûlé depuis près de vingt-cinq ans, mais Laurette n'en avait fait qu'à sa tête.

— Il est vieux et il est bête comme ses pieds. J'en voulais pas, lui avait-elle expliqué avec impatience. Le docteur Miron est le docteur de Suzanne. Elle m'a dit qu'il est pas mal bon et qu'il charge pas cher.

— Fais à ta tête de cochon, comme d'habitude, s'était résignée Annette. Mais viens pas te plaindre après s'il est pas là à temps pour t'accoucher. Les nouveaux docteurs sont pas comme les vieux. Ils se lèvent pas tous en pleine nuit pour venir aider leurs patientes.

Pendant que sa fille préparait un dîner léger, Annette enleva les vêtements qui avaient été mis à sécher dehors et étendit une nouvelle cordée. Elle plia ensuite les vêtements secs. Au moment où les deux femmes allaient passer à table, le docteur Miron sonna à la porte.

Le praticien salua la mère et la fille avant de s'enfermer quelques instants avec Laurette dans sa chambre pour procéder à son examen. Lorsqu'il sortit de la pièce, Albert Miron avait un air rassurant.

— Tout va bien, madame Morin, dit-il à Laurette qui l'avait suivi. J'ai bien l'impression que vous allez l'avoir cette semaine. Vous avez pas à vous inquiéter, tout va bien aller.

— Merci, docteur.

— Essayez de pas rester toute seule.

— Le soir, mon mari est toujours là.

— C'est parfait, dit aimablement le médecin. Le jour, je vois que vous avez votre mère avec vous.

— Pas tout le temps, expliqua Annette, mais si le petit est pour cette semaine, je vais rester avec ma fille jusqu'à l'arrivée de mon gendre.

— Très bien. Ce serait plus prudent. Comme vous avez pas le téléphone, madame Morin, je suppose que vous avez prévu une place où me rejoindre quand vos premières douleurs vont arriver.

— Oui, j'ai votre numéro de téléphone. Il est sur la glacière. Mon mari ira vous téléphoner à la *grocery* Comtois, au coin de la rue.

Le lendemain matin, un peu après six heures, Honoré laissa sa femme descendre de voiture dans la grande cour, à l'arrière de chez sa fille. Il n'eut plus ensuite qu'à emprunter la ruelle reliant la rue Joachim à la rue Archambault pour se rendre à la glacière. Gérard s'empressa d'aller ouvrir la porte à sa belle-mère lorsqu'il l'entendit frapper discrètement. La veille, il avait été entendu qu'Annette viendrait dorénavant passer la journée avec sa fille jusqu'au retour du travail de son gendre.

— Il y a ben assez que vous allez venir vous occuper de Laurette pour les relevailles, dit tout bas le jeune mari en lui offrant une tasse de thé. J'aurais pu demander à la voisine d'en haut de jeter un coup d'œil durant le jour.

— Ça me dérange pas pantoute, affirma sa belle-mère. J'aime mieux être ici que chez nous à me ronger les sangs.

Annette ne cachait pas sa nervosité, devinant à l'attitude de son gendre qu'il la partageait également. Par chance, ils n'eurent pas à attendre trop longtemps la naissance de l'enfant.

Deux jours plus tard, les premières contractions saisirent Laurette au début de l'après-midi, alors qu'elle venait de s'étendre pour une courte sieste. Un peu affolée, elle appela sa mère. Cette dernière la calma du mieux qu'elle le put et l'incita à demeurer couchée.

— Avant d'appeler le docteur, on va attendre pour voir si tes contractions vont revenir, dit-elle sagement en s'assoyant au pied du lit.

Les douleurs revinrent assez rapidement pour justifier un appel au docteur Miron. Malgré la chaleur qui régnait dans la chambre, Annette ferma d'abord la fenêtre, même si les vieilles persiennes étaient déjà closes.

— Pourquoi vous faites ça, m'man ? demanda Laurette, le front couvert de sueur.

— T'as pas envie, j'espère, que toute la rue t'entende crier pendant que t'accouches, dit sa mère sur un ton réprobateur. Je vais t'apporter une serviette mouillée pour te rafraîchir le visage avant de traverser chez Comtois pour appeler le docteur.

Annette fut rapidement de retour au chevet de sa fille après avoir téléphoné. Sa présence avait un effet apaisant sur la future maman.

Une trentaine de minutes plus tard, Albert Miron entra chez les Morin. Après un rapide examen de sa patiente, il vint rejoindre Annette dans la cuisine en lui demandant de l'eau.

— Tout va bien aller, madame, dit le praticien sur un ton rassurant en se lavant soigneusement les mains.

— Je pense que j'aimerais mieux être à sa place plutôt que d'attendre.

— Vous vous inquiétez pour rien, madame. Votre fille est en pleine santé et le bébé se présente bien. Dans une heure, au plus, tout va être fini. Je suppose que tout est prêt pour le petit.

— Oui, docteur. Je vais tout placer sur la table de cuisine.

— Parfait. Quand ce sera fait, assurez-vous qu'on ait toute l'eau chaude nécessaire et venez me rejoindre dans la chambre.

Le docteur Miron ne s'était pas trompé de beaucoup. En moins de quatre-vingt-dix minutes, Laurette donna naissance à son enfant. Elle se montra particulièrement courageuse en l'occasion. Ses plaintes n'ameutèrent pas le quartier et le seul véritable cri qu'elle poussa fut celui qui accompagna sa délivrance.

— C'est une fille, madame Morin, annonça le médecin à la mère au visage transfiguré par la joie. Attendez un peu. Votre mère va vous la rapporter toute propre.

D'un geste calculé, il tendit le bébé à Annette. La nouvelle grand-mère alla laver et emmailloter avec soin l'enfant avant de revenir dans la chambre et de le déposer dans les bras de sa fille. Quelques minutes plus tard, Albert Miron déclara en avoir fini avec sa patiente.

— Tout est correct, dit-il à Laurette. Vous restez au lit au moins une semaine et vous vous laissez gâter. Il faut reprendre vos forces. Je vais repasser dans deux jours pour voir s'il y a pas de problème. Mais ça me surprendrait. Vous pouvez ouvrir la fenêtre, madame, ajouta-t-il à l'intention d'Annette. Il faudrait tout de même pas que la mère et sa petite meurent de chaleur.

— Merci, docteur, murmura la nouvelle maman en ne parvenant pas à quitter sa fille des yeux.

Dans le couloir, le médecin déroula les manches de sa chemise avant d'endosser son veston.

— Vous direz à votre gendre, madame, qu'il n'aura qu'à passer à mon bureau pour régler la note.

— Je vais lui faire la commission, promit Annette, tout sourire, en lui ouvrant la porte.

À son retour du travail, Gérard Morin eut toute une surprise en découvrant le bébé à qui sa femme avait donné naissance moins de deux heures auparavant. Après avoir embrassé Laurette qui venait de se réveiller, il demeura longtemps penché au-dessus du berceau pour admirer tout à son aise son premier enfant.

— Puis, comment tu trouves notre Denise? lui chuchota Laurette.

— C'est la plus belle fille que je connaisse… à part sa mère, ben sûr, répondit le jeune père, ému.

— Après le souper, il va falloir que t'ailles la déclarer au presbytère, lui rappela Laurette. Monsieur le curé va vouloir qu'on la fasse baptiser le plus vite possible. Tu lui diras que c'est ma mère et mon père qui vont être dans les honneurs.

— C'est correct.

— Tu pourras peut-être faire dire à chez vous qu'on aimerait que ce soit ta sœur qui soit la porteuse.

— OK.

Ce soir-là, Annette revint rue Emmett en compagnie de son mari et de ses deux fils pour qu'ils puissent admirer le bébé. Honoré, Armand et Bernard ne demeurèrent que quelques minutes pour laisser le temps à la mère de se reposer. Avant qu'ils ne partent, la mère de Laurette tint à leur rappeler :

— Profitez pas de ce que je suis pas là pour me mettre la maison à l'envers, vous autres. Faites vos lits et lavez votre vaisselle au fur et à mesure. Là, je vous ai préparé des repas pour au moins deux jours. Après-demain, j'irai vous en préparer d'autres. Je vous avertis que si je trouve ma maison sale, vous allez en entendre parler.

~~~⌐

Le dimanche après-midi suivant, le curé Monette baptisa Marie Denise Morin à l'église Saint-Vincent-de-Paul. Conrad et Lucille Morin vinrent de Saint-Hyacinthe en compagnie de leur fille Colombe pour assister à la cérémonie. Le père et la mère de Gérard enviaient bien un peu Honoré et Annette d'être « dans les honneurs », comme ils disaient, mais ils étaient intimement persuadés que le jeune couple finirait bien par engendrer un garçon, ce qui allait leur permettre d'être parrain et marraine à leur tour.

Au retour de l'église, Annette servit un léger goûter aux invités. Ces derniers ne s'attardèrent pas trop dans l'appartement de la rue Emmett, prétextant le besoin de repos de la mère et de l'enfant.

Pour sa part, le digne curé Monette ne se doutait pas, cet après-midi-là, avoir baptisé pour une dernière fois un enfant de la paroisse dont il dirigeait les destinées depuis de nombreuses années.

Le lendemain, le prêtre fut convoqué à l'archevêché par monseigneur Bruchési. Ce dernier le remercia d'avoir servi si longtemps dans une si grande paroisse du diocèse. Du même souffle, le prélat lui apprit qu'en raison de son âge, il le nommait aumônier de l'hôpital Hôtel-Dieu de Montréal dès la fin du mois de septembre.

— Vous allez voir, monsieur le curé, vous allez être bien traité par les sœurs, lui prédit son évêque en se levant pour signifier la fin de l'entrevue. Elles vont être aux petits soins avec vous. À votre âge, il est normal que vous vous laissiez gâter un peu.

Le soir même, le brave homme annonça la nouvelle à ses vicaires et au président de son conseil de fabrique. Ce dernier réunit en secret les marguilliers dès le lendemain soir pour organiser une fête d'adieu au curé Monette que tous appréciaient énormément. Les abbés Claveau, Saint-Onge et Léger acceptèrent avec joie de participer activement à l'événement.

Six semaines plus tard, la veille de son départ, le curé Monette fut attiré dans le sous-sol de son église sous un faux prétexte. Au moment où il poussait la porte, il découvrit avec stupéfaction que l'endroit était envahi de paroissiens qui avaient tenu à venir le remercier pour son dévouement et à lui souhaiter une bonne retraite. Après quelques discours et la remise de cadeaux, les organisateurs invitèrent l'assemblée à partager les gâteaux et les boissons gazeuses disposés sur les tables.

Honoré et Annette participèrent à l'événement. En cette occasion, la mère de Laurette fit la connaissance d'une dame qui demeurait rue Dufresne, tout près de la rue Champagne. Au cours des années, elle l'avait croisée à de nombreuses reprises sans jamais lui avoir adressé la parole. Elle apprit alors qu'elle se nommait Amélie Dussault et qu'elle travaillait à titre de ménagère au presbytère. Son mari était homme à tout faire à la maison mère des sœurs de la Providence, rue Fullum.

— Ça doit être pas mal plaisant de travailler dans une belle maison comme le presbytère, dit aimablement Annette.

— Il y a pire, madame Brûlé, reconnut la quadragénaire au strict chignon. Mais ça empêche pas qu'il y a des périodes dans l'année où j'aimerais bien avoir de l'aide pour faire le grand ménage d'automne, par exemple. Ça a l'air de rien, mais le presbytère est pas mal grand et quatre hommes qui fument, ça salit pas mal.

— Qu'est-ce qui vous en empêche ? lui demanda Annette.

— Il faudrait que je trouve quelqu'un de fiable et d'honnête, répondit Amélie Dussault. C'est pas aussi facile que ça en a l'air. S'il fallait que je fasse entrer au presbytère quelqu'un qui volerait quelque chose, on me le pardonnerait pas.

— Je vous comprends, fit Annette.

— En tout cas, si jamais vous connaissez une femme honnête et capable de me donner un bon coup de main, je pourrais demander à madame Gagnon, la cuisinière, de l'engager une couple de jours quand on a un grand ménage à faire, fit la ménagère. C'est elle qui a l'argent pour le manger et le ménage. Elle m'a encore dit la semaine passée que je devrais me faire aider.

— J'y pense, madame Dussault. Ma fille reste dans la paroisse et elle a pas peur de l'ouvrage. Je peux ben lui en parler pour voir si ça l'intéresse. En tout cas, avec elle, vous auriez pas à vous inquiéter pour l'honnêteté. Elle prendrait pas une cenne qui est pas à elle. Il y a juste un problème : elle a accouché il y a un mois et demi… En tout cas, je vais lui en parler, promit-elle.

— Faites donc ça, madame. Si ça la tente, elle a juste à venir me voir au presbytère un matin.

Le lendemain après-midi, le curé Monette quitta sa paroisse aussi discrètement qu'il y était arrivé, douze ans plus tôt. Il laissa le souvenir d'un homme doux et peu exigeant tant à ses subordonnés qu'à ses paroissiens.

Ce jour-là, Annette vint rendre visite à sa fille au moment où cette dernière finissait son lavage. Occupée à étendre des vêtements sur sa corde à linge, Laurette rentra précipitamment dans l'appartement au premier coup de sonnette. Elle alla ouvrir.

— Vous auriez dû passer par en arrière, m'man, reprocha-t-elle à sa mère. Je vais être chanceuse si la sonnette a pas réveillé Denise.

Debout dans le couloir, les deux femmes tendirent l'oreille pour vérifier si le bébé n'avait pas été dérangé. Aucun son ne leur parvint. Soulagée, la jeune mère entraîna sa visiteuse dans la cuisine.

— Voulez-vous nous préparer une tasse de thé pendant que je finis d'étendre mon linge ? demanda-t-elle à sa mère. Ça va nous réchauffer. Je commence à trouver que c'est pas chaud étendre dehors.

Annette s'exécuta et sa fille rentra peu après dans l'appartement en tenant sous son bras un panier d'osier vide. Elle s'assit à table, face à sa mère, après être allée voir dans sa chambre à coucher si Denise dormait toujours.

— Pauvre petite fille, fit sa mère, moqueuse. Inquiète-toi donc pas. Tu vas l'entendre la petite si elle se réveille.

— Je le sais ben, m'man, mais c'est plus fort que moi.

Il y eut un court silence entre les deux femmes avant que Laurette reprenne la parole pour s'informer de la fête donnée à l'occasion du départ du curé Monette, la veille. Annette raconta ce qui s'y était passé et rapporta la conversation qu'elle avait eue avec la ménagère du presbytère.

— Et vous, m'man, ça vous tenterait pas d'aller travailler là de temps en temps ? demanda la jeune mère de famille.

— T'es pas sérieuse ! fit Annette. Tu connais ton père. Il voudra jamais que j'aille torcher des étrangers.

— Même si vous lui dites que c'est des prêtres ?

— Certain. Ton père a toujours dit que c'était au mari de faire vivre sa femme. Il voudra pas. Toi, est-ce que ça t'intéresserait ?

— Si c'était pas de la petite, je dirais pas non, affirma Laurette après un bref moment de réflexion.

— T'es sûre que Gérard voudrait, lui ? s'étonna sa mère.

— Je voudrais ben voir qu'il me dise non. D'abord, je lui demanderais pas la permission. Si ça se trouve, il le saurait même pas. Je serais revenue à la maison avant qu'il soit rentré de l'ouvrage.

Durant un instant, Annette hésita à poursuivre la conversation sur ce sujet. Elle n'aimait vraiment pas voir sa fille être prête à faire des cachotteries à son mari et ainsi mettre en péril la paix de son ménage. Puis elle se dit que Laurette n'avait probablement pas tout à fait tort d'aller à l'encontre de la fierté mal placée de Gérard. Après tout, en cette période où l'argent était si rare, il ne fallait pas cracher sur un appoint au salaire de son mari.

— En tout cas, si ça t'intéresse, tu peux toujours aller voir madame Dussault au presbytère et lui dire que t'es ma fille. Si elle t'engage, je suis ben prête à garder la petite quand t'iras travailler. T'auras juste à me la laisser le matin et à la reprendre à la fin de l'après-midi. De toute façon, si je me fie à ce qu'elle m'a dit, c'est de l'ouvrage qui durerait deux ou trois jours au plus, trois ou quatre fois par année. C'est rien de régulier.

— Si vous voulez garder Denise cet après-midi, je pense que je vais aller la voir, décida Laurette.

— T'aimes pas mieux en parler à Gérard avant ? suggéra sa mère, qui regrettait déjà toute l'affaire.

155

— Pantoute. C'est moi qui vais travailler, pas lui.

Au début de l'après-midi, la jeune femme se présenta au presbytère et demanda à parler à la ménagère. Quelques minutes suffirent pour que cette dernière accepte de la présenter à madame Gagnon qui l'engagea pour seconder Amélie Dussault quand le besoin s'en ferait sentir. Il fut entendu qu'elle recevrait un dollar et demi par jour et qu'elle se présenterait au presbytère dès le lendemain matin pour commencer son travail.

— Essayez d'arriver vers sept heures et demie, lui demanda la ménagère. On va faire une bonne journée d'ouvrage.

En quittant le presbytère, Laurette éprouva une immense fierté. Pour la première fois de sa vie, elle allait gagner un salaire qu'elle serait libre de dépenser à sa guise. C'était tout à fait différent du travail qu'elle accomplissait avec sa mère lorsqu'elle était jeune fille. À cette époque, elle aidait sa mère, et l'argent gagné était versé à cette dernière et servait à la survie de la famille Brûlé. Là, cet argent allait lui appartenir en propre.

Chapitre 8

Un nouveau curé

Le lendemain matin, Laurette laissa Denise chez sa mère vers sept heures et alla sonner à la porte du presbytère. Amélie Dussault l'entraîna immédiatement avec elle dans une grande pièce, à l'étage, tout en lui expliquant qu'il s'agissait de la chambre à coucher de monsieur le curé.

— Notre nouveau curé est supposé arriver aujourd'hui, lui expliqua-t-elle. Il faut que sa chambre soit prête. On va laver le plafond et les murs et tout nettoyer à fond.

Quand il ne resta plus qu'à cirer le linoléum de la pièce, la ménagère envoya son aide commencer à laver le long couloir qui séparait le rez-de-chaussée du presbytère en deux. À la fin de l'avant-midi, un coup de sonnette impérieux fit sursauter Laurette alors qu'elle était perchée en haut de l'escabeau et lessivait le plafond.

Eugénie Gagnon sortit de sa cuisine et alla ouvrir. Un ecclésiastique entra. Le prêtre, âgé d'une quarantaine d'années, était un homme de taille moyenne, sec comme un coup de trique, au visage très mince où on ne remarquait que son nez en forme de bec d'aigle chaussé de lunettes à monture d'acier. Il eut une grimace de mécontentement en entendant la musique assez forte en provenance de la cuisine.

— Je suis Anselme Crevier, le remplaçant du curé Monette, dit-il sèchement en s'avançant de quelques pas dans le couloir. Je suppose que vous êtes la ménagère?

Le prêtre avait un débit saccadé et le geste brusque de celui qui estime ne pas avoir de temps à perdre.

— Non, monsieur le curé. Je suis la cuisinière, répondit Eugénie Gagnon en lui adressant un sourire de bienvenue.

— Ah! C'est madame, dit-il en désignant de la main Laurette sur son escabeau.

— Non, monsieur le curé. C'est une femme qui aide la ménagère pour les gros travaux. C'est madame Dussault qui est la ménagère. Elle est en haut en train de faire les chambres.

— Vous vous appelez?

— Eugénie Gagnon, monsieur le curé.

— Parfait, madame Gagnon. Montrez-moi mon bureau et, après avoir fait arrêter tout ce bruit, vous m'enverrez la ménagère.

La cuisinière ouvrit la première porte à sa droite et laissa passer le prêtre qui se dirigea immédiatement vers la fenêtre, qu'il ouvrit toute grande. Celle-ci donnait sur la rue Sainte-Catherine. Il se tourna vers la dame et lui fit signe qu'elle pouvait partir. Pendant qu'il attendait la ménagère, le prêtre promena son regard sur la bibliothèque, passa le bout des doigts sur le grand bureau en acajou qui occupait une grande partie de la pièce, ouvrit les deux tiroirs du classeur en bois placé près du meuble et s'assit finalement dans le fauteuil en cuir, derrière le bureau. On frappa discrètement à la porte demeurée ouverte et la ménagère entra dans la pièce.

— Bonjour, monsieur le curé. Madame Gagnon m'a dit que vous vouliez me voir? demanda Amélie Dussault.

— Oui, madame. Je voulais d'abord savoir si ma chambre était prête.

— Oui, monsieur le curé.

— J'espère qu'il y a là moins de poussière que dans ce bureau, dit abruptement le prêtre en lui montrant la trace

laissée par ses doigts sur le meuble quelques instants auparavant.

— Certainement, monsieur le curé, laissa tomber la
femme, le visage soudainement fermé. Mais je vous ferai
remarquer qu'il y a de la poussière seulement quand la
fenêtre donnant sur la rue est ouverte.

— Bon. C'est correct. J'ai vu que vous aviez de l'aide,
ajouta-t-il.

— Juste pour une couple de jours, monsieur le curé,
tint à préciser la ménagère. C'est pour le grand ménage.
D'habitude, je suis toute seule pour tout entretenir.

— C'est parfait. Vous pouvez retourner à votre travail.
En passant, demandez donc à la cuisinière de venir me voir
un instant.

La ménagère quitta le bureau et s'arrêta un moment
à la cuisine pour transmettre son message à Eugénie
Gagnon. Avant de monter à l'étage pour finir son travail,
la femme adressa une grimace significative à Laurette qui
avait tout entendu.

— À quelle heure les repas sont-ils servis habituellement? demanda Anselme Crevier à la cuisinière, demeurée
debout sur le pas de la porte du bureau.

— Ça dépend, monsieur le curé.

— Ça dépend de quoi?

— Ça dépend de l'ouvrage de chacun des vicaires.

Le prêtre sembla estomaqué par la réponse qu'il venait
d'entendre et garda un court silence avant de reprendre la
parole.

— Êtes-vous en train de me dire, madame, qu'on mange
à n'importe quelle heure ici?

— Non, mais il manque souvent un vicaire à l'heure des
repas. Dans ce temps-là, il mange quelque chose dans la
cuisine quand il revient.

— Vous me rassurez.

— D'habitude, le déjeuner se prend n'importe quand jusqu'à neuf heures. Le dîner et le souper sont servis à midi et demi et à six heures.

Le nouveau curé de la paroisse Saint-Vincent-de-Paul jeta un coup d'œil à sa montre de gousset et se leva.

— Comme ça, si je comprends bien, il est presque l'heure de dîner. Après le repas, vous demanderez au bedeau de venir donner un coup de main pour monter mes bagages dans ma chambre. Mon automobile est stationnée sur la rue Fullum, à côté du presbytère.

Le nouveau curé fit signe à la cuisinière qu'elle pouvait se retirer et il sortit à son tour pour explorer le rez-de-chaussée de son presbytère réparti de part et d'autre d'un couloir central. Laurette quitta son escabeau qu'elle replia pour libérer le passage. Il passa près d'elle sans lui adresser la parole, comme si elle n'existait pas.

À droite, outre son bureau, il trouva une petite salle de réunion, une salle de bain et un salon assombri par des meubles en noyer et de lourdes tentures rouge vin. À gauche, une pièce contenant plusieurs chaises devait servir à accueillir les paroissiens. Un bureau, une cuisine et une vaste salle à manger occupaient tout le côté ouest de l'édifice. À l'étage, il y avait six chambres et des toilettes.

Au moment où il terminait sa visite, madame Gagnon sortit de la cuisine en agitant une cloche. Les tintements furent aussitôt suivis par des bruits de pas tant à l'étage que dans l'escalier. Trois prêtres contournèrent Laurette et poussèrent la porte de la salle à manger l'un après l'autre pour découvrir, stupéfaits, leur nouveau curé, planté devant la fenêtre donnant sur la cour du presbytère.

Les trois hommes s'approchèrent de la table sur laquelle la cuisinière venait de déposer un énorme plat de saucisses baignant dans une sauce aux tomates, qui voisinait un bol rempli de pommes de terre fumantes. Aucun d'entre eux n'osa s'asseoir, attendant de toute évidence que l'inconnu qui leur tournait toujours le dos daigne se présenter.

— Assoyez-vous, messieurs, fit l'homme en se retournant finalement vers eux. Je suis Anselme Crevier, votre nouveau curé. Si vous voulez bien d'abord vous présenter, nous ferons plus ample connaissance en partageant cet excellent repas.

Laurette continua à laver le mur du couloir tout en écoutant ce qui se disait dans la pièce voisine. Elle était passablement curieuse de savoir ce que les prêtres se disaient quand ils étaient loin de leurs paroissiens. Cependant, elle aurait préféré, et de loin, être assise devant une assiette bien remplie plutôt que d'être là, à « écornifler », comme aurait dit sa mère. Sa faim était exacerbée par toutes les odeurs appétissantes en provenance de la cuisine et de la salle à manger.

Elle regarda discrètement par la porte ouverte de la salle à manger et aperçut les trois vicaires qui semblaient un peu interloqués par le ton sec de leur nouveau supérieur. Elle les entendit se présenter.

— Joseph Claveau, monsieur le curé, dit un prêtre à la chevelure très clairsemée. Je suis à Saint-Vincent-de-Paul depuis presque dix-huit ans.

— Il fait partie des meubles et il a presque l'âge d'être mon père, ajouta le jeune vicaire blagueur, assis à sa droite.

La figure du curé Crevier se crispa et il adressa un regard peu amène à celui qui semblait le cadet de ses vicaires.

— Et vous, monsieur, quel est votre nom ? lui demanda-t-il sèchement.

— Florent Saint-Onge, monsieur le curé. Pour vous servir, ajouta-t-il sur un ton plaisant qui fit sourire ses deux confrères. Je suis ici depuis 1930. Je suis, comme qui dirait, le bébé de la maison.

— Ne craignez rien, monsieur, je vais sûrement vous aider à vieillir rapidement, le prévint Anselme Crevier sur un ton cinglant.

Cette réplique fit instantanément disparaître le sourire des vicaires assis autour de la table.

— Et vous, monsieur? demanda le curé en s'adressant à un prêtre âgé d'une trentaine d'années au tour de taille extraordinaire.

— Raymond Léger, monsieur le curé.

— Pas si léger que ça, dit l'abbé Saint-Onge à mi-voix.

Cette remarque lui attira un regard courroucé de son supérieur.

— J'ai été nommé à cette paroisse en 1926, conclut l'abbé Léger, dans une vaine tentative pour détourner l'attention que son nouveau supérieur accordait à son jeune collègue.

— Bon. Mangeons, ordonna le curé Crevier.

On le laissa d'abord se servir avant de faire circuler les plats autour de la table. Quand ceux-ci parvinrent entre les mains de l'abbé Léger, à l'autre bout de la table, il se contenta de vider le reliquat de chacun dans son assiette. Le repas se prit dans un silence contraint. Anselme Crevier ne cessait de jeter des coups d'œil désapprobateurs à l'abbé Léger qui enfournait une énorme quantité de nourriture à une vitesse absolument stupéfiante. Il s'en inquiéta tellement qu'il finit par lui dire:

— Mangez plus lentement, l'abbé. Vous allez finir par vous étouffer à dévorer aussi vite. Ayez pas peur, personne va venir vous voler ce que vous avez dans votre assiette.

Rouge de confusion, l'autre fit un effort louable pour ralentir son rythme alors que ses confrères, le nez dans leur assiette, osaient à peine bouger de peur d'être pris en faute à leur tour.

— Mais il est ben bête, ce curé-là, ne put s'empêcher de murmurer Laurette en tordant sa serpillière au-dessus de son seau. C'est pas le curé Monette qui aurait dit une affaire comme ça.

Après le dessert, le curé intima à ses subordonnés de le suivre en apportant leur tasse de thé. Dès que les vicaires se furent assis autour de la table, dans la salle de réunion voisine de son bureau, Anselme Crevier ne perdit pas de temps en préambules inutiles.

— Bon. L'archevêché m'a envoyé ici pour remettre un peu d'ordre dans l'administration de la paroisse. Je n'ai pas encore vu les chiffres, mais il semble que les revenus ont baissé plus que de moitié depuis deux ans.

— C'est la crise, monsieur le curé, lui fit poliment remarquer Joseph Claveau. Saint-Vincent-de-Paul est une paroisse très pauvre et...

— Je sais tout ça, l'abbé, le coupa son supérieur. La crise frappe partout et l'archevêché a comparé les recettes de notre paroisse avec celles des paroisses environnantes qui sont pas plus riches. C'est catastrophique. Je suis ici pour y mettre bon ordre.

Les vicaires présents poussèrent presque à l'unisson un soupir un peu exaspéré.

— Je m'arrêterai pas seulement à ça. Le bon curé Monette avait pris de l'âge et, il me semble qu'il vous a laissé prendre quelques mauvais plis regrettables.

Surpris, les prêtres se regardèrent.

— Est-ce qu'on peut savoir lesquels, monsieur le curé ? risqua Florent Saint-Onge, l'air un peu frondeur.

— Oui, monsieur. Entre autres, le fait de pas être présents à l'heure aux repas, de laisser traîner vos objets personnels dans le salon et de faire jouer une radio à tue-tête dans un lieu où devrait régner un certain climat de recueillement, par exemple. Je vous dis tout de suite que ça va changer.

— Est-ce que ça va ressembler à la Trappe d'Oka ? osa demander le jeune vicaire, frôlant l'impertinence.

— Peut-être pas, mais si ça vous paraît trop difficile, je suis prêt à appuyer votre demande de changement de ministère à l'archevêché. On vous trouvera sûrement une autre paroisse pour vous accueillir.

Cette menace à peine déguisée eut le don de faire taire l'impudent. Le curé décrivit alors précisément ce que serait dorénavant la tâche de chacun et annonça du même souffle qu'il inaugurerait sa nouvelle cure par une visite paroissiale qui débuterait dès la semaine suivante.

Au moment où les vicaires s'apprêtaient à prendre congé, le curé Crevier les retint encore un instant.

— Je vous annonce dès à présent qu'à compter d'aujourd'hui, madame Gagnon servira les repas à huit heures trente, midi et six heures, ce qui laissera largement à chacun de vous le temps de se libérer de sa tâche pour manger. Il n'y aura plus de nourriture servie à une autre heure. Nous mangerons en commun. De plus, je demanderai à notre cuisinière de ne plus déposer les plats sur la table. Elle préparera l'assiette de chacun dans la cuisine. Cela hâtera le service et nous évitera de nous laisser aller à une gourmandise déplacée en ces temps très difficiles. Je vous remercie.

Laurette eut à peine le temps de s'éloigner de la porte avant que le nouveau curé de la paroisse quitte la pièce pour réintégrer son bureau. Un vent de révolte souffla alors sur les trois vicaires demeurés dans la pièce.

— Ça a pas d'allure ! s'écria l'abbé Saint-Onge. Pour moi, notre curé a trop écouté les discours de Hitler à la radio. Il essaye de l'imiter.

— On va bien mourir de faim, gémit Raymond Léger dont le col romain semblait trop petit pour son énorme cou. Avec lui au bout de la table, ça va être gênant de demander à madame Gagnon de nous servir une deuxième assiettée.

— Pour moi, tu vas maigrir, mon Raymond, plaisanta le jeune vicaire. Dans un mois ou deux, même ta mère te reconnaîtra plus. Tu vas avoir les deux joues collées ensemble et tu vas pouvoir te faire tailler deux ou trois soutanes dans une de celles que t'as déjà.

— T'es pas drôle, Florent.

— Énervez-vous pas trop vite, fit l'abbé Claveau sur un ton raisonnable. Notre nouveau curé est tout feu tout flamme. Il vient d'arriver. Attendez une couple de semaines. Il va revenir sur terre. De toute façon, on n'a pas le choix de lui obéir. Si on se plaint à l'archevêché, c'est nous autres qui allons nous faire taper sur les doigts.

Au même moment, Eugénie Gagnon sortit de la cuisine et demanda à Laurette de prévenir Amélie que leur dîner était servi dans la cuisine. Quelques instants plus tard, les trois femmes s'attablèrent et mangèrent la même nourriture que les prêtres.

— C'est ben bon, affirma Laurette en dévorant le contenu de son assiette.

— Vous allez vite apprendre, madame Morin, qu'on mange toujours bien avec madame Gagnon.

— Je veux pas faire la langue sale, reprit la jeune femme à voix basse, mais on dirait ben que notre nouveau curé est pas comme notre ancien.

Eugénie Gagnon et Amélie Dussault se jetèrent un coup d'œil entendu.

— Ça, on peut bien le dire, reconnut la cuisinière sur le même ton.

Quand elle passa prendre Denise chez sa mère à la fin de l'après-midi, Laurette ne put s'empêcher de dire ce qu'elle pensait du nouveau curé de la paroisse.

— Ma petite fille, fais ben attention à ce que tu dis, la réprimanda sa mère. Tu parles d'un prêtre, oublie pas ça.

Ce soir-là, il n'en resta pas moins qu'elle éprouva beaucoup de mal à ne pas parler à son mari de ce qu'elle avait vu et entendu au presbytère. Fait certain, ce premier contact avec les prêtres de la paroisse avait changé sa manière de les voir. Dans l'intimité du presbytère, ils avaient pris une dimension beaucoup plus humaine.

Deux jours plus tard, la ménagère signifia à la jeune femme que le grand ménage pouvait être considéré comme terminé. Elle se déclara enchantée de l'aide qu'elle lui avait apportée et insista pour lui verser trois jours entiers de gages, même s'il n'était qu'une heure trente de l'après-midi.

— Vous pouvez être certaine que je vais vous redemander pour le ménage de printemps, promit Amélie Dussault, au moment où Laurette s'apprêtait à quitter le presbytère.

De retour chez elle après être allée chercher son bébé chez sa mère, Laurette s'empressa de dissimuler les quatre dollars et demi au fond de l'un de ses tiroirs en se promettant de les dépenser parcimonieusement pour les siens quand le besoin se ferait sentir. Elle était heureuse d'en avoir fini pour reprendre ses tâches ménagères habituelles. Elle espérait avoir la chance de retourner faire le ménage au presbytère le printemps suivant, mais le sort allait en décider autrement.

Chapitre 9

Une visite humiliante

Les premiers contacts d'Anselme Crevier avec ses paroissiens ne furent pas des plus chaleureux. Les fidèles, habitués depuis longtemps à la chaude compréhension du curé Monette, eurent du mal à accepter le ton cassant de leur nouveau pasteur. Lorsqu'il annonça du haut de la chaire, le dimanche suivant, son intention d'entreprendre une grande tournée paroissiale dès la seconde semaine d'octobre, beaucoup de ménagères restèrent stupéfaites.

— Vous parlez d'une drôle d'idée! s'exclama Laurette en berçant sa petite lors de sa visite dominicale habituelle chez ses parents.

— C'est sûr que le curé Monette et ses vicaires en ont pas fait une depuis au moins cinq ans, expliqua sa mère. Pour moi, notre nouveau curé veut juste essayer de mieux nous connaître. Ça me surprendrait ben gros qu'il en fasse une tous les automnes, comme les curés font à la campagne. La paroisse est ben trop grosse pour ça.

— En tout cas, moi, j'haïs ça être obligée de faire un grand ménage et d'attendre, comme une dinde, qu'il passe, rétorqua sa fille. Qu'est-ce que vous voulez que je lui raconte, moi, à monsieur le curé? Il a l'air bête comme ses pieds, cet homme-là.

Évidemment, à cause de la présence de Gérard, elle ne pouvait avancer qu'elle l'avait rencontré lors de son arrivée dans la paroisse et qu'elle l'avait entendu s'adresser durement à ses vicaires.

— T'auras juste à répondre à ses questions, la calma sa mère. De toute façon, il restera pas plus que cinq ou dix minutes.

— À Saint-Hyacinthe, le curé fait encore ça chaque année, intervint Gérard.

— C'est normal, Saint-Hyacinthe, c'est la campagne, laissa tomber sa femme pour le taquiner.

— Toi, t'es chanceuse que ma mère t'entende pas dire ça, rétorqua son mari en affichant un air mécontent.

Laurette dut tout de même se rendre à l'évidence : rien ni personne ne pourrait changer la situation.

Le curé Crevier vint donc sonner à la porte des Morin à la fin de la deuxième semaine d'octobre. Le ciel était gris et une petite pluie froide tombait depuis l'aube.

Laurette avait allumé le poêle à huile dès son lever pour préparer le déjeuner de Gérard. Elle avait ensuite transporté le berceau de Denise près de cette source de chaleur et s'était empressée de faire sa toilette et son ménage. Quand elle eut fini, elle donna le boire à son bébé et changea ses langes avant de le réinstaller dans son berceau. Elle venait à peine de s'allumer une cigarette quand on sonna à la porte.

— Pas déjà lui, bonyeu ! s'exclama-t-elle en écrasant sa cigarette dans un cendrier qu'elle dissimula rapidement dans l'armoire.

N'attendant personne en ce mardi matin, elle se douta qu'il s'agissait du curé. Elle se précipita dans le couloir, ouvrit la porte pour se retrouver face au petit homme austère qu'elle fit pénétrer dans le salon. Au même instant, Denise se réveilla et se mit à pleurer.

— Ôtez votre manteau, monsieur le curé, et assoyez-vous, dit-elle. Je reviens tout de suite.

Laurette, de retour dans la pièce, tenait Denise dans ses bras. Anselme Crevier ne s'était pas encore assis et il la fixait avec l'air de chercher à se rappeler où il avait bien pu la voir auparavant.

— Il me semble que je vous ai déjà vue quelque part, finit-il par lui dire au moment où il se décidait enfin à s'asseoir.

— C'est au presbytère que vous m'avez vue, monsieur le curé. J'ai aidé votre ménagère à faire son grand ménage d'automne.

— Comme ça, vous faites des ménages, reprit le prêtre sans grand tact.

— Pantoute, monsieur le curé, se rebiffa Laurette en croyant deviner un petit air méprisant chez son vis-à-vis. J'ai accepté d'aller aider au presbytère pour rendre service, sentit-elle le besoin de préciser.

— Et votre mari accepte ça, même si vous avez un bébé dont vous devez prendre soin ?

— Il n'a pas besoin de le savoir, répondit-elle d'une voix sèche.

— Attention, ma fille, oubliez pas que vous devez obéissance à votre mari, reprit le prêtre sur un ton sévère.

— Ce qu'il sait pas lui fait pas mal, monsieur le curé, répliqua-t-elle avec un certain bon sens. En plus, quand je me suis mariée, j'ai pas décidé de devenir son esclave et de faire toujours ce qu'il veut.

— Je trouve que vous avez une drôle de mentalité, madame Morin, la réprimanda le visiteur. Faites bien attention au péché d'orgueil.

Le prêtre s'informa ensuite de son assiduité à la messe dominicale et à la communion avant de lui rappeler avec sérieux les devoirs d'une épouse envers son mari. Il allait lui proposer de la bénir ainsi que son enfant quand un mouvement furtif attira soudain son attention.

L'ecclésiastique plissa les yeux derrière les verres épais de ses lunettes et aperçut un énorme rat brun qui le fixait de ses yeux rouges, quelques pieds derrière son hôtesse.

— Mais c'est un rat! s'écria-t-il en se levant précipitamment tout en pointant un index vers la bête, qui n'avait pas bougé.

Laurette sursauta violemment et tourna la tête dans la direction indiquée par le visiteur. Elle poussa un cri et faillit échapper son bébé en apercevant l'animal qui faisait près d'un pied de long. Denise se mit à pleurer à fendre l'âme pendant que sa mère grimpait, tant bien que mal, sur le divan pour les protéger du monstre.

Anselme Crevier chercha durant un court moment un objet quelconque à lancer à la bête pour la faire fuir. Comme il ne trouvait rien, il se résolut à retirer rapidement l'une de ses chaussures qu'il projeta sur l'animal. Il le rata, mais son geste le fit tout de même déguerpir dans un couinement.

Le prêtre s'empressa de reprendre sa chaussure, tout en vérifiant si le rat ne revenait pas. De son côté, sans être très rassurée, Laurette consentit à reposer ses pieds par terre.

Elle mourait de honte. Comment cette vermine était-elle parvenue à entrer chez elle? Elle n'ignorait pas qu'il y avait des rats dans la cave et dans le hangar, mais jamais ils n'avaient osé pénétrer dans l'appartement. Elle éprouvait envers ces bêtes imprévisibles une peur irraisonnée qui lui enlevait tous ses moyens.

— C'est la première fois que je vois un rat ici dedans, expliqua-t-elle au prêtre, rouge d'humiliation.

Anselme Crevier la regarda un moment sans rien dire puis la bénit rapidement avec sa fille avant d'endosser son manteau.

— Voilà toute l'importance de l'hygiène, madame, dit-il sèchement alors que sa paroissienne lui ouvrait la porte.

Il y a pas de vermine là où c'est bien propre. Avant de faire le ménage ailleurs, il faut d'abord s'occuper de la propreté de sa propre maison.

Sur ce, le prêtre quitta l'appartement en esquissant un petit salut de la tête. Quelques instants furent nécessaires à Laurette pour comprendre exactement ce que son visiteur avait voulu dire en la quittant.

— Ah ben, maudit verrat! s'exclama-t-elle. Tu parles d'un effronté! Au fond, il m'a traité de maudite cochonne! C'est propre ici dedans. J'arrête pas de laver et de nettoyer. C'est tout de même pas de ma faute si la vermine des voisins a fini par entrer. Ah ben, j'en reviens pas! Je voudrais ben voir de quoi ça aurait l'air chez eux s'il venait rester sur la rue Emmett, lui.

Ce jour-là, Laurette n'osa pas quitter sa fille des yeux de la journée, de crainte que le rat ne reparaisse. Elle attendit avec impatience le retour de Gérard, à qui elle raconta la visite du curé.

— Tu vas me le trouver, ce rat-là, parce que je t'avertis tout de suite que je couche pas ici dedans avec la petite à soir si tu m'en débarrasses pas.

— Calme-toi les nerfs, lui ordonna son mari. On va commencer par trouver par où il est entré et, après, on va boucher le trou. C'est pas la fin du monde, cybole!

Quelques minutes plus tard, Gérard découvrit un trou dans la plinthe, derrière le divan. Il saupoudra l'endroit de poison et l'obstrua tant bien que mal avec un morceau de tôle qu'il cloua directement sur la plinthe.

Quand il montra son travail à sa femme, cette dernière ne put s'empêcher de lui demander en réprimant mal un frisson :

— Es-tu ben sûr que ça va l'empêcher de revenir?

— Certain, affirma-t-il avec aplomb. Voyons, Laurette, comment veux-tu qu'il mange de la tôle?

Malgré tout, la jeune mère de famille passa sa soirée à épier tous les bruits suspects de l'appartement. Le moindre craquement la faisait sursauter. À de multiples reprises, elle quitta le salon où le couple écoutait la radio pour aller voir s'il n'y avait pas un rat dans la chambre où dormait Denise.

— Veux-tu ben te calmer, finit par lui ordonner Gérard. Je te dis qu'il reviendra pas. Si ça se trouve, tu lui as fait tellement peur qu'il est mort d'une crise de cœur dans son trou, ajouta-t-il pour la faire sourire.

— Ça fait rien, je me sens pas tranquille pantoute, admit-elle quelques minutes avant de se mettre au lit.

— Bon. C'est correct. Si ça peut te tranquilliser, je vais mettre des morceaux de pain beurrés avec du poison à rat dans le salon. Il paraît qu'ils résistent pas à ça. Si un rat revient cette nuit, il va en manger et on va le trouver mort demain matin. Es-tu contente, là ?

Gérard ne vint la rejoindre au lit qu'après s'être exécuté.

— J'ai mis au milieu du salon quatre morceaux de pain avec du poison, lui apprit-il. Il y a là de quoi empoisonner toute une armée de rats.

Cette ultime précaution sembla avoir rassuré Laurette qui s'endormit après avoir déclaré à son mari :

— En tout cas, ce curé-là, moi, je l'aime pas.

Le lendemain matin, la jeune femme fut la première debout. Après avoir allumé le poêle à huile sur lequel elle déposa la théière, elle alla entrouvrir la porte du salon et alluma le plafonnier pour s'assurer qu'elle ne trouverait pas un animal mort empoisonné en plein milieu de la pièce. Aucune trace des morceaux de pain. Son cœur eut un raté et elle referma nerveusement la porte avant de se précipiter dans la chambre à coucher.

— Gérard! Réveille-toi, lui ordonna-t-elle en le secouant.

— Qu'est-ce qu'il y a? demanda-t-il, ensommeillé. Est-ce qu'il y a le feu?

— Ben non. Je viens d'aller voir dans le salon. Les rats ont mangé tout le pain.

— Ben non. Calme donc tes nerfs! dit-il en s'assoyant dans le lit. Je suis allé aux toilettes à cinq heures. J'ai regardé ce que j'ai bouché hier, tout était correct. Ça fait que j'ai ramassé le pain et je l'ai jeté dans le bol des toilettes.

— Ah ben là, j'ai eu peur, admit-elle en retrouvant ses couleurs. Tu parles d'une façon de se réveiller le matin. Si jamais je revois cette vermine-là, je t'avertis que je pique une crise.

Quand elle raconta sa mésaventure à ses parents le dimanche après-midi suivant, sa mère ne put s'empêcher de lui faire remarquer avec un certain humour:

— Toi qui te demandais à quoi ça pouvait ben servir la visite paroissiale, tu le sais maintenant. Monsieur le curé peut servir à faire peur aux rats. As-tu pensé à ce que t'aurais fait s'il avait pas été là?

— Dites-moi pas ça, m'man. Je pense que j'aurais perdu connaissance.

— Pauvre petite fille, tu devrais ben savoir que les petites bêtes mangent pas les grosses. Quand on vit dans une vieille maison, il faut s'attendre à ça.

Toutefois, cette remarque de sa mère ne la convainquit pas. À son avis, les rats ne venaient que là où ce n'était pas propre.

Chapitre 10

Les fêtes

Le mois d'octobre fut à l'image de l'été: pluvieux et frais. La cour arrière était perpétuellement boueuse et le quartier semblait baigner dans une grisaille dominée par les odeurs de la Dominion Rubber et de la Dominion Oilcloth.

Quelques jours après la visite du curé Crevier, Laurette rentra un vendredi soir après avoir acheté les provisions à l'épicerie Bourgie, rue Notre-Dame. Elle laissa tomber deux sacs de papier kraft sur la table de cuisine avant de retirer son manteau. Gérard, assis dans sa chaise berçante, lisait *La Presse* alors que Denise dormait à poings fermés dans son berceau, placé près du poêle.

— Le prix du pain a encore augmenté, dit la jeune mère de famille. À matin, j'ai pas pris de pain du boulanger en pensant le payer moins cher chez Bourgie. C'est le même prix. C'est ben clair, on n'arrive plus, ajouta-t-elle, découragée. Le pain à douze cennes et la pinte de lait à dix cennes. Ça a pas d'allure pantoute.

— On a juste à faire plus attention aux dépenses, laissa tomber son mari d'une voix indifférente.

— On peut pas faire plus attention qu'on fait là, bonyeu! explosa Laurette, fâchée de constater que Gérard prenait la chose si légèrement. Je gaspille pas une maudite cenne, tu sauras. Je me suis pas acheté une robe depuis qu'on est mariés. J'achète jamais de gros morceaux de viande et on sort juste le dimanche pour aller faire un tour chez ma mère. Moi, je peux pas faire plus.

Finalement alerté par la colère de sa femme, le jeune père de famille referma son journal et chercha à désamorcer la crise.

— Bon, je vais voir mon *boss* lundi matin pour lui demander si la compagnie peut pas me donner une petite augmentation. Après tout, ça fait presque quatre ans que je travaille là.

— Si on t'augmente pas, je peux toujours me mettre à faire des fleurs artificielles, comme je le faisais quand j'étais fille, suggéra Laurette. Ça rapporte pas gros, mais ce serait toujours ça de pris.

— Il en est pas question ! trancha Gérard sur un ton sans appel. Je suis capable de vous faire vivre, toi et la petite.

Laurette ne répliqua pas. Elle songea qu'elle avait vraiment pris la bonne décision de ne pas lui avoir demandé la permission d'aller travailler au presbytère.

Elle se mit à ranger la nourriture après avoir vidé le plateau rempli d'eau de fonte placé sous la glacière. À la radio, le maire Rinfret se vantait d'avoir apporté une contribution non négligeable à la lutte qui avait opposé les Montréalais aux autorités fédérales dans ce qu'il était convenu d'appeler «la saga du pont du Havre». Après plusieurs mois de pourparlers, le gouvernement venait d'accepter de l'appeler dorénavant «pont Jacques-Cartier». Quand Albert Duquesne demanda à l'homme politique ce qu'il comptait faire pour diminuer les tarifs exigés aux postes de péage du pont, le premier magistrat de la ville resta curieusement vague.

— Il fera rien, déclara Gérard, morose. J'aimais mieux Camilien Houde. Le bonhomme faisait peut-être pas plus, mais il gueulait au moins.

— Lui, il fera peut-être rien, mais nous autres, demain matin, on va ôter les jalousies et installer les châssis doubles. Il est plus que temps qu'on se grouille. Je pense qu'on est les seuls sur la rue à pas avoir encore fait ça.

Son mari protesta d'autant moins qu'il savait que Laurette avait tout à fait raison. Il avait aussi remarqué qu'elle n'avait pas encore renoué avec sa sacro-sainte sortie du samedi depuis qu'elle avait donné naissance à leur fille.

— C'est tout ce qu'il nous reste à faire pour se préparer pour l'hiver, poursuivit sa femme. Bégin a livré le charbon avant-hier et le baril d'huile à chauffage est encore plus qu'aux trois quarts plein. On est corrects pour en faire un bon bout cet hiver.

Tout en dressant son bilan, Laurette vint s'asseoir à table munie d'un sac de chiffons et d'une paire de ciseaux.

— Qu'est-ce que tu fais là? lui demanda Gérard, intrigué.

— Je prépare des guenilles pour calfeutrer demain. Je me souviens trop ben comment on a gelé l'hiver passé. L'air entrait ici dedans de tous bords tous côtés. Là, on prendra pas de chance que la petite attrape son coup de mort. On va s'arranger pour que l'appartement soit plus chaud. En plus, ça va nous coûter moins cher de chauffage.

Très tôt le lendemain matin, les Morin se mirent au travail malgré un crachin automnal peu invitant. Gérard enleva les persiennes des quatre fenêtres du logis et les remplaça par de vieilles contre-fenêtres. Armée d'un seau et de chiffons, Laurette lava soigneusement les vitres avant que son mari les installe pour l'hiver. Pendant que Gérard enlevait la porte moustiquaire et rangeait les persiennes dans le hangar, elle calfeutra méticuleusement le moindre interstice. À l'heure du dîner, tout était terminé, à la grande satisfaction du couple. Après le repas, le soleil sortit timidement des nuages pour la première fois de la semaine. Laurette eut soudain envie de bouger.

— Viens-tu prendre une marche? Je suis écœurée de passer toutes mes journées en dedans avec la petite. On va la mettre dans son carrosse et ça va lui faire du bien de prendre l'air. Viens, ça va nous changer les idées.

Après s'être fait un peu prier, Gérard sortit le landau de Denise sur le trottoir. Heureuse de sortir enfin de la maison, Laurette y coucha sa fille, bien emmitouflée, et entreprit de le pousser en prenant la direction de la rue Fullum.

— Est-ce qu'on va au carré Bellerive? suggéra-t-elle à Gérard.

— Il y a plus rien d'intéressant là, lui fit remarquer son mari. Toutes les feuilles des arbres sont tombées et c'est plein de robineux qui traînent sur les bancs. On est mieux de monter vers Sainte-Catherine.

Pour son second Noël de femme mariée, Laurette décida de faire plaisir à son mari et d'inviter ses parents à souper le 25 décembre. Elle espérait ainsi échapper à la corvée du jour de l'An, ayant encore en mémoire la désastreuse visite de l'année précédente à Saint-Hyacinthe.

«Je les reçois à Noël et, comme ça, on va être débarrassés d'eux autres pour les fêtes», se dit-elle pour s'encourager.

Comme il s'agissait également du premier Noël de sa fille, la jeune mère de famille ne ménagea pas ses efforts pour décorer l'appartement. Elle consacra plusieurs jours à confectionner des guirlandes et insista pour que son mari fasse l'acquisition d'un arbre de Noël qui fut dressé dans un coin du salon. Le couple n'avait pas suffisamment d'argent pour acheter une ou deux douzaines de boules décoratives, mais il fit en sorte que l'arbre soit beau avec ses guirlandes et ses glaçons découpés dans du papier d'aluminium.

Quelques jours avant Noël, Laurette se résigna à entreprendre la tâche qu'elle redoutait le plus, soit préparer des tartes et des pâtés à la viande. L'année précédente, sa mère lui avait fait cadeau d'une tarte et d'un pâté, lui évitant ainsi une longue matinée d'angoisse. Mais cette année, il n'était pas question qu'elle s'en remette à sa mère.

La veille, elle s'était donné la peine de faire une petite visite surprise à sa mère afin de copier la recette.

— Énerve-toi pas avec ça, lui avait conseillé Annette. T'as juste à suivre la recette et tu vas réussir ta pâte sans mal. T'en reviendras pas comme c'est facile.

— Vous le savez, m'man, j'ai jamais eu le tour de faire ça.

— T'es pas plus bête qu'une autre. Tu vas être capable.

Ce matin-là, dès le départ de Gérard pour le travail, elle sortit sa farine et entreprit de confectionner sa pâte.

— Si j'ai le temps, je vais même essayer de faire de la pâte à pain, déclara-t-elle au bébé, comme si Denise pouvait la comprendre. Ce serait le *fun* si je pouvais faire une ou deux douzaines de beignes avec les tartes. La belle-mère en reviendrait pas.

Laurette mélangea avec soin la farine, l'eau, la graisse végétale et l'œuf jusqu'à obtenir une pâte consistante. Fière d'elle, la jeune femme sortit son rouleau à pâte et entreprit de rouler ce qui devait être la croûte de son premier pâté pendant que son mélange de porc et de bœuf hachés mijotait dans une poêle avec des oignons. Après quelques coups de rouleau, la pâte se mit à coller à l'instrument et Laurette dut saupoudrer de la farine pour la décoller. Pendant de longues minutes, elle ragea à essayer vainement d'étaler sa pâte. Chaque fois, cette dernière finissait par se déchirer et elle devait la rapiécer.

À bout de patience, elle se résigna finalement à déposer au fond de ses assiettes de tôle une pâte épaisse et grisâtre à force d'avoir été manipulée. Elle s'empressa de recouvrir le tout de viande, espérant avoir plus de succès pour couvrir les pâtés. Malheureusement, ses tentatives ne connurent pas plus de succès et les trois pâtés qu'elle déposa dans le four après les avoir badigeonnés avaient une apparence peu appétissante.

— Ça va être moins pire quand ces maudites tourtières-là vont être cuites, dit-elle à voix haute pour s'encourager.

Lorsque le temps de cuisson fut terminé, les pâtés avaient une croûte dorée, ce qui la rassura quelque peu. Après avoir fumé une cigarette, elle se remit aussitôt au travail pour confectionner autant de tartes aux raisins. Au début de l'après-midi, les résultats obtenus n'étaient guère plus satisfaisants que les précédents.

— Maudit verrat! jura-t-elle à la vue des trois tartes déposées sur le coin de la table. Que le diable emporte le pain et les beignes! Je suis pas pour me faire mourir à faire ça. Je vais faire un gâteau à la place. Un gâteau aux épices, ça, je suis capable de le faire.

Lorsque Gérard rentra à la fin de sa journée de travail, il s'empressa de la féliciter à la vue des pâtés et des tartes qui couvraient une bonne partie de la table.

— Ça l'air bon en cybole! s'exclama-t-il en se penchant au-dessus.

— Touches-y pas! lui ordonna Laurette. J'ai eu assez de misère à les faire. C'est pour le souper de Noël.

Afin de bien conserver toutes les tartes et pâtés, elle lui demanda plutôt d'installer sur le balcon un coffre en bois qu'elle avait aperçu au fond du hangar l'automne précédent. Après avoir astiqué le coffre, elle l'aida à y ranger tous les plats.

⁓

Le jour de Noël, le temps se maintint au beau fixe. Il fit froid, mais aucune chute de neige ne vint perturber les déplacements des gens. Laurette avait secrètement espéré qu'une tempête empêche sa belle-famille de se rendre à destination, mais elle dut se résoudre à la recevoir.

— En tout cas, prit-elle la précaution de dire à Gérard, quelques minutes avant l'arrivée des invités, ils sont mieux d'avoir une plus belle façon que la dernière fois que je les ai reçus parce que je te garantis que ça va prendre une mèche de temps avant que je les réinvite.

— Fais-leur une aussi belle façon que celle que je fais à tes parents et il y aura pas de problème, rétorqua son mari en nouant sa cravate.

Les Morin sonnèrent à la porte sur le coup de quatre heures, apparemment heureux de revoir Gérard, Laurette et surtout le bébé, qu'ils n'avaient pas revu depuis son baptême en août. Les «joyeux Noël» précédèrent les embrassades et les hôtes aidèrent leurs invités à retirer leurs manteaux.

Tout le monde prit place dans le salon et Lucille Morin fit hautement l'éloge de l'arbre de Noël installé dans la pièce. Laurette était allée chercher Denise dans son berceau et avait déposé le bébé de quatre mois dans les bras de Colombe qui ne se tenait plus d'aise d'avoir à le dorloter. On prit des nouvelles de la famille et on parla beaucoup de la misère générale engendrée par la crise économique qui ne semblait pas vouloir se résorber.

Vers six heures, Laurette pria tout le monde de passer à table et servit du ragoût de boulettes et du pâté à la viande. C'est avec étonnement qu'elle accepta les félicitations de sa belle-mère pour le repas. On aurait dit que Lucille s'était vraiment mise en frais d'être agréable. Rayonnante, l'hôtesse participa activement à la conversation puis termina le service en offrant à chacun de la tarte aux raisins et un morceau de gâteau. On resta longtemps attablé à parler de tout et de rien.

Lorsque vint le temps de ranger la cuisine, les hommes s'esquivèrent au salon. En jetant les restes contenus dans les assiettes, Laurette remarqua tout de même que plusieurs avaient laissé la croûte de sa tarte, comme ils l'avaient fait d'ailleurs pour celle de son pâté à la viande.

— Je crois ben qu'il y en a qui ont pas aimé ma pâte à tarte, dit-elle, acide, à Lucille et Colombe, qui l'aidaient à nettoyer.

— Pour moi, ma fille, je pense qu'on l'a laissée bien plus parce que vous avez servi de trop grosses portions, lui dit sa belle-mère, diplomate.

— J'en n'ai pas donné tant que ça, se défendit mollement Laurette.

— Il y avait de quoi remplir largement un estomac normal, rétorqua Lucille avec bonne humeur.

Un peu rassurée, Laurette entreprit de laver la vaisselle pendant que sa belle-sœur et sa belle-mère l'essuyaient. Quand la besogne fut presque terminée, Lucille invita sa fille à aller rejoindre les hommes au salon.

— Dites-moi, Laurette, êtes-vous encore en famille? demanda-t-elle ensuite à voix basse en examinant sa bru.

— Qu'est-ce qui vous fait dire ça, madame Morin? fit Laurette, surprise.

— Je vois ça à vos yeux. En plus, je pense que vous avez pris un peu de poids, non?

— Vous vous trompez pas, reconnut la jeune femme, résignée.

— On pourra pas dire que vous aurez eu un grand répit entre vos deux enfants…

— C'est ce que je me disais aussi.

— Remarquez qu'on est toujours mieux de les avoir quand on est jeunes, dit Lucille, sentencieuse. Moi, j'ai eu Gérard à vingt-sept ans et Colombe à trente-trois et, chaque fois, ça a été difficile. Vous, vous avez vingt-deux ans et vous avez l'air en pleine santé. Pour quand l'attendez-vous ?

— Pour la fin juillet.

— Ce sera tout un événement ! C'est tout de même dommage que vous ayez pas eu le temps de perdre le surplus de poids que vous aviez pris en portant la petite…

Laurette grimaça. Bien sûr qu'elle avait perdu sa ligne de jeune fille depuis la naissance de Denise. Elle s'en était rendu compte en tentant d'entrer dans sa robe de mariée, qu'elle aurait voulu porter encore un an ou deux. Mais elle n'était pas grosse… Son visage et ses hanches s'étaient peut-être un peu arrondis, mais pas tant que cela.

Agacée par la remarque de sa belle-mère, Laurette en oublia sa résolution de ne jamais fumer en présence de ses beaux-parents. Après avoir vidé l'évier, elle ouvrit une porte d'armoire d'un geste machinal, s'empara de son porte-cigarettes et en tira une cigarette qu'elle alluma avec un plaisir évident.

Sous le choc, Lucille en échappa son linge à vaisselle.

— Mais dites-moi pas que vous fumez maintenant ! s'exclama-t-elle, horrifiée.

Surprise par l'exclamation, sa bru sembla apercevoir la cigarette qu'elle tenait entre ses doigts comme si elle la voyait pour la première fois.

— Ah ben! On dirait ben, déclara-t-elle, frondeuse.

— Mais c'est effrayant! ne put s'empêcher de dire une Lucille Morin rouge d'indignation.

— C'est pas plus effrayant que de voir un homme fumer, se rebiffa la jeune femme avec humeur. Je peux ben fumer quand je suis chez nous, je suis pas sur la rue.

— Mais ça vous donne un bien mauvais genre, ma fille, dit tout net sa belle-mère, toujours scandalisée.

— Vous allez vous habituer, dit Laurette en déposant sa cigarette d'un geste désinvolte dans le cendrier posé sur le rebord de la fenêtre de cuisine.

— Mon Dieu! J'aurai tout vu! Je comprends pas que mon garçon vous laisse faire ça, conclut Lucille, réprobatrice.

Cette scène gâcha un peu le reste de la soirée. De retour dans le salon, Laurette retrouva la belle-mère désagréable qu'elle avait toujours connue. Gérard lui-même remarqua le changement d'attitude de sa mère.

Après le départ de ses parents, à la fin de la soirée, il manifesta son étonnement.

— Veux-tu ben me dire ce qui est arrivé entre toi et ma mère pendant que vous étiez en arrière? Quand vous êtes venues nous rejoindre dans le salon, vous aviez l'air bête toutes les deux.

— Pourquoi tu me demandes ça?

— Cybole! Parce que c'était ben visible.

— Ah, c'était juste une niaiserie… Je me suis allumé une cigarette après avoir lavé la vaisselle et ta sainte femme de mère a pas aimé ça pantoute. J'ai eu droit à tout un sermon. Tu la connais. Elle est comme une mère supérieure toujours en train de dire aux autres ce qu'ils doivent faire.

— Il me semble que t'aurais pu te retenir, la réprimanda Gérard, agacé.

— Il y avait pas de raison de me retenir. Je suis chez nous ici dedans et j'ai ben le droit de faire ce que je veux. C'est pas ta mère qui va venir me mener par le bout du nez dans ma propre maison.

Chapitre 11

Un fils

Le rude hiver de 1934 passa trop lentement au goût de Laurette. La future maman, dont le tour de taille prit progressivement de l'ampleur au fil des semaines, aurait bien aimé faire des promenades à l'extérieur. Elle avait même trouvé au fond du hangar un vieux traîneau en bois sur lequel elle aurait pu déposer Denise, mais sa mère la mit en garde contre les chutes possibles qui auraient pu nuire au bébé à venir.

À la fin du printemps, Denise commença à se déplacer sur les genoux, pour la plus grande fierté de ses parents et de ses grands-parents maternels. L'événement coïncida avec la naissance très médiatisée des cinq jumelles Dionne, à Corbeil, en Ontario. Ce phénomène rare occupa une place de choix dans les émissions radiophoniques et dans les journaux durant plusieurs semaines.

— Moi, madame chose, je plains ben la mère de ces enfants-là, affirma Cécile Lozeau, la voisine du dessus rencontrée à l'épicerie Bourgie quelques jours après cette naissance. Ça doit pas être drôle pantoute d'être regardée comme un veau à deux têtes par tout le monde.

— Peut-être, madame Lozeau, mais il paraît que ces enfants-là vont recevoir des cadeaux de partout, fit Laurette. Il me semble que ça devrait rendre la vie pas mal plus facile aux parents. Les petites filles vont être gâtées en pas pour rire. Aïe! Pensez-y une minute! On a de la misère à faire vivre un enfant quand il nous arrive, mais là, cinq d'un coup sec!

— C'est sûr, mais le père et la mère vont payer pour ça, je vous en passe un papier, reprit la femme en déposant sur le comptoir deux boîtes de conserve. J'ai entendu au radio qu'ils vont être obligés de laisser voir leurs petites par tout le monde. Il va y avoir même des visites guidées, comme ils disent.

— C'est certain que ça, c'est pas mal moins drôle, reconnut Laurette au moment de quitter l'épicerie, son sac de provisions dans les bras.

— En tout cas, moi, ça me rendrait folle de voir tout ce monde autour de mes enfants. Je finirais par tous les sacrer dehors, cadeaux ou pas, trancha la voisine d'une voix décidée.

Le mois de juin finit par arriver et ne ressembla en rien à celui de l'année précédente. Cette fois, la chaleur était au rendez-vous, accompagnée le plus souvent d'une humidité écrasante. Enceinte de huit mois, Laurette peinait dès le milieu de l'avant-midi en accomplissant ses tâches ménagères. Ses jambes enflaient facilement et elle avait le souffle court.

Depuis leur arrivée rue Emmett, les Morin avaient pris l'habitude de s'asseoir sur le balcon arrière de leur appartement quand il faisait chaud, même si l'endroit possédait bien peu de charmes. Coincé entre deux hangars, ce balcon donnait sur une petite cour en terre. Il fallait sérieusement allonger le cou pour parvenir à voir au-dessus de la clôture qui la ceinturait et apercevoir ce qui se passait dans la grande cour commune aux maisons de la rue Notre-Dame. De plus, une vieille écurie nauséabonde, construite sur le côté droit de cette grande cour, obstruait partiellement la vue des Morin. On pouvait cependant deviner aisément que l'emplacement servait de terrain de jeu, puisque le plus souvent et, surtout l'été, des enfants s'y poursuivaient toute la journée en criant.

Le pire était que, encastré entre les hangars, ce balcon n'était jamais balayé par le moindre souffle d'air frais. Il offrait même en supplément les effluves de la poubelle. Son seul avantage était d'offrir un peu d'ombre, rien de plus.

Ce jour-là, il faisait si chaud depuis la fin de l'avant-midi que Laurette étouffait littéralement dans l'appartement. Après le repas du midi, elle sortit pour acheter un pain au boulanger qui passait et découvrit qu'une légère brise s'était levée. Elle aperçut au bout de la rue deux femmes en train de discuter, assises confortablement devant leur porte.

La future maman, à bout de force, décida de les imiter dès qu'elle aurait terminé son travail pour profiter d'un peu de fraîcheur. Elle alla chercher sa vieille chaise berçante pliante et la déposa sur le trottoir, sans trop se soucier d'obstruer sérieusement le passage. Elle laissa la porte de l'appartement ouverte pour être en mesure d'entendre les pleurs de Denise lorsqu'elle se réveillerait.

Quelques minutes lui suffirent pour apprécier l'endroit. Comme elle habitait l'avant-dernière maison de la rue, la vue qui s'offrait à elle englobait une bonne portion de la rue Archambault, qui y prenait naissance. Elle pouvait même apercevoir la rue Fullum, à l'autre extrémité. Il ne passait guère de voitures sur ces petites artères, mais la clientèle de l'épicerie Comtois assurait un va-et-vient régulier qui brisait la monotonie.

Après quelques minutes de repos, Laurette se dit qu'il n'y avait aucune raison pour qu'elle ne puisse pas fumer à son aise. Elle ne marchait tout de même pas sur la rue. La section de trottoir où elle était assise pouvait être considérée comme un prolongement de son appartement. Elle entra donc à l'intérieur, s'empara de son porte-cigarettes, revint s'asseoir et se mit à fumer en toute quiétude tout en se berçant.

Un peu après cinq heures, la jeune femme entendit s'ouvrir les persiennes, à l'étage au-dessus. Elle leva la tête au moment où sa voisine posait un coussin sur le rebord de la fenêtre pour s'installer plus confortablement.

— Pauvre madame Morin! lui dit Cécile Lozeau d'une voix assez forte pour être entendue facilement de tous les voisins. Ça doit pas être drôle d'avoir à endurer une chaleur pareille dans votre état.

— J'achève, madame Lozeau.

— Tant mieux pour vous. Bâtard, qu'il fait chaud! J'ai de la misère à m'endurer. Si je m'écoutais, je me promènerais en brassière dans la maison si j'avais pas peur qu'on me prenne pour une guidoune.

— Pour faire chaud, il fait chaud, se contenta de dire Laurette.

— Tiens, v'là votre mari qui s'en vient, reprit-elle en pointant un doigt vers la rue Fullum. On peut dire que vous avez marié un bel homme, madame Morin.

— C'est vrai qu'il est pas pire, reconnut Laurette en regardant venir Gérard qui, comme toujours, était soigneusement peigné et habillé, malgré l'humidité accablante.

Elle ne remarqua pas le léger sursaut de son mari lorsqu'il l'aperçut assise, échevelée et débraillée, dans sa chaise berçante, sur le trottoir. Comble du laisser-aller, elle fumait en public et parlait à tue-tête avec la voisine. Aussitôt, le visage de Gérard se ferma et il allongea le pas. À son arrivée devant la porte de son appartement, il salua la voisine d'un bref coup de tête et pénétra à l'intérieur en ignorant sa femme. Il contourna le berceau placé au centre du couloir et se rendit directement dans la cuisine.

Laurette quitta difficilement sa chaise berçante.

— Vous m'excuserez, madame Lozeau, mais il faut que j'aille m'occuper du souper de mon mari, dit-elle à la voisine en repliant sa chaise qu'elle déposa dans l'entrée.

Gérard revint dans le couloir, transporta le berceau dans la cuisine et ferma la porte d'entrée derrière elle.

— Qu'est-ce que t'as à avoir l'air bête comme ça ?

— Il y a, cybole, que tu me fais honte ! répondit-il sèchement.

— Comment ça ?

— Qu'est-ce que tu fais sur le trottoir devant la maison ?

— J'essaye d'avoir moins chaud, tu sauras. C'est la seule place où il y a un peu d'air !

— Tu t'es pas vue ! Calvaire, Laurette ! De quoi t'as l'air, toute dépoitraillée, écrasée dans ta chaise berçante, en jasant à tue-tête avec la bonne femme d'en haut ? Je t'ai déjà demandé de lui parler le moins possible. Cette femme-là a pas de classe.

— Maudit verrat, exagère pas ! protesta Laurette. Je suis pas dépoitraillée. À part ça, tu viendras pas me dire à qui parler, Gérard Morin !

— T'es-tu regardée la tête ? T'es même pas peignée, reprit son mari, en élevant la voix.

— On crève de chaleur, bonyeu ! Tu comprends rien, toi !

— Tout le monde a chaud. En plus, tu fumes dehors à cette heure ? Qu'est-ce que les voisins vont dire ?

— Ben, ils diront ce qu'ils voudront, bâtard ! Je m'en sacre ! s'emporta Laurette.

— Tiens ! C'est exactement pour ça que je te demande de pas parler à la Lozeau. T'es rendue que tu parles comme elle.

— Aïe, Gérard Morin, ça va faire ! s'écria Laurette, rouge de colère. Tu viendras pas faire ta mère ici dedans !

J'ai pas besoin de tes maudits sermons. Si tu t'imagines que je vais mettre un corset chaque fois que je mets le nez dehors pour être comme elle, tu te trompes en maudit. J'ai pas envie d'avoir l'air d'une frais chiée qui parle en termes juste pour se faire remarquer. Si ça fait pas ton affaire, c'est le même prix.

Sur ces mots, la jeune femme lui tourna le dos et alla s'enfermer dans sa chambre. Derrière la porte, il l'entendit éclater en sanglots. Un peu avant six heures, elle revint dans la cuisine, prépara un repas froid pour son mari qui s'était réfugié sur le balcon et retourna s'étendre sur son lit sans manger.

Deux heures plus tard, les premières contractions la réveillèrent en sursaut. Elle attendit, angoissée, que les douleurs s'espacent avant d'appeler Gérard, retourné s'asseoir sur le balcon après son repas.

— Qu'est-ce qui se passe ? demanda-t-il avec brusquerie, bien décidé à lui montrer qu'il n'avait pas apprécié la scène qu'ils venaient d'avoir.

— Va appeler le docteur Miron. Le petit s'en vient, se contenta-t-elle de lui dire dans un souffle.

— Voyons donc ! C'est seulement pour début juillet.

— Fais ce que je te dis, bonyeu ! Il s'en vient.

Gérard se rendit en hâte à l'épicerie Comtois et s'exécuta avant de revenir précipitamment à l'appartement.

Cette seconde naissance fut un peu plus compliquée que la première. Le travail dura toute la soirée et ne prit fin qu'aux premières heures de la nuit. Laurette donna le jour à son premier fils, qui ne pesait que cinq livres.

— Cet enfant-là a tous ses membres, mais il est pas encore réchappé, dit franchement Albert Miron aux parents. Prenez-en bien soin.

— Ayez pas peur, docteur. Je vais ben m'en occuper, murmura la mère, complètement épuisée.

— Ma petite madame, si j'étais vous, j'irais tout de même le montrer à la Goutte de lait cet automne, conseilla le médecin avant de quitter l'appartement de la rue Emmett.

Un soir, à la fin de l'été, Laurette aborda le sujet de la Goutte de lait avec son mari.

— J'ai pas le goût pantoute d'aller là, déclara-t-elle sur un ton sans appel. J'y suis jamais allée avec Denise et elle est en pleine santé. Je suis pas niaiseuse. Je vois pas pourquoi j'aurais besoin de cette patente-là pour m'occuper de mon petit.

— C'est toi qui le sais, concéda Gérard peu intéressé à soulever une polémique sur le sujet. Il était bien placé pour se rendre compte que sa femme prenait très bien soin de son fils… Peut-être même un peu trop. Depuis sa naissance, Jean-Louis était devenu le sujet de toutes ses attentions et le centre de son monde.

La situation devint telle qu'Annette finit par sentir la nécessité de s'en mêler, même si elle avait longuement hésité à sermonner sa fille.

— Voyons, Laurette. Il est correct, cet enfant-là. Lâche-le un peu et occupe-toi aussi de Denise. Ta fille a commencé à marcher et on dirait que ça te fait rien.

Laurette n'avait rien répliqué, mais n'avait pas non plus changé d'attitude pour autant. Décidément, son entourage semblait déterminé à lui dicter ses moindres agissements. Pourrait-elle un jour enfin faire à sa guise sans recevoir de remontrances ?

◦◦◦

Au début du mois de novembre, la jeune mère de famille changea brusquement d'idée après que sa mère lui eut fait remarquer que son fils ne semblait pas grossir très rapidement.

— Ton Jean-Louis m'a l'air un peu en retard pour son âge, dit Annette, lors de l'une de ses visites chez sa fille.

Ce jour-là, cette remarque sema l'inquiétude dans le cœur de Laurette, et, dès le départ de sa mère, elle examina son dernier-né et prit soin de le comparer à sa jeune sœur au même âge.

— Tu trouves pas que le petit est pas ben gros pour un enfant qui vient d'avoir quatre mois? demanda-t-elle à Gérard quelques heures plus tard, au moment où elle terminait la toilette du bébé. J'espère qu'il me couve pas quelque chose, lui.

— Ben non, répondit distraitement son mari. Il m'a l'air ben correct.

Cependant, le lendemain avant-midi, la découverte de rougeurs sur le ventre de l'enfant la rendit folle d'inquiétude. Elle se demanda de quoi il pouvait bien souffrir. «Si Gérard était ici dedans, j'habillerais Jean-Louis et je l'amènerais voir le docteur», pensa-t-elle.

Après avoir déposé l'enfant dans son petit lit, elle mit un épais lainage et sortit sur le balcon arrière pour aller chercher les langes qu'elle avait mis à sécher sur sa corde à linge quelques heures plus tôt. Au moment où elle s'apprêtait à rentrer en portant un panier rempli de linge un peu raidi par le froid, elle entendit Cécile Lozeau se déplacer sur son balcon, à l'étage.

— Madame Lozeau! l'interpella-t-elle en descendant les trois marches pour que sa voisine la voie.

— Oui, madame Morin.

— Je viens de trouver des boutons sur le corps de mon petit. Vous avez eu des enfants, vous. Pensez-vous que je serais mieux d'aller voir le docteur avec?

La voisine sembla réfléchir un instant avant de répondre.

— Moi, à votre place, j'irais plutôt à la Goutte de lait. C'est gratis et c'est pas loin. Si je me souviens ben, c'est ouvert le mardi et le jeudi après-midi. Ça tombe ben. Vous pouvez y aller cet après-midi.

— Où est-ce que c'est? J'y suis jamais allée.

— Juste dans le sous-sol du presbytère, madame chose.

— Je pense que vous avez raison. Je vais habiller les deux petits et je vais y aller après le dîner, déclara Laurette, un peu rassurée.

— Pauvre vous! Vous êtes pas pour traîner deux enfants jusque là, reprit la voisine. Laissez-moi votre petite fille avant de partir. Je vous la mangerai pas, ayez pas peur.

— Merci, madame Lozeau, vous êtes ben fine. Je vais vous la laisser juste le temps d'aller leur montrer mon Jean-Louis.

La jeune mère prépara le repas du midi très tôt et fit manger Denise. Pour sa part, elle était si énervée qu'elle se sentit incapable d'avaler la moindre nourriture. Après avoir confié sa fille à sa voisine, elle s'empressa d'emmitoufler son bébé de quatre mois avant de le déposer dans son landau et se dirigea vers la Goutte de lait.

Quand elle arriva au coin des rues Sainte-Catherine et Fullum, elle passa devant le presbytère et s'arrêta devant la petite porte du sous-sol située sur le côté est de l'immeuble en brique grise. Il y avait déjà un landau vide à l'entrée. Laurette prit son fils dans ses bras et pénétra dans les lieux.

Une infirmière à l'uniforme d'une blancheur immaculée tournait le dos à la porte, occupée à examiner un bébé étendu sur une table pendant que la mère tenait dans ses bras les vêtements de son enfant.

— Vous pouvez vous asseoir, madame, fit l'infirmière en tournant la tête vers Laurette. Je suis à vous dans quelques minutes.

Laurette remercia la grande femme au chignon gris impeccable et s'assit sur l'une des chaises disposées tout autour de la pièce. Quelques minutes plus tard, l'infirmière dit à la mère de l'enfant qu'elle pouvait rhabiller son poupon et vint prendre place derrière son bureau après avoir invité Laurette à s'approcher.

— Est-ce que c'est la première fois que vous venez à la Goutte de lait? lui demanda-t-elle aimablement.

— Oui, madame.

— C'est donc votre premier enfant? en conclut faussement la garde-malade.

— Non, c'est mon deuxième.

La dame sourcilla.

— Est-ce que je peux vous demander pourquoi vous ne vous êtes jamais présentée avec votre premier enfant, madame?

— Ben... c'est qu'elle a jamais été malade, déclara Laurette, comme si cela allait de soi.

— Je pense, madame...?

— Morin.

— Je pense, madame Morin, qu'on vous a mal expliqué ce qu'était la Goutte de lait. On a des dispensaires dans presque tous les quartiers de Montréal depuis 1911. Je m'appelle garde Desnoyers et je travaille pour la Goutte de lait depuis plus de vingt ans. On l'a créée parce qu'il y avait trop d'enfants qui mouraient en bas âge. On est là pour donner des conseils d'hygiène aux mères et aussi pour leur expliquer comment soigner et nourrir leurs bébés. On donne aussi des vaccins pour protéger les enfants des maladies.

Le visage de Laurette se ferma légèrement en écoutant les explications de la quadragénaire devant laquelle elle était assise. Elle ne croyait pas avoir besoin de conseils pour bien prendre soin de ses enfants. De plus, elle interprétait les paroles de l'infirmière comme un reproche de ne pas y avoir présenté Denise depuis sa naissance.

— S'il fallait qu'il arrive quelque chose de grave à l'un de vos enfants, conclut garde Desnoyers, vous vous en voudriez pour le restant de vos jours d'avoir été aussi négligente. Bon, on va examiner ce petit bonhomme-là, ajouta-t-elle avec bonne humeur. Déshabillez-le sur la table pendant que je remplis son dossier.

— Je pensais qu'il y aurait un docteur, dit la jeune mère, un peu déçue de n'avoir trouvé sur place qu'une infirmière.

— On a un médecin qui vient faire une visite une fois par mois, expliqua la garde. Mais, en règle générale, je m'occupe du dépistage et de la vaccination.

Laurette dévêtit son fils tout en répondant aux questions de l'infirmière. Cette dernière déposa sa plume, se leva et vint examiner Jean-Louis. Le bébé, bien réveillé, bougeait ses bras et ses jambes, et il se laissa manipuler sans pleurer.

— Voilà un petit homme qui a l'air en pleine santé, dit garde Desnoyers.

— Mais il a des boutons sur le ventre, lui fit remarquer la jeune mère, pas du tout persuadée de la compétence de l'infirmière.

— Ce ne sont que des rougeurs d'échauffement. Un peu d'onguent de zinc et ils vont disparaître dans les vingt-quatre heures.

L'infirmière pesa l'enfant, le mesura et nota les renseignements dans son dossier.

— On va aussi le vacciner, déclara-t-elle en prenant une seringue.

— Est-ce que c'est ben nécessaire, cette affaire-là? demanda Laurette, alarmée à la vue de la longue l'aiguille par laquelle se terminait la seringue.

— Évidemment, madame. C'est un vaccin qui va protéger votre garçon de la diphtérie. C'est une maladie mortelle, vous savez.

Garde Desnoyers piqua Jean-Louis dans le bras. Le bébé se mit à pleurer bruyamment. Le cœur de Laurette se serra et elle s'empressa de prendre son fils dans ses bras pour le consoler.

— Vous pouvez le rhabiller, madame Morin. Ce sera tout pour aujourd'hui.

Soulagée d'en avoir fini, Laurette se dépêcha d'habiller son fils.

— Il est possible que votre bébé fasse un peu de fièvre aujourd'hui en réaction au vaccin, la prévint l'infirmière. Ça se peut même que son bras enfle un peu. Si c'est le cas, appliquez-lui des compresses sur le bras. Ça va finir par passer.

— C'est correct, dit Laurette.

— Revenez me voir avec le petit après les fêtes pour un rappel.

— Un rappel ?

— Il doit recevoir une autre série de vaccins, madame Morin, expliqua l'infirmière.

La jeune mère remercia et quitta l'endroit en portant un Jean-Louis qui n'avait pas cessé de pleurer depuis qu'il avait reçu sa piqûre.

Elle venait à peine de rentrer à la maison et n'était pas encore allée chercher Denise chez Cécile Lozeau que sa mère vint sonner à sa porte.

— Vous tombez ben, m'man, lui dit-elle en la faisant entrer. Voulez-vous garder Jean-Louis une minute, le temps que j'aille chercher Denise chez la voisine. J'arrive de la Goutte de lait.

Sur ces mots, elle remit un Jean-Louis en pleurs dans les bras d'Annette et monta à l'étage récupérer sa fille.

Quand elle revint dans son appartement, sa mère était assise dans l'une des chaises berçantes en train de tenter de consoler le bébé à qui elle avait retiré ses vêtements d'extérieur.

— Veux-tu ben me dire ce qu'il a à brailler comme ça, cet enfant-là ? lui demanda Annette.

— Il a que j'ai suivi vos conseils et que je l'ai amené à la maudite Goutte de lait, s'emporta Laurette, à bout de patience.

Avant de poursuivre, elle prit son porte-cigarettes dans l'armoire et en tira une cigarette qu'elle alluma avec une satisfaction évidente.

— Cet enfant-là était ben correct avant que j'aille là, déclara-t-elle. Il a fallu que la garde-malade lui fasse une piqûre. À cette heure, regardez comment il est. Il est pas endurable. Il arrête pas de brailler, bonyeu !

— Pourquoi elle l'a piqué ?

— Il paraît que c'est un vaccin. En tout cas, c'est une maudite belle invention que cette Goutte de lait-là. Les enfants entrent là en santé et ils sortent de là malades. Je vais m'en souvenir, moi. Je vous garantis qu'il va faire chaud avant que je remette les pieds là.

Si Annette Brûlé parvint à calmer sa fille avant de rentrer chez elle, cela ne paraissait pas quand Gérard revint à la maison à l'heure du souper. Jean-Louis faisait une poussée de fièvre et son bras avait presque doublé de volume.

Au moment où le jeune père de famille allait ouvrir son journal, Laurette déposa dans ses bras un Jean-Louis en larmes.

— Tiens ! Occupe-toi un peu de lui, lui dit-elle sur un ton excédé. Je suis plus capable de l'entendre crier. Il est comme ça depuis le commencement de l'après-midi.

— Qu'est-ce qu'il a ? lui demanda Gérard.

Laurette lui raconta sa visite à la Goutte de lait dans ses moindres détails tout en dressant le couvert.

— Tu peux être certain qu'ils me reverront plus la face là, promit-elle à son mari. Quand un de mes enfants va être malade, c'est chez le docteur qu'on va aller, pas ailleurs.

Chapitre 12

Une occasion ratée

L'année 1935 fut relativement calme pour la famille Morin. Laurette eut la chance d'échapper à une troisième grossesse et en profita pour récupérer un peu. Denise devenait une fillette pleine de vie alors que Jean-Louis, plus chétif mais complètement tiré d'affaire, finit par faire ses premiers pas. Laurette continuait cependant de le couver. Elle avait tellement eu peur de le perdre à sa naissance qu'elle le surprotégeait instinctivement.

N'ayant pas à se soucier des encombrements d'une autre grossesse, la jeune femme de vingt-trois ans avait vite renoué avec ses samedis de congé. Ce jour-là, elle laissait à son mari le soin de garder les enfants pour aller « magasiner dans l'ouest », comme elle se plaisait à le dire. Elle revenait habituellement les mains vides, faute d'argent, mais prête à reprendre le collier une autre semaine.

Pour sa part, Gérard s'était fait, bon gré mal gré, à cette exigence de sa femme. Il assumait, sans se plaindre, ses responsabilités de père. Il avait finalement obtenu une légère augmentation de salaire au mois de janvier précédent, mais celle-ci avait en grande partie été absorbée par la hausse du loyer, qui était passé à onze dollars par mois.

Presque une autre année s'écoula avant qu'un événement important ne vienne troubler la vie somme toute paisible de la petite famille. Un dimanche après-midi de mars 1936, Conrad et Lucille Morin débarquèrent rue Emmett sans avoir été invités. Le fait était si exceptionnel que Laurette et son mari craignirent immédiatement une mauvaise nouvelle.

— Mon Dieu, mais c'est de la visite rare! s'exclama Laurette en invitant ses beaux-parents à entrer.

— On sera pas longtemps, lui annonça son beau-père en retirant son manteau. Paul est supposé venir nous prendre pour nous amener voir son nouvel appartement à Joliette.

— Est-ce que les enfants dorment? demanda Lucille en tendant son manteau à sa bru.

— Seulement le petit, répondit Gérard. Denise joue dans la cuisine.

Les visiteurs suivirent leurs hôtes dans la cuisine. Denise délaissa sa poupée et tendit les bras en direction de ses grands-parents. Lucille déposa un léger baiser sur le front de la fillette, mais ne fit pas un geste pour la prendre dans ses bras. Conrad l'embrassa à son tour avant de la soulever, de s'asseoir et de la déposer sur ses genoux.

Durant quelques minutes, le père et le fils discutèrent des exactions du gouvernement libéral d'Alexandre Taschereau révélées par le comité des comptes et rapportées tant par la presse écrite que par la radio.

— J'aime ben l'ouvrage fait par le député de Trois-Rivières, Maurice Duplessis, dit Gérard avec enthousiasme. Il paraît qu'il y va pas avec le dos de la cuillère.

— J'aime pas mal mieux Paul Gouin, affirma son père. Ils ont beau s'être mis ensemble aux dernières élections, j'ai plus confiance en Gouin.

— Au fond, p'pa, ils s'aident tous les deux pour nous débarrasser de ces croches-là, lui fit remarquer Gérard en arborant une mine dégoûtée. Duplessis est en train de déculotter les rouges devant toute la province, et c'est tant mieux. L'argent qu'ils se sont mis dans les poches aurait dû aller à aider le pauvre monde.

— Il y a tout de même le Secours direct, intervint Lucille.

— Voyons, m'man, protesta son fils. Le Secours direct permet juste de pas mourir de faim. Ils donnent entre trente et quarante cents par jour.

— Et c'est pas gratuit pantoute à part ça, tint à préciser Laurette à son tour. Il paraît que le monde qui en reçoit doit travailler au moins dix heures par jour pour l'avoir.

— C'est vrai ce que vous dites là, tous les deux, les approuva Conrad Morin. Je trouve que c'est aussi pire que l'ancienne loi sur l'indigence. En 1921, avec cette loi-là, on aidait les pauvres, mais pas avant d'avoir fait une enquête sur leur moralité et avoir vérifié s'ils pratiquaient leur religion comme il faut. Au fond, c'était le curé de la paroisse qui décidait si quelqu'un avait le droit de recevoir quelque chose.

— Au moins, p'pa, le Secours direct va avoir permis de construire un beau jardin botanique dans l'est de la ville. J'ai lu dans *La Presse* qu'on va l'inaugurer le 6 mai. Il paraît que ça va être de toute beauté, cette affaire-là.

On parla encore durant de longues minutes des efforts en apparence vains du maire Camilien Houde, réélu à la mairie de Montréal depuis deux ans, pour venir en aide aux pauvres de sa ville. Alertée par les pleurs de Jean-Louis, Laurette s'absenta un moment et revint avec son fils dans les bras. Lorsqu'un court silence s'installa, Lucille interpella son mari :

— Il serait peut-être temps que tu leur en parles.

Ce dernier se secoua et prit un air sérieux avant de poursuivre.

— Ben oui. Est-ce que c'est assez bête ? On est là, parle, parle, jase, jase et je vous ai pas encore dit pourquoi on s'est arrêtés vous voir aujourd'hui. On n'est pas juste venus vous dire bonjour en passant.

— Ah ! dit Laurette, intriguée.

— Imagine-toi, Gérard, que le père Duchesne prend sa retraite dans une semaine ou deux.

— Qui est-ce que c'est, cet homme-là ? demanda Laurette.

— Le plus vieux magasinier chez Casavant, répondit Gérard, qui avait souvent entendu parler de l'homme à la maison. Puis, p'pa ? ajouta-t-il en s'adressant à son père.

— Si tu veux avoir sa *job*, tu peux l'avoir, déclara Conrad Morin, le visage illuminé. C'est pas une bonne nouvelle, ça ?

— Je comprends, dit son fils, sans grand enthousiasme.

— En plus, reprit sa mère, les Gauthier, en dessous de chez nous, déménagent, et leur logement est pas encore loué. Vous pourriez venir vous installer là. La maison est pas mal plus jeune que la vôtre et elle est aussi grande. Vous auriez une cour, comme ici.

— C'est un pensez-y ben, admit Gérard en jetant un coup d'œil à sa femme, qui avait posé Jean-Louis dans son parc.

— Combien tu gagnes par semaine ? reprit Conrad.

— Douze piastres.

— Je suis pas sûr, mais je pense que c'est à peu près ça que Casavant donne au père Duchesne. Qu'est-ce que t'en penses ?

— Il faut que j'y pense, répondit son fils d'une voix hésitante.

— J'espère que j'ai mon mot à dire dans cette histoire-là ? intervint Laurette de façon abrupte.

— Qui prend mari, prend pays, ma fille, intervint sa belle-mère sur un ton sentencieux.

— Laissez faire, madame Morin. Moi, je le dis tout de suite. J'ai pas pantoute l'intention d'aller m'enterrer à la campagne. Je suis une fille de la ville, moi.

— Mais Saint-Hyacinthe est pas la campagne, Laurette, protesta Lucille, l'air offusqué. C'est une ville. Une petite ville, mais une ville quand même.

— Si vous veniez rester en dessous de chez nous, intervint son beau-père, vos enfants pourraient respirer du meilleur air qu'ici et ce serait pas mal plus tranquille.

— Je serais loin de ma famille, moi, déclara Laurette.

— Mais nous sommes aussi votre famille, ma fille, lui fit remarquer Lucille, les lèvres pincées.

— Je le sais, mais c'est pas pareil.

Sentant que la discussion entre sa femme et ses parents risquait de s'envenimer, Gérard se décida à intervenir.

— De toute façon, p'pa, on n'a pas à se décider tout de suite. Ça presse pas comme un coup de couteau, cette affaire-là. On peut ben prendre une journée ou deux pour y penser.

— Oui, mais il faudrait pas que vous traîniez trop. Duchesne va partir et il y a rien qui dit que le logement va rester vide longtemps.

L'arrivée de l'oncle Paul au volant de sa Dodge apporta une heureuse diversion à une discussion qui risquait de tourner à l'aigre. Accompagné de sa femme Françoise, le frère de Lucille Morin entra saluer son neveu et sa nièce et en profita pour embrasser les enfants. Dix minutes plus tard, le petit groupe de visiteurs quitta le 2318 Emmett.

Avant de monter à bord de la voiture de son beau-frère, Conrad ne put s'empêcher de dire au jeune couple :

— Traînez pas trop pour vous décider. Quand tu sauras ce que tu veux, ajouta-t-il à l'endroit de son fils, téléphone-moi ta réponse chez madame Hamelin. Elle me fera la commission.

Dès que la porte de l'appartement fut refermée, Laurette s'alluma une cigarette et passa à l'attaque sans attendre.

— Ça a pas d'allure, cette histoire-là. Veux-tu ben me dire quel avantage on aurait d'aller rester en dessous de chez tes parents, bonyeu? On sait même pas quel loyer on aurait à payer.

— Je suppose que ce serait à peu près le même prix qu'ici.

— Me vois-tu vivre avec ta mère sur les bras du matin au soir? Je peux pas l'endurer et, pour elle, c'est la même chose. On finirait par s'haïr à mort.

— T'exagères.

— Le pire, c'est que je pourrais plus voir ma famille pantoute, ajouta Laurette, au bord des larmes. Moi, si je me ramasse toute seule là-bas, je vais mourir d'ennui. Je connais pas cette place-là.

— Tu finirais par t'habituer.

— Non, je veux pas aller rester là. Vas-y si tu veux. Moi, je reste ici avec les enfants.

— Voyons donc! Parle donc avec ta tête! lui ordonna son mari en haussant le ton.

— Si encore c'était pour un meilleur salaire, raisonna la jeune femme. Ben non. Tu gagnerais à peu près la même chose, peut-être même moins. À quoi ça servirait de tout lâcher pour aller rester là?

Gérard poussa un soupir d'exaspération et alla s'asseoir dans le salon, signifiant ainsi à sa femme qu'il ne voulait plus discuter. Il resta singulièrement silencieux toute la soirée.

Avant de s'agenouiller aux côtés de Laurette au pied de leur lit pour réciter leur prière du soir, il finit par lui dire :

— C'est correct. Demain, je vais appeler mon père pour lui dire qu'on aime mieux rester à Montréal. Lui et ma mère vont être insultés, mais qu'est-ce que tu veux qu'on y fasse ? Ils vont juste penser que t'as encore gagné. J'aime mieux t'avertir que ma mère va être ben fâchée et elle va pousser mon père à nous bouder un bon bout de temps.

— Ils feront ce qu'ils voudront, fit Laurette en se signant avant de réciter à haute voix le *Je crois en Dieu*.

Ce soir-là, en se mettant au lit, la jeune femme formula également une prière muette pour remercier Dieu de l'avoir exaucée en faisant en sorte que Gérard refuse l'offre de ses parents. Elle savait fort bien que ses menaces de demeurer seule avec ses enfants dans la métropole demeureraient sans effet. Si son mari avait décidé de retourner à Saint-Hyacinthe, elle aurait été obligée de le suivre, que cela lui plaise ou non.

Plusieurs raisons l'incitaient à ne pas vouloir s'expatrier. Bien sûr, elle ne désirait pas s'éloigner trop de ses parents. Et elle n'avait aucune envie de vivre aussi près de ses beaux-parents. Mais plus encore, un rêve secret d'aller vivre dans un plus beau quartier de Montréal nourrissait le refus catégorique de Laurette d'aller habiter dans la ville natale de son époux. À vingt-quatre ans, la jeune mère voulait que ses enfants connaissent un jour autre chose qu'une vieille maison délabrée et une cour en terre battue… La demeure décrite par ses beaux-parents ressemblait un peu trop à celle que Gérard et elle habitaient sur la rue Emmett.

⌒

Le redoux printanier permettait à Laurette de faire de longues promenades avec ses jeunes enfants qu'elle installait tous les deux dans le landau, même si Denise pouvait marcher. Au moins trois fois par semaine, elle rendait visite à sa mère sur la rue Champagne, l'aidant parfois à fabriquer des fleurs artificielles, comme elle le faisait à l'époque où elle était jeune fille. Ces moments lui laissaient l'étrange impression d'avoir quitté la maison depuis une éternité alors qu'à peine quatre ans s'étaient écoulés depuis son mariage.

Pour sa part, Gérard s'était découvert une passion pour la politique. Dès son retour du travail, il s'empressait d'allumer la radio, curieux de connaître les dernières nouvelles nationales et internationales. Il était intéressé par ce qui se passait en Allemagne, en Italie et en Espagne. Hitler, Mussolini et Franco défrayaient de plus en plus souvent les manchettes. Des rumeurs de guerre circulaient de plus en plus fréquemment et l'incitaient à réfléchir, sans toutefois l'inquiéter sérieusement. Par ailleurs, les nouvelles provinciales ne le laissaient pas indifférent, loin de là, depuis que Maurice Duplessis avait écarté Paul Gouin de son chemin en fondant l'Union nationale. Au lendemain des scandales révélés par le comité des comptes de la province, Alexandre Taschereau avait démissionné au profit d'Adélard Godbout et il était de plus en plus question d'élections provinciales anticipées durant l'été.

Un après-midi du mois de mai, Laurette, assise sur le balcon pour mieux surveiller Denise qui jouait dans la cour, vit Cécile Lozeau descendre l'escalier abrupt qui conduisait à son appartement.

— Madame Morin, avez-vous vu ça ? demanda tout bas la grosse voisine, essoufflée malgré la courte descente.

— Quoi ?

— Regardez dans la cour à côté, lui chuchota-t-elle.

Laurette allongea le cou pour apercevoir la nouvelle voisine et sa mère, à genoux, au fond de leur petite cour en terre battue, occupées à planter quelque chose dans le sol.

— D'après vous, qu'est-ce qu'elles font là? demanda Laurette, intriguée.

— On dirait ben qu'elles sont en train de semer. Est-ce que c'est Dieu possible, une affaire comme ça, madame chose? Mon mari m'a fait remarquer hier soir que le grand-père avait l'air de bêcher dans la cour, mais j'y croyais pas.

— Vous parlez du drôle de monde! s'exclama Laurette en cherchant à distinguer ce que la femme faisait. Je vous ai pas raconté la meilleure, ajouta-t-elle toujours à mi-voix.

— Non? demanda la voisine, curieuse.

— Avant-hier après-midi, j'ai amené les enfants au carré Bellerive pour prendre l'air. Il faisait beau et chaud. À un moment donné, je me suis assise sur un banc pour me reposer un peu. Vous devinerez jamais ce que j'ai vu!

— Quoi?

— Imaginez-vous que j'ai vu notre voisine et sa mère dans le parc. Savez-vous ce qu'elles faisaient toutes les deux? Vous le croirez jamais.

— Non.

— Elles ramassaient des pissenlits!

— Des pissenlits!

— Ben oui. J'ai ben regardé. C'est ça qu'elles ramassaient.

— Pourquoi elles nettoyaient le gazon du carré Bellerive? demanda Cécile Lozeau, étonnée.

— C'est ça, le meilleur. Elles mettaient les pissenlits dans un grand sac qu'elles ont rapporté chez eux.

— Arrêtez donc, vous!

— Je vous le dis. J'ai raconté ça à mon Gérard qui en a parlé chez Comtois. Il y avait quelqu'un dans la *grocery* qui a dit qu'elles ont fait ça parce que les Italiens mangent ça. Croyez-vous ça, vous?

— Ah ben! J'aurai tout entendu! s'exclama la voisine, qui n'en croyait pas ses oreilles. Ils mangent des cochonneries pareilles, eux autres? Ils peuvent ben avoir l'air bête, bout de viarge!

Quelques semaines auparavant, les voisins habitant à gauche des Morin étaient partis sans laisser de grands regrets à Laurette. Les Dubé étaient des gens discrets et peu liants qui s'étaient toujours limités à la saluer quand elle les croisait. Le 1er mai, ils avaient été remplacés par de drôles de gens qui avaient immédiatement suscité la curiosité des habitants des rues Emmett et Archambault.

— Il paraît que ce sont des Italiens, avait dit Gérard de retour de chez Comtois.

— Il y en a combien dans ce logement-là?

— D'après ce que Comtois m'a dit, il y a le grand-père, la grand-mère, la mère, le père et trois enfants.

— As-tu vu la vieille et sa fille? Elles sont habillées en noir de la tête aux pieds. On dirait des corneilles, bonyeu! Si ça a de l'allure de s'habiller comme ça! Elles font peur.

— De toute façon, nous autres, ça nous regarde pas, avait conclu Gérard. D'abord qu'ils nous dérangent pas, ils peuvent ben s'habiller comme ils veulent.

— Moi, je me demande ben ce qu'ils viennent faire ici, avait ajouté sa femme. Il me semble qu'il y a ben assez de chômeurs sans prendre en plus des étrangers.

Les habitants du quartier découvrirent rapidement que les Dorselli étaient des gens effacés qui se mêlaient peu au voisinage. Plusieurs voisines en furent rassurées, les trouvant trop bizarres, mais d'autres furent attristées de ne pouvoir percer à jour cette mystérieuse famille.

— En tout cas, c'est du monde ben propre, finit par déclarer Laurette qui admirait la blancheur du linge étendu sur leur corde.

— C'est vrai ce que vous dites là, avait approuvé Cécile Lozeau. En plus, je sais pas ce qu'ils font à leurs enfants, mais on les entend pas pantoute

— Moi, je serais curieuse de savoir ce que ça mange, ce monde-là. J'espère qu'ils mangent pas juste des pissenlits.

— On va finir par le savoir. On va être ben placées toutes les deux pour voir s'il va pousser quelque chose dans leur jardin, conclut la voisine avant de remonter chez elle.

Pendant les semaines suivantes, Laurette eut tout le temps de voir pousser les légumes dans le jardin des voisins parce qu'elle ne sortit pratiquement pas de chez elle. Certains soirs, elle aurait bien aimé que Gérard l'amène au parc Lafontaine avec les enfants. Il aurait aussi pu lui proposer de faire garder Denise et Jean-Louis par sa mère pour qu'ils puissent aller voir au moins une fois La Bolduc au Monument-National. Rien à faire. Depuis que le premier ministre Godbout avait déclenché la campagne électorale, Gérard n'était intéressé que par les prochaines élections. Dès qu'il mettait les pieds à la maison, il suivait les débats radiophoniques et lisait tout ce qui se rapportait à la campagne.

— La maudite politique ! explosait de temps à autre sa femme, excédée. Est-ce qu'il y a quelque chose de plus plate que ça ?

— C'est parce que tu y connais rien, se contentait de rétorquer Gérard, assis près de la radio en lui faisant signe de se taire.

Le 26 août, à la fin d'une journée torride, le jeune père de famille prit place, comme d'habitude, près de la radio au moment même où la célèbre voix d'Albert Duquesne quittait les ondes pour être remplacée par celle de Roger

Baulu. Même si on n'en était qu'aux premières heures de la soirée, l'annonceur était déjà prêt à donner les premiers résultats du scrutin. Une heure plus tard, il était bien évident que l'Union nationale était en voie de remporter sa première victoire. Les libéraux semblaient en pleine déroute.

À dix heures, Gérard renonça à veiller plus tard. Il éteignit le poste et se frotta les mains de contentement.

— Maintenant, ils vont voir ce que Duplessis va faire, exulta-t-il. Lui, c'est mon homme.

— Fais-moi pas rire, toi, le rembarra sa femme. T'es même pas allé voter.

— Puis après? C'est pas mon vote qui aurait fait une différence, tu sauras.

Lorsque Laurette se mit au lit quelques minutes plus tard, elle eut au moins la satisfaction de se dire que c'en était fini avec la politique. Avant de s'endormir, elle eut une pensée pour ses beaux-parents, qu'ils n'avaient pas revus depuis le printemps précédent. Lorsque Gérard avait prédit qu'ils les bouderaient longtemps après leur refus de déménager à Saint-Hyacinthe, il ne s'était pas trompé.

— Que le diable les emporte! se dit-elle. Au moins, quand ils boudent, je suis pas obligée de les endurer.

Chapitre 13

L'inconnue

La bouderie des Morin ne prit fin qu'au début du mois de décembre 1936. Pour la première fois depuis le mois de mars précédent, Lucille Morin écrivit à son fils pour inviter sa petite famille au souper de Noël qu'elle organisait. La missive ne contenait pas un mot sur leur brouille et pas une question sur la santé de ses petits-enfants. La mère de Gérard se contentait seulement de leur faire savoir qu'on profiterait de l'occasion pour célébrer les fiançailles de Colombe avec un certain Rosaire Nadeau.

— Rosaire Nadeau ! s'écria Laurette. C'est qui, ce gars-là ? C'est la première fois qu'on entend parler de lui.

— Tu t'en souviens pas ? Mon père en a déjà parlé.

— Pas la dernière fois qu'il est venu, en tout cas.

— Non. Aux fêtes, l'année passée. Colombe est pas venue à notre souper parce qu'elle l'accompagnait dans sa famille.

— Comment ça se fait qu'on n'en a pas entendu parler plus que ça ? s'étonna la jeune femme.

— Peut-être parce que t'as pas laissé ma mère t'en parler, répondit son mari, sarcastique. Si t'étais moins vite à te chicaner avec elle chaque fois que tu la vois, elle aurait peut-être le temps de te dire ce qui se passe.

— En tout cas, j'ai ben hâte de voir quel crapet ta sœur a ben pu poigner.

— Pourquoi il serait laid, ce gars-là ? Ma sœur est loin d'être laide.

— J'ai pas dit qu'elle était laide aussi, se défendit Laurette. Mais entre toi pis moi, c'est pas non plus la plus grande merveille du monde. Elle sait rien faire de ses dix doigts, à part jouer de son maudit piano. En plus, elle est maniérée et elle porte pas à terre.

— On dirait que t'es jalouse, lui fit remarquer son mari piqué au vif. Tu sauras que ma sœur est une belle fille qui a de la classe.

— Ben oui, ben oui, se moqua Laurette. Même si ça me tente pas pantoute d'aller souper chez vous à Noël, je vais y aller juste pour voir la tête de son Rosaire.

— C'est ça. En échange, j'irai au souper au jour de l'An chez ta mère pour voir la tête de la Pauline de ton frère Armand.

— Elle, tu la connais, se rebiffa Laurette. Il sort avec elle depuis un an et demi. Elle se prend pas pour le nombril du monde. Elle est parlable.

Gérard mit fin à cette discussion inutile en tournant le dos à sa femme pour aller endosser son manteau.

— Je m'en vais téléphoner chez madame Hamelin pour lui demander de dire à ma mère qu'on va être là pour le souper de Noël.

⌇

Le 25 décembre, Gérard et sa petite famille furent accueillis à bras ouverts par les Morin. Colombe, devenue avec les années une grande jeune femme de vingt ans un peu précieuse, s'empressa de leur présenter son fiancé.

L'amoureux en question était un petit homme un peu grassouillet à la figure ronde barrée par une fine moustache. Il respirait la jovialité. Sa future femme le dépassait d'une demi-tête, mais cela ne semblait nullement le gêner.

Lorsque Gérard lui demanda ce qu'il faisait dans la vie, ce dernier lui répondit :

— Je suis représentant pour Cummings, une compagnie qui fabrique toutes sortes de produits pour les chars.

— Ça doit pas être facile avec la crise ? s'enquit Gérard, curieux.

— C'est sûr que ça pourrait être mieux, répondit Rosaire, tout à fait à l'aise, mais ça marche quand même. J'ai aussi un *side line*, je vends des chars usagés.

— Des chars usagés ?

— Ben oui. Mon propriétaire a une grande cour et je le paye pour pouvoir placer là deux ou trois chars usagés.

— T'arrives à en vendre ?

— De temps en temps. Quand la crise va finir, j'ai l'intention de lâcher Cummings pour faire ça à temps plein.

Durant la soirée, Laurette et son mari apprirent que Colombe et Rosaire planifiaient de se marier l'automne suivant. Chez les Morin, on fit beaucoup plus état de ce mariage que du fait que Laurette était enceinte d'un troisième enfant, ce que cette dernière nota avec une certaine amertume. À leur retour à la maison, Gérard demanda candidement à sa femme ce qu'elle pensait de leur futur beau-frère.

— Il m'a l'air d'un bon diable, reconnut Laurette, un peu à contrecœur. Ta sœur est chanceuse d'avoir mis la main sur un gars aussi ambitieux. J'ai l'impression qu'avec lui, elle manquera jamais de rien.

Gérard ne répliqua pas, même s'il sentit que la réponse de sa femme cachait une critique à son endroit. Depuis quelques mois, Laurette semblait insatisfaite de son sort et se plaignait de plus en plus de leur manque chronique d'argent.

Une semaine plus tard, la célébration de l'arrivée de la nouvelle année chez les Brûlé fut beaucoup moins empesée, même si on soulignait à nouveau des fiançailles, qui unissaient cette fois-ci Armand et Pauline Letendre.

Cette dernière était une brunette énergique de vingt-deux ans qui demeurait avec sa mère dans un petit appartement de la rue D'Iberville. Son père, charpentier, était mort dans un accident de travail plusieurs années auparavant, obligeant sa veuve à se trouver un emploi pour survivre. Cette dernière avait travaillé chez Barsalou avec sa fille Pauline jusqu'à l'année précédente. Depuis quelques mois, la maladie la retenait à la maison et le maigre salaire de sa fille pourvoyait difficilement à leurs besoins.

Traditionnellement, Aline Letendre aurait dû offrir une petite fête pour officialiser les fiançailles de sa fille unique, mais Annette et Honoré avaient charitablement proposé de célébrer l'événement. La petite fête, sans prétention, avait été très chaleureuse. Chez les Brûlé, on appréciait beaucoup Pauline, toujours prête à rendre service et ne rechignant jamais devant une besogne. Toute la famille s'était rassemblée dès le début de l'après-midi pour rire et s'amuser. On ne s'était pas gêné pour taquiner Bernard et sa nouvelle flamme, Marie-Ange, une grande fille maigre que Laurette rencontrait pour la première fois.

Au dessert, Armand avait glissé une bague toute simple au doigt de Pauline sous les applaudissements nourris des convives. Les nouveaux fiancés révélèrent alors qu'ils avaient l'intention de se marier en septembre et d'aller vivre avec la mère de Pauline, rue D'Iberville.

Lorsque vint le temps de ranger la cuisine, les femmes chassèrent les hommes vers le salon où ces derniers purent parler de politique et de travail sans trop les ennuyer. Armand, qui avait perdu son travail chez Dow au début de l'automne, avait eu la chance de se faire embaucher dès la semaine suivante chez Molson. Selon lui, le salaire était meilleur et le travail, plus intéressant.

Avant de s'attabler pour jouer aux cartes, Annette et Honoré offrirent un cadeau à Denise et à Jean-Louis.

— Il faut pas oublier qu'aujourd'hui, c'est la fête des enfants, déclara la grand-mère en offrant une poupée à Denise et un petit ourson brun à Jean-Louis.

La fillette, tout heureuse du cadeau, embrassa ses grands-parents alors que son jeune frère continuait à dormir à poings fermés malgré tous les gens qui parlaient autour de lui. L'ourson déposé dans ses bras ne l'avait pas fait ciller.

— On dirait ben que ça le dérange pas trop, fit remarquer Honoré en riant.

~~~

Les Montréalais n'allaient pas oublier de sitôt le mois de janvier 1937. Dès le surlendemain du jour de l'An, la ville essuya l'une des pires tempêtes de neige de son histoire. À la fin de l'avant-midi, le ciel devint noir et un vent violent se mit à charrier de gros flocons. En quelques minutes, la tempête se déchaîna, rendant la visibilité presque nulle.

— Ça a pas d'allure ! s'exclama Laurette debout devant la fenêtre de sa chambre. Je vois même pas de l'autre côté de la rue. On dirait la fin du monde.

Les rues Emmett et Archambault s'étaient rapidement vidées de tous les jeunes qui s'amusaient à jouer au hockey, profitant ainsi des derniers jours de congé scolaire. Le laitier, la tête rentrée dans les épaules, venait de jeter une couverture sur le dos de son cheval, à deux pas de la porte. Le vent hurlait et faisait vibrer les vitres des fenêtres. Instinctivement, Laurette serra ses bras contre elle, comme pour se réchauffer, avant de se diriger vers la fournaise pour y jeter un peu de charbon. Dans la cuisine, la nourrice du poêle à huile était aux trois quarts pleine.

Quand Gérard rentra à la maison ce soir-là, il avait tout du bonhomme de neige.

— Cybole! jura-t-il en secouant la neige qui le couvrait, on voit même pas à deux pieds devant nous autres telle-ment il vente. C'est écœurant un temps comme ça. En plus, le monde est obligé de marcher. Il paraît que les p'tits chars passent plus depuis au moins une heure. Je pense que j'ai pas vu deux chars rouler sur Notre-Dame en m'en venant. Il fait tellement mauvais que j'ai failli passer tout droit à Fullum. Je voyais rien.

Durant la soirée, le jeune père de famille sortit à deux reprises pour déblayer l'entrée ainsi que le balcon et la voie qui conduisait au hangar. À la radio, on annonçait que le pont Jacques-Cartier était fermé à toute circulation et que les trains ne circulaient plus depuis la fin de l'après-midi. Après avoir couché Denise, Laurette avait approché sa chaise berçante du poêle et s'était mise à bercer inlas-sablement Jean-Louis.

— Pourquoi tu le couches pas? finit par s'impatienter son mari. Il dort depuis au moins une heure.

— Il aime ça, se faire prendre, se contenta de dire sa femme.

— Tu le gâtes ben trop, lui reprocha-t-il. Lâche-le un peu.

Laurette fit la sourde oreille et continua à bercer son fils jusqu'à ce qu'elle se prépare elle-même à se mettre au lit.

Le lendemain matin, la situation n'avait guère évolué. Le vent était toujours aussi fort et il neigeait autant. Quand le jour se leva, la jeune femme se rendit compte que la neige s'était accumulée jusqu'à la hauteur de la fenêtre de sa chambre. Les traces de pas de Gérard, qui avait quitté la maison depuis cinq minutes à peine, avaient déjà disparu.

Avant de partir, son mari était allé remplir la nourrice d'huile à chauffage dans le hangar et avait rapporté du sous-sol un seau de charbon.

Au milieu de l'avant-midi, Laurette se mit à surveiller le passage du laitier et du boulanger, même si elle doutait fortement qu'ils soient en mesure de desservir leur clientèle ce jour-là. Aucun chasse-neige n'était encore passé dans les rues Emmett et Archambault depuis le début de la matinée et la neige tombait toujours. Les déneigeurs concentraient probablement tous leurs efforts dans les grandes artères pour que la circulation puisse reprendre normalement le plus vite possible.

Peu avant le repas du midi, le vent se calma enfin et il ne tomba plus que quelques flocons épars. Pendant la sieste des enfants, la mère de famille décida d'endosser son manteau et d'aller chez Comtois pour se procurer le lait et le pain dont elle avait besoin puisque les livreurs ne semblaient pas être en mesure de passer ce jour-là à cause de la tempête.

Dehors, le froid intense lui coupa le souffle. De la neige à mi-jambes, elle se fraya tant bien que mal un chemin jusqu'à l'épicerie, de l'autre côté de la rue, acheta les denrées dont elle avait besoin avant de revenir péniblement à la maison. Elle n'aimait pas laisser ses enfants seuls quand le poêle et la fournaise fonctionnaient.

Laurette sursauta violemment en apercevant quelqu'un recroquevillé sur le pas de sa porte au moment où elle sortait de l'épicerie. Elle se rappela soudain qu'elle n'avait pas verrouillé la porte d'entrée. Au risque de chuter, le cœur battant la chamade, elle s'empressa de traverser pour revenir chez elle.

— Qu'est-ce que vous faites là, vous ? demanda-t-elle sèchement à l'intrus, incapable de savoir s'il s'agissait d'un homme ou d'une femme.

Elle n'obtint aucune réponse de l'amas de vêtements disparates dont ne dépassait que l'arrière d'une tête couverte d'une tuque noire.

— Aïe ! Je vous parle ! dit-elle plus fort.

La personne sembla brusquement l'avoir entendue parce qu'elle se leva péniblement en s'appuyant contre la porte. Laurette s'aperçut alors qu'il s'agissait d'une femme de petite taille assez âgée. Son visage était rouge et ridé. Transie de froid, elle semblait incapable de prononcer le moindre mot.

— Viarge, une robineuse ! s'exclama Laurette en réprimant mal un mouvement de dégoût.

La femme eut un geste apeuré devant sa colère et fit un pas pour s'esquiver. Laurette eut soudain honte et allongea un bras pour la retenir.

— Allez-vous en pas comme ça, lui ordonna-t-elle en ouvrant la porte. Entrez vous réchauffer une minute. C'est pas un temps pour laisser un chien dehors.

La femme ne dit pas un mot et entra.

— Ôtez vos bottes et venez vous réchauffer proche du poêle, offrit Laurette en déposant dans l'entrée le pain et la pinte de lait qu'elle venait d'acheter pour pouvoir retirer son manteau.

La vieille femme sembla avoir compris. Elle enleva ses bottes démodées et suivit Laurette dans la cuisine.

— Approchez-vous du poêle. Vous pouvez enlever votre manteau et votre tuque si vous voulez. Je vais vous donner une bonne tasse de thé.

Le mère de famille s'était attendue à voir une vieille couverte de toutes sortes d'oripeaux, ressemblant aux vagabondes plus ou moins ivres qu'elle voyait régulièrement au parc Bellerive. Elle fut surprise de découvrir qu'il n'en était rien. La dame semblait très propre et ses cheveux blancs étaient soigneusement peignés. Elle portait une petite robe noire toute simple.

— Assoyez-vous et réchauffez-vous un peu, dit-elle à son invitée en lui tendant une tasse de thé.

L'autre la prit avec reconnaissance et but lentement. Elle restait muette, se contentant de promener son regard dans la pièce.

— Voulez-vous bien me dire ce que vous faisiez dehors à une température pareille ? finit-elle par lui demander.

— Je me promenais, répondit enfin l'autre d'une petite voix flûtée.

— Où est-ce que vous restez ?

— Je le sais pas.

— Comment vous vous appelez ?

— Amanda.

— Amanda comment ?

La femme sembla chercher durant un long moment avant d'avouer ne plus se souvenir de son patronyme.

— Est-ce que ça fait longtemps que vous marchez ?

— Pas mal longtemps, avoua-t-elle. J'étais gelée. Je pense que j'ai perdu mon chemin. Je sais pas comment m'en retourner, poursuivit-elle, en se mettant à pleurer doucement.

— Inquiétez-vous pas, la consola Laurette. On va ben finir par savoir où vous restez. En attendant, est-ce que ça vous tente de rester avec moi ?

— T'es ben fine, fit Amanda avec un sourire plein de reconnaissance. On est bien dans ta maison. Il fait chaud.

La jeune femme réalisa soudainement que le problème était compliqué. Elle ne pouvait tout de même pas renvoyer dehors une dame gelée qui ne savait pas où aller. Elle ne voulait pas non plus la laisser seule à la maison avec les enfants. Impossible, dans ce cas, d'aller téléphoner à la police chez Comtois. Il ne restait donc qu'à attendre Gérard et voir ce qu'il y aurait à faire.

Quelques minutes suffirent pour qu'Amanda se sente parfaitement à l'aise. Mise à part son amnésie, elle paraissait tout à fait normale. Quand Denise se réveilla, elle la prit sur ses genoux et la berça en lui racontant une histoire. À un certain moment, elle dit même à Laurette :

— Tu me ressembles pas mal quand j'étais jeune. J'étais brune comme toi et je pense que j'étais aussi une bonne mère de famille.

Laurette eut un rire sceptique en l'entendant. Peut-être avait-elle été une bonne mère de famille, mais elle avait du mal à imaginer que cette petite dame un peu chétive ait un jour eu sa corpulence. Elle n'était pas aveugle au point de ne pas se rendre compte que ses deux dernières grossesses lui avaient laissé un surplus de poids appréciable.

Vers la fin de l'après-midi, constatant que la visiteuse montrait des signes de fatigue, Laurette poussa la sollicitude jusqu'à lui dresser un lit de fortune sur le divan du salon.

Lorsque Gérard revint de son travail, Amanda dormait encore. Voyant son air ahuri, sa femme s'empressa de tout lui raconter.

— Veux-tu ben me dire à quoi t'as pensé de laisser entrer une pure étrangère dans la maison ?

— Bonyeu ! J'étais tout de même pas pour la laisser crever dehors comme un chien. Elle était dans notre entrée.

— À cette heure, qu'est-ce qu'on va faire avec elle ?

— T'as juste à aller appeler la police chez Comtois. Ils vont ben finir par trouver où elle reste, cette pauvre femme.

Gérard remit son manteau en rechignant et traversa à l'épicerie d'où il revint quelques minutes plus tard.

— Ils s'en viennent, se contenta-t-il de dire en s'assoyant dans sa chaise berçante. T'es mieux d'aller la réveiller avant qu'ils arrivent.

Laurette s'exécuta, lui présenta Gérard et lui offrit une nouvelle tasse de thé. Pendant que la vieille dame buvait, son hôtesse lui apprit que son mari avait alerté la police pour l'aider à retrouver l'endroit où elle demeurait. Amanda hocha la tête sans faire de commentaires.

Elle eut à peine le temps de finir de boire son thé qu'un bref coup de sonnette retentit. Deux policiers entrèrent en secouant bruyamment leurs bottes et refermèrent la porte derrière eux.

— C'est vous qui avez appelé? demanda le plus âgé au maître de maison.

— Oui, répondit Gérard en réprimant un frisson. Ma femme a trouvé quelqu'un devant notre porte à midi. Il paraît qu'elle était en train de mourir de froid. Elle se souvient pas de son nom ni de où elle reste.

Au même moment, Laurette s'avança dans le couloir en compagnie d'Amanda.

— Bonsoir, madame Dansereau, salua le même policier en s'approchant de la vieille dame. Vous vous êtes encore perdue, hein?

— Je pense que oui, reconnut cette dernière en lui adressant un sourire timide.

— C'est pas grave, madame. Rhabillez-vous, on va vous ramener chez vous. Vous allez faire un petit tour en char de police avec nous autres.

— Vous la connaissez? demanda Laurette, étonnée.

— Je comprends qu'on se connaît, fit le policier, un rien moqueur. Je pense que c'est la troisième ou quatrième fois qu'on la ramène à l'hospice Gamelin depuis le commencement de l'automne. Les sœurs ont beau la surveiller, elle trouve toujours le moyen de prendre la porte à un moment donné et elle disparaît.

— Vous êtes sûr que c'est là qu'elle reste? insista Laurette.

Pendant que le policier parlait, Amanda endossa son manteau avec l'aide du second policier qui n'avait pas ouvert une seule fois la bouche.

— Sûr et certain. Le sœurs nous ont appelés à matin pour nous signaler qu'elle était disparue encore une fois. On a essayé de faire le tour des rues du quartier quand on pouvait rouler, mais on l'a pas vue. Une chance que vous avez été assez charitable pour la faire entrer chez vous...

— C'est rien, se défendit Laurette.

— On retourne à l'hospice, madame Dansereau, dit le policier avec bonne humeur en se tournant vers la vieille dame maintenant prête à partir.

— J'espère qu'elles me chicaneront pas, fit Amanda, l'air misérable. Je voulais revenir, mais je me suis perdue. Je me souvenais plus de mon chemin.

— Ah ça! fit le policier, elles vont peut-être vous chicaner un peu. Ça fait plusieurs fois que vous leur faites des peurs.

— Inquiétez-vous pas pour ça, madame Dansereau, la rassura Laurette. Si elles vous chicanent, c'est à moi qu'elles vont avoir affaire.

— T'es bien fine! J'aurais bien aimé avoir une fille comme toi, lui répondit Amanda en l'embrassant sur une joue.

— Vous reviendrez me voir, l'invita Laurette, émue.

Quand la porte se referma derrière Amanda Dansereau et les deux policiers, la jeune mère de famille souleva le rideau de dentelle qui en obstruait la vitre pour voir partir la vieille dame. Elle retourna ensuite dans la cuisine et prépara le souper en réfléchissant tout haut.

— C'est donc de valeur de voir une vieille comme ça poignée pour vivre toute seule à l'hospice. Je te dis que moi, j'ai pas hâte de vieillir.

— Voyons donc, Laurette, t'as juste vingt-quatre ans. C'est pas pour demain, la rassura Gérard.

~~~

Deux jours plus tard, le mercure chuta à − 25 °F ; il gelait à pierre fendre. Il faisait tellement froid que les vitres étaient totalement givrées. Le poêle et la fournaise peinaient à conserver un peu de chaleur dans l'appartement. Pendant toute la matinée, on ne cessa de parler à la radio du décès du frère André survenu durant la nuit précédente et on rappelait certains des miracles que l'on avait prêtés au petit portier du collège Notre-Dame. Depuis des heures, on ne cessait de diffuser des témoignages de reconnaissance envers celui à qui on devait la crypte dédiée à saint Joseph, sur le mont Royal.

— T'as appris la nouvelle ? demanda Gérard à sa femme en entrant dans la maison, les oreilles rougies par le froid.

— Ben oui.

— C'est ma mère et mon père qui vont être à l'envers. Le frère André, pour eux autres, c'est pas rien.

— Bonyeu, Gérard, il avait passé quatre-vingt-dix ans ! J'espère que ton père et ta mère s'attendaient tout de même pas à ce qu'il soit éternel.

— C'est pas ça. C'est de valeur qu'il soit mort sans avoir pu faire construire son oratoire. À cause de la crise, ils ont arrêté de le bâtir et on sait même pas s'ils vont le continuer un jour.

Laurette se contenta de soulever les épaules en signe d'indifférence. Elle ne comprenait pas qu'on fasse tant de cas de la mort d'un simple religieux qui avait connu une très longue vie. Elle ne comprit pas davantage, quelques jours plus tard, que plusieurs dizaines de milliers de personnes se soient déplacées en pleine tempête de neige et par un froid sibérien pour assister aux obsèques du petit frère Sainte-Croix.

Il était tombé tant de neige et il avait fait si froid depuis une semaine que les Morin décidèrent, contrairement à leur habitude, de ne pas rendre visite aux parents de Laurette le dimanche après-midi. Après la messe, ils s'étaient frileusement encabanés, comme ils disaient.

— On n'est pas pour aller passer l'après-midi chez mon père et laisser s'éteindre la fournaise, avait raisonné Laurette. Si on fait ça, on n'arrivera jamais à réchauffer la maison et les petits vont attraper leur coup de mort.

De fait, il n'y avait pas que les vitres des fenêtres qui étaient totalement givrées chez les Morin. De la glace était aussi apparue sur les plinthes de la cuisine et du salon. Pendant les jours qui suivirent, le couple utilisa tous les stratagèmes possibles pour conserver la chaleur dans leur logement. Cette constante lutte contre le froid rendit Laurette plutôt morose.

À leur grand soulagement, il fit un peu moins froid le dimanche suivant. Par conséquent, Gérard et Laurette décidèrent d'emmitoufler leurs enfants et d'aller passer l'après-midi chez les Brûlé. Honoré était passé la veille pour laisser un bloc de glace dans la glacière et s'était plaint de ne plus voir ses petits-enfants.

Lorsqu'ils passèrent devant l'hospice Gamelin, Laurette eut un instant d'hésitation. Elle tendit finalement Jean-Louis à son mari.

— Si ça te fait rien, je vais arrêter cinq minutes à l'hospice pour dire un petit bonjour à madame Dansereau. Dis à mes parents que j'arrive.

— C'est qui ça, madame Dansereau? demanda Gérard, intrigué.

— Tu sais ben. C'est la vieille que j'ai ramassée devant la porte.

— Ah, oui... OK, mais niaise pas trop longtemps, accepta-t-il en prenant Denise par la main pour lui faire traverser la rue Dufresne.

Laurette grimpa du mieux qu'elle put l'escalier de l'édifice en pierre grise et entra dans le large couloir sombre à la droite duquel était installé un guichet. La jeune femme se dirigea vers la religieuse âgée qui faisait office de portière.

— Est-ce que je pourrais voir madame Dansereau? lui demanda-t-elle.

— Elle est au deuxième, répondit aimablement la sœur de la Providence. Prenez l'escalier au fond du couloir et montez.

Laurette longea le couloir au plancher luisant de propreté et gravit l'escalier. En posant le pied sur le palier, elle croisa une religieuse à l'air affairé qui portait un plateau de médicaments et de pansements. Elle réitéra sa demande.

— Je viens de la voir. Elle est en train de se bercer avec les autres dans la salle, à gauche.

Laurette la remercia et se rendit à l'endroit indiqué. Elle se retrouva alors face à une trentaine de vieilles dames, toutes occupées à se bercer. Certaines s'entretenaient avec leurs voisines alors que d'autres parlaient toutes seules, indifférentes à ce qui les entourait.

La visiteuse repéra immédiatement Amanda Dansereau, assise près d'une fenêtre. Elle s'en approcha sous l'œil inquisiteur des autres pensionnaires.

— Bonjour, madame Dansereau, dit-elle à la vieille dame en s'arrêtant devant elle.

— Bonjour.

— Vous me reconnaissez?

— Est-ce que je te connais?

— Vous avez passé la journée avec moi, il y a deux semaines. Vous vous en rappelez pas ?

— N... Non, répondit Amanda en hésitant.

— Je m'appelle Laurette, Laurette Morin. Vous vous souvenez pas ?

— Je connais pas de Laurette, finit par admettre la pensionnaire de l'hospice Gamelin après avoir vainement cherché dans sa mémoire.

— C'est pas grave, fit la jeune femme, soudain frappée par l'air absent d'Amanda. Je venais juste voir si vous alliez ben.

— T'es fine d'être venue me voir. Je suis correcte.

— Tant mieux. Bon. Il faut que je m'en aille. Faites attention à vous.

Sur ces mots, Laurette sortit de la salle où elle croisa à nouveau la religieuse.

— Vous l'avez trouvée ? demanda cette dernière.

— Oui, mais elle se souvient pas pantoute de moi. Pourtant, elle a passé une journée chez nous il y a pas deux semaines.

— Il faut comprendre. Cette pauvre madame Dansereau a pas toute sa tête, expliqua la religieuse, compatissante. Elle retombe doucement en enfance.

La jeune femme la remercia et quitta l'hospice, passablement troublée. Arrivée chez ses parents, il lui fallut quelques minutes pour se remettre du choc qu'elle venait de subir. Elle raconta sa visite impromptue à ses parents.

— Je comprends pas. Elle était pas si pire il y a juste deux semaines.

— C'est ça, vieillir, lui dit doucement sa mère. T'en perds un peu tous les jours.

Le reste de l'après-midi se passa dans la chaude atmosphère familiale que savaient entretenir Annette et Honoré. Laurette s'en trouva bientôt réconfortée. Pendant qu'elle parlait de sa grossesse et des petits bobos des enfants avec sa mère, Honoré et Gérard s'entretenaient de la nouvelle qui annonçait l'intention de Mussolini d'envahir l'Éthiopie alors que la guerre civile faisait des milliers de victimes en Espagne.

Chapitre 14

Une grande perte

À la fin de ce dimanche après-midi, le jeune couple déclina l'invitation à souper de leurs hôtes car ils ne voulaient pas risquer de se retrouver dans un appartement glacial. Les Morin rentrèrent à la maison au moment où l'obscurité tombait. À leur arrivée, il ne restait que quelques tisons dans la fournaise. Gérard s'empressa de l'alimenter en charbon et d'allumer le poêle à huile dans la cuisine. Une bonne heure fut nécessaire pour réchauffer convenablement l'appartement.

Cette nuit-là, Laurette s'éveilla soudain avec la nette impression qu'elle était en train de prendre un bain. Elle ouvrit les yeux dans l'obscurité, se demandant ce qui avait bien pu la réveiller ainsi. Habituellement, elle dormait profondément et seuls les pleurs de l'un ou l'autre de ses enfants pouvaient la tirer de son sommeil. Une brusque contraction lui coupa alors le souffle. Elle agrippa son ventre à deux mains et sentit un liquide chaud couler le long de ses cuisses.

— Ah non! s'exclama-t-elle en réprimant un cri.

Quand la contraction fut passée, elle secoua son mari qui dormait paisiblement à ses côtés.

— Gérard! Gérard! l'appela-t-elle, paniquée, en allumant la lampe de chevet.

— Quoi? Qu'est-ce qui se passe? demanda-t-il sans encore ouvrir les yeux.

— Lève-toi! Fais ça vite! Je pense que je suis en train de perdre le petit!

— De quoi tu parles, cybole? fit-il en s'assoyant dans le lit, soudainement bien réveillé.

— Mes eaux viennent de crever. Fais quelque chose!

— Mais je...?

— Va appeler le docteur. Dépêche-toi! Avant de partir, pousse la bassinette du petit dans le salon et fais attention de pas le réveiller.

Laurette, tremblante, repoussa les couvertures.

— Où est-ce que tu veux que je trouve un téléphone en plein milieu de la nuit? demanda Gérard en revenant passer son pantalon rapidement après avoir installé le petit lit de Jean-Louis dans l'autre pièce.

— Va frapper chez Comtois. Ils vont ben finir par t'ouvrir, lui répondit sa femme dans un souffle au moment où une seconde contraction lui coupait la respiration.

— OK. Bouge pas, lui ordonna son mari qui venait tout à coup de saisir l'urgence de la situation. Je reviens tout de suite.

De la chambre, Laurette l'entendit chausser ses bottes et endosser son manteau. La porte d'entrée claqua et elle se retrouva seule dans son lit souillé. Elle aurait voulu se lever et changer la literie, mais elle ne s'en sentait pas la force.

Au bout de ce qui lui sembla être une éternité, Gérard revint. Sans prendre le temps de retirer son manteau, il entra dans la chambre et lui annonça qu'il était parvenu à réveiller les Comtois qui avaient accepté de bon cœur de le laisser téléphoner au docteur Miron. Ce dernier s'en venait.

— C'est correct, dit Laurette, le visage blafard. Tu vas m'aider à changer le lit avant qu'il arrive.

— Non, non. Tu vas aller t'asseoir à côté de la fournaise et je vais le changer tout seul, lui déclara Gérard en l'aidant à se lever.

Il lui apporta une chaise et ajouta du charbon dans la fournaise avant de retourner dans la chambre. La besogne terminée, il l'aida à revenir se mettre au lit et se posta devant la fenêtre, dont il gratta nerveusement le givre pour guetter l'arrivée du médecin. Il ne voulait pas lui laisser le temps de sonner et risquer ainsi de réveiller les enfants qui dormaient.

Quelques minutes plus tard, il vit la Chevrolet noire d'Albert Miron s'immobiliser devant la porte et le médecin s'en extraire après avoir pris sa trousse. Gérard s'empressa d'aller lui ouvrir. Sans dire un mot, le praticien retira ses couvre-chaussures et son manteau, et se dirigea directement vers la chambre où la lampe de chevet était restée allumée.

— Va me faire bouillir de l'eau, ordonna-t-il au père de famille avant de refermer la porte derrière lui.

Le praticien ne demeura dans la pièce qu'un bref moment. Il se présenta dans la cuisine et vint se laver les mains dans un bol que Gérard avait rempli d'eau tiède.

— C'est bien de valeur, déclara-t-il, mais ta femme vient de perdre son petit. Je vais lui faire un curetage. Il va falloir qu'elle reste couchée une couple de jours pour récupérer.

Devant la mine catastrophée du jeune homme, Albert Miron tenta de le réconforter.

— C'est des choses qui arrivent. Vous êtes jeunes, toi et ta femme. Vous allez pouvoir en avoir d'autres.

Sur ces quelques mots, le médecin retourna dans la chambre d'où il ne sortit que près de quarante-cinq minutes plus tard. Il revint dans la cuisine, se lava à nouveau les mains et déroula les manches de sa chemise.

— Bon. Tout a l'air correct. Ta femme est forte. Elle va remonter vite la côte. Je lui ai donné quelque chose pour la faire dormir.

Vers quatre heures trente, Albert Miron quitta l'appartement. Debout derrière les rideaux de la fenêtre de la chambre, Gérard le regarda peiner à faire démarrer sa voiture. Pendant un bref moment, le jeune père de famille se demanda s'il valait la peine de retourner se coucher avant de partir pour le travail.

Soudain, il songea aux enfants. Il lui fallait trouver quelqu'un pour s'occuper d'eux le temps que leur mère se remette. Évidemment, il pensa à leur grand-mère maternelle, qui habitait tout près. Alors il s'habilla de nouveau et sortit de la maison sans faire de bruit. La tête enfoncée dans le col de son manteau, il parcourut rapidement les quelques rues le séparant de la rue Champagne.

Arrivé devant l'appartement des Brûlé, il frappa directement à la fenêtre de leur chambre. Presque immédiatement, la tête hirsute d'Honoré apparut. Son beau-père s'empressa de venir lui ouvrir. En entrant, Gérard aperçut sa belle-mère debout dans la cuisine, qui s'activait déjà à préparer le déjeuner de son mari, devant le poêle à bois, malgré l'heure matinale.

— Entre, Gérard. Qu'est-ce qui se passe? demanda Honoré en ouvrant la porte.

Le jeune père pénétra dans la maison en frottant ses mains gelées l'une contre l'autre. Annette s'était précipitée à sa rencontre, se doutant que quelque chose n'allait pas

— C'est pas un des petits qui est malade au moins? demanda-t-elle, alarmée.

— Non, madame Brûlé. C'est Laurette. Le docteur vient de partir. Elle a perdu le bébé. Il l'a mise au lit pour une couple de jours. Je suis venu vous demander si vous pourriez pas vous occuper d'elle et des enfants pendant que je travaille.

— J'arrive, se contenta de dire sa belle-mère. Laisse-moi une minute pour finir de préparer le déjeuner de mon mari et je pars avec toi.

— Laisse faire. Je suis encore capable de faire du gruau, intervint Honoré, consterné.

Quelques minutes plus tard, Gérard et Annette poussèrent la porte de l'appartement de la rue Emmett. Les enfants ne s'étaient pas réveillés et Laurette dormait. Gérard mangea, laissa à sa belle-mère le soin de sa famille et partit pour le travail.

∼

Laurette récupéra assez vite, mais quelque chose semblait s'être brisé chez la jeune femme à la suite de la perte de son bébé. Son humeur s'était assombrie et la moindre contrariété la faisait sortir de ses gonds. Ses proches ne savaient plus quoi faire pour l'arracher à l'espèce de tristesse malsaine dans laquelle elle semblait vouloir se complaire.

— Bonyenne, Laurette, reviens-en! finit par s'impatienter sa mère. T'es pas la première à avoir perdu un petit! J'en ai perdu deux, et j'en suis pas morte. T'es pas pour passer toute ta vie à avoir un air de chien battu. Secoue-toi un peu!

— C'est pas ça, m'man, se défendit la jeune mère de famille.

— Si c'est pas ça, c'est quoi, d'abord?

— Je suis écœurée de vivre ici dedans, de gratter la moindre cenne, de jamais pouvoir rien acheter pour moi ou pour les enfants…

— T'es pas toute seule, ma fille, à manger un peu de vache enragée, la tança Annette. T'en mourras pas! Compte-toi ben chanceuse d'avoir un toit sur la tête et de pouvoir manger trois repas par jour. Il y a ben des femmes qui prendraient ta place.

Laurette sembla peu ébranlée par l'argumentation de sa mère.

— En tout cas, va surtout pas dire ça devant ton mari. Tu m'entends ? Gérard fait son gros possible pour te faire vivre. S'il t'entend te plaindre, tu vas le décourager, cet homme-là.

De son côté, Gérard aurait bien aimé pouvoir compter sur les encouragements de sa femme. L'hiver était si rigoureux qu'il dut faire venir des poches de charbon à trois reprises avant la fin du mois de mars, ce qui l'obligea à ouvrir un compte chez Bégin, donc à s'endetter. Ses seules distractions après ses longues journées de travail demeuraient la lecture de *La Presse* et l'écoute des informations à la radio.

— Toi et ta maudite politique, se plaignait souvent Laurette. Tous ces gars-là rient du pauvre monde comme nous autres et s'en mettent plein les poches.

— Parle donc pas de ce que tu connais pas, se contentait-il alors de répliquer.

⁓

Au début du mois d'avril, lors de la petite fête offerte à Annette pour célébrer son quarante-septième anniversaire de naissance, le jeune père de famille défendit avec acharnement Maurice Duplessis et son gouvernement de l'Union nationale, attaqués par plusieurs invités. Il refusait obstinément de croire aux frasques du premier ministre que la presse ne manquait pas de rapporter.

— C'est juste un ivrogne et un courailleux, affirma son beau-frère Bernard pour le taquiner.

— Ça, c'est les rouges qui disent ça, répliqua Gérard. On n'a jamais eu un bon homme comme lui. Trouve-moi un autre premier ministre qui a fait voter une loi pour aider les mères nécessiteuses. Il y en a pas.

— On sait ben, mais j'espère que tu t'es aperçu qu'il fallait que la mère nécessiteuse soit une sainte pour avoir droit à une cenne, intervint Armand en faisant un clin d'œil à son père et à ses oncles, présents dans le salon. Pour toucher ses quatre cents piastres dans l'année, il faut qu'elle vive avec son mari ou qu'elle soit veuve et surtout que le curé de la paroisse signe un papier comme quoi elle va à la messe tous les dimanches et qu'elle fait ses Pâques.

— C'est ben correct, ça, approuva Annette avec conviction. Il faut pas encourager le mauvais monde.

— Et sa loi du cadenas, madame Brûlé! reprit Gérard. Vous me direz pas que c'est pas une bonne loi, cette loi-là? Les Témoins de Jéhovah et les communistes ont pas d'affaire chez nous. On est des catholiques, nous autres.

— T'as raison, mon Gérard, se moqua Bernard. Pour moi, le beau-frère, t'as manqué ta vocation. T'aurais fait un maudit bon curé.

Les gens s'esclaffèrent de cette boutade et Gérard eut le bon goût de rire avec eux.

~~~

Le printemps sembla redonner des forces à Laurette, qui perdit peu à peu ses allures dolentes avec l'arrivée du soleil et des premières chaleurs. Elle trouva même assez d'énergie pour se lancer dans un grand ménage de l'appartement.

Quelques jours plus tard, la jeune mère de famille fut cependant chagrinée d'apprendre le départ des Lozeau. Sa voisine lui avait effectivement confié que son mari avait perdu son emploi au CP et qu'ils retournaient vivre à Sherbrooke. Laurette perdait ainsi une confidente joviale jamais avare de conseils. Pour leur part, Gérard et Annette se réjouirent discrètement du déménagement de cette voisine qui exerçait, selon eux, une très mauvaise influence sur la jeune femme.

— Bof! c'est pas une grosse perte, finit par déclarer Gérard en entendant sa femme déplorer encore une fois le départ prochain des Lozeau.

— Tu sauras que c'est du bon monde! s'emporta Laurette. C'est pas parce qu'elle parle pas avec la bouche en cul de poule comme ta mère ou ta sœur que Cécile Lozeau est pas correcte.

— Elle a pas de classe, dit sèchement son mari. Elle parle comme elle marche. On l'entend gueuler à l'autre bout de la rue.

— Fais donc le frais, Gérard Morin! Les Lozeau nous ont jamais causé de trouble en cinq ans. Viens pas dire le contraire! Je te souhaite presque de te ramasser avec une *gang* de sauvages sur la tête quand ils vont partir. À ce moment-là, je te garantis, tu vas les regretter.

— On verra ben, se contenta de laisser tomber son mari.

Heureusement, le souhait de Laurette ne se réalisa pas. Le 1er mai, la famille Gravel emménagea à l'étage sans faire beaucoup de bruit. Le couple, au début de la trentaine, avait deux enfants, aussi discrets qu'eux. Charles Gravel était chauffeur de taxi et son épouse, une petite femme à la tête toute bouclée, semblait une ménagère peu portée à voisiner.

Cet été-là, peut-être parce que Cécile Lozeau ne l'y incitait plus, Laurette accorda beaucoup moins d'attention au jardin des Dorselli. Elle prit l'habitude d'aller faire de longues promenades avec ses deux enfants pratiquement chaque après-midi. Même si Denise était une fillette très jolie et assez sage, c'est Jean-Louis qui s'attirait les regards admirateurs des passants. Le petit garçon, que sa mère se plaisait à bichonner, avait des yeux rieurs et possédait un don pour susciter les câlins des gens. Il savait si bien monopoliser l'intérêt que sa sœur passait pratiquement inaperçue.

À la mi-août, il fallut bien songer à se préparer aux deux mariages qui attendaient les Morin le mois suivant. Pour le mariage de son fils, Honoré Brûlé avait bien prévenu les siens de ne pas se lancer dans de folles dépenses. Il ne voulait pas gêner la mère de Pauline, qui tenait absolument à recevoir la famille de son futur gendre, malgré sa pauvreté évidente. Par contre, Laurette connaissait assez sa belle-mère pour deviner que cette dernière allait faire les choses en grand pour les noces de sa fille. De toute façon, il n'était pas question que Laurette et les siens perdent la face à l'une ou l'autre des célébrations en s'y présentant habillés comme la «chienne à Jacques».

À plusieurs reprises durant l'été, Laurette avait eu beau faire quelques allusions à ce sujet, Gérard avait fait la sourde oreille. Alors, un soir, elle se décida à aborder carrément le problème.

— Toi, ton habit est encore correct, lui annonça-t-elle en rangeant celui-ci dans la garde-robe de la chambre d'où elle venait de le tirer. Mais moi, j'ai plus une robe qui me fait et les enfants ont rien à se mettre sur le dos pour les noces d'Armand et celles de Colombe.

— Écoute, fit Gérard. Quand on s'est mariés, on a décidé que, moi, je gagnais l'argent et que toi, tu voyais à ce qu'on arrive. C'est toi qui t'occupes des comptes. Tu dois savoir si on a les moyens ou non d'acheter du linge.

— C'est correct. Je vais m'arranger, dans ce cas-là, répliqua-t-elle.

Les jours suivants, la jeune mère de famille se mit à guetter le passage de celui que les ménagères du quartier surnommaient «le Juif».

Moïse Reisman était un commerçant itinérant que l'on voyait toutes les semaines en train de faire du porte à porte. Le petit homme grassouillet, vêtu d'un costume noir luisant d'usure et d'un chapeau de la même couleur, hantait le quartier depuis près de vingt ans. Il était célèbre autant pour le crédit qu'il accordait que pour la vaste gamme de vêtements qu'il offrait à sa clientèle désargentée.

On pouvait lui acheter n'importe quoi et le payer à raison de cinquante cents par semaine. La vente à tempérament présentait évidemment l'inconvénient d'obliger le pauvre homme à venir sonner chaque semaine à la porte de ses débiteurs pour tenter de percevoir son dû. Les mauvais payeurs étaient nombreux et ne manquaient pas d'accuser le commerçant d'être un voleur pour expliquer leur refus de lui ouvrir leur porte. Mais l'homme avait la réputation d'être tenace et de ne pas avoir la langue dans sa poche

Un lundi avant-midi, Laurette raccompagna son père jusqu'à sa voiture après qu'il lui eut livré un bloc de glace pour sa glacière. Elle aperçut alors Reisman qui sortait d'un appartement voisin de l'épicerie Comtois. La jeune mère de famille hésita durant un bref moment à avoir affaire à l'homme. Ses manières doucereuses ne lui plaisaient pas. Si elle avait possédé l'argent nécessaire aux achats qu'elle se proposait de faire, elle aurait profité de ses sorties du samedi pour les effectuer dans les magasins de la rue Sainte-Catherine. Mais le ménage n'était parvenu à économiser que quatre dollars durant les derniers mois…

Résignée, elle demeura sur le pas de sa porte après le départ de son père et feignit de s'intéresser à la propreté de ses fenêtres et de ses volets alors que le marchand passait rue Emmett.

— Bonjour, petite madame, est-ce que vous auriez pas besoin de quelque chose aujourd'hui ? lui cria le petit homme depuis l'autre côté de la rue. Tout ce que j'ai, c'est beau, bon et pas cher.

Le Juif lui servait son approche habituelle, même s'il s'attendait à la voir refuser son offre. Laurette ne lui avait jamais rien acheté en cinq ans. Elle n'avait même jamais laissé entrer cet étranger chez elle, encouragée par sa mère qui lui avait déclaré à plusieurs reprises :

— Tu fais ben, ma fille. C'est du monde de sa race qui a tué Notre Seigneur.

Au fond, la jeune ménagère avait toujours refusé sa porte au marchand parce que Cécile Lozeau lui avait déjà murmuré que l'homme insistait parfois pour se faire payer «en nature».

— Peut-être que je pourrais regarder vos robes, dit Laurette sur un ton qu'elle voulait indifférent. Si j'en trouve une à mon goût et pas trop chère, ça se peut que je me laisse tenter.

— Je suis sûr que j'ai ce qu'il vous faut, répondit l'homme en ne cachant pas son enthousiasme.

Sur ce, Reisman se précipita vers le coffre de sa vieille Oldsmobile dans lequel il fouilla durant un long moment. Finalement, il en tira une demi-douzaine de robes qu'il jeta sur son bras avant de se diriger vers l'appartement des Morin. Laurette le fit entrer.

— Je vous en ai apporté de toutes les tailles, lui dit-il en pénétrant dans la cuisine, où Jean-Louis et sa sœur s'amusaient. Si elles font pas, j'en ai d'autres dans mon char.

— C'est correct. Assoyez-vous une minute, lui proposa la mère de famille en examinant les vêtements qu'il venait de déposer sur la table.

Elle saisit deux robes qui semblaient à sa taille et alla s'enfermer un moment dans la salle de bain. Elle eut de la chance. La robe bleue à collet de dentelle lui allait parfaitement. Elle regarda l'étiquette : huit dollars. C'était la robe qu'elle voulait, mais elle était beaucoup trop coûteuse. Son prix représentait presque le salaire hebdomadaire de Gérard.

Elle sortit de la petite pièce et déposa les deux robes sur la table. Le marchand cessa de faire des grimaces pour faire rire les enfants et lui demanda :

— Est-ce qu'il y en a une qui fait votre affaire, madame ?

— Il y en a une qui me fait, mais je la trouve pas ben belle, mentit Laurette.

— Laquelle ?

— La bleue.

Le Juif saisit la robe et l'étala sur la table avant de consulter l'étiquette.

— Mais madame, c'est une des plus belles que j'ai dans mon char.

— Si c'est comme ça, je vais laisser faire, déclara la jeune femme en arborant un air peu intéressé. J'irai voir samedi prochain dans les magasins de la rue Sainte-Catherine si je trouve pas quelque chose plus à mon goût.

— Vous trouverez pas mieux et moins cher, affirma le commerçant.

— Ça, c'est vous qui le dites, fit Laurette, frondeuse.

— Écoutez. Je peux peut-être vous faire un prix.

— Non. Laissez faire. Est-ce que vous auriez pas plutôt quelque chose pour les enfants ?

— Certain, madame. Attendez, je vais vous montrer ça, dit Reisman en se dirigeant déjà vers la porte d'entrée.

L'homme revint un instant plus tard portant une boîte de vêtements. Il la déposa sur la table et invita sa cliente à examiner son contenu. Quelques minutes suffirent à Laurette pour dénicher une petite robe seyante pour Denise et un ensemble matelot pour Jean-Louis. Chaque article valait trois dollars, si elle se fiait aux étiquettes.

— Vous savez, petite madame, je pourrais vous faire un prix pour les affaires des enfants et la robe, si vous la prenez aussi, proposa le marchand.

— Je la trouve pas ben belle, votre robe, mentit Laurette à nouveau.

— Écoutez. Qu'est-ce que vous diriez si je vous laissais tout ça pour douze piastres ?

— Êtes-vous fou ? fit semblant de s'emporter la jeune mère. Douze piastres ! c'est plus que le prix de mon loyer.

— La robe est marquée huit piastres et le linge des enfants, c'est trois piastres chaque. Ça fait quatorze piastres, madame. En vous vendant ça douze piastres, je perds déjà de l'argent.

— Bon. C'est ben correct, dit Laurette sur un ton léger en repoussant vers l'homme sa marchandise. De toute façon, c'est juste un caprice. Je vais attendre d'avoir assez d'argent. À ce moment-là, j'irai acheter mon linge dans un magasin. Ça me dérange pas, j'aime ça aller magasiner.

Moïse Reisman dut sentir que la vente lui échappait, car il se résigna à faire une concession supplémentaire.

— Combien vous êtes prête à mettre pour les deux robes et l'ensemble matelot ?

— Pas une cenne. Non, c'est décidé. Je vous achète rien, déclara tout net Laurette.

— Allez, madame. Faites-moi un prix raisonnable, la supplia presque le petit homme.

— Je sais pas, moi. Il me semble que neuf piastres, ce serait ben payé pour ces guenilles-là.

— Neuf piastres ! se récria le commerçant. Vous y pensez pas ! Vous voulez me ruiner ? À ce prix-là, je vous donne presque le linge des enfants. J'ai une famille à faire vivre, moi aussi, madame !

— C'est pas grave. Je vous le dis, j'en ai pas besoin.

Reisman s'empara d'un bout de papier sur lequel il se mit à compiler fiévreusement des chiffres avec un crayon de plomb qu'il venait de tirer de la poche de poitrine de son veston.

— Onze piastres, madame. Je peux vraiment pas faire mieux ! À ce prix-là, j'y perds.

Après avoir discuté encore une dizaine de minutes, Laurette arracha le marché pour dix dollars. Moïse Reisman accepta finalement la transaction, presque les larmes aux yeux.

— J'espère qu'à ce prix-là, vous me payez comptant ?

— Ben non ! s'insurgea Laurette comme s'il venait de dire une inconvenance. J'ai pas autant d'argent ici dedans.

— À ce moment-là, ça marche plus pantoute.

— C'est correct. Vous avez juste à ramasser vos affaires et à vous en aller, dit la jeune femme, excédée. J'ai pas l'intention de perdre ma journée avec vous. J'ai du lavage à faire.

L'homme poussa un soupir exaspéré et sortit un carnet noir de la poche de son veston.

— Et combien vous pouvez me rembourser chaque semaine ?

— Pas plus que cinquante cennes, dit Laurette d'une voix décidée. Je suis pas capable de faire plus.

— Bon. C'est correct. Je passerai tous les mardis matins me faire payer, lui annonça Reisman en remettant dans la boîte les vêtements qui n'avaient pas été choisis par sa cliente.

À son retour du travail, Gérard fut invité à s'asseoir dans sa chaise berçante pour admirer sa femme et ses enfants habillés de neuf.

Lorsque Laurette revint dans la cuisine après avoir retiré sa robe neuve, son mari ne put s'empêcher de lui dire :

— J'espère que t'as pas fait de folie. C'est ben beau les noces, mais l'automne s'en vient et il va falloir acheter de l'huile et du charbon pour chauffer cet hiver.

— Inquiète-toi pas. Le «Juif» voulait quatorze piastres. J'ai barguigné pendant presque une heure avec lui. J'ai eu tout ça pour dix piastres.

— T'avais dix piastres? s'étonna Gérard.

— Ben non! Il va se contenter de cinquante cennes par semaine.

— En tout cas, je trouve que c'est ben de l'argent pour des guenilles.

— Disons que ce sera mon cadeau de fête et le cadeau de fête des enfants.

— Ouais. C'est correct.

— En plus, ça nous dérangera pas trop. Je suis capable de lui donner cinquante cennes par semaine. Avant l'hiver, tout va être payé et on n'aura pas honte des enfants quand on va les sortir.

Laurette passa habilement sous silence que le plus gros de la facture provenait de l'achat de sa robe.

Le jour du mariage d'Armand Brûlé, deux semaines plus tard, la famille Morin avait fière allure quand elle arriva à l'église. Par chance, il faisait un temps superbe en ce samedi matin et la vingtaine de convives s'était regroupée sur le parvis de l'église pour attendre l'arrivée de la mariée. Cette dernière fit bientôt son apparition au bras d'un oncle, qui allait lui servir de témoin.

— On est les seuls à avoir amené des enfants, murmura Gérard à l'oreille de sa femme. On aurait ben pu les faire garder par la petite Beaudoin.

— Es-tu malade, toi? s'insurgea Laurette. Tu penses tout de même pas que j'ai dépensé tout cet argent-là pour les habiller pour rien. De toute façon, la mère de Pauline a ben insisté pour qu'on les amène.

245

Le mariage d'Armand et de Pauline donna lieu à une petite réception sans prétention dans l'appartement de la rue D'Iberville où le couple emménagea dès le dernier invité parti. Malgré la simplicité des mets et l'espace exigu des lieux, l'atmosphère fut à la fête et on s'amusa ferme.

Ce fut une toute autre histoire pour le mariage de Colombe et de Rosaire Nadeau, à la fin du même mois. Comme Laurette s'y était attendu, ses beaux-parents avaient fait en sorte qu'on n'oublierait pas de sitôt le mariage de leur fille. Ils avaient invité toute leur parenté à assister à la cérémonie et au repas qui l'avait suivie. La robe de Lucille Morin était presque aussi belle que celle de Colombe. Elle avait veillé elle-même aux moindres détails du déroulement de la journée. Il était évident que la mère de la mariée rayonnait de fierté. Pour s'en rendre compte, il n'y avait qu'à voir son air triomphant, alors qu'elle se tenait debout à l'entrée de la salle de réception louée pour l'occasion.

Une petite foule d'invités attendait patiemment d'avoir la chance de féliciter les parents des nouveaux mariés ainsi que les jeunes époux. En compagnie de Gérard, Laurette avait pris place dans la file en retenant Denise contre elle, tout en portant son fils de trois ans dans ses bras.

— Mets-le donc à terre, lui chuchota Gérard. Il est capable de marcher.

Laurette ne tint aucun compte de sa suggestion. Elle ne quittait pas des yeux sa belle-mère, debout près de sa fille.

— Regarde ta mère, souffla-t-elle à l'oreille de son mari, un moment plus tard. Ma foi du bonyeu, elle se prend pour la reine d'Angleterre! On dirait même qu'elle nous reconnaît pas.

— Calme-toi donc un peu, répliqua Gérard avec humeur. C'est normal. Elle a travaillé comme une folle pour organiser les noces.

— Ça lui donne quoi de vouloir péter plus haut que le trou ? demanda Laurette en lui tendant Jean-Louis qu'elle commençait à trouver trop lourd. Ton père est pas millionnaire, que je sache.

— C'est sûr qu'ils se sont privés pas mal pour payer des noces comme ça, reconnut son mari en déposant son fils par terre.

— On dirait même que notre nouveau beau-frère a poigné la folie des grandeurs de ta mère. As-tu entendu ? Lui et Colombe vont faire un voyage de noces à Québec, mon cher !

— Puis après ?

— Est-ce qu'on en a fait un, nous autres, un voyage de noces ? rétorqua Laurette, incapable de résister à un accès de jalousie.

— Peut-être que Rosaire a plus d'argent que j'en avais quand je t'ai mariée.

— Regarde-le à côté de Colombe, chuchota-t-elle. Je l'aime ben, mais ta sœur marie pas Rockefeller. Il a l'air d'un pot à tabac à côté d'elle, ajouta-t-elle avec une certaine méchanceté.

Après avoir finalement pu féliciter les parents et les nouveaux mariés, Gérard et sa femme prirent place à une table avec les Parenteau, des cousins de Conrad Morin. Gérard ne les avait rencontrés qu'à quelques reprises et les connaissait très peu. Il les présenta à sa femme, qui s'entendit très bien avec ces gens simples et sans prétention.

À un certain moment durant l'après-midi, Anne Parenteau mentionna que son fils Émile et sa femme allaient sans doute devoir se chercher un appartement à Montréal, à la fin de l'année. La patronne de sa bru, une riche bourgeoise, quittait le Québec pour les États-Unis, mais lui avait promis de la faire engager comme femme de chambre à l'hôtel Saint-Paul, dont elle connaissait le propriétaire. Comme son Émile n'avait pas d'emploi, il allait suivre sa femme à Montréal et y chercher du travail.

— Je sais vraiment pas comment ils vont faire pour vivre à Montréal. Ils ont pas une cenne qui les adore. Ils auront pas le choix. Si ma bru lâche sa *job*, ils auront plus rien pour vivre, précisa le père, de toute évidence inquiet.

— De toute façon, monsieur Parenteau, votre garçon a sûrement plus de chance de se trouver de l'ouvrage en ville qu'à Saint-Hyacinthe, dit Laurette pour l'encourager.

— C'est ce qu'on souhaite, intervint Anne Parenteau. C'est un bon petit couple qui demande pas mieux que de travailler. Tout va dépendre s'ils trouvent une chambre bon marché à louer.

Poussée par son bon cœur, Laurette offrit alors aux Parenteau d'héberger quelque temps Émile et sa femme afin de les aider à s'établir dans la métropole.

— Veux-tu ben me dire à quoi t'as pensé de leur offrir ça? s'emporta Gérard, sur le chemin du retour. On a déjà deux enfants. Tu trouves pas qu'on est assez dans la maison?

— Il y a rien qui dit qu'ils vont venir sonner à notre porte, temporisa Laurette, qui se mit tout de même à regretter un peu son offre.

— On les connaît pas, ces gens-là.

— Ils sont de ta famille, non?

— Ce sont juste des cousins de mon père. Je pense que je les ai vus deux fois depuis que je suis au monde. Leur garçon, je l'ai jamais vu.

— On s'énervera pas pour rien avec ça, conclut Laurette sur un ton insouciant. Si jamais ils viennent chez nous et que ça fait pas notre affaire, on leur dira carrément qu'on veut pas d'eux autres.

L'automne arriva plus vite qu'on l'espérait. À la mi-novembre, les arbres du parc Bellerive avaient complètement perdu leurs feuilles et le froid poussait les rares passants à presser le pas pour se mettre à l'abri. Quelques enfants du quartier avaient déjà sorti leur bâton de hockey et s'amusaient à pratiquer leur sport favori dans la rue. Depuis quelques semaines, les contre-fenêtres avaient été réinstallées devant les ouvertures de l'appartement de la rue Emmett où le poêle à huile et la fournaise maintenaient tant bien que mal une température acceptable.

Comme à son habitude, Laurette s'était levée ce vendredi-là un peu avant six heures pour préparer le déjeuner de son mari. Emmitouflée dans son épaisse robe de chambre rose un peu décolorée, elle avait cuisiné de la pâte à crêpes pendant que Gérard se rasait devant le petit miroir suspendu au-dessus du lavabo. *Mon légionnaire*, interprété par Édith Piaf, jouait en sourdine à la radio. Affairée, la jeune mère de famille se taisait, l'air un peu boudeur.

Depuis la veille, elle ne songeait qu'à une chose: son cinquième anniversaire de mariage. C'était ce jour-là. Gérard allait-il y penser? Son mari avait une nette tendance à oublier la date des anniversaires. Elle ne tenait pas particulièrement à recevoir un cadeau, mais souhaitait de tout cœur qu'il ait une attention pour elle à cette occasion, qu'elle considérait comme étant de la première importance.

Elle lui servit ses crêpes et attendit, aux aguets, en sirotant son thé bouillant.

— Tu manges pas? lui demanda Gérard, surpris de ne pas la voir partager son déjeuner.

— Je mangerai tout à l'heure avec les enfants, répondit-elle avec une certaine brusquerie.

Impassible, Gérard termina son assiette, se leva et alla endosser son manteau.

— On dirait qu'il a commencé à neiger, dit-il après avoir écarté le rideau de dentelle masquant la fenêtre de la porte d'entrée.

Il revint dans la cuisine pour embrasser sa femme. Cette dernière, le visage fermé, lui tendit son repas du midi sans rien dire. Gérard sembla soudain se rendre compte de son air maussade.

— Ça te rappelle rien, cette température-là ? lui demanda-t-il.

— Ben. C'est l'hiver, laissa tomber Laurette.

— C'est la même température que le jour où on s'est mariés. Tu te rappelles pas ?

— C'est vrai, admit-elle avec un début de sourire.

— Ça fait déjà cinq ans aujourd'hui, constata Gérard. Maudit que le temps passe vite.

— J'espère que tu regrettes pas trop ? demanda Laurette qui avait recouvré, comme par miracle, toute sa bonne humeur.

— Non, pantoute, même si t'as un caractère de cochon, plaisanta son mari en l'embrassant à nouveau.

— Gérard Morin ! On peut pas dire que t'as si bon caractère que ça, toi non plus.

— On n'est pas pour se chicaner, non ? On va fêter ça à soir, annonça-t-il à sa femme. J'ai demandé à ta mère de garder les enfants et on va aller voir Juliette Béliveau et Ovila Légaré au Théâtre national. Il paraît que leur *show* est pas mal bon.

Ravie, elle lui sauta au cou et eut beaucoup de mal à patienter jusqu'à son retour, à la fin de la journée. Cette soirée d'anniversaire devait laisser à Laurette un souvenir impérissable. Par la suite, elle fut toujours persuadée que c'était au retour de cette sortie que son second fils avait été conçu.

Chapitre 15

Les pensionnaires

— On n'a pas assez d'être enterrés dans la neige, se plaignit Laurette en cet après-midi de janvier, v'là qu'on gèle ben dur, à cette heure.

Debout devant la fenêtre de sa cuisine, elle étirait le cou pour mieux observer les enfants qui faisaient des glissades dans la grande cour. Assis ou debout sur des morceaux de carton, ils dévalaient en criant un monticule de neige qu'ils avaient constitué à grand peine les jours précédents.

— Faut-il être assez fou pour laisser des enfants jouer dehors par un froid pareil? poursuivit-elle en se dirigeant vers la fournaise du couloir pour y jeter un peu de charbon. C'est des affaires pour attraper une pneumonie.

En entendant la voix de sa mère, Denise leva la tête de la feuille sur laquelle elle crayonnait.

Le mois de janvier 1938 ressemblait en tout point à celui de l'année précédente. Les Montréalais avaient eu à affronter trois grosses tempêtes en moins de deux semaines avant que le mercure ne se mette résolument à dégringoler. Dans le quartier, les accumulations de neige atteignaient près de cinq pieds de hauteur et il était impossible de se déplacer sur les trottoirs non déblayés.

La mère de famille s'éloigna bientôt de la fenêtre et s'assura que Jean-Louis était bien assis sur l'épaisse couverture déposée sur le linoléum avant de se remettre à son repassage. Un bref coup de sonnette la fit sursauter. Elle déposa son fer sur le poêle et alla soulever le rideau qui masquait la fenêtre de la porte. Elle aperçut alors un couple d'inconnus.

Coiffés d'une tuque enfoncée jusqu'aux yeux, l'homme et la femme étaient pauvrement vêtus et portaient chacun une petite valise cartonnée. Intriguée, Laurette laissa retomber le rideau et se décida à entrouvrir la porte en prenant toutefois garde de ne pas trop laisser pénétrer le froid à l'intérieur.

— Oui ? demanda-t-elle.

— Bonjour, je suis Émile Parenteau, se présenta l'homme, qui semblait sérieusement gelé. Est-ce que je suis ben chez Gérard Morin ?

— Oui.

— C'est mon petit-cousin.

— Ben, entrez, offrit Laurette sans entrain, après un bref moment d'hésitation. Restez pas dehors.

Elle s'effaça pour laisser entrer les visiteurs et s'empressa de refermer la porte derrière eux. Elle se demandait où elle avait entendu parler d'Émile Parenteau, qu'elle était certaine de n'avoir jamais rencontré auparavant. Elle n'eut cependant pas à s'interroger bien longtemps. L'homme reprit la parole en déboutonnant son épais manteau brun.

— Je sais pas si vous vous en souvenez, vous avez rencontré mon père et ma mère aux noces de la sœur de Gérard, l'automne passé.

Laurette se souvint immédiatement de qui il s'agissait et, surtout, de l'offre qu'elle avait formulée un peu à la légère d'accueillir leur fils et leur bru quand ils viendraient s'installer à Montréal.

— Ah oui, je me rappelle, se contenta de dire l'hôtesse en ne manifestant aucun enthousiasme. Bon. Restez pas plantés comme des piquets dans le corridor. Ôtez vos manteaux et vos bottes et venez vous asseoir dans la cuisine.

Émile Parenteau la remercia tout en s'exécutant alors que Laurette les observait.

Le petit-cousin de Gérard semblait âgé d'une trentaine d'années. L'homme de taille moyenne possédait un visage en lame de couteau surmonté d'une chevelure clairsemée. Sa pomme d'Adam saillante était ce qui attirait le plus le regard. Elle semblait dotée d'une vie propre dès que son propriétaire parlait.

— J'ai oublié de te présenter ma femme Angélina, fit ce dernier d'une voix traînante en se tournant vers sa compagne qui achevait d'enlever son manteau.

Laurette nota immédiatement que le visiteur était passé au tutoiement familier. Elle examina la jeune femme qui n'avait pas encore ouvert la bouche. Ses cheveux bruns frisottés encadraient un petit visage triangulaire. Elle était beaucoup plus menue qu'elle avait semblé l'être, engoncée dans son lourd manteau noir.

— Bonjour, Laurette, dit-elle en esquissant un petit sourire timide.

— Bonjour, Angélina. Venez, répéta Laurette en se dirigeant vers la cuisine tout en poussant devant elle la petite Denise qui était venue la rejoindre. Assoyez-vous, j'ai du thé ben chaud.

Avant de la suivre, ses visiteurs repoussèrent leurs valises contre l'un des murs de l'étroit couloir.

Laurette sortit des tasses de l'armoire et versa le thé qu'elle tenait pratiquement en permanence sur le poêle durant l'hiver. Pendant ce temps, Jean-Louis avait quitté sa couverture et s'était approché d'Angélina Parenteau en lui tendant les bras. Cette dernière s'empressa de l'asseoir sur ses genoux et de le câliner.

— Lui, on peut dire qu'il a le tour avec les femmes, dit la mère en déposant devant Émile et sa femme une tasse de thé bouillant.

— Mais il est ben beau, ce petit garçon-là! s'exclama Angélina en déposant plusieurs baisers sur les joues rebondies du bambin.

Sa mère, toute fière, se rengorgea.

— Il faut dire que la petite est loin d'être laide, elle aussi, intervint Émile en passant la main sur la tête brune de Denise, qui avait repris sa place à table pour se remettre à crayonner.

— Depuis quand vous êtes à Montréal? demanda Laurette en espérant, sans trop y croire, qu'il ne s'agissait que d'une courte visite de politesse.

— On arrive, déclara le visiteur. Angélina commence à travailler demain matin à l'hôtel Saint-Paul. On aurait ben voulu vous...

— Tu peux continuer à me dire «tu», l'interrompit Laurette.

— On aurait ben voulu t'avertir avant d'arriver, mais la *boss* de ma femme lui a appris seulement hier après-midi qu'elle était arrivée à lui avoir une *job* à l'hôtel.

— Et tu vas faire quoi à cette place-là? demanda l'hôtesse en se tournant vers Angélina.

— Le ménage des chambres, il paraît.

La conversation tomba subitement à plat et un silence un peu embarrassé s'installa. Angélina finit par le rompre.

— Ça nous gêne pas mal de débarquer comme ça chez vous, fit-elle d'une voix un peu hésitante.

— Ben non, voulut la rassurer Laurette. Ça me fait toujours plaisir d'avoir de la visite.

Le mari et la femme se jetèrent un regard où se lisait un certain désarroi et Laurette ne fit rien pour leur faciliter la tâche.

— S'il y avait eu moyen de faire autrement, on l'aurait fait, finit par dire Émile dont la pomme d'Adam ne cessait de tressauter.

— Pourquoi tu dis ça ?

— Ben. Je sais pas si tu te souviens, mais il paraît que t'as dit à mon père et à ma mère que tu pourrais nous prendre comme pensionnaires quand on viendrait à Montréal, finit par dire Émile.

— C'est pourtant vrai, reconnut Laurette après avoir fait semblant de chercher dans sa mémoire. J'avais complètement oublié.

— J'espère que toi et Gérard, vous avez pas changé d'idée ? reprit le petit-cousin de Gérard.

— Non, non. Ça va nous faire plaisir de vous avoir comme pensionnaires un petit bout de temps, prit-elle le soin de préciser. Quand mon mari va arriver tout à l'heure de son ouvrage, vous vous entendrez avec lui pour la pension.

Émile hocha la tête tandis que Laurette se félicitait d'avoir bien fait comprendre à ses visiteurs qu'elle entendait leur faire payer leur séjour chez elle, même si ce dernier devait être bref.

Quelques minutes plus tard, elle entraîna les Parenteau dans la chambre dont la porte ouvrait sur la cuisine. La pièce de grandeur moyenne était meublée d'un vieux mobilier donné l'année précédente par ses parents. L'unique fenêtre ouvrait sur le balcon, en arrière.

— En attendant que Gérard arrive, vous pouvez toujours vous installer, dit Laurette. J'ai deux couvertes sur le lit. Je pourrai toujours vous en prêter une troisième si vous êtes frileux. Bon, je vous laisse. Moi, j'ai mon repassage à finir.

Un peu après cinq heures, Gérard rentra et découvrit avec stupeur les deux inconnus. L'homme était confortablement installé dans sa chaise berçante et la femme aidait Laurette à dresser le couvert.

— Gérard, c'est ton petit-cousin, Émile Parenteau, et sa femme Angélina, les présenta Laurette.

Le magasinier de la Dominion Rubber salua les intrus sans trop de chaleur.

— Ils viennent s'installer à Montréal, reprit Laurette. Ils aimeraient pensionner un petit bout de temps chez nous en attendant de se trouver un logement. J'ai dit à Émile que tu discuterais avec lui du prix de la pension quand t'arriverais.

— C'est correct, se limita à dire son mari en lui jetant un regard mécontent.

— Vous pourriez peut-être vous installer dans le salon pour régler ça. Pendant ce temps-là, je vais finir de mettre la table. Angélina doit traverser chez Comtois pour acheter son manger. Je vais lui faire une place dans la glacière et dans l'armoire pour ses affaires. À soir, je les ai invités à souper.

Émile quitta la chaise berçante à regret et suivit le maître des lieux dans le salon. Les deux hommes ne revinrent dans la cuisine qu'après le retour d'Angélina, chargée d'un petit sac contenant divers produits. Laurette l'aida à tout ranger. L'atmosphère se réchauffa progressivement durant le souper, de telle sorte qu'après le coucher des enfants les adultes décidèrent de jouer aux cartes tout en écoutant la radio. Henri Letondal expliquait ce soir-là les implications de l'ultimatum lancé quelques jours auparavant par Adolf Hitler au chancelier de l'Autriche.

Un peu avant onze heures, on décida de se mettre au lit. Pendant que Laurette enfilait son épaisse robe de nuit en flanelle, son mari jetait dans la fournaise un demi-seau de charbon. Le couple s'agenouilla près du lit pour leur prière commune avant de se glisser sous les couvertures.

Avant d'éteindre la lumière, Laurette vérifia si la porte de la pièce était entrouverte, de manière à pouvoir entendre les enfants s'ils se réveillaient durant la nuit. Tous les deux dormaient à présent dans la chambre qui ouvrait sur le salon, de l'autre côté du couloir.

— Toi et tes maudites idées! ragea Gérard à mi-voix. On avait ben de besoin d'avoir ces deux-là sur les bras.

— Ils sont pas trop déplaisants, voulut le raisonner sa femme.

— Écoute ben ce que je te dis là, Laurette Brûlé, la prévint son mari. Tu vas voir qu'on va avoir de la misère à se débarrasser d'eux autres. Ils voudront plus décoller d'ici dedans.

— Ah ben! Je voudrais ben voir ça, moi, répliqua-t-elle. Quand on va les avoir assez vus, ils vont prendre la porte et ce sera pas long.

— C'est ce que tu penses, toi!

— Là, on les a pris parce que ça aurait pas été humain de les laisser dehors en plein hiver. Mais aussitôt qu'Émile va s'être trouvé une *job*, ils vont avoir les moyens de se louer un appartement et ils vont partir. En passant, combien tu leur charges de pension?

— J'ai pensé que cinq piastres par semaine, c'était ben assez.

— C'est pas gros pour deux personnes, protesta Laurette.

— J'avais pas prévu qu'on aurait des pensionnaires, persifla son mari. À part ça, on fait juste leur louer une chambre, on les nourrit pas, plaida-t-il. La femme d'Émile va gagner seulement neuf piastres par semaine. Je pouvais tout de même pas demander plus que ce qu'elle est pour gagner.

À cinq heures trente le lendemain matin, Laurette eut la surprise de découvrir Angélina debout et déjà habillée lorsqu'elle entra dans la cuisine.

— Pourquoi tu t'es levée aussi de bonne heure? lui demanda-t-elle à mi-voix pour ne pas réveiller les enfants.

— Je dois partir de bonne heure pour l'ouvrage. Je voulais pas être dans tes jambes pendant que t'allais faire le déjeuner de ton mari. J'ai préparé du thé et de la soupane. Gêne-toi pas si t'en veux.

— T'es ben fine, mais nous autres, d'habitude, on mange juste deux *toasts* le matin. Continue à préparer ton manger, tu me déranges pas. Mais à quelle heure tu t'es levée? demanda Laurette.

— À cinq heures.

— Est-ce qu'Émile est déjà debout lui aussi? demanda Gérard en entrant dans la pièce, les bretelles de son pantalon battant sur ses cuisses.

— Il dort encore. Moi, je dois être à l'hôtel à sept heures. Je sais pas encore quel p'tit char je dois prendre.

— Je vais partir un peu avant mon temps et je vais te montrer lequel prendre sur Notre-Dame, la rassura Gérard.

Vers huit heures, les enfants se réveillèrent et Laurette les fit déjeuner avant de vaquer à son ménage. Lorsqu'elle eut terminé de ranger la cuisine et de faire les lits, elle jeta un regard à l'horloge murale. Il était neuf heures trente.

— Maudit verrat! s'exclama-t-elle. Est-ce qu'il est mort, lui?

Elle alla plaquer son oreille contre la porte de la chambre où dormait Émile Parenteau et ne décela aucun bruit en provenance de la pièce. Elle s'alluma une cigarette avant de ramasser les vêtements qu'elle devait repriser. Elle s'installa dans sa chaise berçante après avoir allumé la radio.

Son pensionnaire n'apparut dans la cuisine qu'une heure plus tard, mal réveillé, en se grattant furieusement le cuir chevelu.

— Est-ce qu'il est ben tard ? demanda-t-il, l'air un peu perdu.

— T'as juste à lever la tête et à regarder l'heure sur l'horloge, répondit Laurette sur un ton neutre en ne prenant même pas la peine de lever le nez de son ouvrage de couture. Il est presque l'heure de dîner.

— Est-ce que ma femme m'a préparé quelque chose à manger ?

— Je le sais pas. Regarde sur la dernière tablette de la glacière. C'est là qu'elle a placé votre manger. En tout cas, elle t'a laissé du thé. Il est encore sur le poêle dans la petite théière bleue. Je vous la prête.

— Bon. Je vais au moins prendre une tasse de thé, dit Émile en se traînant les pieds jusqu'au poêle.

L'homme s'assit à table avec sa tasse fumante. Il s'alluma ensuite une cigarette et resta là, sans bouger, durant de longues minutes.

— T'étais pas supposé aller te chercher une *job* aujourd'hui ? finit par lui demander Laurette.

— Oui, reconnut-il, mais je suis trop fatigué. Je pense que je vais attendre demain.

La mère de famille eut du mal à s'empêcher de lui faire remarquer qu'après une aussi longue nuit de sommeil, il était difficile de croire qu'il était encore fatigué. Le pensionnaire demeura au chaud, dans la maison, toute la journée. Quand sa logeuse lui fit comprendre qu'elle le trouvait encombrant dans la cuisine après son repas du midi, il eut au moins le bon goût de se retirer dans sa chambre.

— Je pense que je vais aller faire un petit somme pour me reposer, lui annonça-t-il de sa voix traînante habituelle, au moment où elle éteignait la radio après avoir écouté *Rue principale*.

— C'est ça, ça va te reposer, dit Laurette, sarcastique.

Angélina ne revint de son travail à l'hôtel qu'un peu après six heures. Elle avait les traits tirés. Elle salua les Morin assis à table en train de souper avant de s'engouffrer dans la chambre où son mari avait pratiquement passé toute la journée.

Quelques minutes plus tard, Laurette frappa à la porte pour prévenir sa pensionnaire qu'elle pouvait venir préparer son repas. Lorsque la jeune femme quitta la pièce, elle entendit clairement Émile lui dire :

— Niaise pas. J'ai faim, moi.

Angélina alla prendre du baloney dans la glacière et emprunta une poêle à sa logeuse pour en faire rôtir quelques tranches.

— Émile a trop faim, expliqua-t-elle à mi-voix à Laurette pour ne pas déranger Gérard qui écoutait *La pension Velder*, à Radio-Canada. Je pense qu'on va se contenter de manger du baloney avec du pain pour souper. Avant de me coucher, à soir, je vais faire cuire un chaudron de binnes. Demain matin, elles devraient être cuites.

— Comment ça a été à ta *job*? lui demanda sa logeuse.

— De première classe, dit la petite femme. Le monde de l'hôtel est ben fin.

Quelques minutes plus tard, Émile consentit enfin à sortir de la chambre et à s'installer à table. Lorsque sa femme lui servit son assiette, il se plaignit ouvertement de ne pas avoir de pommes de terre. Laurette se retint difficilement de lui river son clou. La fin de son repas coïncida avec la fin de l'émission radiophonique. Le chômeur s'alluma alors une cigarette avant de demander à Gérard et Laurette s'il pouvait écouter *Les Belles histoires des pays d'en haut* avec eux.

— Pantoute, se contenta de répondre Gérard d'une voix neutre.

Au moment où l'avare s'en prenait encore une fois à Donalda, en l'accusant d'avoir gaspillé, Angélina, plus discrète que son mari, alla se réfugier dans leur chambre après avoir lavé la vaisselle utilisée pour leur souper.

Lorsque les Morin se retrouvèrent seuls, Laurette eut du mal à ne pas dire à son mari ce qu'elle pensait de son petit-cousin. Elle se retint à grand-peine. Ce dernier n'aurait sûrement pas manqué de lui faire remarquer que l'idée d'accueillir le couple et de leur louer la chambre venait d'elle.

⌁

Deux autres semaines passèrent sans que le temps s'améliore. Février était presque aussi froid et neigeux que le mois précédent. Laurette en était maintenant au troisième mois de sa grossesse sans éprouver le moindre inconfort.

Cinq jours par semaine, Angélina était la première à quitter la maison chaque matin pour aller travailler. Dès six heures, elle endossait son manteau, saisissait son goûter préparé la veille et allait attendre le tramway au coin des rues Fullum et Notre-Dame. La petite femme ne faisait pas plus de bruit qu'une souris. Le plus souvent, Laurette se levait au moment où la porte d'entrée se refermait sur sa pensionnaire.

Par contre, son mari avait un tout autre horaire. Émile ne se levait jamais avant dix heures. Après son déjeuner, Laurette l'entendait traîner les pieds dans sa chambre. Soudain, le sommier gémissait, puis il n'y avait plus aucun bruit.

— Ça y est ! Le sans-cœur est encore en train de dormir ! se disait-elle à mi-voix.

La plupart du temps, elle ne le revoyait qu'au début de l'après-midi. Au moment où les enfants faisaient leur sieste, il sortait de sa chambre et ouvrait la glacière pour en tirer les sandwiches préparés par sa femme. Il mangeait à un bout de la table, l'air buté, avant de disparaître à nouveau dans son antre. Les colères de Jean-Louis, les jeux des enfants, la radio et le bruit de la machine à laver ne paraissaient pas l'empêcher de dormir.

L'homme à la pomme d'Adam saillante ne semblait toutefois pas se rendre compte à quel point son comportement commençait à faire dangereusement bouillir sa logeuse.

— Il m'écœure, ce gars-là ! explosa Laurette, un soir, au moment de se coucher.

— Bon. Qu'est-ce qu'il a encore fait ?

— C'est justement ça, il fait rien, le maudit puant !

— Ça, c'est pas de nos affaires, la prévint son mari. Il paie sa pension tous les vendredis. Le reste, ça nous regarde pas.

— Laisse faire, toi ! Sa femme est une vraie esclave. Il va finir par la faire crever à l'ouvrage pendant que lui, le maudit sans-cœur, il reste là à rien faire. Il mange, il dort et il fume. C'est tout ce qu'il fait de ses journées. Ça fait trois semaines qu'il est ici dedans et il est sorti deux fois pour aller se chercher de l'ouvrage. Il y a tout de même des limites, bonyeu !

— Ça nous regarde pas, répéta Gérard, excédé.

— Oui, ça nous regarde ! le contredit sa femme d'une voix rageuse. S'il se trouve pas d'ouvrage, ils pourront jamais se louer un appartement. Moi, je me vois pas mettre Angélina dehors. Elle mérite pas ça. Lui, c'est d'un bon coup de pied dans le cul qu'il a besoin ! Si ce maudit agrès-là se réveille pas, je vais le réveiller, moi !

— Calme-toi les nerfs, lui ordonna son mari en lui faisant signe de baisser le ton.

— En tout cas, je te dis tout de suite qu'il est mieux de se tenir les fesses serrées s'il veut pas que je le ramasse, poursuivit sa femme sans tenir compte le moins du monde de sa mise en garde. Là, chaque fois que je lui regarde la face, j'ai juste envie de lui mettre ma main sur la gueule pour le réveiller !

— Prends sur toi. Pense que t'es ben contente d'avoir cinq piastres de plus dans ton portefeuille toutes les semaines. Avec ça, on peut se payer des petits luxes et s'en mettre un peu de côté.

Laurette se tut. Elle songeait à ses sorties du samedi qui étaient devenues beaucoup plus plaisantes depuis qu'elle avait un peu d'argent dans sa bourse. Elle eut même un mince sourire au souvenir du dépit évident de son mari le premier samedi où les Parenteau avaient été présents à la maison. Angélina avait spontanément offert de garder les enfants pendant la journée. Ces derniers auraient été aux anges d'être surveillés par la jeune femme, qui adorait les enfants.

— Il en est pas question ! avait tranché Laurette. C'est ta seule journée de congé et t'as besoin d'aller faire tes commissions pour la semaine et de faire ton lavage. Gérard est dans la maison. Il est capable de s'occuper de ses enfants.

— Les hommes auraient pu sortir pour se changer les idées, avait timidement avancé la pensionnaire.

— C'est toi qui as besoin de te changer les idées. Tu travailles comme une esclave toute la semaine. Prends ton samedi pour faire ton ouvrage de maison et respirer un peu. De toute façon, Émile doit être ben trop fatigué pour sortir, avait-elle ajouté sur un ton persifleur.

Les deux hommes avaient accepté de demeurer à la maison sans trop rechigner. Depuis, chaque samedi matin, leurs épouses quittaient l'appartement en même temps.

Pendant que l'une allait faire du lèche-vitrine dans l'ouest de la ville, l'autre faisait ses emplettes pour la semaine. À son retour, Angélina lavait les vêtements du couple et étendait son linge sur des cordes tendues dans la chambre qu'elle occupait avec son mari.

Laurette s'était résignée à faire montre de beaucoup de tolérance envers les Parenteau, par pitié pour Angélina. Elle laissa passer encore deux autres semaines pendant lesquelles elle se contenta de ronger son frein.

Au début d'avril, la neige avait sérieusement commencé à fondre. Les caniveaux suffisaient à peine à absorber l'eau de fonte lorsque le soleil se mettait à briller durant l'après-midi. L'air se réchauffait peu à peu, annonciateur d'un printemps précoce. Laurette songeait déjà à son grand ménage annuel quand la visite d'Isidore Paradis, le nouveau responsable des immeubles appartenant à la Dominion Oilcloth, lui fit réaliser combien le temps avait passé rapidement. L'homme lui avait laissé un nouveau bail à faire signer par Gérard. Il ne comportait aucune augmentation du loyer.

La vue du nouveau bail rappela à la jeune mère de famille que les Parenteau vivaient sous son toit depuis plus de deux mois et qu'Émile n'avait toujours pas cherché sérieusement un emploi.

Ce dernier sortit de sa chambre en se frottant les yeux au moment où elle déposait le bail sur la glacière.

— Qui est-ce qui fait du bruit comme ça aussi de bonne heure? marmonna-t-il.

— De bonne heure! s'exclama Laurette. Mais il est passé dix heures!

— Moi, je trouve ça de bonne heure, répliqua son pensionnaire en ouvrant une porte d'armoire pour y prendre une tasse.

— Si tu veux le savoir, t'as été réveillé par la sonnette de la porte. C'est celui qui s'occupe des maisons de la Dominion Oilcloth qui vient de laisser le nouveau bail.

— Ah bon, fit l'autre, de toute évidence peu intéressé par le sujet.

— Il va ben falloir qu'un jour ou l'autre, tu te décides à te louer un logement, toi aussi.

— J'ai pas les moyens, reconnut Émile en s'allumant une cigarette. Angélina gagne pas assez.

— T'étais pas supposé te chercher une *job*, toi aussi ?

— Oui, je vais finir par en trouver une.

— Ça me fait rien, mais je pense pas que c'est en restant étendu dans ton lit toute la journée que tu vas en trouver une, reprit Laurette sur un ton sarcastique. Il y a personne qui va venir te chercher ici dedans.

— Depuis que j'ai eu la grippe, j'ai de la misère à remonter la côte. Je me fatigue ben vite, dit Émile sur un ton geignard.

— Mais ta femme m'a dit que t'as eu la grippe au commencement de l'automne passé. Elle doit être guérie depuis longtemps.

— Ben non.

— T'es sûr que tu t'écoutes pas un peu trop ?

— Je te le dis, je me sens pas ben pantoute.

— Moi, à ta place, je me sentirais gêné en bout de viarge de me faire vivre par ma femme ! ne put s'empêcher de dire Laurette, plantée devant lui, les poings sur les hanches.

— Ma femme fait ce qu'elle veut. Je l'oblige pas à aller travailler.

— Mais si elle le faisait pas, vous crèveriez de faim. Tu sais ce que je pense ? T'ambitionnes sur le pain béni, Émile Parenteau. Si t'étais mon mari, je te secouerais en maudit. Fais un homme de toi, bonyeu ! Grouille-toi un peu !

— Christ, arrête de me parler comme si t'étais ma mère! s'emporta Émile à son tour. Je te paye notre pension. Le reste te regarde pas pantoute.

— Ben là, j'ai des petites nouvelles pour toi, mon Émile! dit Laurette d'une voix inquiétante, en s'approchant dangereusement de l'homme qui ne put s'empêcher de faire un pas en arrière. Écoute-moi ben! Je te le répèterai pas une autre fois. Je vous garde jusqu'à la fin de la première semaine de mai, pas un jour de plus. Tu m'entends? Je vous garde juste parce que j'ai pitié de ta pauvre femme. Puis viens surtout pas me dire que ça me regarde pas. Ça fait deux mois que je te regarde chienner dans ma maison en attendant que ta femme revienne de travailler pour te servir. Il y a tout de même un boutte, bonyeu! Si je me retenais pas, je te poignerais par la peau du cou pour te secouer. À cette heure que je t'ai dit ce que j'avais sur le cœur, envoye, ôte-toi de devant ma face! Disparais dans ta chambre!

Les deux enfants se mirent à pleurer à l'unisson et Laurette alla les rassurer. Émile ne se fit pas répéter l'invitation. Il rentra dans sa chambre, claqua violemment la porte derrière lui et n'en sortit plus de la journée.

Lorsque Gérard rentra de son travail, sa femme l'intercepta dans le couloir et lui fit signe de la suivre dans leur chambre.

— Qu'est-ce qui se passe?

— Il y a que j'ai parlé dans la face de ton petit-cousin à matin.

Elle lui raconta alors la scène qui avait eu lieu durant la matinée.

— Cybole, Laurette! s'exclama son mari. Il me semble que je t'avais dit que ça te regardait pas pantoute, ce qui se passait entre lui et sa femme. Il a raison quand il dit qu'il paye sa pension et que t'as juste à te mêler de tes affaires.

— Ce qui se passe dans ma maison me regarde, maudit verrat! protesta Laurette. Là, en tout cas, c'est clair à cette heure. Il sait que je les mets à la porte au commencement de mai. Il a juste à se grouiller pour se trouver une *job*.

— Ça va être le *fun* encore de vivre en chicane avec du monde pendant un mois, soupira Gérard, qui savait qu'il n'y avait pas grand-chose à faire pour arranger la situation.

— Moi, ça me dérange pas pantoute, fit sa femme, l'air bravache. Ça faisait assez longtemps que je me retenais de lui dire ce que je pensais de lui, à ce maudit traîne-savates-là.

Lorsque Angélina rentra à son tour, elle retrouva la famille Morin attablée. Laurette avait pris l'habitude de servir le souper aux siens avant son arrivée de manière à ce que le partage de la cuisine se fasse le mieux possible. La jeune femme salua ses logeurs avant d'aller rejoindre son mari, toujours enfermé dans leur chambre. Laurette continua à manger, mais il était évident qu'elle tendait l'oreille. Mais elle en fut pour ses frais. Elle ne perçut que des murmures inaudibles qui durèrent plusieurs minutes.

Angélina ne sortit de la chambre que lorsqu'elle fut certaine que Laurette avait commencé à laver sa vaisselle. Elle plaça sur le poêle un chaudron rempli de soupe aux légumes préparée la veille et dressa son couvert et celui de son mari. Gérard s'était retranché dans le salon en compagnie des deux enfants, laissant les deux femmes seules. Il y eut entre elles un long silence embarrassé que Laurette finit par briser.

— Émile t'a dit que je lui avais parlé à matin?

— Oui.

— Tu sais, j'ai rien contre toi, Angélina, s'excusa Laurette. Je te trouve ben courageuse de faire ce que tu fais. Je lui ai parlé comme ça pour le secouer.

— Tu sais, il a pas une grosse santé.

— Voyons donc, Angélina ! Ouvre-toi les yeux, bonyeu !
Tu vois pas qu'il est ben plus en santé que toi ? Il profite
de toi pour se laisser vivre. Arrête de te laisser manger la
laine sur le dos.

— Il a toujours été comme ça.

— C'est pas une raison, verrat, pour le laisser continuer ! protesta Laurette.

— Je sais vraiment pas ce qu'on va devenir, chuchota
alors Angélina, au bord des larmes.

— T'as juste à lui dire que t'arrêtes de travailler dans
deux semaines, que t'en peux plus. Il va ben être obligé de
se trouver de l'ouvrage s'il veut pas mourir de faim.

— Tu penses ?

— Essaye, tu vas ben voir. Qu'est-ce que tu risques ?
Tu peux pas continuer comme ça. T'es en train de te
crever à l'ouvrage.

— J'ai ben peur qu'il te fasse la baboune, dit la petite
femme en lui adressant un demi-sourire.

— Ça me fait pas un pli. Il peut faire la baboune tant
qu'il voudra. Je peux te garantir que, moi, je l'endurerai
plus à traîner dans la maison toute la journée à partir de
demain. Je te passe un papier qu'il va aller s'en chercher
de l'ouvrage, veut, veut pas. De toute façon, je vais dire à
Gérard de lui parler, à ton flanc-mou.

Lorsque Laurette vit Angélina déposer les bols de
soupe fumante sur la table, elle s'éclipsa à son tour au
salon. Elle demanda alors à son mari de convaincre leur
pensionnaire de se mettre sérieusement à la recherche
d'un emploi.

— Il en est pas question, tu m'entends ? s'emporta
Gérard à mi-voix. Ça me regarde pas. Tu lui as dit que tu
les sacrais dehors à la fin de la première semaine de mai.
Ben, jusque là, il fera ben ce qu'il voudra. Moi, je m'en

mêle pas. Et je te défends de t'en mêler. T'as assez fait de trouble comme ça !

Laurette se le tint pour dit. Quand son mari élevait la voix, elle savait qu'elle ne parviendrait pas à le faire changer d'avis.

Contre toute espérance, Émile passa la journée du lendemain à la maison, comme à son habitude. Il se leva à la fin de l'avant-midi, vint chercher son goûter dans la glacière et s'enferma dans sa chambre jusqu'à l'heure du souper, ne sortant de la pièce que pour se rendre à la salle de bain. Tout dans son comportement prouvait qu'il ne cherchait qu'à braver sa logeuse. Il ne lui adressa cependant pas le moindre regard.

— C'est ça, mon Émile, fais la baboune, se moqua-t-elle à voix basse après que le chômeur eut refermé la porte derrière lui. Tu me fais ben peur.

Toute la journée, elle dut tout de même faire un énorme effort de volonté pour ne pas l'interpeller chaque fois qu'elle l'apercevait. Elle se demandait bien si Angélina avait menacé son mari de cesser de travailler.

Le surlendemain, Émile quitta la maison assez tôt et ne revint qu'à la fin de l'après-midi. Le même scénario se reproduisit les jours suivants, pour le plus grand soulagement de Laurette.

Quelques jours plus tard, réussissant enfin à se retrouver seule avec Angélina, Laurette s'enquit de la situation.

— Est-ce que ton mari s'est trouvé une *job* ? demanda-t-elle à sa pensionnaire.

— Non, mais il me dit qu'il cherche, chuchota la femme d'Émile, un peu mal à l'aise d'aborder encore une fois ce sujet avec elle.

— En tout cas, je peux te dire que ton mari part de bonne heure de la maison tous les matins et qu'il revient juste un peu avant toi.

— C'est ce qu'il me dit.

Finalement, la chance sourit aux Parenteau. Avant la fin de la semaine, Émile dénicha un travail d'homme à tout faire. Ce soir-là, il consentit à sortir du mutisme dans lequel il s'était volontairement enfermé depuis plusieurs jours. Il s'adressa uniquement à Gérard après avoir versé une généreuse quantité de mélasse dans son assiette.

— Tu vas pouvoir dormir tranquille, je me suis trouvé une *job* chez Wilsil, une compagnie dans l'ouest de la ville, annonça-t-il à son petit-cousin de son habituelle voix traînante.

— Je suis ben content pour toi, répondit Gérard en feignant d'ignorer l'agressivité évidente de son pensionnaire. Ils font quoi dans cette compagnie-là ?

— Ils préparent de la viande.

— Quand est-ce que tu commences ?

— Lundi matin. Demain matin, on va se chercher une chambre plus proche de notre ouvrage. Il paraît qu'il y en a des pas chères dans Saint-Henri, ajouta-t-il en laissant sous-entendre que les Morin avaient profité d'eux en exigeant un prix exagéré pour la location de leur chambre.

Gérard lança un regard d'avertissement à sa femme, qui se préparait à intervenir, avant de répondre calmement :

— J'espère que tu vas en trouver une.

Sur ce, il se leva et alla allumer la radio installée sur une tablette, au-dessus de la glacière, signifiant ainsi qu'il ne voyait pas l'intérêt de poursuivre la conversation. Émile finit de manger, but sa tasse de thé et retourna dans sa chambre. L'air buté, Angélina se dépêcha de laver la vaisselle et alla rejoindre son mari après avoir tendu à Laurette les cinq dollars de location hebdomadaire.

On aurait dit que la petite femme avait soudainement choisi son camp. Après avoir semblé prendre le parti de

Laurette, elle paraissait maintenant appuyer sans réserve la conduite de son mari et s'être joint à sa bouderie.

— Fais du bien à un cochon, murmura Laurette, et il viendra…

— Qu'est-ce que tu dis? lui demanda Gérard, intrigué de la voir parler seule.

— Laisse faire. Je me comprends. Garde les enfants. Il faut que j'aille chez Comtois.

Le lendemain avant-midi, Laurette partit faire la tournée des grands magasins, comme tous les samedis. À son retour, elle trouva Gérard occupé à fabriquer sa provision de cigarettes pour la semaine. À son entrée dans la cuisine, elle jeta un regard vers la porte de la chambre louée aux Parenteau et s'aperçut que la pièce était vide.

— Ils sont pas encore rentrés? demanda-t-elle à son mari qui avait entrepris de couper le tabac qui dépassait des tubes blancs avec une paire de ciseaux.

— Ils sont partis, laissa-t-il tomber.

— Comment ça, partis?

— Ben oui. Ils ont trouvé une chambre à Saint-Henri et ils l'ont louée. Ils sont revenus à l'heure du dîner. Ils ont fait leurs bagages et ils sont partis.

— Tu parles de deux beaux sauvages, toi! Il me semble qu'ils auraient pu m'attendre pour me dire merci.

— Ben non. Il faut croire qu'ils ont pensé nous avoir assez ben payés pour la chambre.

— Ah ben! Ça m'apprendra à aider le monde, conclut Laurette en allumant une des cigarettes que son mari venait de confectionner. C'est pas demain la veille qu'ils vont remettre les pieds ici dedans, ces deux ingrats-là! Bon débarras! Si c'est comme ça, on va pouvoir commencer notre ménage la semaine prochaine sans les avoir dans les jambes. En plus, on va pouvoir souper à l'heure qu'on veut, maintenant qu'ils sont plus là.

— Et l'argent?

— Laisse faire l'argent, fit Laurette. On s'en passait avant. On est capables de continuer à vivre sans leurs maudits cinq piastres.

Au fond, la jeune mère de famille regrettait déjà la perte de cet appoint important à son budget hebdomadaire. Elle allait devoir réapprendre à compter le moindre sou. Elle réprima une grimace et se rendit dans le salon pour vérifier que ses deux enfants jouaient tranquillement.

~~~

Le lundi matin suivant, Gérard prit bien soin d'avertir sa femme avant d'aller travailler.

— Je veux pas te voir commencer à laver des plafonds et des murs. Tu m'entends? Organise-toi pas pour perdre le petit. T'as presque six mois de faits.

— C'est correct, accepta Laurette. Je vais laver les armoires en t'attendant.

— C'est ça. À soir, je vais ôter les châssis doubles et poser les jalousies. Tu pourras laver les fenêtres demain, si t'as le temps. De toute façon, il y a pas de presse. On est juste à la mi-avril.

Le soir venu, le magasinier de la Dominion Rubber eut le temps d'effectuer tout ce qu'il avait projeté avant le coucher du soleil. Après le repas, il demanda à sa femme d'étaler des journaux dans le couloir et la cuisine et entreprit de retirer par sections la quinzaine de tuyaux noirs allant de la fournaise à la cheminée située derrière le poêle à huile. Il sortit chacune avec mille précautions pour aller en faire tomber la suie accumulée durant l'hiver dans l'une des deux poubelles métalliques sur le balcon. L'installation de tous ces tuyaux retenus en place par des broches fixées au plafond demanda une bonne heure de travail.

— Le pire est fait, déclara Laurette au moment où son mari rangeait son escabeau. Il va juste rester à laver. Demain soir, on va commencer par la chambre d'en arrière. L'Émile a tellement fumé là-dedans que les murs sont jaunes.

Gérard et Laurette travaillèrent pratiquement chaque soir de la semaine suivante, désirant tous les deux terminer rapidement le grand ménage du printemps. La température se faisait de plus en plus douce au fur et à mesure qu'on approchait du mois de mai et le couple avait envie de pouvoir bientôt en profiter à son aise.

Le samedi, Laurette renonça à sa sortie hebdomadaire pour aider son mari à laver le salon, la dernière pièce à nettoyer. Des claquements de portières devant la maison poussèrent la jeune femme à tourner la tête vers la fenêtre.

— C'est pas vrai ! s'exclama-t-elle à mi-voix. Pas eux autres ! On les a pas vus depuis les fêtes et il faut qu'ils nous tombent sur le dos en plein ménage.

— Qu'est-ce qu'il y a ? lui demanda Gérard, en train de laver le plafond, debout sur l'une des dernières marches de son escabeau.

— V'là ton père, ta mère, Rosaire et Colombe, en plein samedi après-midi. Bonyeu, ils ont pas autre chose à faire que se promener, eux autres !

Sur ce, Laurette s'efforça de se coller un sourire dans le visage avant d'aller ouvrir la porte aux visiteurs. Denise et Jean-Louis étaient déjà dans le couloir pour voir qui arrivait.

— Entrez, entrez, fit Laurette. Vous nous poignez en plein barda de printemps, ajouta-t-elle pour excuser sa tenue et l'odeur d'eau de Javel qui régnait dans la maison.

— On veut pas vous déranger longtemps, fit Rosaire en laissant passer devant lui sa belle-mère, sa femme et son beau-père.

Gérard apparut dans le couloir et serra la main de son père et de son beau-frère après avoir embrassé sa mère et sa sœur.

— Venez vous asseoir dans la cuisine. Au moins, là, c'est en ordre, précisa l'hôtesse en poussant ses enfants devant elle.

— Qu'est-ce que vous faites en ville aujourd'hui ? demanda Gérard en allumant une cigarette après en avoir offert à ses invités qui, tous, refusèrent.

— Tu le sais pas encore, mais Rosaire et Colombe déménagent à Montréal la semaine prochaine, lui annonça sa mère.

— Dites-moi pas ça ! s'exclama Laurette. Où est-ce que vous allez rester ? demanda-t-elle à Colombe, qui n'avait pas encore ouvert la bouche depuis son entrée dans l'appartement.

— Sur le boulevard Saint-Joseph, pas loin de la rue Papineau.

— Sacrifice ! Vous vous en allez dans un coin où les loyers sont pas donnés, ne put s'empêcher de s'écrier la maîtresse de maison, parvenant mal à cacher son envie.

— Ils s'en vont rester dans une vraie belle maison, sentit le besoin d'ajouter Lucille.

— Comment ça se fait que tu lâches Saint-Hyacinthe ? demanda Gérard à son beau-frère.

— Cummings m'a transféré au bureau-chef. J'avais pas le choix, il fallait qu'on déménage, expliqua Rosaire en allumant un cigare qu'il venait de tirer de la poche de poitrine de son veston.

— Il a été nommé superviseur, se rengorgea sa belle-mère.

— Est-ce que c'est pour ça que tu fumes le cigare à cette heure ? lui demanda Laurette, sarcastique.

— Non. C'est parce que ça prend plus de temps à fumer qu'une cigarette, répondit Rosaire en riant.

— Félicitations, le beau-frère, dit Gérard sans la moindre trace de jalousie. Est-ce que ça veut dire que tu vendras plus de chars?

— Pantoute. Je veux continuer. Je vais avoir une grande cour en arrière de notre nouvel appartement. J'ai l'intention de garder là un ou deux chars à vendre.

— De quoi a l'air ton nouveau logement? demanda Laurette à sa belle-sœur.

— C'est un très bel appartement, s'empressa de dire Lucille avant même que sa fille ait eu le temps de répondre. La maison est quasiment neuve. Elle a juste cinq ans. Pensez donc, Laurette, une maison en brique et en pierre de taille. Ils ont loué un grand cinq et demi au rez-de-chaussée. C'est de toute beauté.

— Je vais avoir toute la place qu'il me faut pour mon piano, parvint à dire Colombe en affichant un petit air déplaisant.

— On vient d'aller le visiter, précisa Conrad. C'est sur un beau boulevard. Le quartier m'a l'air pas pire.

— C'est sûr que ça doit être pas mal plus beau qu'ici, fit sa bru, acide.

— C'est juste un peu plus neuf, fit remarquer Rosaire, avec son habituelle diplomatie. Inquiète-toi pas, ça finira ben par vieillir comme tout le reste, ajouta-t-il, pour consoler sa belle-sœur.

— Vas-tu peinturer avant d'entrer là? demanda Gérard.

— Oui. Il faut que je peinture partout. Je vais commencer la semaine prochaine.

— Je vais aller te donner un coup de main, lui offrit généreusement son beau-frère.

Pendant quelques minutes, on parla de ce que le jeune couple aurait à faire avant d'être installé dans son nouvel appartement. Laurette se taisait, en proie à une profonde jalousie. Pourquoi Colombe avait-elle la chance de s'établir dans un beau quartier alors qu'elle devait élever ses enfants dans un appartement misérable infesté par les rats où on gelait tout l'hiver? Elle était certaine que là où sa jeune belle-sœur allait vivre, l'air ne transportait pas les effluves des compagnies de la rue Notre-Dame et qu'il y avait des arbres et de l'herbe.

— Prendriez-vous un verre de liqueur? offrit l'hôtesse en surmontant difficilement sa mauvaise humeur. J'ai du *cream soda* et de l'orangeade.

— Merci, ma fille, mais on sera pas longtemps, la remercia sa belle-mère. Colombe et Rosaire veulent aller voir s'ils trouveraient pas un beau mobilier de salle à manger en érable pour leur nouvel appartement.

— Il y a pas de crainte à avoir, ils vont en trouver s'ils sont prêts à payer le prix.

— À propos, j'ai eu la visite d'Anne Parenteau, reprit sa belle-mère. C'est elle qui m'a appris que son garçon et sa femme restaient plus chez vous.

— Ils sont partis la semaine passée, se contenta de dire Gérard. Émile a fini par se trouver une *job* chez Wilsil. Il a décidé de se louer une chambre à Saint-Henri pour être plus proche de son ouvrage.

— C'est ce que m'a dit sa mère. Il paraît que lui et sa femme étaient pas trop contents de la façon que vous les avez traités, dit Lucille en jetant un regard entendu à sa bru.

— Ah oui? Qu'est-ce qu'ils ont bavassé dans la famille? demanda Laurette, l'air mauvais.

— D'après ce qu'Anne Parenteau m'a raconté, reprit sa belle-mère sans tenir compte du mécontentement évident de sa bru, ils avaient rien à reprocher à Gérard, mais…

— Mais quoi, madame Morin?

278

— Mais il paraît que vous avez été très dure avec Angélina et son mari.

— Ah ben, maudit verrat, par exemple! s'emporta Laurette en se levant d'un bond. J'aurai tout entendu dans ma chienne de vie! On ramasse deux pouilleux à moitié morts de froid devant notre porte, en plein mois de janvier, on les aide par pure charité chrétienne et c'est comme ça qu'ils nous remercient!

— La mère d'Émile m'a dit que vous leur avez chargé pas mal cher pour leur chambre.

— Pas mal cher, cinq piastres par semaine pour deux personnes! Il faut pas exagérer, bonyeu! Si c'était vrai, il y avait rien qui les obligeait à rester ici dedans. Ils avaient juste à aller se faire héberger ailleurs! Ça m'apprendra. C'est pas demain la veille que je vais aider quelqu'un de la famille. Je vais vous dire ce que je pense, madame Morin. On a eu tout un beau couple sur les bras pendant plus que deux mois. Une sans-dessein et un sans-cœur. C'est pas le prix de la pension qu'ils ont pas aimé, c'est de se faire secouer comme il faut tous les deux. Moi, j'avais jamais vu ça un homme qui dormait toute la journée pendant que sa femme allait travailler pour le faire vivre. Pas dans ma famille, en tout cas. Mais ils sont certainement pas allés raconter ça partout, je suppose.

Lucille se gourma, mais se garda bien de répliquer de peur d'attiser la colère de sa bru. Rosaire et Colombe, mal à l'aise devant cette explosion de colère, firent diversion en câlinant les enfants.

Embarrassé, Conrad s'empressa de changer de sujet de conversation. Se tournant vers son fils, il parla de ce que Adolf Hitler, l'homme à la petite moustache ridicule, était en train de faire en Allemagne.

Moins d'une demi-heure plus tard, les invités quittèrent la maison. Après leur départ, Laurette s'empressa d'aller rejoindre son mari dans le salon. Les manches retroussées, Gérard avait repris la corvée de nettoyage interrompue.

— Moi, ta famille, je peux plus la sentir! s'emporta-t-elle.

— Qu'est-ce qu'elle a, ma famille?

— Elle a qu'elle manque jamais une chance de nous mépriser. T'as entendu ta mère. Nous autres, les pauvres, on reste dans un trou. C'est pas comme chez ta sœur qui, elle, va rester dans un château! Même si ta mère continue à me dire «vous» pour me faire sentir que je suis une étrangère, elle rate pas une occasion de m'écœurer. J'ai profité des Parenteau, à cette heure, et je les ai maltraités, à l'entendre. Elle est bonne, celle-là! Pas de saint danger qu'elle me demande mon opinion. Ben non! Moi, je suis juste la bru, celle qui a pas de classe, celle qui fume et qui parle mal.

— Arrête donc de dire n'importe quoi. Tu sais ben que ma mère t'haït pas pantoute, dit Gérard pour la calmer.

— Bâtard! Si elle m'aime, elle le cache ben en maudit!

Gérard poussa un soupir d'exaspération. Décidément, il serait toujours tiraillé entre sa femme et sa famille.

Chapitre 16

Le carême

Le premier mercredi de mars de l'année suivante, Annette pénétra chez sa fille après avoir sonné. Elle trouva Laurette occupée à changer les langes du dernier bébé sur la table de cuisine.

Huit mois plus tôt, Laurette avait donné naissance à son autre garçon, Gilles. Rosaire et Colombe avaient été choisis parrain et marraine du troisième enfant du couple. Cette dernière naissance avait imposé un réaménagement des chambres, c'est ainsi qu'il fut décidé, à compter de ce jour, que Denise, maintenant âgée de près de cinq ans, occuperait la chambre située à l'arrière de la maison, alors que Jean-Louis dormirait dans la pièce voisine du salon.

— Dérange-toi pas, c'est juste moi, lui cria-t-elle en retirant son lourd manteau de drap.

— Venez vous réchauffer m'man. Il y a du thé ben chaud sur le poêle.

Jean-Louis et Denise vinrent au-devant de leur grand-mère et cette dernière se pencha pour les embrasser.

— Vous avez pas peur du froid? lui fit remarquer Laurette en lui tendant le gros bébé de huit mois qu'était devenu son dernier-né.

— On gèle pas tant que ça. Je suis venue parce que c'est le mercredi des Cendres et j'ai pensé que je pouvais ben garder les petits pendant que t'irais à l'église, à deux heures.

— Je peux ben me passer des Cendres, laissa tomber Laurette, peu enthousiaste à l'idée d'assister à la cérémonie qui inaugurait officiellement le carême chaque année. Gérard y serait allé à soir et ça aurait fait la même chose.

— Ben non, Laurette, la reprit sa mère, l'air sévère. T'oublies que Denise commence l'école l'année prochaine et que c'est le temps que tu l'habitues à aller à l'église… Je suppose que tu lui as déjà fait choisir quel sacrifice elle était pour faire durant le carême?

— Pas encore, m'man. J'ai pas eu le temps pantoute de penser à ça.

— Il faut le prendre, le temps, la sermonna Annette. C'est important. Oublie pas que t'es une mère de famille et que t'as à élever tes enfants comme il faut. Pour Denise, si tu veux pas t'en occuper, je vais l'amener avec moi à l'église, mais c'est plus ton rôle que le mien de faire ça.

— Non, vous avez raison. Je vais y aller.

— Tout en marchant avec la petite, aide-la donc à choisir sa pénitence… et choisis aussi la tienne, en même temps, ajouta Annette avec un petit sourire moqueur.

Quelques minutes plus tard, Laurette quitta l'appartement d'un pas résigné, la petite main de sa fille dans la sienne. Elle se serait bien passée de cette sortie à l'église en plein milieu de la semaine. Mais comment échapper à la surveillance de sa mère? Devant elle, elle se sentait souvent redevenir une petite fille.

Après l'imposition des Cendres, qui lui avait paru interminable, elle discuta avec sa fillette sur le chemin du retour.

— T'es devenue une grande fille, lui dit-elle. L'année prochaine, tu vas faire ta première communion. Pendant le carême, on fait toujours une promesse qu'on essaye de tenir jusqu'à Pâques. Qu'est-ce que tu dirais si on se privait de sucré toutes les deux?

Denise accepta sans protester et Laurette, fière d'avoir rempli correctement son rôle de mère chrétienne, rentra à la maison, persuadée d'entreprendre le carême du bon pied.

Ce soir-là, Gérard ne parvint à avoir la paix qu'après être lui aussi allé recevoir les Cendres. À son retour de l'église, sa femme l'attendait dans la cuisine.

— Denise et moi, on mangera pas de sucré jusqu'à Pâques, lui annonça-t-elle. Toi, qu'est-ce que tu promets?

— Je te le dis pas.

— Envoye! Dis-le, lui ordonna-t-elle, mi-sérieuse.

— Je trouve que ça te regarde pas pantoute, protesta son mari, poussé dans ses derniers retranchements.

— Je te connais, Gérard Morin, fit sa femme en élevant la voix. T'as rien promis, c'est ça, hein?

— J'ai promis de pas fumer à partir de demain, dit Gérard, à contrecœur. T'es contente là?

— Tu vas être capable de tenir quarante jours sans fumer, toi?

— Certain, affirma Gérard. C'est ça que t'aurais dû promettre, toi aussi.

— Je fume pas assez pour que ce soit un vrai sacrifice qui en vaille la peine, rétorqua Laurette, l'air convaincu.

Gérard n'ajouta rien, mais tout dans son comportement indiquait qu'il n'en croyait rien. En toute honnêteté, Laurette avait bien caressé durant un bref moment l'idée de se priver de tabac pendant le carême, mais la seule idée de ne pouvoir allumer une cigarette pour accompagner sa tasse de thé ou pour clore un repas l'avait fait reculer. Elle avait mille fois préféré choisir de se priver de dessert.

— Oublie pas que c'est toi et la petite qui mangerez pas de sucré. Moi, j'ai pas à pâtir de votre promesse durant le carême, lui rappela Gérard, moqueur.

— Inquiète-toi pas. Tu vas toujours avoir de la mélasse et des biscuits Village dans l'armoire.

~~~

En ce début d'avril 1939, l'humeur du curé Crevier était aussi maussade que la température extérieure. Il pleuvait depuis près d'une semaine et cela le déprimait.

— Moi, quand je lui vois cette tête-là, dit Eugénie Gagnon à la ménagère en claquant la porte de sa cuisine, je le battrais. Il arrête pas de chialer depuis deux jours. Ma foi du bon Dieu, on dirait qu'il prend plaisir à trouver des bibittes partout.

— De qui vous parlez, madame Gagnon? lui demanda la ménagère, assise au bout de la table, en train de finir de dîner.

— De monsieur le curé, avoua la cuisinière à mi-voix.

Amélie Dussault poussa un soupir d'exaspération. Elle aussi en avait assez de supporter les sautes d'humeur de tout un chacun au presbytère. Si le curé Crevier ne cessait pas de critiquer tout ce qu'elle faisait. S'il n'arrêtait pas, elle allait partir et il devrait se débrouiller pour trouver une autre ménagère. Il y avait tout de même une limite à être exigeant!

— Qu'est-ce qu'il y a encore? murmura Amélie.

— Je lui ai demandé si vous pouviez encore engager madame Morin pour le ménage de printemps. Il a pas voulu. Il trouve qu'il se dépense trop d'argent ici dedans. Il a même eu le front de me dire qu'on gaspillait trop en nourriture au presbytère! Avez-vous déjà vu une affaire de même, vous, madame Dussault? Il calcule tout. Il est à la veille de venir voir si mes épluchures de patates sont pas trop épaisses.

La quinquagénaire aussi haute que large était tout simplement outrée.

— Si c'est comme ça, c'est bien de valeur pour lui, mais il y aura pas de grand ménage de printemps ici dedans, fit la ménagère d'une voix tranchante. Quand il se plaindra que c'est moins propre, je lui expliquerai pourquoi, ajouta-t-elle. Au fond, c'est une bonne affaire qu'il ait refusé. J'ai aperçu la petite Morin la semaine passée, elle attend encore un petit et je pense pas qu'elle aurait pu venir me donner un coup de main.

— Moi, je veux bien comprendre qu'il soit inquiet parce que les quêtes arrêtent pas de baisser et que le conseil de fabrique lui a encore demandé de diminuer les dépenses du presbytère, mais il faut pas charrier, reprit la cuisinière. Bonne sainte Anne, il y a pas de gaspillage ici dedans ! Vous me croirez pas, mais il me reproche même de servir de trop grosses assiettées à l'abbé Léger. Le pauvre vicaire est en train de mourir de faim. On a beau être dans la semaine sainte, c'est pas une raison pour jeûner tous les jours.

— Entre nous, ma bonne madame Gagnon, l'abbé Léger doit bien peser pas loin de trois cents livres, dit la ménagère sur un ton narquois. Il pourrait se priver de temps en temps, et ça lui ferait juste un peu de bien.

— Vous dites ça parce que la nourriture vous intéresse pas, madame Dussault, protesta la cuisinière. Priver quelqu'un sur le manger, moi, je trouve pas ça chrétien. En tout cas, j'ai dit à monsieur le curé que s'il était pas content, il avait qu'à me laisser mettre les plats sur la table et servir lui-même ses vicaires. Ce serait pas la fin du monde, après tout. On est rendus juste avec deux vicaires depuis que l'abbé Claveau a été nommé curé à Sainte-Cunégonde.

— Qu'est-ce qu'il vous a répondu ?

— Il a été bête comme ses pieds, comme d'habitude. Il m'a dit de me contenter de faire ce qu'il me disait, rien de plus.

～⌒つ

Au même moment, Laurette s'assit pesamment sur sa chaise berçante dans sa cuisine et attira à elle le panier dans lequel elle avait déposé les vêtements à repriser. Elle avait les jambes enflées et se sentait épuisée. Denise et Jean-Louis se poursuivaient autour de la table en hurlant à qui mieux mieux.

— Arrêtez de crier comme des fous et assoyez-vous! leur ordonna-t-elle sèchement. Vous allez finir par réveiller votre frère. Si vous vous calmez pas, vous allez retourner vous coucher.

Les deux enfants cessèrent immédiatement leur jeu pour aller s'asseoir sagement à la table. Jean-Louis reprit ses craies pour colorier dans un vieux catalogue de Dupuis Frères pendant que sa sœur s'occupait de sa vieille poupée de chiffon. Avant de s'emparer d'une première pièce de vêtement à raccommoder, la mère de famille regarda longuement ses deux aînés et pensa que dans deux mois à peine, un quatrième enfant allait venir s'ajouter à sa famille... Elle avait eu bien peu de répit après la naissance de Gilles. Durant un bref moment, elle se rappela la conversation qu'elle avait eue avec sa belle-mère au jour de l'An.

Elle venait à peine de retirer son manteau en arrivant chez ses beaux-parents que Lucille Morin s'était exclamée à mi-voix:

— Mon Dieu, Laurette, venez pas me dire que vous êtes encore en famille?

— On dirait ben, s'était-elle contentée de répondre.

— Si ça a du bon sens! À combien allez-vous vous arrêter?

— Demandez ça à votre garçon, madame Morin. C'est lui le père, après tout.

— Ça me regarde pas, ma fille, mais à votre place, je prendrais des moyens si Gérard est pas raisonnable. Vous savez, c'est dans les familles nombreuses qu'on retrouve le plus d'enfants anormaux.

— Vous avez raison, belle-mère, ça vous regarde pas, avait-elle sèchement répliqué avant d'aller rejoindre son mari, qui avait déjà pris place dans le salon de ses parents.

Encore une fois, cette scène désagréable avait jeté un froid entre les deux femmes durant le reste de la journée. Toutefois, Laurette s'était bien gardée de parler de cette scène désagréable à son mari.

Cependant, les remarques de sa belle-mère l'avaient sérieusement troublée et elle n'avait pas cessé d'y songer durant les jours suivants. Peut-être avait-elle raison, malgré tout ? Chose certaine, elle ne voulait pas prendre le risque de mettre au monde un enfant qui ne serait pas normal. Elle s'était alors promis d'aborder la question avec Gérard. Puis les semaines avaient passé et elle avait fini par renoncer à son projet.

En ce jeudi saint, elle se sentait très fatiguée, même s'il n'y avait que la moitié de la journée d'écoulée. S'il pouvait cesser de pleuvoir, elle pourrait au moins envoyer Denise et Jean-Louis jouer dans la cour. La petite Gravel descendrait probablement jouer avec eux.

— C'est vrai que c'est pas une vie d'être presque tout le temps en famille à pleine ceinture, se dit-elle subitement à mi-voix en s'apitoyant sur son sort.

Elle fut tirée de ses pensées par des coups discrets frappés à la porte d'entrée. La jeune femme de vingt-sept ans quitta sa chaise berçante avec peine et alla ouvrir. Elle découvrit sa mère debout sur le pas de sa porte.

— C'était barré et j'ai pas sonné parce que je voulais pas risquer de réveiller les petits, expliqua Annette en pénétrant dans l'appartement.

— Ils sont réveillés depuis un bon bout de temps, m'man. Je peux même vous dire qu'ils sont pas du monde aujourd'hui. J'ai hâte de les envoyer jouer dehors. Il y a juste Gilles qui fait encore son somme de l'après-midi.

— C'est un bon bébé que t'as là, lui fit remarquer Annette en tendant le cou alors qu'elle passait devant la porte de la chambre de sa fille pour apercevoir le poupon qui dormait dans son petit lit.

— J'ai pas à me plaindre, reconnut Laurette. Vous, m'man, vous avez pas peur d'attraper une bonne grippe à vous promener dehors quand il mouille comme ça ?

— T'as pas regardé dehors ? Il a arrêté de mouiller depuis une demi-heure au moins. Quand j'ai vu ça, j'ai pensé venir garder les petits pour te permettre d'aller te confesser pour faire tes Pâques.

— Vous auriez pas dû vous déranger. J'aurais pu attendre à soir. Il y a aussi des confessions après le souper.

— Il va y avoir ben trop de monde, lui expliqua sa mère. Dans ton état, t'es pas pour aller te planter pendant des heures à la porte d'un confessionnal pour attendre ton tour.

— Vous êtes ben fine, m'man. Si c'est comme ça, je vais en profiter tout de suite. En plus, ça va me permettre de prendre l'air.

— C'est ça. Tu pourras en profiter pour t'accuser d'avoir manqué une couple de fois pendant le carême à ta promesse de pas manger de sucré, se moqua sa mère.

— Ah ben, vous êtes pas gênée, vous ! s'exclama Laurette, à demi sérieuse. Vous saurez que j'ai pas triché une seule fois.

— Pas une fois ?

— Jamais… J'ai de la volonté, vous saurez. Mais c'est vrai qu'il est temps que ce carême-là finisse. J'aime autant vous dire que je vais faire un gros gâteau pour Pâques. Je pense même que je vais en manger la moitié, moi toute seule.

Après avoir endossé son vieux manteau de printemps noir et coiffé son chapeau, Laurette prit la direction de l'église Saint-Vincent-de-Paul. Tout en se dirigeant vers la rue Fullum, elle tira bien inutilement sur les pans de son manteau pour le refermer.

La jeune femme avait encore pris un peu de poids. Chacune de ses maternités avait enrobé un peu plus sa silhouette. Prise par ses soucis de mère de famille et de ménagère toujours à court d'argent, elle s'était très peu préoccupée de la cinquantaine de livres venue l'alourdir depuis son mariage. Lorsqu'elle se rendait compte qu'un vêtement ne lui allait plus, elle mettait habituellement cela sur le compte d'une grossesse en cours, ce qui ne l'empêchait nullement de se promettre de retrouver sa ligne de jeune fille après la naissance du bébé attendu.

— Au moins, toute cette pluie-là va avoir lavé les rues et les trottoirs, se dit-elle en tournant au coin de la rue Sainte-Catherine.

Après avoir parcouru une centaine de pieds, elle escalada avec peine les marches conduisant aux portes de l'église et pénétra dans le sanctuaire.

Les lieux étaient plongés dans la pénombre. Les vitraux ne laissaient passer que peu de lumière en cette sombre journée nuageuse. Seules quelques appliques murales étaient allumées. Une odeur d'encens flottait dans l'air. Quelques fidèles, surtout des femmes et des vieillards, étaient agenouillés ou assis un peu partout. Deux vieilles dames, debout dans les allées, exécutaient un chemin de croix et s'arrêtaient à chacune des stations.

Laurette trempa le bout de ses doigts dans l'eau du bénitier, se signa et repéra les deux seuls confessionnaux occupés par des confesseurs. Une ampoule allumée au-dessus de la porte de chacun indiquait leur présence. Elle entra dans un banc situé à faible distance du confessionnal le plus proche et s'y s'agenouilla un instant. Par souci de discrétion, cinq ou six personnes attendaient, debout, à quelques pieds des portes qui flanquaient l'isoloir central, où le prêtre officiait.

Laurette décida de prendre quelques minutes pour réfléchir à ce qu'elle allait avouer au prêtre, son tour venu. Elle s'assit. La vue d'une brassée de rameaux laissée sur la sainte table, à l'avant de l'église, fit naître un souvenir qui l'incita involontairement à sourire.

L'année de ses douze ans, elle avait découvert une boîte remplie de rameaux sur le trottoir de la rue Dufresne en revenant de l'école Sainte-Catherine. La boîte avait proba-blement échappé à l'attention d'un livreur. Elle s'était empressée de la dissimuler sous un balcon. Après la classe, elle avait rempli son sac d'école de rameaux qu'elle était allée vendre de porte en porte dans le quartier en disant que c'était pour permettre à sa mère d'acheter de la nour-riture pour elle et ses petits frères.

Plusieurs ménagères s'étaient laissées attendrir et lui avaient tendu les deux sous demandés en échange d'un rameau. Le subterfuge aurait été parfait si la parente d'une voisine demeurant sur la rue De Montigny ne l'avait pas reconnue quelques jours plus tard, au moment où elle sortait de chez elle. Cette dernière s'était dépêchée de tout raconter à Annette qui ne l'avait vraiment pas trouvée drôle. À son retour de l'école, Laurette avait eu droit à une mémorable fessée qui lui avait enlevé toute envie de recommencer. Le pire avait été que sa mère l'avait obligée, le dimanche suivant, à déposer dans le tronc, à l'arrière de l'église, tous les profits de sa vente.

Toujours assise dans la pénombre, Laurette laissait ses pensées vagabonder. Bientôt, le souvenir des jeudis saints de son enfance lui revinrent. Elle revoyait sa mère qui l'entraînait dans la visite incontournable de sept églises. Pas moyen d'échapper à cette corvée! Cela faisait partie des manifestations de piété durant la semaine sainte chez les Brûlé, comme la confession et la communion du matin de Pâques.

Devenue adulte, Laurette se serait bien passée de toutes ces obligations qu'elle trouvait trop contraignantes, mais la crainte de l'enfer et du qu'en-dira-t-on était demeurée la plus forte. Depuis son enfance, les habitants du quartier qui ne pratiquaient pas étaient vite repérés et ostracisés. Et lorsqu'on devenait parent à son tour, mieux valait aller régulièrement à l'église et ne pas attirer l'attention du curé de la paroisse si on ne voulait pas être montré du doigt et voir ses enfants rejetés par les petits voisins.

Par conséquent, Laurette s'astreignait, sans grand enthousiasme, à observer les règles apprises à la maison et à l'école. Les privations durant le carême, la messe obligatoire du dimanche et la prière quotidienne en faisaient partie. Elle se devait également de transmettre ces rituels à ses enfants, jusqu'à ce qu'ils deviennent, pour eux aussi, une habitude. C'était là une importante partie du rôle qui lui revenait.

Quand elle eut terminé son examen de conscience, elle se leva péniblement et vint se mettre debout derrière les fidèles désireux de se confesser. Du coin de l'œil, elle avait évalué la longueur des files d'attente de part et d'autre des confessionnaux et avait choisi la plus courte. Elle était la huitième, juste derrière un vieux monsieur tout de brun vêtu.

Elle attendit de longues minutes, avec une impatience croissante, n'osant pas s'appuyer contre le mur. Elle se mit à rager contre celui ou celle qui tardait tant à sortir du confessionnal. Depuis un instant, le confesseur avait entrouvert sa porte, probablement pour aérer la cabine étroite où il était confiné.

« Veux-tu ben me dire ce qu'elle a tant à raconter, elle ? » se demanda-t-elle à un certain moment en constatant combien une vieille dame, entrée dans le confessionnal depuis presque dix minutes, mettait du temps à le quitter. « Bout de viarge, elle a juste le tic-tac et le branlant ! Jamais je croirai qu'elle a tant de péchés que ça ! »

Finalement, elle entendit le claquement sec du guichet refermé par le confesseur. La porte s'ouvrit sur la pénitente, immédiatement remplacée par une autre, probablement aussi impatiente que Laurette d'en finir avec cette obligation.

La jeune femme enceinte attendait depuis près d'une demi-heure quand elle se retrouva enfin la prochaine à pouvoir pénétrer dans l'isoloir. La confession du vieillard fut plutôt courte. Avant même de le réaliser, Laurette vit la porte qu'il avait refermée derrière lui se rouvrir lentement. Elle fit un pas pour prendre sa place quand quelqu'un la devança et s'empara de la poignée de la porte pour pénétrer dans les lieux.

— Aïe ! s'écria Laurette à mi-voix en empoignant la porte pour la maintenir ouverte, c'est mon tour.

— Je suis pressée, fit avec hauteur une femme âgée d'une quarantaine d'années vêtue d'un chic manteau gris perle.

— C'est pas mon problème, chuchota Laurette, les dents serrées, maintenant fermement sa prise sur la porte. Vous avez juste à faire la queue comme les autres.

Il y eut de faibles murmures derrière les deux femmes qui s'affrontaient, mais personne n'osa se mêler de l'altercation.

L'autre n'en démordait pas et cherchait à pénétrer dans l'isoloir en repoussant Laurette qui avait fait un pas de plus pour en obstruer l'entrée.

— Ma maudite fraîche! s'emporta la jeune mère en la poussant. Ôte-toi de là, c'est mon tour.

— Basse classe! fit l'autre en affichant un air dégoûté, tout en continuant à se cramponner à la porte pour la maintenir ouverte.

Ce fut là une très mauvaise idée. Laurette s'arc-bouta, entra dans l'isoloir et tira sur la porte dans l'intention de la fermer derrière elle. Pour y arriver, elle donna une solide poussée à l'intruse pour lui faire lâcher prise, mais en pure perte. Il y eut alors un craquement sec.

Sous le regard ébahi d'une poignée de fidèles, les pentures cédèrent et la dame au manteau gris emporta la porte dans sa chute.

— Bonyeu d'épaisse! ne put s'empêcher de s'exclamer Laurette. Regarde ce que tu viens de faire!

La dame, un peu étourdie, finit par repousser la porte pour pouvoir se relever. Personne n'avait bougé pour lui offrir son aide. Dans l'isoloir central, le confesseur sembla réaliser subitement qu'il venait de se passer un événement grave lorsqu'il entendit le bruit de la porte s'écrasant sur le parquet de marbre. Occupé à écouter la confession d'un pécheur agenouillé à sa gauche, il n'avait rien entendu de la sourde lutte que s'étaient livrée les deux femmes pour entrer dans son confessionnal, à sa droite.

En entendant bouger le confesseur, Laurette réalisa soudain la gravité de la situation et décida de quitter l'église sur-le-champ, sans demander son reste. La chance était de son côté puisqu'il s'agissait du confessionnal occupé par l'abbé Léger.

Le gros prêtre fut incapable d'extirper rapidement son importante masse de l'étroit cagibi. Il finit tout de même par en sortir et, ébahi, aperçut alors la porte arrachée de l'isoloir. Il tourna la tête dans toutes les directions pour essayer de comprendre ce qui avait bien pu se produire.

Évidemment, l'adversaire de Laurette avait, elle aussi, disparu.

— Qu'est-ce qui s'est passé? demanda le vicaire, stupéfait, en replaçant son étole autour de son cou.

Personne ne lui répondit, mais le sourire que quelques fidèles affichaient traduisait avec évidence une situation plutôt cocasse. Devant le silence persistant, une vieille dame, agenouillée dans un banc situé à faible distance, cessa d'effectuer sa pénitence pour lui apprendre à voix basse que la porte avait été arrachée par deux femmes qui s'étaient disputées pour entrer dans son confessionnal. L'homme de Dieu secoua la tête en signe de désapprobation et posa la porte contre le mur avant de réintégrer sa place.

Pour sa part, Laurette n'eut pas trop du trajet du retour à la maison pour retrouver un semblant de calme. Une main sur le ventre, elle marchait d'un pas rapide alors que ses tempes bourdonnaient.

— La maudite vache d'effrontée! jura-t-elle en marchant. Si jamais je lui revois la face, je lui arrache les yeux! Elle était encore secouée par la scène qu'elle venait de vivre lorsqu'elle poussa la porte d'entrée de son appartement. Somme toute, elle était surtout fâchée d'être dans l'obligation de retourner à l'église pour se confesser.

Durant un court moment, elle se demanda si elle ne serait pas mieux d'aller se confesser immédiatement à la paroisse Saint-Eusèbe, mais devant la distance à parcourir, elle y renonça aussitôt. Elle décida de retourner se confesser à son église la veille de Pâques. À ce moment-là, elle ne courrait pratiquement aucun risque d'être reconnue comme étant l'une des deux protagonistes de la dispute.

— Est-ce qu'il y avait ben du monde? lui demanda sa mère lorsqu'elle pénétra dans la cuisine.

— Il y en avait ben trop, mentit Laurette en s'allumant une cigarette. Ils avaient ouvert juste deux confessionnaux. J'ai trouvé que ça avait pas d'allure d'être obligée d'attendre aussi longtemps que ça.

— Est-ce que ça veut dire que t'es allée là pour rien? Tu t'es pas confessée?

— C'est pas grave, m'man. Ça m'a fait prendre l'air. J'y retournerai vendredi soir ou samedi après-midi, quand Gérard pourra garder les petits.

Évidemment, Laurette ne raconta sa mésaventure ni à sa mère ni à son mari. Elle espérait seulement que personne ne l'avait reconnue dans la pénombre de l'église.

Au presbytère, il fut cependant impossible de passer sous silence la scène disgracieuse qui s'était produite dans le temple. Dès que le curé Crevier et ses deux vicaires eurent pris place autour de la table de la salle à manger, Florent Saintonge, toujours aussi gamin, ne manqua pas l'occasion de s'amuser aux dépens de son confrère.

— Puis, Raymond, il paraît que t'es devenu tellement populaire chez les pécheurs de la paroisse qu'ils se battent pour entrer dans ton confessionnal? Pour moi, tu donnes pas d'assez grosses pénitences…

Le curé leva la tête et scruta la figure joufflue de l'abbé Léger. Ce dernier rougit, mais ne dit rien.

— De quoi vous parlez, l'abbé? demanda sèchement Anselme Crevier au cadet de ses vicaires.

— Je voulais parler des deux femmes qui ont arraché une porte du confessionnal de Raymond tellement elles étaient pressées de se confesser à lui, fit le jeune prêtre, inconscient de mettre son confrère dans l'embarras.

Le curé déposa bruyamment sa cuillère à soupe avant de s'adresser à Raymond Léger.

— Qu'est-ce que c'est encore que cette affaire-là ?

— C'est comme Florent vient de vous le raconter, monsieur le curé, dit le prêtre, en fixant la table.

— Et qu'est-ce que vous avez fait avec ces deux furies ?

— Rien, monsieur le curé. Le temps d'arriver à sortir du confessionnal, elles avaient toutes les deux disparu. Je sais même pas de quoi elles avaient l'air.

— Elles avaient disparu ! Mais ça vous a pris combien de temps pour sortir de là, l'abbé ? demanda le curé, l'air menaçant. Dormiez-vous ?

— Ça m'a pas pris plus qu'une minute ou deux, monsieur le curé. Il faut dire que le confessionnal est pas mal étroit et, vous comprenez...

— C'est sûr que si vous mangiez moins, vous seriez pas mal plus agile, lui fit méchamment remarquer son supérieur.

Chapitre 17

Les enfants

Le quatrième enfant des Morin naquit au milieu de la première véritable canicule de l'été 1939, dans des conditions que Laurette n'aurait jamais imaginées, même dans ses pires cauchemars.

Depuis plus d'une semaine, la chaleur écrasait Montréal comme une chape de plomb, rendant pénible le moindre mouvement. L'atmosphère était saturée par les odeurs en provenance de la Dominion Rubber et de la Dominion Oilcloth. La future mère peinait à prendre soin de ses enfants durant la journée et n'aspirait qu'au moment où elle pourrait les mettre au lit, le soir, après le souper, pour enfin se reposer.

Ce soir-là, Gérard et Laurette s'apprêtaient à passer la soirée sur leur balcon, comme tous les habitants des vieilles maisons de la rue Notre-Dame. La grande cour retentissait des cris des nombreux enfants dont les jeux bruyants ne cesseraient qu'au coucher du soleil, sous la surveillance plutôt distraite des parents. Comme chaque soir, un silence relatif ne tomberait sur le quartier qu'à la tombée de la nuit. Les Morin venaient à peine de s'asseoir, en quête d'un souffle d'air frais qui ne venait pas, quand une voix familière les fit sursauter.

— Est-ce qu'il y a quelqu'un ? demanda Bernard Brûlé en passant la tête au-dessus de la clôture de bois qui ceinturait la petite cour de son beau-frère.

— Tiens, de la visite, fit Laurette, heureuse de voir son frère et sa belle-sœur Marie-Ange, qui arborait son air souffreteux habituel. Entrez, venez vous asseoir.

Le jeune couple poussa le portillon et vint s'immobiliser au pied des quelques marches qui conduisaient au balcon. L'employé de la compagnie Dominion Textile avait épousé Marie-Ange quelques années auparavant et ils habitaient un appartement en bien meilleur état que celui des Morin, coin Frontenac et Logan. Par ailleurs, tous les deux se désolaient de ne pas avoir encore d'enfant et enviaient ouvertement Gérard et Laurette d'en avoir déjà trois.

— On vient pas vous encombrer, fit Bernard avec sa bonne humeur coutumière. On s'en allait prendre l'air au carré Bellerive et on s'est dit en passant que peut-être ça vous tenterait de venir avec nous autres.

— Il fait tellement chaud qu'on n'a pas ben le goût de grouiller, déclara Laurette en se passant une main sur le front.

— En plus, on était à la veille de coucher les enfants, ajouta Gérard.

— Et je suis sur mes derniers milles, conclut la future mère en s'adressant à la grande femme maigre de son frère. J'ose pas ben gros m'éloigner de la maison.

— C'est de valeur. Je suis certain que ça doit être pas mal plus frais sur le bord du fleuve, fit son frère.

Laurette regarda son mari un bref instant avant de se lever péniblement de sa chaise.

— Sais-tu que tu me donnes le goût d'aller voir, dit-elle. On va habiller les enfants et on va y aller. Ça va leur faire du bien de respirer un peu d'air frais.

— Je vais aller te donner un coup de main, proposa Marie-Ange en montant l'escalier pour la rejoindre sur le balcon.

Quelques minutes plus tard, Gilles était déposé dans son landau. Denise et Jean-Louis, déjà prêts, donnèrent la main à leur père et à leur oncle qui se mirent en marche vers la rue Fullum, suivis de près par Laurette et Marie-Ange, qui poussait le landau. Ils tournèrent à gauche et marchèrent quelques centaines de pieds jusqu'au coin des rues Notre-Dame et Fullum. Ils traversèrent la rue Notre-Dame et se dirigèrent vers le parc Bellerive que Gérard et Laurette avaient si souvent arpenté à l'époque de leurs fréquentations.

Le petit stationnement voisin réservé, en principe, aux employés de la Dominion Rubber, était occupé par une dizaine de voitures poussiéreuses.

En ce début de soirée estivale, le parc était envahi par plusieurs dizaines de personnes et des enfants se poursuivaient sur les maigres carrés de gazon jauni séparés par d'étroits sentiers en terre. Les Morin et les Brûlé eurent la chance de découvrir un banc libre situé face au fleuve et ils s'empressèrent de l'occuper. Une dame bien en chair était assise sur le banc voisin, regardant un bateau qui passait dans le chenal.

— Les hommes, vous pourriez peut-être aller faire une petite marche avec Jean-Louis et Denise, suggéra Laurette, le souffle un peu court, en s'assoyant lourdement. Nous autres, on va rester ici avec le petit pour le surveiller.

Gérard et Bernard ne se firent pas prier et se dirigèrent lentement vers la gauche, là où on avait construit des toilettes publiques quelques années auparavant.

À peine venaient-ils de disparaître de la vue des deux femmes que Laurette grimaça et s'empoigna le ventre.

— Bonyeu, c'est pas vrai! s'exclama-t-elle dans un souffle, le visage hagard.

— Qu'est-ce qu'il y a? lui demanda sa belle-sœur, alertée par son ton.

— Je viens d'avoir une contraction, répondit-elle en jetant autour d'elle un regard affolé.

— Hein! Ça peut pas être ça, protesta Marie-Ange, dépassée.

— Je te dis que c'est ça, répéta Laurette. Là, tu vas te dépêcher à aller chercher Gérard. Dis-lui que ça presse.

— C'est correct, mais toi pendant ce temps-là?

— Laisse faire, répliqua Laurette à bout de patience. À ma grosseur, je risque pas de m'envoler. Fais ça vite.

Marie-Ange se leva précipitamment et partit. À peine venait-elle de s'éloigner de quelques dizaines de pieds que la dame assise sur le banc voisin s'approcha de Laurette.

L'inconnue, âgée d'une cinquantaine d'années, avait un visage énergique barré par un soupçon de moustache. Sa chevelure grise était emprisonnée dans un filet.

— Dis donc, es-tu en train d'accoucher, toi? demanda-t-elle à Laurette sans la moindre trace de timidité. Je te regarde depuis tout à l'heure, ça a pas l'air d'aller pan-toute.

— Mes contractions viennent de commencer, avoua la future mère, désemparée de ne pas voir son mari revenir plus vite.

— Où est ton mari?

— Il s'en vient, répondit Laurette en réprimant une grimace de souffrance causée par une nouvelle con-traction.

— Bon. Ça a tout l'air que tu pourras pas attendre indéfiniment, conclut l'inconnue. Tu peux pas accoucher ici, au milieu du parc, devant tout le monde. Où est-ce que tu restes?

— Sur la rue Emmett.

— Gerry! cria-t-elle à quelqu'un que Laurette ne pouvait voir. Viens me donner un coup de main. Énerve-toi pas, ajouta-t-elle à l'intention de la femme souffrante, mon garçon va aller te reconduire chez vous. Son char est juste là, dans le parking.

Au moment où un homme à demi-chauve s'approchait, Gérard arriva en courant, distançant Bernard de peu.

— Qu'est-ce qui se passe ? demanda-t-il, alarmé.

— Il me semble que ça se voit, l'apostropha la dame, dont la patience ne semblait pas être la vertu première. Laisse faire tes questions niaiseuses et aide plutôt mon garçon à la transporter jusqu'à son char. Il va aller la reconduire chez vous.

— Oui, mais...

— Grouille, je te dis. Tu vois pas que ça presse ?

— Vas-y, Gérard, intervint son beau-frère. Marie-Ange et moi, on va s'occuper des enfants. On va les amener chez nous et tu viendras les chercher quand tout sera fini.

— Merci, Bernard, trouva la force de dire Laurette avant de se mettre en marche, supportée par Gerry et son mari.

La dame aida la future maman à prendre place sur la banquette arrière d'une vieille Dodge bleu nuit et s'assit à ses côtés. Son fils démarra dès que Gérard se fut assis à l'avant. Moins de cinq minutes plus tard, la voiture s'immobilisa devant la porte de l'appartement des Morin.

La quinquagénaire aida Laurette à sortir de l'automobile pendant que Gérard déverrouillait la porte d'entrée. Il s'attendait à ce que les bons Samaritains les quittent, mais il n'en fut rien.

— Va téléphoner au docteur Miron, lui ordonna sa femme avant d'entrer dans l'appartement. Dis-lui que ça presse. Le bébé s'en vient.

— C'est ça, confirma l'inconnue sur un ton autoritaire. Fais ça vite, mais j'ai ben l'impression qu'il va arriver trop tard.

— Qu'est-ce qu'on va faire ? demanda Gérard, désemparé.

— T'as juste à faire ce que ta femme vient de te dire, répliqua sèchement la femme. Inquiète-toi pas, je vais rester avec elle. J'ai déjà aidé à accoucher ben des fois. Puis toi, Gerry, tu peux retourner chez nous, dit-elle à son fils demeuré silencieux près de sa voiture. Tu reviendras me chercher dans une heure ou deux.

Sans plus se préoccuper des deux hommes, elle attrapa Laurette par un bras et l'entraîna à l'intérieur de son appartement.

— Ils sont tous pareils, les hommes, dit-elle au moment où Laurette se laissait tomber sur son lit. Aussitôt qu'on les sort de leur routine, il y a rien à faire avec eux autres. Ils sont comme des poules sans tête. Bon, prépare-toi pendant que je vais aller faire chauffer de l'eau sur le poêle. Quand ton mari va revenir, je vais lui dire de sortir les affaires de ton petit. En attendant, on va ouvrir la fenêtre de cette chambre-là avant de mourir étouffées.

— Ils vont m'entendre dehors, dit Laurette, haletante, en proie à une autre contraction.

— Puis après? T'imagines-tu que le monde autour pense que les petits viennent au monde dans les choux, la rabroua son infirmière improvisée. Laisse faire ce qu'ils pensent. Occupe-toi de te préparer et de mettre au monde cet enfant-là, lui conseilla-t-elle.

— Merci. Vous êtes ben fine, fit Laurette, domptée, au moment où la femme sortait de la chambre.

Gérard revint à l'appartement moins de cinq minutes plus tard et trouva l'inconnue en train d'étendre un drap sur la table de cuisine.

— C'est sa femme qui m'a répondu, lui dit-il. Elle sait pas trop où il est. Elle pense qu'il est peut-être à l'hôpital. Elle m'a dit qu'elle était pour essayer de le rejoindre le plus vite possible.

— C'est correct, dit-elle, mais va pas dire ça à ta femme. Ça va l'énerver pour rien. Si le bébé arrive avant qu'il soit là, je vais m'en occuper toute seule. En attendant, tu vas préparer tout ce qu'il faut pour ton petit et trouve-moi une paire de bons ciseaux que tu vas faire tremper dans de l'eau bouillante.

— Maudit qu'il fait chaud, ne put-il s'empêcher de dire en s'épongeant le front avec son mouchoir.

— Ouais ! Imagine-toi si c'était toi qui devais accoucher une soirée comme à soir, reprit la bonne Samaritaine, là t'aurais des raisons de te plaindre, répliqua-t-elle sur un ton réprobateur.

Sur ces mots, elle quitta Gérard et retourna dans la chambre à coucher dont elle referma la porte derrière elle. Puis la longue attente commença.

Le soleil se coucha lentement, plongeant progressivement dans l'ombre l'appartement de la rue Emmett. Debout devant la porte moustiquaire pour échapper à la touffeur, Gérard écoutait la rumeur des conversations des voisins assis sur leur balcon. De temps à autre, le rougeoiement de l'extrémité d'une cigarette venait trouer l'obscurité.

— Allume donc la lumière, fit une voix dans son dos.

Le jeune père de famille alluma le plafonnier et vit la dame venir mouiller une serviette, puis la tordre.

— Ça s'en vient, lui annonça-t-elle en jetant un coup d'œil à la table sur laquelle il avait disposé tout ce que Laurette avait prévu pour la venue de son enfant. Je lui ai dit que le docteur s'en venait pour la calmer, mais j'ai ben peur qu'il arrive trop tard. Le bébé est prêt à sortir.

Sur ces mots, elle retourna dans la chambre où il faisait une chaleur intenable. Elle essuya le visage de la future mère avec la serviette fraîche. Quand cette dernière se mit à geindre, en proie à de nouvelles contractions, la voix de sa sage-femme improvisée se fit rassurante.

— Bon, ma petite madame, je pense que ton petit aura pas la patience d'attendre que ton docteur arrive. Ça fait qu'on va s'en occuper toutes seules, comme deux grandes filles. Là, tu vas pousser le plus fort possible. Respire comme il faut et pousse, pousse, pousse... Plus fort !

Pendant plusieurs minutes, elle encouragea Laurette et rythma ses efforts pour expulser son bébé qui finit par voir le jour. Sans perdre un instant, l'inconnue coupa le cordon ombilical, saisit l'enfant et fit en sorte de dégager ses voies respiratoires avant d'aller le porter au père déjà alerté par les cris du nouveau-né.

— Tiens. Occupe-toi de ton gars et nettoie-le comme il faut, lui dit-elle. Attache-lui une bande pour protéger son nombril avant de lui mettre une couche.

Pendant un court instant, la femme regarda Gérard commencer à laver son fils avec des gestes malhabiles. Elle secoua la tête, tout de même un peu attendrie par la scène, avant de rentrer dans la chambre en portant tout ce dont elle avait besoin pour la toilette de l'accouchée.

Le docteur Miron n'arriva chez les Morin qu'un peu après neuf heures trente. Quand Gérard alla lui ouvrir la porte, il aperçut le nommé Gerry, négligemment appuyé contre la portière de sa Dodge, attendant patiemment que sa mère veuille bien venir le rejoindre.

— Vous arrivez trop tard, reprocha timidement le père de famille au médecin. Ma femme a déjà accouché.

— Il y a pas eu de problèmes ? demanda Albert Miron en se dirigeant vers la chambre.

— Elle a été chanceuse. Elle a eu de l'aide, se contenta de dire Gérard en lui ouvrant la porte.

Un instant plus tard, la dame quitta la pièce en emportant le bébé qu'elle confia à son père.

— Tiens. Tu peux le bercer pendant que le docteur s'occupe de ta femme. Après, il va vouloir l'examiner pour voir si tout est correct. Je peux plus être utile à personne. Ça fait que j'ai plus rien à faire ici dedans. Est-ce que mon garçon est arrivé ?

— Oui. Je viens de le voir. Il vous attend devant la porte.

— Bon. C'est parfait. Tu diras à ta femme que je lui souhaite ben de la chance avec sa petite famille.

— Je sais vraiment pas comment vous remercier, dit Gérard, embarrassé.

— T'as pas à me remercier, répliqua-t-elle en se dirigeant vers la porte d'entrée. Ça m'a fait plaisir de rendre service à ta femme.

Elle sortit sans autre cérémonie et monta dans la voiture que son fils venait de faire démarrer en la voyant. Planté devant la porte, Gérard, son fils dans les bras, vit disparaître le véhicule sur la rue Archambault.

Quelques minutes plus tard, Albert Miron sortit de la chambre, prit le bébé des bras du père et le coucha sur la table de cuisine. Il l'examina avec soin avant de le redonner au jeune père. Ils allèrent ensemble dans la chambre à coucher.

— Votre femme a été chanceuse d'être tombée sur une femme capable de l'aider, dit le praticien. Moi, j'étais pris avec un patient qui m'a fait une attaque cardiaque. Il faut dire que votre femme est en avance de deux semaines sur la date prévue. Mais l'important est qu'elle soit en parfaite santé, comme le bébé.

— Celui-là, on va l'appeler Richard, annonça la mère, baignant de sueur, au médecin au moment où il s'apprêtait à prendre congé.

— En tout cas, il a l'air vigoureux, dit ce dernier avec un large sourire. Il y a juste à le voir gigoter pour s'en apercevoir. Vous avez une belle famille, madame Morin. À cette heure, vous avez fait votre part. Il vous reste juste à vous reposer.

Après le départ du docteur Miron, Laurette demanda à son mari d'une voix ensommeillée :

— Où est-ce qu'elle est la femme qui m'a aidée ?

— Elle est partie.

— Voyons donc ! protesta-t-elle. J'ai même pas eu le temps de la remercier.

— Elle était pressée de partir. Son garçon l'attendait devant la porte.

— J'espère que tu lui as au moins demandé son nom et son adresse pour qu'on puisse aller lui porter un cadeau quand je serai relevée.

— J'y ai pas pensé pantoute, avoua Gérard. J'étais sûr que tu lui avais au moins demandé son nom, ajouta-t-il.

— J'en reviens pas, dit Laurette, catastrophée. Comment on va faire pour la retrouver ?

— On n'a pas à s'énerver avec ça. Tu sais ben qu'elle doit rester dans le coin. On va ben finir par la retrouver un jour ou l'autre. À cette heure, dors, repose-toi. Je vais pousser le berceau près de toi avant d'aller chercher les enfants chez ton frère. En passant, je vais avertir ta mère que le petit est arrivé.

Encore une fois, Annette vint prêter main-forte aux relevailles de sa fille durant une semaine. Les enfants, plus turbulents, l'occupèrent autant sinon plus qu'auparavant. Elle ne consentit à rentrer chez elle que lorsque Laurette lui eut promis de l'appeler à l'aide si elle éprouvait la moindre difficulté à accomplir ses tâches ménagères. La vie, toute routinière qu'elle était, devait suivre son cours.

Quelques semaines plus tard, Laurette fut suffisamment rétablie de son accouchement pour s'occuper d'une affaire qui ne souffrait pas d'être remise. Elle aborda la question avec Gérard un soir, après avoir couché les enfants.

— Il faudrait ben faire opérer Denise pour les amygdales avant le commencement de l'école.

— En plein été !

— On n'a pas le choix. L'école commence dans un mois. Je pense même, qu'un coup partis, on devrait faire opérer Jean-Louis en même temps. Ce sera fait pour l'année prochaine.

— Maudit que ça tombe mal, se plaignit le père de famille. On n'a même pas encore payé le docteur pour sa dernière visite.

— Avec lui, il y a toujours moyen de s'arranger, lui fit remarquer Laurette, d'un ton calme qui laissait toutefois transparaître sa détermination. Qu'est-ce que tu dirais d'aller l'appeler chez Comtois pour lui demander s'il nous ferait pas ça samedi prochain ? On ferait garder les plus jeunes par la petite Beaudoin et j'irais avec toi pour faire opérer nos deux plus vieux.

Gérard obtempéra, sachant bien qu'il était inutile de discuter plus longuement. Il traversa la rue et alla téléphoner au médecin qui accepta de procéder à l'ablation des amygdales des deux enfants le samedi avant-midi suivant.

Cette semaine-là, Rosaire et Colombe s'arrêtèrent autant pour saluer les Morin que pour admirer le petit Richard. Quand les parents leur apprirent leur intention de faire opérer Denise et Jean-Louis le samedi suivant, Rosaire se proposa tout de suite pour les conduire chez le médecin.

— Ben, voyons donc ! protesta Laurette. C'est ben trop de dérangement. On peut ben prendre les p'tits chars.

— Il y a ni ci ni ça, répliqua son beau-frère avec un large sourire. Samedi prochain, je travaille pas. J'ai le temps d'aller vous conduire et de vous ramener. Vous voyez-vous tous les deux avec deux enfants malades dans les p'tits chars? Ça a pas d'allure! En plus, vous seriez obligés de les porter dans vos bras de la rue Sainte-Catherine jusqu'ici. C'est plus des bébés. Ils sont rendus pesants.

— Ah ben, t'es ben fin, Rosaire, le remercia Laurette, qui appréciait de plus en plus ce beau-frère jovial et serviable.

— Pendant ce temps-là, Colombe va rester ici dedans pour garder les deux plus jeunes, déclara Rosaire. Pas vrai, Colombe?

— C'est correct, répondit la jeune femme, à la stupéfaction à peine voilée de la mère de famille.

Le samedi suivant, Laurette déposa deux couvertures dans la Ford de son beau-frère avant de monter à bord avec son mari et ses deux aînés.

— Vous allez voir, les enfants, le docteur vous fera pas mal pantoute, leur promit-elle pour les rassurer. Ça va juste vous gratter un peu dans la gorge. J'ai acheté de la crème en glace pour vous autres quand vous allez revenir. Vous allez pouvoir en manger tant que vous allez en vouloir.

L'intervention chirurgicale mineure ne dura que quelques minutes, mais Denise et Jean-Louis furent tout de même beaucoup plus mal en point que leurs parents le leur avaient laissé croire. Le docteur Miron leur avait administré un calmant, ils s'étaient endormis et ne se réveillèrent qu'à la maison. Gérard et Laurette bénirent intérieurement Rosaire de les avoir transportés dans son automobile. Il avait eu raison : il leur aurait été absolument impossible de ramener leurs enfants en tramway, dans l'état où ils étaient après l'opération.

À leur retour à la maison, Gérard et Rosaire allèrent déposer Denise et Jean-Louis directement dans leur lit et leur mère vit à ce qu'ils soient bien installés avant de revenir dans la cuisine.

— Bonyeu, mais ça sent donc ben mauvais ici dedans ! s'exclama-t-elle en fronçant le nez.

— Je pense que le bébé s'est sali, lui dit Colombe, debout près de la table.

— Est-ce que ça fait longtemps ?

— Il y a au moins une heure, répondit la belle-sœur, la mine dégoûtée.

— Ça t'a pas tenté de le changer de couche ?

— Ouach ! Ça me donne bien trop mal au cœur ! En plus, j'avais peur de tacher ma robe.

— Et t'as pas changé Gilles non plus, je suppose ? demanda sèchement Laurette.

— Il s'est sali, lui aussi ?

— Regarde, verrat ! Sa couche déborde. Il est en train de salir tout son parc. Vraiment, Colombe !

— Qu'est-ce que tu veux ? Moi, je suis pas capable de toucher à ça.

— Qu'est-ce que tu vas faire quand tu vas avoir des enfants ? C'est tout de même pas Rosaire qui va les nettoyer, non ?

— Je le sais pas, répondit franchement sa belle-sœur.

Laurette jeta un regard à la jeune femme de vingt-trois ans. Elle en eut presque pitié.

« Elle ressemble de plus en plus à sa mère avec ses airs pincés », se dit-elle.

Au même moment, Rosaire et Gérard firent leur entrée dans la cuisine.

— Whow ! plaisanta le petit homme rond en grimaçant, on dirait qu'il y a quelque chose qui est en train de se gâter quelque part.

— Les petits, se contenta de dire Laurette en saisissant Richard pour aller changer ses langes.

— Je sais pas ce qu'ils ont mangé, mais j'ai l'impression que ça leur a pas fait, poursuivit Rosaire en se pinçant le nez.

Chapitre 18

Quelques inquiétudes

Au fil des semaines, si Laurette finit par oublier de rechercher l'inconnue qui l'avait aidée à accoucher, en revanche, elle découvrit rapidement que son dernier-né faisait tout en son pouvoir pour ne pas se laisser oublier. Durant ses premiers mois, Richard refusa obstinément de dormir durant la nuit.

— Je sais pas ce qu'il a de travers, cet enfant-là, mais on dirait qu'il a le diable dans le corps, finit-elle par se plaindre à sa mère durant l'une des visites dominicales que la famille rendait aux Brûlé. Il est en train de me rendre folle!

— Il est pas si pire que ça, dit Annette en embrassant le poupon.

— C'est vous qui le dites, m'man. Mais je vais finir par le dompter, le petit maudit! s'exclama Laurette. Il se réveille encore trois ou quatre fois par nuit et il approche de ses quatre mois.

— C'est sûr qu'il est pas mal plus bougeant que tes trois premiers, reconnut Annette, pleine de sagesse. C'est un signe qu'il est en santé.

— Si encore Gérard se levait de temps en temps la nuit pour le faire boire ou le changer de couche.

— Voyons, Laurette, c'est pas la *job* d'un homme de faire ça! la réprimanda sa mère. Je me souviens pas avoir vu une seule fois ton père se lever pour vous autres quand vous étiez jeunes.

— En tout cas, je changerais ben de place avec lui, moi, rétorqua sa fille sur un ton vindicatif.

— Plains-toi donc pas. T'as un mari pas mal accommodant. Pense que c'est pas tous les hommes qui accepteraient de garder les enfants chaque samedi pour permettre à leur femme d'aller magasiner.

— Ça le dérange pas pantoute, m'man. Lui, d'abord qu'il a son journal et qu'il peut écouter son maudit radio tous les soirs, il est ben. C'est à cause de ça qu'il est pas décollable de la maison.

Il s'agissait là des deux seuls reproches que Laurette pouvait formuler à l'endroit de son mari. Gérard était devenu particulièrement casanier et possédait un appétit insatiable pour l'information dont il discutait volontiers autant avec ses beaux-frères qu'avec Eugène Bélanger, leur nouveau voisin de droite, un éboueur à l'imposante stature.

Le magasinier avait passé une bonne partie de l'été qui achevait à écouter à Radio-Canada les commentaires inquiétants de René Arthur sur les bruits annonciateurs de guerre en Europe. Sa femme devait déployer des trésors d'imagination pour le forcer à l'accompagner le dimanche après-midi chez ses parents, rue Champagne, où les attendaient Armand et Pauline ainsi que Bernard et Marie-Ange. Aucun des deux frères Brûlé n'avait encore d'enfant. Lorsque les Morin arrivaient avec leurs petits, ils remplissaient littéralement l'appartement de leurs grands-parents.

— Ça a quasiment pas d'allure de débarquer avec les quatre enfants chez ton père tous les dimanches que le bon Dieu fait, faisait parfois remarquer Gérard à sa femme. Quand on entre là, on a l'air d'une vraie tribu.

— Est-ce que t'aurais honte de nos enfants ? demandait alors Laurette, l'air mauvais.

— Ben non. C'est pas ça. Je trouve ça gênant, c'est tout.

— Mon père et ma mère aiment ça, eux autres, voir les enfants, déclarait tout net la mère de famille. Si jamais on essaye de les faire garder, tu vas voir ce qui va arriver. Ils vont nous obliger à venir les chercher à la maison.

⁓

Le 1ᵉʳ septembre, on interrompit toutes les émissions radiophoniques pour annoncer que l'Allemagne venait de déclarer la guerre à la Pologne et que les troupes du chancelier Adolf Hitler avaient lancé une attaque massive qui leur avait permis de franchir sans difficulté la frontière polonaise.

— Je le savais que ça s'en venait, une affaire comme ça ! s'exclama Gérard. Ce maudit fou-là, il y a rien qui va l'arrêter.

— C'est des affaires qui se passent de l'autre bord, laissa tomber Laurette. Arrête de te mettre à l'envers pour ça. Ça nous regarde pas pantoute.

— C'est ce que mon père disait en 1914 et il a ben failli y aller, de l'autre bord, rétorqua son mari. J'ai deux oncles qui sont morts là-bas.

Le dimanche suivant, chez les Brûlé, la conversation roula presque exclusivement sur le conflit qui sévissait maintenant en Europe alors que l'Angleterre et la France venaient de déclarer la guerre, à leur tour, à l'Allemagne nazie. Chacun y allait de ses sombres prédictions et Honoré attendit que les femmes parlent de mode pour chuchoter à ses fils et à son gendre avoir entendu dire par un client que le gouvernement pourrait procéder bientôt à l'enregistrement national.

— Ça veut dire quoi, ça? lui demanda son fils
Bernard.

— Ça veut dire que c'est le premier pas avant l'enrôlement obligatoire des hommes de dix-huit à quarante-
cinq ans, comme à la dernière guerre.

— Mais on n'est pas en guerre, nous autres, protesta
Armand. Ce qui se passe là-bas, ça nous regarde pas.

— T'as pas entendu Mackenzie King au radio?
demanda Gérard. Moi, je pense comme ton père. Ça me
surprendrait pas pantoute qu'il annonce qu'on va être en
guerre contre l'Allemagne, nous autres aussi.

Pendant que les hommes, assis au salon, se perdaient
dans toutes sortes de supputations, les femmes s'étaient
retranchées dans la cuisine avec les enfants. Annette
s'esquiva quelques instants en compagnie de sa petite-fille
et revint dans la cuisine en poussant devant elle une Denise
vêtue de l'uniforme qu'elle allait devoir porter pour son
entrée à l'école Sainte-Catherine, le surlendemain. Sa
grand-mère le lui avait confectionné quelques jours
auparavant.

— Regardez comme elle est belle, notre Denise!
déclara fièrement Annette aux femmes assises autour de la
table. Pensez-vous qu'elle sera pas une belle fille avec ses
beaux boudins, habillée comme ça?

Chacune s'émerveilla en poussant des «oh!» et des
«ah!». Laurette ne manqua pas de remercier sa mère
de s'être donné tant de mal pour confectionner cet
uniforme.

— Ce serait peut-être pas une mauvaise idée que tu
te mettes à apprendre à coudre, lui fit alors remarquer
cette dernière. Avec quatre enfants, ça te serait pas mal
utile.

— Vous le savez, m'man, j'ai les mains pleines de
pouces. Les sœurs ont ben essayé de me montrer, dans le

temps, mais je faisais tout de travers. Ça a tout pris pour que j'apprenne à tricoter comme du monde.

— C'est ben de valeur, Laurette, déplora sa mère. Regarde Pauline et Marie-Ange, elles se débrouillent pas mal en couture. Si tu faisais la même chose, tu pourrais te faire des robes qui te coûteraient pas trop cher.

— Je le sais ben, mais je suis pas capable, dit sa fille sur un ton assez brusque pour faire comprendre à sa mère qu'elle ne désirait pas s'étendre sur le sujet.

Le lendemain de la fête du Travail, Laurette s'empressa de réveiller sa fille après le départ de son mari. Elle l'assit devant elle et défit les guenilles autour desquelles les cheveux de la gamine avaient été enroulés la veille avant de l'envoyer se laver.

— Tu mettras ton uniforme juste après le déjeuner pour pas le tacher, lui ordonna-t-elle.

Pendant que Denise procédait à sa toilette, elle réveilla Jean-Louis et Gilles et leur servit leur déjeuner après les avoir habillés. À huit heures, elle déposa Gilles et Richard dans le landau et vérifia une dernière fois la tenue de sa fille avant d'entraîner tout son petit monde à l'extérieur.

Ce matin-là, le soleil était au rendez-vous et une légère brise plaquait les papiers gras contre les maisons. Il faisait un temps si magnifique que les écoliers, le visage long, regrettaient amèrement d'avoir à retourner s'asseoir sur les bancs d'école. Il y avait dans l'air une sorte de solennité. On se serait presque cru un dimanche matin. On n'entendait nulle part les cris excités des enfants emportés dans leurs jeux. Partout où les yeux se portaient, ils ne rencontraient que des jeunes, sacs au dos, en route, seuls ou en groupe, vers une école du voisinage. Si les garçons avaient envahi les trottoirs de la rue Fullum où était située l'école

Champlain, les fillettes occupaient ceux des rues Dufresne et Sainte-Catherine avant de pénétrer dans la cour de l'école Sainte-Catherine, voisine du couvent.

En ce premier jour de classe, Laurette avait décidé d'accompagner son aînée à l'école autant pour assister à l'événement que pour lui montrer le trajet à suivre. Elle avait emprunté les rues Fullum et Sainte-Catherine en poussant son landau.

— Tu vas reconnaître ton chemin ? demanda-t-elle à la fillette.

— Ben oui, m'man. Ça fait cent fois que vous me le montrez, répondit Denise, un peu énervée par la perspective de se retrouver bientôt abandonnée, au milieu de centaines d'inconnues.

— Je veux surtout pas que tu passes par la ruelle Grant et la rue Archambault, la prévint sa mère. C'est trop dangereux. Et parle pas à du monde que tu connais pas. Traîne pas en chemin. Viens-t'en directement à la maison quand la cloche sonne.

— Oui, m'man.

En cours de route, Laurette avait demandé à Denise de tenir Jean-Louis par la main jusqu'à leur arrivée devant le haut treillis entourant la cour de l'école. La mère de famille vérifia une dernière fois la tenue de sa fille avant de la pousser légèrement vers la porte d'entrée. Plusieurs centaines de petites filles avaient envahi la cour patrouillée par des dames de la congrégation Notre-Dame. Ces dernières, la tête surmontée par leur haute cornette, marchaient de long en large, entourées d'élèves jacassantes.

— Vas-y, ordonna Laurette à sa fille. Je reste ici et je te regarde.

Denise obéit et entra dans la cour. Les yeux plein d'eau, la jeune mère de famille vit sa fille se frayer lentement un chemin au milieu des écolières plus âgées qu'elle et venir la rejoindre près du treillis. La fillette était timide et, de toute évidence, passablement impressionnée par tous les cris excités d'élèves qui rejoignaient des amies qu'elles n'avaient pas vues de l'été. Soudain, parmi les visages, elle reconnut Colette Gravel, la fille des voisins, avec qui elle jouait parfois dans la cour. Elle s'empressa de laisser sa mère derrière elle pour se diriger vers cette figure connue.

— Ça fait de quoi de les voir partir pour l'école, pas vrai? fit une voix dans le dos de Laurette, qui se retourna et reconnut sa voisine.

— Vous avez ben raison, madame Gravel. Ça nous fait pas mal vieillir, d'un coup sec.

— On a beau se dire que c'est normal, c'est pas plus facile, reprit la voisine.

— C'est certain.

— Dans deux jours, on va être habituées à les voir partir et on n'en fera plus de cas. Pour mon Léo, ça été la même chose… Ah! pendant que j'y pense, reprit Emma Gravel, quel chemin vous avez dit à votre fille de prendre?

— La rue Fullum.

— C'est ce que j'avais pensé dire à la mienne aussi, mais après coup, j'ai pensé que c'était la rue que tous les garçons de l'école Champlain prennent. La petite risque de se faire achaler. Ça fait que je lui ai demandé de passer par la ruelle Grant et la rue Archambault. C'est plus court et c'est toujours plein de filles qui reviennent de l'école. C'est moins dangereux, à mon avis.

— Vous avez peut-être raison, j'avais pas pensé à ça, reconnut Laurette, soudain songeuse. C'est ce que j'aurais dû dire à ma fille. Denise! cria-t-elle pour attirer l'attention de la fillette en train de bavarder avec Colette un peu plus loin, dans la cour.

Denise et Colette s'approchèrent du treillis et Laurette ordonna à sa fille d'attendre Colette à la fin des classes pour faire route avec elle.

Chapitre 19

La guerre

— Ah ben non, c'est pas vrai! s'écria Gérard en se détournant de la radio qu'il écoutait depuis son retour du travail.

Son exclamation avait fait sursauter Denise, installée à table aux côtés de sa mère en train de lui montrer comment former des «a» dans son cahier.

— Qu'est-ce qui se passe encore? lui demanda sa femme en jetant un coup d'œil au poêle sur lequel cuisait le souper.

— Il y a que King vient d'annoncer que le Canada a déclaré la guerre à l'Allemagne.

— Puis?

— Cybole, Laurette, réveille-toi! T'as pas l'air de te rendre compte que si c'est comme en 1917, j'ai l'âge pour aller me battre de l'autre bord.

— Ben, voyons donc! s'insurgea sa femme. T'es père de famille. Tu sais ben qu'ils feront jamais ça.

— S'il y a la conscription, tous les hommes de dix-huit à quarante-cinq ans auront pas le choix, pères de famille ou pas. Ça va être l'armée.

— Ah ben, il manquait plus que ça, dit Laurette dans un souffle, soudainement en proie à la plus vive inquiétude.

Quelques jours plus tard, Honoré et Annette vinrent rendre visite un soir aux Morin en compagnie d'Armand et de Pauline. Il fut autant question de la déclaration de Mackenzie King que des explications d'Ernest Lapointe, son lieutenant au Québec. Ce dernier venait de promettre solennellement aux Canadiens français du Québec que jamais il n'y aurait conscription au Canada. Selon lui, tout ce que le gouvernement demanderait bientôt aux Canadiens, ce serait de participer activement à l'effort de guerre en acceptant le rationnement du sucre, de l'huile, du fer, des tissus et de quelques autres produits.

— Moi, j'ai ben de la misère à croire que les Anglais du Canada vont laisser faire ça, déclara Honoré aux deux jeunes hommes. Ils vont finir par vouloir aller se battre à tout prix pour le roi d'Angleterre et ils vont forcer le gouvernement à faire la conscription.

— En tout cas, les bureaux de l'armée engagent déjà à tour de bras, fit remarquer Armand, aussi inquiet de la situation que son beau-frère Gérard.

— Des volontaires, juste des volontaires, lui fit remarquer son père en allumant sa pipe. Ça, c'est correct. Il y en a qui aiment mieux risquer de se faire tuer plutôt que de continuer à crever de faim parce qu'ils ont pas d'ouvrage. C'est leurs affaires.

— Sœur Thérèse nous a dit de prier pour les soldats, intervint Denise, assise sagement aux côtés de sa mère qui berçait Richard.

— Elle a raison, ma chouette, l'approuva sa grand-mère. La prière peut pas faire de tort, c'est certain.

∼∽

À la surprise générale, le premier ministre Maurice Duplessis déclencha des élections générales le 23 septembre suivant. De toute évidence, le rusé politicien voulait profiter de l'opposition affichée des Canadiens français à la guerre pour obtenir un autre mandat.

Ce jour-là, Laurette venait d'écouter *Le curé de village*, son émission radiophonique préférée, quand Roger Baulu prit le micro pour informer les auditeurs que le premier ministre Maurice Duplessis venait d'annoncer la tenue d'élections générales le 25 octobre suivant. Le chef de l'Union nationale avait choisi un mercredi, jour dédié à saint Joseph, son saint patron, pour lancer sa campagne électorale.

— Maudit verrat, il manquait plus que ça! se plaignit Laurette à mi-voix. On va être encore poignés pour entendre parler de politique pendant des semaines.

Lorsque Gérard apprit la nouvelle en rentrant du travail, il se frotta les mains de contentement.

— C'est parfait, cette affaire-là. Il va y avoir de l'action en masse. Mais je comprends pas pourquoi il se dépêche comme ça. Il aurait pu faire encore un an.

Sa femme se contenta de soulever les épaules et continua à servir le repas.

Ce soir-là, Rosaire Nadeau s'arrêta quelques minutes à l'appartement de la rue Emmett.

— J'ai ben peur qu'il en mange toute une, déclara-t-il à Gérard. Ton beau Maurice, Gérard, va avoir tout le reste du Canada sur le dos, remarque ben ce que je te dis là.

— T'es pas sérieux, protesta son beau-frère avec assurance. Tu peux être certain que tous les Canadiens français vont être derrière lui. Il va écraser les rouges le jour des élections et ils vont enfin comprendre qu'on veut rien savoir de ce qui se passe de l'autre bord.

Pour sa part, Laurette allait se rappeler longtemps des quatre semaines que dura la campagne électorale.

— Une vraie bande de fous furieux! répéta-t-elle inlassablement. Ils arrêtent pas de se crier des bêtises à cœur de jour au radio. Je suis tellement tannée de les entendre s'engueuler que j'ai envie de jeter le radio dans les poubelles.

En fait, le premier ministre de la province était parvenu à liguer contre lui tous les libéraux provinciaux et fédéraux de la province. Même si Adélard Godbout était le chef officiel de l'opposition, Ernest Lapointe était de toutes les tribunes et ne reculait devant aucune promesse pour que Maurice Duplessis et l'Union nationale soient écrasés le jour de l'élection. «Un vote pour Duplessis est un vote pour la conscription», martelait-il inlassablement depuis le début de la campagne.

— C'est un écœurant de dire des affaires comme ça, s'emportait un Gérard rouge de colère. C'est tout le contraire. Duplessis veut pas qu'on aille se battre pour les Anglais.

En cette fin de septembre, l'été semblait avoir définitivement plié bagages pour céder la place à l'automne. La température avait fraîchi au point que Laurette devait maintenant «faire une attisée», comme elle disait, chaque jour pour chasser l'humidité dans l'appartement. Les journées raccourcissaient et la pluie était de plus en plus souvent au rendez-vous. Devant l'inévitable changement de saison, il avait été entendu que Gérard remplacerait les persiennes par les contre-fenêtres le samedi suivant.

«Bonyeu que c'est plate qu'il fasse pas ça un soir dans la semaine, se dit-elle. J'aurais pu sortir samedi si ça avait déjà été fait. Comme c'est là, je peux pas lui laisser les enfants sur les bras et je vais être poignée pour rester à la maison samedi prochain.»

Depuis quelques jours, le temps avait été si maussade qu'elle avait dû se résigner à tendre des cordes à travers sa cuisine pour achever de faire sécher à l'intérieur les vêtements fraîchement lavés, la veille et le matin même.

« Si j'avais pas tant de couches à laver aussi, je serais pas obligée d'étendre du linge pendant deux jours, se dit-elle avec mauvaise humeur en décrochant les dernières pièces de vêtements qui avaient fini de sécher. »

Après le dîner, un soleil timide perça tout de même les nuages et la jeune mère de famille décida de profiter de l'éclaircie pour emmener ses enfants en promenade. Elle habilla chaudement Jean-Louis et déposa Richard et Gilles dans le landau. Elle descendit la rue Fullum jusqu'à Notre-Dame et entreprit de marcher jusqu'à la rue Dufresne.

De l'autre côté de la rue, les érables du parc Bellerive arboraient encore une bonne quantité de feuilles rouges, orangées et or. Celles qui étaient déjà tombées avaient pris une vilaine teinte brune et s'étaient accumulées contre le moindre obstacle. Pendant un bref moment, Laurette eut la tentation de traverser, mais remarquant la présence de plusieurs vagabonds, elle jugea préférable de marcher jusqu'à la rue Poupart. Elle longea le vieux four à chaux, traversa la rue Sainte-Catherine et tourna rue Champagne, où elle s'arrêta pour saluer sa mère en passant.

— Viens t'asseoir pour te reposer un peu, lui offrit celle-ci après avoir embrassé ses petits-enfants.

— Ce sera pour une autre fois, m'man, dit-elle. Les enfants sont fatigués et je veux les coucher en arrivant. En plus, je dois arrêter chez le Chinois pour prendre les collets de Gérard.

Quelques minutes plus tard, la jeune femme abandonna son landau à la surveillance de Jean-Louis devant la vitrine couverte de papier kraft de la buanderie située à côté de la nouvelle succursale de la Banque d'Épargne, coin Dufresne et Sainte-Catherine.

— Fais ben attention à tes frères, mon cœur, dit-elle à son fils aîné. Moman en a juste pour une minute.

Laurette n'entrait jamais dans cette buanderie sans une certaine appréhension. Le vieux Chinois, debout derrière le comptoir en bois qui occupait tout le fond de la boutique, l'inquiétait au plus haut point. Elle n'aimait ni l'odeur étrange des lieux ni le fait que son propriétaire ne parlait pas sa langue.

En poussant la porte, une clochette fit sortir l'homme de derrière un rideau aux couleurs éteintes. Aucun sourire ne vint illuminer sa figure ridée. Il se contenta de tendre la main pour prendre le morceau de papier déchiré que Laurette avait déposé sur le comptoir. Il se tourna vers les tablettes qui occupaient tout le fond de la boutique, repéra un paquet enveloppé de papier brun et rapprocha le bout de papier de celui qui se trouvait sur le paquet. Il déposa ce dernier sur le comptoir et écrivit le chiffre dix sur un nouveau bout de papier.

La cliente prit dix sous dans sa bourse et les lui tendit en prenant soin de ne pas le dévisager. De retour à l'extérieur, elle ne put s'empêcher de murmurer :

— Lui et ses cols empesés ! La prochaine fois, il viendra les chercher lui-même. J'haïs cette place-là.

Depuis deux ou trois ans, Gérard se faisait de plus en plus coquet, sans qu'elle trouve à y redire. Le père de famille avait choisi de soigner son apparence. Il ne sortait jamais de la maison avec une mise débraillée, même lorsqu'il allait chez Comtois pour acheter son tabac ou son journal. Lors de leurs sorties, il n'était pas question de porter autre chose qu'une chemise blanche dotée d'un col rigide. Il portait évidemment une cravate et un veston. Pour aller au travail et en revenir, il avait toujours des vêtements propres et était minutieusement peigné. Parfois, il osait même faire à sa femme une remarque sur sa tenue. En ces occasions, Laurette ne manquait jamais de laisser éclater sa mauvaise humeur.

— Viens pas faire ta mère ici dedans! s'écriait-elle. J'ai pas le temps de me minoucher, moi. J'ai les enfants sur le dos du matin au soir. À part ça, si j'avais autant d'argent que ta sœur Colombe pour m'habiller, moi aussi, j'aurais l'air du monde quand je sors. Ben non! J'ai toujours la même maudite robe sur le dos.

L'allusion au salaire misérable qu'il rapportait à la maison avait le pouvoir de faire taire son mari. Elle sous-entendait ainsi qu'il manquait nettement d'ambition. En cela, il ne ressemblait pas du tout à son beau-frère Rosaire qui se vantait depuis peu de presque doubler son salaire hebdomadaire avec ses ventes de voitures usagées.

◦────◦

À la mi-octobre, Denise fréquentait l'école Sainte-Catherine depuis déjà plus d'un mois quand elle réserva une surprise plutôt désagréable à sa mère.

— M'man, j'ai oublié de vous montrer le papier que sœur Thérèse nous a donné avant de partir de l'école, dit-elle en faisant mine de quitter la table.

— Finis de manger ton pâté chinois. Tu me montreras ça après le souper, lui ordonna sa mère en tendant une première cuillérée de Pablum à Richard.

Après avoir aidé à laver la vaisselle, la fillette alla finalement chercher le document que son institutrice avait remis à chacune de ses élèves à la fin de l'après-midi. Laurette s'en empara et lut lentement le message.

— Ah ben, bâtard! Il manquait plus que ça! s'écria-t-elle en jetant le papier sur la table de cuisine.

— Qu'est-ce qu'il y a encore? demanda son mari en levant le nez de son journal.

— Il y a que la sœur écrit qu'il y a des poux dans sa classe et elle veut qu'on examine la tête des enfants. Dis-moi pas que la petite nous a apporté cette vermine-là ici dedans! Comment ça se fait que les mères surveillent pas plus leurs enfants que ça, verrat?

Gérard ne répondit pas. Il n'y avait, de toute façon, rien à répondre. Sa femme, en colère, sortit une bouteille d'huile à lampe et en versa dans un bol avant de s'emparer d'un peigne fin.

— Arrive ici, toi, ordonna-t-elle sans ménagement à sa fille. Il va falloir que je t'examine la tête. Comme si j'avais juste ça à faire, bonyeu!

Elle passa de longues minutes à passer le peigne trempé dans l'huile dans la masse de cheveux bruns de Denise qui se plaignait de l'odeur désagréable qui en émanait. Lorsque Laurette eut fini, elle dut laver la tête de sa fille.

— En tout cas, il y a personne qui va venir dire qu'elle a des poux, déclara-t-elle en séchant vigoureusement les cheveux de sa fille avec une serviette. J'en ai pas trouvé un.

Son mari ne lui prêtait aucune attention. Il avait allumé la radio et écoutait avec une rage grandissante les basses attaques dirigées contre le premier ministre.

Il fallait reconnaître que la campagne électorale provinciale était particulièrement dure. D'un côté comme de l'autre, on ne se ménageait pas. Tous les coups bas semblaient permis. Les adversaires de Duplessis ne se gênaient pas pour dénoncer ses écarts de conduite ainsi que certaines lois contestables votées par son gouvernement durant son mandat. De son côté, le premier ministre sortant vantait le crédit agricole et l'électrification des campagnes réalisés pendant qu'il était au pouvoir. Cependant, il était bien évident que le véritable enjeu de cette élection demeurait, encore et toujours, la conscription. Depuis les premiers jours de la campagne, les ténors de la politique fédérale se plaisaient à acculer le politicien de

Trois-Rivières à la défensive à la radio et dans les journaux. Les députés du Québec à Ottawa venaient même de promettre de démissionner en bloc si jamais on imposait la conscription au pays.

~⌐

Le jour du scrutin arriva. Le 25 octobre, les électeurs durent affronter une pluie froide poussée par un fort vent pour remplir leur devoir de citoyen. Ces rumeurs de conscription avaient tellement fini par inquiéter Gérard qu'il s'était finalement résolu, pour la première fois de sa vie, à aller voter.

Malgré la pluie, le magasinier de la Dominion Rubber alla déposer son bulletin de vote dans la boîte de scrutin avant de rentrer à la maison, complètement trempé.

— Si ça a de l'allure de risquer d'attraper une pneumonie pour des niaiseries pareilles, fit Laurette sur un ton désapprobateur en l'apercevant dans le couloir. Enlève tes souliers pour pas salir mon plancher, ajouta-t-elle en tendant un biscuit à Denis.

Ce soir-là, le jeune père de famille, tout excité, s'installa près de la radio dès le début de la soirée pour connaître les résultats des élections. Pour son plus grand dépit, les résultats dévoilés par Roger Baulu furent peu encourageants dès les premières minutes. À neuf heures trente, il était déjà évident que le parti libéral d'Adélard Godbout allait l'emporter facilement. À la fin de la soirée, l'Union nationale de Maurice Duplessis n'était parvenue à faire élire que quinze de ses quatre-vingt-cinq candidats. Il s'agissait là d'une véritable dégelée.

— Maudit cybole! Ça valait ben la peine de se déranger pour aller voter! s'exclama Gérard, dépité, en éteignant la radio après avoir entendu le décompte final des résultats du scrutin. Les maudits rouges ont gagné.

— T'as pas tout perdu, lui dit Laurette au moment où tous deux se mettaient au lit après avoir vérifié si les enfants étaient bien couverts pour la nuit.

— Pourquoi tu dis ça?

— Je pense que je suis encore en famille, lui annonça-t-elle, fataliste.

— Ah ben, cybole! Ça achève le plat, se contenta de dire le père de famille sur un ton découragé.

Gérard ne trouva pas facilement le sommeil ce soir-là. Les yeux ouverts dans le noir, il se demandait comment il allait réussir à joindre les deux bouts avec son salaire. Sa dernière augmentation datait de trois ans. Les quatorze dollars qu'il ramenait à la maison chaque semaine ne parviendraient plus à loger, nourrir et habiller les siens.

De son côté, la perspective d'une autre grossesse angoissait passablement Laurette. Elle tenait le budget familial depuis son mariage et savait à quel point les fins de mois étaient difficiles.

— Avec un cinquième, dit-elle à sa mère quelques jours plus tard, je sais pas ce qu'on va pouvoir faire pour arriver.

— Inquiète-toi pas, la rassura Annette. Le bon Dieu va t'aider. Tout va s'arranger, tu vas voir.

— Je voudrais ben vous croire, m'man, répliqua-t-elle en affichant un air peu convaincu. Au fond, il faudrait surtout que Gérard se décide à demander une augmentation. Ça fait trois ans qu'il gagne le même salaire et tout augmente. Moi, je peux pas continuer à faire des miracles avec l'argent qu'il me donne.

— Pourquoi il le fait pas? demanda Annette.

— Il dit que c'est risqué de se faire jeter dehors s'il demande trop.

Le dernier mois de 1939 fut ardu pour les Morin. Les quatre enfants attrapèrent tour à tour une vilaine grippe qui se transforma en bronchite. Par conséquent, Gérard et les siens demeurèrent cloîtrés dans la maison durant toute la période des fêtes, jusqu'à la mi-janvier.

— C'est pas surprenant, déclara Lucille lors d'une de ses rares visites. C'est tellement froid chez vous que c'est à se demander comment ces enfants-là attrapent pas une pneumonie. On sent l'air froid nous courir sur les jambes.

— On fait ce qu'on peut, madame Morin, dit une Laurette aux yeux largement cernés. On a beau chauffer le poêle et la fournaise, on gèle pareil.

— Tu devrais déménager et te trouver un bel appartement comme celui de Rosaire et Colombe, reprit Lucille en s'adressant à son fils, occupé à s'allumer une cigarette.

— C'est facile à dire, belle-mère, intervint sa bru avec un rien d'impatience dans la voix, mais il faut avoir les moyens pour faire ça. Votre garçon se décide pas à demander une augmentation.

— Tu devrais le faire, Gérard. Ton *boss* te mangera pas, l'encouragea son père.

— C'est ce que je vais finir par faire, p'pa, promit Gérard. Vous comprenez que c'est pas facile. En sept ans, je suis passé de neuf piastres à quatorze piastres par semaine. Il faut pas que j'exagère.

Après le départ de ses beaux-parents, Laurette ne put s'empêcher de dire à son mari:

— Maudit que ta mère m'enrage des fois! Comme si on avait le choix de rester ici dedans!

— Énerve-toi pas pour rien, répliqua Gérard. Elle s'en fait pour les enfants.

Tout en tentant de la raisonner encore une fois, Gérard jeta un coup d'œil à sa femme, inquiet de lui voir un air aussi épuisé. Depuis quelques semaines, elle se levait plusieurs fois par nuit pour donner du sirop aux enfants ou pour bercer Richard qui mettait beaucoup plus de temps que les autres à guérir. Laurette le tira toutefois rapidement de ses pensées.

— Lundi, après l'ouvrage, il va falloir que t'arrêtes chez Bégin pour lui commander de l'huile à chauffage et cinq autres poches de charbon. Je sens qu'on va finir par en manquer, le tas de charbon dans la cave baisse trop vite à mon goût. En revenant, tu me prendras une bouteille de sirop Lambert à la pharmacie. J'en aurai pas assez pour me rendre à la fin de la semaine.

Le vendredi suivant, malgré le froid qui sévissait, Gérard revint du travail particulièrement de bonne humeur. Avant de retirer son manteau et ses bottes, il demanda à sa femme si elle avait besoin de quelque chose chez Comtois.

— Non. J'ai tout ce qu'il me faut.

— Il commence à neiger, lui annonça-t-il en entrant dans la cuisine où elle était occupée à préparer la sauce aux œufs qu'elle avait l'intention de servir au souper.

— On va peut-être geler un peu moins, conclut cette dernière en déposant sa louche pour prendre la petite enveloppe beige que son mari venait de déposer sur le comptoir, près d'elle.

Laurette vida le contenu de l'enveloppe de paye de son mari sur le comptoir pour vérifier que le montant exact s'y trouvait bien.

— Dix-sept piastres! Comment ça se fait qu'il y a trois piastres de plus que d'habitude? demanda-t-elle, étonnée, en se tournant vers Gérard.

— Ben, j'ai demandé une augmentation il y a deux jours. Le *boss* m'a répondu qu'il allait y penser. Tout à l'heure, il m'a dit qu'il m'avait augmenté de trois piastres par semaine. Qu'est-ce que t'en dis? Contente?

— Je comprends, fit Laurette, transportée, en l'embrassant sur la joue. On rit pas. Trois piastres de plus par semaine.

— Il m'a dit que j'étais chanceux qu'on soit en temps de guerre. Il y a de plus en plus de commandes et la Dominion Rubber manque d'hommes. Ils parlent même d'engager des femmes.

— C'est pas vrai! s'exclama Laurette.

— Il paraît. Des gars qui travaillent avec moi disent que c'est partout pareil. Il commence à y avoir de l'ouvrage un peu partout à cause de la guerre. Ça va faire du bien. Les salaires vont commencer à augmenter.

En fait, le mois de février n'était pas terminé que Armand et Bernard Brûlé se vantaient, à leur tour, d'avoir obtenu de bonnes augmentations de salaire sans beaucoup de peine. La crise, qui avait fait souffrir la population pendant si longtemps, semblait en voie de se résorber.

— On dirait ben que la crise est finie, déclara Honoré en affichant une profonde satisfaction. En tout cas, on peut se vanter d'en avoir arraché en masse depuis une dizaine d'années. Ça va faire du bien de pouvoir respirer un peu, ajouta-t-il, le visage illuminé par un large sourire.

— Il y a rien qui dit que ça reviendra pas, lui fit remarquer sa femme, avec une certaine sagesse. Il faut surtout pas dépenser à tort et à travers pendant que ça va mieux. Maintenant, il faut prier encore plus fort pour que la guerre arrête le plus vite possible.

Si le marché de l'emploi s'améliorait sensiblement en ce début d'année 1940, il en allait tout autrement avec le climat politique. Des rumeurs persistantes circulaient selon lesquelles Maurice Duplessis avait de plus en plus de mal à contrôler ses troupes depuis qu'il avait été chassé du pouvoir. On faisait aussi mention de la possibilité d'un plébiscite sur la conscription parce que, disait-on, le premier ministre King subissait d'énormes pressions des provinces anglophones. Ces bruits inquiétants firent presque passer sous silence l'application d'une loi du salaire minimum et, surtout, le droit de vote accordé aux femmes par le gouvernement Godbout.

— Sacrifice, v'là que les femmes vont aller annuler le vote de leur mari, à cette heure! s'exclama Gérard pour taquiner sa femme en présence de ses beaux-frères et belles-sœurs, un dimanche.

— Dans ton cas, ça te dérangera pas trop, pas vrai? répliqua Laurette, du tac au tac. T'as voté juste une fois dans ta vie.

— C'est là que c'est important d'avoir une femme ben obéissante, dit Bernard en adoptant l'air d'un dur.

Comme il avait la réputation bien établie de se laisser mener par le bout du nez par sa Marie-Ange, sa remarque suscita un éclat de rire général.

— Il y a ben plus important que ça, laissa tomber Honoré, en retirant sa pipe de sa bouche. Moi, j'aime pas pantoute cette affaire d'enregistrement obligatoire des hommes.

— Je sais pas si vous avez écouté Camillien Houde, hier soir, au radio, intervint Gérard. Il a conseillé à tous les hommes de pas aller s'enregistrer. Il a dit que, comme ça, s'il y a une conscription, l'armée pourra pas nous retrouver.

— Il y en aura pas de conscription, affirma Armand. King l'a juré. Il prendra jamais la chance de voir tous les députés de la province remettre leur démission, comme ils l'ont promis aux dernières élections. Il perdrait le pouvoir s'il faisait ça.

— On verra ben, renchérit son père. J'ai pas plus confiance en lui que j'en avais en Borden en 1917. Et on sait
ce qui est arrivé.

Le lendemain, deux mauvaises nouvelles attendaient
Gérard lorsqu'il rentra de son travail. En consultant les
gros titres de *La Presse* qu'il venait de prendre chez
Comtois, il apprit l'arrestation du maire de Montréal et
son internement à Petawawa, en Ontario, pour avoir
prêché la désobéissance civile à ses concitoyens. La seconde
mauvaise nouvelle concernait sa femme.

— Où est ta mère? demanda-t-il à Denise à son entrée
dans la maison.

Il venait de constater que les enfants étaient seuls dans
la cuisine, placés sous la surveillance de la fillette.

— Dans votre chambre, p'pa. Elle est un peu malade.

Gérard s'empressa de retirer son manteau et ses bottes
avant de pousser la porte de la chambre. Il retrouva une
Laurette au teint blafard, étendue sur le lit, en train de
pleurer.

— Qu'est-ce qui se passe? demanda-t-il, soudainement
très inquiet de la trouver là, plongée dans le noir.

— Je suis tombée, dit-elle, la voix éteinte.

— Où ça?

— Dans l'escalier de la cave.

— Qu'est-ce que tu faisais là?

— J'étais allée chercher une chaudière de charbon.

— Cybole, je t'en ai monté à matin, avant de partir, lui
fit remarquer son mari, inquiet.

— J'en ai manqué et je voulais pas que la fournaise
s'éteigne.

— Tu t'es fait mal?

Il y eut un long silence dans la pièce avant que Laurette se décide à répondre à son mari.

— J'ai perdu le petit, dit-elle dans un souffle. Mes eaux ont crevé. J'ai manqué une marche, expliqua-t-elle, sur un ton misérable.

— Est-ce que je peux entrer? demanda Denise de l'autre côté de la porte.

La fillette était inquiète de voir son père et sa mère réfugiés dans leur chambre à coucher, la porte fermée. C'était là une nouveauté.

— Non. Retourne dans la cuisine t'occuper de tes frères, lui ordonna son père sans venir ouvrir la porte.

— Tu veux que j'aille appeler le docteur Miron? demanda-t-il à sa femme.

— C'est pas nécessaire. Il est trop tard. Je l'ai perdu, dit-elle en se remettant à pleurer à chaudes larmes.

— Tu parles d'une maudite malchance, fit Gérard, secoué, en s'assoyant au pied du lit.

— En plus, je me suis fait une entorse.

— Laisse-moi regarder ça, dit-il en se levant pour allumer le plafonnier.

Il regarda avec soin la cheville droite de sa femme qui avait doublé de volume.

— Laisse-moi voir si t'as rien de cassé, fit-il en palpant doucement sa cheville enflée. T'as raison. On dirait ben que c'est juste une entorse. T'as rien mis dessus?

— Pas encore. J'avais trop de peine pour le petit, avoua Laurette en s'épongeant les yeux.

— Bon. Attends. Je vais te préparer une guenille avec du beurre chaud pour ta cheville et après ça, je vais m'occuper des enfants. Reste couchée.

— Pour le souper?

— Inquiète-toi pas. On va se débrouiller.

Après avoir éteint la lumière, le jeune père de famille retourna dans la cuisine, fit fondre un peu de beurre dont il enduisit un chiffon qu'il déposa dans une serviette. Il vint panser la cheville de sa femme avec le cataplasme avant de retourner auprès de ses enfants. Il cuisina le seul mets qu'il était capable de préparer : une omelette. Tout en mangeant, il décida de surseoir au nouvel aménagement de l'appartement qu'ils avaient prévu d'effectuer à la fin du printemps.

Après avoir absorbé le choc initial, Gérard avait rapidement accepté la venue d'un cinquième enfant, ce qui avait contribué à remonter le moral de Laurette. Ils avaient décidé de renoncer à leur salon pour le transformer en chambre à coucher. Jean-Louis devait hériter de la pièce pourvue d'une fenêtre tandis que Gilles et Richard se seraient partagés la chambre du fond. Évidemment, l'accident survenu à la mère remettait tout en question. D'un commun accord, on décida de discuter plus tard de ces importantes transformations, ce qui déçut passablement Jean-Louis.

Pour sa part, Laurette mit plusieurs jours à se consoler de la perte de son bébé. La jeune mère ne cessait de penser à l'enfant qui ne naîtrait jamais et elle se blâmait amèrement de son imprudence.

— C'est de ma faute, dit-elle à sa mère.

— Ben non. C'était un accident. Ça aurait pu arriver à n'importe qui. Raisonne-toi un peu, Laurette ! la sermonna Annette, lasse de la voir aussi déprimée. T'en as déjà perdu un et t'en es pas morte ! Secoue-toi un peu.

— Si vous saviez comme ça me fait mal au cœur, reprit sa fille, comme si elle n'avait rien entendu.

— Je le sais que c'est dur pour toi, chercha à la réconforter sa mère venue en visite, mais pense à tes petits.

— C'est le deuxième que je perds, se lamenta Laurette, l'air misérable.

— Pense à Pauline, à Marie-Ange et même à ta belle-sœur Colombe. Elles sont mariées depuis longtemps et elles ont pas encore d'enfant. Toi, t'es chanceuse, t'en as déjà quatre...

Le temps fit tout de même son œuvre. Encore une fois, Annette eut raison. Laurette eut tant à faire avec ses quatre enfants qu'elle finit par surmonter peu à peu son chagrin.

Chapitre 20

Jean-Louis

Les semaines puis les mois se succédèrent dans une banale mais rassurante routine. Denise termina avec soulagement sa première année à l'école Sainte-Catherine et il fallut inscrire Jean-Louis à l'école Champlain pour le mois de septembre suivant.

L'été 1940 ne fut pas uniquement marqué par de grandes chaleurs. La conscription des célibataires, décidée par le gouvernement de Mackenzie King, poussa des centaines de jeunes à se marier pour y échapper. Les observateurs prédisaient que l'enrôlement de tous les hommes de dix-huit à quarante-cinq ans était inéluctable et allait se produire dans un avenir rapproché.

Pour Laurette, comme pour certaines autres mères, tout ça n'était que de la politique et ne l'intéressait pas le moins du monde aussi longtemps que sa famille n'était pas menacée. Pour l'instant, elle était surtout préoccupée par le départ prochain de son préféré pour l'école. Cette séparation lui était particulièrement pénible.

Le petit garçon de six ans n'avait jamais quitté les jupes de sa mère pour participer aux jeux des enfants de son âge qui se déroulaient quotidiennement dans la grande cour, au-delà de la clôture des Morin. Il ne se tenait jamais bien loin d'elle, quémandant de temps à autre une caresse.

— Taboire, tu le couves trop ! ne cessait de répéter Gérard à sa femme. Lâche-le un peu qu'il aille s'épivarder avec les autres dehors.

— Quand il va s'être fait mal, c'est pas toi qui vas être poigné pour le soigner, rétorquait Laurette, toujours prompte à prendre la défense de son fils aîné. Il est délicat, cet enfant-là.

— Laisse-le au moins aller jouer avec Gilles dans la cour.

— Il peut y aller quand il veut, mais il aime pas ça. Gilles est ben trop jeune pour lui. Il aime mieux jouer tout seul dans son coin. C'est un enfant tranquille, qu'est-ce que tu veux que j'y fasse ?

Gérard hochait la tête et renonçait à persuader sa femme. Jean-Louis était le plus souvent assis sur l'une des marches de l'escalier qui menait à l'étage, chez les Gravel, et s'occupait à des riens. Pendant ce temps, son frère Gilles, âgé de deux ans, s'amusait à creuser la terre de la cour avec de vieilles cuillères.

Pour souligner les débuts de Jean-Louis à l'école, Laurette tint à lui offrir des vêtements neufs. Le jour de la rentrée des classes, elle laissa Denise se préparer seule pour s'occuper presque exclusivement de son Jean-Louis. La fillette quitta l'appartement avec Colette Gravel, empruntant un chemin qu'elle connaissait maintenant par cœur.

Lorsque le petit garçon prit la direction de l'école Champlain en compagnie de sa mère et de ses deux jeunes frères, il était vêtu comme un petit prince et soigneusement coiffé. Il portait une chemise blanche et une petite cravate bleue, de la même couleur que sa culotte. À son dos était sanglé un sac d'école brun tout neuf.

Laurette le fit entrer dans la cour de l'école, sise au coin des rues Logan et Fullum, près d'un terrain vague.

Quelques centaines de jeunes avaient déjà envahi les lieux en ce premier jour de classe. Six enseignants déambulaient tranquillement au milieu d'eux afin de les empêcher de se chamailler. Jean-Louis semblait terrifié par le spectacle qu'il avait sous les yeux et n'avait pas quitté sa mère d'un pouce.

Plusieurs mères de famille, regroupées au fond de la cour, avaient tenu à accompagner leur fils à sa première journée d'école. Laurette remarqua que son fils était, de loin, le mieux vêtu. La plupart des petits garçons portaient un vieux chandail ou une chemise à manches courtes le plus souvent décolorée par de multiples lavages.

Quand le directeur de l'établissement apparut devant la porte arrière de l'institution en agitant une grosse cloche, le silence tomba immédiatement sur les lieux. Les instituteurs poussèrent devant eux les élèves éparpillés dans la grande cour asphaltée de manière à ce qu'ils se regroupent devant lui.

Jean-Louis se mit alors à pleurer, suppliant sa mère de le ramener à la maison. Pris de panique, il ne voulait pas rester. Laurette dut se fâcher pour lui faire entendre raison.

— Arrête de brailler comme un veau ! lui ordonna-t-elle d'une voix cassante. Ça va faire ! Regarde. Il y a personne qui pleure autour de toi. Là, tu vas faire comme les autres. À midi, quand tu reviendras, oublie pas de faire ce que je t'ai montré. Regarde ben comme il faut avant de traverser les rues. Cours pas surtout.

Au même moment, trois institutrices âgées d'une quarantaine d'années apparurent comme par enchantement au fond de la cour. Chacune tenait en main une liste. La plus âgée d'entre elles s'approcha des enfants qui se tenaient avec leur mère en affichant un sourire chaleureux.

— Bonjour, je suis madame Clément, dit-elle. Ceux que je vais nommer vont venir avec moi. Vous allez voir, il y a toutes sortes de choses intéressantes dans l'école.

L'institutrice nomma l'un après l'autre une trentaine de noms parmi lesquels se trouvait celui de Jean-Louis Morin. Ce dernier, la tête basse, la suivit, jetant tout de même de nombreux regards suppliants derrière lui, au cas où sa mère se serait laissée attendrir et l'aurait rappelé à elle.

Lorsque l'enfant revint à la maison ce midi-là, il n'eut qu'un seul commentaire :

— J'aime pas ça, l'école. C'est plate.

— Eh ben, mon petit gars, t'es mieux de t'habituer parce que je te garantis que t'en as pour un bon bout de temps à y aller, lui dit sa mère. Tu viens juste de commencer, ajouta-t-elle pour le rassurer, tu vas finir par aimer ça. Regarde Denise, elle aime ça, elle.

Le petit bonhomme regarda sa sœur en train de manger et ne décela aucun enthousiasme dans le visage de cette dernière. De fait, Denise n'aimait pas beaucoup l'école et ses résultats scolaires de l'année précédente n'avaient pas été particulièrement bons.

— Les autres m'achalent, finit-il par laisser tomber, au bord des larmes.

— Pourquoi ?

— Ils trouvent que je suis habillé drôle. Il y en a qui ont tiré sur ma cravate à la récréation.

— C'est juste des jaloux, mon Jean-Louis, dit doucement sa mère. Tu vas l'ôter, ta cravate, cet après-midi.

Les semaines suivantes ne firent que confirmer la première impression de Jean-Louis : il détestait l'école. L'apprentissage de l'écriture et de la lecture lui paraissait particulièrement difficile et sa mère devait passer deux bonnes heures chaque soir à ses côtés pour le faire étudier.

Cet hiver-là, Laurette dut aller rencontrer à deux reprises madame Clément pour discuter des résultats scolaires de son fils. Ses notes n'étaient pas fameuses, mais, à chacune de ses visites, elle s'entendit dire que son Jean-Louis était sage comme une image en classe, ce qui suffisait à la rassurer.

La jeune mère de famille avait alors une autre raison de se réjouir. Elle venait de découvrir qu'elle était enceinte de nouveau et espérait, cette fois, avoir une fille.

— Ça va être ma dernière, si c'est une fille, déclarat-elle à sa mère après lui avoir appris la bonne nouvelle.

— Tu peux pas savoir.

— Oui, moi, je le sais, prétendit-elle avec une assurance surprenante. Je suis ben décidée à prendre les moyens pour que ça s'arrête là. J'ai pas l'intention d'élever toute une tribu, bonyeu ! Il me semble que cinq, c'est un chiffre pas mal raisonnable.

— Attends que monsieur le curé se rende compte que t'empêches la famille, fit sa mère, l'air sévère.

— Ça le regarde pas pantoute, lui, s'insurgea Laurette. C'est pas lui qui les nourrit et les habille, ces enfants-là. C'est nous autres.

— Il va refuser de te donner l'absolution, prédit Annette.

— En v'là une affaire !

— Laurette, fais attention à ce que tu vas dire ! la prévint sa mère, près de se fâcher. As-tu envie d'aller en enfer ?

— Ayez pas peur, j'irai pas m'en vanter, conclut sa fille sur un ton sans appel.

— T'as pas peur que le bon Dieu te punisse en te faisant perdre le bébé que tu portes ?

— Voyons donc, m'man ! Pensez-vous qu'il comprend pas, lui ?

Annette se résolut à changer de sujet de conversation. C'était la seule chose qu'elle pouvait faire. Elle connaissait assez l'entêtement de sa fille pour savoir qu'elle n'arriverait pas à la faire changer d'idée.

En réalité, la jeune mère de famille n'avait pas encore abordé le sujet avec son mari, jugeant qu'il serait toujours temps de lui en parler après la naissance de l'enfant. Cette fois-ci, elle était bien décidée à le convaincre de la nécessité de mettre un terme à leur famille.

~~~

La nouvelle grossesse de Laurette se déroula normalement. Par contre, il lui fallut user de patience avec ses deux aînés qui éprouvaient des difficultés d'apprentissage importantes.

Chaque soir, le même scénario se répétait. Elle devait s'installer à la table de la cuisine entre Denise et Jean-Louis pour leur faire exécuter leurs devoirs et réciter leurs leçons. Pendant ce temps, Gilles et Richard se chamaillaient dans la pièce. Elle devait constamment les rappeler à l'ordre. Jouer à l'institutrice à domicile ne l'amusait guère. Elle finissait invariablement par exploser devant la lenteur de ses enfants à assimiler de nouvelles connaissances. Le bruit fait par les plus jeunes en train de s'amuser ne l'aidait guère dans sa tâche.

— Verrat, Gérard, lâche ton maudit journal cinq minutes et occupe-toi des petits! s'écriait-elle souvent, excédée. Tu vois pas que je peux pas tout faire en même temps?

À regret, ce dernier s'occupait des cadets durant quelques minutes et les faisait taire avant de reprendre sa *Presse* ou d'écouter la voix d'Albert Duquesne ou de René Arthur en train de communiquer les dernières informations sur la guerre qui sévissait en Europe.

— Bonyeu! Fais-tu exprès d'être bouchée comme ça?
s'exclamait soudain Laurette en s'adressant à sa fille à qui
elle faisait répéter pour la énième fois les mêmes réponses
tirées de son petit catéchisme. Je suis tout de même pas
pour passer la nuit au bout de la table à te les faire répéter,
ces maudites réponses-là. Sors de la lune! Réveille-toi!

Sur ce, elle rendait le manuel à sa fille et se tournait vers
Jean-Louis pour lui faire réciter ses leçons qu'il avait au
moins autant de mal à mémoriser que sa sœur. Toutefois,
force était d'admettre que Laurette se découvrait des
trésors de patience quand il s'agissait de son fils.

Lorsque la fin de mars arriva, la mère de famille recom-
mença à étendre son linge à l'extérieur.

Un lundi matin, elle aperçut Emma Gravel en train de
ramasser des épingles à linge dans la cour.

— J'ai les mains pleines de pouces à matin, lui dit la
petite femme. Je pense que je veux faire trop vite et j'arrête
pas d'échapper mes épingles en étendant mon linge.

— Moi aussi, ça m'arrive d'en échapper, fit Laurette.

— Aujourd'hui, je suis à la course. Je veux amener mon
gars dans les magasins à la fin de l'après-midi pour voir si
je lui trouverais un petit habit pas trop cher pour sa confirmation et sa première communion. Je pense que je vais
être obligée d'aller jusque chez Dupuis Frères pour trouver
quelque chose qui a du bon sens.

— Il va falloir que je m'occupe de ça, moi aussi,
déclara Laurette avant de rentrer dans la maison finir son
lavage.

De fait, elle avait complètement oublié qu'il lui faudrait
habiller convenablement son Jean-Louis pour ces deux
événements. L'année précédente, elle n'avait pas eu à se
préoccuper de cela avec Denise parce que la grand-mère
de la fillette lui avait confectionné sa robe de première
communiante en prétextant que c'était sa filleule.

Le soir même, Laurette se mit à faire l'inventaire des achats qu'elle allait devoir effectuer pour la circonstance.

— As-tu pensé que Jean-Louis est à la veille de faire sa confirmation et sa première communion? demanda-t-elle à son mari.

— C'est normal, non? C'est en première année que les enfants font ça.

— C'est pas ce que je veux dire, reprit Laurette avec impatience. Il va falloir l'habiller, cet enfant-là. Il est pas question qu'il ait l'air d'un guenillou et qu'il fasse rire de lui par les autres. Il va lui falloir un habit bleu marin, une chemise, une boucle, un brassard et des souliers noirs. As-tu une idée combien tout ça va nous coûter?

— Ben...

— On en a au moins pour une trentaine de piastres. Naturellement, on peut pas s'attendre à ce que son parrain et sa marraine l'habillent comme mon père et ma mère l'ont fait pour Denise.

— Whow! C'est pas pantoute la même chose, protesta Gérard. Ta mère coud depuis toujours et pouvait faire la robe de la petite. Ça a pas dû lui coûter ben cher en matériel. Pour un garçon, il est pas question de coudre un habit et, de toute façon, ma mère est comme toi, elle coud pas. Ça fait qu'il faudrait que mon père paie et ça aurait pas d'allure.

— Il aurait peut-être pu. À ce que je sache, ton père et ta mère ont pas cinquante filleuls, ils en ont juste un. En tout cas, ça change rien au fait qu'on va être poignés pour l'habiller.

— Fais ce que tu peux, concéda Gérard, heureux de s'en remettre à sa femme, comme chaque fois qu'il s'agissait de problème d'argent.

Le samedi suivant, Laurette entraîna donc Jean-Louis chez Dupuis Frères. Elle entreprit de lui acheter tout ce qu'il lui fallait pour «avoir l'air d'un vrai petit monsieur» le jour de sa confirmation, comme elle ne cessait de le lui répéter. Elle ne chercha pas à économiser. N'avait-elle pas l'assentiment de son mari? N'était-elle pas celle qui gérait le budget? Elle acheta donc plus que le nécessaire, allant même jusqu'à lui procurer une chemise blanche neuve, même s'il en possédait déjà une. De retour à la maison, elle força son fils à endosser ses vêtements neufs pour montrer à son père à quel point ils lui allaient bien.

— Ça a dû coûter pas mal cher tout ça, dit Gérard en examinant son fils que sa mère forçait à tourner sur lui-même.

— Pour coûter cher, ça a coûté cher, confirma Laurette. Mais ça fera à Gilles et à Richard quand ce sera leur tour de faire leur confirmation et leur première communion, expliqua-t-elle à son mari en examinant Jean-Louis d'un œil critique.

⁓

Une semaine plus tard, un simple papier rose en provenance de l'école Champlain mit le feu aux poudres. Ce midi-là, Jean-Louis revint à la maison la mine basse. Il tendit à sa mère une feuille que lui avait remise son institutrice quelques minutes plus tôt. Laurette finit de servir de la fricassée à ses enfants avant de lire le document.

— Ben voyons donc! s'exclama-t-elle, stupéfaite. Ça a pas d'allure pantoute, cette affaire-là! Elle est complètement folle, cette maîtresse d'école-là!

Jean-Louis ne dit rien, se contentant de regarder son assiette placée devant lui.

— Qu'est-ce que t'as fait encore? lui demanda sa mère.

— Rien, m'man. La maîtresse m'a donné ça juste avant que la cloche sonne.

— Elle t'a pas dit pourquoi tu pourras pas faire ta première communion cette année?

— Non.

— Ah ben, verrat, par exemple! Ça se passera pas comme ça! Denise, tu vas rester ici dedans après le dîner pour garder tes petits frères, ordonna-t-elle à sa fille. Je dois aller à l'école de ton frère, puis tout de suite à part de ça.

Après le dîner, la mère de famille, bouillant toujours de colère, prit la direction de l'école Champlain en compagnie de son fils. En arrivant devant l'imposante façade en pierre de l'édifice, elle ordonna à Jean-Louis:

— Va-t'en dans la cour d'école. Moi, je dois passer par en avant, je suppose, si je veux voir ta maîtresse.

Un peu essoufflée, elle escalada l'escalier abrupt qui conduisait à la porte principale de l'école et sonna pour se faire ouvrir. Le concierge la fit entrer et alla frapper à la porte du directeur pour lui apprendre qu'une mère voulait voir madame Clément. Le directeur, un quinquagénaire à l'apparence sévère, sortit de son bureau, salua d'un bref signe de tête la mère de famille et ouvrit la porte voisine pour appeler l'institutrice de première année.

Celle-ci apparut presque immédiatement à la porte et reconnut la mère de Jean-Louis qu'elle avait déjà rencontrée en deux occasions au cours de l'année scolaire.

— Bonjour, madame. Qu'est-ce que je peux faire pour vous? demanda-t-elle, aimable, à la visiteuse qui s'était avancée vers elle.

— Je voudrais savoir pourquoi vous avez donné ce papier-là à mon garçon? fit Laurette en brandissant la feuille rose, sans se donner la peine de saluer l'institutrice de son fils.

— Je m'excuse, mais je ne l'ai pas lu, dit Cécile Clément en prenant le papier. C'est l'abbé Saint-Onge qui l'a laissé

346

avant de partir cet avant-midi. C'est lui qui s'occupe de la préparation des enfants à leur confirmation.

— Trouvez-vous ça normal, vous, que mon garçon ait pas le droit de faire sa confirmation cette année?

— Vous savez, madame Morin, j'ai pas un mot à dire sur les décisions de notre aumônier. C'est lui qui vient interroger les enfants en classe et qui décide.

— Ben, je vais aller le voir, lui, fit Laurette avec détermination. Il va m'expliquer ce que mon Jean-Louis lui a fait.

La cloche indiquant la reprise des classes sonna sur ces entrefaites.

— C'est peut-être ce que vous avez de mieux à faire en effet, conclut l'institutrice. Bonne chance, madame. Je dois y aller pour aller faire prendre les rangs aux enfants dans la cour.

— Merci, madame, eut tout de même la politesse de dire Laurette avant de prendre congé.

Toujours courroucée, la mère de famille quitta l'école et descendit la rue Fullum jusqu'à la rue Sainte-Catherine. Arrivée devant le presbytère, elle poussa le portillon en fer forgé de la petite clôture entourant le parterre et sonna à la porte. Madame Gagnon vint lui ouvrir et la reconnut. Les deux femmes se saluèrent et s'informèrent de leur santé.

— Est-ce que vous pensez que je peux parler à l'abbé Saint-Onge? demanda Laurette. La cuisinière fit passer Laurette dans l'étroite salle située à droite de la porte d'entrée et la pria d'attendre.

Quelques minutes plus tard, le jeune vicaire, tout souriant, la fit pénétrer dans une autre petite pièce.

— Assoyez-vous, madame. Que puis-je pour vous? demanda-t-il aimablement en prenant place derrière un vieux bureau.

— Ben, monsieur l'abbé, je voulais savoir pourquoi vous voulez pas que mon garçon fasse sa confirmation avec les autres, dit Laurette sans détour en lui tendant la feuille rose qu'elle venait de tirer de sa bourse.

La mère de famille était tout de même un peu intimidée. Au changement d'air du vicaire à la vue du document, elle sentit tout de suite que son interlocuteur, malgré ses airs aimables, pouvait devenir facilement cassant.

— Tout d'abord, madame Morin, dit l'abbé Saint-Onge après avoir jeté un coup d'œil au nom de l'enfant qu'il refusait de voir faire sa confirmation, je dois vous dire que votre Jean-Louis est pas le seul enfant de la paroisse qui pourra pas faire sa confirmation à la Pentecôte. Ils sont six qui pourront pas la faire parce que je juge qu'ils sont pas prêts à la faire. Ils savent pas assez bien leur catéchisme. Dans ces conditions-là, ils comprennent pas toute l'importance de renouveler l'engagement que leurs parents ont pris pour eux lors de leur baptême. C'est aussi simple que ça.

— Oui, je comprends, fit Laurette, un peu domptée, mais moi, j'ai dépensé une fortune pour l'habiller comme du monde pour sa confirmation. On a quatre enfants, nous autres, monsieur l'abbé, et on n'aura pas pantoute les moyens de recommencer les mêmes dépenses l'année prochaine.

— Mais l'habit est pas si important que ça, madame, voulut la raisonner le jeune prêtre.

— On dit ça, mais un enfant aime pas faire rire de lui parce qu'il est pas habillé comme les autres, plaida Laurette. Et l'année prochaine, il va avoir grandi et je pourrai pas l'habiller une autre fois.

— Bon.

— Il y aurait pas moyen d'arranger ça, monsieur l'abbé? demanda-t-elle en adoptant un ton raisonnable. Le petit a ben de la misère à comprendre, même si je l'aide tous les soirs à apprendre son catéchisme. C'est pas de la mauvaise volonté et il est loin d'être fou. Il est juste un peu lent. Mais une fois que c'est entré dans sa tête, ça en sort plus, par exemple. Si ça se trouve, il les savait ben les réponses aux questions que vous lui avez posées, mais il est tellement gêné qu'il a pas été capable d'ouvrir la bouche.

Florent Saint-Onge sembla réfléchir durant quelques instants avant de reprendre la parole.

— Bon. Si vous voulez attendre un petit moment, je vais aller consulter monsieur le curé. Je serai pas long, ajouta-t-il en se levant et en quittant la pièce.

Le jeune vicaire croisa Raymond Léger dans le couloir.

— Qu'est-ce que tu ferais si t'étais à ma place, Raymond? lui demanda-t-il après lui avoir brièvement expliqué le problème.

— Il y a pas de quoi faire un drame avec ça, répondit son confrère avec un large sourire. T'as juste à dire à la mère de lui faire repasser son catéchisme chaque soir et de t'envoyer son garçon le vendredi avant la confirmation pour que tu puisses l'interroger à nouveau. Tu lui promets que son gars pourra être confirmé comme les autres s'il sait ce qu'il doit savoir. Il lui reste presque deux semaines.

Une quinzaine de minutes plus tard, Laurette rentra à la maison, satisfaite de l'arrangement. Tous les soirs, durant une semaine et demie, Jean-Louis dut réviser son caté-chisme sous sa supervision après avoir effectué ses devoirs réguliers.

— Lâche-le, lui conseilla Gérard. Tu vas finir par l'écœurer du catéchisme jusqu'à la fin de ses jours.

— Laisse faire, toi, répliqua sèchement sa femme. Il est pas dit qu'on aura fait toutes ces dépenses-là pour rien. Il va la faire sa confirmation et sa première communion, je t'en passe un papier!

Le vendredi, après avoir lavé sa vaisselle, la mère de famille se dirigea avec son fils vers le presbytère, comme il avait été entendu avec l'abbé Saint-Onge. L'enfant était passablement nerveux et ne cessait de bouger.

— Aie pas peur, moman sera pas loin, lui chuchota Laurette pendant qu'ils attendaient l'arrivée du vicaire.

La porte du bureau s'ouvrit un instant plus tard et l'abbé Saint-Onge, toujours aussi souriant, fit entrer le gamin. L'entrevue ne dura qu'une dizaine de minutes. Quand la porte s'ouvrit à nouveau pour livrer passage à son fils et au prêtre, Laurette ne put s'empêcher de s'exclamer:

— Vous avez déjà fini?

— Bien oui, madame Morin. Votre garçon a fait ça comme un grand. Je lui ai posé trois ou quatre questions et il savait très bien les réponses. Tout est arrangé.

Toute fière, Laurette remercia le prêtre et rentra à la maison en tenant fermement la main de son Jean-Louis.

Le dimanche suivant, elle tint à être présente à la grand-messe pour assister à la confirmation de son fils. Gérard, qui préférait toujours la basse-messe, n'y vit aucun inconvénient.

Ce matin-là, Jean-Louis fut réveillé très tôt et sa mère s'assura qu'il soit impeccablement habillé avant de prendre le chemin de l'église Saint-Vincent-de-Paul où les futurs confirmés se regroupèrent autour des trois institutrices de première année. De l'autre côté de l'allée centrale, des dames de la congrégation Notre-Dame voyaient à maintenir la discipline chez les fillettes qui allaient, elles aussi, être confirmées.

À la fin de la grand-messe, monseigneur Gauthier entonna le *Veni creator* avant de poser quelques questions aux futurs confirmés et d'invoquer le Saint-Esprit. Ensuite, le prélat prit place au centre du chœur, revêtu de sa chape dorée et coiffé de sa mitre. Les parents, anxieux et fiers, tendaient le cou pour tenter de voir leur fils ou leur fille. Les enfants, maintenant debout dans l'allée centrale, les uns derrière les autres, s'approchaient à tour de rôle de l'évêque de Montréal qui leur apposa le signe de la croix sur le front avec le saint Chrême avant de les gifler légèrement.

Lorsque la cérémonie prit fin, Laurette se fraya difficilement un passage dans la foule afin de retrouver son fils. L'agrippant par la main, elle rentra à la maison la tête haute.

— Dimanche prochain, tu vas pouvoir mettre ton brassard et faire ta première communion, dit-elle à son fils, après lui avoir ordonné d'aller changer de vêtements.

Malheureusement, à la date prévue, le beau temps n'était pas au rendez-vous.

— Maudit verrat! jura Laurette en regardant par la fenêtre de sa chambre la forte pluie danser sur la chaussée. Il mouille à «siaux»! Des affaires pour gaspiller son habit neuf.

— Énerve-toi donc pas, chercha à l'apaiser Gérard. Il est encore de bonne heure. Ça va se calmer.

Mais il n'en fut rien. C'est sous un véritable déluge que Gérard accompagna son fils à l'église paroissiale pour sa première communion. Pour l'occasion, Conrad et Lucille, les parrain et marraine de l'enfant, étaient venus de Saint-Hyacinthe. Annette et Honoré se joignirent à eux avant la messe.

À leur sortie de l'église, les fortes averses s'étaient transformées en une petite pluie fine. Les Morin et les

Brûlé, à l'abri de leurs grands parapluies noirs, regagnèrent l'appartement de la rue Emmett pour partager le repas de fête préparé par Laurette.

Avant le repas, Annette tendit à son petit-fils un missel neuf tandis que Lucille lui offrait un bénitier.

— Ça veut dire, mon garçon, qu'à partir de dimanche prochain, tu vas être obligé d'aller à la messe tous les dimanches, lui fit remarquer son grand-père Honoré.

— Oui, puis t'auras pas le droit de boire et de manger à partir de minuit la veille si tu veux aller communier à la messe, ajouta sa grand-mère Brûlé.

— À part ça, précisa Gérard, tu vas être obligé de faire comme ta sœur et d'aller prendre les rangs dans la cour de l'école tous les dimanches matins avant de venir à la messe avec ta maîtresse d'école.

Le petit Jean-Louis accueillit ces nouvelles obligations sans s'émouvoir. Pour le moment, il était surtout soulagé d'en avoir fini avec toutes ces célébrations et dégustait son morceau de gâteau avec gourmandise.

Les convives demeurèrent chez les Morin jusqu'à quatre heures de l'après-midi avant de prendre congé et de rentrer chez eux.

— Ouf! Une bonne affaire de faite! déclara Laurette en vidant les cendriers et en déposant sur le comptoir les verres sales. Toi, Jean-Louis, va te changer avant de tacher ton habit neuf.

Gérard laissa sa femme et sa fille procéder au rangement de la maison. Il sortit sur le balcon arrière pour profiter de l'air frais apporté par la pluie qui venait de s'arrêter. Quand il retourna à l'intérieur, Laurette était assise dans sa chaise berçante et fumait une cigarette.

— Entre nous autres, il me semble que ton père et ta mère auraient pu se forcer un peu plus, dit-elle à son mari. Est-ce que ça a de l'allure de donner un bénitier à un enfant de six ans ? Tu parles d'un souvenir de première communion !

— Un missel, c'est pas ben ben mieux, rétorqua Gérard, agacé.

— Au moins, le missel va lui servir tous les dimanches.

Fatigué, le père de famille s'empressa d'allumer la radio avant d'entendre Laurette formuler d'autres critiques à l'encontre de ses parents. Cette dernière continua de fumer en silence, en regardant ses enfants s'amuser dans la cuisine.

Chapitre 21

La jalousie

L'année scolaire prit fin au début de la dernière semaine de juin 1941. Laurette allait avoir ses quatre enfants autour d'elle pour la durée de l'été. Heureusement, Denise, âgée de presque huit ans, était maintenant en mesure de lui rendre de menus services dans la maison quand elle n'était pas avec son amie Colette.

Enceinte de sept mois, la future mère avait pris passablement de poids durant les dernières semaines. Elle avait du mal à se déplacer. Comme lors de ses grossesses précédentes, ses jambes enflaient facilement et lui causaient des douleurs presque insupportables. Depuis le début de la belle saison, elle se dépêchait de se débarrasser de ses tâches ménagères durant l'avant-midi pour ne pas avoir à travailler durant les heures les plus chaudes de la journée. Les vagues successives de chaleur l'éprouvaient énormément et minaient son moral.

— Quand on crève pas, il mouille à boire debout, avait-elle déclaré avec raison à Emma Gravel, la semaine précédente.

— C'est vrai que dans votre état, madame Morin, ça doit pas être facile, avait fait remarquer la petite femme à la tête frisottée. Il paraît que plus on est gros, plus on souffre de la chaleur.

— Ça, je le sais pas, avait sèchement rétorqué Laurette, avant de retourner dans son appartement en claquant la porte derrière elle.

— Tu parles d'une maudite air bête ! s'était-elle emportée à haute voix. C'est gros comme un manche à balai et ça se pense mieux que les autres. Elle, ça va prendre une mèche de temps avant que je lui reparle.

Les jours suivants, Laurette était tout de même allée se scruter devant le miroir de sa chambre à coucher à de nombreuses reprises pour se convaincre qu'elle n'était pas si grosse que la voisine semblait le laisser entendre.

— Maudit verrat, je suis en famille de sept mois, c'est sûr que j'ai un gros ventre ! Mais après mon accouchement, je vais être encore ben regardable. Je vais être juste un peu en chair, murmura-t-elle.

Toutefois, il lui était resté une inquiétude qui la rongeait et qui la rendait de mauvaise humeur.

Par un après-midi radieux, et dans l'espoir de profiter d'un peu plus de fraîcheur, Laurette avait installé sa chaise berçante pliante sur le trottoir en prenant bien soin de ne pas regarder au-dessus de sa tête au cas où sa voisine aurait été appuyée contre son appui-fenêtre pour « prendre l'air », comme elle le faisait souvent. Elle s'assit assez près de sa porte, qu'elle avait laissée ouverte pour entendre ce qui se passait dans la cour arrière où Gilles et Richard s'amusaient. Jean-Louis vint bientôt s'asseoir sur le pas de la porte, près d'elle.

— Pourquoi tu vas pas jouer avec tes frères ?

— C'est pas le *fun*.

— Va jouer dans la grande cour, c'est plein de petits gars de ton âge.

— Il fait trop chaud. Ça me tente pas.

Devant son air un peu buté, Laurette renonça à le persuader de bouger, se contentant de s'éventer avec le journal de la veille. Elle s'alluma une cigarette et but une gorgée de cola, portant son regard sur ce qui se passait autour d'elle, tant sur la rue Emmett que sur la rue Archambault. Elle poussa un soupir d'aise quand une légère brise prit la petite rue en enfilade. L'endroit était définitivement plus agréable que le balcon arrière, près des poubelles métalliques nauséabondes, derrière l'escalier conduisant chez les Gravel.

Confortablement installée, elle se mit à se bercer doucement en songeant à tout ce qui était survenu dans sa famille et dans celle de son mari durant les derniers mois.

Pauline, la femme d'Armand, venait finalement de tomber enceinte. Elle aussi saurait bientôt ce que c'était que d'avoir un enfant. Son autre frère, Bernard, avait emménagé avec Marie-Ange dans un nouvel appartement de la rue Logan.

À la surprise générale, Rosaire Nadeau avait, quant à lui, abandonné son travail chez Commins pour se lancer à temps plein dans la vente de voitures usagées, non pas à son compte, mais pour le garage Généreux. Lucille avait bien tenté de faire passer cette décision de son gendre pour une sorte de promotion sociale, elle avait vite abandonné l'affaire quand elle s'était brisé une jambe au début de l'hiver en glissant sur un trottoir verglacé. Elle avait eu toutes les peines à s'en remettre. Pour cette occasion, Laurette s'était montrée compatissante, mais elle n'en avait pas moins profité du long répit. Durant quelques mois, elle avait pu respirer un peu, puisque sa belle-mère, incapable de bouger, avait dû renoncer à ses visites à Montréal avec Conrad.

Enfin, Gérard était de plus en plus accroché à la radio, passant des heures à écouter des nouvelles de la guerre. Par ailleurs, il avait tout de même obtenu une autre augmentation de salaire, ce qui leur avait permis d'acheter un mobilier de chambre usagé pour meubler le salon, devenu depuis peu, la chambre à coucher de Jean-Louis. Il partagerait cette pièce avec l'un de ses frères plus tard si le bébé se révélait être un autre garçon.

— M'man, est-ce qu'on peut aller chez Brodeur ? demanda Denise subitement apparue à la porte des Gravel.

— Pour faire quoi ?

— Une commission pour la mère de Colette.

— C'est correct, mais traînez pas là. Tu déranges pas, au moins ?

— Non, madame Morin, répondit l'amie de sa fille. On fait des dessins sur mon balcon.

Laurette regarda les deux fillettes traverser la rue Emmett et entrer à l'épicerie du coin. Les Comtois avaient vendu leur commerce deux mois auparavant à un vieux célibataire bougon du nom d'Alcide Brodeur. À la plus grande satisfaction d'une bonne partie de la population du quartier, le nouvel épicier avait accepté de faire crédit à sa clientèle. Selon plusieurs habitués, il était très facile d'ouvrir un compte chez lui. Quand Catherine Bélanger, la voisine de droite, le lui avait appris, Laurette avait eu un seul commentaire :

— C'est ben de valeur, mais moi, j'en ouvrirai pas. On n'est pas riches, mais on achète juste ce qu'on peut payer comptant. Des dettes, j'en veux pas.

Au gré du mouvement de la chaise berçante, Laurette finit par somnoler quand la sirène annonçant la fin de la journée de travail à la Dominion Oilcloth, rue Parthenais, la fit sursauter. La luminosité avait légèrement changé et les ombres s'étaient allongées. Jean-Louis n'était plus sur le pas de la porte.

— M'man ! fit la voix de Denise qui apparut bientôt devant elle.

— Oui. Qu'est-ce qu'il y a ?

— P'pa est à la veille de revenir. Qu'est-ce qu'on mange pour souper ? Voulez-vous que j'épluche des patates ?

— Non. Il fait trop chaud. On va manger des sandwiches avec de la liqueur. T'occupes-tu de tes frères ?

— Gilles et Richard dorment tous les deux, étendus sur leur couverte, sur le balcon. Jean-Louis est dans sa chambre. Je sais pas ce qu'il fait.

— C'est correct. Je vais attendre ton père en avant. Quand il sera là, j'entrerai préparer les sandwiches.

Pour arriver à reprendre définitivement pied dans la réalité, la mère de famille s'alluma une cigarette et se remit à se bercer. Elle observait surtout ce qui se passait dans la rue Archambault où des jeunes âgés d'une dizaine d'années avaient entrepris de disputer une course avec des trottinettes constituées d'une boîte en bois montée sur une planche sous laquelle ils avaient cloué les deux parties d'un vieux patin à roulettes.

Brusquement, poussée par une sorte de pressentiment, elle tourna la tête vers la rue Fullum, juste au moment où Gérard tournait le coin en compagnie d'une jeune femme. Épaule contre épaule, ils semblaient plongés dans une discussion si intéressante que rien autour ne paraissait en mesure de les déranger. Ils avançaient lentement, sans se presser.

À la vue de son mari tout souriant et charmeur, le sang de Laurette ne fit qu'un tour. Le couple se dirigeait vers elle, mais pas une seule fois Gérard ne lui adressa un regard.

Blanche de rage, elle quitta sa chaise berçante après avoir pris son verre vide déposé sur le trottoir. Au même moment, l'interlocutrice de son mari le quitta sur un sourire, traversa la rue Emmett en diagonale, fit un léger signe de tête à Laurette en passant et poursuivit son chemin rue Archambault.

— Laisse faire ta chaise, je vais la rentrer, lui offrit Gérard en s'arrêtant devant elle.

Sans dire un mot, sa femme pénétra dans la maison et se dirigea directement vers la cuisine. Gérard replia la chaise berçante et la déposa contre le mur du couloir avant de la suivre.

— C'est qui, cette fille-là? l'apostropha-t-elle avant même qu'il se soit assis.

— De qui tu parles?

— De la fille que tu viens de lâcher juste devant notre porte, dit Laurette sur un ton dur.

— Ah! Tu parles d'Élise?

— Et tu l'appelles par son petit nom, à part ça?

— Comment veux-tu que je l'appelle? C'est son nom, répliqua Gérard qui ne comprenait pas très bien où sa femme voulait en venir.

— C'est qui, cette fille-là? répéta Laurette.

— Une fille qui travaille à la compagnie.

— Depuis longtemps?

— Je le sais pas. Cinq ou six mois, à peu près. La compagnie a commencé à engager des femmes. Elle travaille dans les bureaux.

— Et ça dure depuis combien de temps entre vous deux?

— Cybole, de quoi tu parles?

— Prends-moi pas pour une folle, Gérard Morin! J'ai des yeux pour voir, tu sauras!

— Qu'est-ce que tu vas t'imaginer là? C'est juste une fille qui travaille à la même compagnie que moi. Elle reste sur Dufresne.

— En plus, tu sais où elle reste!

— Ben oui, je le sais. Elle reste sur Dufresne, bâtard! Elle prend le même chemin que moi pour aller travailler, je suis tout de même pas pour faire semblant de pas la voir sous le prétexte que t'es jalouse.

— Je suis pas jalouse pantoute. Mais j'aime pas faire rire de moi en pleine face.

— Comment ça, faire rire de toi?

— Aïe! Prends-moi pas pour une niaiseuse! Fais pas semblant de pas comprendre. C'est clair comme de l'eau de roche qu'il y a quelque chose entre vous deux. Elle a l'air d'une vraie guidoune avec ses souliers à talons hauts et sa robe décolletée.

— Sa robe est pas décolletée et c'est pas une guidoune. Puis arrête de crier comme une folle, lui ordonna son mari en élevant la voix. Tout le monde t'entend autour!

— Je crierai si je veux!

Gérard se leva et alla fermer la fenêtre de cuisine et la porte qui menait au balcon.

— Je sais pas si tu le sais, mais t'es malade, cybole! dit-il ensuite, exaspéré.

— C'est sûr que c'est facile de voler le mari d'une femme poignée avec quatre enfants à la maison et qui en attend un autre dans un mois. Moi, je suis pas capable de m'arranger comme elle pour faire perdre la tête aux hommes. Moi, j'ai pas le choix. Je passe mes journées à torcher les enfants.

— Veux-tu ben arrêter de t'énerver pour rien! Tu m'as vu parler à quelqu'un qui travaille avec moi et tu vas t'imaginer toutes sortes d'affaires. Taboire! Pense donc un peu! Je suis ici dedans tous les soirs à cinq heures et demie, cinq jours par semaine. Le samedi, je suis poigné avec les enfants pendant que tu vas magasiner. Le dimanche, on est chez ton père. Veux-tu ben me dire quand et comment je pourrais courir après elle?

— S'il y a rien entre vous deux, pourquoi elle a pas arrêté pour me parler?

— Parce qu'elle est gênée.

— Je sais pas ce qui se passe, mais je vais finir par le savoir, dit rageusement Laurette en déposant un pain sur la table.

Gérard rouvrit la porte et la fenêtre quand il se rendit compte que sa femme en avait fini. Il alluma ensuite la radio pour avoir les dernières nouvelles sur la guerre en Europe pendant que Laurette commençait à préparer des sandwiches aux tomates et au baloney.

— Sors la liqueur et mets-la sur la table, ordonna-t-elle à Denise, qui s'était sagement retirée dans sa chambre pendant la dispute. Après, tu iras réveiller tes frères sur le balcon et lave-leur les mains. Ils doivent être sales comme des cochons après avoir passé l'après-midi à jouer dans la terre.

Le repas se prit dans un silence relatif. Assis chacun à un bout de la table, le père et la mère de famille affichaient un air buté. La dernière bouchée avalée, Gérard se retira sur le balcon, armé de son journal qu'il lut jusqu'à la tombée de la nuit. Après avoir remis de l'ordre dans la cuisine, Laurette se confectionna quelques dizaines de cigarettes avant de préparer les petits pour la nuit.

Un peu après huit heures, malgré la chaleur étouffante qui régnait dans l'appartement, elle alla se réfugier dans sa chambre. Ayant pris soin de fermer les vieilles persiennes vertes, elle se retrouva dans la pénombre. Une fois seule, elle laissa éclater sa rage et sa peine. Elle s'étendit alors sur son lit et pleura longtemps.

— La maudite vache! dit-elle à mi-voix en serrant les dents. Si jamais elle essaye de me voler mon mari, je lui arrache les yeux!

Épuisée, elle finit par s'endormir. Elle ne se réveilla qu'au moment où Gérard entra dans la chambre pour se mettre au lit à son tour. Se soulevant sur un coude, elle jeta un coup d'œil au gros réveille-matin Westclock posé sur la table de nuit. Il affichait onze heures. Elle se leva péniblement pour endosser sa robe de nuit.

Pour la première fois depuis leur mariage, le mari et la femme firent leur prière chacun de leur côté. Laurette se rendit à la cuisine pendant que Gérard se couchait. Au moment où elle se planta devant la porte moustiquaire, les premières gouttes de pluie vinrent frapper le toit de tôle du hangar. Au début de la soirée, un vent chaud s'était levé et le ciel s'était peu à peu couvert de lourds nuages, rendant l'atmosphère encore plus étouffante.

Laurette demeura dans la cuisine jusqu'à minuit, fumant cigarette sur cigarette pour essayer de se calmer. Finalement, elle décida de retourner se mettre au lit, mais elle eut du mal à retrouver le sommeil. Les yeux ouverts dans le noir, elle épiait le souffle régulier de son mari. Son esprit était torturé par toutes sortes de scénarios où la belle Élise parvenait à lui voler son mari sans qu'elle puisse rien y faire.

Elle se réveilla en sursaut un peu après cinq heures. Elle se leva, prépara le déjeuner de Gérard et laissa son repas du midi sur le coin de la table. Elle se remit ensuite au lit avant même que le réveille-matin sonne. Son mari se leva à son tour, s'habilla et alla faire sa toilette. Elle fit semblant de dormir pour ne pas avoir à lui parler. Il mangea en silence et partit. Elle ne quitta son lit qu'après avoir entendu la porte d'entrée se refermer.

La pluie de la veille avait adouci la température, la rendant un peu plus supportable, mais l'humeur de Laurette demeura sombre toute la journée. Tout l'impatientait au plus haut point. Ses enfants en subirent les conséquences sans en connaître la raison. Un peu avant cinq heures, Laurette se décida après avoir longuement hésité.

— Surveille Jean-Louis et Gilles, ordonna-t-elle à Denise. J'ai une commission à faire. J'emmène Richard avec moi.

Sur ce, elle sortit le landau et y déposa le bambin de deux ans avant de se mettre en marche vers la rue Fullum. Elle tourna au coin de Notre-Dame et se mit à exécuter de rapides allées et venues sur une distance d'environ cent pieds, ne perdant pas de vue le trottoir du côté sud que son mari devait nécessairement emprunter.

— On va ben voir s'il me prend pour une folle, lui! répéta-t-elle à voix haute à plusieurs reprises, toujours en proie à une violente crise de jalousie. C'est trop facile de faire le beau avec une petite jeune pendant que sa femme enceinte est poignée avec les enfants!

Après quelques minutes d'attente, elle finit par apercevoir Gérard se dirigeant vers la rue Fullum. Il était seul. Utilisant comme écran un tramway qui passait en bringuebalant, elle accéléra le pas, tourna dans la rue Fullum avant que son mari ne l'aperçoive et retourna à la maison. Gérard ne la vit qu'au moment où elle rentrait le landau dans l'appartement.

— Je t'ai déjà dit de pas forcer après le carrosse, lui dit-il. T'as juste à le pousser jusque dans la cour et je le rentrerai en revenant de l'ouvrage.

De toute évidence, il avait oublié leur bouderie de la veille et Laurette n'eut d'autre choix que de lui adresser la parole. En apparence, tout était rentré dans l'ordre. Pendant un moment, elle se demanda s'il ne l'avait pas vue en train de le guetter sur la rue Notre-Dame…

Malgré cela, Laurette répéta le même manège durant trois jours d'affilée sans obtenir plus de succès. Elle ne surprit pas une seule fois son mari en compagnie d'Élise ou d'une autre femme. Elle en éprouva beaucoup de soulagement, mais resta tout de même intriguée. Elle laissa passer quelques jours avant de lui demander, un soir, mine de rien :

— Qu'est-ce qui est arrivé à la fille qui reste sur la rue Dufresne ?

— Quelle fille ? demanda-t-il en fronçant les sourcils comme s'il cherchait de qui il s'agissait.

— Fais donc pas l'hypocrite, Gérard Morin ! Comme si tu savais pas que je parle de celle que t'appelles Élise.

— Ah ! Tu parles d'elle. Ben je sais pas trop. Elle a dû s'apercevoir qu'une femme la surveillait depuis une couple de jours sur la rue Notre-Dame et elle a peut-être décidé de prendre une autre rue pour rentrer chez eux après l'ouvrage.

Laurette eut un rictus comme si elle venait de mordre dans un citron, mais ne répliqua rien. Lors de sa visite hebdomadaire chez ses parents, le dimanche suivant, elle profita d'un moment où elle se retrouva seule en compagnie de sa mère pour lui faire part des doutes qui l'assaillaient toujours.

— Pauvre petite fille ! fit Annette. Tu te casses ben la tête pour rien. Ton mari est toujours à la maison quand il travaille pas. Si tu commences à t'en faire chaque fois qu'il parle à une belle femme, t'as pas fini de te faire des cheveux blancs.

∼⌒

Le 28 août, Laurette accoucha sans peine de la fille qu'elle désirait depuis si longtemps. Encore une fois, elle eut la chance de profiter de l'aide de sa mère qui vint prendre soin de ses petits-enfants durant une semaine entière afin de lui permettre de reprendre des forces. Cette dernière se chargea aussi de préparer Denise et Jean-Louis pour leur retour à l'école.

Il fut rapidement décidé que le nouveau bébé de la famille porterait le prénom de Carole.

— On aurait pu l'appeler Lucille, comme ma mère, avait suggéré Gérard le lendemain de la naissance. Je suis sûr que ça lui aurait fait plaisir.

— Peut-être, mais c'est trop ancien. En plus, je trouve qu'une Lucille dans la famille, c'est ben assez, répliqua Laurette avec brusquerie en se demandant si son mari ne faisait pas exprès pour la contrarier.

Lorsque le père de famille se présenta au presbytère de la paroisse Saint-Vincent-de-Paul pour faire inscrire son enfant sur les registres paroissiaux, il eut affaire à un curé Crevier qui sortait à peine d'une prise de bec avec le président de la fabrique. Le pasteur se montra particulièrement cassant et impatient avec lui.

— Mais il est ben bête, ce maudit curé-là! ne put s'empêcher de dire Gérard à sa femme en rentrant à la maison. C'est tout juste s'il m'a pas engueulé quand je lui ai dit qu'on voulait attendre deux semaines pour le baptême parce que tu voulais être la porteuse.

— Lui, il est mieux de pas me faire de remarque au baptême, parce que curé ou pas curé, il va m'entendre, menaça Laurette, toujours alitée.

Bernard et Marie-Ange acceptèrent avec empressement d'être parrain et marraine et le baptême se déroula sans incident pour l'excellente raison qu'il fut célébré par l'abbé Léger.

Quelques jours plus tard, Laurette se décida à aborder avec son mari le sujet délicat de leurs relations. Elle avait eu beau plastronner devant sa mère le printemps précédent, la démarche n'était pas aussi facile qu'elle l'avait laissé entendre.

Elle avait presque trente ans et avait décidé que Carole serait son dernier enfant. Elle devait donc prendre les moyens pour qu'il en soit ainsi, mais rien ne l'assurait que son mari serait d'accord avec elle. Et elle éprouvait une gêne indéniable à parler ouvertement d'une chose aussi intime, même avec lui.

Finalement, l'urgence de la situation la poussa à se jeter à l'eau, un soir, après le coucher des enfants, alors que Gérard venait d'éteindre la radio. En cette soirée de la mi-septembre, l'air particulièrement doux pénétrait par la porte moustiquaire de la cuisine.

— C'est de valeur de plus pouvoir aller s'asseoir dans le salon, le soir, quand on a le goût, lui fit-elle remarquer.

— On n'avait pas le choix. On n'était pas pour coucher les trois gars dans la chambre du fond une fois la petite venue au monde.

— Là, ça veut dire, qu'on n'a plus de place pantoute pour recevoir le monde, reprit Laurette. Il nous reste juste la cuisine pour veiller.

— Ouais.

— Sais-tu que c'est un signe, ça...

— Un signe de quoi? demanda Gérard en lui jetant un regard intrigué.

— Un signe que notre famille est faite. Si on en a un autre, où est-ce que tu veux qu'on le mette?

— Ben, je sais pas trop, fit-il, hésitant.

— On est rendu à cinq, Gérard. Je pense que c'est le temps qu'on s'arrête, tu trouves pas? On a un cinq appartements et c'est déjà trop petit pour nous autres. En plus, on a toutes les misères du monde à joindre les deux bouts.

— Mais on arrive pareil, avança Gérard.

— Je te ferai remarquer que c'est en tirant le diable par la queue, répliqua-t-elle. Ces enfants-là vont vieillir et ils vont coûter de plus en plus cher à habiller et à nourrir. Penses-y.

— T'as peut-être raison.

— Oublie pas non plus que j'ai été en famille presque tous les ans depuis qu'on est mariés. Sept fois en neuf ans, c'est pas rien. Je suis fatiguée d'être poignée pour accoucher presque chaque année.

— Il y a des familles pas mal plus grosses qui restent autour, lui fit remarquer Gérard.

— C'est pas une raison pour les imiter. J'ai pas envie qu'on se fasse montrer du doigt comme certaines familles de la rue Archambault qui ont dix et douze enfants. Regarde chez vous, ta mère a eu juste deux enfants.

— Parce qu'elle s'est mariée sur le tard.

— Chez nous, ma mère en a eu quatre.

— Quatre ?

— Ben oui. Si elle avait pas perdu mon frère Joseph en 1918, on aurait été quatre.

— Bon. C'est correct. Qu'est-ce qu'on fait ? finit-il par demander.

— On va prendre les moyens qu'il faut pour arrêter ça là.

— Et ça va être permis, cette affaire-là ?

— Inquiète-toi pas pour ça. Ça regarde juste nous deux.

À compter de ce jour, l'affaire fut entendue et il n'en fut plus question.

～～

Quelques semaines plus tard, Laurette décida de se reprendre en main après avoir vainement tenté d'entrer dans une robe qu'elle portait avant sa dernière grossesse.

— Maudit verrat ! ragea-t-elle en cherchant à la boutonner, veux-tu ben me dire ce qui est arrivé à cette robe-là ? Est-ce qu'elle a rapetissé ?

Elle essaya tour à tour les deux autres robes qui constituaient le gros de sa garde-robe pour découvrir qu'elles ne lui allaient pas davantage. Dépitée, elle dut alors se rabattre sur l'une des deux robes qu'elle portait alors qu'elle était enceinte.

Lors d'une visite d'Annette quelques jours plus tard, Laurette n'était guère de meilleure humeur quand sa mère lui demanda pourquoi elle avait encore une robe de maternité sur le dos.

— J'ai pas le choix, bonyeu, les autres me font plus ! explosa-t-elle.

— Comment ça ? Va me chercher tes robes que je regarde ça.

— Je comprends rien là-dedans, m'man. Bout de viarge, j'ai tout de même pas engraissé à ce point-là ! s'écria Laurette en jetant ses robes sur la table de cuisine. Il y a plus rien qui me fait.

— Tu vas d'abord te calmer les nerfs et parler autrement, fit sa mère, sévère. Oublie pas que tu parles devant tes enfants. En v'là un exemple à leur donner !

— Qu'est-ce que vous pouvez faire avec mes robes, m'man ? demanda Laurette, contrite de s'être emportée.

Annette examina avec soin les vêtements avant de laisser tomber son verdict.

— Il y a rien à faire. Je peux pas te les agrandir. Il y a pas assez de matériel. Tu vas être obligée de t'acheter du matériel ou ben de t'acheter une robe toute faite.

— Aïe ! Ça, ça tombe mal, avoua sa fille, dépitée. Juste au moment où il faut faire venir du charbon et un baril d'huile.

Sa mère n'ajouta rien. Elle était beaucoup plus diplomate que Lucille Morin. Et cela valait mieux ainsi.

La semaine suivante, les beaux-parents de Laurette s'arrêtèrent une petite heure rue Emmett. Il faisait froid en ce début de novembre et le ciel gris laissait présager la première neige de la saison. Conrad et Lucille n'avaient pas revu le bébé depuis sa naissance et s'extasièrent sur la bonne mine de Carole qui avait eu deux mois quelques jours auparavant.

— Si ça vous fait rien, on va s'installer dans la cuisine, s'excusa Gérard. À cette heure, on n'a plus de salon.

— C'est pas grave, fit son père en le suivant dans le couloir après avoir abandonné son manteau sur le lit de la chambre de son fils.

Laurette servit une tasse de thé à ses beaux-parents et on parla longuement de Colombe, de Rosaire ainsi que des transformations que subissait Saint-Hyacinthe depuis le début de la guerre. Après être venus embrasser leurs grands-parents, les enfants avaient regagné leurs chambres pour s'y amuser. À un certain moment, le bébé se réveilla et Lucille accompagna sa bru dans sa chambre.

Pendant que la mère changeait les langes de Carole, sa belle-mère l'examinait d'un œil critique.

— Mon Dieu, Laurette! s'exclama-t-elle, je pense bien que je vous ai jamais vue aussi grosse.

Laurette rougit violemment et se retint à grand-peine de formuler une réplique cinglante. Lucille ne comprit pas le danger et insista plus lourdement encore.

— Vous avez bien dû prendre au moins vingt livres depuis le printemps passé.

— Inquiétez-vous pas avec ça, madame Morin, je vais les perdre vite, répliqua sèchement Laurette.

— Je l'espère pour vous, ma fille. Comme je vous l'ai déjà dit, les hommes aiment pas beaucoup les femmes trop grasses.

— Je le sais.

— Si encore vous preniez l'habitude de toujours porter un corset, il me semble que ce serait moins pire.

— Charriez pas, belle-mère! s'emporta Laurette, à bout de patience. Il y a tout de même des limites! Me voyez-vous faire mon ménage et mon lavage poignée dans un corset?

— Moi, ce que j'en disais, c'était pour vous, Laurette, dit Lucille, se rendant subitement compte qu'elle venait d'insulter sa bru.

— Occupez-vous pas de ma graisse, madame Morin, lui conseilla abruptement la jeune femme. Elle a l'air de vous fatiguer ben plus que moi.

Cette conversation eut l'effet de jeter, encore une fois, un froid entre les deux femmes. Lucille avait vraiment un don pour se mettre Laurette à dos, et les années ne semblaient pas le lui avoir appris. Elle aurait dû savoir depuis longtemps que cette dernière ne supportait aucune remarque sur son excédent de poids.

Après le départ de ses parents, Gérard ne put s'empêcher de demander à sa femme:

— Veux-tu ben me dire ce qui s'est encore passé entre toi et ma mère? Taboire! On dirait que chaque fois que vous vous rencontrez, ça finit mal.

— Il s'est rien passé, mentit Laurette.

— Aïe! prends-moi pas pour un fou! Il y avait juste à vous regarder toutes les deux quand vous êtes revenues de la chambre pour s'apercevoir que vous vous étiez encore dit des bêtises.

— J'ai été ben polie avec ta mère, tu sauras, même si elle m'a encore jeté en pleine face qu'elle me trouvait trop grosse.

— Voyons donc!

— Je te le dis. Il y a des fois que je l'haïs à mort, ta mère.

— Je suis sûr que c'était pas méchant, l'excusa Gérard. Tu la connais. Elle peut pas s'empêcher de dire toujours tout ce qu'elle pense.

— Ben j'aimerais mieux qu'elle pense moins, rétorqua sèchement Laurette. Est-ce que je lui dis, moi, que je la trouve maigre à faire peur et qu'elle fait dur avec tous les plis qu'elle a dans le visage ?

— Laurette !

— C'est correct. J'ai rien dit. Toi, est-ce que tu me trouves trop grosse ? demanda-t-elle en épiant le visage de son mari pour voir s'il lui disait la vérité.

— Pantoute. T'es juste d'une bonne grosseur, répondit Gérard sur un ton qui la rassura un peu.

Chapitre 22

Les soucis d'une mère

— Même s'il neige un peu, on gèle pas trop à matin, annonça Gérard en rentrant du hangar.

Il portait la nourrice d'huile à chauffage qu'il était allé remplir au baril. La radio jouait *Ça va venir, découragez-vous pas* de la Bolduc.

— Ça, c'était de la vraie musique, dit Laurette, comme si elle n'avait pas entendu la remarque de son mari. Chaque fois que je l'entends chanter, elle, je pense que c'est plate qu'elle soit morte cette année. Nous autres, chez nous, on l'aimait ben gros. Mon père trouvait que c'était ben de valeur qu'on n'ait pas les moyens d'avoir un gramophone pour écouter ses *records*.

— Moi non plus, j'haïssais pas ses chansons, admit Gérard, mais ma mère aurait jamais voulu qu'un de ses *records* entre dans la maison. Elle a toujours trouvé que c'était pas de la vraie musique.

— Là, je reconnais ben ta mère, laissa tomber sa femme en déposant sur le comptoir la tasse qu'elle avait utilisée pour boire son thé.

— Bon, qu'est-ce que tu fais aujourd'hui? lui demanda Gérard. Vas-tu faire du magasinage pareil, même s'il neige?

— J'ai pensé à mon affaire depuis que je suis levée. Je pense que je vais faire plaisir aux enfants. Je vais te laisser

Richard et Carole et amener les trois autres à la parade du père Noël. Ils ont jamais vu ça.

— Tu vas pas les traîner jusque chez Eaton ?

— Non. On n'ira pas si loin que ça, le rassura sa femme. On va s'arrêter dans le coin de Saint-Hubert.

— Remarque qu'on aurait ben pu embarquer Richard et la petite dans le traîneau.

— Ben non. Richard va vouloir descendre et on va passer notre temps à courir après. Il a pas encore trois ans et il est pas endurable, le petit maudit. Mais si t'aimes mieux, je peux rester et garder les plus jeunes et te laisser emmener les autres à la parade.

— Non, non, vas-y, dit Gérard. Ça va te faire du bien de prendre l'air.

— On va attendre après le déjeuner pour le dire aux enfants sinon ils vont être trop excités et ils voudront pas manger.

Laurette servit le repas assez tôt. Quand elle apprit à ses enfants qu'elle les emmenait voir la parade du père Noël, il y eut des « oh ! » et des « ah ! » d'excitation. Jean-Louis, Denise et Gilles s'habillèrent en un tournemain.

— Mettez-vous deux paires de bas dans vos bottes et, surtout, oubliez pas votre tuque et vos mitaines, leur recommanda leur mère.

Les enfants se bousculèrent pour aller dans leur chambre chercher ce qui leur manquait.

— Calmez-vous, leur ordonna-t-elle, sévère, avant d'ouvrir la porte d'entrée de l'appartement pour les laisser sortir. Je vous avertis tout de suite que si vous vous excitez trop, on vire de bord et on revient.

Laurette et les petits attendirent le tramway au coin des rues Fullum et Sainte-Catherine sous une petite neige qui n'avait pas cessé de tomber. La température était assez douce. Le tramway était bondé et les Morin durent se tenir tant bien que mal aux dossiers en osier des sièges déjà occupés pendant le court trajet. La mère de famille tenait Gilles contre elle de peur que celui-ci se fasse bousculer par les autres passagers. Elle regardait défiler les magasins de la rue Sainte-Catherine en songeant qu'ils avaient bien meilleure mine le jour que le soir, particulièrement à l'est de la rue De Lorimier. Même durant la période des fêtes, bien peu de commerçants du quartier se donnaient la peine de décorer, surtout depuis que la crise avait frappé, plus de dix ans auparavant. Le soir, les vitrines chichement éclairées étaient peu attirantes et souvent malpropres. Il fallait attendre d'être à l'ouest de la rue Amherst pour pouvoir admirer de belles vitrines attrayantes décorées de guirlandes lumineuses, de lutins, d'anges et de pères Noël.

Laurette et sa famille descendirent finalement du tramway rue Saint-Hubert, le service s'interrompant à cet endroit pour la durée de la parade.

Déjà, les trottoirs, des deux côtés de la rue, étaient si surpeuplés de parents et d'enfants qu'elle décida d'entraîner les siens un peu plus loin vers l'ouest pour trouver une trouée dans la foule. Elle finit par en trouver une deux rues plus loin et s'y installa.

La neige continuait à tomber doucement. Le fait de demeurer immobile, même au milieu de la foule, ne réchauffait guère. Denise s'était déniché une place sur le bord du trottoir et tenait la main de Gilles tandis que sa mère se tenait derrière eux avec Jean-Louis, qui, comme à l'accoutumée, ne la quittait guère. Durant de longues minutes, les curieux s'entassèrent de plus en plus dans leur dos au point que Laurette dut en repousser quelques-uns d'un solide coup de coude.

— Aïe, poussez pas, bonyeu ! Vous allez nous faire tomber, dit-elle à un certain moment en se tournant vers l'arrière pour identifier qui la bousculait.

— M'man, est-ce qu'il est à la veille d'arriver, le père Noël ? demanda la fillette de huit ans. J'ai les pieds gelés.

— Ce sera pas long, je pense, lui dit sa mère. Écoute. On entend déjà les fanfares qui s'en viennent.

— Moi, j'ai des bibittes aux doigts, se plaignit Jean-Louis.

— Aimez-vous mieux qu'on s'en retourne sans avoir vu le père Noël ? demanda-t-elle, impatiente. Bouge tes doigts dans tes mitaines pour les réchauffer.

Au même moment, les premières majorettes vêtues de rouge et de blanc apparurent, précédées par une première fanfare interprétant une marche militaire enlevante. Gilles et Denise se penchèrent vers l'avant pour mieux les observer. La fanfare passa dans un tintamarre de cuivres et de trompettes.

— Je vois le premier char allégorique, m'man ! s'écria Denise.

— Moi, je le vois pas, se lamenta Jean-Louis, prisonnier entre sa mère et un gros monsieur dont la masse obstruait sa vue.

— Attends une minute, lui dit Laurette. Il va passer devant toi. Tu manqueras rien.

Un tracteur apparut bientôt dans le champ de vision du garçon de sept ans. Il tirait une plateforme sur laquelle des danseurs et danseuses, vêtus de costumes folkloriques, exécutaient une ronde aux sons d'un violon et d'un accordéon. Pendant plus d'une demi-heure, les fanfares, les clowns, les lutins et les chars allégoriques défilèrent lentement devant les yeux ébahis des enfants.

— V'là le père Noël ! V'là le père Noël ! se mirent-ils à crier. Il s'en vient.

Un frémissement d'excitation parcourut la foule des spectateurs. La plupart étirèrent immédiatement le cou pour essayer de voir le dernier char de la parade annuelle des magasins Eaton.

— M'man, je vois rien, se plaignit à nouveau Jean-Louis d'une voix geignarde.

— Attends. Tu vas le voir passer, répéta sa mère, visiblement agacée.

Cette dernière avait de plus en plus froid. Depuis quelques minutes, elle avait même du mal à réprimer ses frissons et ne cessait de taper du pied pour tenter de se réchauffer.

Il y eut le bruit d'une galopade de chevaux puis un cri. Laurette, occupée à souffler dans ses doigts gourds, les yeux à demi fermés, sursauta.

— Mon Dieu! Cet enfant-là a failli se faire tuer! entendit-elle soudain.

Jetant un coup d'œil devant elle, Laurette ne vit plus Gilles et Denise. Son cœur eut un raté. Elle se précipita vers l'avant à temps pour apercevoir son fils de trois ans et demi assis dans la rue, à moins d'un pied des pattes d'un cheval monté par un policier tandis que Denise le tirait vers l'arrière.

— Gilles! cria-t-elle en se précipitant vers ses deux enfants.

Un clown prit le petit dans ses bras et le lui tendit au moment où elle arrivait à lui. L'enfant se mit à pleurer à chaudes larmes.

— Il a rien, madame, la rassura le clown. Il a eu juste un peu peur. Je l'ai vu à la dernière minute se lancer dans les pattes du cheval pour le flatter. Je pense que le policier a eu plus peur que lui. Le cheval a bronché et a failli le jeter à terre.

— Seigneur que j'ai eu peur! s'exclama la mère de famille. Merci.

Elle retourna rapidement vers le trottoir. Évidemment, la place qu'elle avait occupée avec ses enfants avait été prise par d'autres spectateurs. Elle se flanqua résolument devant ceux qui avaient osé la lui voler.

— Maudite innocente! s'emporta-t-elle contre Denise. T'es pas assez vieille pour surveiller ton frère comme du monde? Un peu plus et il se faisait tuer! C'est ça que tu voulais?

— Je pouvais pas savoir, m'man. Il m'a lâché la main tout d'un coup et il s'est garroché dans les pattes du cheval, se défendit la fillette au bord des larmes.

— Là, surveille Jean-Louis, lui dit rudement sa mère. Je m'occupe de Gilles. De toute façon, le v'là, le char du père Noël. Après ça, c'est fini. On s'en retourne à la maison. Je vous garantis qu'il va faire chaud en maudit avant que je vous ramène voir une parade, vous autres.

Une voix se fit entendre dans son dos.

— Les enfants! Ils sont tous pareils, dit une vieille dame qui tenait la main d'une fillette, probablement sa petite-fille.

— Vous pouvez le dire, fit Laurette, dont le cœur battait encore la chamade. Le petit, c'est le chouchou de mon père. Chaque fois qu'on va là, mon père l'emmène flatter son cheval. Il a dû vouloir faire la même chose avec celui-là. Des plans pour se faire écraser. Le petit maudit! Il m'a fait tellement peur que j'ai de la misère à reprendre mon souffle.

Le vieillard à la barbe blanche apparut alors, debout au centre d'un char allégorique, aux côtés d'une fée des étoiles éblouissante. Sous les cris de centaines d'enfants surexcités par son apparition, il lança quelques poignées de bonbons vers eux en criant «Joyeux Noël». Aussitôt après son passage, la foule envahit la chaussée et commença à se disperser.

Pendant un long moment, Laurette ne bougea pas, encore trop secouée par ce qui avait failli arriver à son fils. Bousculée par les passants, elle finit par se décider à se mettre en marche, soudainement pressée de trouver un endroit où se réchauffer.

— Je vous aurais ben emmenés chez Dupuis, dit-elle à ses aînés, mais ça va être plein de monde et j'ai pas envie de vous perdre dans la foule.

— Pourquoi on retourne pas chez nous? demanda Jean-Louis, le nez rougi par le froid.

— Parce que les p'tits chars vont être ben pleins et que ça va prendre un bon bout de temps avant qu'on puisse embarquer.

Laurette jeta un coup d'œil à ses enfants. Ils semblaient sérieusement souffrir du froid.

— Bon. Venez. On va essayer de trouver un restaurant où il y a de la place pour s'asseoir. Vous allez pouvoir vous réchauffer. Tenez-vous par la main et lâchez-vous pas.

Les enfants étaient tout excités à l'idée de pénétrer dans un restaurant. Aucun n'y était jamais entré. Après avoir marché une bonne dizaine de minutes en portant Gilles dans ses bras, Laurette découvrit un petit restaurant qui ne payait pas de mine, mais où quelques places semblaient encore libres. Elle s'y engouffra en compagnie des siens et les entraîna vers une banquette recouverte de moleskine noire.

— Assoyez-vous et faites-moi pas honte, ordonna la mère de famille en déposant Gilles sur le siège, à côté d'elle.

Jean-Louis et Denise n'avaient pas assez de leurs deux yeux pour regarder ce qui se passait autour d'eux. Laurette tira son étui à cigarettes de sa bourse et alluma la cigarette dont elle avait tant envie depuis plus d'une heure. Quand la serveuse lui demanda ce qu'elle désirait, elle commanda une frite et une boisson gazeuse pour chacun des enfants.

— Prenez pas ces airs-là, leur dit-elle, mécontente, après que la serveuse eut déposé devant chacun une assiette couverte de belles frites dorées. On dirait que vous êtes jamais sortis de chez vous.

— On n'est jamais venus dans un restaurant, m'man, fit Denise en mordant dans une première frite.

— C'est pas une raison pour avoir l'air niaiseux, la réprimanda sa mère. En tout cas, prenez votre temps pour manger. On va essayer de rester ici dedans assez longtemps pour qu'on ait de la place dans les p'tits chars. Si vous mangez trop vite, on va aller geler dehors et on va être obligés de marcher.

Les enfants se le tinrent pour dit et, malgré la faim qui les tenaillait, ils firent en sorte de traîner à table. Un peu avant deux heures, Laurette donna néanmoins le signal du départ. Il y avait encore beaucoup de passants sur les trottoirs de la plus grande artère commerciale de Montréal, mais le service de transport en commun y avait été rétabli et les voyageurs en attente d'un tramway au coin des rues étaient moins nombreux que trois quarts d'heure plus tôt.

Rassasiés et un peu soûlés par tout cet air froid, les enfants étaient visiblement fatigués. Aussi fourbue qu'eux, Laurette n'avait plus qu'une hâte : rentrer chez elle pour préparer le souper. Pour une fois, elle ne dirait rien quand Gérard allumerait la radio pour écouter le match de hockey des Canadiens. Il pourrait même s'énerver tant qu'il voudrait quand Michel Normandin allait crier que Connor ou Lach venait de marquer ou lorsque Bouchard était en train de se battre avec un adversaire... Lorsque la mère de famille et ses enfants descendirent du tramway au coin de la rue Fullum, la neige avait cessé, mais il faisait beaucoup plus froid qu'au début de la matinée. Gilles, endormi dans ses bras, ne lui avait jamais semblé aussi pesant que durant le trajet à pied entre la rue Sainte-Catherine et la rue Emmett. Elle marcha en silence, avec Jean-Louis et Denise à sa suite, pressée de se débarrasser enfin de ce lourd fardeau.

— Ouvrez-moi la porte, dit-elle à ses deux aînés en arrivant devant la maison.

Avant même de retirer ses bottes, elle alla déposer le petit bonhomme sur son lit, tout habillé. Gérard apparut dans l'entrée du couloir.

— T'arrives ben tard, lui fit-il remarquer lorsqu'elle revint dans le couloir pour enlever son manteau et ses bottes.

— Les p'tits chars étaient pleins. Là, je suis morte et complètement gelée. Comment ont été les deux petits?

— Pas trop pires.

— Ah! C'est beau! s'exclama soudain Denise qui venait de pénétrer dans la cuisine.

— Qu'est-ce qui se passe? lui demanda sa mère, intriguée par son exclamation.

— Viens voir, l'invita son mari.

Suivie par un Jean-Louis maussade, Laurette s'avança jusqu'à la cuisine. Gérard avait profité de son absence pour dresser un gros arbre de Noël dans un coin de la pièce. Il avait même eu le temps de le décorer au complet.

— Attends, dit-il à Laurette, demeurée interdite sur le seuil de la pièce. Tu vas voir.

Il alluma les lumières multicolores dans l'arbre.

— Puis! Qu'est-ce que t'en penses?

— Il est ben beau, reconnut Laurette sans grand enthousiasme, mais il va être dans le chemin en pas pour rire. Pourquoi tu l'as fait là?

— Où est-ce que tu voulais que je le fasse? On n'a plus de salon. Je pouvais tout de même pas le monter dans notre chambre ou dans une de celles des enfants.

— Ouais. As-tu pensé à tout le trouble que je vais avoir à empêcher Richard et même Gilles de toucher aux boules et aux lumières ? Ils vont toujours être rendus là. À part ça, comment je vais étendre mon linge dans la cuisine le lundi quand je fais mon lavage ?

— Cybole ! T'auras juste à étendre une corde de moins dans la cuisine. Tu peux la changer de place et l'installer dans le corridor, lui suggéra Gérard, mécontent de voir que sa surprise ne suscitait pas l'effet escompté.

— Il est ben beau pareil, répéta Laurette, se rendant compte qu'elle avait contrarié son mari. Je suppose que je vais m'habituer à le voir là.

⁓

Quelques jours plus tard, Laurette dut se rendre à l'école Sainte-Catherine afin de rencontrer la religieuse qui faisait la classe à Denise. C'était la première des deux visites annuelles qu'on demandait aux parents.

La veille, elle s'était présentée à l'école Champlain pour prendre connaissance des résultats scolaires de son Jean-Louis. L'enseignante s'était dite enchantée du comportement de son fils, mais avait formulé des réserves sur la qualité de son travail scolaire. Le ton avait rapidement monté entre la mère de famille et l'institutrice, la première ayant juré ses grands dieux que l'enfant faisait vraiment tout son possible pour réussir et qu'on ne pouvait lui en demander plus.

— C'est une maudite air bête, avait déclaré Laurette à son mari en rentrant à la maison. Je comprends que le petit en ait peur.

— Arrête donc d'être toujours du bord de ton gars, taboire ! s'était contenté de dire Gérard, réprobateur. Elle doit tout de même savoir ce qu'elle dit, cette femme-là.

— Laisse faire. Je connais mon petit. Je sais comment il travaille fort à la maison.

— Ben oui, c'est ça, avait répliqué son mari, sarcastique. Tout le monde a tort et ton Jean-Louis est tout seul à avoir raison.

Lorsqu'elle se trouvait dans l'école Sainte-Catherine, Laurette éprouvait toujours une drôle d'impression. Elle se sentait redevenir la petite fille qui avait fréquenté l'institution durant sept années. Elle était intimidée en foulant les longs couloirs au parquet en bois pour aller prendre place, debout, près de la porte de la classe de sa fille. Pour cette première visite de l'année, elle se demandait si sœur Marie de la Rédemption se souviendrait de l'avoir eue comme élève vingt ans auparavant.

Lorsqu'elle arriva devant la classe, elle découvrit avec dépit qu'il y avait déjà six mères qui faisaient la queue pour rencontrer la religieuse. Une femme à l'allure négligée vint prendre place derrière elle, quelques minutes plus tard.

— On en a pour un bon bout de temps à attendre, murmura-t-elle à Laurette. Cette sœur-là est bavarde comme une pie. Je suis venue tout à l'heure, mais j'ai pas voulu attendre. Je suis allée voir les sœurs qui font l'école à mes trois autres filles. Je pensais ben que la file serait moins longue en revenant, ajouta-t-elle, l'air déçue.

— Vous avez quatre filles?

— Oui, quatre filles et deux gars. Et je peux vous dire que quand on n'a pas de mari pour aider à élever des enfants, c'est pas drôle pantoute.

Laurette en déduisit que la femme, qui semblait compter quelques années de plus qu'elle, devait être veuve. Elle la plaignit.

— Il faut aussi arriver à les nourrir et à les habiller, dit-elle.

— Ça, c'est sûr, admit la femme. Vous vous appelez comment?

— Laurette Morin, je suis la mère de Denise Morin.

— Moi, je m'appelle Gisèle Trépanier. Je suis la mère de Mireille Trépanier, qui est dans la classe de votre fille.

Il y eut un bref silence. Deux des mères qui attendaient quittèrent la file, décidant qu'il valait sans doute mieux aller rencontrer les autres sœurs enseignantes d'abord. Puis Gisèle Trépanier reprit la parole à mi-voix.

— Le plus dur, c'est le temps des fêtes avec les enfants. J'arrive pas, ajouta-t-elle dans un souffle. À cette heure, tout coûte tellement cher. De temps en temps, je fais garder mes plus jeunes par ma plus vieille et je fais des ménages à gauche et à droite, mais c'est pas assez pour arriver.

— Est-ce que la paroisse peut pas vous aider? demanda Laurette.

— J'ai demandé, mais j'ai pas encore eu de réponse.

Quelques minutes plus tard, ce fut au tour de Laurette de pénétrer dans le local où l'attendait une petite religieuse à l'âge indéterminé, assise derrière son bureau posé sur une estrade en bois. La mère de famille la reconnut au premier coup d'œil.

— Bonjour, ma sœur. Je suis la mère de Denise Morin.

Pendant qu'elle se présentait, sœur Marie de la Rédemption la dévisageait derrière ses petites lunettes rondes.

— Est-ce que je vous ai pas fait la classe? finit-elle par demander à la visiteuse.

— Oui, ma sœur.

— Il me semblait bien aussi. Quelle est votre nom de fille?

— Laurette Brûlé, ma sœur.

— Vous étiez dans ma classe de sixième année, c'est ça ? Vous vous teniez toujours avec les deux ou trois mêmes filles. Si je me rappelle bien, il y avait deux sœurs parmi elles...

— Les sœurs Cholette et Suzanne Tremblay, ma sœur, précisa Laurette, épatée par l'excellente mémoire de l'institutrice.

— Je me souviens. Je dois dire que votre fille est pas mal plus obéissante que vous l'étiez, fit remarquer la vieille religieuse. C'est vrai qu'elle peut encore changer, ajouta-t-elle avec un sourire malicieux. J'espère seulement qu'elle va apprendre plus facilement la couture que sa mère. Êtes-vous meilleure que vous l'étiez quand vous étiez mon élève ?

— Pas tellement, ma sœur, reconnut honnêtement Laurette en rougissant un peu.

— Par contre, votre fille a plus de difficulté que vous à apprendre. Il va vous falloir l'aider un peu plus à la maison si vous voulez qu'elle réussisse son année.

— Je vais m'en occuper, promit la mère de famille en se levant pour prendre congé.

Laurette croisa Gisèle Trépanier sur le pas de la porte de la classe. Elle la salua d'un hochement de tête puis rentra chez elle d'un pas résolu. De toute évidence, Denise n'avait guère plus de talent que son frère Jean-Louis et elle allait être obligée de les secouer.

— C'est le *fun !* dit-elle à Gérard en enlevant son manteau. Me v'là poignée avec deux queues de classe. Et toi, ajouta-t-elle à sa fille, qui s'apprêtait à aller se coucher, tu vas avoir affaire à travailler pas mal plus, je te le garantis.

Ce soir-là, la jeune mère de famille ne parvint que difficilement à trouver le sommeil. Elle était préoccupée par l'avenir de ses enfants. Qu'allaient-ils devenir s'ils étaient incapables de se rendre jusqu'à leur 7e année ? D'où leur venait cette difficulté à apprendre. Pas d'elle, en tout cas. Est-ce qu'il était possible que cela vienne de Gérard? Pendant un bref moment, elle eut envie de le réveiller pour lui poser la question... Peu avant de s'endormir, elle prit la résolution de surveiller d'encore plus près les travaux scolaires de ses enfants.

Au presbytère voisin, l'abbé Léger venait de frapper à la porte du bureau du curé Crevier, une liste à la main.

— Entrez, dit le prêtre en levant la tête du document qu'il était en train de lire, uniquement éclairé par une petite lampe de travail en cuivre.

La porte s'ouvrit sur le vicaire bedonnant.

— Qu'est-ce qu'il y a, l'abbé?

— Je viens de retrouver sur mon bureau la liste des demandes d'aide faites à la Saint-Vincent-de-Paul que je vous ai laissée hier après-midi.

— Oui.

— Est-ce que ça se peut, monsieur le curé, qu'il y ait une erreur?

— Pourquoi vous me demandez ça?

— Sur la liste, vous avez barré le nom de madame Trépanier.

— Il y a pas d'erreur, l'abbé, déclara le curé d'une voix tranchante.

— Mais j'ai reçu moi-même cette mère de famille, monsieur le curé. Elle a six enfants sur les bras et elle a pas d'ouvrage. Elle m'a dit qu'elle aurait rien à leur donner à manger dans le temps des fêtes si on l'aidait pas. Elle m'a eu l'air pas mal méritante.

Le pasteur de la paroisse poussa un bref soupir d'exaspération avant de retirer ses lunettes.

— Je trouve, l'abbé, que ça vous prend du temps à apprendre, laissa-t-il tomber. Il me semble que depuis le temps que vous appartenez à la paroisse, vous devriez connaître un peu mieux certains paroissiens. J'ai refusé d'aider votre madame Trépanier pour une raison de moralité. Est-ce qu'elle vous a dit qu'elle était veuve ?

— Non. Je lui ai pas demandé.

— Elle est ni veuve ni séparée. Comprenez-vous ce que ça veut dire, l'abbé ? Votre madame Trépanier est une Jézabel ! Une pécheresse ! Elle a jamais été mariée avec le ou les pères de ses enfants. Elle pratique même pas. Elle fait baptiser ses petits parce qu'ils ont besoin d'un extrait de baptême pour s'inscrire à l'école. C'est tout un exemple dans la paroisse ! Vous pensez tout de même pas qu'on va encourager du monde comme ça à continuer !

— Oui, mais c'est pas la faute des enfants, plaida le vicaire.

— Tant que je serai curé de cette paroisse, la Saint-Vincent-de-Paul aidera juste les paroissiens méritants, les bons catholiques, trancha le curé. Cette famille-là recevra pas une cenne.

— C'est compris, monsieur le curé, dit le prêtre avant de se retirer dans le salon où il retrouva l'abbé Saint-Onge en train de lire son bréviaire.

Hautement préoccupé par l'entretien qu'il venait d'avoir, le gros prêtre se mit à arpenter la pièce de long en large. Son confrère finit par quitter des yeux son livre de prières pour le regarder d'un air intrigué.

— Dis donc, Raymond, essayes-tu de nous faire tomber dans la cave ? lui demanda-t-il, l'air espiègle. Si tu continues comme ça, tu vas passer à travers le plancher ou, au moins, effacer les fleurs du tapis.

Raymond Léger s'arrêta brusquement de marcher pour aller s'asseoir dans l'un des fauteuils un peu affaissés de la pièce.

— Je suis pas mal embêté, avoua-t-il, sans tenir compte de la remarque sarcastique du jeune vicaire.

Il s'empressa alors de lui résumer la situation d'un air grave.

— Bon. Puis? C'est pas la fin du monde, lui fit remarquer l'abbé Saint-Onge.

— Je trouve pas ça juste pour les enfants, si tu veux le savoir, répliqua son confrère tourmenté. Ils ont rien fait de mal. Je vois pas pourquoi ils pâtiraient à cause de leur mère. J'ai eu envie de raconter à notre curé l'histoire de Marie-Madeleine, mais j'ai pensé qu'il apprécierait pas que je lui fasse la leçon.

— T'as bien fait, l'approuva son vis-à-vis.

— Je pense que je vais donner à la mère la plus grande partie de mon traitement du mois de novembre pour qu'elle puisse acheter quelque chose à manger à ses enfants. C'est pas grand-chose, mais ce sera mieux que rien.

— Tu ferais peut-être mieux d'acheter toi-même de la nourriture, suggéra son confrère. Il y a rien qui te dit qu'elle boira pas une partie de l'argent que tu vas lui donner.

— Je me vois mal aller chez Rancourt acheter du manger. Si je le faisais, la nouvelle ferait vite le tour de la paroisse et on raconterait partout que j'ai pas assez à manger au presbytère ou que monsieur le curé me prive de nourriture.

— En te regardant, j'ai pas l'impression que ça vienne à l'idée de quelqu'un, plaisanta Florent Saint-Onge en riant. À ta place, je demanderais plutôt à Joseph Lanthier de préparer en cachette un panier pour la famille avec l'argent que tu lui donneras. Comme président de la Saint-

Vincent-de-Paul, il a de bons prix. C'est un bonhomme discret qui dira pas un mot à notre brave curé.

— C'est ce que je vais faire, dit l'aîné des vicaires, retrouvant soudainement sa bonne humeur.

Florent Saint-Onge le laissa seul quelques minutes et monta à l'étage où étaient situées les chambres. Il revint peu après. Il tendit discrètement quelques billets de banque à son confrère.

— Pourquoi tu me donnes ça? demanda l'autre, étonné.

— C'est tout l'argent qui me reste. C'est pas grand-chose, mais t'ajouteras ça au panier que tu vas faire préparer pour ta madame Trépanier. Ça peut pas nuire.

— Je te dis merci pour ses enfants, se contenta de dire Raymond Léger en empochant la somme.

⁓〜◡

Deux semaines plus tard, Laurette profita du passage de sa mère à la fin de la matinée pour lui demander si elle ne l'aiderait pas à faire sa pâte à tarte pour les fêtes qui approchaient. Elle croyait avoir trouvé l'excuse parfaite.

— J'ai tout ce qu'il faut, m'man, mais avec les enfants sur les bras, j'ai pas encore eu le temps de cuisiner pour les fêtes.

— Laurette, sors-moi pas de menteries. Je te connais. T'as juste pas eu envie de faire ta pâte à tarte, c'est ça?

— C'est toujours la même maudite affaire, m'man. Quand j'ai fini de la faire, elle est dure comme de la pierre et elle est pas mangeable. Pourtant, je suis votre recette comme il faut. Je vous le dis, je suis pas faite pour la cuisine *fancy*.

— Il y a rien de *fancy* dans la pâte à tarte, Laurette. Sors-moi un tablier, je vais te la faire, ta pâte, ajouta Annette avec un soupir résigné. Mais tu remarqueras que

389

ça a pas d'allure qu'une femme de trente ans, mère de cinq enfants, soit pas capable de faire des tartes et des tour-tières. Je serai pas toujours là, ma fille. Il va ben falloir un jour que tu t'y mettes.

— Je le sais, m'man, mais dites-vous que c'est le meilleur moyen pour vous de manger quelque chose de bon au réveillon parce que c'est ici qu'on le fait cette année.

Laurette avait accepté le blâme sans se rebiffer, trop heureuse que sa mère se charge de la tâche qu'elle détestait entre toutes.

— Prépare ton mélange à tourtière pendant que je fais la pâte, lui ordonna Annette. Combien t'en veux ?

— Cinq de chaque, qu'est-ce que vous en pensez ?

— C'est toi qui sais ce qu'il te faut, répondit sa mère en se mettant au travail.

À l'heure du midi, tartes et pâtés à la viande achevaient de refroidir sur le comptoir. Laurette, satisfaite, alla recon-duire sa mère à la porte. Puis, elle alla chercher le vieux coffre en bois dans le hangar et le plaça sur le balcon avant d'y déposer les plats.

— Ça sent ben bon ! s'exclama Denise qui rentrait de l'école pour dîner.

— J'ai fait des tartes et des tourtières, mais c'est pas pour à midi. C'est pour Noël, lui expliqua sa mère occupée à préparer le repas. Mets la table.

~⁓◞

La veille de Noël, il fut entendu que Gérard irait à la messe de minuit avec Denise et Jean-Louis pendant que Laurette garderait les plus jeunes à la maison. À sept heures, les enfants furent promptement mis au lit avec interdiction de se lever sous peine de ne pas recevoir la visite du père Noël.

Dès qu'ils furent endormis, les parents sortirent les cadeaux dissimulés sous leur lit et les déposèrent dans un grand sac rouge. La mère de famille distribua ensuite une pomme, une orange, une canne en bonbon, trois petits chocolats et un sucre d'orge dans quatre bas avant de les placer dans le sac eux aussi. Pendant que Gérard allait déposer le grand sac dans le hangar, sa femme dressa la table du réveillon.

Jean-Louis et Denise furent réveillés vers dix heures trente et ils s'habillèrent en silence pour se rendre à la messe de minuit en compagnie de leur père. Quand ils revinrent de l'église avec leurs grands-parents Brûlé, leur père prétexta une courte visite chez les Gravel et les laissa rentrer seuls avec les visiteurs. Quelques minutes plus tard, on frappa à la porte d'entrée. Laurette envoya Jean-Louis répondre.

— C'est le père Noël! C'est le père Noël! s'écria-t-il tout excité, en laissant entrer le bonhomme à la grande barbe blanche, porteur d'une poche rouge bien remplie.

Le vieil homme fut installé sur une chaise, près de l'arbre de Noël, et prit sur ses genoux chacun des enfants avant de lui remettre ses étrennes. Les deux aînés reçurent un cahier à colorier et des craies de couleur alors que Gilles et Richard eurent droit à une petite voiturette tirée par un cheval de bois. Après leur avoir remis les bas remplis de friandises, le père Noël prit finalement congé en disant que sa tournée était loin d'être terminée.

Quand Gérard rentra à la maison quelques minutes plus tard, il fut accueilli par ses enfants qui lui apprirent dans une joyeuse cacophonie qu'il avait manqué la visite du père Noël. Il leur répondit l'avoir aperçu dans la rue avec son traîneau tiré par des rennes.

— C'est drôle, p'pa, le père Noël a presque la même voix que vous, fit remarquer Denise, de toute évidence en proie à une certaine incertitude.

Laurette jeta un regard d'avertissement à son mari en lui montrant Jean-Louis qui le dévisageait comme s'il doutait, lui aussi.

— Au lieu de dire des niaiseries, la rabroua sa mère, viens donc m'aider à servir le réveillon. Il est temps qu'on mange.

L'odeur des pâtés à la viande en train de réchauffer dans le fourneau mêlée à celle du ragoût mijotant sur le poêle faisait saliver. Tout le monde mangea avec un bel appétit.

— Je vous laisse jouer un quart d'heure avant d'aller vous coucher, décréta Laurette à la fin du réveillon. Faites pas trop de bruit pour pas réveiller Carole. On est chanceux qu'elle se soit pas déjà réveillée.

— Tes petits ont l'air ben contents de leurs cadeaux, lui fit remarquer sa mère, heureuse de voir ses petits-enfants si enjoués.

— Le père Noël nous a coûté pas mal cher cette année, mais je pense que ça en valait la peine, répondit Laurette à mi-voix en couvant les siens d'un œil attendri.

— En tout cas, c'était ben bon, dit Honoré en desserrant sa ceinture. Je vous dis que c'est pas pendant la crise qu'on avait autant à manger, même si, nous autres, on n'a pas eu à se priver ben gros.

— Moi, je voudrais pas revivre ça pour tout l'or du monde, avoua Annette. Je vivrais cent ans que j'oublierai jamais ce temps-là.

— C'est sûr que c'était pas ben drôle, reprit Gérard. À Saint-Hyacinthe, on n'a pas compris tout de suite qu'on était pour pâtir du crash en 1929, nous autres aussi.

— Vous avez pas été les seuls à penser ça, dit sa belle-mère. Moi, je me suis souvenue de mon père et de ma mère. Il y a eu une grosse crise en 1896. J'avais juste sept ans quand c'est arrivé. Mais mon père a passé sa vie à répéter que c'était la misère noire et qu'il y avait eu ben des enfants qui étaient morts de faim.

— En 1929, reprit Honoré, c'était une autre paire de manches. On voyait pas pantoute pourquoi on aurait pâti parce que des Américains avaient fait les fous avec leur argent à la bourse. Mais c'est quand les compagnies se sont mises à fermer les unes après les autres et qu'on trouvait plus d'ouvrage nulle part que moi, j'ai vraiment commencé à comprendre. Cet hiver-là, il y avait juste à voir les chômeurs et la misère partout. Maudit que c'était dur, mais on a fini par passer à travers.

— Votre famille a été ben chanceuse de manquer de rien, monsieur Brûlé, reprit Gérard. Moi, je travaillais déjà quand c'est arrivé. Du jour au lendemain, j'ai perdu ma *job* et c'est pas demain la veille que je vais oublier comment j'ai eu de la misère à m'en trouver une à Montréal.

— Moi, je vous trouve pas mal triste pour un réveillon de Noël, déclara Laurette en s'efforçant de mettre une joyeuse animation dans sa voix. J'allume la radio. Ils doivent faire jouer des airs de Noël.

— Pas trop fort, lui fit remarquer Gérard. Pense à la petite.

La complainte de *La Charlotte prie Notre-Dame* envahit alors la cuisine.

— Ah ben non, par exemple, s'exclama l'hôtesse en éteignant la radio. Ça, c'est un air qui fait brailler.

— En tout cas, ça paraît que l'ouvrage a repris partout à cause de la guerre, dit Gérard avec bonne humeur en allumant une cigarette. Il y a de plus en plus de femmes qui travaillent et qui gagnent presque d'aussi bons salaires que les hommes.

Quelques jours après Noël, il fut entendu que Colombe et Rosaire viendraient chercher les Morin à la maison au jour de l'An pour les emmener chez Lucille et Conrad, à Saint-Hyacinthe.

— Ça a quasiment pas d'allure de tous embarquer dans ton char. On est ben trop, avait d'abord objecté Laurette.

— Ben non, avait insisté son beau-frère. On se tassera un peu. On aura juste un peu plus chaud.

C'était maintenant devenu une tradition familiale que les parents de Gérard reçoivent leurs enfants et leurs petits-enfants au jour de l'An ainsi que le 3 juillet, date de l'anniversaire de naissance de Lucille.

Pour sa part, Laurette détestait cette visite et la seule pensée de devoir passer la première journée de l'année 1942 en compagnie de sa belle-mère lui gâchait tout son plaisir. La veille du jour de l'An, la mère de famille montrait déjà des signes d'impatience depuis son lever.

— Dire qu'on aurait pu avoir ben du *fun* en allant passer la soirée chez Armand, ne put-elle s'empêcher de dire à son mari en préparant les vêtements des enfants pour la sortie.

— On reviendra pas là-dessus, dit sèchement Gérard. À Noël, on voit tes parents. Au jour de l'An, c'est ma famille. En plus, on est chanceux. Rosaire nous emmène là-bas. On n'a même pas à payer l'autobus ou le train. C'est pas drôle pour lui et pour Colombe de se tasser comme ça pour nous faire embarquer avec les cinq enfants.

— C'est sûr, toi, t'as pas de trouble, dit sa femme d'une voix acide. T'as juste à t'occuper de toi. Moi, je suis poignée pour que les enfants soient propres et ben habillés, et c'est tout un aria.

Gérard haussa les épaules et se leva pour aller regarder tomber les premiers flocons de neige par la fenêtre de la cuisine. Depuis le lever du jour, le ciel s'était assombri considérablement et le vent s'était mis à souffler.

— On dirait qu'on va avoir un peu de neige, dit-il sans se retourner vers sa femme. J'espère qu'il en tombera pas trop. Ce serait ben maudit qu'on ait une tempête aujourd'hui quand il est rien tombé depuis presque quinze jours.

Laurette ne formula aucun commentaire. Elle se contenta de suggérer à Jean-Louis et à Denise de sortir jouer avec Gilles dans la neige durant quelques minutes.

— Aussitôt que vous serez mouillés ou que vous aurez froid, rentrez, leur ordonna-t-elle. Je veux pas vous voir poigner la grippe dans le temps des fêtes, comme l'année passée.

Au début de l'après-midi, le ciel devint si noir qu'il fallut allumer le plafonnier dans la cuisine. Le vent se mit à souffler avec plus de force, chassant devant lui une neige de plus en plus dense. De temps à autre, Gérard quittait sa chaise berçante pour aller examiner par la fenêtre l'épaisseur de neige accumulée tant sur le balcon que sur les marches de l'escalier qui menait chez les Gravel. À la radio, Roger Baulu parlait des difficultés de circuler dans les rues de Montréal et de l'achalandage aux postes de péage du pont Jacques-Cartier.

— Si ça se calme pas, on va avoir du trouble pour se rendre à Saint-Hyacinthe demain avant-midi, dit-il à Laurette en train de préparer le souper.

— Comment on va le savoir si on y va ou pas ?

— Il va falloir téléphoner à Rosaire demain matin. Lui, il va savoir si les chemins sont ouverts.

— Ça, c'est si le bonhomme Brodeur te laisse te servir de son téléphone en plein jour de l'An, lui fit remarquer sa femme. Il y a rien qui te dit qu'il va être à la maison. En tout cas, ce qui est sûr, c'est que tu vas être obligé d'aller frapper chez eux, pas à la *grocery*. Ça va être fermé.

— Ouais… Je te dis que je commence à avoir hâte d'avoir le téléphone, laissa tomber son mari. Si on l'avait, on pourrait appeler quand on veut chez nous ou chez Colombe.

— Moi, ça me dérange pas pantoute de pas l'avoir, déclara Laurette. C'est sûr que ce serait pratique de temps en temps, mais ça coûte cher, cette bébelle-là, et on n'a pas les moyens. En plus, il paraît qu'on est obligés d'être deux ou trois sur la même ligne. Moi, endurer des écornifleux qui passeraient leur temps à guetter ce que j'aurais à dire, ça m'intéresse pas.

En fait, elle aurait certainement apprécié de posséder un téléphone si sa mère ou ses frères en avaient également eu un, mais comme seule sa belle-famille s'en était procuré, elle ne voyait pas l'intérêt d'une telle dépense.

Chacun continua de vaquer à ses occupations. En soirée, Gérard devint réellement inquiet : la neige avait redoublé d'intensité.

— Ça a pas l'air de vouloir se calmer pantoute, cette tempête-là, dit Laurette en préparant les enfants pour la nuit. À ta place, je m'habillerais et j'irais tout de suite téléphoner à Rosaire chez Brodeur avant qu'il ferme.

Celui-ci alla soulever le rideau de la porte d'entrée pour s'assurer qu'il y avait encore de la lumière à l'épicerie, au coin de la rue. Il endossa son manteau et sortit dans la tourmente. Il revint moins de dix minutes plus tard en affichant un air désolé.

— Puis ? demanda sa femme en train de donner un biberon de lait à Carole.

— Dehors, on voit ni ciel ni terre. Il doit y avoir un pied et demi de neige de tombé. Les chars peuvent pas rouler, c'est certain. En tout cas, pas dans notre coin. La charrue est même pas passée une fois sur Archambault et sur notre rue.

— C'est pas ça que je veux savoir, reprit Laurette. As-tu été capable de parler à Rosaire ou à Colombe?

— Oui, j'ai parlé à Rosaire. Il venait de téléphoner à mon père pour lui dire qu'on pourrait pas y aller demain. Je trouve qu'il a décidé ça pas mal vite.

— C'est lui qui conduit, rétorqua Laurette en cachant difficilement sa satisfaction. Il doit ben savoir si c'est possible ou pas d'aller à Saint-Hyacinthe avec son char.

— C'est pas ça que je voulais dire, reprit son mari en venant prendre place dans sa chaise berçante, entre l'arbre de Noël et la radio. Il a parlé pour nous autres. Il y a rien qui lui dit qu'on peut pas prendre le train à la gare Windsor pour aller chez mon père demain matin.

— Es-tu malade, toi? s'emporta Laurette. Nous vois-tu avec cinq enfants dans les p'tits chars puis dans le train? Il faudrait en porter trois dans de la neige aussi épaisse. Sans compter que ce serait ben trop de dépenses... Ça aurait pas d'allure pantoute.

Gérard reconnut avec dépit que sa femme avait raison. Il étendit le bras pour allumer la radio qui diffusait un air folklorique chanté par Ovila Légaré. Dehors, le vent continuait à projeter la neige presque à l'horizontale. En regardant par les fenêtres des chambres, à l'avant du logement, on avait même du mal à apercevoir l'autre côté de l'étroite rue Emmett.

À onze heures, le couple décida d'aller se coucher après être allé vérifier que chaque enfant était bien couvert et avoir alimenté en charbon la fournaise du couloir.

— En tout cas, si ça continue à tomber comme ça, fit Gérard, on va même avoir de la misère à aller à la messe demain matin.

— On y est allés il y a deux jours, fit Laurette en remontant les couvertures jusqu'à ses épaules. Si on peut pas y aller, ce sera pas un gros péché.

— Moi, j'haïrais ben ça commencer une année en n'allant pas à la messe, déclara son mari après avoir éteint la lampe de chevet.

Laurette eut un petit frisson d'aise à la pensée de ne pas avoir à supporter sa belle-famille le lendemain. Elle se promit d'entraîner les siens jusque chez ses parents à la fin de l'avant-midi. Annette et Honoré y seraient sûrement puisqu'ils ne devaient quitter leur appartement qu'au milieu de l'après-midi pour aller souper chez Bernard et Marie-Ange, rue Logan.

Malheureusement, le sort en décida autrement. À son réveil, le lendemain matin, la neige avait finalement cessé. Tout semblait dormir sous une épaisse couverture blanche. Enveloppée dans sa robe de chambre et chaussée de ses vieilles pantoufles éculées, la mère de famille entrouvrit la porte d'entrée. Elle eut la surprise de constater que la neige s'était accumulée presque à la hauteur de la poignée.

— Si ça a du bon sens! s'exclama-t-elle en refermant vite la porte. Tu vas avoir du pelletage à faire avant d'aller à la messe, annonça-t-elle à Gérard qui venait de sortir de la chambre. Il y a presque trois pieds de neige dehors.

Elle songea tout de même, avec un frisson de plaisir anticipé, aux joies que cette journée lui réservait. Mais, en quelques minutes, tous les plans élaborés par la jeune mère de famille furent réduits à néant. Elle venait à peine de se verser une tasse de thé qu'elle entendit l'un de ses garçons pleurer dans sa chambre.

— Bon. Qui est-ce qui est déjà réveillé? demanda-t-elle avec mauvaise humeur à Gérard en déposant dans le cendrier la cigarette qu'elle s'apprêtait à allumer. S'il arrête pas de pleurer, il va finir par réveiller la petite.

Laurette se rendit rapidement dans la chambre double située en face de la sienne et elle en revint en portant

Gilles dans ses bras. Les yeux fermés, le petit garçon geignait et son nez coulait.

— Bonyeu, dis-moi pas qu'on va être poignés comme aux fêtes l'année passée, quand les enfants ont tous eu la grippe les uns après les autres! s'exclama-t-elle, dépitée. Il manquait plus que ça!

Elle déposa Gilles sur les genoux de son père avant de poser une main sur le front de l'enfant.

— Il fait de la fièvre, annonça-t-elle en soulevant le vêtement de nuit du petit garçon.

— Ça y est! Il est plein de boutons. Pour moi, c'est la rougeole. C'est pareil à ce que Jean-Louis a attrapé au commencement du printemps. J'espère juste qu'il l'a pas donnée aux autres, ajouta-t-elle.

L'enfant eut alors une toux sèche qui sembla lui faire mal à la gorge. Éberlué, il se frotta les yeux et geignit de plus belle.

— Bon. J'ai pas le choix. Je vais faire ce que le docteur Miron m'avait dit de faire pour Jean-Louis. Je vais lui donner du sirop et le recoucher.

Avant même que Gérard ne soit rentré dans l'appartement après avoir dégagé la porte d'entrée et le balcon arrière, Laurette avait découvert que Richard souffrait, lui aussi, de la même maladie que son frère.

— Richard l'a attrapé lui aussi, annonça-t-elle à son mari qui avait entrepris de se préparer à aller à la messe. Il est couvert de boutons, mais ça a pas l'air de le piquer. Tous les boutons sont sortis.

— Bon, je suppose qu'on a juste a attendre que ça passe, dit son mari, résigné.

— C'est le *fun*, se plaignit Laurette malheureuse, on va encore être enfermés dans la maison aux fêtes à cause des enfants. Maudit verrat! On dirait qu'ils font exprès de poigner tout ce qui passe dans ce temps-là de l'année. On

pourra même pas aller faire un tour chez ma mère aujour-
d'hui parce qu'on risque de rencontrer la petite d'Armand
et de Pauline. Il manquerait plus que leur Louise poigne
la rougeole à cause de nous autres.

Depuis qu'elle avait découvert la maladie de ses deux
fils, la mère de famille était persuadée que le sort s'achar-
nait sur elle à l'époque des fêtes de fin d'année. Pourtant,
elle ne demandait pas la lune. Quand pourrait-elle enfin
jouir d'un peu de bon temps en cette période de réjouis-
sances?

Chapitre 23

La conscription

Un mois et demi plus tard, Laurette eut des raisons beaucoup plus sérieuses de s'alarmer.

Lors d'une tranquille soirée de semaine, elle finissait de faire réviser leurs leçons à Denise et à Jean-Louis quand un brusque coup de sonnette la fit sursauter. Gérard abandonna son journal sur sa chaise berçante et alla ouvrir. Il revint dans la cuisine suivi par un Rosaire Nadeau toujours aussi rondelet et fumant le cigare.

— Ouach! Mais ça sent donc ben mauvais ce que tu fumes là! s'écria sa belle-sœur en s'éventant de la main.

— Viens pas me dire ça, fit son beau-frère en feignant d'être outragé par sa remarque. C'est un Peg Top.

— Depuis quand tu fumes cette sorte de cigare-là? demanda-t-elle en fronçant le nez.

— Trois mois, dit le vendeur d'automobiles en tendant son manteau à Gérard. Il paraît que c'est la meilleure sorte, si je me fie à ce que dit mon *boss*.

— Qu'est-ce que t'as fait de Colombe? Elle est pas avec toi? lui demanda sa belle-sœur.

— Non. Je fais juste m'arrêter en revenant de l'ouvrage parce que j'ai appris quelque chose de pas mal important.

— Qu'est-ce que c'est? demanda Gérard, intrigué par le ton un peu solennel pris par son jeune beau-frère.

— Je viens de vendre un char au secrétaire d'un député, dit Rosaire en baissant involontairement la voix. Tu sais pas ce qu'il m'a dit ?

— Non.

— Il m'a dit que King allait annoncer cette semaine qu'il allait organiser un plébiscite dans tout le pays pour voir si les Canadiens veulent la conscription ou non.

— Voyons donc ! Ça a pas d'allure ce que ce gars-là t'a raconté, s'insurgea Gérard. King peut pas faire ça ! Il a promis aux dernières élections qu'il nous forcerait jamais à aller nous battre de l'autre bord. Tous les députés de la province ont promis de démissionner si jamais il faisait voter la conscription.

— C'est ben ce que j'ai dit au gars. Il m'a répondu que, d'après son député, le premier ministre a tous les Anglais du pays sur le dos. Il paraît qu'ils veulent absolument aller se battre pour le roi d'Angleterre.

— Il peut pas forcer les pères de famille à aller dans l'armée, intervint Laurette en faisant signe à ses deux enfants de ranger leur matériel scolaire demeuré sur la table.

— D'après moi, c'est ben ce qu'il veut faire, déclara Rosaire, l'air sombre. Les hommes pas mariés sont déjà enrôlés depuis deux ans. Cette fois-là, on n'y échappera pas.

— Il peut pas nous obliger ! s'écria Gérard avec colère. Godbout s'est fait élire en promettant qu'on n'irait pas à la guerre, que ça nous regardait pas. C'est certain qu'il va être contre.

— Je veux ben le croire, mais toutes les autres provinces vont être pour.

— Pour moi, ton secrétaire essayait juste de faire l'intéressant, Rosaire. Ça se peut pas, reprit le père de famille.

— En tout cas, si ça arrive, moi je disparais, affirma son beau-frère avec détermination. J'ai pas l'intention d'aller me faire tuer ou estropier pour les beaux yeux des Anglais. Je suis pas assez fou pour me ramasser dans l'armée.

Après le départ du vendeur d'automobiles, Laurette, inquiète, ne put s'empêcher de demander à son mari s'il était possible qu'il lui soit imposé d'aller se battre.

— Ben non. Rosaire se conte des peurs, affirma ce dernier.

Mais Laurette connaissait bien son mari et le manque total de conviction qu'il affichait augmenta son angoisse.

Trois jours plus tard, le premier ministre du pays annonça à la radio qu'il devait céder aux pressions d'un grand nombre de Canadiens désireux de voir leur pays participer plus activement à la défense du monde libre. Par conséquent, il se voyait obligé de décréter un plébiscite national le 27 avril suivant pour le dégager ou non de sa promesse de ne pas imposer la conscription dans le pays.

Au Québec, la déclaration de Mackenzie King fit l'effet d'un coup de canon. Des ténors de la politique s'élevèrent partout contre cette trahison et crièrent bien haut leur volonté se s'y opposer de toutes leurs forces. Les «Je vous l'avais bien dit» de Maurice Duplessis parurent passablement timides devant le tollé de protestations soulevé par cette décision gouvernementale. La Ligue de la défense du Canada s'organisa pour protéger les Canadiens français. Le sénateur Maxime Raymond ainsi qu'André Laurendeau devinrent rapidement les plus ardents défenseurs des droits de ces derniers.

Pendant les quelques semaines qui suivirent, Laurette fut autant à l'affût des nouvelles que son mari. La radio et les journaux ne cessaient de communiquer des informations tant sur la guerre qui se déroulait en Europe que sur les débats entourant le plébiscite et la conscription au Canada. Armand et Bernard, aussi concernés que Gérard, vinrent rendre visite aux Morin à plusieurs reprises avec leur épouse. Tout le monde était nerveux et constamment sur le qui-vive.

— C'est sûr que ça passera jamais au Québec, déclarait Gérard à ses jeunes beaux-frères. Nous autres, les Canadiens français, on n'a rien à voir dans leur maudite guerre.

L'hiver prit fin sans qu'on s'en rende trop compte tant la tension était devenue palpable. Pourtant, la neige fondit rapidement, mettant à nu les déchets qu'elle avait dissimulés durant plusieurs mois aux yeux des gens du quartier. Le soleil se coucha de plus en plus tard et les journées se réchauffèrent progressivement.

Peu à peu, les ménagères se remirent à étendre leur linge à l'extérieur. Durant le carême, la retraite annuelle, autant celle des hommes que celle des femmes, fut fréquentée par un nombre record de fidèles. Les cérémonies de la semaine sainte furent suivies avec une ferveur peu commune. On aurait dit que chacun avait des demandes spéciales à adresser à Dieu.

Le 27 avril finit tout de même par arriver. Comme les analystes l'avaient prévu, le vote anglophone des autres provinces fut massivement en faveur de la conscription. Cependant, au Québec, plus de soixante-douze pour cent des gens votèrent contre. Même si on traita les Canadiens français de peureux et de traîtres à travers tout le pays, le mouvement contre la conscription prit encore plus d'ampleur dans la province, ce qui n'empêcha pas King de la décréter.

Le lendemain soir, toute la famille se rassembla chez Honoré Brûlé, rue Champagne. Les adultes étaient si nerveux qu'ils parlaient tous en même temps.

— J'en ai discuté avec Bernard, fit Armand. On a décidé d'aller se cacher chez mon oncle Adrien, à Saint-Guillaume. Il a une cabane à sucre en plein bois. On peut rester là un bon bout de temps.

— Comment Marie-Ange, Pauline et Louise vont vivre pendant que vous allez être cachés ? demanda Laurette. Ça risque de durer pas mal longtemps, cette histoire-là.

— C'est ça le problème, admit son frère cadet.

— Toi, Gérard, qu'est-ce que tu vas faire ? demanda Armand.

— Je le sais pas encore. J'ai cinq enfants à nourrir, moi. Je peux pas les laisser comme ça pour aller me cacher.

— Oui, mais tu seras pas ben ben plus utile si tu vas te faire tuer pour rien, rétorqua vivement Laurette dont les yeux rougis laissaient à penser qu'elle n'avait pas beaucoup dormi la nuit précédente. Tu devrais faire comme mes frères et aller te cacher, toi aussi. Je me débrouillerai avec les enfants.

— Moi, à votre place, j'arrêterais de m'énerver, déclara Honoré sur un ton pondéré en allumant sa pipe. Attendez donc votre convocation par l'armée. En 1917, il a fallu attendre un bon bout de temps avant de recevoir la lettre qui nous obligeait à nous présenter à l'examen médical. L'armée fera pas rentrer tout le monde en même temps. Ça devrait nous donner le temps de trouver un moyen.

— Un moyen ? demanda Gérard.

— Un moyen de pas y aller, compléta son beau-père. Tu t'imagines tout de même pas que tous ceux qui ont été appelés y sont allés en 1917. Il y en a qui ont été assez fins pour s'inventer toutes sortes de maladies. Moi, je suis resté parce que j'ai les pieds plats, mais je connais deux ou trois gars qui travaillent à la glacière qui sont pas allés se battre parce qu'ils ont toujours dit qu'ils avaient trouvé un moyen de pas aller dans l'armée. Je vais leur parler et on va ben voir si c'est juste des vantardises, leur affaire.

Cette mise au point d'Honoré sembla calmer un peu les jeunes couples, mais l'inquiétude demeura tout de même palpable pendant toute la soirée.

Durant les jours suivants, Laurette et son mari ne reçurent aucune nouvelle d'Honoré. De toute évidence, il n'était pas parvenu à arracher leur secret à ses compagnons de la glacière. Au fil du temps, la tension monta progressivement chez les Morin, au point qu'elle en devenait presque insupportable.

Impatient, Gérard se décida à aller rendre une courte visite à son beau-père. Il apprit alors que les compagnons d'Honoré lui avaient révélé avoir évité l'enrôlement en 1917 en allant se cacher près de la frontière américaine quand Borden avait imposé la conscription. Ce soir-là, démoralisé, le père de famille revint à la maison en se demandant comment il allait apprendre la nouvelle à sa femme.

— Tu vas faire la même chose que mes frères, déclara cette dernière sur un ton décidé. T'iras pas te faire tuer pour rien, certain !

Déjà, des camarades de travail de Gérard, à la Dominion Rubber, avaient reçu leur convocation à l'examen médical et certains n'étaient pas revenus à l'usine.

Le mois de mai s'écoula lentement, apportant des jours de plus en plus chauds. Les lilas, qui fleurissaient en grand nombre dans la cour du presbytère, embaumaient l'air quand Laurette passait chaque soir, un peu avant sept heures, avec Jean-Louis et Denise. Depuis le début du mois, tous les trois participaient avec ferveur à la récitation du chapelet à l'église Saint-Vincent-de-Paul, priant pour que Gérard soit épargné.

Un mardi matin, Laurette trouva pourtant une enveloppe dans la boîte aux lettres. Quand elle découvrit qu'il

s'agissait de la convocation à un examen médical adressée
à son mari, son cœur eut un raté et elle dut s'asseoir un
long moment pour retrouver ses esprits. Elle avait eu beau
s'y attendre, le choc était brutal. Pendant tout le reste de
la journée, elle travailla comme une automate, incapable
de se concentrer sur les gestes posés. De temps à autre,
elle tirait un mouchoir de la poche de son tablier pour
s'essuyer les yeux.

— Pourquoi tu pleures, m'man? demandait Richard,
chaque fois qu'elle posait ce geste.

— Moman pleure pas, elle a une poussière dans l'œil,
disait-elle en reniflant à son fils de trois ans.

Lorsque son mari rentra, elle se contenta de lui tendre
la convocation. Gérard prit la lettre et devint blême en la
lisant.

— Cybole! Pour demain! Un peu plus, je la recevais en
retard, leur maudite convocation! Après un bref moment,
il alluma une cigarette et son visage prit une expression
décidée. Laurette ne se souvenait pas de l'avoir déjà vu
ainsi.

— Je serai pas long, lui dit-il, la main sur la poignée de
la porte d'entrée. Je vais chercher quelque chose à la pharmacie et je reviens tout de suite.

— Qu'est-ce que tu vas faire là? demanda Laurette,
surprise.

— Je te le dirai en revenant.

Gérard demeura absent beaucoup plus longtemps que
prévu. Lorsqu'elle vit qu'il tardait tant à revenir à la maison,
sa femme, inquiète, servit leur souper aux enfants. Puis
après l'avoir attendu quelques minutes de plus, elle mangea
sans aucun appétit le bœuf haché et les pommes de
terre rissolées qu'elle avait préparés. Enfin, folle d'inquiétude, elle se décida à laver la vaisselle avec l'aide de
Denise.

— Veux-tu ben me dire où ton père est passé, lui ? demanda-t-elle à sa fille, en proie à une profonde anxiété.

Une demi-heure plus tard, Gérard poussa la porte d'entrée et la retrouva dans la cuisine, en train d'aider Jean-Louis à terminer un devoir.

— D'où est-ce que tu viens ? Je t'attends depuis deux heures ! s'écria-t-elle.

— Ben, j'ai rencontré ton frère Armand dans la rue. Il a reçu sa convocation il y a deux jours. Lui aussi, c'est pour demain.

— Pas vrai !

— Ben oui. Il a décidé de faire la même chose que moi plutôt que d'essayer d'aller se cacher chez ton oncle.

— De quoi tu parles ? demanda Laurette, intriguée.

— Viens dans la chambre si tu veux le savoir. C'est pas des affaires qu'on raconte devant les enfants.

Laurette, intriguée, se leva et suivit son mari. Ce dernier referma la porte derrière elle avant de prendre la parole à mi-voix.

— Il y a un gars à la compagnie qui a pas été capable de réussir son examen médical pour entrer dans l'armée, la semaine passée. Il m'a dit qu'il avait juste pris des pilules toutes les heures pendant la nuit avant son examen. Il paraît que c'est un cousin qui est pharmacien qui lui avait donné cette sorte de pilule-là. Le matin, il m'a dit que le cœur voulait lui sortir du corps tellement elles sont fortes. C'est pour ça qu'ils ont pas voulu de lui dans l'armée. Le docteur a dit qu'il avait une maladie du cœur.

— C'est pas dangereux, cette affaire-là ? lui demanda sa femme, avec méfiance.

— Je le sais pas. En tout cas, le gars en est pas mort. À midi, il a téléphoné à sa femme et elle lui a donné le nom des pilules. Ça fait que j'ai pris une chance tout à l'heure et je suis allé chez Charland qui m'a d'abord dit qu'il me fallait une prescription.

— Puis?

— J'ai pas eu le choix. J'ai été obligé de lui expliquer pourquoi je les voulais. Ça lui a pris au moins cinq minutes avant de se décider à m'en vendre sans prescription, mais il m'a fait jurer de jamais dire à personne que ça venait de sa pharmacie.

— Après?

— Après? C'est là que j'ai rencontré ton frère Armand au coin de Dufresne. Quand il m'a dit qu'il avait reçu sa convocation, je lui ai parlé des pilules. J'en ai assez pour deux et je lui ai offert d'en prendre la nuit prochaine. Il a décidé de faire la même chose que moi. Il m'a ramené chez eux. Tu connais Pauline. Pas moyen de sortir de là sans souper avec eux autres.

En regardant son mari, Laurette était partagée entre l'espoir et la peur.

— J'aime pas ben ben ça, cette affaire-là, lui avoua-t-elle. Si c'était si facile, tout le monde le ferait.

— Moi, je pense que c'est moins dangereux que d'aller de l'autre bord, trancha Gérard sur un ton sans appel. Armand va venir passer la nuit avec moi dans la cuisine. On dormira pas. À partir de onze heures, on va prendre ces pilules-là toutes les heures.

Tel que convenu, Armand vint frapper à la porte des Morin un peu après dix heures. Il portait dans ses bras sa fillette de deux ans et était accompagné de Pauline.

— Je pense qu'on est partis pour veiller tard à soir, chuchota Pauline pour ne pas réveiller les enfants de Laurette. J'espère que ça te dérange pas qu'on couche Louise dans ton lit?

— Pantoute, fit sa belle-sœur qui s'attendait à devoir passer la nuit debout seule avec les deux hommes. On va l'entourer d'oreillers pour qu'elle tombe pas.

Les quatre adultes passèrent la nuit à discuter et à tenter de s'intéresser à la partie de cartes qu'ils disputaient sans aucun entrain. Toutes les heures, Gérard et Armand avalaient une pilule alors que leurs femmes combattaient de plus en plus difficilement le sommeil. Vers quatre heures, Gérard finit par leur suggérer :

— Couchez donc la petite dans le même lit que Carole et allez dormir une heure ou deux. On vous réveillera avant de partir.

Les deux femmes refusèrent obstinément de les laisser. Elles préparèrent du café et tinrent le coup jusqu'au petit matin. Quand vint le moment de quitter l'appartement, Gérard serra ses enfants contre lui avec effusion avant d'embrasser son épouse qui s'était mise à pleurer autant d'épuisement que de chagrin. Armand embrassa aussi Pauline et Louise.

— Faites-vous en pas, dit-il à Laurette et à Pauline. On va revenir tout à l'heure. Ils nous garderont pas. On a la patate qui bat sans bon sens.

Debout sur le pas de la porte, Laurette et sa belle-sœur regardèrent leurs maris prendre la direction de la rue Fullum. Et la longue attente commença. Denise et Jean-Louis furent envoyés à l'école au moment où Richard et Gilles se réveillaient, frais et dispos.

— Ma journée commence, dit Laurette dans un souffle. J'ai ben plus le goût d'aller me coucher que de m'occuper des petits.

— Vas-y. Il faut que je reste debout pour Louise, lui proposa sa belle-sœur. Elle est à la veille de se réveiller.

— T'es ben fine, Pauline, mais je me sens ben trop inquiète pour être capable de fermer l'œil. Je dormirai quand Gérard sera revenu.

Elles remirent donc de l'ordre dans la maison et s'occupèrent des enfants. C'était une magnifique journée.

Il faisait beau et chaud. Pourtant, les heures s'égrenèrent avec une lenteur désespérante. À plusieurs reprises, Laurette ouvrit la porte d'entrée et se pencha à l'extérieur pour vérifier si Gérard et Armand revenaient à la maison.

— Pour moi, ils les ont gardés, déclara-t-elle, au bord de la panique, un peu avant onze heures. Ça a pas d'allure que l'examen prenne autant de temps. Je le savais aussi, ça se pouvait pas que ça marche, leur affaire. Ça aurait été ben trop facile.

Quelques minutes plus tard, la porte d'entrée s'ouvrit. Laurette, occupée à préparer le dîner des enfants, tendit le cou pour voir qui venait d'entrer. C'était Jean-Louis.

— P'pa s'en vient avec mon oncle, déclara l'écolier.

— Quoi?

— J'ai vu p'pa et mon oncle, répéta son fils. Ils s'en viennent.

Laurette et Pauline abandonnèrent immédiatement ce qu'elles faisaient pour se précipiter vers la porte. Au moment où Laurette allait l'ouvrir, cette dernière livra passage aux deux hommes, de toute évidence d'humeur très joyeuse.

— Dérangez-vous pas! s'écria Armand. C'est juste nous autres.

— Puis? demanda Laurette, près de défaillir.

— Ça a marché comme sur des roulettes, expliqua son mari. On est refusés tous les deux. On va donner le truc à Bernard quand il va recevoir sa convocation.

Pauline sauta au cou de son mari, qui l'enlaça longuement.

— Mon Dieu que je me sens soulagée! arriva à dire Laurette d'une toute petite voix. Je voudrais pas revivre ça pour une terre.

Laurette et Gérard eurent beau insister pour garder leurs invités à dîner, ils refusèrent, pressés d'aller se mettre au lit.

— J'arrêterai même pas chez m'man pour lui dire qu'on n'ira pas dans l'armée, déclara Armand à sa sœur au moment de la quitter. De toute façon, elle sait même pas encore qu'on a reçu notre convocation.

Après le départ de Denise et Jean-Louis pour l'école, Laurette s'empressa de coucher ses trois jeunes enfants pour une longue sieste et alla s'étendre aux côtés de Gérard, qui l'avait précédée. Malgré la chaleur régnant dans leur chambre, elle s'endormit immédiatement.

Chapitre 24

Les années tranquilles

La tension provoquée par la crainte d'être enrôlé au printemps de 1942 fut rapidement oubliée autant par Gérard que par Armand. Dans la famille, on s'inquiéta alors du sort de Bernard et de Rosaire, mais l'un et l'autre échappèrent à la conscription. Si le premier évita l'uniforme grâce à ses pieds plats, l'autre s'empressa d'adopter la solution de Gérard pour ne pas avoir à aller se battre.

Durant la belle saison, on ressentit un peu plus durement le rationnement imposé par le gouvernement, particulièrement celui du sucre et des tissus, mais l'ensemble de la population n'osait pas trop se plaindre, surtout après avoir appris la boucherie de soldats canadiens qui avait eu lieu au mois d'août, sur les plages de Dieppe. En 1943, la vie des Morin se déroula sans perturbations notables. Les enfants grandissaient et Laurette voyait à ce qu'ils ne manquent de rien. Elle gérait le budget familial de son mieux tout en désespérant souvent de ne pouvoir jamais parvenir à économiser le moindre sou. Certains jours, il lui arrivait même de détester son mari qui s'en remettait toujours à elle pour résoudre les problèmes financiers de la famille.

Comme chaque année, avec l'arrivée de l'automne, la routine s'installa de nouveau dans l'appartement de la rue Emmett, du moins jusqu'au soir où Rosaire arriva à l'improviste, à l'heure du souper.

— T'es pas avec Colombe? demanda Laurette, qui s'attendait à voir entrer sa belle-sœur.

— Ben non. Elle est partie jouer au bridge chez des amies. Ça fait que j'ai pensé à une affaire. Est-ce que ça vous tente d'embarquer avec les enfants pour venir voir l'aéroport qu'on a ouvert à Dorval l'automne passé? Il paraît que c'est pas mal intéressant de voir arriver et partir des aéroplanes. Si on veut voir quelque chose, il faut pas y aller trop tard, par exemple.

Après une brève hésitation, Laurette et Gérard acceptèrent à la plus grande joie des enfants.

Les Morin s'entassèrent dans la Ford 1936 du vendeur d'automobiles. De toute évidence, le véhicule avait connu de meilleurs jours. Les cinq enfants s'assirent sagement à l'arrière alors que leurs parents prirent place sur la banquette avant, aux côtés du conducteur.

— Ça a l'air d'un bon char, fit remarquer Gérard qui n'y connaissait strictement rien.

— Il est loin d'être neuf. Il a déjà un bon sept ans, mais il roule pas trop mal, affirma Rosaire. Il est à vendre. Si tu le veux, je peux te le faire à un bon prix.

— Je sais même pas conduire.

— Ça s'apprend et c'est facile, lui déclara son beau-frère sur un ton jovial. Quand tu roules sur la grand-route, il y a pas de problème. T'as juste à suivre le char qui est devant toi. En ville, ça demande de faire un peu plus attention. Il faut surtout ouvrir les yeux quand il y a un p'tit char devant toi. Le monde se garroche dans le milieu de la rue pour embarquer et il y en a qui regardent pas pantoute s'il y a des chars qui s'en viennent.

— Qu'est-ce qu'on ferait ben d'un char? demanda Laurette. On n'en a pas besoin. Gérard travaille à cinq minutes de la maison.

— Vous pourriez vous en servir pour sortir à votre goût, aller faire vos commissions et faire un tour à Saint-Hyacinthe quand ça vous tente, énuméra le vendeur d'automobiles en écrasant dans le cendrier son mégot de cigare malodorant.

— C'est ben trop cher pour nos moyens, une affaire comme ça, trancha Laurette. Avec cinq enfants...

— C'est sûr que c'est plus important de nourrir et d'habiller les enfants que de rouler en char, reconnut de bonne grâce Rosaire en jetant un coup d'œil dans son rétroviseur. Si j'avais le choix entre des enfants et un char, vous pouvez être certains que je lâcherais le char tout de suite.

— Vous êtes encore jeunes. Ça va venir, dit Laurette pour le consoler.

Elle regarda le profil du conducteur et se tut. Elle venait soudain de comprendre à quel point son beau-frère regrettait amèrement de ne pas avoir d'enfants. Colombe et lui avaient peut-être une vie plus aisée que la sienne, mais il était évident qu'ils souffraient de cette situation.

Immédiatement, la mère de famille éprouva un intense sentiment de fierté. À trente et un ans, elle avait mis au monde cinq enfants en parfaite santé dont deux fréquentaient maintenant l'école. Bien sûr, elle avait souvent du mal à boucler son budget et l'argent était rare, mais tous mangeaient à leur faim. Elle se rendit compte que sa vie était enviée par d'autres et cela la réconforta.

Il fallut plus d'une heure à Rosaire pour se rendre à l'aéroport qui n'était, somme toute, qu'un terrain vague clôturé traversé par une longue piste asphaltée au bout de laquelle avait été érigé un petit immeuble peu impressionnant. Il stationna sa Ford près du treillis métallique et invita ses passagers à descendre. Une trentaine de véhicules étaient déjà sur place. Dans bien des cas, on aurait pu croire que certaines familles participaient à un pique-nique dominical parce qu'on avait étendu des couvertures sur la bande gazonnée près de la clôture et qu'on s'y était confortablement assis. Les gens attendaient patiemment le prochain décollage ou atterrissage.

Lorsque l'obscurité tomba, les spectateurs purent observer à loisir les faisceaux de puissants projecteurs de la défense aérienne qui fouillaient le ciel noir de Montréal. La famille Morin eut la chance d'assister à quelques décollages. Être aussi près pour voir un appareil prendre de la vitesse sur la piste et s'élancer dans le ciel plut énormément aux enfants. Richard et Gilles se mirent même à les imiter, en courant et en zigzaguant, les bras levés de chaque côté du corps.

Vers neuf heures, Laurette suggéra de rentrer pour coucher les enfants. Ces derniers, trop surexcités par ce qu'ils venaient de voir, eurent du mal à trouver le sommeil ce soir-là. À deux reprises, Laurette dut entrer dans la chambre que partageaient Gilles et Richard pour les menacer d'une fessée s'ils ne cessaient pas de parler.

⁓

À l'automne pluvieux et déprimant succéda un hiver où le froid et la neige furent, encore une fois, au rendez-vous. Chaque soir, pendant que Laurette voyait à ce que Jean-Louis et Denise fassent leurs devoirs, son mari lisait *La Presse*, à l'affût de toutes les nouvelles de la guerre en Europe et dans le Pacifique. La création du Bloc populaire par Raymond et Laurendeau n'avait suscité aucun enthousiasme chez ce partisan inconditionnel de l'Union nationale.

— C'est des grandes gueules, ces gars-là, déclarait-il à sa femme indifférente. Il y a juste Duplessis qui va être capable de remettre de l'ordre dans la province. Attends les prochaines élections.

Dès que les enfants étaient au lit, Laurette, fatiguée, exigeait que son mari trouve une émission divertissante à écouter à la radio. Elle était une auditrice assidue des émissions musicales et humoristiques. Rien ne lui plaisait autant que *Nazaire et Barnabé*. Par ailleurs, les malheurs de la belle Donalda dans *Les Belles histoires des pays d'en haut* continuaient de la bouleverser.

— L'écœurant! s'exclamait-elle parfois en parlant de Séraphin Poudrier. Lui, si je lui mettais la main dessus, il en mangerait toute une.

Gérard était souvent obligé de lui répéter qu'il ne s'agissait que d'une émission radiophonique. Par ailleurs, plusieurs auditeurs se laissaient, eux aussi, emporter par le réalisme de cette série. Hector Charland, l'interprète de Séraphin, avait même reçu une sévère raclée dans un tramway de la rue Sainte-Catherine, après avoir été reconnu par des passagers qui ne lui pardonnaient pas de faire souffrir Donalda.

⌁

L'année 1944 sembla vouloir être aussi calme que la précédente. Même si la guerre se poursuivait toujours, en Europe et dans le Pacifique, elle demeurait encore un phénomène qui n'angoissait pas trop un bon nombre de Canadiens. Le premier ministre King n'avait pas encore mis en vigueur la conscription obligatoire. Elle avait été votée un an et demi auparavant, bien sûr, mais l'homme politique n'avait montré aucun empressement à la mettre en application dans toute sa rigueur. Cependant, les pressions des Alliés le contraignirent à passer aux actes dès les premiers mois de l'année, ce qui déclencha une véritable crise dans toute la province de Québec. Déjà, on parlait d'un nombre effarant de déserteurs poursuivis un peu partout par la police militaire, autant dans les villes que dans les campagnes.

Lors de chaque rencontre familiale, les hommes de la famille évitaient soigneusement d'aborder le sujet tout en se rappelant à quel point ils avaient été chanceux d'échapper à ce danger.

Un vendredi après-midi de juin, Laurette prit place dans sa chaise berçante, sur le trottoir. Carole jouait avec une poupée sur le pas de la porte. Il régnait une chaleur étouffante. La mère de famille tentait désespérément de se rafraîchir après avoir fait son ménage hebdomadaire et lavé les parquets de l'appartement. Elle tira un large mouchoir de l'une des manches de sa robe en coton pour s'essuyer le visage.

— Bonyeu qu'il fait chaud ! dit-elle à mi-voix. Ça va être comment au mois de juillet ?

Sa fille de trois ans leva vers elle son petit visage, croyant que sa mère venait de lui parler.

Laurette s'alluma une cigarette et se pencha pour vérifier si le parquet du couloir était déjà sec. Elle avait une irrépressible envie d'un grand verre de boisson gazeuse, mais elle ne voulait pas marcher sur le linoléum mouillé.

— Je crois bien que l'été est arrivé pour de bon, madame Morin, fit Catherine Bélanger dans son dos.

La femme de l'éboueur venait de sortir de son appartement en tenant par la main sa petite Mireille. Cette voisine au caractère agréable était de constitution délicate. Même si Laurette ne la jugeait pas très ouverte au voisinage, elle reconnaissait sa politesse et sa discrétion.

— Vous avez ben raison, madame Bélanger.

— Dans deux semaines, vous allez avoir vos deux plus vieux à la maison toute la journée, lui fit-elle remarquer.

— Pour moi, c'est une bonne affaire. Denise est ben bonne pour surveiller sa petite sœur et Jean-Louis peut toujours amuser Gilles et Richard.

Laurette s'épongea encore le front et le cou avec son mouchoir, souffrant apparemment beaucoup de la chaleur. En fait, elle était victime de son embonpoint qui avait encore augmenté durant les derniers mois. Elle allait ajouter quelque chose quand un camion rouge tourna au coin des rues Fullum et Emmett et vint s'arrêter devant les deux femmes dans un grincement de freins désagréable.

— Bon. V'là qu'il s'en vient nous couper le peu d'air qu'on avait, dit Laurette, acide, à sa voisine, en montrant le camionneur descendant de sa cabine en compagnie de son aide.

Intriguée, elle le vit aller sonner à la porte des Gravel. Emma Gravel déclencha l'ouverture de la porte du haut de l'escalier. L'homme discuta un moment avec elle, sans monter à l'étage. Il revint sur le trottoir et s'adressa à son compagnon.

— Il faut le monter en haut.

Les deux livreurs se dirigèrent vers le hayon arrière qu'ils rabattirent. Ils parvinrent, en ahanant, à extraire du camion un gros réfrigérateur blanc qu'ils déposèrent sur le trottoir, à faible distance des deux ménagères, pour souffler un peu.

— Un frigidaire! s'exclama Laurette à mi-voix à l'intention de sa voisine. Il me semblait qu'on n'en faisait plus pendant la guerre…

— Il a pas l'air neuf, lui fit remarquer cette dernière.

— Aïe! Vous parlez d'une chanceuse! Un frigidaire… On n'en voit pas pantoute, même dans les grands magasins. La dernière fois que j'en ai vu un, c'était dans un catalogue.

Les deux femmes s'interrompirent en voyant Emma apparaître sur le trottoir pour examiner l'appareil.

— Vous faites bien attention de pas le grafigner dans l'escalier, hein, dit-elle aux livreurs. Il est étroit et pas mal à pic.

— On va faire notre gros possible, madame, le rassura le plus âgé des deux hommes.

La petite femme à la tête frisottée s'écarta pour les laisser soulever le lourd appareil et se diriger lentement vers l'escalier intérieur où ils disparurent à la vue des spectatrices.

— Vous êtes chanceuse en pas pour rire de recevoir un beau frigidaire comme ça, lui dit Laurette, envieuse. Moi, je sais pas ce que je donnerais pour plus avoir à me bâdrer avec la glace de la glacière tous les jours que le bon Dieu amène... Sans parler qu'une journée sur deux, le plateau déborde et coule sur mon plancher de cuisine. Où est-ce que vous l'avez acheté?

— Nulle part, répondit la voisine. Une vieille tante de mon mari est morte au commencement de l'hiver. Elle avait pas mal d'argent et pas d'enfant. Mon mari a hérité du frigidaire. Mais juste de ça, par exemple.

— C'est pas rien, lui fit remarquer Catherine Bélanger. Je pense que vous allez être la seule de la rue à en avoir un, madame Gravel.

— C'est sûr que je m'en plaindrai pas, reconnut Emma. Quand mon mari va arriver à soir, on va mettre notre vieille glacière dans le hangar et le frigidaire va prendre sa place. On va au moins sauver l'argent de la glace qu'on devait acheter tous les deux jours.

— Christ, attention! cria soudain quelqu'un dans la cage d'escalier.

Les trois femmes sursautèrent. Le cri fut immédiatement suivi par un bruit fracassant et une plainte déchirante.

— Mon Dieu, mon frigidaire ! s'écria Emma Gravel en se précipitant vers la porte ouverte donnant sur la cage d'escalier.

Catherine et Laurette s'empressèrent de la suivre et découvrirent, en même temps qu'elle, le réfrigérateur au pied de l'escalier sous lequel la jambe de l'un des livreurs était coincée. L'homme semblait avoir perdu connaissance.

— Il m'a glissé des mains, le bâtard ! hurla l'autre livreur, tout énervé, en dévalant l'escalier. J'ai pas pu le retenir !

— Des plans pour le tuer ! s'exclama Laurette. Il faut le sortir de là.

— Ça pèse une tonne, cette cochonnerie-là, protesta l'homme en cherchant à contourner l'appareil qui obstruait le bas de l'escalier.

— Bout de viarge ! Vous êtes pas assez fin pour voir que vous pourrez jamais passer là ? s'écria Laurette. Vous êtes pas pour monter sur le frigidaire, sa jambe est poignée en dessous. Remontez, passez à travers la maison et faites le tour par la cour. Moi, je reste en bas. Passez à travers mon logement en bas. C'est pas barré. Grouillez-vous.

L'homme remonta l'escalier le plus vite qu'il put. Pendant ce temps, Laurette repoussa les deux femmes qui l'entouraient et s'approcha du réfrigérateur.

— Touchez pas à ça, madame Morin, vous allez vous faire mal, lui conseilla Emma, tout énervée. J'espère qu'il l'a pas tué, ajouta-t-elle en désignant l'homme affalé par terre.

— L'autre livreur s'en vient, il va bien être capable de le soulever, ajouta Catherine, guère plus calme.

Au même moment, le blessé reprit conscience et se mit à gémir.

— Laissez-faire. On n'a pas le temps de se mettre à attendre ce maudit sans-dessein-là, dit sèchement Laurette.

L'autre est en train de crever en dessous. Je vais essayer de relever le frigidaire un peu. Vous, madame Gravel, vous allez tirer sur le gars aussitôt que je vais vous le dire.

Les gémissements du blessé se firent plus déchirants. Laurette s'arc-bouta et, rassemblant toutes ses forces, parvint à soulever suffisamment le lourd appareil pour qu'Emma, aidée de Catherine, parvienne à tirer le blessé un peu plus loin, libérant ainsi sa jambe. Ce dernier émit une longue plainte et s'évanouit à nouveau alors que Laurette laissait retomber le réfrigérateur.

Au même moment, le second livreur apparut derrière les femmes.

— Laissez-moi passer, leur ordonna-t-il.

— C'est plus nécessaire, dit Laurette, en sueur. J'ai levé le frigidaire et il est plus en dessous. Votre gars est sans connaissance. Il a l'air d'avoir au moins la jambe cassée. Vous êtes mieux d'aller à la *grocery*, au coin, pour appeler une ambulance.

Pendant ce temps, quelques ménagères s'étaient rassemblées devant la porte ouverte et commentaient à voix haute l'accident. Catherine quitta un bref instant les lieux pour revenir avec un oreiller qu'elle glissa sous la tête du blessé.

Quelques minutes plus tard, une ambulance s'arrêta devant la maison. La petite foule agglutinée sur le trottoir s'ouvrit pour laisser le passage aux deux ambulanciers qui déposèrent l'homme sur une civière avec beaucoup de ménagements. Avant de fermer la porte du véhicule, l'un d'eux dit à son compagnon qu'ils le transportaient à l'hôpital Notre-Dame.

Après le départ du véhicule vert et noir, la petite foule se dispersa rapidement. Le livreur n'avait toutefois pas l'air de trop savoir quelle conduite adopter. Il finit par s'adresser à la propriétaire du réfrigérateur.

— C'est ben de valeur pour votre frigidaire, madame. V'là le numéro de téléphone de mon *boss*. Vous pouvez vous arranger avec lui s'il y a eu des dommages. De toute façon, il va vouloir venir vous voir. Là, je peux pas faire grand-chose tout seul pour l'enlever dans vos jambes. Vous pouvez même pas passer par votre escalier d'en avant.

— C'est correct, fit Emma, compréhensive. Mon mari va s'en occuper en arrivant. Il trouvera ben un ou deux voisins pour l'aider à le monter en haut.

— Vous êtes ben fine. Et vous, madame, ajouta-t-il à l'adresse de Laurette, plantée aux côtés de sa voisine, je vous remercie ben gros d'avoir dépris mon *chum*. Il y a pas à dire, vous êtes solide en maudit pour avoir été capable de lever une affaire aussi pesante.

Laurette se contenta de sourire, l'homme monta à bord de son camion et démarra.

À son arrivée à bord du taxi Vétéran qu'il conduisait depuis quelques mois, Charles Gravel découvrit le réfrigérateur un peu bosselé au pied de son escalier. Le grand homme à la calvitie avancée souleva sa casquette pour se gratter la tête. De la fenêtre, à l'étage, sa femme lui raconta l'accident.

— Pour moi, il marchera plus, lui dit-il. Dans ce cas-là, ça vaut pas la peine de forcer comme des bœufs pour le monter en haut.

— Ça se peut qu'il marche encore, intervint Bernard Bélanger, qui venait de sortir sur le pas de sa porte.

— C'est ben possible, ajouta Gérard en apparaissant à son tour à l'extérieur.

Charles Gravel n'eut pas à chercher de l'aide. Ses deux voisins unirent leurs efforts aux siens pour hisser le lourd appareil jusqu'à sa cuisine où il fut aussitôt branché. Instantanément, un ronronnement rassurant se fit entendre.

— Ah ben sacrifice, il marche ! s'exclama le voisin avec bonne humeur. Je pensais ben être pris pour faire une croix sur mon héritage de la tante, mais non ! Il faut fêter ça ! Prendriez-vous quelque chose à boire ?

⁓

Une dizaine de jours plus tard, les vacances scolaires débutèrent. Ce vendredi matin-là, Jean-Louis et Denise avaient quitté l'appartement tout excités à la perspective de revenir à la maison avant la fin de l'avant-midi pour toute la durée de l'été.

— Sœur Sainte-Rose nous a dit qu'on aurait des prix, dit Denise à sa mère, pendant que cette dernière peignait avec soin les cheveux de Jean-Louis.

— Nous autres aussi, on va en avoir, affirma le gamin.

— C'est correct. C'est correct, répéta Laurette, impatiente. Vous allez être en retard. Il a commencé à mouiller. Prenez les vieux parapluies dans le fond du garde-robe et oubliez pas de les rapporter.

Les deux enfants filèrent, légers comme le vent. Un peu avant onze heures, Denise revint la première à la maison, en affichant un air un peu piteux.

— J'ai rien eu, dit-elle à sa mère en déposant son parapluie dans l'entrée. C'est pas juste ! Colette Gravel en a eu deux, elle.

— Il me semble que t'aurais pu avoir au moins le prix d'assiduité, dit sa mère. T'as pas manqué une journée de l'année.

— On était quatre à pas avoir manqué. La sœur a fait tirer le prix et je l'ai pas gagné, expliqua la fillette en lui tendant son bulletin.

Cette dernière consulta brièvement le document et le referma en réprimant un soupir de soulagement.

— Au moins t'as passé ton année avec soixante-deux pour cent. C'est pas fort, mais l'année prochaine, tu vas être en sixième. Là, va te changer pour pas te salir.

Le bruit de la porte d'entrée annonça l'arrivée de Jean-Louis. Sans un mot, il tendit, lui aussi, son bulletin à sa mère.

— C'est pas vrai! s'écria Laurette. Ah ben, bonyeu! Comment ça se fait qu'il te fait doubler ton année?

— Je sais pas, m'man. Coutu m'a rien dit.

— Il va entendre parler de moi, lui! Il viendra pas me faire croire que t'as travaillé comme un fou pour rien toute l'année.

— Vous pourrez pas lui parler aujourd'hui, m'man. Il nous a dit qu'il partait en vacances en même temps que nous autres.

— J'en reviens pas! Qu'est-ce que tu vas aller faire dans une classe auxiliaire? C'est une place pour les queues de classe...

Durant tout le reste de la journée, Laurette remâcha sa colère et son dépit, incapable de comprendre la décision de Léon Coutu, l'instituteur de quatrième année de l'école Champlain qu'elle était allée rencontrer à trois reprises durant l'année scolaire.

Lorsque Gérard rentra de la Dominion Rubber, elle déposa devant lui les relevés de notes de leurs enfants.

— Va faire un tour dans ta chambre, dit-elle à Jean-Louis qui venait d'entrer dans la maison derrière son père.

— Bon. Qu'est-ce qui est encore arrivé? demanda ce dernier, qui n'aspirait qu'à lire son journal en toute quiétude.

— Denise passe, mais ils veulent mettre Jean-Louis dans une classe auxiliaire l'année prochaine. Ils lui font

doubler sa quatrième année. Ça a pas d'allure ! décréta-
t-elle, les mains plantées sur les hanches.

Le père de famille étudia longuement le bulletin scolaire de son fils avant de donner son opinion.

— Il y a rien à dire. Presque toutes ses notes sont en
bas de soixante pour cent. C'est normal qu'ils le fassent
doubler. Il passe pas.

— Mais verrat, il a fait son possible toute l'année !

— Ben oui, mais faut croire que c'était pas assez, laissa
tomber sèchement son mari en lui remettant les relevés de
notes.

— Évidemment, toi, ça te fait rien que ton garçon
perde une année et qu'il se ramasse dans une classe de
niaiseux l'année prochaine, dit-elle, l'air mauvais.

— Veux-tu ben arrêter, taboire ! s'emporta Gérard, à
son tour. T'es toujours là derrière lui à le minoucher
et à lui dire qu'il est le plus beau et le plus fin. Ben,
réveille-toi ! Il est peut-être pas laid, mais c'est pas une
lumière.

— On dirait que tu l'aimes pas, l'accusa sa femme.

— Ça a rien à voir pantoute avec ce qui lui arrive.
Ouvre tes yeux, Laurette ! lui ordonna-t-il. Notre gars a
de la misère à l'école, même si t'as passé toutes tes soirées
à lui pousser dans le dos. Il a pas eu soixante pour cent,
c'est normal qu'ils lui fassent doubler son année.

— Je suis sûre que c'est parce que son professeur
l'aimait pas, avança-t-elle, vindicative.

— Tant que tu vas penser comme ça, il va en arracher
encore plus à l'école. C'est pas en critiquant les professeurs
qu'il va devenir meilleur. Ça va juste être pire parce qu'ils
vont le prendre en grippe, ajouta son mari sur un ton
raisonnable. Essaye de te souvenir quand t'allais à l'école.
Je suis certain que ton père ou ta mère ont jamais critiqué
les sœurs.

Apparemment domptée, Laurette lui tourna le dos pour poursuivre la préparation de son souper.

～～～

Une semaine plus tard, le premier ministre Adélard Godbout annonça la tenue d'élections générales le 8 août. Pour la première fois dans l'histoire de la province, la lutte allait se faire à trois. André Laurendeau, le chef du Bloc populaire provincial, promettait une bataille serrée contre les deux vieux partis qui avaient permis que King impose la conscription dans une province où on l'avait très majoritairement rejetée.

— Là, on va avoir un été plate à mon goût, déclara Laurette avec humeur quand elle apprit la nouvelle. On n'a pas fini de les entendre se dire des bêtises tous les jours à la radio. Avec ça, on va manquer un paquet de nos bons programmes. Moi, leur maudite politique, je trouve ça tellement ennuyant. Ils sont tous pareils.

— C'est parce que tu comprends rien à ça, répéta encore une fois son mari en arborant une mine satisfaite. Attends d'entendre Duplessis, tu vas voir comment il va te les arranger, Godbout et Laurendeau.

Au fil des semaines, cet été-là, Gérard suivit avec attention les débats alors que les nerfs de la mère de famille étaient mis à rude épreuve avec cinq enfants turbulents qui ne pouvaient aller plus loin que le balcon arrière à cause d'averses incessantes.

Au début du mois d'août, Annette vint rendre visite à sa fille un lundi matin, au moment où elle commençait son lavage. À son arrivée, le parquet de la cuisine était jonché de vêtements que la ménagère avait répartis selon leur couleur. Les enfants se précipitèrent vers leur grand-mère, qui s'empressa de tous les embrasser.

— Mon Dieu, m'man, vous êtes de bonne heure à matin

pour faire vos visites! s'écria Laurette en invitant sa mère à s'asseoir.

— On a eu de la visite rare hier après-midi après que vous soyez partis, dit Annette. Ton oncle Adrien et ta tante Rose sont arrêtés en passant.

— Qu'est-ce qu'ils venaient faire en ville?

— Ils s'en allaient à Rawdon. Une sœur de ta tante est morte vendredi passé. Ils avaient l'intention de rester à Rawdon jusqu'à demain matin pour aller aux funérailles. Ils sont supposés arrêter en revenant.

— Qu'est-ce qu'ils avaient de nouveau?

— Pas grand-chose. Ils sont comme nous, ils vieillissent. Comme ils ont pas d'enfant, ils s'ennuient un peu, tout seuls sur leur terre.

Laurette se leva un moment pour éteindre le poêle à huile sur lequel elle avait mis de l'eau à bouillir.

— Sais-tu que j'ai pensé à toi en écoutant parler ton oncle et ta tante?

— Comment ça?

— J'ai pensé que tu pourrais peut-être envoyer ton Jean-Louis rester chez eux pendant le mois d'août. Le grand air lui ferait du bien à ce garçon-là, et toi, ça te ferait un enfant de moins à endurer.

— Vous savez, m'man, c'est pas le plus tannant de la *gang*.

— Peut-être, mais à part Denise, les autres sont trop jeunes pour aller là. Qu'est-ce que t'en penses?

— Mon oncle et ma tante accepteraient de le prendre?

— Je leur en ai parlé. Ils sont pas contre l'idée. Ils m'ont dit que si vous vouliez laisser partir votre gars, ils le prendraient chez nous en passant demain après-midi.

De toute évidence, Laurette était un peu tourmentée à l'idée de laisser partir son fils à Saint-Guillaume. Elle se souvenait encore à quel point ses frères Armand et Bernard se plaignaient de la quantité de travail qu'ils avaient à faire quand ils s'y rendaient durant les étés de la crise. Elle était surprise de constater que l'idée venait de sa mère, elle qui avait toujours eu beaucoup de difficultés à voir partir Bernard et Armand, à l'époque.

— Vous pensez pas qu'ils vont me l'éreinter à force de le faire travailler? demanda-t-elle, inquiète, à sa mère.

— Ben non, la rassura Annette. Ils sont pas fous. Et puis Adrien a changé en vieillissant. Il sait ben qu'il peut pas demander la lune à un petit gars de dix ans.

— Si c'est comme ça, je vais en parler à Gérard quand il va revenir de l'ouvrage. S'il veut que Jean-Louis y aille, je vais vous l'amener demain matin.

Consulté dès son arrivée à la maison, Gérard accepta de laisser partir son fils aîné, même si ce dernier ne manifestait aucun enthousiasme à l'idée de s'éloigner de la maison durant une aussi longue période.

— C'est une chance que t'as, cherchait à le raisonner sa mère. Il y a ben des enfants du coin qui aimeraient ça aller passer un mois à la campagne.

— Moi, ça me tente pas pantoute, geignait Jean-Louis. Je les connais même pas.

— Tu vas voir. Ils sont pas mal fins.

Le lendemain, Laurette fit preuve de beaucoup de patience en écoutant les jérémiades de Jean-Louis pendant qu'elle préparait les effets dont il aurait besoin. Un peu avant midi, elle confia les plus jeunes à Denise et prit la direction de la rue Champagne en compagnie de son fils, dont la mine boudeuse disait assez le peu de goût qu'il avait de quitter les siens.

Une heure plus tard, ce dernier monta tout de même dans la vieille camionnette Fargo que les Parent avaient achetée quelques mois auparavant. Tassé entre son grand-oncle et sa grande-tante, le gamin disparut sur un dernier signe de la main. Le cœur lourd, Laurette rentra rapidement chez elle retrouver le reste de sa marmaille.

Le samedi avant-midi suivant, Gérard était occupé à garder ses enfants quand un coup de sonnette le tira de la lecture de son journal.

— Denise, va donc répondre, cria-t-il à sa fille en train d'amuser sa sœur Carole dans sa chambre.

La fillette alla ouvrir à un inconnu qui demanda à parler à sa mère ou à son père. Gérard quitta à regret sa chaise berçante pour aller voir de quoi il s'agissait.

— Je suis ben chez les Morin ? lui demanda un gros homme à l'air débonnaire.

— Oui, répondit Gérard, intrigué.

— Je vous ramène un petit gars qui s'ennuie de sa mère et de son père, dit l'étranger en s'écartant pour laisser passer devant lui un Jean-Louis qui fixait le sol, incertain de la réaction que son retour allait susciter.

— Bon, voulez-vous entrer boire quelque chose ?

— Ce sera pour une autre fois, dit l'autre. J'ai encore un paquet de commissions à faire avant de rentrer chez nous. Je viens de Saint-Guillaume. J'ai rencontré Adrien hier après-midi et il m'a demandé si ça me dérangerait pas de laisser chez vous votre gars quand je lui ai dit que j'avais affaire à Montréal.

— Qu'est-ce que je vous dois pour votre dérangement, offrit Gérard en tirant son porte-monnaie de l'une des poches de son pantalon.

— Rien pantoute. Ça a pas été un dérangement, dit l'homme avant de tourner les talons sur un dernier sourire.

Gérard le remercia encore une fois avant de refermer la porte.

— Veux-tu ben me dire ce qui s'est passé ? demanda-t-il à son fils qui n'avait pas bougé du couloir depuis son entrée dans l'appartement.

— Ben, c'était plate, p'pa. Tous les jours, j'étais obligé d'aller aux bleuets avec ma tante. Il fallait tout le temps travailler.

— T'es même pas resté là une semaine, lui fit remarquer son père avec humeur. Travailler, c'est normal. T'es rendu à dix ans, cybole ! T'as plus l'âge de passer toutes tes journées à jouer comme un bébé.

Jean-Louis ne répondit pas. Il avait l'air misérable avec son grand sac déposé à ses pieds.

— Bon. Va placer ton linge dans tes tiroirs et mets ton linge sale dans la laveuse, lui ordonna son père avant de retourner à son journal.

Quand Laurette revint de son lèche-vitrine hebdomadaire, elle sursauta en apercevant son fils aîné assis dans la cuisine en train de lire les bandes dessinées de *La Patrie*.

— Qu'est-ce que tu fais là, toi ? lui demanda-t-elle en déposant sa bourse sur la table de cuisine.

— Je m'ennuyais trop, m'man. Un voisin de mon oncle m'a ramené.

— Où sont tes affaires ?

— Je les ai replacées dans mes tiroirs.

— Bon. C'est correct. Viens m'embrasser.

Jean-Louis se leva et alla déposer un baiser sur la joue rebondie de sa mère, tout heureuse de l'avoir de nouveau à la maison. Après s'être enquis des autres enfants auprès de Denise, elle vint rejoindre son mari sur le balcon arrière.

— Il est pas resté longtemps, lui fit-il remarquer en parlant de Jean-Louis.

— Il s'ennuyait. Ça se comprend. Il est pas habitué d'être loin de nous autres.

— Cybole, Laurette ! Sors-le d'en dessous de tes jupes, cet enfant-là ! C'est pas normal pantoute qu'il passe son temps dans la maison. Si au moins il allait jouer avec des *chums*…

— C'est ça ! s'emporta sa femme. T'aimerais mieux qu'il devienne un *bum* à traîner partout. Tu devrais en être fier, c'est un bon petit gars ben tranquille.

Gérard renonça à poursuivre cette discussion inutile. Il se contenta de secouer la tête et se replongea dans la lecture de son journal.

Le lundi suivant, Maurice Duplessis remporta haut la main les élections générales dans la province, pour la plus grande joie de Gérard. Les observateurs furent stupéfiés quand ils s'aperçurent que le député de Trois-Rivières était parvenu à faire élire quarante-huit députés contre trente-sept pour les libéraux. De l'avis unanime, le grand perdant fut le Bloc populaire d'André Laurendeau avec quatre élus.

— Ça apprendra aux rouges à venir rire du monde. Ils ont voulu nous mentir en pleine face avec la conscription en 1939, tant pis pour eux autres, déclara-t-il, rancunier.

— T'es même pas allé voter, lui fit remarquer Laurette, acide.

— Toi non plus, rétorqua-t-il.

— Je comprends rien là-dedans et ça m'intéresse pas pantoute. Toi, par exemple, t'as pas arrêté de parler pour Duplessis pendant des semaines, puis tu lui as même pas donné ton vote, dit-elle, sarcastique.

— Tu sauras que Duplessis en avait pas besoin, affirma son mari sur un ton péremptoire.

— Une chance que tout le monde dit pas la même chose que toi, se moqua sa femme. En tout cas, là,

c'est fini. On va au moins pouvoir écouter nos programmes tranquilles, le soir, ajouta-t-elle en affichant un
air satisfait.

Chapitre 25

Richard

L'année se termina sur des nouvelles encourageantes. Le débarquement en Normandie était un succès. Les armées alliées progressaient à travers la France et l'Italie, laissant ainsi espérer une fin prochaine d'un conflit qui allait entrer bientôt dans sa sixième année. Par ailleurs, si seulement Laurette avait su ! Mais comment prévoir que Gérard se passionnerait autant, dès le début de l'automne, pour la nouvelle saison du Canadien de Montréal ? Assis près de la radio, il ne ratait aucun match disputé par son idole, Maurice Richard, même si la voix du commentateur, Michel Normandin, avait le don d'énerver sa femme.

— C'est un jeu niaiseux, ne cessait-elle de répéter avec humeur. Pourquoi ils donnent pas une rondelle à chacun ? Comme ça, ils arrêteraient de tous courir après la même, ces innocents-là !

Gérard faisait alors la sourde oreille, se contentant de hausser les épaules. Lorsque le père de famille n'écoutait pas la retransmission des matchs de hockey, il lisait son journal, surveillant toujours de près les premières décisions du gouvernement Duplessis. On venait d'étatiser la Montreal Light and Power et on parlait de créer un ministère du Bien-Être et de la Jeunesse dans les mois à venir.

— Ça, c'est un vrai gouvernement, répétait Gérard pour narguer son voisin, Bernard Bélanger, toujours aussi libéral.

Pour sa part, Laurette se réjouissait surtout de l'adoption par Ottawa de la loi sur les allocations familiales qui lui assurait une rentrée mensuelle d'argent fort bienvenue. Grâce à ce nouveau montant, elle put préparer Gilles convenablement pour son entrée à l'école Champlain, à l'automne 1944.

Cette année-là, elle eut aussi l'occasion de se rendre compte à quel point son Richard était un enfant agité. Étrangement, le petit garçon maigre aux grandes oreilles largement décollées avait été plutôt calme durant toutes les années où Gilles était encore à la maison et pouvait jouer avec lui. Cependant, depuis que son frère fréquentait l'école, le cadet de la famille se déchaînait presque quotidiennement.

— S'il continue comme ça, je vais finir par l'étrangler, cet enfant-là! s'écriait parfois sa mère, à bout de patience.

Cent fois par jour, elle lui répétait de cesser d'entrer et de sortir de l'appartement et de demeurer dans la cour. Ses va-et-vient continuels finissaient par réveiller sa petite sœur, forçant Laurette à interrompre ses tâches pour rétablir l'ordre.

En fait, Richard s'était adonné à tous les mauvais coups que son imagination lui avait inspirés. Il apprenait assez difficilement à s'amuser tout seul. Un avant-midi d'octobre, sa mère l'habilla chaudement et lui ordonna de jouer dehors, dans la cour. Quelques minutes plus tard, l'enfant de cinq ans rentra dans la maison.

— Regardez, m'man, ce que j'ai trouvé dans la cour, dit-il sur un ton triomphant à sa mère qui lui tournait le dos.

Sans méfiance, Laurette se retourna pour découvrir que son fils lui tendait fièrement un rat mort. Son cœur cessa de battre une fraction de seconde quand elle identifia le trophée qu'il tenait par la queue. Combattant difficilement la nausée, elle lui cria :

— Va me jeter ça dans les poubelles dehors et viens te laver les mains, mon énergumène !

Quand il revint vers elle un instant plus tard, elle le disputa et lui défendit de toucher à des animaux morts.

Au lendemain de la première tempête de neige de l'hiver, à la mi-novembre, la mère de famille permit à son fils d'aller jouer dans la cour. Depuis son lever, ce matin-là, le gamin était intenable et ne cessait de faire pleurer la petite Carole.

— Tiens, débarrasse-moi le plancher, dit Laurette énervée, en lui ouvrant la porte. Tu sors pas de la cour et tu rentres pas toutes les cinq minutes pour faire geler la maison, tu m'entends ?

— OK, m'man.

— Je veux pas te voir essayer d'entrer dans le hangar non plus. C'est pas une place pour jouer.

— OK.

— Prends la pelle sur le balcon et enlève la neige. Après, fais un beau bonhomme de neige. Tu me le montreras quand tu l'auras fini.

Richard, bien emmitouflé et la bouche couverte par un foulard de laine, sortit à l'extérieur. Pendant un certain temps, sa mère l'entendit gratter le balcon avec la vieille pelle à neige et finit par s'en désintéresser, occupée à faire le ménage des chambres donnant sur la rue.

Une heure ne s'était pas écoulée quand un coup de sonnette impérieux fit sursauter Laurette en train de balayer le parquet du couloir. Elle abandonna son balai et alla écarter le rideau qui masquait la fenêtre de la porte d'entrée. Elle vit Emma Gravel, surexcitée, vêtue d'une simple veste en laine. Elle lui ouvrit la porte.

— Mais vous êtes pas habillée pour vous promener dehors par un temps pareil, madame Gravel, lui fit-elle remarquer.

— Madame Morin, je suis descendue en vitesse parce que votre Richard va finir par se tuer. Je l'ai averti deux fois, mais il m'écoute pas.

— Qu'est-ce qu'il a encore fait, cet agrès-là !

— Il a trouvé un bout de carton et il s'en sert comme traîne-sauvage dans l'escalier. Je vous le dis, il va finir par s'assommer. Il monte jusqu'à mon balcon, il s'assoit sur son carton et il se laisse glisser jusqu'à la clôture.

— Ah ben, le petit maudit ! Je m'en occupe tout de suite, promit-elle à la voisine. Vous êtes ben fine d'être venue m'avertir.

La voisine monta chez elle pendant que Laurette se précipitait vers la porte arrière et l'ouvrait pour crier à son fils de rentrer tout de suite. Elle ne le vit pas dans la cour. Le cherchant des yeux, elle entendit un bruit au-dessus de sa tête et vit quelque chose dévaler l'escalier abrupt qui conduisait à l'étage supérieur. Parvenu presque à la clôture, Richard se releva, tout content de sa descente. Il ramassa son bout de carton et se tourna vers sa mère.

— Arrive ici, toi ! lui ordonna-t-elle. Dépêche !

Le gamin revint vers la maison sans grand entrain et laissa son carton sur le balcon. Au moment où il se présentait devant la porte, cette dernière s'ouvrit et Laurette l'attrapa par un bras et le fit entrer dans la cuisine beaucoup plus rapidement qu'il ne l'aurait fait sans aide.

— Ôte ton manteau et tes bottes, lui ordonna-t-elle.

Richard obéit.

— Qu'est-ce que je t'avais dit de faire avant de t'envoyer jouer dehors, toi ? lui demanda-t-elle en se plantant devant lui.

— Faire un bonhomme de neige, mais ça me tentait pas, m'man.

— Maudit sans-dessein ! T'es pas capable de comprendre que c'est dangereux de glisser comme ça dans un escalier ?

— C'est le *fun*.

— C'est le *fun !* Est-ce que ça, c'est le *fun* ? lui demanda sa mère en lui flanquant une tape retentissante sur les fesses. Quand madame Gravel t'a dit d'arrêter, est-ce que t'as arrêté ? Non. Ben, celles-là, c'est pour t'apprendre à obéir, espèce de tête de cochon.

Ce disant, Laurette lui administra deux autres tapes bien senties au même endroit. L'enfant se mit à pleurer, mais elle n'en tint aucun compte.

— À cette heure, va te coucher jusqu'au dîner.

La correction n'eut cependant pas un effet prolongé sur l'enfant hyperactif, qui éprouvait un besoin incœrcible de bouger.

Trois jours plus tard, Laurette fut alertée par un bruit fracassant suivi par les cris et les pleurs de Carole. Elle lâcha son fer à repasser et se rendit hâtivement dans sa chambre, où était installé le petit lit de la fillette.

— Bonyeu, des plans pour l'estropier ! s'exclama-t-elle en apercevant le lit renversé sur le côté et l'enfant par terre, pleurant à fendre l'âme.

L'air piteux, Richard était coincé entre le lit de sa sœur et le pied du lit de ses parents. De toute évidence, il avait tenté d'enjamber l'un des côtés du petit meuble que sa mère maintenait relevé pour empêcher la petite fille de tomber.

— Qu'est-ce que t'as encore fait là ? lui cria Laurette en s'empressant de prendre Carole dans ses bras pour s'assurer qu'elle n'avait rien de brisé.

— Rien, m'man. J'ai juste voulu aller jouer avec elle dans son lit.

Ce fut plus fort qu'elle. Sa main droite assena une solide taloche à son fils.

— Sors d'ici et va te mettre à genoux dans la cuisine, lui ordonna-t-elle en se penchant pour relever le petit lit.

Le garçon alla s'agenouiller dans un coin de la cuisine, face au mur. Depuis quelques semaines, sa mère, à bout de ressources, avait trouvé cette méthode pour le punir quand il devenait insupportable. Annette la lui avait conseillée plutôt que de battre l'enfant qui semblait s'endurcir. Laurette, qui se contentait rarement de demi-mesures, avait fini par adopter les deux méthodes à la fois. Elle giflait d'abord puis envoyait Richard s'agenouiller dans la cuisine, durant une vingtaine de minutes.

— Pendant qu'il est là, disait-elle à Gérard, je sais au moins qu'il est pas en train de me faire un autre mauvais coup.

⌐⌐⌐

Le printemps 1945 fut hâtif, ce qui soulagea d'autant plus les Morin qu'ils purent faire des économies de frais de chauffage. Dès le début du mois d'avril, toute trace de neige avait disparu dans le quartier. Bien sûr, on n'en était pas encore à enlever les contre-fenêtres pour les remplacer par les persiennes, mais ce n'était plus qu'une question de jours.

Un jeudi matin, Honoré s'arrêta chez sa fille, comme il le faisait trois ou quatre fois par semaine, pour lui laisser un bloc de glace. Pendant que son grand-père buvait une tasse de thé en compagnie de sa mère, Richard vint demander la permission d'aller jouer avec le petit André Lévesque qui l'appelait de l'autre côté de la clôture. Laurette accepta, soulagée de ne pas avoir à le surveiller durant une heure ou deux.

Depuis trois semaines, les deux enfants jouaient de plus en plus souvent ensemble. André Lévesque demeurait au rez-de-chaussée de l'une des maisons de la rue Notre-Dame. C'était un enfant unique et sa mère ne voyait aucun inconvénient à ce que le fils de Laurette vienne jouer avec le sien. Richard semblait surtout apprécier le train électrique de son nouveau copain dont il ne cessait de parler chaque fois qu'il revenait à la maison.

Après le départ de son père, la mère de famille entreprit de faire son reprisage hebdomadaire tout en surveillant Carole qu'elle ne pouvait laisser sortir de la cour.

Une heure plus tard, on sonna à la porte d'entrée. Laurette alla ouvrir et se retrouva devant une grosse ménagère en colère qui tenait son Richard sans ménagement par un bras.

— C'est à vous, ce petit *bum*-là ? s'écria-t-elle en secouant le gamin.

— Whow ! lui cria une Laurette, rouge de fureur, en faisant un pas vers elle, menaçante. Vous allez lâcher mon gars parce que c'est moi qui vais vous secouer.

L'inconnue jugea tout de suite plus prudent de laisser aller le gamin qui s'empressa de se réfugier derrière sa mère.

— Où est-ce que vous restez d'abord ? demanda Laurette, l'air sévère.

— Au bout d'Archambault, à côté des Gariépy, répondit l'autre.

— Qu'est-ce que vous faites avec mon gars ?

— C'est là que je l'ai ramassé avec son *chum*. Vous savez ce qu'ils ont fait, ces petits maudits-là ? répliqua-t-elle sur un ton outragé.

— Non, aboya Laurette sur le même ton. Qu'est-ce qu'ils ont fait ?

— Je les ai poignés à casser nos pintes de lait vides après avoir volé les coupons qu'on avait mis dedans pour le laitier, madame.

— Êtes-vous ben sûre de ça? demanda une Laurette, beaucoup moins menaçante.

— Vous avez juste à regarder dans les poches de ses culottes. Je l'ai vu moi-même cacher des coupons là.

— Toi, approche, ordonna Laurette à son fils qui pleurnichait sans trop de conviction, debout derrière elle. Vide-moi tes poches.

Richard obéit et retourna les poches de sa culotte courte. Deux coupons de lait tombèrent à ses pieds. Le visage de Laurette se crispa et devint tout rouge.

— Entre dans la maison et va m'attendre dans la cuisine! Combien ils ont brisé de bouteilles de lait? demanda-t-elle plus doucement à la ménagère toujours aussi furieuse, restée debout devant elle.

— Ils m'en ont cassé deux. Ils en ont cassé une chez madame Gagné et trois autres chez madame Gariépy.

— Je suppose que vous, vous aviez mis deux coupons?

— Ben oui.

— Attendez une minute, je vais aller chercher un dix cennes pour vous payer vos pintes vides. Prenez toujours vos coupons en attendant, ajouta-t-elle en les lui tendant.

Avant de repartir avec le dédommagement offert, la femme eut l'honnêteté de lui dire que la mère du petit Lévesque avait payé les autres pintes brisées. Laurette se contenta de la saluer sèchement d'un hochement de tête avant de refermer la porte.

Quand elle revint dans la cuisine, elle trouva son fils déjà agenouillé dans la cuisine, face au mur.

— Toi, si tu grouilles de là, je t'assomme, le menaça-t-elle, en réprimant difficilement son envie de le battre comme plâtre.

Elle ouvrit la porte arrière, descendit dans la cour et traversa la grande cour jusqu'à la petite clôture en bois. La mère d'André était justement occupée à étendre un drap sur sa corde à linge quand elle aperçut Laurette. La grande femme maigre s'empressa de venir à sa rencontre.

— Ils en ont fait des belles, nos deux moineaux, lui dit-elle. Je les pensais tous les deux en train de jouer dans votre cour, madame Morin.

— Moi, je les croyais dans la vôtre, répliqua Laurette. J'étais certaine qu'ils s'amusaient chez vous. Les petits maudits! Il faudrait toujours les avoir à l'œil.

— Je pense que le mieux est qu'ils arrêtent de jouer ensemble, annonça la voisine, comme à regret. On dirait qu'ils s'entraînent l'un l'autre à nous faire des coups de cochon.

— Vous avez ben raison. Si on les laisse ensemble, ils vont finir par nous faire haïr par tout le monde, ajouta Laurette avant de tourner les talons.

De retour dans sa cuisine, elle menaça à nouveau son fils qui l'avait probablement épiée derrière la fenêtre.

— Toi, attends que ton père arrive! Il va t'en faire des cassages de pintes de lait. Tu vas en manger toute une. En attendant, tu sors pas de la maison de la journée. Va-t'en dans ta chambre. T'en sortiras juste pour dîner.

Il était écrit quelque part que cette journée allait être à marquer d'une pierre blanche puisqu'un petit homme tiré à quatre épingles vint sonner à la porte du 2318, rue Emmett, quelques minutes à peine après le départ des enfants pour l'école, ce midi-là. Toujours sur ses gardes face à des étrangers, Laurette ne fit qu'entrouvrir la porte pour lui demander ce qu'il voulait.

— Bonjour madame Morin, la salua l'homme. Je suis Armand Tremblay, le nouveau fondé de pouvoir de la Dominion Oilcloth. Je passe pour le bail.

— Ben, mon mari est pas là, déclara Laurette en entrouvrant davantage la porte sans toutefois inviter l'homme à entrer.

— C'est pas grave, madame. Je suppose qu'il est parti travailler ?

— En plein ça.

— Bon. Je vous laisse votre nouveau bail, dit Tremblay en lui tendant un document qu'il venait de tirer de la mince serviette en cuir qu'il portait sous le bras. Voulez-vous le lui faire signer ? Je passerai demain matin pour le ramasser.

— C'est correct, accepta Laurette en prenant possession des feuilles qu'il lui tendait.

Après avoir refermé la porte, elle s'empressa de regagner la cuisine et consulta le nouveau bail avec curiosité.

— Ben, voyons donc ! Ça a pas d'allure cette affaire-là ! s'exclama-t-elle en constatant que la compagnie avait fixé le loyer à dix-sept dollars. Ça fait deux piastres par mois d'augmentation d'un seul coup. Est-ce qu'ils pensent qu'on l'imprime, cet argent là ? s'emporta-t-elle. Si ça a du bon sens de voler le pauvre monde comme ça !

Jusqu'au retour de son mari, elle ne cessa d'échafauder mille projets pour ne pas avoir à payer une telle somme pour se loger.

— Le gars de la Dominion Oilcloth nous a laissé le nouveau bail, dit-elle à Gérard dès qu'il eut franchi le seuil de la porte d'entrée. Il est sur la table.

Son mari prit le document et ne se préoccupa que du montant inscrit sur la ligne pointillée.

— Cybole, ils y vont pas avec le dos de la cuillère ! Dix-sept piastres par mois.

— Moi, je trouve ça écœurant, dit-elle en s'approchant. On devrait déménager. Je suis certaine qu'on pourrait trouver un plus beau logement au même prix sur Dufresne ou sur Poupart. On reste ici dedans depuis douze ans, mais il y a rien qui nous oblige à continuer jusqu'à la fin de nos jours.

Gérard prit un long moment pour réfléchir à la suggestion de sa femme avant de dire d'une voix un peu hésitante :

— Tu peux ben chercher un autre logement si ça te tente, mais pas dans le coin du four à chaux, sur Poupart. Moi, aller vivre au milieu de cette poussière blanche là, ça me tente pas.

— Ben non, si je cherche quelque chose sur Poupart, ce sera proche de Notre-Dame ou en haut de Sainte-Catherine, dans le coin de chez mon père.

— Fais à ta tête, ajouta Gérard. Quand est-ce que le gars de la compagnie doit venir chercher le bail ?

— Il m'a dit qu'il allait revenir demain, mais je peux toujours lui dire que j'ai oublié de te le montrer. Ça va nous donner toute la fin de semaine pour voir si on pourrait pas trouver mieux ailleurs.

Gérard acquiesça, mais après une courte réflexion, il se sentit tout de même obligé de faire remarquer à Laurette :

— Oublie pas que déménager, ça coûte pas mal cher et que c'est pas mal de trouble. Il va falloir payer un *truck*, faire un grand ménage et acheter de la peinture. C'est toi qui sais si on a les moyens de payer tout ça.

— On va commencer par voir si on trouve quelque chose avant de se mettre à calculer, rétorqua sa femme. Ah ! j'allais oublier. Ton gars est en punition depuis la fin de l'avant-midi dans sa chambre.

— De qui tu parles ?

— Devine ! De Richard, comme d'habitude. Ce petit maudit-là est allé casser des pintes de lait chez les voisins pour voler leurs coupons de lait. Je lui ai promis que tu lui en sacrerais une en arrivant.

— Pourquoi tu lui en pas donné une toi-même ?

— Parce que t'es son père, bonyeu ! s'emporta Laurette. C'est pas toujours à moi de le punir, cet enfant-là.

— Bon, bon, c'est correct, accepta Gérard en poussant un soupir résigné.

Le père de famille entra dans la chambre que Richard partageait avec Gilles.

— Va-t'en dans la cuisine, ordonna-t-il à ce dernier en lui montrant la porte. Toi aussi, va étudier dans la cuisine, dit-il à Jean-Louis, étendu sur son lit dans la pièce voisine.

Rien ne séparait les deux chambres et Gérard ne voulait pas de témoin. Richard s'était levé et attendait la raclée promise au début de la journée. Étrangement, les colères fracassantes de sa mère lui faisaient beaucoup moins peur que le calme de son père. Quand il vit ce dernier retirer la ceinture de son pantalon, il se réfugia dans un coin de la chambre, terrifié.

— Je le ferai plus, p'pa. C'est promis, dit-il en tremblant.

Gérard le souleva sans peine, laissa tomber son ceinturon, le déposa à plat ventre sur ses genoux et lui administra trois claques retentissantes sur les fesses avant de le déposer sans ménagement sur le lit.

— Tu te coucheras tout de suite après le souper, dit-il à son fils avant de sortir de la pièce.

Chaque fois que ce genre de scène se passait, tous les enfants devenaient subitement très calmes. La soirée se passa dans un silence presque complet.

Le lendemain après-midi, Laurette mit Carole dans son landau et entreprit de faire une promenade dans les rues du quartier pour repérer des annonces d'appartements à louer. Elle en trouva une sur la rue Dufresne, près de la rue Notre-Dame et une autre sur la rue D'Iberville.

Le soir même, elle renonça à effectuer son épicerie hebdomadaire. Déterminée à ne pas laisser filer une occasion intéressante, elle avait décidé d'aller visiter les logements disponibles en compagnie de Gérard.

— Je suis fatigué de ma semaine, dit ce dernier quand elle lui fit part de son projet. Ça peut ben attendre demain.

— Justement, ça peut pas attendre, rétorqua-t-elle. Il y a juste deux appartements à louer dans le coin. Ils vont partir tout de suite. Je te demande pas grand-chose. Moi, j'irai faire ma commande demain plutôt que d'aller magasiner.

— Taboire ! Il me semble que c'est pas si pressant que ça ! protesta son mari, mis de mauvaise humeur par son insistance.

— Ben oui, Gérard Morin, c'est pressant ! C'est pas en lisant ton journal, assis sur ton *steak*, qu'on va trouver une place qui a du bon sens.

— C'est correct, on va y aller, accepta-t-il pour avoir la paix.

Dès le souper terminé, Gérard la suivit en rechignant.

— Ce sera pas long, le consola Laurette au moment de quitter la maison. Denise va garder les petits. Dans une heure, on va être revenus.

Le couple descendit d'un bon pas la rue Fullum jusqu'à Notre-Dame et se dirigea vers la rue Dufresne.

— Regarde, il y a un logement à louer, lui fit remarquer Gérard en passant devant une vieille maison de la rue Notre-Dame.

— T'es pas malade ? s'emporta Laurette. C'est un troisième étage. Nous vois-tu poignés là avec les enfants ? Il nous faut un premier étage.

Les locataires de l'appartement de la rue Dufresne n'apprécièrent pas beaucoup d'être dérangés, mais permirent tout de même aux visiteurs d'en voir assez pour qu'ils se rendent compte que les lieux étaient en plus mauvais état que leur appartement de la rue Emmett. De plus, le loyer était un dollar plus cher par mois.

— Il nous reste toujours celui de la rue D'Iberville, déclara Laurette en se remettant en marche. Si on pouvait l'avoir, celui-là, on resterait pas loin de chez Armand. Carole pourrait même jouer avec Louise.

Mais les Morin n'eurent pas plus de chance à cet endroit. La maison était plus récente, mais l'appartement n'était constitué que de quatre pièces. De plus, le propriétaire exigeait un loyer bien supérieur à celui qu'ils payaient déjà.

— Maudit verrat! ragea Laurette, tu me feras pas croire qu'on va être encore poignés pour rester sur Emmett.

— On n'est pas si mal, lui fit remarquer son mari. C'est enrageant que le loyer vienne manger chacune de mes augmentations de salaire, mais on y peut rien.

— Arrête, bonyeu! T'appelles ça pas si mal, toi, un logement pas chauffable pendant l'hiver et où il y a des rats plein la cave? protesta sa femme avec véhémence.

Gérard se tut, laissant sa compagne digérer son dépit. Il ne reprit la parole qu'au moment de rentrer chez lui.

— De toute façon, il reste encore deux jours avant que le bonhomme vienne chercher le bail, dit-il pour lui remonter le moral. On peut peut-être avoir un coup de chance…

— Quand est-ce qu'on est chanceux, nous autres? demanda Laurette, amère, en retirant son manteau de printemps.

Honoré tenta bien de la consoler le dimanche suivant en lui rappelant que le rationnement allait bien prendre fin un jour. Selon lui, beaucoup d'appartements allaient se libérer quand la construction reprendrait.

— Je veux ben le croire, p'pa, répondit Laurette, mais tout ça nous rendra pas plus riches.

Le lundi, à la fin de la matinée, elle tendit le bail signé à Armand Tremblay, la mort dans l'âme. Il était dit quelque part qu'elle passerait encore une année au 2318, rue Emmett.

À son grand étonnement, Laurette constata que bien peu de familles des rues Emmett et Archambault déménagèrent ce printemps-là. De toute évidence, ils avaient accepté l'augmentation de leur loyer sans trop de difficulté.

Pour sa part, toujours assis près de la radio, Gérard se préoccupait davantage des avancées des troupes alliées entrées en Allemagne que du voisinage. On espérait la reddition des troupes nazies d'un jour à l'autre.

Puis ce fut enfin l'annonce de la victoire tant attendue. Cette nouvelle provoqua la joie et la frénésie dans la population montréalaise. Les reporters de la radio décrivirent des scènes délirantes qui avaient lieu dans le centre-ville. Cependant, Laurette et Gérard ne participèrent pas aux festivités célébrant la victoire des alliés organisées dans les rues de leur quartier. Trois des enfants avaient alors la varicelle et Laurette avait du mal à surmonter une vilaine grippe.

Pour dire la vérité, la fin de la guerre en Europe marqua beaucoup moins les Morin que l'éclatement des deux bombes atomiques sur Hiroshima et Nagasaki au mois d'août suivant. En outre, la mort de quarante et un mille sept cents soldats canadiens durant la guerre finit par leur apparaître presque dérisoire comparativement aux millions

de Juifs qu'on disait avoir été tués dans les camps d'exter-
mination nazis.

Si Gérard discutait volontiers des conséquences pro-
bables du conflit, Laurette n'avait qu'une idée en tête :
repousser loin derrière elle les souvenirs de cette guerre,
comme ceux de la crise.

Le dernier mardi après-midi de mai, elle alla inscrire
Richard à l'école Champlain pour le mois de septembre.
Il faisait un temps magnifique et une douce chaleur rendit
la promenade agréable.

À son retour à la maison, elle retira sa robe de sortie
pour enfiler ce qu'elle appelait une « robe de semaine ».
Le bruit d'une voiture s'immobilisant devant la fenêtre de
sa chambre l'incita à soulever un coin du rideau pour
regarder à l'extérieur.

— Verrat, pas elle en plus ! s'exclama-t-elle à mi-voix
en voyant sa belle-mère descendre de la Dodge bleue de
son frère Paul. Toute la famille va m'avoir tombé dessus
en trois jours !

Le dimanche précédent, Colombe et son mari étaient
venus passer quelques heures chez les Morin et Laurette
n'était pas loin de croire que sa belle-sœur était au moins
aussi pénible à endurer que sa mère.

Une lassitude teintée d'humeur poussa Laurette à
laisser Lucille sonner à deux reprises avant de venir lui
répondre. Elle la découvrit, debout sur le pas de la porte,
pressant un mouchoir sur son nez.

— Tiens, de la grande visite ! s'écria-t-elle. Entrez
donc, madame Morin. Êtes-vous toute seule ? ajouta-t-elle
en ne voyant plus la voiture de l'oncle de son mari.

— Bien oui, ma fille. Mon frère m'a laissée chez vous
pour une petite heure, le temps d'aller faire réparer son
auto. Il va me reprendre tout à l'heure. Il tenait absolument
à m'amener souper chez lui, à Joliette.

— Il aurait ben pu entrer.

— Il était pressé.

— Qu'est-ce que vous avez à tenir un mouchoir comme ça ? Saignez-vous du nez ?

— Non. C'est la senteur. Je peux pas m'y habituer.

Laurette eut un rictus et fit un effort pour demeurer aimable.

— Vous pouvez mettre votre mouchoir dans votre sacoche, ça sent rien dans la maison, dit-elle. Venez vous asseoir dans la cuisine. Je vais vous servir une tasse de thé ou un verre de liqueur.

— Une tasse de thé, si vous voulez.

Laurette mit de l'eau à chauffer sur le poêle pendant que Lucille passait une main sur le siège de l'une des chaises avant de s'y asseoir. Sa bru avait remarqué le geste et eut du mal à se retenir de lui adresser une remarque acerbe.

— Où sont les enfants ? demanda Lucille, qui ne s'était pourtant jamais beaucoup intéressée à ses petits-enfants.

— Les trois plus vieux sont à l'école. Les deux autres, je viens de les coucher pour leur sieste. Quand ils dorment pas l'après-midi, ils sont pas endurables.

— Vous avez bien du mérite, ma fille, l'approuva sa belle-mère. Cinq enfants à élever, ça doit pas être facile tous les jours.

Tout de suite, Laurette fut sur ses gardes. Il était vraiment trop inhabituel que sa belle-mère la louange pour ne pas se méfier.

— Allez-vous déménager cette année ?

— Ben non, madame Morin.

— Je comprends pas que vous vous décidiez pas à aller vivre dans un quartier moins pauvre. Il me semble que toutes ces odeurs, ça doit pas être très bon pour vos petits. En plus, on peut pas dire que vous vivez dans un château…

Tout ça, c'est tellement vieux, ajouta-t-elle en désignant l'appartement de la main.

Le sang de Laurette ne fit qu'un tour. Il y avait tout de même des limites à ne pas dépasser et Lucille avait le curieux don de toutes les franchir.

— Savez-vous, madame Morin, que je vous trouve pas mal insultante, fit-elle, le regard en feu.

— Mais c'était pas mon intention, Laurette, se défendit Lucille, apparemment surprise par le ton de sa voix.

— Je vais vous dire quelque chose, moi. Si on reste ici, c'est parce que votre garçon a pas les moyens de nous faire vivre ailleurs. Il gagne pas assez. S'il était le moindrement ambitieux, ça ferait longtemps qu'on serait installés dans un appartement comme celui de votre fille. Mais qu'est-ce que vous voulez que j'y fasse ? C'est pas moi qui l'ai élevé. Tout ce qu'il veut dans la vie, c'est son maudit journal et son radio pour écouter les nouvelles et le hockey.

— Avec cinq enfants…

— Ces cinq enfants-là, c'est lui qui les a faits, madame Morin ! Il devait ben savoir qu'il faudrait les nourrir et les habiller. Je lui ai déjà offert des centaines de fois d'aller travailler durant la guerre. Un autre salaire dans la maison aurait fait du bien. Il a jamais voulu. Il a toujours dit que c'était pas la place d'une femme mariée de passer ses journées dehors et qu'il avait les moyens de nous faire vivre.

— Il faut le comprendre, plaida Lucille. Un homme a sa fierté. Mais c'est à vous, Laurette, de le pousser, de lui donner le goût de vous sortir d'ici. Regardez ce que Colombe fait avec Rosaire.

— Votre garçon a pas d'ambition, belle-mère, répéta Laurette, excédée. C'est pas tous les hommes qui sont comme Rosaire.

Elles abandonnèrent le sujet, mais le malaise persista jusqu'à l'arrivée de Paul Bouchard, qui ne descendit de voiture que pour embrasser sa nièce par alliance avant de repartir en compagnie de sa sœur.

Lorsque la voiture s'éloigna en direction de la rue Fullum, Laurette poussa un soupir d'exaspération. Il n'y avait pas à dire, elle ne s'entendrait jamais avec sa belle-mère. Les deux femmes étaient comme chien et chat chaque fois qu'elles étaient en présence l'une de l'autre. Elle avait beau se raisonner avant chacune de ses visites, Laurette finissait toujours par exploser, incapable de tolérer les remarques désobligeantes de Lucille qui, chaque fois, clamait qu'elle n'avait aucune intention de blesser sa bru.

Lorsque Gérard rentra, elle préféra lui taire la visite de sa mère, persuadée qu'il poserait suffisamment de questions pour découvrir qu'elles s'étaient encore disputées. Évidemment, il la blâmerait et mettrait encore tout sur le compte de son mauvais caractère.

Chapitre 26

La dispute

L'été fut beaucoup moins pénible que ne l'avait anticipé la mère de famille. Jean-Louis et Denise prirent l'habitude d'emmener Gilles et Richard au parc Frontenac, coin Frontenac et Sainte-Catherine, deux ou trois fois par semaine. Les aînés auraient préféré aller au parc Bellerive, beaucoup plus près et bien ombragé, mais leur mère refusa obstinément de leur donner la permission de traverser la rue Notre-Dame, qu'elle jugeait trop dangereuse. Elle craignait aussi les vagabonds qui y traînaient. Le reste du temps, Jean-Louis se réfugiait dans sa chambre pendant que Denise allait s'amuser avec Colette Gravel, à l'étage au-dessus.

Le premier vendredi du mois d'août, Laurette termina son ménage hebdomadaire à la fin de l'après-midi, juste à temps pour déposer sur le poêle les fèves au lard qu'elle avait l'intention de servir pour le souper.

— Éloignez-vous pas trop, prit-elle soin de dire à Gilles et Richard qui venaient d'ouvrir la porte de la clôture pour aller jouer dans la grande cour avec des copains. On va souper aussitôt que votre père va arriver de travailler. Dites à Denise de descendre mettre la table.

Laurette termina la préparation du repas et alla s'asseoir dans sa chaise berçante, sur le balcon, pour fumer une cigarette et échapper à la chaleur qui régnait à l'intérieur de l'appartement.

— M'man, la table est prête, dit Denise à travers la porte moustiquaire quelques minutes plus tard. Je pense que les binnes sont prêtes aussi.

— C'est correct. Ôte le chaudron sur le poêle pour pas qu'elles collent.

Les minutes s'écoulèrent lentement et Laurette, fatiguée, somnola un peu. Lorsqu'elle rouvrit les yeux, il lui sembla qu'il y avait moins de cris excités dans la grande cour, signe que plusieurs enfants étaient rentrés manger.

— Denise, quelle heure il est ? demanda-t-elle en tournant la tête vers la porte moustiquaire.

— Il est six heures et cinq, m'man, répondit Gilles de la cuisine. Est-ce qu'on est à la veille de manger ?

Laurette se leva péniblement et entra dans la maison.

— Voulez-vous ben me dire ce que fait votre père à soir ? Il devrait être revenu depuis au moins une demi-heure.

Elle se rendit à la porte d'entrée, l'ouvrit et se pencha en direction de la rue Fullum. Elle ne vit personne.

— Jean-Louis ! cria-t-elle à son aîné qui se trouvait encore dans sa chambre. Va au coin de Fullum et Notre-Dame pour voir si ton père s'en vient. Fais ça vite.

Elle retourna dans la cuisine et remit les fèves au lard à chauffer.

— Approchez, vous autres, dit-elle de mauvaise humeur. On va souper. Votre père mangera quand il arrivera.

Jean-Louis revint à la maison alors que Laurette finissait de servir les enfants à table.

— Je l'ai pas vu, m'man.

— Où est-ce qu'il est passé, lui ? Il est toujours ici dedans à cinq heures et demie d'habitude. C'est pas possible, il a dû lui arriver quelque chose.

Elle servit Jean-Louis puis mangea le contenu de son assiette sans aucun entrain. Après le repas, elle permit à ses garçons d'aller jouer dehors à condition qu'ils ne s'éloignent pas trop. Laissant Carole s'amuser avec une poupée dans la cuisine, elle lava ensuite la vaisselle avec l'aide de Denise. La colère suscitée par le retard inexplicable de son mari laissait de plus en plus place à de l'inquiétude.

— Si ton père s'en vient pas ben vite, dit-elle à sa fille, j'aurai pas le temps d'aller faire mes commissions à soir.

Un peu après six heures trente, Gilles ouvrit la porte d'entrée pour annoncer à sa mère que son père arrivait. Comme Gérard tardait encore à entrer, Laurette abandonna le vêtement qu'elle reprisait pour aller voir ce qui le retardait tant. Elle ouvrit la porte d'entrée et s'arrêta net sur le trottoir. Son mari bavardait avec un individu qu'elle voyait parfois entrer chez Brodeur, au coin de la rue.

Finalement, Gérard sembla se rendre compte de la présence de sa femme devant leur porte. Il salua l'homme et se dirigea vers elle. Quelque chose dans sa démarche intrigua immédiatement Laurette.

— Est-ce que tu m'attends? demanda-t-il en passant devant elle pour pénétrer à l'intérieur.

— D'après toi? dit-elle sèchement.

— Ben là, tu vas être con... contente, me v'là! dit Gérard en émettant un petit rire anormal.

Retrouvant instantanément toute sa mauvaise humeur, Laurette s'approcha de lui et le renifla.

— Ah ben, bonyeu! Mais t'as bu! Tu sens la tonne à plein nez!

— Ben oui, fit Gérard en se laissant tomber sur une chaise. Mais je suis pas soûl pan... pantoute, ajouta-t-il d'une voix hésitante. J'ai juste bu un ou deux verres à la taverne avec les gars qui vou... voulaient fêter notre *boss* qui est envoyé en Ontario à par... partir de la semaine prochaine.

— En v'là tout un exemple pour les enfants ! s'emporta Laurette, campée solidement devant lui sur ses deux jambes. À cette heure, ils ont un ivrogne comme père !

— Aïe ! Exagère pas, cy… cybole ! Je suis pas soûl. Je viens de te le dire.

— Et moi, la belle dinde, je me faisais du mauvais sang pendant que monsieur avait du *fun* avec ses *chums* à la taverne en buvant sa paye. Ça, je le prends pas, Gérard Morin ! Je te trouve même pas mal écœurant, si tu veux savoir !

— Whow, calvaire ! se fâcha à son tour un Gérard que la colère de sa femme était en train de dégriser. Tu vas te calmer les nerfs, oui ? Si c'est pour ma paye que tu t'é… t'énerves, la v'là, ajouta-t-il en sortant une petite enveloppe beige d'une poche de son pantalon.

Laurette s'empara de l'enveloppe et en déversa le contenu sur la nappe en toile cirée de la table. Elle compta rapidement l'argent.

— Maudit verrat ! Il manque presque deux piastres ! Où est-ce qu'elles sont passés, ces deux piastres-là ?

— Imagine-toi donc qu'ils don… donnent pas la bière à la taverne, bâtard !

— Ah ben ! Il manquait plus que ça !

— Aïe ! Toi, quand tu vas au res… restaurant le samedi, est-ce que je te re… reproche de dépenser de l'argent ?

— Moi, je prive pas personne, tu sauras, déclara Laurette sans se rendre compte de son illogisme.

— Là, ça va faire, Laurette Brûlé ! s'emporta Gérard. Tu m'as assez é… écœuré à soir. Tu vas me laisser respirer un peu ! Si j'ai pas le droit de dé… dépenser une cenne de tout l'argent que je ra… rapporte ici dedans, je suis aussi ben de sacrer mon camp.

— Ben, fais donc ça ! répliqua sa femme sur le même ton. J'ai pas besoin pantoute d'un ivrogne dans la maison !

Sur ces mots, la mère de famille ramassa l'argent répandu sur la table et alla prendre sa bourse dans sa chambre à coucher.

— Jean-Louis, sors la voiture et viens-t'en, ordonna-t-elle sèchement à son fils aîné. On s'en va faire les commissions chez Tougas. Toi, Denise, surveille les petits. Tu coucheras Carole à sept heures et demie et tu verras à ce que tes deux frères se débarbouillent un peu, si je suis pas revenue avant.

Sans un mot, Jean-Louis alla chercher la voiturette dans le hangar et sortit de la cour pour aller rejoindre sa mère qui l'attendait sur le trottoir, devant la porte de l'appartement. C'était à lui qu'incombait la tâche de transporter les sacs de provisions de l'épicerie de la rue Sainte-Catherine jusqu'à la maison, une corvée qu'il détestait profondément.

Quand Laurette et son fils revinrent près de deux heures plus tard, l'appartement était particulièrement silencieux. Le soleil commençait à se coucher, apportant une fraîcheur bienvenue. Tous les deux transportèrent la nourriture dans la cuisine.

— Merci de nous avoir donné un coup de main, dit-elle, acide, à travers la porte moustiquaire, persuadée que son mari s'était réfugié sur le balcon pour bouder.

Denise quitta alors le balcon et entra dans la cuisine avec Gilles et Richard sur les talons.

— Je vous ai pas entendue rentrer, m'man, s'excusa la fillette.

— C'est pas pour toi que je disais ça. C'est pour ton père.

— Il est pas sur le balcon.

— Il a décidé d'aller cuver sa bière en se couchant, je suppose.

— Non, m'man. Il est parti presque en même temps que vous.

— Hein ? Est-ce qu'il t'a dit où il allait ?

— Non. Je l'ai vu parler à monsieur Gravel. Il est rentré une minute avant de repartir avec un paquet. Il a embarqué dans le taxi du père de Colette et ils sont partis.

— Ton père a pris un taxi ? demanda Laurette, stupéfaite.

— Ben oui.

— Ah ben, j'en reviens pas ! dit-elle en s'assoyant dans sa chaise berçante, avant d'allumer une cigarette. Et il t'a pas dit où il s'en allait ?

— Non. Quand monsieur Gravel va revenir, voulez-vous que j'aille lui demander où p'pa est allé ?

— Ben non. On le demandera à ton père quand il reviendra. Pendant que je reprends mon souffle, commence à placer le manger dans l'armoire, ajouta-t-elle.

Quelques minutes plus tard, Laurette envoya ses enfants au lit avant de se mettre à préparer le dîner que les siens mangeraient le lendemain pendant qu'elle arpenterait les grands magasins de la rue Sainte-Catherine, comme elle le faisait pratiquement tous les samedis. Lorsqu'elle eut fini, elle entreprit de fabriquer sa provision hebdomadaire de cigarettes tout en jetant, de temps à autre, un coup d'œil à l'horloge murale.

À dix heures, elle devint de plus en plus nerveuse. Les magasins étaient maintenant fermés depuis une bonne heure. Où son mari était-il passé ? S'il était retourné boire à la taverne, il ne tarderait pas à rentrer parce qu'il ne possédait pas suffisamment d'argent dans ses poches pour boire très longtemps.

Une demi-heure plus tard, elle décida d'aller enfiler ses vêtements de nuit et d'éteindre les lumières dans l'appartement. Dans le noir, elle se mit à arpenter le couloir, soulevant à chacun de ses passages le rideau qui masquait la fenêtre de la porte d'entrée. Chaque fois, elle scrutait la section de la rue Archambault qu'elle pouvait voir.

Un peu après onze heures, elle entendit le bruit d'une voiture freinant devant sa porte. Elle se précipita vers la fenêtre de sa chambre et regarda à l'extérieur entre les lattes des persiennes. Charles Gravel venait d'arriver à bord de son taxi Vétéran. Pendant un bref moment, elle crut qu'il ramenait Gérard à la maison, mais constata vite que le conducteur était seul. Elle le vit verrouiller soigneusement les portières de son véhicule avant de se diriger vers la porte voisine. Elle l'entendit monter pesamment l'escalier puis marcher au-dessus de sa tête. Enfin, le silence revint.

Partagée entre la rage et l'angoisse, la mère de famille finit par se mettre au lit. Toutefois, le sommeil la fuyait obstinément. Les yeux braqués sur les chiffres phosphorescents du gros Westclock posé sur la table de nuit, elle voyait s'égrener les minutes avec une lenteur épouvantable.

« Mais où est-ce qu'il est passé ? » ne cessait-elle de se demander dans le noir.

Finalement, l'épuisement eut raison d'elle et elle finit par s'endormir un peu avant quatre heures du matin.

Les voix des enfants la tirèrent du sommeil au matin. Avant même d'ouvrir les yeux, elle tâta le lit à ses côtés et s'aperçut que la place de Gérard était vide. Elle se souleva sur un coude pour regarder l'heure. Le réveille-matin indiquait neuf heures et demie.

Elle se leva, enfila sa robe de chambre et chaussa ses vieilles pantoufles avant de se diriger vers la cuisine où elle trouva Denise en train de faire déjeuner sa petite sœur de trois ans.

— Où sont tes frères ? demanda-t-elle à sa fille en s'emparant de son étui de cigarettes déposé la vieille sur la glacière.

— Gilles et Richard jouent dans la grande cour. Ils ont mangé. Jean-Louis est sur le balcon. Est-ce que p'pa est encore couché?

— Non.

— Où est-ce qu'il est, m'man?

— Je le sais pas, répondit sèchement sa mère. Tu peux défaire la table. Je déjeune pas à matin.

— Allez-vous magasiner, même si p'pa est pas ici? Je peux garder si vous voulez.

— Non. Je me sens trop fatiguée. J'irai la semaine prochaine. T'as été ben fine de t'occuper de Carole. Si tu veux, tu peux aller l'habiller et l'amener faire un tour.

Laurette demeura assise à table durant de longues minutes à fumer et à siroter un café devenu froid. Quand elle vit le taxi de Charles Gravel encore stationné devant la porte, elle se demanda si elle ne serait pas mieux d'aller demander au voisin où il avait conduit Gérard la veille. Toutefois, le temps qu'elle se décide enfin à se lever et à s'habiller, la Chevrolet noir et jaune avait quitté la rue Emmett.

— C'est aussi ben comme ça, dit-elle à mi-voix dans le logement vide. Il manquerait plus que je passe pour une folle que son mari a plantée là parce qu'il pouvait plus l'endurer. Maudit verrat! J'étais tout de même pas pour supporter sans rien dire qu'il dépense sa paye à la taverne! Il y a un boutte! On tire le diable par la queue. On n'a pas les moyens de gaspiller comme ça.

Toutefois, au fil des heures qui passaient, Laurette avait de plus en plus mauvaise conscience. Elle sentait qu'elle avait exagéré lorsque son mari était rentré la veille. Après tout, il n'était pas ivre au point de se donner en spectacle devant les voisins…

— Maudite niaiseuse! J'aurais dû me la fermer! Me v'là ben avancée à cette heure! Je sais même pas où il est.

Il y a rien qui dit qu'il est pas avec une autre femme qui passe pas son temps à crier après lui.

En proie à la panique, elle se mit à tourner en rond dans la maison, incapable de se décider à remettre de l'ordre dans les chambres des enfants.

— Elle s'appelait comment déjà, la grande guidoune avec sa robe décolletée qui revenait avec lui de l'ouvrage ? Lise ? Élise ? C'est Élise, je m'en rappelle. Mais Élise qui ? Il disait qu'elle restait sur Dufresne... Bonyeu, je suis pas pour faire le tour de toutes les maisons de la rue Dufresne pour la trouver !

Laissant la jalousie l'envahir progressivement, Laurette se tritura les méninges pendant un long moment pour tenter de se rappeler le patronyme de la jeune femme qui était revenue de son travail en compagnie de son mari quelques années auparavant.

— Il y a rien qui me dit qu'il l'a pas revue après ça. Il est ben assez hypocrite pour avoir continué à la voir en cachette, l'écœurant ! Si je savais où elle reste, elle, j'irais lui dire deux mots dans la face.

Emportée par sa jalousie, elle était incapable de s'apercevoir que ses doutes n'avaient aucun fondement. Gérard ne pouvait avoir une maîtresse pour la simple raison qu'il était toujours à la maison quand il ne travaillait pas. Il le lui avait d'ailleurs rappelé à maintes reprises.

La journée du samedi fut interminable. Chaque fois que l'un de ses enfants entrait dans la maison, Laurette se précipitait, certaine que Gérard rentrait enfin. Mais il n'en fut rien. Quand arriva l'heure du souper, elle fut incapable de continuer à mentir à ses aînés qui lui demandaient à tour de rôle où se trouvait leur père.

— Bon. Écoutez. Votre père est en maudit. Arrêtez de me demander à tout bout de champ quand est-ce qu'il va revenir. Je le sais pas. Est-ce que c'est assez clair, ça ?

Les enfants se le tinrent pour dit, mais l'inquiétude de leur mère les gagna peu à peu.

Ce soir-là, l'appartement fut particulièrement silencieux. Après avoir mis Carole au lit, Laurette vit à ce que chacun prenne son bain, comme tous les samedis soirs, mais à neuf heures, elle se coucha tout de suite après ses enfants. Elle se sentait si fatiguée après sa mauvaise nuit qu'elle s'endormit en posant sa tête sur l'oreiller. Toutefois, l'arrivée de Charles Gravel après sa soirée de travail à bord de son taxi la réveilla en sursaut un peu avant minuit. Sa première réaction fut d'allonger le bras pour vérifier si son mari était étendu à ses côtés. Rien. Après être demeurée durant de longues minutes les yeux ouverts dans l'obscurité, elle décida finalement de se lever et d'aller fumer dans la cuisine.

— Lui, il va me payer ça ! dit-elle vindicative, à mi-voix, en s'allumant une cigarette.

Elle éteignit le plafonnier et fuma, assise dans sa chaise berçante, dans le noir.

— J'ai même pas de journal à lire, se dit-elle, en regrettant de ne pas avoir acheté *La Patrie* durant la journée.

Gérard s'en chargeait habituellement. Il en avait toujours été ainsi.

Laurette ne se remit au lit qu'à trois heures du matin. Quand Denise vint la réveiller vers sept heures trente pour lui demander si elle devait aller à la basse-messe pour être en mesure de garder les plus jeunes pendant que sa mère irait à la grand-messe, comme tous les dimanches, cette dernière acquiesça avant de se lever péniblement. Jean-Louis proposa d'accompagner sa sœur.

— Non. Toi, tu viens à la grand-messe avec moi, lui ordonna-t-elle.

Lorsque sa fille fut sur le point de quitter la maison quelques minutes plus tard, Laurette ne put s'empêcher de lui demander à voix basse :

— Regarde donc si ton père serait pas à l'église.

Denise se contenta de hocher la tête avant d'ouvrir la porte. À son retour moins d'une heure plus tard, elle trouva sa mère prête à partir vers l'église en compagnie de Jean-Louis.

— Je l'ai pas vu, m'man.

— C'est correct. Bon. Arrive, toi, dit-elle en se tournant vers son fils. On va finir par être en retard.

Ce matin-là, Laurette pria pour que Gérard revienne et promit avec toute la sincérité dont elle était capable de ne pas lui faire de scène lorsqu'il rentrerait. Une fois revenue à la maison, elle envoya Denise prévenir ses grands-parents Brûlé qu'ils n'iraient pas leur rendre visite après le dîner, comme ils avaient l'habitude de le faire.

— Va pas leur raconter que ton père est parti, la prévint sèchement Laurette. Contente-toi de leur dire qu'on attend la visite de ton oncle Rosaire.

— Mais c'est pas vrai, m'man, protesta la fillette.

— Laisse faire. Fais ce que je te dis. Ils ont pas besoin de savoir ce qui se passe chez nous.

Elle prépara une omelette, mais mangea sans appétit, le regard vague et l'oreille distraite. Après le repas, elle dut se secouer pour remettre un peu d'ordre dans la maison. Sur ces entrefaites, une petite pluie fine se mit à tomber, empêchant les enfants d'aller s'amuser dans la cour. Ces derniers se réfugièrent dans leur chambre pendant que leur mère s'installait sur le balcon arrière, protégée en partie par le hangar sur le toit duquel la pluie tambourinait doucement. Au-dessus de sa tête, elle entendait Emma Gravel et sa fille Colette se disputer au sujet d'une pièce de vêtement que la fillette avait abîmée la veille.

La journée du dimanche passa encore plus lentement que celle du samedi. La colère, l'angoisse puis la jalousie qui avaient habité Laurette depuis le départ de son mari avaient cédé peu à peu la place au désespoir. Comment allait-elle maintenant nourrir ses enfants si Gérard ne revenait pas? Comment arriverait-elle à payer le loyer? Et que faire des cinq enfants qu'elle avait sur les bras? Elle ne pouvait tout de même pas demander à ses parents ou à ses frères de l'aider. Ils avaient peine à subvenir à leurs propres besoins. Plus elle y songeait, plus elle s'en voulait d'avoir fait une scène pour aussi peu... Si encore elle avait eu la moindre idée où le chercher... Gérard était orgueilleux. Elle était de plus en plus certaine qu'il ne marcherait pas sur son orgueil pour revenir à la maison.

— M'man, Richard vient donner des coups de pied dans ma porte de chambre. Il a réveillé Carole que je venais d'endormir, se plaignit Denise, debout derrière la porte moustiquaire.

— Richard, mon petit verrat! Si tu te calmes pas, tu vas en manger une maudite! promit sa mère d'une voix forte sans se donner la peine de se lever.

Des pas précipités dans le couloir lui apprirent que son fils de six ans venait de réintégrer sa chambre en courant.

Après avoir écouté un bref moment pour s'assurer que le calme était revenu, elle se remit à réfléchir.

À la fin de l'après-midi, Laurette prit une décision qui lui rendit une partie de sa sérénité. Si Gérard n'était pas rentré ce soir-là, elle irait l'attendre devant la Dominion Rubber le lendemain, à la fin de sa journée de travail. Après le souper, elle décida de cuisiner un gâteau aux épices, le préféré de son mari. Avant de se coucher, elle eut même le temps de le glacer.

Étrangement, elle dormit profondément cette nuit-là, comme si le fait d'avoir pris une décision pour éclaircir la situation l'avait pleinement rassurée. Toutefois, après sa première tasse de café, le lendemain matin, elle était beaucoup moins certaine d'avoir trouvé la solution. Tout en faisant son lavage hebdomadaire avec l'aide de Denise, elle sentait sa belle assurance la quitter peu à peu.

« Qu'est-ce que je vais faire s'il refuse de me parler ? se demanda-t-elle à plusieurs reprises. Il peut ben me passer au nez sans même me regarder... Devant tout le monde, je vais avoir l'air d'une vraie maudite folle s'il fait ça. »

Plus la journée avançait, plus elle s'interrogeait de l'intérêt et de la sagesse d'aller se planter devant la sortie de la Dominion Rubber. Tout en lavant les vêtements et en les étendant sur la corde à linge, Laurette devenait de plus en plus tendue. Ses enfants l'énervaient au plus haut point et la moindre de leurs sottises la faisait sortir de ses gonds.

Après un repas du midi plutôt agité, elle ne put plus en supporter davantage. Elle ordonna aux aînés d'emmener les plus jeunes au parc Frontenac et de ne revenir qu'à la fin de l'après-midi. Avant leur départ, elle n'eut qu'à les regarder pour constater qu'ils mouraient tous d'envie de lui demander où était passé leur père.

— Faites ben attention en traversant les rues, leur recommanda-t-elle au moment où ils quittèrent la maison.

Profitant de l'accalmie bienfaitrice, elle nettoya un peu l'appartement et confectionna un bouilli de légumes durant l'après-midi. Ensuite, elle se coiffa et s'habilla avec autant de soin que pour une sortie dominicale. Tout en se préparant, elle refusait de s'avouer qu'elle avait l'intention de séduire à nouveau son mari.

« Si je fais tout ça, c'est juste pour pas lui faire honte devant les gars qui travaillent avec lui », se mentit-elle.

À la fin de l'après-midi, Jean-Louis et Denise ramenèrent les plus jeunes à la maison tel qu'il avait été convenu. S'ils remarquèrent la mise soignée de leur mère, aucun n'osa la questionner à ce sujet.

— Le souper est déjà sur le poêle, dit Laurette à Denise. Laisse pas coller le bouilli au fond du chaudron. Je reviens dans une demi-heure.

Sans plus d'explications, elle sortit. Saluant d'abord de la tête une voisine debout sur le pas de sa porte, elle tourna ensuite sur la rue Fullum qu'elle descendit jusqu'à la rue Notre-Dame. Moins de dix minutes plus tard, elle se retrouva devant la porte de la Dominion Rubber au moment même où la sonnerie annonçant la fin du quart de travail se faisait entendre. Aucun travailleur n'avait encore quitté les lieux. Ne voulant pas s'immobiliser bêtement devant la porte, elle se mit à arpenter le trottoir, attendant la sortie de Gérard. Les minutes suivantes furent passablement éprouvantes. Elle se sentait fébrile et se répétait inlassablement ce qu'elle allait dire à celui qu'elle voulait ramener à la maison.

Les premiers employés de la compagnie sortirent un à un de l'usine. Elle s'écarta un peu plus pour ne pas avoir l'air de faire le pied de grue. Soudain, elle vit Gérard apparaître à la porte. Il était seul, mais suivait une demi-douzaine d'hommes porteurs d'une boîte à *lunch* en métal noir. Il tranchait un peu sur les autres par sa mise propre et ses cheveux bien coiffés. De toute évidence, il ne l'avait pas vue. Il s'avança lentement vers le bord du trottoir et s'apprêtait à traverser la rue Notre-Dame en compagnie des autres employés qui venaient de voir un tramway s'approcher, venant de l'est.

— Gérard! le héla-t-elle en s'avançant vers lui.

Gérard tourna la tête dans sa direction et l'aperçut. Pendant un bref moment, Laurette eut l'impression qu'il allait l'ignorer et poursuivre son chemin. Mais, finalement, le père de famille se détacha du groupe et se dirigea vers elle sans trop d'empressement, comme à contre-cœur.

— Qu'est-ce que tu veux? lui demanda-t-il d'une voix éteinte.

— Ben, je veux te parler. Pourquoi t'es parti comme ça?

— Parce que je suis écœuré.

— Écœuré de quoi?

— Écœuré que tu te mettes à crier et à chialer chaque fois que j'ai deux minutes de retard. J'en ai assez.

— Je crie parce que je suis inquiète. Si tu m'avertissais avant, je m'en ferais moins.

Il y eut un long silence entre le mari et sa femme, debout sur le trottoir, face à face, en plein soleil. Après un moment, ils se déplacèrent vers l'ombre du mur de l'usine, surtout pour éviter que les passants aient à les contourner.

— T'as jamais pensé que moi aussi j'ai besoin de respirer un peu? reprit Gérard, rancunier. Toi, tu sors presque tous les samedis pour te changer les idées, mais moi, je suis toujours poigné à la maison après mes journées d'ouvrage. Le samedi, je le passe à garder les enfants. Le dimanche, on est obligés d'aller passer l'après-midi chez ton père.

— Pourquoi tu me l'as jamais dit avant?

Gérard souleva les épaules.

— Écoute. Si c'est juste ça, ça peut s'arranger. Denise va avoir douze ans la semaine prochaine. Elle est ben assez vieille pour garder le samedi et t'as juste à venir magasiner avec moi.

— J'aime pas ça, magasiner.

— Ben, sors ce jour-là. Va chez ta sœur, si ça te tente. Ça me dérange pas pantoute. Si tu veux juste boire une couple de bouteilles de bière, je peux toujours te les acheter dans la commande, concéda-t-elle.

— Tu sais ben que j'aime pas la bière. Là, vendredi soir, c'était juste pour pas faire le sauvage que je suis allé avec les autres à la taverne. Tu sais aussi ben que moi que c'est pas dans mes habitudes.

— Bon. Le monde commence à nous regarder, fit remarquer Laurette en tournant la tête. Viens-t'en à la maison, les enfants s'ennuient de toi.

— Juste les enfants? demanda son mari en la regardant dans les yeux.

— Non. Moi aussi, avoua Laurette en baissant la voix. Ça fait trois jours que je t'attends.

Gérard ne résista pas plus longtemps et se mit en marche à ses côtés. Soulagée au-delà de toute expression, sa femme prit son bras et c'est ainsi, sans un mot, qu'ils rentrèrent à la maison.

La réaction des enfants sembla faire chaud au cœur du père de famille qui reprit sa place au bout de la table pendant que sa femme servait le souper. Ce fut l'un des repas les plus joyeux de l'été. Gérard semblait aussi soulagé que Laurette de l'issue heureuse de la crise familiale qu'il avait suscitée.

Après avoir mangé, il traversa chez Brodeur pour acheter *La Presse* et reprit sa place habituelle sur le balcon arrière pour lire son journal. De temps à autre, sa femme jetait un coup d'œil par la fenêtre, comme pour vérifier s'il était toujours là. Cependant, au fil des heures, son humeur joyeuse céda la place à une vague inquiétude. Il y avait une question importante qu'elle s'était bien gardée d'aborder lorsqu'elle avait ramené son Gérard à la maison.

«Où est-ce qu'il a passé les trois jours? se demanda-t-elle à nouveau. Il faudrait tout de même pas qu'il me prenne pour une folle... S'il est allé dormir chez son Élise ou chez une autre femme, ça se passera pas comme ça», se jura-t-elle.

— Qu'est-ce que tu fais ? lui demanda alors Gérard à travers la porte moustiquaire. Tu viens pas t'asseoir dehors ? Le soleil se couche. On est juste ben.

— Ce sera pas long. Je m'occupe des enfants et j'arrive, répondit Laurette.

Peu après, elle vint s'asseoir à ses côtés. L'obscurité descendait rapidement. Depuis quelques minutes, le calme était tombé sur la grande cour. Les cris des enfants du quartier qui s'y amusaient du matin au soir s'étaient éteints. Un peu partout, les bouts rougeoyant de cigarette révélaient la présence des gens assis sur leur balcon. Au-dessus d'eux, ils entendirent les frottements des pieds des Gravel installés, eux aussi, sur leur balcon.

Il y eut un long silence avant que Laurette se décide enfin à aborder la question qui la taraudait.

— Sais-tu que tu m'as jamais dit où t'avais dormi pendant les trois derniers jours, dit-elle d'une voix tendue.

— Je suis allé chez Colombe, se contenta de dire Gérard.

— Bout de viarge ! s'exclama sa femme à mi-voix. Il manquait plus que ça ! Comme ça, elle est au courant qu'on s'est chicanés ?

— Je lui ai rien dit pantoute, protesta son mari.

— Ben non. Ta sœur est une folle ! Elle a trouvé ça normal, je suppose, que t'ailles te faire héberger chez eux. Et tu vas me faire croire qu'elle t'a pas posé de questions…

— Elle a peut-être deviné, mais elle m'a pas posé de questions.

— Maudit que ça m'écœure ! admit Laurette, dépitée. Là, on peut être sûr que ça a fait le tour de ta famille. Ta mère a dû être la première à l'apprendre. Regarde ben ça. La prochaine fois qu'elle va mettre les pieds ici dedans, elle va se dépêcher de me suivre dans une chambre pour me demander si on s'entend mieux.

Gérard ne répliqua pas et sa femme dut rabâcher seul son mécontentement.

Cette révolte de Gérard fut toutefois sans lendemain. Il ne changea rien à ses habitudes et Laurette en vint rapidement à oublier sa promesse de se montrer plus compréhensive. Bien sûr, elle laissa son mari rendre visite à une ou deux reprises à Rosaire et à Colombe le samedi avant-midi, mais il se lassa vite de cette sortie parce que son beau-frère était le plus souvent absent, retenu au garage où il travaillait.

Par ailleurs, si Lucille fut mise au courant de la crise traversée par le couple, elle eut la sagesse de n'en faire aucune mention lors de sa visite suivante. Laurette en fut quitte pour s'être préparée inutilement à faire face à des reproches en partie mérités.

Chapitre 27

Des débuts mouvementés

Au lendemain de la fête du Travail, ce fut le branle-bas chez les Morin. Le moment était venu pour les enfants de retourner à l'école pour entreprendre une nouvelle année scolaire.

Laurette les avait réveillés dès le départ de Gérard pour le travail. La veille, elle avait repassé les vêtements de chacun après s'être assurée qu'il ne manquait aucun bouton. Les souliers avaient été cirés et les sacs d'école nettoyés. Ce matin-là, elle vit à ce que chacun se lave et se peigne après avoir mangé un bol de gruau.

— C'est plate, les vacances sont déjà finies, se plaignit Jean-Louis, debout devant la porte moustiquaire de la cuisine.

— Moi, j'ai hâte de recommencer, fit son frère Gilles en finissant de se peigner devant le petit miroir suspendu au-dessus de l'évier de la cuisine.

Assis dans la chaise berçante de son père, Richard était anormalement calme depuis son lever. Il s'agissait de son premier matin à l'école, et cette perspective ne semblait pas l'enthousiasmer outre mesure. Pendant que sa mère tressait les longs cheveux de Denise, il regardait le ciel gris de cette matinée de septembre par la fenêtre. Lassé d'attendre le signal du départ, il finit par demander à sa mère :

— Est-ce que je peux aller jouer dans la cour en attendant ?

— Es-tu malade, toi ? Des plans pour te salir avant d'aller à l'école. Reste assis tranquille. Tes frères partent dans dix minutes.

Laurette en profita pour examiner une dernière fois sa tenue vestimentaire. Son fils de six ans était propre comme un sou neuf. Ses cheveux mouillés étaient plaqués sur son crâne, ce qui rendait ses grandes oreilles décollées encore plus apparentes. Elle vit qu'il avait placé près de sa chaise le vieux sac d'école de Jean-Louis qu'elle lui avait donné la veille. L'aîné des garçons était le seul membre de la famille à avoir la chance d'étrenner un sac d'école neuf en ce 8 septembre 1945.

Après avoir endossé sa veste de laine grise, la mère de famille donna finalement le signal du départ. Elle sortit de la maison et s'immobilisa sur le trottoir en compagnie de ses quatre enfants. Denise partit la première, toujours en compagnie de son amie Colette, pendant que Laurette s'adressait à ses garçons.

— Richard, écoute ben ce que ta maîtresse va te dire et va pas faire le malcommode. Tu m'entends ? Quand la cloche sonnera, t'attendras tes frères pour t'en revenir à la maison. Je veux pas te voir traverser la rue De Montigny et la rue Sainte-Catherine tout seul. As-tu compris ?

— Oui, m'man.

— Bon. C'est correct. Vous pouvez y aller et chamaillez-vous pas en chemin.

Lorsqu'elle se retrouva seule dans l'appartement en compagnie de sa petite fille de quatre ans, elle fut surprise par le calme qui venait soudainement d'envahir les lieux. Tout à coup, tout lui semblait étrange. De l'autre côté de la clôture, la grande cour était anormalement silencieuse, à peine troublée de temps à autre par les pleurs d'un jeune enfant et le cri d'une mère impatiente.

— Tu peux aller jouer avec ta poupée sur le balcon, proposa-t-elle à Carole qui semblait s'ennuyer.

Après avoir remis de l'ordre dans les chambres des enfants et lavé la vaisselle du déjeuner, la mère de famille prit son panier de vêtements à repriser et s'installa dans sa chaise berçante. Elle éprouvait un léger remords de ne pas avoir accompagné Richard à l'école pour son premier jour de classe.

«Je l'ai fait pour les trois autres, c'est vrai, mais c'était pas la même chose. Aujourd'hui, il a ses deux frères avec lui, il est pas tout seul, se justifia-t-elle. En tout cas, ça va faire tout un changement de pas l'avoir dans les jambes du matin au soir, lui, se dit-elle en esquissant un léger sourire. Il peut se vanter de m'en avoir fait voir de toutes les couleurs depuis qu'il est au monde. À cette heure, c'est aux maîtresses de l'endurer un peu.»

À peine venait-elle de se dire cela qu'elle entendit la porte d'entrée s'ouvrir. Elle se leva précipitamment pour connaître l'identité de celui ou de celle qui osait pénétrer chez elle sans sonner quand elle aperçut Richard dans le couloir.

— Veux-tu ben me dire ce que tu fais ici dedans, toi? lui demanda-t-elle, stupéfaite.

— Ben, l'école est finie.

— Comment ça, finie? Il est même pas dix heures et demie, protesta sa mère.

— L'école est finie. La maîtresse nous a placés en rang et elle nous a envoyés dehors quand la cloche a sonné.

— Ça a pas d'allure pantoute, cette affaire-là, dit Laurette. À part ça, où est-ce que t'as mis ton sac d'école?

— Je l'ai laissé dans la classe, comme les autres.

— À quelle heure tu recommences?

— Je le sais pas, la maîtresse l'a pas dit.

Il y eut un bref silence dans la cuisine avant que sa mère réalise soudain qu'il n'avait pas tenu compte de sa recommandation la plus importante.

— Mais dis donc, toi, je t'ai pas dit d'attendre tes frères pour revenir à la maison ?

— Oui.

— Comment ça se fait que t'es revenu tout seul de l'école ? Je t'avais dit que je voulais pas pantoute te voir traverser De Montigny et Sainte-Catherine ?

— Oui, mais ils sortaient pas. Je les ai attendus dans la cour longtemps, mais ils sont pas venus. Je pensais qu'ils m'avaient oublié.

— Il y a quelque chose de pas clair dans cette affaire-là. Toi, ma tête croche, si t'as déjà fait un mauvais coup à l'école, tu vas avoir une claque sur les oreilles.

Elle sursauta quand la porte d'entrée s'ouvrit à nouveau.

— Bon. V'là autre chose à cette heure ! s'exclama-t-elle en voyant un Jean-Louis furieux entrer dans la cuisine.

— Te v'là, toi, fit l'aîné en apercevant son jeune frère près de la porte moustiquaire. Qu'est-ce que tu fais là ?

— Il paraît que l'école est finie, s'interposa sa mère. Je t'avais dit de t'occuper de ton frère quand l'école finirait.

— Elle est pas finie pantoute l'école, m'man. Il s'est sauvé pendant la récréation, le petit maudit, s'emporta Jean-Louis en esquissant le geste de flanquer une taloche à son frère. Ils l'ont cherché partout dans l'école. Le directeur était pas de bonne humeur. Il est venu me chercher dans ma classe et il veut que je le ramène tout de suite. Envoye, les oreilles ! Viens-t'en. J'espère que le bonhomme va t'en sacrer une.

— M'man, je veux pas retourner là, dit le gamin de six ans d'une voix suppliante. J'haïs ça, l'école. La maîtresse est bête et elle arrête pas de crier après nous autres.

— Toi, mon agrès, disparais à l'école et fais ça vite ! s'écria sa mère, mécontente. Si jamais tu te sauves encore une fois, c'est à moi que tu vas avoir affaire et je te garantis que les fesses vont te chauffer ! Et reviens pas tout seul, surtout !

Richard suivit son frère avec une mine de condamné. Il sortit de la maison en rechignant. Debout sur le pas de la porte, Laurette regarda ses deux fils se diriger vers la rue Fullum en éprouvant un peu de pitié pour le cadet.

— Dis-moi pas que je vais en avoir un autre qu'il va falloir forcer à étudier tous les soirs, se dit-elle à voix basse. Qu'est-ce que j'ai fait au bon Dieu pour avoir des enfants qui aiment pas plus l'école que ça ?

Il fallait reconnaître que seul Gilles semblait se plaire à fréquenter l'école et à étudier. Denise et Jean-Louis étaient des écoliers sages, mais détestaient l'école parce qu'ils étaient peu doués pour les études. Richard était peut-être talentueux, mais son premier contact avec le monde scolaire laissait présager des jours agités.

～～の

La mère de famille s'était bien doutée que l'arrivée à l'école Champlain de son fils cadet ne se ferait pas sans susciter quelques vagues, et elle ne s'était pas trompée.

Dès le troisième jour de classe, elle vit revenir Gilles et Jean-Louis seuls, à la fin de l'après-midi.

— Où est passé votre frère ? leur demanda-t-elle, mécontente de constater qu'ils l'avaient laissé revenir seul de l'école.

— Il est en retenue, m'man, dit Gilles en déposant son sac d'école sur la table.

— Comment ça ?

— J'ai demandé à un petit dans sa classe, il m'a dit que sa maîtresse est enragée après lui parce qu'il a pas encore fait couvrir ses livres, expliqua Jean-Louis.

— Mais il m'a dit que c'était elle qui voulait pas qu'ils soient couverts! s'exclama Laurette.

— C'est pas vrai.

— Attends qu'il arrive, lui... fit sa mère sur un ton menaçant. Bon. Vous autres, faites vos devoirs en attendant que le souper soit prêt.

Un peu avant cinq heures, Richard rentra à la maison, l'air insouciant, balançant à bout de bras son sac d'école. Laurette l'attendait de pied ferme.

— Comment ça se fait que t'arrives si tard? lui demanda-t-elle, sévère.

— J'étais en retenue.

— Pourquoi?

— Je le sais pas, j'ai rien fait. La maîtresse était enragée après moi.

— Ce serait pas parce que tes livres sont pas couverts?

— Ça se peut, mais j'ai rien compris. Elle passe son temps à crier après moi.

— Où ils sont tes livres?

— Là, dans mon sac, dit-il en déposant son sac d'école sur la table.

Laurette fit un effort surhumain pour ne pas se fâcher et y parvint difficilement.

— Bon. C'est correct. Je vais te les couvrir, tes livres. En attendant, tu vas aller te changer tout de suite et après le souper, je veux te voir couché à sept heures. Comme ça, demain, tu vas être assez reposé pour écouter quand ta maîtresse te parle.

Richard s'esquiva dans sa chambre sans formuler la moindre plainte.

⁓

Moins de deux semaines plus tard, à la récréation des petits du jeudi matin, deux surveillants aperçurent un rassemblement tapageur d'élèves dans un coin de la cour de l'école Champlain. Ils en devinèrent aussitôt la cause et se précipitèrent vers l'endroit, écartant sans douceur les jeunes qui entouraient deux pugilistes en train de s'affronter à coups de pied et de poing.

Laure Vigneault, l'institutrice de première année, attrapa Richard Morin par un bras et lui assena une gifle retentissante pour calmer la fureur du gamin. Ernest Beaudry, pour sa part, se contenta de ceinturer l'autre belligérant. Gilles, élève de deuxième année, avait suivi les surveillants, comme beaucoup de ses camarades, et avait assisté à toute la scène.

Les deux fautifs furent rapidement conduits dans la salle située au sous-sol de l'école. On leur ordonna de demeurer debout entre deux piliers jusqu'à ce que le directeur adjoint vienne s'occuper d'eux.

Comme tous les élèves passaient par cette salle pour entrer dans l'école, c'est là que Jean-Louis aperçut son jeune frère en pénitence au moment où allait commencer sa récréation. Peu après le passage des grands de l'école, Hervé Magnan, l'imposant directeur adjoint, vint s'occuper des deux coupables.

— Il paraît que vous vous êtes battus comme des sauvages, dit-il en sortant la courroie de caoutchouc qu'il utilisait pour imposer la discipline. Je vais vous faire passer le goût de régler vos affaires à coups de poing, moi. Vous viendrez pas faire les *bums* à l'école Champlain.

Les deux gamins, impressionnés et dans un triste état, n'ouvrirent pas la bouche. L'homme leur fit tendre la main gauche à tour de rôle et leur assena cinq coups de courroie avant de les renvoyer dans leurs classes respectives. Si l'adversaire de Richard se mit à pleurer, il n'en fut rien pour le fils de Laurette.

À l'heure du midi, cette dernière sursauta violemment en voyant dans quel état lui revenait son fils cadet. Sa chemisette était déchirée à l'épaule et son visage était passablement tuméfié. Jean-Louis et Gilles se glissèrent derrière leur frère et prirent place à table sans rien dire.

— Qu'est-ce qui s'est encore passé ? s'écria leur mère. As-tu vu de quoi t'as l'air ? Ta chemise est déchirée. T'as les lèvres enflées et t'es grafigné dans le visage.

L'air buté, Richard demeura planté devant elle, sans rien répondre.

— Et vous autres, naturellement, vous savez pas ce qui lui est arrivé.

— Il était en punition dans la salle, dit Jean-Louis. Pour moi, il a encore fait un mauvais coup pour avoir été puni comme ça, ajouta-t-il.

— C'est pas vrai, se défendit Richard, fâché. Je me suis battu avec un gars qui arrêtait pas de m'appeler « les oreilles ». Je suis tanné de faire rire de moi, ajouta-t-il, les larmes aux yeux.

Les paroles de son fils firent mal au cœur de Laurette dont la colère retomba encore plus rapidement qu'elle était née.

— Vous êtes pas capables de défendre votre petit frère, vous deux ? demanda-t-elle, hargneuse, à Gilles et à Jean-Louis.

— Ça a dû arriver à sa récréation. La mienne est pas à la même heure, s'empressa de plaider Jean-Louis.

— Moi, m'man, je suis arrivé trop tard, avoua Gilles. Je suis arrivé juste quand la maîtresse lui a donné une claque dans la face.

— Quoi ? Qu'est-ce que tu viens de me dire là, toi ? fit sa mère, subitement rouge de colère.

— J'ai dit qu'une maîtresse lui a donné une claque dans la face, répéta son fils de sept ans.

— C'est vrai ce que ton frère vient de me dire? demanda-t-elle à Richard.

Ce dernier se borna à hocher la tête.

— Ah ben, maudit verrat! s'exclama Laurette. Ça se passera pas comme ça. Dans cette école de fous-là, celui qui va venir bûcher sur mes enfants va avoir affaire à moi. Comment elle s'appelle, cette maîtresse-là?

— Madame Vigneault, répondit Gilles.

— C'est correct. Toi, va te passer une débarbouillette dans le visage et change de chemise, ordonna-t-elle à son fils avant de se mettre à servir des bols de soupe aux pois.

Durant le repas pris dans un silence relatif, la mère de famille ne cessa de jeter des coups d'œil à son plus jeune fils, en proie à de sombres pensées. Finalement, elle sembla prendre une décision. Après le dessert, elle s'adressa à Denise.

— Tu vas arriver en retard à l'école cet après-midi. Tu vas garder ta sœur, le temps que j'aille à l'école de tes frères.

Les trois garçons se regardèrent.

— Vous deux, dit-elle à Jean-Louis et Gilles, vous pouvez partir tout de suite pour l'école. Je vais y aller avec Richard dans cinq minutes.

— Mais vous êtes pas obligée de venir, m'man, protesta le gamin. Le bonhomme m'a donné la *strap*. Il me punira pas plus.

— Laisse faire, toi, répliqua durement sa mère. Va te peigner et attends-moi.

De toute évidence, Richard n'était pas heureux que sa mère l'accompagne à l'école, comme s'il était incapable de s'y rendre tout seul.

Quelques minutes plus tard, elle laissa son fils se diriger seul vers la cour de l'école pour monter l'escalier abrupt qui ornait la façade de l'institution. Quand le concierge vint lui ouvrir, elle demanda à parler à madame Vigneault.

— Je vais aller voir si elle est dans la salle des professeurs, dit ce dernier en la laissant dans l'entrée.

L'homme alla frapper à une porte et dit quelques mots à un instituteur venu lui ouvrir. Un instant plus tard, une petite dame boulotte au strict chignon sortit de la salle des professeurs et s'avança vers Laurette, en arborant l'air ennuyé d'une personne dérangée durant sa pause.

— Oui, madame? demanda-t-elle d'une voix sèche.

— Je suis madame Morin, la mère de Richard Morin, se présenta Laurette.

— J'ai pas de Richard Morin dans ma classe, s'empressa de préciser l'enseignante, déjà prête à retourner dans la salle qu'elle venait de quitter.

— Je le sais, fit Laurette d'une voix dure. Mais c'est vous qui lui avez sacré une claque dans la face à matin.

— Ah! Je vois, fit Laure Vigneault, en adoptant un air méprisant. C'est le petit voyou que j'ai dû calmer durant la récréation.

— Mon garçon est pas un *bum*, vous saurez, s'insurgea Laurette, furieuse.

— Ça, madame…

— Écoutez-moi ben, vous! dit la mère de famille sur un ton menaçant. Si jamais vous levez encore une fois la main sur un de mes enfants, c'est à moi que vous allez avoir affaire. Vous allez vous apercevoir que des claques sur la gueule, je suis capable d'en donner, moi aussi. Est-ce que c'est clair?

— Mais prenez pas ça comme ça, madame, dit l'institutrice, devenue subitement pâle.

— Je le prends comme je le veux, affirma Laurette avec force. Là-dessus, madame, j'ai plus rien à vous dire.

Sur ces mots, Laurette tourna les talons, poussa la porte de l'école et quitta l'institution, assez satisfaite de sa rencontre.

Ce soir-là, Gérard ne put faire autrement que de remarquer le visage tuméfié de son fils au moment de passer à table.

— Qu'est-ce qui lui est encore arrivé ? demanda-t-il à sa femme.

— Juste du chamaillage, répondit Laurette en adressant un regard d'avertissement à son fils cadet.

Ce dernier adressa un mince sourire de reconnaissance à sa mère. Sa décision de taire l'affaire lui évitait des remontrances paternelles et peut-être même une correction.

Chapitre 28

La maladie

L'automne s'installa progressivement. La fraîcheur des journées de septembre céda le pas aux pluies fréquentes d'octobre. Peu à peu, les persiennes obstruant les fenêtres des maisons du quartier furent remplacées par les contre-fenêtres. Le vent frisquet qui prenait les rues en enfilade annonçait l'arrivée prochaine de l'hiver.

Un jeudi après-midi, Laurette eut la surprise de découvrir ses beaux-parents sur le pas de sa porte, peu après le départ des enfants pour l'école. Elle ne les avait pas vus depuis près de deux mois.

— Mon Dieu, mais je vous attendais pas pantoute! s'écria-t-elle en s'efforçant de feindre un plaisir qu'elle était bien loin d'éprouver. Entrez vous réchauffer. C'est pas chaud dehors aujourd'hui.

Le couple entra et Conrad s'empressa de refermer la porte derrière lui.

— J'ai même vu tomber les premiers flocons de neige tout à l'heure en traversant le pont Jacques-Cartier, affirma-t-il en lui tendant son manteau et son chapeau.

Laurette entraîna le père et la mère de son mari dans la cuisine où le poêle maintenait une agréable chaleur. Elle leur prépara une tasse de café et s'informa de leur santé.

— Ça fait tellement longtemps qu'on vous a pas vus que Gérard pensait que vous aviez perdu notre adresse.

— C'est pas parce qu'on voulait pas venir vous voir, fit sa belle-mère, mais on dirait que j'ai commencé à faire un peu de rhumatisme. Aussitôt qu'il pleut, mes articulations me font mal. J'ai de la misère à bouger.

— C'est Colombe qui doit trouver ça difficile de pas vous voir plus souvent, fit hypocritement Laurette en laissant voir le doute sur son visage. Elle doit s'ennuyer de vous sans bon sens…

— Qu'est-ce que vous voulez, Laurette? C'est ça, vieillir.

La semaine précédente, Rosaire s'était arrêté quelques minutes chez les Morin et leur avait appris que le couple venait rendre visite à leur fille Colombe chaque fin de semaine depuis le début de l'été. Évidemment, il ne serait jamais venu à l'idée de Laurette de se plaindre de la rareté des visites de sa belle-mère, mais elle trouvait cela dommage pour son mari. Et elle ne voulait surtout pas que Lucille la prenne pour une imbécile.

— Êtes-vous venus en ville juste pour faire des visites de politesse? demanda-t-elle au moment où Carole quittait sa chambre après une courte sieste.

— Non. Je suis obligé de venir remplir des papiers à Montréal, répondit son beau-père en allumant sa pipe. J'ai un rendez-vous à cinq heures.

— Mon mari prend sa retraite dans une semaine, expliqua Lucille.

— Déjà! s'exclama sa bru.

— J'ai soixante-cinq ans. Je pense que j'ai gagné de me reposer un peu, expliqua Conrad sans grand enthousiasme.

— Avez-vous une idée de ce que vous allez faire de votre temps?

— Je pense que je vais me contenter de me bercer et de lire le journal, les pieds sur la bavette du poêle, répondit l'homme avec le sourire… à moins que ta belle-mère me trouve toujours quelque chose à faire dans la maison. J'aime autant te dire qu'en prenant ma retraite, je lâcherai pas le plus dur de mes *boss*.

— Conrad! le rappela à l'ordre sa femme, l'air sévère. Pendant que j'y pense, Laurette, je vous ai apporté quelque chose pour les enfants, reprit Lucille en s'emparant du grand sac à main qu'elle avait déposé à ses pieds.

Sa bru eut un brusque mouvement de surprise. De mémoire, c'était sûrement la première fois que la grand-mère Morin offrait quelque chose à ses petits-enfants. Habituellement, elle ne s'en préoccupait guère et c'était à peine si elle se souvenait de leur prénom. Jean-Louis, son filleul, n'était pas plus favorisé que les autres. Son comportement froid et indifférent à l'égard de ses petits-enfants était d'autant plus évident que leurs grands-parents Brûlé les comblaient d'affection chaque fois qu'ils les voyaient.

Lucille tira de son sac une grande bouteille remplie d'un liquide ambré qu'elle déposa au centre de la table.

— Qu'est-ce que c'est, madame Morin?

— De l'huile de foie de morue. C'est de l'huile de première qualité, à part ça. Si vous voulez que vos enfants traversent l'hiver sans rien attraper, faites-leur en prendre une cuillerée à soupe chaque matin. Vous allez voir, il y a rien de meilleur.

— Vous auriez pas dû dépenser pour ça, protesta Laurette en jetant un œil méfiant à la bouteille.

— Elle m'a rien coûté, admit Lucille. Le mari d'une partenaire de bridge travaille pour une compagnie pharmaceutique. Elle me l'a donnée.

— En tout cas, vous êtes ben fine d'avoir pensé aux petits… Pourquoi vous revenez pas souper avec nous autres après être allé remplir vos papiers, monsieur Morin?

demanda-t-elle en changeant de sujet de conversation. Je suis sûre que ça ferait ben plaisir à Gérard.

— T'es ben fine, mais je sais pas jusqu'à quelle heure je vais être obligé de rester là-bas.

— Attendez au moins que Gérard soit revenu de l'ouvrage avant de partir.

Prétextant qu'ils risquaient de rater le rendez-vous de Conrad, les Morin quittèrent la maison quelques minutes avant l'arrivée des enfants. Après leur départ, leur bru déposa la bouteille d'huile de foie de morue sur le comptoir et se mit à préparer le souper.

Denise fut la première à rentrer, suivie de près par Richard et Gilles.

— Il neige! s'écria Richard, tout excité, en posant le pied dans la maison. Est-ce que je peux aller jouer un peu dehors avant qu'il fasse noir?

— Il en est pas question, trancha sa mère. Va te changer comme les autres et viens t'installer à table pour commencer tes devoirs. Grouille!

Le cadet s'était résigné à fréquenter l'école, même s'il continuait à dire haut et fort qu'il la détestait. Comme il était particulièrement agité en classe, il semblait être devenu la tête de Turc de madame Beauchamp, son institutrice. Il ne se passait guère de jour où il ne recevait pas une punition. Les coups de baguette sur les doigts et les mises en quarantaine, debout dans un coin, ne paraissaient cependant pas avoir d'effets durables sur le gamin. En deux mois, il avait même à son crédit deux visites au bureau de l'imposant Hervé Magnan, alors que ses frères n'y avaient jamais mis les pieds. À chaque occasion, il avait été sévèrement puni pour s'être battu avec un camarade qui avait osé se moquer de ses grandes oreilles décollées.

— Où est Jean-Louis? demanda la mère de famille à Gilles.

— Il s'en vient, m'man. On l'a lâché, il marchait pas assez vite.

— Pourquoi je peux pas aller jouer dehors? insista Richard. Il fait encore clair.

— Parce que tu prends trop de temps pour faire tes devoirs quand t'attends après le souper. Ouvre ton sac et mets tes affaires sur la table.

Quand Gérard rentra, Laurette ordonna aux quatre écoliers installés sur la table de cuisine de ranger leurs effets pour que Denise puisse dresser le couvert.

— Ta mère et ton père sont arrêtés cet après-midi, lui apprit sa femme.

— En quel honneur?

— Je sais pas si tu le sais, mais ton père prend sa retraite dans une semaine. Il a dit qu'il était venu en ville pour signer des papiers.

— C'est vrai qu'il vieillit, reconnut Gérard. Maudit que le temps passe vite. C'est comme ton père...

— Whow! Exagère pas, verrat! Mon père est ben plus jeune que le tien, protesta Laurette. Ils ont au moins six ans de différence.

— Mon père et ma mère auraient pu revenir pour souper.

— Je leur ai offert, mais ils avaient pas le temps, lui expliqua sa femme. Ils avaient probablement promis à Colombe d'aller souper chez eux, ajouta-t-elle, acide. Ils ont même pas voulu rester pour voir les enfants.

— Ils devaient être pressés...

— Ta mère a laissé une bouteille d'huile de foie de morue. D'après elle, c'est ben bon pour les enfants s'ils en prennent une cuillerée tous les matins. Chez nous, on n'a jamais pris ça quand j'étais jeune.

— Ma mère a raison, déclara Gérard. Elle m'en a fait prendre tous les hivers et j'ai jamais été malade.

— Au fond, c'est peut-être un bon moyen pour qu'ils attrapent pas la grippe, comme ils le font tous les hivers que le bon Dieu amène, dit Laurette sur un ton peu convaincu.

Elle abandonna durant un moment la fricassée qu'elle était occupée à touiller dans une grande poêle pour s'emparer de la bouteille remplie du liquide transparent. Elle l'ouvrit et en renifla le contenu. Elle ne put réprimer une grimace de dégoût, réaction qui n'échappa pas à Richard.

— Qu'est-ce que ça sent, m'man? demanda-t-il en s'approchant de sa mère.

— La senteur est pas importante, s'empressa-t-elle de lui répondre en rebouchant la bouteille.

— Est-ce que je peux sentir?

— Il y a rien à sentir. De toute façon, ça goûte rien. À partir de demain matin, tout le monde va en prendre une cuillerée avant de partir pour l'école.

— Ah non! s'exclama Denise. Moi, je suis pas malade.

— Moi non plus, affirma Jean-Louis.

— C'est pas quand on est malade qu'on prend ça, bandes de sans-dessein, les réprimanda leur mère. On prend ça pour pas être malade.

— Pourquoi mémère nous apporte pas des vrais cadeaux à la place? demanda Richard.

— Toi, pas un mot, le rabroua sa mère. Je te garantis que tu vas en prendre comme les autres.

Devant la réaction unanime de ses enfants, Laurette s'en prit à Gérard au sujet du fameux cadeau laissé par sa mère. En enfilant sa robe de nuit, elle lui dit, à voix basse:

— Je la retiens, ta mère, avec son huile de foie de morue. Ça va être le *fun* encore de se battre avec les enfants tous les matins pour leur faire avaler cette cochonnerie-là.

— C'est pas une cochonnerie, c'est un remède.

— Bonyeu, on prend des remèdes quand on est malade, pas quand on est en santé! s'emporta Laurette, en répétant sans s'en rendre compte ce qu'avaient dit ses aînés. En tout cas, je t'avertis, Gérard Morin, si c'est pour faire un drame chaque fois que je dois leur faire prendre ça, c'est toi qui vas leur faire avaler leur cuillerée. C'est pas écrit sur la bouteille que ça doit être pris le matin, cette affaire-là. Ça peut être le soir. Je suis tannée d'être la seule à m'obstiner avec eux pour leur faire faire des choses qu'ils aiment pas.

Le lendemain matin, le hasard voulut que Richard soit le premier à qui sa mère présenta la cuillère qu'elle venait de remplir du liquide épais.

— Tiens, avale ça avant de partir, lui ordonna-t-elle.

Le gamin sentit d'abord et eut un geste instinctif de recul.

— Je suis pas capable, m'man. Ça sent trop mauvais.

— Bouche-toi le nez et avale, maudit fatigant!

— Ça me donne mal au cœur.

Laurette avança la cuillère contre ses lèvres.

— Envoye, qu'on en finisse! fit-elle en haussant le ton. Ça sent mauvais, mais ça goûte rien. C'est bon pour la santé.

Richard ferma les yeux, ouvrit la bouche et desserra les dents. Sa mère en profita pour enfourner la cuillère dans sa bouche à demi ouverte. Il déglutit, eut un haut-le-cœur et se précipita vers le lavabo où il rendit son déjeuner.

— Va t'essuyer la bouche dans la salle de bain, commanda une Laurette hors d'elle-même. Tu vas en reprendre une autre, lui promit-elle. Arrive, Gilles. C'est à ton tour.

Gilles s'approcha de sa mère en faisant montre de bonne volonté, mais il était évident qu'il combattait déjà une nausée.

— J'espère que tu me feras pas des dégâts comme ton frère.

Gilles acquiesça d'un signe de tête et sa mère fit couler à nouveau l'huile de foie de morue dans sa cuillère, prête à lui faire subir le même traitement. À ce moment-là, elle jeta un coup d'œil à Denise et à Jean-Louis, devenus pâles tous les deux, attendant nerveusement d'ingurgiter à leur tour le médicament tant redouté.

— Bon! Ça va faire! déclara tout net la mère de famille en jetant dans l'évier le contenu de la cuillère destiné à Gilles. Allez-vous en à l'école. Je vous ai assez vus. Mais je vous avertis. Je veux pas en voir un venir se plaindre qu'il est malade pendant l'hiver.

Ses enfants se précipitèrent sur leurs manteaux et leur sac d'école, heureux d'échapper à l'huile de foie de morue.

— Comme ça, moi, je suis le seul niaiseux qui a été poigné à prendre cette cochonnerie-là? fit Richard, encore tout blême d'avoir vomi son repas du matin.

— Attends, fit sa mère, prise de pitié pour son cadet.

Laurette se dirigea dans sa chambre et en revint avec deux chocolats tirés de la boîte qu'elle avait reçue de Gérard à l'occasion de leur treizième anniversaire de mariage.

— Tiens, dit-elle en les lui tendant. Tu mangeras ça en t'en allant à l'école. Ça va te faire du bien.

Richard la remercia d'un grand sourire et quitta la maison en compagnie de Gilles. Sans hésiter, il tendit un chocolat à son frère avant de mordre dans l'autre.

Après le départ des enfants, la bouteille d'huile de foie de morue fut déposée dans la pharmacie familiale et il n'en fut plus question. Gérard remarqua que le niveau de liquide dans la bouteille ne baissait guère, mais se garda bien de s'informer à ce sujet, probablement de peur d'hériter de la corvée de faire avaler quotidiennement l'huile à ses enfants.

～○

Les premiers mois de 1946 ne réservèrent aucune mauvaise surprise aux Morin. Jean-Louis attrapa une bonne grippe, et Laurette dut le garder à la maison pendant quelques jours. Richard tenta de faire croire qu'il était aussi malade que son frère, mais Laurette ne tomba pas dans le piège et l'envoya à l'école sous la supervision de Gilles. La neige et le froid furent évidemment au rendez-vous, mais sans égaler les records établis les années précédentes. Comme chaque année, Laurette s'inquiéta bien un peu de la baisse alarmante du tas de charbon dans la cave, mais à la fin du mois de mars, tout indiquait qu'ils auraient suffisamment de combustible pour terminer l'hiver.

— Je pense qu'on va être bons pour faire encore un bon mois, annonça-t-elle à son mari au moment où elle terminait de laver la vaisselle ce soir-là. On a encore pas mal de charbon et il nous reste presque la moitié du *drum* d'huile à chauffage. Ça tombe ben. J'ai presque plus une cenne de côté à cause des bottes neuves que j'ai dû acheter aux enfants la semaine passée.

— D'abord qu'on arrive, fit Gérard avec insouciance, s'en remettant comme toujours à sa compagne pour gérer les finances familiales.

— Ça va être juste, mais on va être corrects, conclut sa femme.

Elle vint prendre place au bout de la table autour de laquelle Denise, Jean-Louis, Gilles et Richard étaient assis.

Gilles fut le premier à lui tendre son livre de catéchisme pour qu'elle l'interroge sur la matière qu'il avait à étudier.

— Tes devoirs sont déjà finis?

— Oui. Voulez-vous les voir? demanda le petit garçon en se penchant déjà sur son sac d'école.

Il en extirpa un cahier, l'ouvrit à la bonne page et le tendit à sa mère qui le consulta brièvement avant de le lui remettre.

— C'est correct. C'est propre. T'as juste oublié d'écrire ton JMJ dans la marge, au commencement de ton devoir, lui fit-elle remarquer.

— Moi aussi, j'ai fini, annonça Denise quelques minutes plus tard. J'ai pas de catéchisme à apprendre à soir.

— Si c'est comme ça, regarde les lettres faites par Richard dans son cahier et fais-lui recommencer celles qui sont mal faites, lui demanda sa mère. Toi, Jean-Louis, as-tu fini ton devoir?

— J'achève, m'man.

— Dépêche-toi que je passe pas ma soirée à jouer à la maîtresse d'école, le prévint sa mère en allumant la cigarette qu'elle venait de tirer de son étui.

Un peu après huit heures, tous les travaux scolaires étaient terminés et les leçons apprises. Laurette avait retenu de sa visite effectuée à la fin du mois de novembre aux écoles Sainte-Catherine et Champlain que trois de ses quatre enfants risquaient de redoubler leur classe s'ils ne se montraient pas plus travailleurs. Seul Gilles avait obtenu quelques timides éloges de son institutrice, mademoiselle Mercier. Depuis, la mère de famille s'était montrée intraitable. Chaque soir, elle vérifiait soigneusement les travaux scolaires et les leçons de chacun.

Dès que les enfants furent couchés, Gérard et Laurette allumèrent la radio pour écouter *Métropole*, l'une de leurs émissions radiophoniques préférées. Ils syntonisèrent ensuite CKAC pour se laisser bercer par un récital du soldat Lebrun.

Un peu avant onze heures, ils allaient éteindre la radio quand quelqu'un vint frapper à leur porte.

— Veux-tu ben me dire qui vient nous déranger aussi tard? demanda Laurette, surprise.

Gérard ne se donna pas la peine de lui répondre. Il alla ouvrir et revint dans la cuisine en compagnie de son beau-frère Armand.

— Armand! Qu'est-ce qui se passe? demanda Laurette, stupéfaite de découvrir son frère. Qu'est-ce que tu fais dehors aussi tard?

— J'ai pas sonné pour pas réveiller les enfants, dit-il en évitant de répondre à sa question.

— Est-ce que c'est Pauline qui est malade?

— Non. C'est p'pa.

— Comment ça, p'pa? Qu'est-ce qu'il a?

— Après le souper, je suis arrêté voir p'pa et m'man une minute. P'pa était blanc comme un drap. Il avait pas l'air dans son assiette pantoute. M'man était inquiète. Il paraît que depuis deux jours, même s'il faisait de la fièvre, il est allé travailler pareil. M'man voulait qu'il reste à la maison, mais tu le connais, il a pas voulu l'écouter. Ça fait qu'à soir, il toussait comme un perdu et il étouffait.

— Puis?

— Il pouvait pas rester comme ça. Quand j'ai parlé d'hôpital, il a d'abord rien voulu savoir. Il a fallu que m'man le supplie presque à genoux pour qu'il accepte de venir avec nous autres à Notre-Dame. On a pris un taxi et on a fini par y aller. T'aurais dû voir la tête de p'pa. C'était comme si on l'avait conduit à l'échafaud.

— Je comprends, fit Laurette. Il a jamais été malade de sa vie.

— Ben là, il l'est, reprit son frère. Sa grippe, c'est une bonne pneumonie. Ça a pas pris de temps que les sœurs l'ont installé dans une chambre en dessous d'une tente à oxygène. Il voulait pas rester là pantoute. Il voulait s'en venir avec nous autres quand la sœur nous a demandé de partir.

— Une pneumonie… C'est grave! fit remarquer Laurette, soudain très inquiète.

— C'est grave, mais ça se soigne d'après le docteur Paradis, dit son frère pour la rassurer.

— Quand est-ce qu'on peut aller le voir?

— Aux heures de visites. De deux heures à quatre heures, l'après-midi, et le soir, de sept à neuf.

— Et m'man?

— J'ai voulu qu'elle s'en vienne coucher chez nous pour pas qu'elle reste toute seule dans l'appartement. Elle a refusé. En passant, j'ai parlé à Bernard. Il va s'occuper d'aller nourrir le cheval demain matin. Demain, je travaille de nuit, je vais aller à l'hôpital avec m'man dans l'après-midi.

Quelques minutes plus tard, Armand rentra chez lui et Laurette se mit au lit avec son mari.

— Je suis ben inquiète pour mon père, avoua-t-elle à son mari en éteignant sa lampe de chevet. Je vais aller le voir demain après-midi.

— Pourquoi t'attends pas demain soir? Ton frère et ta mère vont être là de toute façon demain après-midi. Demain soir, je vais y aller avec toi. On fera garder les enfants par Denise.

— C'est correct, mais la journée va me paraître longue sans bon sens. En plus, je sens que je vais mal dormir…

Laurette ne s'était pas trompée. Elle ne trouva le sommeil qu'au milieu de la nuit, angoissée par l'état de santé de son père.

Au matin, mal réveillée, elle eut du mal à supporter le bavardage des enfants avant leur départ pour l'école. Au moment de leur servir leur déjeuner, elle leur apprit la maladie de leur grand-père en leur recommandant de prier pour lui et d'offrir leur journée pour sa guérison.

— Est-ce que ça veut dire que pépère sera pas là pour ma première communion? demanda Richard, inquiet de l'absence possible de son grand-père préféré.

— On va tous prier pour qu'il soit guéri à temps.

Le nez dans leur assiette, les enfants promirent d'offrir leur prière pour que leur grand-père recouvre la santé.

— M'man, j'oubliais, on doit apporter de l'argent pour acheter des petits Chinois à la Sainte-Enfance, fit Richard en tendant la main au moment de partir pour l'école.

— Comment ça? Dis-moi pas qu'ils quêtent encore pour ces maudits Chinois-là! fit Laurette outrée.

— Ben oui, m'man, intervint Jean-Louis. On a même un gros thermomètre au tableau. Chaque fois qu'on donne de l'argent, Séguin ajoute du rouge avec une craie.

— Comme nous autres, fit remarquer Gilles.

— Notre thermomètre est à la veille d'éclater. Il est rouge presque jusqu'en haut, précisa l'aîné avec fierté.

— En tout cas, je peux te dire que c'est pas avec notre argent qu'il va éclater, ton maudit thermomètre, dit rageusement sa mère. Il y a tout de même des limites, bonyeu! Si ça continue, on va être tellement pauvres que c'est les Chinois qui vont venir nous acheter.

— La sœur nous donne une carte avec un portrait dessus quand on donne vingt-cinq cennes, précisa Denise.

— Ben, tu laisseras faire les cartes. On n'en a pas besoin, décréta sa mère.

Les enfants se le tinrent pour dit. Sentant leur mère inquiète pour son père, ils se gardèrent bien d'insister pour obtenir quelques sous destinés à venir en aide aux petits Chinois.

Ce soir-là, Laurette et Gérard s'empressèrent de quitter l'appartement de la rue Emmett pour se rendre à l'hôpital après avoir recommandé aux enfants de bien obéir à leur grande sœur.

— Je veux que vous soyez couchés à huit heures, exigea sévèrement leur mère. Il y a juste Denise qui peut nous attendre. On va revenir de bonne heure. Faites vos devoirs comme il faut avant d'aller vous coucher. Je regarderai ça demain matin avant que vous partiez pour l'école.

Le trajet jusqu'à l'hôpital Notre-Dame se fit en silence. Dans le hall de l'établissement, les Morin trouvèrent Bernard et Marie-Ange en compagnie d'une Annette Brûlé qui avait l'air épuisé. Lorsqu'on permit aux visiteurs de monter aux étages, ils s'engouffrèrent tous dans un ascenseur.

— Comment va p'pa ? demanda Laurette à sa mère.

— Il en mène pas ben large, avoua la quinquagénaire. Je l'ai trouvé pas mal changé cet après-midi.

À son entrée dans la chambre du malade, Laurette sursauta en apercevant son père sous la tente à oxygène. Elle eut du mal à croire qu'elle se trouvait en présence du même homme qu'elle avait vu en pleine santé, chez lui, le dimanche précédent. Le visage amaigri et les yeux profondément enfoncés au fond des orbites, Honoré semblait éprouver beaucoup de peine à respirer. Elle ne pouvait détacher son regard de la poitrine de son père qui semblait se soulever et s'abaisser avec difficulté. Le bon vivant qu'elle avait toujours connu ne parlait qu'avec un mince filet de voix et il fallait tendre l'oreille pour l'entendre.

Quand il devint évident que les visiteurs le fatiguaient, Laurette et Gérard décidèrent de le quitter en promettant de revenir le voir. Bernard, Marie-Ange et Annette les suivirent dans le couloir quelques instants plus tard.

— C'est ben effrayant comme il a l'air d'avoir de la misère à respirer, murmura Laurette à son jeune frère.

— Ça va se replacer, la rassura Bernard avant d'aller rejoindre Gérard qui se dirigeait déjà vers l'ascenseur. Ils allèrent tous attendre le tramway au coin de la rue Amherst. Laurette était si préoccupée par la maladie de son père qu'elle remarqua à peine la petite pluie froide qui s'était mise à tomber depuis quelques minutes.

— Ça va faire fondre la neige encore plus vite, dit Gérard à son beau-frère en ne cachant pas sa satisfaction.

— Ouais. Il est temps qu'elle disparaisse, rétorqua Bernard. Je trouve qu'on l'a assez vue.

— Vous êtes sûre, m'man, que vous voulez pas venir coucher à la maison? offrit Laurette à sa mère. Gérard pourrait coucher avec Jean-Louis et vous coucheriez avec moi.

— T'es ben fine, ma fille, mais j'aime mieux rentrer à la maison. J'ai mon ouvrage à faire et, de toute façon, je pourrai pas retourner à l'hôpital avant demain après-midi.

Les Morin descendirent du tramway au coin de la rue Fullum et rentrèrent chez eux. À leur retour, ils trouvèrent la maison silencieuse. Denise les attendait, sagement assise dans la cuisine.

— T'as pas eu trop de misère à te faire écouter? lui demanda sa mère en enlevant son manteau.

— Non. Ils sont allés se coucher à huit heures, comme vous l'aviez demandé.

Alors que Denise entrait dans sa chambre pour se mettre au lit, les portes des chambres des garçons s'entrouvrirent presque simultanément.

— Est-ce que pépère est encore malade ? demanda Richard qui, comme ses deux frères, avait attendu leur retour.

Personne ne dormait. Laurette n'eut cependant pas le cœur de disputer ses enfants.

— Oui, il est encore à l'hôpital, murmura-t-elle. Maintenant, allez vous coucher et faites une prière pour lui avant de vous endormir.

Avant de se mettre au lit à son tour, Laurette fit part à son mari de son intention d'aller rendre visite à son père le lendemain après-midi.

— Qu'est-ce que tu vas faire pour les enfants ?

— Je vais faire manquer l'école à Denise demain après-midi pour garder Carole. Comme ça, m'man sera pas toute seule à aller le voir.

À sa seconde visite à l'hôpital Notre-Dame, Laurette trouva son père beaucoup mieux. Il semblait respirer avec plus de facilité et ses traits étaient plus détendus. Il trouva même la force de plaisanter en disant que la religieuse qui s'occupait de lui avait dû être dans l'armée à un certain moment tellement elle passait son temps à lui donner des ordres.

— On dirait presque ta mère, ajouta-t-il en souriant.

— Mon espèce de vieux effronté ! dit Annette, qui joua l'offusquée.

Lorsqu'elle revint chez elle, la mère de famille était rassurée. De toute évidence, son père était en voie de guérison et la vie allait bientôt reprendre son cours régulier.

La journée du lendemain fut sans histoire. Le froid avait refait son apparition durant la nuit. Après le déjeuner, les enfants quittèrent la maison pour leur dernière journée de classe de la semaine. De sa fenêtre, Laurette les avait aperçus en train de briser avec entrain à grands coups de talon la glace mince qui s'était formée sur les rigoles, le long des trottoirs. Elle s'était précipitée vers la porte qu'elle avait ouverte pour leur crier :

— Arrêtez de faire ça, bande de sans-dessein ! Vous allez défoncer vos bottes neuves. Allez-vous-en à l'école !

Comme chaque vendredi, la journée avait été consacrée au ménage de la semaine.

— Dans deux semaines au plus tard, on va faire le grand ménage et ça va faire du bien, dit Laurette à mi-voix en regardant les murs jaunis autant par la fumée de cigarette que par l'utilisation du chauffage.

Au milieu de l'après-midi, elle entreprit de cirer méticuleusement le linoléum du couloir et de la cuisine. Un coup de sonnette l'interrompit.

— Il y a jamais moyen d'avoir la sainte paix dans cette maison, se plaignit-elle en se relevant.

Elle alla ouvrir et se retrouva devant son frère Armand. Son visage était étrangement pâle.

— Qu'est-ce que tu fais là ? Tu travaillais pas aujourd'hui ?

— Oui, se contenta-t-il de répondre en enlevant ses couvre-chaussures. J'ai été obligé de lâcher la *job* pour aller à l'hôpital.

Laurette mit quelques secondes avant de réaliser ce que son frère venait de lui dire.

— Qu'est-ce qui se passe ? Pourquoi t'es allé là ?

— P'pa est mort à midi, laissa tomber Armand tout à trac.

— Ben voyons donc, maudit verrat, ça se peut pas ! s'insurgea Laurette en vacillant légèrement. Je l'ai vu hier après-midi, il allait mieux.

— C'est vrai qu'il avait l'air pas mal mieux hier. Je suis allé le voir avec Pauline, il avait même l'air de respirer plus facilement.

Laurette se mit à pleurer, une main serrée sur son cœur, comme si elle craignait qu'il éclate.

— Viens t'asseoir une minute, parvint-elle à dire à son frère entre deux sanglots en l'entraînant vers la cuisine.

— À l'hôpital, le docteur m'a dit que c'est son cœur qui a lâché, précisa Armand d'une voix douce en s'assoyant. Il paraît qu'il y avait plus rien à faire. Quand la garde-malade est entrée dans sa chambre, il respirait plus.

À cette seule évocation, de nouveaux sanglots firent suffoquer Laurette.

— Là, je suis venu te chercher parce que m'man le sait pas encore.

— Bernard?

— Bernard est déjà à l'hôpital. J'ai téléphoné à sa *job*. Il est arrivé avec Marie-Ange presque tout de suite. Si tu te sens pas capable de venir avertir m'man avec moi, je vais y aller tout seul.

— Non. Donne-moi une minute pour laisser Carole à madame Gravel, au-dessus, fit Laurette en s'essuyant les yeux. Elle va s'en occuper jusqu'à ce que Denise revienne de l'école.

Quelques minutes plus tard, le frère et la sœur quittèrent ensemble l'appartement de la rue Emmett en direction de la rue Champagne. Laurette avait garni les poches de son large manteau de mouchoirs.

— J'espère juste une affaire, dit-elle. J'espère que m'man est pas partie toute seule voir p'pa à l'hôpital. Tu t'imagines le choc.

— C'est pour ça que j'ai demandé à Bernard et à Marie-Ange d'attendre que je revienne. Si elle va à l'hôpital, ils vont être là pour lui annoncer la mauvaise nouvelle.

Au moment de sonner à la porte du logement de ses parents, Laurette souhaita en son for intérieur que sa mère soit déjà partie à l'hôpital pour échapper à l'obligation de lui apprendre la mort de son père. Malheureusement, Annette était à la maison.

— Qu'est-ce que vous faites tous les deux ensemble ? leur demanda-t-elle en leur ouvrant la porte.

Puis, elle sembla réaliser toute l'étrangeté de la situation.

— Votre père va pas plus mal, j'espère ? demanda-t-elle, soudain alarmée.

Laurette ne put se retenir plus longtemps et éclata en sanglots en prenant sa mère dans ses bras. Annette se rebella et repoussa sa fille.

— Allez-vous finir par me dire ce qui se passe à la fin ? dit-elle en élevant la voix. Qu'est-ce qu'il y a ?

— Le cœur de p'pa a lâché, m'man, annonça Armand d'une voix éteinte.

— Comment ça, lâché ?

— La garde-malade l'a trouvé mort dans son lit, à midi. Il paraît qu'il a pas souffert pantoute.

— Mort ! Mais ça a pas d'allure une affaire de même ! Il peut pas être mort ! Il peut pas m'avoir fait ça ! s'écria Annette. Un homme aussi fort que votre père peut pas être parti comme ça.

Annette éclata en sanglots convulsifs. Laurette et Armand l'entraînèrent vers la cuisine où ils lui firent boire un verre d'eau pour l'aider à se remettre. Laurette lui tendit un mouchoir.

— On est venus vous chercher pour aller le voir à l'hôpital, m'man, fit-elle tout bas. Bernard est déjà là-bas.

— Il est mort sans recevoir l'extrême-onction, dit sa mère, comme si elle n'avait pas entendu.

— Il l'a reçue, m'man, affirma Armand. Je l'ai demandé à la sœur avant de partir.

— Bon. Donnez-moi une minute pour me préparer, quémanda Annette en essayant vainement d'arrêter de pleurer.

— Prenez votre temps, m'man, lui conseilla Armand. Je vais aller chercher un taxi sur Sainte-Catherine pendant que vous vous préparez.

Quelques minutes plus tard, Annette pénétra dans l'hôpital, encadrée par ses deux enfants.

— L'heure des visites est finie, s'interposa un préposé.

— Mon père vient de mourir. On vient le voir, lui dit Laurette, l'air mauvais.

— OK. Vous pouvez monter, dit l'homme en s'écartant de leur chemin.

Lorsqu'ils se présentèrent devant la porte de la chambre où reposait Honoré, tous les trois s'arrêtèrent un bref moment, comme pour puiser en eux l'énergie nécessaire pour faire face à l'incontournable. Armand poussa la porte. Il ne retrouva que Marie-Ange aux côtés de la dépouille de son père.

— Mon Dieu! s'écria Annette en se précipitant vers le lit où reposait son mari.

Laurette, aussi bouleversée que sa mère, eut cependant le réflexe de l'empêcher de se jeter sur Honoré. On avait retiré la tente à oxygène et remonté le drap jusqu'au menton du défunt dont les traits étaient étrangement détendus. Pendant que la mère et la fille pleuraient silencieusement, debout devant le corps, Armand s'approcha de Marie-Ange, qui n'avait pas prononcé un mot depuis leur entrée dans la chambre.

— Où est Bernard? lui demanda-t-il.

— Il est descendu en bas pour signer les papiers. Il va revenir.

Quelques minutes plus tard, Bernard se présenta dans la pièce, les yeux rougis. Les enfants laissèrent un certain temps à leur mère pour surmonter sa peine avant de l'entraîner dans le couloir où on se concerta. Il fut décidé que le corps serait exposé dans le salon de l'appartement de la rue Champagne et que les garçons se chargeraient des formalités. Marie-Ange et Bernard, le seul couple sans enfant, se proposèrent pour demeurer avec Annette jusqu'au jour des funérailles.

Un peu après cinq heures, tous les cinq s'entassèrent dans un taxi LaSalle. On laissa Laurette devant sa porte avant de poursuivre la route vers la rue Champagne.

Les enfants, tristes et abattus, attendaient leur mère. Emma Gravel les avait mis au courant du décès de leur grand-père et leur avait recommandé d'être gentils avec leur mère parce qu'elle avait beaucoup de peine.

Gérard n'apprit la nouvelle qu'à son retour du travail. À la vue de sa femme ravagée par le chagrin, il lui suggéra d'aller dormir une heure ou deux pendant qu'il se débrouillerait pour faire souper les enfants avec l'aide de Denise.

Un peu avant sept heures, il alla la réveiller.

— Force-toi pour manger un morceau. Après, on va aller chez ta mère avec les enfants.

Laurette grignota une rôtie sans appétit et s'habilla lentement. Les enfants, réfugiés dans leurs chambres depuis la fin du souper, endossèrent leurs manteaux et quittèrent silencieusement l'appartement en compagnie de leurs parents.

Rue Champagne, quelqu'un avait songé à épingler un crêpe noir sur la porte d'entrée des Brûlé. À leur arrivée, les Morin trouvèrent le logement déjà pris d'assaut par des voisins, des amis et des connaissances. Le cercueil d'Honoré avait été déposé sur deux tréteaux couverts d'un drap noir et placé devant la fenêtre du salon. Tassée sur une chaise, Annette ne cessait de fixer son vieux compagnon d'un regard vide. Elle ne s'animait que lorsqu'on s'adressait directement à elle.

Laurette vint immédiatement se placer aux côtés de sa mère pendant que Gérard conduisait ses enfants devant la tombe de leur grand-père. Richard semblait le plus touché et paraissait incapable de s'éloigner de celui dont il avait été le préféré.

— Bon, là, tu vas aller rejoindre les autres enfants dans la cuisine, lui ordonna son père quand il le vit encore debout près du corps plusieurs minutes après leur arrivée.

Il le poussa doucement vers le couloir.

Les deux jours suivants furent un véritable cauchemar pour toute la famille. Beaucoup de clients se déplacèrent pour venir saluer une dernière fois leur livreur de glace. Les parents et les amis furent nombreux à venir offrir leurs sympathies à la famille. Laurette et Gérard furent presque toujours présents rue Champagne. En quelques occasions, ils chargèrent Denise de garder ses frères et sa sœur à la maison de manière à ne pas leur imposer de trop longues heures de veille chez leur grand-mère.

Le lundi matin, un soleil timide vit se former le convoi funéraire devant la porte de l'appartement de la rue Champagne. La plupart des participants se déplacèrent à pied jusqu'à l'église Saint-Vincent-de-Paul. Quelques minutes avant huit heures, le glas annonça le service funèbre au moment où le corbillard s'immobilisait devant l'église. Les gens se glissèrent silencieusement dans le temple pendant que la famille et les proches emboîtaient le pas aux six porteurs chargés de la dépouille.

Le curé Perreault, qui avait succédé à Anselme Crevier deux ans auparavant, apparut à la porte de l'église, vêtu d'une chape noire et coiffé d'une barrette. Le prêtre accueillit la famille. Puis, précédé d'un enfant de chœur porteur de la croix, il suivit le cercueil jusqu'à l'avant. Annette et ses enfants prirent place dans le premier banc. Laurette se plaça à la droite de sa mère et la supporta tout au long de la cérémonie.

Lorsque l'officiant bénit une dernière fois la dépouille d'Honoré Brûlé, toute l'assistance se prépara à sortir de l'église. On n'entendit que des murmures. Laurette quitta un bref moment sa mère pour s'approcher de Denise.

— Tu t'en retournes à la maison avec tes frères et ta sœur. J'ai préparé des sandwiches pour le dîner. Fais-les manger. On s'en va au cimetière. On va revenir vers midi.

Sur ce, elle alla rejoindre Gérard, monté dans une voiture près d'un cousin de son père. Il n'y eut qu'un maigre cortège de quatre automobiles pour suivre le corbillard jusqu'au cimetière Notre-Dame-des-Neiges, dans le quartier Côte-des-Neiges. Comme le sol n'était pas encore suffisamment dégelé, la dépouille mortelle fut placée dans un charnier après une brève cérémonie.

Au retour, les Morin montèrent dans la voiture d'un ami d'Armand. Laurette, dévastée, ne cessa de pleurer durant tout le trajet.

— Tu t'en reviens à la maison? lui demanda doucement Gérard.

— Non. Il faut que j'aille donner un coup de main pour remettre un peu d'ordre chez m'man, réussit-elle à dire. Tout est à l'envers dans la maison.

— Est-ce que t'as besoin de moi?

— Non. Pauline et Marie-Ange sont supposées venir me donner un coup de main.

— Si c'est comme ça, je vais aller m'occuper des enfants.

— Je devrais être revenue pour le souper, précisa Laurette au moment où le conducteur immobilisait son véhicule coin Fullum et Sainte-Catherine.

Laurette, Pauline et Armand durent attendre quelques minutes devant la porte de l'appartement des Brûlé avant qu'Annette n'arrive en compagnie de Bernard et de Marie-Ange.

— Allez vous reposer un peu dans votre chambre pendant qu'on remet de l'ordre dans la maison, m'man, lui conseilla Laurette en déposant une bouilloire sur le poêle à bois que Bernard venait d'allumer.

— Non, j'ai pas envie de dormir, déclara Annette sur un ton ferme.

— Si c'est comme ça, on pourrait peut-être parler des arrangements qu'il va falloir prendre à cette heure que p'pa est parti, proposa Armand en s'assoyant à table.

— Quels arrangements? lui demanda sa mère, surprise.

— Ben, il y a le cheval et la voiture de p'pa. Vous voudrez pas les garder pour rien, non?

— Ça, si tu veux t'en occuper, c'est ben correct, fit Annette. Tu pourrais aller voir à la glacière de la rue Joachim s'il y a pas quelqu'un intéressé à acheter Coco et la voiture.

— Je m'en occuperai demain, promit Armand.

— Il y a aussi tous les comptes que vous allez avoir à payer, fit remarquer Bernard. Il y a, par exemple, l'hôpital, l'entrepreneur de pompes funèbres, le service à l'église et le lot au cimetière.

— Je suis capable de me débrouiller avec l'argent que ton père m'a laissé, affirma Annette. Inquiétez-vous pas pour ça. Oubliez pas que j'ai toujours payé les comptes de la maison. On n'était pas riches, mais je suis capable de me débrouiller avec ce qu'on a ramassé.

Laurette n'avait pas encore ouvert la bouche. Appuyée contre le comptoir, elle regardait sa mère, dont le visage pâle et les cernes disaient assez l'épuisement. Elle ne pouvait s'empêcher de ressentir une immense admiration pour cette femme énergique qui savait déjà surmonter sa douleur pour réapprendre à vivre sans son vieux compagnon. Son regard erra ensuite dans la pièce, comme si elle la voyait pour la dernière fois. Il lui semblait bizarre de songer que son père ne s'installerait plus jamais dans sa vieille chaise berçante, placée près de la fenêtre de la cuisine.

— Qu'est-ce que vous allez faire de l'appartement? finit-elle par demander à sa mère qui tourna la tête dans sa direction.

— C'est sûr que vous avez pas besoin d'un grand cinq et demi comme ici dedans, affirma Pauline.

— Il y a personne qui va décider pour moi, déclara la veuve d'une voix qui ne supportait pas la contradiction. Ça va faire presque quarante ans que je vis ici. J'ai pas pantoute l'intention d'aller rester ailleurs.

— Mais vous aurez plus besoin de l'écurie en arrière, dit Armand après avoir jeté un regard de reproche à sa femme.

— Ça deviendra un deuxième hangar.

— Nous autres, on pensait que vous viendriez rester chez nous, reprit Pauline, remplie de bonnes intentions.

— T'es ben fine, mais je me vois pas pantoute aller rester chez vous. Vous avez deux enfants et j'ai mes habitudes.

— Si ça fait votre affaire, m'man, vous pouvez venir rester chez nous, proposa Bernard. Il y a de la place en masse.

— Merci, mais j'aime mieux rester ici dedans. J'ai trop de souvenirs dans la maison. Ici, je suis à ma place. Je m'ennuierais si j'allais vivre ailleurs.

Laurette ne fit aucune proposition, sachant pertinemment qu'elle manquait déjà cruellement d'espace. De toute manière, elle connaissait assez sa mère pour savoir que son offre aurait été refusée, comme celles de ses frères.

— En tout cas, m'man, on sera toujours là si vous changez d'idée, reprit Armand.

Annette remercia ses enfants et ses brus et, après une petite collation, on se mit au travail pour nettoyer l'appartement qui avait accueilli beaucoup de visiteurs durant les derniers jours.

Trois jours plus tard, Laurette apprit que Coco et la voiture de son père avaient trouvé un acquéreur. Cette nouvelle lui arracha de nouvelles larmes. C'était comme si une autre partie de son père venait de disparaître définitivement.

Le dimanche suivant, les Morin rendirent visite à Annette, bien décidés à perpétuer une tradition familiale qui durait depuis de nombreuses années. Armand, Pauline et leurs deux filles, de même que Bernard et Marie-Ange, s'étaient aussi déplacés. Le deuil récent avait encore resserré les liens entre les membres de la famille. Avant toute chose, tous désiraient protéger Annette de la solitude, et les enfants, avec leurs jeux et leurs questions incessantes, y étaient pour beaucoup.

Chapitre 29

Un été bien ordinaire

Rapidement, Laurette chercha à s'étourdir et à oublier sa peine en se lançant dans son grand ménage du printemps.

Dès le surlendemain de l'enterrement, les figures s'allongèrent autour de la table quand elle apprit aux siens sa décision de commencer à nettoyer l'appartement de fond en comble le jour même. Les enfants savaient par expérience que leur mère ne manquerait pas de les mettre largement à contribution dès leur retour de l'école, ce qui était loin de leur plaire. Le père de famille n'était guère plus enthousiaste que ses enfants.

— T'aimes pas mieux attendre une semaine ou deux? lui demanda Gérard en finissant de déjeuner. Il me semble que tu serais ben mieux de t'occuper un peu de ta mère.

— Laisse faire ma mère. Je suis capable de m'en occuper et de faire mon ménage en même temps, le rembarra Laurette. C'est pas en passant mes journées sur la rue Champagne que ça va nous décrotter. Ici dedans, les vitres sont tellement sales qu'on voit quasiment plus dehors.

Elle savait pertinemment que son mari ne cherchait qu'une excuse pour remettre à plus tard tout le travail qui l'attendait. Vider les tuyaux du poêle et de la fournaise, enlever les contre-fenêtres pour les remplacer par les persiennes, ranger le hangar et laver les plafonds n'avaient jamais été ses occupations préférées.

— En tout cas, moi, je trouve qu'il est encore pas mal de bonne heure pour se lancer là-dedans, dit-il sans grand espoir de la faire changer d'avis.

— Pour toi, il est toujours trop de bonne heure pour le grand ménage. Verrat, je te demande pas de peinturer! On a juste à laver.

— Il manquerait plus que ça, rétorqua Gérard, mis de mauvaise humeur par les projets de sa femme. Ça fait même pas deux ans qu'on a peinturé partout.

— Je t'avertis, Gérard. Tu me poigneras pas à laver des murs et des plafonds en pleine chaleur, le prévint-elle, l'air farouche. On est en avril, c'est le temps d'y voir avant qu'il fasse trop chaud. On reste peut-être pas dans un bel appartement comme celui de ta sœur, mais on n'est pas des cochons. On est capables de se nettoyer.

— C'est correct, j'ai compris, cybole de tête dure! s'écria son mari en se levant, prêt à partir pour le travail.

— En attendant que tu reviennes de l'ouvrage, je vais faire mes armoires, ajouta-t-elle sur un ton adouci.

Au milieu de la matinée, Laurette dut abandonner son chiffon pour répondre au livreur qui vint déposer un nouveau bloc de glace dans sa glacière. L'apparition de l'homme à la vieille casquette en cuir lui fit soudainement réaliser, encore une fois, la perte définitive de son père. Huit jours plus tôt, Gédéon Masson avait accepté de servir temporairement une partie de la clientèle d'Honoré Brûlé, le temps qu'il guérisse de sa pneumonie...

Maintenant, c'était fini. Elle ne verrait plus son père lui apporter sa glace trois fois par semaine. Un étranger allait s'en charger. Le cœur gros et les larmes aux yeux, elle tira dix cents de sa bourse et les tendit au livreur.

Quatre jours suffirent aux Morin pour que tout reluise dans la maison. Les tuyaux du poêle et de la fournaise furent enlevés et nettoyés dans la cour et on rangea les contre-fenêtres dans le hangar.

— Il fait tellement doux, dit Laurette avec bonne humeur, à la vue des persiennes et de la porte moustiquaire de la cuisine lavées et installées, qu'on peut laisser les fenêtres ouvertes. Puis regarde comme ça fait du bien, fit-elle remarquer à Gérard occupé à laver le plafond de la cuisine. Tout est redevenu ben blanc et ça sent bon l'eau de Javel.

Pendant qu'elle lavait les murs, Jean-Louis, Gilles, Denise et Richard avaient pour tâche de ranger leurs tiroirs de bureau et la garde-robe de leur chambre. Le nettoyage du balcon et de la cour arrière avait suivi.

Le dernier jour du grand ménage, habituellement un samedi, demeurait toujours celui que les jeunes redoutaient le plus parce qu'il exigeait de leur part un effort physique soutenu.

Cette année-là ne fit pas exception. Le dernier matin du ménage, Laurette se dépêcha de remettre de l'ordre dans toutes les pièces avant de se lancer dans le lavage, à genoux, de tous les parquets de la maison après que Denise les eut soigneusement balayés. Quand les vieux linoléums aux dessins à demi effacés furent secs, elle remit un peu de pâte à cirer à chacun de ses enfants et ils durent cirer le parquet de leur chambre pendant qu'elle se chargeait de celui du couloir et de la cuisine. Lorsque la cire eut bien durci et pris une apparence opaque, elle leur confia alors un bout de lainage et ils durent frotter énergiquement les parquets pour les faire reluire. Cette dernière tâche terminée, la mère de famille vérifia soigneusement le travail en manifestant ouvertement son contentement de voir son intérieur briller de propreté.

— À cette heure que c'est propre, il nous reste juste à entretenir la maison, annonça-t-elle aux siens avec un large sourire.

Gérard et les enfants purent enfin souffler et retourner à des occupations plus plaisantes.

Les premiers jours de mai furent gâchés par une pluie printanière persistante. Il faisait déjà chaud, mais les enfants ne pouvaient guère aller s'amuser à l'extérieur après avoir effectué devoirs et leçons.

— On peut même pas jouer dehors, mais on va pareil à l'église, se plaignit Richard.

— Aller dire le chapelet te tuera pas, rétorqua sévèrement sa mère. Tu devrais avoir honte de parler comme ça. Ça fait même pas un an que t'as fait ta première communion.

Elle attira son fils à elle avec brusquerie et entreprit de discipliner sa tignasse rebelle avec un peigne et beaucoup d'eau.

— J'ai jamais vu une tête comme ça, dit-elle à son mari. Il faudrait de la colle pour lui coucher les cheveux.

— Tu ferais peut-être mieux de les lui laisser allonger, suggéra Gérard. Peut-être que ça les replacerait.

— Laisse faire. Je trouve que ça coûte déjà assez cher comme ça chez le barbier. Il est rendu à vingt cennes. Quand je les envoie se faire couper les cheveux, je veux que ça paraisse, bonyeu! Bon, arrivez, ajouta-t-elle à l'intention de ses enfants. Il est moins quart. On va finir par être en retard. Denise, prends le parapluie de ton père et marche en avant avec Richard et Gilles. Jean-Louis va marcher avec moi.

Laurette mit son chapeau et s'empara de son parapluie avant de pousser ses enfants devant elle.

— Couche pas la petite plus tard que sept heures et quart, recommanda-t-elle à son mari avant de fermer la porte d'entrée.

Contrairement à ce que certaines voisines auraient pu penser, Laurette n'était pas devenue soudainement pieuse. Depuis que ses enfants fréquentaient l'école, elle se faisait simplement un devoir de participer avec eux à la récitation du chapelet à l'église paroissiale chaque soir du mois de mai. Il s'agissait de leur donner l'exemple et, aussi, de montrer à tous qu'elle les éduquait bien. Pour les mêmes raisons, elle incitait toujours ses enfants à l'imiter quand elle se privait de sucré durant le carême, allait communier à la messe chaque dimanche et ne mangeait jamais de viande le vendredi.

La petite famille longea la rue Emmett et tourna sur la rue Fullum au moment où les cloches de l'église Saint-Vincent-de-Paul se faisaient entendre. L'averse avait cessé, mais le quartier baignait dans la forte odeur émanant de la Dominion Rubber mêlée à celle de la brasserie Molson. Denise et sa mère fermèrent leurs parapluies. De nombreux parents, accompagnés de leurs enfants, se dirigeaient aussi vers la rue Sainte-Catherine. En longeant la haute clôture en bois de la cour du presbytère, Richard s'arrêta un instant pour humer la senteur entêtante des lilas mauves hâtifs dont il pouvait apercevoir les fleurs surplombant la clôture.

— Envoye, Richard, grouille! lui ordonna sa mère en s'apercevant qu'il s'était arrêté.

— Ça sent meilleur que la fumée de cigarette, ça, hein, mon garçon? fit l'abbé Saint-Onge qui venait d'apparaître dans le dos du garçon.

Le gamin rougit jusqu'à la racine des cheveux avant de balbutier:

— Oui.

Le vicaire lui passa la main dans les cheveux, sourit à la mère de famille et poursuivit son chemin vers le parvis de l'église à grandes enjambées. Laurette et les siens lui emboîtèrent le pas.

— Pourquoi l'abbé Saint-Onge t'a dit ça? demanda-t-elle, soupçonneuse, à son fils de sept ans.

— Je sais pas, m'man, répondit l'enfant en soulevant les épaules d'un air insouciant.

Un peu essoufflée, elle gravit la douzaine de marches conduisant au parvis et ouvrit la porte de l'église qui baignait dans une odeur d'encens. Elle entraîna les siens vers l'avant et leur fit prendre place dans l'un des premiers bancs.

— Oubliez pas de prier pour votre grand-père, leur chuchota-t-elle en tirant son chapelet de son sac à main.

Le curé Perreault, un simple surplis passé sur sa soutane, apparut dans le chœur. Le prêtre s'agenouilla au centre de la première marche menant à l'autel et entreprit la récita-tion du chapelet en compagnie de la centaine de fidèles réunis derrière lui.

Alors que les voix s'entremêlaient depuis quelques minutes, Richard commença à se tortiller, tout en tentant de conserver son équilibre. Il trouvait un peu longues les cinq dizaines du chapelet précédé de diverses invocations à la Vierge Marie. Comme chaque soir, il supportait mal l'inconfort d'être agenouillé aussi longtemps, un chapelet à la main.

— Maudit que j'ai mal aux genoux, chuchota-t-il à son frère Gilles, placé à ses côtés sur l'agenouilloir en bois.

— Chut! fit sa mère en lui lançant un regard furieux.

Avec un soupir d'exaspération, le gamin continua à réciter les *Ave* sans accorder la moindre attention aux paroles qu'il disait. À leur sortie de l'église, les gens furent accueillis par une violente averse. La petite foule se dispersa rapidement, pressée de rentrer se mettre à l'abri.

Ce soir-là, Laurette mit du temps à trouver le sommeil, même si le bruit régulier de la pluie heurtant les persiennes aurait plutôt dû l'aider à s'endormir. Les ronflements de Gérard, étendu à ses côtés, l'agaçaient. À un certain moment, elle se rappela la petite phrase sibylline du vicaire et se mit à réfléchir aux divers sens qu'elle pouvait avoir. Soudain, elle crut comprendre.

«Ah ben! Il manquerait plus que ça, par exemple», se dit-elle en se levant.

La mère de famille sortit de sa chambre à coucher et se dirigea vers la cuisine où elle fit de la lumière. Après s'être allumée une cigarette, elle prit soin de compter combien il lui en restait dans son étui avant de le refermer. Il y en avait onze.

— Je vais ben voir si je me trompe, dit-elle à mi-voix. Lui, s'il me vole des cigarettes, il va s'en rappeler!

Les jours suivants, Laurette compta soigneusement le nombre de cigarettes contenues dans son étui chaque fois qu'elle devait le laisser sans surveillance. Étrangement, le compte était toujours bon. Elle allait renoncer à cette habitude agaçante quand elle s'aperçut, un midi, juste après le départ des enfants pour l'école, qu'il lui en manquait deux.

— Attends qu'il revienne, lui! Il va en manger toute une, le petit maudit voleur! s'écria-t-elle, furieuse, en rangeant la cuisine.

Évidemment, ses soupçons visèrent tout de suite Richard. Elle n'envisagea même pas la possibilité que Gilles ou Jean-Louis puisse être coupable. Elle mania le fer à repasser durant tout l'après-midi avec des gestes rageurs, incapable de penser à autre chose qu'au larcin dont elle avait été victime.

Un peu après quatre heures, les enfants rentrèrent de l'école les uns après les autres. Denise et Jean-Louis revinrent les premiers et s'installèrent à table pour se débarrasser de leurs devoirs et de leurs leçons le plus rapidement possible.

— Où sont tes frères? demanda Laurette à Jean-Louis.

— Je sais pas. Je les ai pas vus en revenant.

À peine l'écolier venait-il de répondre que la porte de la clôture s'ouvrit avec fracas, laissant passer ses deux frères en train de chahuter. Laurette s'avança vers la porte moustiquaire.

— Richard, entre ici une minute! lui cria-t-elle.

Quelque chose dans le ton de sa mère dut alerter le gamin parce qu'il s'immobilisa durant une seconde avant de monter les trois marches conduisant au balcon.

— Quoi, m'man?

— Entre! lui ordonna-t-elle sèchement.

Son fils pénétra dans la cuisine et laissa tomber son sac d'école à ses pieds.

— Qu'est-ce qu'il y a?

— Va me chercher les deux cigarettes que t'as prises dans mon porte-cigarettes à midi, dit sa mère sur un ton de voix menaçant. Fais ça vite!

— Mais...

Denise et Jean-Louis cessèrent de s'occuper de leurs devoirs pour dévisager leur cadet avec curiosité. Au même moment, Gilles entra et se glissa derrière son jeune frère.

— M'man..., commença-t-il.

Richard lui jeta un regard d'avertissement qui le poussa à se taire.

— Grouille-toi! lui cria sa mère, sans tenir compte de l'intervention de Gilles.

À la grande surprise de Laurette, son fils ne nia pas lui avoir volé des cigarettes. Elle s'était tellement attendue à des dénégations véhémentes de sa part qu'elle en fut déstabilisée durant un bref moment.

— Envoye! Qu'est-ce que t'attends pour faire ce que je viens de te dire?

— Ben, je les ai plus, avoua le gamin dont les oreilles étaient devenues rouges.

— Tu les as plus! Où est-ce qu'elles sont?

— Je les ai fumées, admit piteusement Richard en faisant un pas en arrière et en rentrant la tête entre les épaules.

Malheureusement pour lui, il ne fut pas assez vif pour éviter sa mère. Nullement handicapée par son sérieux surplus de poids, Laurette fit trois pas rapides, l'empoigna par une épaule et lui administra une gifle propre à lui arracher la tête. Sous la violence du choc, les genoux de l'enfant fléchirent.

— Envoye, à genoux dans le coin! lui ordonna-t-elle, folle de rage. On a dans la maison un maudit voleur et un hypocrite! rugit-elle en le montrant à ses frères et sœurs. Voler sa propre mère, est-ce que c'est pas assez écœurant, ça? Attends que ton père arrive de l'ouvrage, le menaça-t-elle. Tu vas voir ce qu'il va te faire! T'as fini de m'en faire voir de toutes les couleurs, toi! S'il faut t'envoyer dans une école de réforme pour faire du monde de toi, c'est ça qu'on va faire. Il y a des places pour des *trimp* comme toi!

À bout de souffle et d'invectives, la mère de famille se laissa tomber dans sa chaise berçante et s'alluma une cigarette pour reprendre le contrôle de ses nerfs. Agenouillé dans le coin, Richard n'avait même pas eu une larme de repentir. Il se frottait la joue sur laquelle l'empreinte des doigts de sa mère était nettement visible. Le silence retomba rapidement dans la cuisine. Gilles rejoignit Jean-

Louis et Denise à table pour exécuter ses travaux scolaires. Chacun fit en sorte de ne pas attirer l'attention de sa mère sur lui et garda le nez plongé dans son travail.

Lorsque Gérard rentra, Laurette lui expliqua en quelques mots ce que leur fils avait fait pour mériter une nouvelle punition. Contrairement à sa femme, Gérard ne perdit pas son calme. Il voulut prendre le temps de réfléchir avant de sévir.

— Je veux que tu lui sacres une bonne volée pour qu'il recommence plus jamais une affaire de même, lui dit-elle quand elle sentit son hésitation.

— C'est correct, se borna-t-il à répondre avant de se tourner vers son fils. Toi, va dans ta chambre et attends-moi, ajouta-t-il à l'intention du fautif.

Cinq minutes plus tard, Gérard retira la ceinture en cuir qui retenait son pantalon et se dirigea, sans aucun enthousiasme, vers la chambre que Richard partageait avec Gilles. Il trouva son fils, le visage figé par la peur, debout au pied de son lit. Le père de famille lui cingla les fesses de trois coups de ceinture bien appliqués avant de lui déclarer :

— Que je te voie plus jamais voler quelque chose ici dedans ! En plus, il est pas question que tu fumes avant que t'aies seize ans. Tu m'entends ?

— Oui, p'pa, balbutia le gamin avec des sanglots dans la voix.

— Tu te coucheras à sept heures le reste de la semaine, conclut Gérard avant de quitter la chambre.

Une fois son père parti, Richard sécha vite ses larmes, se réjouissant à l'avance d'échapper à la récitation du chapelet durant les cinq prochains jours. Toutefois, sa joie fut de courte durée.

— Si ça te fait rien, on va le coucher à sept heures et demie, déclara Laurette à son mari au moment de passer à table. Il manquerait plus qu'il soit exempté de venir à la récitation du chapelet à l'église parce qu'il a volé.

— Comme tu voudras, consentit Gérard.

Quelques minutes plus tard, Gilles rejoignit son jeune frère dans leur chambre, en catimini.

— Pourquoi tu m'as pas laissé dire à m'man que j'avais fumé une des cigarettes que tu lui avais volées ? lui demanda-t-il dans un murmure.

— Ça aurait changé quoi ? J'aurais eu la même volée et t'en aurais eu une aussi. Je me demande comment ça se fait qu'elle s'est aperçue que je lui ai piqué des cigarettes. Son paquet était presque plein… C'est peut-être Jean-Louis qui nous a vus fumer en sortant de l'école. Si c'est lui, le grand niaiseux, il va me le payer !

— Ben non. Tu sais ben que m'man l'aurait dit si son chouchou nous avait vus, le raisonna Gilles.

— En tout cas, c'est plate ! À cette heure, comment on va faire pour fumer ?

— Je le sais pas, admit Gilles.

~~~

Cinq semaines plus tard, l'été tant attendu par les écoliers du quartier arriva enfin. Pendant quelques jours, le thermomètre flirta allègrement avec les 80 °F. Les jeunes ne parlaient plus que des baignades au bain Quintal de la rue Dufresne et des Grèves de Contrecœur où certains auraient la chance d'aller passer trois semaines durant l'été. Les fenêtres des classes de l'école Champlain restaient ouvertes toute la journée et les passants entendaient clairement les éclats de voix des instituteurs impatientés par la nervosité ou la paresse de leurs élèves.

Le 21 juin, Denise fut la dernière à quitter la maison, en compagnie de son amie Colette. Ses frères étaient partis dès huit heures, comme si le fait d'arriver tôt à l'école allait leur permettre de revenir plus vite chez eux.

— Vous commencez juste à neuf heures aujourd'hui, avait voulu les raisonner leur mère en desservant la table.

— On le sait, m'man, mais on veut avoir le temps de jouer au drapeau dans la cour avant que ça commence, lui avait expliqué Gilles.

— C'est le *fun* aujourd'hui, avait ajouté Richard, tout excité. On n'a même pas de sac d'école à traîner.

— Je suppose que t'en auras pas besoin pour rapporter tous les prix que tu vas gagner, lui avait fait remarquer Laurette d'une voix acide. Bon. C'est correct. Allez-y, mais essayez de pas revenir sales comme des cochons.

Les deux jeunes étaient sortis de la maison en se bousculant, tout heureux à la pensée de se retrouver bientôt en vacances. Pour sa part, Jean-Louis avait attendu sagement une quarantaine de minutes plus tard avant de se mettre en route.

Un peu avant onze heures, les enfants rentrèrent les uns après les autres. Ils avaient tous les mains vides. Leur excitation matinale avait presque entièrement disparu. Leur mère crut d'abord que leur abattement était causé par le fait qu'ils n'avaient obtenu aucun prix.

— Apportez-moi vos bulletins, leur ordonna-t-elle. Je vais les mettre dans un de mes tiroirs. Comme ça, on saura où les trouver au mois de septembre.

Gilles fut le premier à lui tendre le relevé jaune pâle que sa mère avait fidèlement signé chaque mois depuis le début de l'année scolaire. Laurette consulta sa note finale.

— Ouais. On peut pas dire que tes notes sont ben belles, laissa-t-elle tomber. Au moins, t'as soixante-trois pour cent. Tu passes en troisième année.

Denise déposa son bulletin sur la table, devant sa mère, sans dire un mot. Cette dernière l'ouvrit et relut deux fois plutôt qu'une la phrase inscrite en rouge au bas du document.

— Ah ben, maudit verrat! s'exclama-t-elle. Dis-moi pas que tu doubles encore!

L'adolescente recula d'un pas devant l'éclat de voix. Après avoir recommencé sa quatrième année, voilà qu'elle devait reprendre sa septième année parce que ses notes étaient nettement insuffisantes.

— Je te l'avais dit que t'étudiais pas assez! s'emporta sa mère. Cinquante-cinq pour cent! Si ça a de l'allure! Puis toi? fit-elle en se tournant vers Richard. Où est-ce qu'il est ton bulletin?

— Il est sur la table, m'man. Moi aussi, je double, ajouta-t-il sans manifester aucune peine. La maîtresse a dit que l'année prochaine, j'étais pour être meilleur. En tout cas, je suis pas tout seul. Il y a trois autres gars de ma classe qui vont recommencer avec moi.

— Maudit innocent! s'emporta Laurette. Ça en fait une consolation! Ça a servi à quoi que je passe toutes mes soirées à t'entrer quelque chose entre les deux oreilles? T'es trop tête folle pour retenir quoi que ce soit. Attends l'année prochaine. Je te garantis que je vais t'en mettre du plomb dans la tête, moi!

Le petit garçon se tint coi, mais ne fut nullement perturbé par la réaction de sa mère. Jean-Louis le contourna et tendit à son tour son bulletin, affichant une mine coupable qui en disait long sur ses résultats scolaires. Laurette s'empressa de consulter le mince carton.

— Pas toi aussi! s'écria-t-elle, la voix éteinte. C'est pas vrai! Cinquante-sept pour cent! Bâtard! Il me semble qu'il aurait pu te faire passer. Il te manque juste trois points! Ton maître a ben dû voir que tu faisais tout le temps ton possible! Il a pas de cœur, cet homme-là?

Tous les enfants fixaient la table. Un silence pesant tomba sur la pièce.

— Bon. Me v'là poignée avec trois doubleurs sur quatre, reprit-elle un instant plus tard en affichant une mauvaise humeur évidente. Je trouve ça ben le *fun* d'avoir des enfants paresseux, ajouta-t-elle d'une voix découragée.

Elle déposa brutalement les bulletins de ses enfants sur la glacière. Personne n'osa encore bouger.

— Je sais pas ce que votre père va dire quand il va voir ça, mais je suis sûre qu'il sera pas ben content. En attendant, je veux pas vous voir dans mes jambes. Allez vous changer.

Chacun obtempéra. Lorsque la mère de famille se retrouva seule dans la cuisine en compagnie de Carole, elle réprima difficilement son envie de pleurer. Il lui semblait injuste que tous les efforts qu'elle avait fournis durant l'année scolaire soient aussi mal récompensés.

— Qu'est-ce que j'ai fait au bon Dieu pour avoir une bande de gnochons pareils ? se demanda-t-elle à voix haute avec dépit.

Après un dîner rapide qui se prit en silence, elle confia à Denise la garde de sa sœur et de ses frères pour aller rendre visite à sa mère, autant pour s'épancher auprès d'elle que pour lui tenir compagnie. Depuis le décès d'Honoré, Laurette et ses deux belles-sœurs s'étaient entendues pour qu'Annette ne soit jamais laissée seule durant l'après-midi.

La jeune femme trouva sa mère installée sur le balcon arrière, à l'abri du soleil, occupée à tricoter. Près de deux mois après le départ de son mari, Annette avait repris des couleurs et peu à peu réorganisé sa vie. Elle partageait son temps entre l'église, ses tâches ménagères et sa famille un peu envahissante.

— Ma pauvre Laurette, je comprends pas pourquoi tu te lamentes comme ça parce que tes enfants ont de la misère à l'école, dit-elle en regardant sa fille par-dessus les verres de ses lunettes qu'elle ne portait que pour lire et tricoter. T'étais comme eux autres quand t'allais à l'école. On dirait que tu l'as oublié.

— Voyons donc, m'man! protesta sa fille.

— Il y a pas de voyons donc, la reprit sa mère. Même si je passais une partie de mes soirées à t'entrer quelque chose dans ta tête dure, tes notes étaient pas fameuses. Oublie pas que t'as doublé, toi aussi.

— C'est parce que la sœur m'aimait pas!

— Je me rappelle que c'est ce que tu disais, répliqua Annette avec un sourire narquois. Je suppose que c'est l'excuse que tous les enfants donnent quand ils réussissent pas à l'école. De toute façon, ça sert à rien que tu t'énerves. Le mal est fait. Tout ce que tu peux faire, c'est de recommencer à les faire étudier l'année prochaine, poursuivit sagement sa mère.

Au moment où Laurette prenait congé, Annette se confia à son tour, désirant apparemment mettre certaines choses au clair. Avec un timide sourire, elle lui dit:

— T'es ben fine de t'être dérangée pour venir jaser avec moi deux ou trois après-midi par semaine depuis que ton père est parti. J'ai dit la même chose à Marie-Ange et à Pauline cette semaine. À cette heure, ça va pas mal mieux. Je sais que vous avez toutes vos tâches à la maison, surtout toi, avec tes cinq enfants. Ça fait qu'à partir d'aujourd'hui, vous avez plus à vous sentir obligées de me rendre visite chacune votre tour pour me désennuyer. Ben sûr, vous pouvez toujours venir me voir quand ça vous tente, mais sentez-vous pas obligées de le faire. Je m'ennuie pas pantoute et je peux toujours aller vous visiter.

Laurette acquiesça d'un hochement de tête et sourit à son tour, réalisant que sa mère se sentait maintenant assez forte pour ne pas avoir à s'appuyer sur ses enfants. Elle en fut ravie. Ainsi, la vie poursuivait son cours.

Lorsque Gérard revint à la maison à la fin de sa journée de travail, sa femme se contenta de lui tendre les quatre bulletins scolaires sans aucun commentaire. Le père de famille se planta debout devant la porte moustiquaire pour profiter de la clarté extérieure. Denise s'occupait alors de Carole, sur le balcon, et on pouvait entendre les cris excités de Richard et de Gilles en train de s'amuser avec des jeunes voisins dans la grande cour, de l'autre côté de la clôture. Fidèle à ses habitudes, Jean-Louis était dans sa chambre en train de lire une bande dessinée.

Après avoir consulté chacun des documents, une grimace de mécontentement apparut sur le visage du père de famille. Il mit les bulletins sur la glacière et s'assit dans sa chaise berçante après avoir saisi son journal, déposé sur le coin de la table.

— Toute une belle année! dit-il sèchement à Laurette qui surveillait la cuisson du pain de viande qui serait servi pour le souper.

— C'est en plein ce que je me suis dit quand j'ai vu ça.

— Pourtant, ils ont étudié tous les soirs. Qu'est-ce qu'on peut faire de plus?

— Je le sais pas encore, répondit sa femme, mais je te garantis qu'ils vont travailler plus l'année prochaine. Ils sont pas niaiseux. Ils sont capables de passer leur année comme les autres. Ce que je trouve le plus écœurant, c'est le maître de Jean-Louis qui l'a pas laissé passer parce qu'il lui manquait trois petits points. Je l'ai dit toute l'année qu'il avait l'air d'avoir une dent contre lui.

— Cybole, Laurette! s'emporta brusquement son mari. Cinquante-sept pour cent, c'est pas soixante pour cent!

Arrête de toujours l'excuser! Il est pas plus à plaindre que Denise ou Richard. Où est-ce qu'il est, lui?

— Dans sa chambre.

— J'espère que tu le laisseras pas encore passer tout son été enfermé là. Qu'il aille donc prendre l'air dehors comme les autres.

— Il aime pas ça jouer avec les autres, expliqua une fois de plus Laurette, soudain sur la défensive. On dirait que tu comprends pas qu'il est pas comme les autres.

— Si tu le fais pas sortir d'en dessous de tes jupes, tu vas en faire un vrai fifi, prédit Gérard en colère. Je veux qu'il sorte de la maison. C'est pas normal qu'il reste enfermé des journées complètes dans sa chambre. Qu'il aille jouer avec ses frères!

Le ton tranchant de son mari incita la mère de famille à ne pas le contredire. Elle ne comprenait pas comment la discussion sur les pauvres résultats scolaires des enfants avait pu bifurquer brusquement sur le comportement de Jean-Louis. Gérard s'était levé et était allé ouvrir la porte de la chambre de Jean-Louis.

— Va jouer avec tes frères dans la cour, lui ordonna-t-il. Je veux pas te voir passer tes journées enfermé dans ta chambre quand il fait beau dehors.

Laurette regarda son fils aîné, enfermé dans son mutisme, quitter la maison sans aucun enthousiasme. Elle accepta que son mari soit intervenu, mais restait bien décidée à ne pas forcer son fils à aller participer aux jeux des jeunes du voisinage quand son mari serait absent de la maison.

⁓

Laurette sut que l'été serait long dès les jours suivants. Au début d'un bel après-midi ensoleillé, elle dut élever à nouveau la voix pour calmer Richard et Gilles, surexcités autant par la perspective d'assister pour la première fois au défilé de la Saint-Jean-Baptiste que par le pique-nique que la famille Morin se proposait de faire au parc Lafontaine.

— Si vous vous calmez pas les nerfs, il y aura pas de parade! les menaça-t-elle tout net. Si vous pensez que ça me tente d'aller me planter debout en plein soleil sur le bord du trottoir pour voir passer une couple de chars allé-goriques, vous vous trompez. En plus, vous allez vous passer du pique-nique et vous mangerez vos sandwiches au baloney ici dedans.

— Non, non, m'man, on va être tranquilles, promirent les deux jeunes à l'unisson en allant se réfugier sur le balcon pendant que leur mère et Denise finissaient de préparer des sandwiches.

— Sors les deux grosses bouteilles de *cream soda* de la glacière, ordonna Laurette à son aînée en se remettant au travail.

L'adolescente obéit et déposa les bouteilles dans le grand sac en tissu posé sur la table.

— Il paraît, m'man, qu'ils lancent des bonbons et des ballounes, dit Richard à travers la porte moustiquaire. Ça va être le *fun* à mort.

— Toi, mon agrès, t'es mieux de te tenir tranquille! le prévint sa mère. Tu me feras pas une peur comme ton frère m'a déjà fait à la parade du père Noël. C'est ton père qui va s'occuper de toi aujourd'hui.

Un peu avant une heure, tous les Morin quittèrent leur appartement surchauffé et marchèrent en direction de la rue Sainte-Catherine. Gérard s'était chargé du sac de nourriture et avait distribué à chacun de ses trois aînés une vieille couverture de laine grise. Avant le départ, il avait déclaré aux siens qu'ils allaient prendre le tramway.

— Une vraie dépense inutile, fit remarquer sa femme. Tout ça pour voir un petit frisé avec son mouton rire de nous autres sur un char allégorique. Si je donnais un permanent à Jean-Louis, je suis sûre qu'il ferait un ben plus beau saint Jean-Baptiste.

— Il manquerait plus qu'un de mes gars ait une tête comme ça, se moqua Gérard. L'important, c'est que les enfants s'amusent un peu et voient Camilien Houde, ajouta-t-il. On peut pas dire qu'on les gâte tellement avec un pique-nique dans l'été.

— Je le sais. Mais je te ferai remarquer qu'ils sont ben plus intéressés par les bonbons qu'ils vont se faire garrocher que par le maire. En tout cas, moi, je trouve qu'il fait chaud à crever. Je me serais ben contentée d'écouter la parade au radio, ben tranquille chez nous.

Après avoir dû laisser passer deux tramways bondés de passagers, les Morin parvinrent à trouver de la place dans un troisième. Il régnait une atmosphère de fête à laquelle il était difficile de demeurer insensible. Quand ils descendirent à proximité du parc Lafontaine, sur la rue Sherbrooke, une foule impressionnante s'était déjà entassée de chaque côté de la rue.

— Je te l'avais dit qu'on partait ben trop tard, reprocha Gérard à sa femme avec mauvaise humeur. Là, on va être poignés pour marcher un bon bout pour se trouver une place sur le bord du trottoir.

Cependant, le père de famille s'était inquiété inutilement. Une cinquantaine de pieds plus loin, il put se glisser avec les siens en bordure de la rue. Une demi-heure plus tard, les premières fanfares firent leur apparition, précédées par des policiers à cheval et des majorettes aux jambes dénudées.

Devant l'air un peu trop intéressé de son mari, Laurette fut victime d'un accès de jalousie. Elle lui décocha un solide coup de coude qui eut le don de le ramener à la réalité.

— Essaye de pas attraper le torticolis! lui ordonna-t-elle en serrant les dents.

Gérard fit comme s'il ne l'avait pas entendue. Puis, les premiers chars allégoriques apparurent, séparés les uns des autres par des danseurs, des fanfares et des clowns. Ces derniers jetaient des poignées de friandises aux enfants qui poussaient des cris de joie en se bousculant pour les attraper. Le bruit était assourdissant.

À un certain moment, Laurette se pencha vers Denise pour lui glisser quelques mots à l'oreille. L'adolescente hocha la tête.

— Si ça te fait rien, on va s'en aller au parc tout de suite, Denise et moi, dit-elle quelques minutes plus tard à son mari. J'ai mal aux jambes et Denise dit qu'elle se sent étourdie. On va amener Carole avec nous autres. Comme ça, on va être sûrs d'avoir une bonne place à l'ombre pour souper.

— Où est-ce que vous allez être?

— Pas loin. Proches de la place où ils louent les canots. Donne-moi le souper et une couverte. On va s'installer. T'auras juste à venir nous rejoindre avec les garçons quand ce sera fini.

Gérard vit sa femme s'ouvrir difficilement un passage au milieu de la foule, suivie par Denise qui donnait la main à Carole. Il détourna la tête brusquement en entendant les exclamations excitées des spectateurs à la vue du char allégorique illustrant la bataille du Long-Sault avec Dollard des Ormeaux. C'était, et de loin, le plus beau char du défilé.

Un peu plus tard, on ovationna le maire de la ville, assis sur la banquette arrière d'une décapotable noire. Il précédait le dernier char du défilé, celui sur lequel trônait un petit saint Jean-Baptiste tout frisé tenant contre lui un mouton un peu nerveux.

Après le passage de ce dernier char, la foule se dispersa lentement et beaucoup de gens envahirent les allées étroites du parc Lafontaine pour profiter de l'ombre invitante de ses érables centenaires. Gérard et ses trois fils n'eurent aucun mal à repérer Laurette. La mère de famille avait étendu sa couverture au pied d'un arbre et s'y était assise, adossée contre le tronc, le lourd sac en tapisserie à ses côtés.

— Où sont les filles? demanda-t-il en s'assoyant à ses côtés avec un soupir d'aise.

— Au bord de l'eau, devant toi. J'ai permis à Denise d'aller se tremper les pieds dans l'eau et d'amener Carole avec elle.

— Est-ce qu'on peut y aller, nous autres aussi? demanda Gilles.

— Oui, mais faites pas les fous. Arrangez-vous pas pour tomber à l'eau. Jean-Louis, tu les surveilleras. Il doit y avoir pas mal d'eau s'il y a des canots qui se promènent là-dessus.

— Laissez-nous tranquilles une petite heure, demanda Gérard. Allez vous promener un peu, mais éloignez-vous pas trop après vous être trempés les pieds.

— Puis surtout, énervez-vous pas sur le bord de l'eau, les avertit Laurette, qui regarda ses trois fils s'éloigner en courant en direction du large canal serpentant à travers le parc.

— Arrête donc de t'inquiéter tout le temps pour rien, lui conseilla son mari. Les plus vieux vont surveiller. Fais donc comme moi. Fais un somme avant le souper.

Déjà, des familles et des couples, en quête d'un peu de fraîcheur, venaient s'installer un peu partout sur les pentes herbeuses du parc, à l'écart des allées gravillonnées. Pendant quelques minutes, Laurette regarda ses cinq enfants sagement assis, les pieds dans l'eau, en contrebas.

Elle finit par cesser de les surveiller à distance pour se mettre à examiner les gens qui passaient.

Puis elle s'alluma discrètement une cigarette qu'elle prit le temps de savourer. Elle ferma ensuite les yeux, le dos toujours appuyé contre le tronc de l'érable au pied duquel elle avait étendu la couverture. Elle dut somnoler quelques minutes. Elle se réveilla en sursaut en entendant près d'elle la voix de Jean-Louis.

— Qu'est-ce qu'il y a? lui demanda-t-elle, somnolente.

— Un de mes souliers est tombé dans l'eau, se plaignit son fils.

— Comment ça, bonyeu? fit-elle en se levant difficilement.

— Je sais pas, m'man. Quand je suis venu pour me rechausser, il m'en manquait un, dit l'adolescent, l'air piteux.

— Maudit verrat! Il y a jamais moyen d'avoir la paix avec vous autres. Gérard! Gérard! interpella-t-elle son mari en le secouant.

— Quoi?

— Il y a un des souliers de Jean-Louis qui est tombé à l'eau.

— Qu'est-ce que tu veux que j'y fasse? dit-il avec mauvaise humeur. Je suis tout de même pas pour plonger pour aller le chercher, taboire!

— Va au moins voir si tu peux pas le repêcher pendant que je prépare les sandwiches. C'est des souliers presque neufs. Si on le trouve pas, on va être poignés pour lui en acheter une autre paire.

— Maudit sans-dessein, tu peux pas surveiller tes affaires, toi? reprocha le père de famille à son fils aîné en se levant.

En ronchonnant, Gérard alla rejoindre ses enfants qui se tenaient debout sur le bord de l'eau.

— Comment ça se fait que ce soulier-là est tombé à l'eau? demanda-t-il en s'approchant.

— On le sait pas, p'pa, répondit Denise. Quand on s'est relevés pour se chausser, il manquait un des souliers de Jean-Louis.

— Vous avez regardé autour?

— Oui, mais on l'a pas trouvé.

Gérard s'agenouilla près de l'eau et regarda soigneusement l'onde pour tenter de repérer le soulier probablement disparu tout au fond. Il ne vit rien. Au moment où il allait renoncer et entraîner ses enfants vers la couverture où leur mère était en train de disposer la nourriture du souper, un canoteur s'approcha doucement du bord à l'aide de sa pagaie.

— Est-ce que c'est ça que vous cherchez? demanda-t-il au père de famille en tendant vers lui un soulier noir dégoulinant d'eau.

— En plein ça, reconnut Gérard, heureux. Merci.

L'autre s'éloigna à bord de son embarcation rouge sans plus d'explication. Les enfants suivirent leur père. Richard, traînant à l'arrière en compagnie de Gilles, adressa un sourire de connivence à son frère.

— Tu me dois cinq cennes, lui chuchota-t-il.

Ils s'étaient bien amusés. Richard avait parié qu'il était capable de jeter à l'eau le soulier de leur aîné sans se faire prendre. Et il avait gagné.

À leur arrivée, les deux autres couvertures avaient été étalées sur l'herbe. Chacun prit place et on mangea avec un bel appétit.

— C'est plate que le *cream soda* soit chaud, déplora Laurette en versant la boisson gazeuse dans des gobelets.

— C'est bon pareil, répondirent ses enfants, enthousiastes.

— En tout cas, après le repas, je veux pas vous voir vous éloigner, décréta Laurette. Le parc est plein de monde et ce serait trop facile de vous perdre. On va s'installer sur les couvertes et regarder la fontaine lumineuse avant de s'en retourner. Puis rendez-vous pas malade à manger tous les bonbons que vous avez ramassés cet après-midi pendant la parade.

— Il y a une fanfare qui va venir jouer dans le kiosque qui est là-bas, leur apprit Gérard en le leur indiquant du doigt. On va pouvoir la voir et l'écouter.

Lorsque l'obscurité tomba sur cette chaude journée estivale, les lampadaires s'allumèrent dans le parc et ils s'amusèrent à suivre les puissants faisceaux lumineux qui balayaient le ciel montréalais chaque soir depuis quelques années.

— Regardez la fontaine, m'man, dit Denise en apercevant les hauts jets d'eau de couleur orangée qui venaient de prendre une teinte bleue, puis rose.

Durant de longues minutes, les spectateurs assistèrent à cette féerie de couleurs. Rassemblés dans le kiosque, les membres d'une fanfare, vêtus d'un uniforme rutilant, se mirent alors à jouer des airs entraînants de De Souza.

Un peu avant dix heures, Gérard donna le signal du départ.

— On plie les couvertes et on s'en va, dit-il en se levant. Je travaille demain matin.

Fatigués par cette journée riche en émotions, les Morin rentrèrent chez eux. Il était évident que les enfants avaient beaucoup apprécié cette sortie. À leur retour à la maison, la fatigue avait tout de même eu raison d'eux. Malgré la chaleur régnant dans leur appartement, ils sombrèrent rapidement dans le sommeil.

Un soir, après le souper, Laurette sortit rejoindre son mari occupé à lire *La Presse* sur le balcon. Denise avait quitté la maison quelques minutes auparavant en compagnie de Carole pour aller rendre visite à sa grand-mère Brûlé.

— Une chance que j'ai dit à Denise d'apporter un parapluie, dit-elle en s'assoyant près de lui. J'ai l'impression qu'il va mouiller.

Depuis la fin de l'après-midi, le ciel s'était progressivement ennuagé et le vent venait de tomber subitement. Gérard leva les yeux, comme pour vérifier l'exactitude de ce que venait de lui dire sa femme quand cette dernière remarqua qu'il tenait une petite loupe à la main.

— C'est quoi cette affaire-là? lui demanda-t-elle, intriguée, en indiquant l'objet du doigt.

— Ben, ça se voit. C'est une loupe.

— D'où est-ce que ça sort?

— Je l'ai empruntée au magasin de la compagnie.

— Pourquoi?

— Parce que j'ai de la misère à lire quand c'est écrit trop petit, si tu veux le savoir, lui expliqua Gérard d'une voix impatiente. Dis donc, toi, travailles-tu pour la police?

— C'est nouveau, ça. Avant, t'as jamais eu besoin d'une loupe pour lire.

— Il faut croire que ma vue faiblit.

— T'as peut-être besoin de lunettes, lui fit remarquer Laurette, refusant d'abandonner le sujet.

— Ben non! Mon père a commencé à en avoir besoin il y a seulement trois ans. Je viens juste d'avoir trente-six ans…

— Peut-être, mais t'as toujours le nez fourré dans tes maudits journaux où c'est écrit tout petit, rétorqua Laurette.

Pour moi, tu t'es usé la vue avec ces affaires-là. De toute façon, t'es tout de même pas pour traîner une loupe tout le temps pour lire. Tu vas avoir l'air d'un petit vieux.

Cette dernière remarque fit mouche. L'orgueil avait toujours été le point faible du magasinier de la Dominion Rubber. Pour lui, bien paraître et avoir une mise soignée étaient des priorités. En cela, il ressemblait à sa mère et à sa sœur Colombe. Chez les Morin, « on savait se tenir », comme le répétait Lucille en se rengorgeant.

— Des lunettes…

— Ben oui, des lunettes, reprit sa femme. C'est pas la fin du monde. Remarque que c'est pas encore sûr que t'en aies besoin, mais si c'est nécessaire, t'as pas le choix. Il y a juste que j'ai pas la moindre idée de ce que ça peut ben coûter, cette affaire-là.

— Je pense avoir entendu mon père dire que ça lui avait coûté une trentaine de piastres.

Laurette esquissa une grimace en entendant la somme. Elle se mit à calculer mentalement, se demandant comment elle allait pouvoir boucler son budget du mois prochain s'il fallait faire un tel déboursé.

Durant quelques minutes, les deux époux ne dirent rien. Pendant que Gérard continuait à lire son journal à l'aide de sa loupe, sa femme écoutait les cris des enfants en train de se poursuivre dans la grande cour en essayant de reconnaître les voix de Richard et de Gilles. À un certain moment, elle tourna la tête vers l'intérieur de la maison. Elle aperçut le dos de Jean-Louis, assis sur le pas de la porte d'entrée, à l'autre bout du couloir.

— Demain soir, on fera garder Denise et on va aller te faire examiner la vue, déclara-t-elle sur un ton décidé.

— J'ai pas besoin de toi pour ça, protesta son mari. Je suis capable d'y aller tout seul.

— Aïe! Je te connais. Tu serais ben capable de pas y aller pantoute et d'essayer de me faire accroire que t'en as pas besoin.

— Est-ce que c'est ben nécessaire que j'aille là?

— Bonyeu, Gérard! Ils peuvent tout de même pas te faire des lunettes à peu près. Il faut au moins qu'ils t'examinent les yeux pour savoir.

Le lendemain soir, le père de famille revint de son travail et se garda bien de mentionner la visite prévue chez l'optométriste, en espérant secrètement que sa femme avait oublié toute l'affaire. C'était vraiment mal la connaître. Dès qu'il pénétra dans la cuisine, Laurette lui servit son souper.

— On mange de bonne heure. T'as un rendez-vous à sept heures pour ton examen de la vue.

— Comment ça?

— Madame Gravel m'a dit que Talbot, sur la rue Saint-Hubert, est pas trop cher. C'est lui qui a fait les lunettes de son mari. Ça fait que j'ai traversé chez Brodeur pour téléphoner et il nous attend.

— Ça pressait pas comme un coup de couteau, cette affaire-là, protesta mollement son mari.

— Peut-être, mais ça sert à rien de traîner non plus.

Gérard ne tenta même pas de s'opposer à ce que Laurette l'accompagne chez l'optométriste, sachant le combat perdu d'avance. Un peu avant sept heures, le couple pénétra au rez-de-chaussée d'une maison en pierre de la rue Saint-Hubert dont l'unique vitrine présentait une immense paire de lunettes sous laquelle était écrit le nom du spécialiste.

La réceptionniste prit bonne note de leur arrivée et les pria de s'asseoir dans la petite salle d'attente déserte. Un peu plus tard, Émile Talbot invita Gérard à pénétrer dans son bureau. Quelques minutes suffirent pour procéder à l'examen. Le spécialiste sortit de la pièce derrière son patient et tendit sa prescription à la jeune réceptionniste. Il salua Gérard et retourna dans son bureau après avoir laissé passer devant lui une nouvelle cliente. Deux autres personnes attendaient maintenant dans la salle, en compagnie de Laurette.

La réceptionniste fit asseoir Gérard devant elle après avoir installé un petit miroir sur son bureau. Elle ouvrit un présentoir dans lequel étaient rangées plus d'une douzaine de montures différentes.

— Vos lunettes seront prêtes dans une semaine, monsieur Morin, lui dit-elle. Il vous reste juste à choisir la monture que vous voulez.

Gérard se tourna vers Laurette qui n'avait pas bougé de sa chaise. Il lui fit signe d'approcher.

— Aide-moi à choisir, lui demanda-t-il.

— Est-ce qu'elle sont toutes du même prix?

— Non, madame. Il y en a qui sont pas mal plus chères que d'autres. Les moins chères sont celles en broches et en corne.

Gérard regarda attentivement les montures disposées devant lui et chaussa finalement une fine monture dorée.

— Elle vous fait parfaitement bien, approuva la jeune femme. On voit que vous avez du goût, monsieur.

— C'est vrai. Elle est pas mal, concéda Laurette.

Gérard en essaya trois ou quatre autres avant de revenir à la monture dorée.

— Je pense que je vais prendre celle-là, décida-t-il.

— T'as pris parmi les plus chères, lui fit remarquer Laurette d'une voix acide.

L'expression de Gérard changea et il lança un regard mauvais en direction de sa femme. Il était évident que cette remarque, faite devant une étrangère, le mettait mal à l'aise. Toutefois, Laurette ne tint aucun compte de son mécontentement et poursuivit de plus belle en s'adressant à la réceptionniste.

— Ça va lui faire des lunettes qui vont lui coûter combien s'il prend cette monture-là ?

Cette dernière prit la prescription laissée par l'optométriste et se mit à remplir une facture sur laquelle elle aligna diverses sommes. Après les avoir additionnées, elle annonça :

— Trente-quatre dollars, madame.

— Trente-quatre piastres ? Maudit verrat, c'est ben cher, cette affaire-là !

— Il faut dire que la monture choisie…

— C'est cette monture-là que je veux, trancha sèchement Gérard.

— Vous pourriez peut-être faire un petit effort et me baisser le prix un peu, fit Laurette.

Gérard rougit violemment et allait remettre sa femme à sa place, mais la réceptionniste répondit avant qu'il ait eu le temps de réagir.

— Je vais voir, madame.

Sur ce, elle se leva et se dirigea vers la porte du bureau de l'optométriste. Après avoir frappé, la jeune femme entra dans la pièce en refermant la porte derrière elle.

— Bâtard, Laurette, j'ai jamais eu aussi honte de ma vie ! fit Gérard, les dents serrées. Veux-tu nous faire passer pour des maudits quêteux ?

— C'est ce qu'on est, Gérard Morin, des quêteux, rétorqua sèchement sa femme. On n'a pas les moyens de lancer notre argent par les fenêtres.

Laurette aurait bien continué, mais le retour de la réceptionniste l'obligea à se taire.

— Monsieur Talbot accepte de vous les laisser à trente et un dollars, dit-elle avec un léger sourire en changeant certains chiffres sur la facture déjà remplie. Pouvez-vous me laisser cinq dollars d'acompte?

Laurette la remercia et lui tendit la somme demandée avant de quitter l'endroit sur les talons de son mari.

— T'as vu? fit-elle, triomphante, en posant le pied sur le trottoir. Si tu demandes rien, t'as rien. C'est ben beau vouloir jouer au riche, mais trois piastres, c'est trois piastres. Et on n'a pas les moyens de gaspiller ça.

Durant tout le trajet de retour, Gérard bouda. Il ne s'était jamais senti aussi humilié. Selon lui, étaler sa pauvreté devant des étrangers était un manque de tenue impardonnable.

Une semaine plus tard, tel que convenu, le père de famille revint à la maison, le nez chaussé de ses nouvelles lunettes. Sa nouvelle apparence surprit passablement ses enfants.

— Puis, est-ce que ça me fait ben? demanda-t-il à sa femme.

— Au prix qu'elles coûtent, c'est sûr qu'elles te font ben, se contenta-t-elle de répondre en l'examinant.

— Talbot m'a même donné un étui pour les mettre, ajouta-t-il en tirant fièrement un mince étui en cuir noir de sa poche de poitrine.

— Aie pas peur, t'as dû le payer, laissa-t-elle tomber.

— Je trouve ça pas mal étourdissant à porter, ajouta son mari sans relever sa remarque.

— C'est pas ben grave. C'est juste pour lire, non?

— Pantoute. Je dois les porter tout le temps.

— Ayoye! fit Richard en se plantant devant son père. Vous ressemblez à pépère Morin avec vos barniques, p'pa.

— Toi, les oreilles, efface-toi, lui ordonna sèchement sa mère.

Le lendemain soir, Rosaire et sa femme s'arrêtèrent chez les Morin en compagnie de Lucille et Conrad. Le gendre était allé chercher ses beaux-parents à Saint-Hyacinthe pour les emmener souper à la maison. Sur le chemin du retour, il leur avait aimablement proposé de faire une halte de quelques minutes chez leur fils. Même si Laurette n'avait pas vu ses beaux-parents depuis la fin du printemps précédent, ils ne lui avaient pas manqué.

— Sacrifice, le beau-frère, tu viens de prendre un bon dix ans avec ces lunettes-là! plaisanta Rosaire à la vue de Gérard.

— Ça me vieillit tant que ça?

— Mais non, s'empressa de le rassurer son père. Ça te donne l'air d'un homme mûr.

— C'est vrai. Quand je sors avec lui à cette heure, le monde me prend pour sa fille, intervint Laurette, pince-sans-rire.

— Ça m'étonnerait, Laurette, déclara Lucille en déposant un baiser sur l'une des joues de son fils. Je trouve que ses lunettes le rendent juste un peu plus séduisant.

— Si on veut, madame Morin, concéda sa bru.

— En tout cas, à votre place, ma fille, je ferais bien attention de ne pas me faire voler mon mari.

— Inquiétez-vous pas, je le surveille, votre Gérard, madame Morin. Entre nous, c'est pas encore un trésor que toutes les filles du coin essayent absolument de m'arracher.

Le rire tonitruant de Rosaire ne trouva de l'écho que chez Conrad, que la verve de sa bru amusait parfois.

Chapitre 30

L'accident

Laurette trouva le mois d'août absolument interminable. Le quartier étouffait sous une chaleur humide et écrasante, entrecoupée par de trop rares orages qui apportaient durant quelques heures trop peu d'air frais. Au fil des jours, les enfants étaient de plus en plus insupportables, particulièrement Richard et Gilles. Mille fois, elle se maudit de ne pas avoir cherché à les envoyer aux Grèves de Contrecœur.

— Il faut passer par la Saint-Vincent-de-Paul pour ça, avait prétexté Gérard. On n'est pas pauvres au point d'envoyer nos enfants là.

— On voit ben que c'est pas toi qui les as dans les jambes toute la sainte journée à entrer et à sortir de la maison en criant comme des perdus. Si ça continue, je vais finir par en étrangler un pour faire peur aux autres.

En fait, la mère de famille était surtout sérieusement éprouvée par la chaleur persistante et elle aspirait à une paix impossible à obtenir avec cinq enfants. Le seul moyen qu'elle trouva pour connaître quelques heures de calme de temps à autre fut d'exiger que Jean-Louis se rende parfois au bain Quintal avec ses deux jeunes frères. Malheureusement, ce bienheureux répit ne durait qu'une heure.

Jamais Laurette n'avait autant apprécié les visites de sa mère que durant cet été-là. Deux ou trois fois par semaine,

Annette venait s'installer dans sa cuisine durant un bon moment. Elle était toujours prête à lui prodiguer des conseils et avait le don de désamorcer les colères de sa fille.

À la fin du mois, la grand-mère se présenta chez les Morin avec un gâteau qu'elle avait préparé spécialement pour célébrer le cinquième anniversaire de Carole.

— As-tu pensé que l'année prochaine, ta dernière va s'en aller à l'école et que tu vas te retrouver toute seule à la maison? fit-elle alors remarquer à sa fille. Tu vas t'apercevoir que ça fait tout un changement quand tous tes enfants sont à l'école. Moi, en tout cas, je pense que j'ai pris un coup de vieux quand ça m'est arrivé.

— Moi, m'man, je pense que je vais surtout trouver ça pas mal reposant, rétorqua Laurette. Remarquez que c'est pas Carole la plus tannante. Je l'entends pas…

— Attends. Tu verras ben.

— En tout cas, moi, je trouve ça normal que les enfants vieillissent, m'man, et je m'en plaindrai pas.

— Tu vas voir que plus les enfants grandissent, plus les problèmes sont grands. Profites-en ben quand ils sont petits.

Laurette ne philosopha pas trop longtemps sur cette allusion. Septembre revint rapidement avec son lot d'obligations et de problèmes à résoudre avant de pouvoir envoyer les enfants à l'école. Il fallut s'assurer que chacun ait des vêtements et des souliers décents pour commencer l'année scolaire et Laurette dut aussi trouver l'argent nécessaire pour acheter de nouvelles fournitures.

— Bonyeu! Il me semble que c'est de plus en plus cher chaque année, dit-elle à Gérard qui la laissait se débattre avec les problèmes d'intendance en se cachant derrière son journal.

L'année scolaire reprit, comme d'habitude, au lendemain de la fête du Travail. Cette fois-ci, la mère de famille fit une mise au point très claire à ses enfants.

— Écoutez-moi ben, vous autres. À partir de demain soir, je veux vous voir vous installer à table pour faire vos devoirs dès que vous aurez mis les pieds dans la maison, après l'école. On s'est entendus, votre père et moi. Cette année, il va s'occuper de Richard et de Gilles pendant que je vais voir à ce que Jean-Louis et Denise fassent tout leur ouvrage.

Gérard poussa un tel soupir de résignation que Richard se tourna vers lui.

— Qu'est-ce qu'il y a, p'pa ? On dirait que ça vous tente pas de vous occuper de nous autres.

— Ben non, mentit Gérard.

— Vous êtes pas obligé de faire ça, vous savez, lui fit remarquer son fils. On est capables de faire nos devoirs et d'apprendre nos leçons tout seuls.

— Laisse faire, le comique, le rabroua sa mère. On a vu ce que ça a donné l'année passée. Et, en plus, je vous surveillais… C'est ton père qui a décidé de te prendre en main. J'ai l'impression que t'es mieux de marcher droit.

— C'est en plein ça, renchérit Gérard, sans grande conviction.

La décision de se partager la tâche de surveiller les enfants était le fruit de longues et pénibles négociations tenues entre le mari et la femme la semaine précédente. Lorsque Laurette avait proposé cet arrangement, Gérard s'était d'abord révolté en arguant qu'après dix heures de travail à l'usine, il méritait de respirer un peu le soir, avant d'aller se coucher.

— Tu sauras, Gérard Morin, que moi aussi, je travaille toute la sainte journée ! Et ma journée d'ouvrage est pas mal plus longue que la tienne. En plus, il me semble que ça prend pas la tête à Papineau pour voir que j'arrive pas à m'occuper comme il faut des quatre enfants à la fois, chaque soir. Je l'ai fait l'année passée et regarde ce qui est arrivé. On en a eu trois sur quatre qui ont pas réussi leur année.

— Ils ont peut-être pas assez de talent, osa avancer le père de famille, poussé dans ses derniers retranchements, après de longues minutes de discussions stériles.

— Répète jamais ça! s'écria Laurette, offusquée. Nos enfants sont pas des fous. Ils sont aussi capables que les autres de passer leur année. Il faut juste leur pousser dans le dos.

Finalement, Gérard avait capitulé et accepté de s'occuper des deux plus jeunes quand sa femme lui avait fait remarquer que leurs devoirs étaient plus courts que ceux de Denise et de Jean-Louis.

Dès le jour de la rentrée, le nouveau plan de Laurette fut mis en application et strictement respecté. Même Richard ne parvint pas à s'esquiver de l'horaire imposé par ses parents. Chacun des enfants travailla sans relâche alors que les jours rapetissaient de plus en plus. Les pluies froides d'octobre annoncèrent l'arrivée prochaine de l'hiver. Encore une fois, il fallut installer les contre-fenêtres et acheter une bonne provision de charbon et d'huile à chauffage en poussant un dernier soupir de regret.

Passionné par le scandale autour du restaurateur Roncarelli et des Témoins de Jéhovah, Gérard se mit à suivre de très près l'affaire, qui faisait la manchette. Il refusait de blâmer l'acharnement évident du premier ministre Duplessis à l'endroit de ce sympathisant des Témoins de Jéhovah et il ne se gênait pas pour l'affirmer.

Laurette sentait que son mari supportait de plus en plus mal d'avoir à s'occuper des études de Gilles et de Richard durant la soirée. Il était évident qu'il avait une nette tendance à se contenter de travaux bâclés pour pouvoir se consacrer plus rapidement à la lecture de son sacro-saint journal. Elle ne dit rien, attendant sa première visite à l'école Champlain et la remise du bulletin scolaire du début de novembre pour mettre les choses au point.

Lorsque la rencontre avec les professeurs de Gilles et de Richard eut enfin lieu, la mère de famille fut passablement surprise. Les résultats de Richard s'étaient légèrement améliorés.

— Il faut tout de même tenir compte qu'il recommence son année, expliqua son institutrice, l'air pincé. Par contre, je dois dire que son comportement en classe laisse pas mal à désirer.

— Je vais y voir, promit Laurette, en se levant déjà pour continuer sa visite.

Quand elle sortit de la classe, elle prit la direction de celle de Gilles en marmonnant entre ses dents.

— Maudit verrat! Si elle est pas capable de dompter les enfants, elle, qu'est-ce qu'elle fait là?

Elle ne put pas ruminer sa colère bien longtemps, puisque aucun parent n'attendait à la porte de la classe de Gilles lorsqu'elle s'y présenta. Elle fut accueillie par l'instituteur, qui lui démontra que les notes de Gilles étaient encore légèrement supérieures à soixante pour cent.

Réservant pour la fin sa visite au professeur de Jean-Louis, elle fut très déçue d'apprendre que les résultats de son aîné étaient toujours aussi faibles, même si son enseignant vantait sa docilité et son calme.

Le lendemain soir, à l'école Sainte-Catherine, la mère de famille eut tout de même la consolation d'apprendre que Denise réussissait bien et avait convenablement entrepris son année scolaire.

En revenant à la maison, elle ralentit le pas, ne sachant plus quoi penser. Évidemment, les résultats scolaires satisfaisants de Gilles et de Richard ne lui permirent pas de reprocher à son mari de ne pas surveiller d'assez près leurs travaux scolaires. Elle fut réduite à poursuivre la surveillance en laissant Gérard effectuer bien mollement sa tâche.

~~~

Les premiers froids arrivèrent la semaine suivante, obligeant Laurette à sortir les sous-vêtements d'hiver de ses enfants.

— Pas déjà des combinaisons, se plaignit Jean-Louis.

— Discutez pas. Vous mettez tous vos combinaisons à partir de tout de suite, ordonna la mère de famille. J'attendrai pas que vous attrapiez votre coup de mort pour vous les faire mettre. Regardez votre père, ajouta-t-elle en montrant Gérard à ses fils. Lui, il se plaint pas. Il les porte déjà.

— Faites ce que votre mère vous dit, intervint Gérard pour montrer son appui.

— Je pense que le temps d'étendre mon linge dehors est ben fini, reprit Laurette en s'adressant à lui. À partir de lundi, il va falloir encore étendre des cordes dans le corridor et dans la cuisine pour faire sécher le linge. Maudit que ce temps-là me gâche la vie !

Comme pour lui donner raison, Montréal connut sa première véritable tempête de neige quelques jours plus tard. Le vent se leva au milieu de la matinée et la neige se mit à tomber durant une douzaine d'heures, à la plus grande joie des enfants du quartier.

— Il en est tombé au moins une quinzaine de pouces, dit Gérard après avoir ouvert la porte, le lendemain matin, au moment d'aller travailler. Dis à Jean-Louis de pelleter le balcon et le devant de la porte avant de partir pour l'école, ajouta-t-il avant de refermer derrière lui.

— Ça y est, fit Laurette, fataliste, nous v'là encore poignés pour nous encabaner pour l'hiver.

Elle faisait la même remarque chaque année, à l'arrivée de la saison froide. Il lui fallait toujours quelques jours pour s'habituer au décor blanc qui parvenait à gommer la grisaille.

Décembre débuta par quelques jours de froid intense, suivis par un étrange redoux qui ne dura qu'une journée ou deux. Puis, brusquement, le froid revint régner en maître et le mercure se stabilisa autour de – 10 °F. Pour la première fois depuis bien des années, la plupart des marchands de la rue Sainte-Catherine se donnèrent la peine de décorer leurs vitrines pour la fête de Noël dès les premiers jours du mois. Depuis la fin de la guerre, les affaires avaient repris avec une vigueur accrue et ils tenaient à attirer chez eux la clientèle.

— Est-ce qu'on va aller voir la parade du père Noël samedi ? demanda Richard, le jeudi midi, alors que sa grand-mère Brûlé avait accepté l'invitation à dîner de sa fille.

— On verra ça, avait répondu Laurette, sans se compromettre.

— Si tu veux les amener, je peux ben y aller avec vous autres, fit Annette en adressant un clin d'œil complice à son petit-fils.

— On en reparlera demain, si vous le voulez, m'man. Ça dépendra de la température. Et ils ont besoin d'être ben fins s'ils veulent y aller.

Richard décocha un coup de pied à son frère Gilles sous la table et se remit à manger son pâté chinois le sourire aux lèvres.

— J'haïs ben ça, mais je vais être obligée d'aller faire changer mes lunettes demain avant-midi, fit Annette, hors de propos. J'ai pas le choix. Je suis rendue que je suis plus capable d'enfiler mes aiguilles. Il faut croire que je vieillis et que ma vue change encore.

— Voyons donc, m'man, vous avez juste cinquante-sept ans. Vous êtes pas vieille.

— En tout cas, c'est une dépense dont je me serais ben passée à ce temps-ci de l'année.

— Pourquoi vous attendez pas samedi, m'man? On pourrait y aller ensemble, lui proposa Laurette en lui versant une tasse de thé.

— Ben non. Samedi, on va être obligées d'aller à la parade parce que je suis certaine que tes petits vont être tellement fins que tu pourras pas faire autrement que de les amener, fit-elle avec un sourire qui en disait long.

Après avoir aidé à laver la vaisselle, Annette quitta l'appartement en compagnie de Denise. Elle laissa sa petite-fille au coin de Dufresne et Sainte-Catherine, à l'entrée de la cour de l'école, avant de poursuivre sa route.

Vers la fin de la matinée, le lendemain, Laurette entra dans sa chambre pour aller déposer des vêtements de Gérard dans l'un des tiroirs de sa commode quand elle aperçut à travers le rideau qui masquait la fenêtre une voiture noire qui s'immobilisait devant sa porte. Curieuse, elle écarta le rideau juste à temps pour apercevoir deux policiers s'extraire du véhicule. L'un d'eux traversa la petite artère et entreprit de monter l'escalier extérieur conduisant aux appartements situés au-dessus de l'épicerie Brodeur pendant que l'autre s'avançait vers sa porte.

Le coup de sonnette la fit sursauter. Elle laissa tomber le rideau

— Bon. Qu'est-ce qu'il peut ben nous vouloir? se demanda-t-elle à mi-voix, soudainement inquiète. Dis-moi pas qu'il est arrivé quelque chose aux petits à l'école!

Elle ouvrit. Le policier lui adressa un sourire rassurant.

— Excusez-moi, madame, nous cherchons quelqu'un sur cette rue qui connaît une madame Annette Brûlé. Est-ce que ce nom-là vous dit quelque chose?

— Mais c'est ma mère! s'écria Laurette dont le cœur eut un raté.

Le policier fit un pas à l'extérieur pour crier à son confrère qui s'apprêtait à sonner à une porte, en face, de venir le rejoindre. Il referma la porte derrière lui.

— Qu'est-ce qui est arrivé? demanda Laurette dans un souffle.

— Elle a eu un accident, madame, dit le policier, cherchant, de toute évidence, à la ménager. On est chanceux de vous avoir trouvée aussi vite. Son adresse était dans sa sacoche. Ça répondait pas chez eux.

— Elle vit toute seule, expliqua Laurette, le visage extrêmement pâle.

— On a demandé à une voisine et elle nous a dit qu'elle avait une fille qui restait sur la rue Emmett ou Archambault.

Pendant que le jeune policier donnait ces explications, son compagnon vint le rejoindre.

— Allez-vous finir par me dire quelle sorte d'accident elle a eue? demanda Laurette, folle d'inquiétude.

— L'accident est grave, madame, fit l'aîné des policiers d'une voix apaisante. Elle a été transportée à l'hôpital Notre-Dame. Je pense que vous feriez mieux de venir avec nous autres.

— Mon Dieu, c'est pas vrai! s'exclama la mère de famille en serrant ses mains sur sa poitrine. C'est pas possible. Mon père vient juste de mourir...

— C'est arrivé sur la rue Saint-Denis, expliqua doucement le même policier. Votre mère s'est avancée dans la rue pour monter dans le tramway. Un chauffeur de taxi l'a pas vue. Il a pas été capable d'arrêter à temps. Il l'a frappée. Il a rien pu faire pour l'éviter.

— Ah non !

— Est-ce que vous pouvez venir avec nous autres ?

— Attendez. J'ai ma petite fille qui joue dans sa chambre et mes autres enfants sont à la veille d'arriver de l'école et...

Elle était tellement perturbée qu'elle avait du mal à prendre une décision.

— Vous pouvez peut-être demander à une voisine de s'en occuper ? suggéra l'homme.

— Donnez-moi une minute. Je vais faire ça vite.

Malgré le froid, Laurette sortit et sonna à la porte voisine. Quand Emma Gravel en déclencha l'ouverture du haut de l'escalier intérieur, elle entra et lui expliqua rapidement la situation.

— Est-ce que vous pourriez demander à Denise de s'occuper du dîner et de rester à la maison cet après-midi pour s'occuper de sa petite sœur ? lui demanda-t-elle. Je vais vous laisser mes clés.

— Laissez faire, madame Morin. Je descends tout de suite chez vous pour garder la petite, fit la voisine avec gentillesse. Je vais m'occuper du dîner des enfants. Allez-y tout de suite. Perdez pas de temps.

Après l'avoir remerciée, Laurette rentra chez elle, endossa son manteau, chaussa ses bottes et suivit les policiers en faisant des efforts pour tenter d'arrêter de trembler. En prenant place sur la banquette arrière de la Pontiac noire, elle ne put s'empêcher de penser qu'il était heureux que la situation survienne en plein hiver, alors que les voisines étaient prisonnières de leur appartement. Si elles l'avaient vue monter dans une voiture de police, elles se seraient sûrement demandé quel crime elle avait pu commettre pour être ainsi emmenée par les forces de l'ordre.

Quelques minutes plus tard, les agents la déposèrent à l'urgence de l'hôpital Notre-Dame en lui souhaitant bonne chance. Elle se précipita à l'intérieur et demanda où elle devait aller pour voir sa mère qui venait d'être victime d'un accident. La préposée consulta la liste des patients qu'elle avait devant elle sans parvenir à retrouver le nom d'Annette Brûlé. Elle fit alors asseoir Laurette dans la salle d'attente, le temps qu'elle puisse trouver dans quel département sa mère avait été transportée.

De plus en plus angoissée, Laurette suivit la dame du regard et la vit pénétrer dans une pièce attenante. Un instant plus tard, elle en sortit en compagnie d'une petite religieuse qui se dirigea immédiatement vers elle.

— Voulez-vous me suivre, madame? lui dit-elle en lui adressant un mince sourire.

Laurette se leva et suivit la religieuse dans le local voisin. Après l'avoir invitée à s'asseoir, cette dernière lui dit d'une voix douce :

— Madame?

— Morin, fit Laurette.

— Madame Morin, j'ai pas une très bonne nouvelle à vous annoncer…

— Quoi? Vous voulez me dire que ma mère est ben blessée? demanda Laurette, assise sur le bout de sa chaise, les mains toujours agitées d'un tremblement qu'elle ne parvenait pas à contrôler.

— Le bon Dieu l'a rappelée à Lui, fit la religieuse d'une voix encore plus douce.

— C'est pas possible! s'insurgea Laurette en se levant précipitamment, incapable d'accepter cette réalité. Demain, on doit amener les enfants à la parade du père Noël.

— Malheureusement, madame, on n'a rien pu faire pour la sauver. Elle a jamais repris connaissance. Elle est partie au moment où elle entrait à l'urgence.

— Voyons donc, verrat! Ça se peut pas! Elle peut pas être morte aussi vite que ça!

— C'est Dieu qui décide quand et comment Il va venir nous chercher, dit la religieuse.

— C'est pas juste! se révolta Laurette en éclatant en sanglots.

— Elle a presque pas souffert, dit la religieuse en cherchant à la consoler. Dites-vous que la prière va vous aider à passer à travers cette dure épreuve. Voulez-vous prévenir un membre de votre famille? Vous me semblez un peu fragile. Je vous suggère d'attendre de l'aide avant d'aller voir le corps de votre mère. Je vais vous laisser seule quelques instants. Vous pouvez utiliser le téléphone, si vous voulez.

Pendant de longues minutes, Laurette fut tellement secouée par des pleurs convulsifs qu'elle fut incapable de se rappeler du numéro de téléphone de Bernard, qui s'était fait installer le téléphone deux ans plus tôt. Quand elle finit par joindre Marie-Ange, elle éclata à nouveau en sanglots en lui apprenant la mauvaise nouvelle. Elle lui demanda de prévenir son mari et son frère Armand et de leur dire de venir la rejoindre à l'hôpital le plus rapidement possible. Elle pensa ensuite qu'il valait mieux téléphoner à la Dominion Rubber pour que Gérard puisse quitter l'usine et venir la retrouver.

Moins d'une heure plus tard, Gérard, se présenta à l'urgence. Il fut suivi quelques minutes plus tard par ses deux beaux-frères. Après que Laurette leur eut raconté, entre deux sanglots, l'accident dont Annette avait été victime, ils décidèrent d'aller voir la dépouille. Une infirmière les accompagna jusqu'à une petite chambre blanche aux murs dénudés. Le corps d'Annette, recouvert d'un drap blanc, reposait sur une civière.

L'infirmière, une grande femme aux traits sévères, chuchota alors à l'oreille d'Armand, debout à ses côtés:

— J'aime autant vous dire que le corps n'est pas en très bon état. Peut-être vaudrait-il mieux qu'un seul d'entre vous le reconnaisse.

Mais Laurette avait tout entendu.

— On veut la voir, dit-elle sur un ton sans appel en se glissant près de la civière.

L'infirmière souleva un peu le drap sans le lâcher pour autant. Gérard, persuadé que ce n'était pas une très bonne idée, s'approcha de sa femme pour la soutenir.

— Ah! mon Dieu! s'écria Laurette à la vue du visage défiguré de sa mère. C'est pas possible qu'elle ait été maganée comme ça! C'est pas humain!

Armand fit signe à l'infirmière de laisser tomber le drap tandis que Gérard entourait sa femme de ses bras et l'entraînait hors de la pièce. Bouleversés, ils sortirent tous de la chambre et retournèrent s'asseoir dans la salle d'attente, incapables de prendre la moindre décision. Ils demeurèrent silencieux un long moment, assommés par le drame qui les frappait.

— Je vais aller voir où on doit signer les papiers, annonça finalement Armand en s'essuyant les yeux à la dérobée.

— J'y vais avec toi, dit Bernard.

— Qu'est-ce qu'on va faire avec m'man? demanda Armand.

— Qu'est-ce que tu veux dire par là? lui demanda Laurette après s'être mouchée.

— Est-ce qu'on l'expose dans un salon funéraire ou dans son salon?

— Dans son salon, trancha l'aînée de la famille d'une voix misérable. Elle aurait pas voulu être ailleurs.

— OK, dit Armand en se levant. On va s'occuper du cercueil et des papiers. Je pense que ça sert à rien qu'on soit tous les quatre pour régler ça. Peut-être que vous pourriez vous arrêter au presbytère en passant pour savoir quand est-ce que le service pourrait être chanté, ajouta-t-il en s'adressant à Laurette et à son mari.

— Laissez faire les téléphones à la famille, intervint Bernard. Je suis le seul à en avoir un. Je m'en occuperai en rentrant.

— On s'en retourne à la maison, décida Laurette en se levant à son tour. Armand, va demander la sacoche de m'man, commanda-t-elle à son frère. J'ai besoin de la clé. Je vais aller préparer le salon, expliqua-t-elle avant de se remettre à pleurer.

— C'est correct, l'approuva son frère. Moi, j'ai déjà une clé de l'appartement. On va passer prendre du nouveau linge pour m'man parce que je suis certain qu'on va m'en demander, comme quand p'pa est parti.

Dès qu'elle eut en main la clé de l'appartement de la rue Champagne, Laurette quitta l'hôpital en compagnie de son mari.

— Maudit que j'haïs cette place-là! dit-elle avec conviction en franchissant la porte. Chaque fois qu'on met les pieds là, c'est parce que quelqu'un est mort!

Gérard se contenta de héler un taxi et d'y monter avec sa femme. Cette dernière ne protesta pas devant la dépense. Elle se laissa tomber sur la banquette arrière en se tamponnant les yeux avec son mouchoir. Le couple se fit déposer devant le presbytère de la paroisse. Le curé Perreault accepta de célébrer les funérailles de la paroissienne, qu'il connaissait de vue, le lundi suivant.

— J'irai prier au corps ce soir, leur promit-il avant de raccompagner le mari et la femme à la porte.

À leur retour, ils trouvèrent Denise, seule dans la cuisine.

— Tes frères sont partis à l'école?

— Oui, p'pa. Madame Gravel avait préparé le dîner. Elle m'a même aidée à faire la vaisselle.

— Où est Carole ? demanda la mère de famille en retirant son manteau.

— Je viens de la coucher, m'man. Madame Gravel m'a dit que mémère avait eu un accident. Est-ce que c'est grave ? demanda l'adolescente, inquiète.

Laurette n'eut que la force de hocher la tête. Gérard s'approcha de sa fille et dit à voix basse :

— Ta grand-mère est morte, Denise. Ils ont rien pu faire pour la sauver. Je pense que ta mère va avoir besoin de ton aide pour passer à travers ça. Dis rien à tes frères quand ils vont arriver de l'école, je vais leur dire moi-même.

À l'annonce de la nouvelle, les yeux de Denise se remplirent de larmes. Sous le choc, elle alla se réfugier dans sa chambre. Une heure plus tard, Laurette sortit de la sienne toute habillée de noir.

— Dire que j'avais même pas fini de porter le deuil de p'pa, dit-elle à son mari, qui l'attendait en fumant dans sa chaise berçante. C'est pas une vie, ça !

— J'y vais avec toi, fit Gérard en se levant. À deux, le salon va être prêt plus vite. Denise va s'occuper de ses frères quand ils vont rentrer de l'école.

Le mari et la femme quittèrent l'appartement et prirent la direction de la rue Champagne, le nez enfoui dans le col de leur manteau pour mieux lutter contre le froid. Dès leur entrée, Gérard s'empressa d'aller mettre du charbon dans le poêle. Il retrouva ensuite Laurette, qui s'était laissée tomber sur le divan du salon, la tête entre les mains.

— J'arrive pas à y croire, dit-elle, secouée. Dire que ça fait même pas dix mois que je faisais la même chose avec m'man pour exposer p'pa.

— C'est correct, mais c'est pas le temps de se mettre à brailler, fit Gérard. Il faut le préparer, ce salon-là, si tu veux que tout soit prêt quand ils vont amener ta mère.

Il avait raison. Laurette se leva avec effort, se dirigea vers la pièce voisine et revint en lui tendant un morceau de crêpe noir.

— Commence par mettre ça sur la porte.

En une heure, la maison fut prête pour le triste événement. Pauline et Marie-Ange arrivèrent au moment où le fourgon de la maison Godin s'immobilisait devant la porte. Laurette, plantée devant la fenêtre du salon, aperçut des rideaux soulevés par des voisins curieux.

— Armand et Bernard s'en viennent, fit Marie-Ange, qui était entrée à pas feutrés dans la pièce. Je leur ai fait à manger quand ils sont arrivés tout à l'heure.

Les deux employés de l'entreprise de pompes funèbres placèrent d'abord deux tréteaux qu'ils couvrirent d'un drap noir avant de transporter le cercueil tout simple dans le salon.

— Vous l'ouvrez pas ? demanda Laurette en s'approchant.

— C'est pas possible, madame, dit le plus grand des deux hommes, de toute évidence très mal à l'aise.

— Comment ça ?

— On n'a pas pu arranger correctement le visage de la disparue. On en a parlé avec les deux fils qui ont décidé qu'il valait mieux que l'exposition se fasse avec un cercueil fermé.

— Ah non ! fit Laurette en s'effondrant sur une chaise, réalisant qu'elle ne verrait plus jamais le visage de sa mère.

— Si je peux me permettre, madame, dit très respectueusement l'autre employé, je vous conseillerais de déposer une photo sur le cercueil, si vous en possédez une. Je suis certain que la disparue aurait préféré être vue ainsi.

— Ils ont raison, dit Pauline en posant une main sur le bras de sa belle-sœur. C'est une bonne idée. Merci, monsieur.

— Est-ce que vous allez venir la chercher pour son service, lundi matin, à huit heures? arriva à demander Laurette d'une voix misérable.

— Soyez sans crainte, madame. On va être à l'heure. Bon courage, ajouta-t-il en faisant signe à son compagnon de le suivre.

Quelques minutes plus tard, Gérard prévint sa femme de son intention de retourner à la maison pour annoncer lui-même la mauvaise nouvelle aux enfants. Il allait voir à ce qu'ils soupent avant de les ramener veiller au corps de leur grand-mère.

— Tu vas me ramener du linge aussi. Je vais coucher ici dedans jusqu'au service. Je veux pas qu'elle passe les nuits toute seule.

— Bernard et moi, on a l'intention de coucher ici, nous autres aussi, intervint Marie-Ange. Nous autres, on n'a pas d'enfant. Ça dérange personne.

— Moi aussi, je resterais ben pour la veiller, mais j'ai les deux filles, ajouta Pauline à son tour. Ma petite voisine peut pas les garder la nuit.

Gérard rentra à la maison quelques minutes à peine avant le retour de ses trois fils. Quand il leur apprit le décès de leur grand-mère, tous les trois furent bouleversés. Richard, le plus sensible, se mit à pleurer.

— Il va falloir que vous soyez ben fins avec votre mère, conclut-il. Elle a encore plus de peine que vous autres. Après le souper, vous allez vous habiller en dimanche et on va aller la rejoindre.

Le souper préparé par Denise se prit dans un lourd silence. La famille quitta la maison un peu avant sept heures et se dirigea vers la rue Champagne. À leur arrivée chez la grand-mère Brûlé, l'endroit était déjà envahi par quelques voisins venus présenter leurs condoléances aux parents de la disparue.

— Pourquoi on peut pas voir mémère? demanda Richard à son père en s'approchant du cercueil placé devant la fenêtre.

— Parce que c'est mieux comme ça, répondit évasivement Gérard. Contente-toi de prier pour elle et tiens-toi tranquille, ajouta-t-il.

Pour Laurette, les jours suivants se déroulèrent comme dans un songe. Elle n'eut pas un instant de solitude pour s'abandonner à sa peine. Les parents, les amis, les connaissances et les voisins vinrent veiller le corps de sa mère et offrir leur sympathie. Elle ne quitta l'appartement qu'en une seule occasion, pour aller préparer de la nourriture aux siens. La plupart du temps, Gérard était à ses côtés. Il s'était arrangé pour que les enfants ne viennent chez leur grand-mère que durant l'après-midi. En début et fin de journée, Denise et Jean-Louis s'occupaient des plus jeunes à la maison. Pour plus de sécurité, le père de famille rentrait chez lui à la fin de la soirée.

Comme prévu, Laurette demeura sur place et veilla la disparue une bonne partie de chaque nuit en compagnie de ses frères et d'au moins une de ses belles-sœurs. Elle le faisait jusqu'au moment où l'épuisement la faisait tomber dans un sommeil qui ressemblait à un gouffre.

Le lundi matin la trouva debout bien avant l'aube, en train de préparer le déjeuner de ses deux frères qui avaient séjourné dans l'appartement. Marie-Ange vint la rejoindre dans la cuisine au moment où le soleil se levait. Il tombait une petite neige fine que Laurette regardait tomber dans la cour arrière et sur le toit de l'écurie. Les yeux fixés sur la fenêtre, elle essayait de se souvenir de la dernière fois où elle avait vu cette scène.

Un peu après sept heures, on remit rapidement de l'ordre dans la cuisine après avoir fait sa toilette et on attendit l'arrivée des employés de l'entreprise funéraire. Gérard arriva quelques instants plus tard.

— Où sont les enfants? demanda Laurette avec un soupçon d'inquiétude.

— Je les ai déjà laissés à l'église.

— T'as ben fait, l'approuva sa femme. C'est déjà assez triste comme ça sans voir les enfants pleurer en plus.

Au même moment, deux voitures et le corbillard de la maison Godin s'arrêtèrent devant la porte. Les porteurs transportèrent en silence le cercueil à l'extérieur. Pendant ce temps, chacun endossa son manteau et chaussa ses bottes, prêts à suivre le corps à l'église.

La neige qui tombait depuis le milieu de la nuit donnait un aspect feutré aux funérailles d'Annette Brûlé, comme si elle avait décidé de quitter son monde sur la pointe des pieds, sans vouloir déranger.

La gorge serrée au point d'avoir de la peine à respirer, Laurette chuchota à Gérard sur qui elle s'appuyait à son arrivée à l'église Saint-Vincent-de-Paul :

— Je trouve ça tellement triste qu'elle parte en plein hiver, juste avant les fêtes, elle qui aimait tellement ça.

Gérard resserra son étreinte et l'entraîna à l'intérieur où ils suivirent le corps de la disparue que les porteurs allèrent déposer à l'avant, dans l'allée centrale. La petite foule d'une cinquantaine de personnes rassemblées sur les lieux assista avec recueillement au service funèbre célébré par Damien Perreault. Le curé s'attacha à dispenser des paroles consolatrices à la famille éprouvée avant de bénir le corps une dernière fois. À la sortie de l'église, Gérard renvoya les enfants à la maison sous la supervision de Denise et de Jean-Louis avant d'aller rejoindre sa femme qui l'attendait près de l'une des deux automobiles mises à la disposition de la famille par la maison Godin.

Les parents et les amis d'Annette s'entassèrent dans quelques voitures pour l'accompagner vers le cimetière Notre-Dame-des-Neiges où elle allait rejoindre son vieux compagnon. Cette dernière étape fut la plus bouleversante pour Laurette.

Lorsque le corps disparut dans le charnier où il allait devoir attendre le dégel du sol pour reposer aux côtés de celui d'Honoré, Laurette perdit momentanément conscience, assommée par le choc et la douleur. Bernard et Gérard durent la soutenir pour la ramener à la voiture.

À son retour, Gérard suggéra à sa femme d'aller s'étendre et de ne plus s'occuper de rien.

— T'es au bout du rouleau, lui dit-il. Va dormir. T'en as besoin. Je suis capable de m'occuper des enfants.

Laurette n'apparut dans la cuisine qu'à la fin de l'après-midi, les yeux gonflés de larmes et l'air hagard. Elle s'assit dans sa chaise berçante, incapable de décider si elle avait faim ou non. Pendant que Gérard lui préparait une tasse de café, elle s'alluma une cigarette d'un geste machinal.

— Est-ce que ça va mieux, m'man ? lui demanda Richard, inquiet de voir sa mère dans cet état.

— Oui, oui, je suis correcte, affirma-t-elle d'une voix morne.

— J'ai épluché les patates, m'man, dit Denise. Elles sont sur le poêle.

Carole s'approcha de sa mère et vint lui caresser le bras sans rien dire. Sa mère l'embrassa distraitement.

La mère de famille conserva cet air absent assez inquiétant pendant plusieurs jours, tout en essayant de reprendre le contrôle de son foyer. Lorsque Armand et Bernard lui demandèrent son aide pour trier les affaires de leur mère, elle ne put qu'accepter. Étreinte par l'émotion, elle alla passer de nombreuses heures à vider les tiroirs et les armoires de l'appartement de la rue Champagne en compagnie de ses deux belles-sœurs et de ses frères. Le partage des maigres effets d'Annette Brûlé ne suscita aucune contestation et la vente des quelques meubles laissés par la disparue couvrit à peine les frais funéraires.

Dix jours après le décès, les enfants de la défunte remirent les clés de l'appartement au propriétaire. Il ne restait plus aucune trace de la présence des Brûlé dans les lieux.

— Dire qu'ils ont resté là presque quarante ans, et il reste plus rien, dit Laurette à ses frères, les larmes aux yeux. La semaine prochaine, il y en a d'autres qui vont venir vivre dans leur appartement... J'ai de la misère à le croire.

À voir le visage de Bernard et d'Armand, il était évident qu'ils étaient aussi émus que leur sœur en quittant définitivement le logement où ils étaient nés et où ils avaient vécu jusqu'à leur mariage.

Laurette rentra lentement chez elle, brisée par l'émotion.

— C'est fini, il reste plus rien, déclara-t-elle à Gérard en retirant son manteau après avoir fermé la porte d'entrée.

— Vous avez fait ce que vous aviez à faire, fit-il. Personne pouvait te demander plus.

Il ne restait plus que quatre jours avant la célébration de Noël. Personne n'avait encore parlé de cadeaux et de réveillon chez les Morin. Les jours précédents, la mère de famille avait été tellement prise par l'emballage des effets de sa mère que Gérard n'avait pas osé aborder le sujet. Il avait cependant un pincement au cœur en regardant ses cinq enfants installés à la table de cuisine. Il avait du mal à imaginer qu'on pût les priver des quelques joies que le temps des fêtes offrait.

Ce soir-là, il attendit que sa femme émerge de la longue sieste qu'elle s'était octroyée après le souper pour lui parler. Les enfants étaient couchés depuis quelques minutes. L'appartement était calme. À la vue de l'air abattu qu'elle arborait depuis les obsèques de sa mère, il eut brusquement envie de la secouer un peu. Il attendit qu'elle ait bu une tasse de café et fumé une cigarette avant de se lancer.

— Qu'est-ce qu'on décide pour les cadeaux des enfants? lui demanda-t-il à brûle-pourpoint.

— Quels cadeaux?

— Les cadeaux de Noël des enfants. C'est dans quatre jours, jugea-t-il utile de préciser.

— J'ai pas le goût pantoute de m'occuper de ça.

— Et le réveillon?

— La même chose. Je veux qu'on me laisse tranquille. Je suis fatiguée, ajouta-t-elle en tournant vers lui ses yeux cernés.

— Je sais que t'as une passe difficile, reconnut Gérard, mais c'est pas la faute des enfants si ta mère est partie. Elle est morte, c'est ben de valeur, mais la vie continue, cybole! On n'est pas pour priver les enfants de tout parce qu'elle est plus là.

— Laisse-moi tranquille. Je suis au bout du rouleau, dit Laurette sur un ton geignard.

— Ben, tu vas te secouer! s'emporta Gérard. Ça va faire! Ta mère est morte depuis quinze jours, mais nous autres, on l'est pas. Penses-tu que ça ferait plaisir à ta mère de te voir comme ça ? Elle te brasserait, je t'en passe un papier ! Arrête de te lamenter et bouge. T'as juste à penser comment elle était quand ton père est parti le printemps passé. Elle a pas passé des semaines à pleurer sur son sort, elle. En plus, toi, t'as cinq enfants qui attendent après toi.

— T'as pas de cœur ! se contenta de dire sa femme, révoltée, en quittant sa chaise berçante.

— Je te demande pas de l'oublier, taboire ! insista Gérard. Je te demande juste de penser un peu à tes enfants.

Les larmes aux yeux, Laurette se dirigea vers sa chambre et referma bruyamment la porte derrière elle. Quand Gérard vint la rejoindre au lit une heure plus tard, elle feignit le sommeil. Elle ouvrit les yeux dans le noir dès qu'elle entendit les premiers ronflements de son mari. Sa sieste dans la soirée l'empêcha longtemps de trouver le sommeil et lui donna le temps de réfléchir.

À force de songer à tout ce que Gérard lui avait dit, elle finit par reconnaître qu'il n'avait pas vraiment tort. Sa mère ne serait pas fière d'elle si elle la voyait du haut du ciel. C'était vrai qu'elle s'était vite reprise en main au lendemain de la mort de son mari et qu'elle, sa fille, était loin de suivre son exemple.

Il fallait qu'elle se secoue, elle aussi, et qu'elle s'occupe de ses enfants. Elle n'avait aucune excuse. Elle avait acheté la viande pour ses pâtés avant l'accident. Elle avait aussi tout ce qu'il fallait pour confectionner ses tartes… Elle finit par trouver le sommeil aux petites heures du matin en se promettant de faire des efforts pour ses enfants.

Le lendemain avant-midi, après le départ des jeunes pour l'école, elle remit de l'ordre dans la maison sans beaucoup d'entrain avant de venir allumer la radio. Tino Rossi entonnait *Petit papa Noël*. Assise au bout de la table, Carole coloriait.

Laurette poussa un profond soupir de résignation avant de prendre des œufs dans la glacière. Elle alla ensuite chercher le contenant de graisse Crisco et le sac de farine dans l'armoire. Elle déposa le tout sur la table.

— Là, m'man, je t'avertis, dit-elle à mi-voix. T'es mieux de me donner un coup de main pour réussir ma pâte à tarte parce que sinon je sacre tout ça là et il y aura pas de réveillon de Noël !

Au souvenir de sa mère, elle essuya une larme et entreprit de confectionner sa pâte à tarte.

À suivre…

Sainte-Brigitte-des-Saults
juin 2008

Table des matières